莫伸 著

一号文件

陕西出版集团
太白文艺出版社

图书在版编目（CIP）数据

一号文件 / 莫伸著. -- 西安：太白文艺出版社，2012.12

ISBN 978-7-5513-0397-2

Ⅰ.①一… Ⅱ.①莫… Ⅲ.①报告文学 - 中国-当代 Ⅳ.①I25

中国版本图书馆CIP数据核字(2012)第316122号

一号文件

作　　者	莫　伸
责任编辑	党晓绒
整体设计	可　峰
出版发行	陕西出版集团 太白文艺出版社 （西安北大街147号　710003） E-mail:tbsyb1@163.com 　　　　tbwyzbb@163.com
经　　销	陕西新华发行集团有限责任公司
印　　刷	中煤地西安地图制印有限公司
开　　本	787mm×1092mm　1/16
字　　数	618千字
插　　页	2
印　　张	39
版　　次	2012年12月第1版第1次印刷
书　　号	ISBN 978-7-5513-0397-2
定　　价	58.00元

版权所有　翻印必究
如有印刷质量问题，可寄印刷厂质量科对换
邮政编码　710014

目 录

楔　子　激动人心的一幕　/　1

第一章　历史的回顾
　　一位解放军军官的遭遇　/　9
　　回乡的见闻　/　12
　　历史踪迹的探溯者　/　20
　　直言进谏　/　22
　　可以想见的结局　/　38
　　在困难的日子里　/　40
　　刘雪海一家人　/　48
　　农民思想家杨伟名　/　53
　　暧昧的处理　/　76
　　日趋严峻的形势　/　79
　　最后的岁月　/　83
　　涝河畔的沉思　/　89

第二章　伟大的转折

变化开始了 / 99

姚生泉和他的《中国农村变革实录》 / 108

事情远没有这样简单 / 123

在质疑声中前进 / 126

问题在上面 / 130

中央必须说话 / 133

安徽率先站起 / 137

乍暖还寒的日子 / 141

"熊不下"的孟家坪 / 145

挡不住的春潮 / 152

在希望的田野上 / 157

中流砥柱 / 161

历史的关键时刻 / 167

我要群众 / 176

注定将载入史册 / 180

第三章　艰难的步履

怀揣问号走洛川 / 191

李新安其人 / 194

激情澎湃的岁月 / 101

惊人的效益 / 205

贫穷压着,你还能有啥选择 / 210

我栽下的苹果不让我吃了 / 215

凤凰涅槃 / 224

步步深入的"一号文件" / 230

转变观念真难 / 234

"大珊瑚"前的退思 / 238
人民需要教化和引导 / 241

第四章 黄土高原上的绿色革命
安塞腰鼓与陕北老黄风 / 255
越穷越垦　越垦越穷 / 260
这究竟是什么逻辑 / 262
吴起的破冰起航 / 268
郝飚和他的一班人 / 275
历史的机遇 / 282
绿色的希望 / 287
有作为才能有地位 / 295
让几亿农民受益 / 299
需要一代人甚至几代人的持续努力 / 303

第五章 身边的人和事
偶然碰上的出租车司机 / 313
镇委书记何文辉 / 317
闫家坪村印象 / 322
农村中存在着哪些问题 / 326
闫蛮升和许巧莲 / 330
变化中的羊山村 / 336
农民太高兴了，太感激了 / 343
拥护民主选举制度 / 347
故乡十二盘 / 350
对村民自治的讨论 / 354
农民并不认可民主海选村干部 / 359

子女接受教育成为农民普遍的负担 / 370
农村儿童的走与留 / 374
越念书，家就越穷 / 379
低保政策的是与非 / 383
问题出在哪里 / 388
警惕不良习惯势力的侵蚀 / 393

第六章　村庄会消失吗

农村到底怎么了 / 407
势不可当的打工潮 / 410
朝县上走，朝市上走，朝省城走 / 405
栓栓的遭遇 / 421
假如能够小十几岁 / 426
聪明能干的蛮巧 / 430
政府应当作为 / 438
年轻人的选择 / 443
他们还会回去吗 / 446
将来谁来种地 / 453
变化中的农村人 / 459
迎接未来的村庄 / 464

第七章　探讨与思考

既不能说好，也无法说坏 / 471
气势磅礴的组歌 / 477
专家和农民的两悖 / 486
对土地私有化的探讨 / 493
盘古开天地　这是头一回 / 501

不能仅从书本和理论上去破解"三农" / 507
事情真的这样简单吗 / 511

第八章　田野依然充满希望

靖边的《七笔勾》 / 521
黄家峁为什么获得成功 / 529
摆脱贫穷的根本出路 / 538
池河畔的明星村 / 546
全新的养猪水平和养猪理念 / 551
许多事情仅靠农民自身是难以实现的 / 557
科学技术是第一生产力 / 559
田野依然充满希望 / 564

第九章　寻找我们的精神家园

从神木人的暴富说起 / 571
韩老四一家人 / 573
这日子，好到天堂了 / 575
富裕起来的背后 / 579
幸福在哪里 / 581
经济发展必须有道德支撑 / 585
两手都要抓　两手都要硬 / 590
政策不能只有享用和鼓励 / 595
从吃饭说起 / 599
政府该不该管 / 604
为什么就不能慢一些 / 608
想想生活的本质 / 615
难道中华文化肩负的任务就是这些 / 620

恰恰是被自己的"聪明"所害 / 623
刻不容缓地建设我们的精神家园 / 627

后记 / 635

楔子

激动人心的一幕

楔子：激动人心的一幕

1984年是中华人民共和国成立35周年。

这一年的国庆游行，以极其鲜明的特色镌刻进我的记忆。

在此之前，所有的国庆游行都依循着固定的标准，着装一律，动作统一。而1984年的国庆游行却令人耳目一新。尤其是大学生的游行队伍，着装并不统一，步伐也不整齐。他们没有按照千篇一律的模式手举鲜花，高呼万岁，而是走得洒脱而随意——更让人想不到的是，当经过天安门前的金水桥畔时，几位大学生突然将一幅事先准备好的横幅高高地拉开，面向着天安门城楼的观礼台上尽情展示。一刹那，全中国人民都看见了横幅上四个赫然醒目的大字：小平您好！

我相信，无论在游行现场，还是在自己家中，所有看见这幅突然出现的横幅的人，都会本能地感到一种惊讶。

短暂的惊讶过后，我心里充满了一种无可言喻的温暖。

经过了十年"文化大革命"，人民从沉重而痛苦的磨砺中终于认识了邓小平，也选择了邓小平。按照中国人的传统，对这样一位承担着扭转乾坤，并带领人民走向新征程的领袖和伟人，称呼必须是严肃而又严肃，恭敬而又恭敬的！

而现在，不是举国起立振臂高歌，不是顶礼膜拜山呼万岁，而只是普普通通的一声问候：小平您好！

在一个几千年来始终等级森严的国度，能够以这样一种口气来称呼和问候领袖，这本身就说明了太多太多的问题。

1984年，那是刚刚从"极左"思潮中突围出来的年代，那又是光明和希望正日益降临的年代，没有经历过那个年代的人已经很难想象，为什么中国人民会以如此的激情盼等光明，渴望变革——要知道，那些突然拉出横幅的大学生和此后几十年中的大学生完全不同！不仅具有完全不同的经历，而且具有完全不同的内涵。如果说此后的大学生基本上都是从家庭到学校的话，那么上世纪80年代初期那批大学生们基本都来自生活的最底层，他们都经历过血与火的磨砺，是对各种思想、路线和理论有过切身的思考和比较，进而在艰难的锤锻中形成了自己独立思想的一代人！他们的科技文化知识或许相对欠缺，但他们对中国社会、民族未来这些事关全局的问题的把握和选择，却有着异乎寻常的理智与清醒！他们已经在"碱水"里浸泡过多次，已经饱受了九九八十一难的灾劫！

我们有理由认为，这些大学生们之所以能够完全自发地举起这条横幅，其中最重要的原因就在于他们思想认识上已经完成了一次巨大的飞跃。

他们已经洗尽浅薄，变得深刻！

当人们的目光被"小平您好"这四个字吸引的时候，另一个同样具有深刻内涵的场面却被许多人忽略了。这就是游行队伍中有一支农民方阵。农民方阵是伴随着轻快而激昂的歌曲《在希望的田野上》走来的，他们同样推出了一幅标语。这是一幅写有五个字的标语。

后来，我曾多次问过当年在黑白电视机前观看过这次国庆游行的人，这五个字是什么？

令人遗憾的是，问了10个人，竟没有一个能答出。

我告诉他们，标语上写的是"联产承包好"。而且这幅标语一经出现，立即引得广场上一片轰动，许多人情不自禁地喊起来，"中央一号文件好"！

听者都有些茫然：什么一号文件？

这令我愕然。

再下来，我以口头抽样调查的方式，向不同年龄、不同性别、不同职业和不同爱好的人提问：从1982年到1986年，中央每年都出台了一号文件。这些一号文件都是些什么内容？

同样问了10个人，又是无一人能够答出。

当我告诉他们，整整5年中，中共中央和国务院每年发出的一号文件都是有关农业的。其中前三年的一号文件又都是关于落实生产责任制和推行包产到户的，10个人中竟有近一半的人感到不解：这又怎么了？

是啊，这又怎么了？

不就是中央下发个文件吗？

整整有几个月的时间，"这又怎么了？"竟像一柄重锤，不停地敲击着我；也像一把利刃，不断地刺痛着我，以致我时常有一种困惑：

中国人，难道真的如此健忘！

第一章 历史的回顾

一位解放军军官的遭遇
回乡的见闻
历史踪迹的探溯者
直言进谏
可以想见的结局
在困难的日子里
刘雪海一家人
农民思想家杨伟名
暧昧的处理
日趋严峻的形势
最后的岁月
涝河畔的沉思

历史的回顾
Lishi de huigu

一位解放军军官的遭遇

陈冏台，陕西省户县玉蝉乡中斑竹园村人。2011年我见到他的时候，他已经是一位年届八十的老人。谈话中，他逻辑严密，表达清楚。而更为重要的是，我已经深知他这一生饱受冤屈，九死一生，但他和我谈到以往的经历时，却波澜不惊，情绪平和。

陈冏台告诉我，1949年西安解放时，他才16岁，正在户县上高中。

新中国成立前户县的县长，陈冏台知道得不多，只是在他稍稍懂事的时候见到过两位，一位叫刘禹，一位叫穆彭玲。这两位县长留给他的印象，用当时老百姓的顺口溜最能说明：

文明䯢①，镶金牙。
博士杆杆手里拿。

陕西关中地区把头叫做䯢。所谓文明䯢，是指留着当时很新潮的发型。

陈冏台眼中的这两位县长，只要出门，照例骑着高头大马，后面跟着两个背着盒子炮的卫兵，前呼后拥，八面威风，街上的行人都得回避。

而共产党的干部呢？

户县共产党的首任县长，陈冏台没有见过，但是听说了。那是户县风靡一时也激动人心的传说。大伙儿说的是，有一天，从县衙门出来一个穿着灰军装打着绑腿的人，蹲在一个卖旱烟叶的老农跟前拉话。他问老农家在哪里？生活怎么样？眼下生活和生产都存在哪些困难和问题？就这样和老农一边吸烟一边拉话，又和老农扣着烟锅对火。

穿灰军装的人刚走，马上就有人跑来告诉老农，刚才和他拉话的是共产党的县长。

---

① 䯢：音 sá。陕西方言。

老农撇撇嘴:"他要是县长,我就是省长!"

来人急了:"他真是县长!"

老农说:"他真是县长,我就真是省长!"

来人更急了:"他确实是县长!"

老汉有些生气:"那我就确实是省长!"

来人说:"我骗你就不是人!他是曹县长,叫曹希文。不信你去问别人!"

老汉有些发呆,他听说过共产党的县长姓曹,叫曹希文。

愣怔片刻,老汉不解地问:"他当县长咋还没我穿得好哩!"

据说后来老汉还真的跑去落实刚才那个和他蹲在一起抽烟的人是不是县长。这一落实,把老农惊讶得目瞪口呆,也激动得热血沸腾。

从此以后,共产党的干部就在户县人民心目中矗起了一种形象。

事过60年后,陈冏台仍然牢牢地记得这件事。这件事在他心里烙下了极深的烙印,使他觉得天特别宽,草特别绿,花特别红,山特别青,全中国仿佛开遍了美丽的玫瑰。

我对党、对领袖无限热爱,无限信任,无限崇拜,对他们的一切号召都竭诚拥护并积极参加。我下定决心要把自己的一切献给党的事业。我把党和毛主席看做自己的亲爹娘,认为绕在她的膝下是人生最大的幸福与光荣,认为我这才找到了人生最美好的归宿。说这些话,今天看来也许不太合适,但在当时,我确实是这样想的。

陈冏台是这样想的,也是这样做的。在户县师范上学期间,他学习努力,工作积极,不久就加入了共青团,又很快成为学校团总支委员。由于各方面的出色表现,第二学期,他就当选为学校学生会副主席。

1950年,朝鲜战争爆发。党中央、政务院、团中央发出联合号召,号召在校知识青年报名参军。陈冏台毫不犹豫就予以响应。

经过层层筛选,全校最终选定了30名学生参军。

研究到陈冏台时,学校教育主任说了一句:"陈冏台文理成绩都很好,如果将来上大学,肯定是个出类拔萃的人才。"

校长当即表示了同样的看法。

历史的回顾

陈冈台不糊涂，他知道教育主任和校长绝不是平白无故地说这句话的。他们平素就对自己关爱有加，他们之所以这样说，明显地带有挽留之意。只是他决心已下，已经不会再做其他选择。

11月的一天，户县师范30名参军的学生由陈冈台带队，戴着大红花，排着整齐的队伍，唱着革命歌曲，在沿途敲锣打鼓和漫天的口号声中从户县师范步行到户县县城。到县城后，户县师范和户县初中参军小队合编为户县参军中队，中队长仍由陈冈台担任。

再下来，他们坐着当时档次最高的交通工具胶轮马车去往西安。

坐车时发生了一个插曲。陈冈台是最后一个上车的，这边他正在登车，那边人堆里就挤出一个人，满头是汗地朝他跑来。定睛一看，原来是父亲。

陈冈台心里一惊。他参军的事，事先没有和父亲商量，怕的是他不同意。父亲是从亲戚口中得知他今天要走的。

他来干什么？

是来送行？还是来拉后腿？

陈冈台做好了一切准备，如果父亲真的来拉后腿，那他就晓之以理。如果道理还是说服不了他，那就态度坚决地拒绝他。

谁知父亲却什么都没有说，只木木地问了一句："身上有钱没有？"

陈冈台机械地回答："有。"

回答完了，又添了一句："你放心回去吧，一切都有组织安排，家里不要操心！"

义无反顾地扭身上了车。

马车很快启动，亲人们是什么心情，陈冈台不知道，也顾不得去想。他知道的只是，不是什么凄凄婉婉的告别，更没有那些哀伤悲怆的哭泣。当拉载他们的马车启动时，响起的是异常豪迈也异常嘹亮的歌声——只是当马车走出相当一段距离后，陈冈台回了一下头。这一回头，他怔住了：

欢送我们的队伍已经散去，父亲却仍然呆呆地站在原地望着我们，一动也不动，活像一尊雕像，他在想什么呢？可能他为自己的儿子能够参军而感到光荣与骄傲，也可能心中还多少怀有某种担心与忧虑。他搞不清楚，他的儿子从此走上了一条什么样的人生道路。

陈冈台一心想当兵，谁知分配结果一公布，他却被分配到外语学院学习俄语。

他感到莫名其妙，立即找到分配办公室，向他们陈述理由，要求去当兵，而且是当那种在战场打仗的兵。

但是被拒绝了。拒绝的理由既简单又深奥：学习俄语，这同时是战场。

巧就巧在这时，和他一起参军的同学王金德被分配当了炮兵，王金德不愿意去。原因是他发现接他的几位炮兵干部个个都反应迟钝，似乎耳聋。究其原因，他们的耳朵都被大炮震坏了。陈冈台抓住这个机会，说如果这样，咱俩调换一下好不好？你去学俄语，我去当炮兵。

王金德表示同意。

再下来——1951年元月，陈冈台被送到陕西大荔县城东一个叫"娘娘庙"的土围子里去学习。土围子里有一些破旧不堪的平房，平房之间杂草丛生，从外形上看极不显眼，但它却有个非常响亮的名称：中国人民解放军第一炮兵学校。

回乡的见闻

经过一年半的学习，炮校学习生活宣告结束。

同学们大多都分到祖国各地的炮兵部队去了，一部分同学留下来担任教员。尤其是分配到"射击系"任教的同学，都是些优秀的学员。

陈冈台也被分配到射击系。

其后几年中，陈冈台非常认真地站在讲台上，为培养中国的炮兵尽力。

1957年，炮校实行了军官轮流休假制度。6月份轮到陈冈台休假了。临回家乡前，组织上指示陈冈台，离开部队回农村的这段时间，仍然要以部队军人的纪律来要求自己，同时回农村可以了解一些情况，回来给部队做些宣传。

此前一年，农业合作化运动已经在整个中国推开。户县也不例外。陈冈台通过报纸广播和各种文件的学习，已经知道了合作化是多么的好，农民对合作化是多么的拥护，这使得他内心对合作化充满了美妙的向往。

后来他回忆说，回村那天，尽管是阴天，他还是觉得天蓝水澄，阳光明媚。那其实是他心灵的写照。

走到村头，他内心的激动更加强烈。村子还是从前的村子，道路还是从前的道路，但整个村子比他离开时更热闹也更红火了。具体地说，从前村子完全是自然形态的，而现在到处张贴着各种各样的标语。那些标语口号像一把把烈火，能够把一个人胸腔里的热情全部点燃。

6月25日回家，先是按习俗拜访了一些多年不见的亲友，期间也谈起了合作化，陈冈台敏感地发现，几乎所有的人谈起合作化，都并没有他内心里拥有的那份激动和热情。他们要么不以为然，要么愤言频爆。

陈冈台愣住了，他对农村的面貌做过种种猜测，唯独没有猜到会是这样一种情况。他当时就有一种预感，觉得事情不妙。

但是不妙在哪里，为什么不妙，却理不出个头绪。

第二天，他便以一个革命军人的自觉和自律，主动到父亲和弟弟所在的生产小组参加劳动。

这一参加劳动，他马上就发现问题了。

生产小组约有十几个人，年龄都比他大。陈冈台把他们或者叫叔，或者叫哥，这样一种从小看着他长大的亲邻关系，使得他们在陈冈台面前说话少了许多顾虑。结果，对合作化不满的言论就不断地飞进陈冈台的耳朵里了。

陈冈台的家乡中斑竹园村，土改后成立了互助组，1956年又成立了初级社。初级社成立不过半年，立即又跑步进入了高级社。

对今天的读者来说，初级社、高级社这些称呼已经遥远而陌生了。

所谓"初级社"，是指从简单的互助组过渡过来的、以自然村或者更小单位联合在一起的农业组织。在这样的生产组织里，农民不仅可以凭自己的劳动分红，还可以凭自己的土地、大型农具（如牲畜、大车、水车等）参与分红。它有点儿类似于今天一些投资者的股份制。这种组合方式尽管比起以家庭为单位的生产结构复杂了一些，对责任的划分难度大了一些，但总体来说，还多少能够体现出每家每户实际上应当得到的利益。因此农民基本上可以接受。

但高级社就不同了。

以中斑竹园村为例，刚建立起"初级社"还不到半年时间，还根本没有尝到合作化的任何好处，各级组织就开始"快马加鞭，一步登天"地组建规模更大、范围更广、人数更多的"高级社"了。以陈冈台所在的家乡为例，中斑竹园村和北斑竹园村、东伦公村、东滩村和水寨村共五个村组建成立了一个高级社，名叫伦二社。

伦二社一成立，各家农户的土地、大型农具就全被无偿地"共产"了。所有的人从此只能按劳动来分红。更不合理的是，这五个村子将捆绑在一起进行经济核算。换句话说，五个村子所打下的粮食除向国家交售的外，其余全部集中在一起，按人头平均分配。这样一来，原本已经出现的矛盾就更加突出。因为各个村子的情况相差很大，比如东伦公村土地质量好，旱涝保收，历史上每年除上缴国家的公粮外，每人还可以分配到几百斤粮。而东滩村地处涝河滩，土质多为砂石，贫瘠且无法灌溉，产量很低，不要说交公粮了，往往连自己的吃饭问题都解决不了，以致每年都要吃返销粮。

如今，把差别如此巨大的村子拉在一起扯平分配，会出现什么样的结果呢？

东滩村的人很高兴。虽然他们土地的产量依旧很低，但平均分配使得他们凭空便能分到年人均几百斤口粮。尤其是他们那里根本不能种稻子，如今也吃到了大米，于是喜笑颜开，高呼万岁！

但与东滩村相反的是，东伦公村和其他三个村子的人却极不高兴。他们不但要白白替东滩村人交公粮，还要把自己口粮中的一部分匀给他们，结果自己收入锐减，劳动果实顿消，生活水平频降。在这种情况下，尽管干部们再三给他们做思想工作：什么"大公无私"、"先人后己"；什么"发扬共产主义风格"、"身在农村，放眼世界"……却无济于事。这些村的农民先是对干部不满，继而对高级社不满，再下来看到政府是支持这种"胡搞"的，于是开始对政府不满。更可怕的是，这样一种扯平吃饭扯平分钱的劳动组织和生产方式，使得原本勤劳肯干的人也不愿意干活儿了。东滩村的人不愿意干活儿，是因为不干活儿也能吃香的喝辣的。其他村的人不愿意干活儿，是因为辛辛苦苦干一年，劳动果实不属于自己！

历史的回顾

这一来，消极怠工、消极对抗，成为当时农村中的普遍现象。

只要冷静地想一想，就会知道实行这种将农民田地无偿地收归集体的政策应当多么慎重。当初共产党发动土改，把土地从地主手里夺过来平分给农民，尽管激起了地主富农们的极大不满，却获得了贫农雇农们的衷心拥护。而如今，经过土地改革的农民却面临着无论土地好坏，一律被收归集体的结局，而他们的所得，也不再是通过自己的辛勤劳动就能够实现的了。换句话说，从此他们的利益、他们的命运就完全掌握在各级干部手中。

从本质上说，这意味着对农民的权益进行了一次强行剥夺。尤其是对那些生活条件好的农民，剥夺的意味就更甚。

在这样一种情况下，农民会满意吗？

陈冏台是一名坚定的共产党的追随者和崇拜者，那时的他尽管看到了问题，也思考了好多问题，但他始终相信党的政策是好的，至少用心是好的，动机是好的。他主动向乡亲们做工作，诚恳地告诉他们：社会主义是个前无古人的新事物，大家都没有经验，产生一些缺点不仅正常，而且难免，因此请大家务必体谅，务必理解……

但是乡亲们却并不领他这份情，他们用一桩桩一件件的事实同他进行争辩。争辩激烈时，陈冏台激动得面红耳赤。尽管他远远没有农民掌握的事实多，也远远没有农民对合作化的体会深，但他出自一种责任，甚至出自一种本能，仍然不屈不挠地为合作化叫好。

陈冏台觉察到了事情不妙，但没有觉察到不妙的程度远远超出了他的预想。

首先是在1956年农业合作化的高潮中，出现了一种干部为跟上形势而不顾实际可能，采取一刀切的办法，有条件没条件只管合作，以致农村建立合作社普遍出现了一种不讲目的，只重形式；不看结果，只要过程的浮夸现象。有的村连互助组都没有建立起来，就匆匆忙忙地建立起高级社。农民从几千年传统的单干模式一下子转变到大集体，不仅谈不上管理体制的健全和管理经验的积累，甚至连心理和生理上都无法适应。在这样一种情况下，无论生产还是生活都立即陷入了一种盲目和混乱。

比如，1956年中斑竹园高级社的农民根据以往的经验，本能地想继续种"6028"小麦，但是政府却要求他们种"碧玛一号"。

农民说："碧玛一号"种子放的时间长了，怕长不好。

乡干部说：没关系。你只管种！

农民不理解：咋能说只管种哩！种啥不种啥起码得论个道理。

乡干部就发蛮：叫你种你就种，你能还是政府能？

农民仍然不肯：为啥非要种"碧玛一号"？为啥种"6028"就不行？

乡干部却不肯说原因。

逼到最后，乡干部只好把底牌亮出来："政府早就准备了这些种子，你们不种，这些种子不就都浪费了！"

农民就更不服气，认为浪费种子当然心疼，但造成这种浪费并不是我们的原因呀！何况在浪费种子和获得收成之间，究竟哪个更重要呢？

但是尽管他们不服，尽管他们有理，对方却代表着组织，代表着政府，把话往透里说，他们手里还掌握着专政这把万用万灵的工具呢！

农民不得不忍气吞声、以两倍的高价买下政府这些麦种，不得不极不情愿却也尽心尽力地将这些麦种种进了田里。

第二年麦子立竿见影地减了产。

按照户县以往的小麦产量，不管丰年歉年，总要在亩产一石这个基数上浮动。而1957年小麦收下来后，每亩地平均只打了四五斗。

这意味着每亩地的产量减少了一半。

本来，如果那一年全县——哪怕是全镇都减产了，话就好说得多。可以把产量低的原因归结到天灾上去，但是事情偏偏就那么不留情面。就在伦二社各村小麦大幅减产的同时，夹挤在它们当中的东伦公村却获得了小麦大丰收。而东伦公村之所以获得大丰收，原因就在于不管乡镇干部怎么恐吓，他们始终软磨硬抗，坚持种了"6028"。于是同样的土地，同样的气候，同样的农民，同样的耕作方式，他们平均亩产在一石以上，是其他村子的两倍！

问题如果仅仅到此，也就不值得农民愤怒了。毕竟，干部也会吸取教训。今年强迫命令效果不好，很可能明年他们就会接受教训。如果那样，合作化道路不说越走越宽广，起码还可以试着朝下走。

但是遗憾！

由于各村粮食大幅度减产。这一年除了东伦公村,其他村的农民粮食都不够吃。粮食不够吃,农民心里马上发慌。心里发慌的同时也就马上琢磨办法。其实办法不用琢磨,当初动员他们加入合作社一句最有力的鼓动口号就是"走共同富裕的道路"。进一步说就是有福同享,有难同当。现在其他社粮食不够吃,只有东伦公村粮食有富裕。那么就请东伦公村发扬风格,开展共产主义大协作吧!

谁知东伦公村的农民本来就有气,一听要从他们村子调配粮食,立刻强烈反对。全村人万众一心,用最快的速度把粮食分配给各家各户。当政府派人去调粮时,村干部理直气壮地说:已经分配下去了。

政府方面不退让:分配了也不行!让大家交出来!

东伦公村的农民说:交粮食可以,但是我们有个要求。

什么要求?

必须分社!最多一村一社,各干各的!

政府方面当然不会退让。以村为单位建社,各干各的!这成了什么?这不是明摆着要倒退吗?

道理讲不通,政府干脆来了个不讲理的,派人挨家挨户强搜。东伦公村的农民没有想到政府会来这一手,毫无准备,结果没费多大事儿,粮食就被搜出来,开始陆续装车。

这一下东伦公村的农民慌了。真要把粮食都运走了,这一年可吃啥呀?

精壮汉子们知道自己出头去抗争,结果将非常不妙。于是几乎不用动员,村里那些老婆媳妇就一起出动,哭的哭,闹的闹,拦车的,抱人的,躺在地上打滚的,最后死拉硬拽,把大部分粮食硬抢回来!

如果仅仅在一件事情上出了问题,那问题或许只是局部的、个别的,不能一叶障目,不能以偏概全,更不能以这些局部和个别现象来评价合作化的优劣。

偏偏问题层出不穷。

小麦收割之后,紧跟着又是种稻子。

种稻时,政府似乎根本就没有吸取教训,又给农民"介绍"了一种叫"粳稻"的新稻种,要求各社大量种植,并宣传这种稻在其他地方长得很好。

农民很实际，他们认为，这种稻在其他地方长得再好，也不能说明在户县就能长好，必须稳妥一些。他们提了个办法：今年先少种些试试。如果效果真的好，明年再大面积地铺开。

按理说，这个建议入情入理，凡是有正常思维的人都会采纳。

但是乡干部坚决不干！不干的理由非常简单，到处都在快马加鞭，到处都是热火朝天，怎么在你们这儿就慢慢吞吞、磨磨蹭蹭呢？

不行！绝对不行！

结果仅中斑竹园村一个村，当年就种了45顷"粳稻"。

接下来又是立竿见影，继小麦之后，水稻再次大幅度地减产！

还有棉花。

按照常规，户县的农民每年都在谷雨节以后种棉花。但是乡政府为了早种早收，做出成绩，规定农民必须提前一个月种棉花。尽管农民都认为这样种不合节气，肯定长不好。但干部们态度强硬，硬是用扣大帽子的办法逼迫农民就范。一时间，"保守思想"、"落后观念"、"墨守成规"、"不思进取"——无数顶大帽子漫天飞舞，把从来没有见过这种阵势的农民全吓傻了。

结果棉花又是乖乖地按照干部的命令种下去了。

由于天气过凉，几十亩棉花一苗不长。最后只得全部犁掉重种。

在当时的生产力条件下，浪费之大，令无数农民痛心疾首。

最滑稽的是，这时候干部们不再像当初强迫农民种植"碧玛一号"那样强调浪费问题了，这时候说的全是政治，喊的全是口号。上级要求，国家号召，总之提前一个月种棉花是党和国家的政治需要！

农民不服气，质问乡长：你既然没把握，为啥非要强逼我们种？

乡长回答得非常轻松：上级安排的，我有啥办法！

事后推测，乡长的回答有可能是假，但也有可能是真。问题在于，无论真假，你都无法撼动和改变它！真的是上级指示他这样种，他确实没有办法，只能照办；如果没有上级指示他这样种，纯粹是他自己想当然地出此妙招，那同样没有办法，同样只能照办。

当陈同台了解到这些情况后，曾经很天真地向农民提出一个问题：既然你们知道自己是对的，为啥不咬着牙坚持自己正确的想法？

农民回答：谁敢？

陈冈台很想鼓励他们：怎么不敢？你们现在面对的是共产党毛主席呀！共产党毛主席是全心全意为人民服务的，他们一定会认真听取你们的意见的！他还想告诉他们，尽管有些干部对老百姓很凶恶，但那只是个别现象，绝不能代表大多数！

可是在当时的场合下，这些话说出来会让人觉得又假又空，于是他只好闭嘴不说。

陈冈台放假的时间并不长，但这正是合作化各种矛盾急剧呈现的时期。这一个月中，几乎每天都有大量的现象和事件朝他拥来，使得他在应接不暇的同时，也逐渐产生出一种感觉，这种感觉起初隐约，后来明显，最后竟变得越来越强烈。这就是：1956年以前，农民的日子过得很平和，也很好。1956年以后，随着农业合作化推进的速度加快，也随着农业合作社的规模越来越大，出现了越来越多的问题。

他心里很焦急。农村中复杂的现实与他在报纸上、学习材料上所看到的情况差距太大了。在炮校时，他读到和听到的全是农业合作化的好消息。但是回到农村，才发现这些好消息是多么虚假！比如报纸上整天说农民敲锣打鼓地欢迎合作化，而事实上，农民是不敢不敲锣打鼓，不敢不加入合作社，否则大帽子朝你头上一扣，你的日子就怎么都没法过了！

陈冈台发现，随着农业合作社的建立，农民确实是被有效地组织起来了，这种组织如果用在军事上，应当说相当有效也相当有力。但用在劳动上，则远不是那么回事了。合作社越大，与农民切身利益就越远。在这种情况下，怎么可能指望农民"爱社如家"呢？

何况，之所以提出"爱社如家"，至少说明"家"是农民心爱的。而"社"只能提倡农民去爱。至于农民是不是愿意爱，能够爱到什么程度，那就不是简单的说教和粗暴的强迫所能够实现的了。

在这种情况下，怪事屡屡出现。农业合作化被大家嘴上说得好得不得了，但就是不打粮食；集体生产被报纸上吹得好得不得了，但就是大家出工不出力。

那时陈冈台的思想认识水平还不能达到更深的层面，他还不能从指导思想的错误以及生产力与生产关系是否适应的角度去考虑问题，而更多的是通过一件件具体的生活事件来对农村的状况进行观察和思考。这些观察和思考使他感到，很多问题其实并不是不可避免，那完全是由于各级干部中的官僚主义、主观主义、宗派主义以及不走群众路线而造成的。一些从上面派下来的干部根本不懂农业生产，他们完全不根据本地的实际情况，只图完成上级下达的指标，大搞形式主义和命令主义，置群众的利益于不顾，硬是把党和政府放到群众的对立面上去了。

他心里非常焦急。

历史踪迹的探溯者

当我在户县采访和了解半个世纪前这一段曲折的历史时，我的心情既沉重又遗憾。

说沉重可以理解，为什么说遗憾？

2002年我在铜川印台区红土镇拍摄电视连续剧《郭秀明》时，结识了当时红土镇党委书记杨红刚，继而又认识了杨红刚的父亲杨彦芳。杨彦芳是一名从农村基层中走出来的干部，上世纪七八十年代他曾在基层农村担任公社书记，以后又担任了印台区计划委员会主任和铜川市委党校副校长。这是一位性格耿直、品行正派，勇于实践也勤于思索的长者。他身上具有的朴素的思想和朴素的作风，使我深为钦敬。

非常巧的是，20世纪50年代初土改时，杨彦芳就是在户县农村搞查田定产。

杨彦芳告诉我，那时他还不到20岁。当时他和一批热血沸腾的青年人用尺子丈量土地的长宽，计算土地的面积。那时候工作没黑没明，非常辛苦，却也令人振奋和激动。他们把土地的情况量准算清后，就快马加鞭地给农民发放土地证。

杨彦芳说，让他终生难忘的是，有一回他到户县所辖的秦岭深山区去看望农民，发现有一户农民在毛主席像前放了一个香炉，并敬着香。

杨彦芳指着毛主席像问农民：知道他是谁吗？

农民回答：是给我分土地的爷！

杨彦芳说：当时农民对共产党对毛主席的感恩之情，确实是发自内心的。

但是当合作化运动轰轰烈烈地展开，农民手里还没暖热的土地突然又被一股脑儿拿走后，情况很快就变化了。

彼时户县的农业合作化运动整体呈现着一种什么状况呢？

事隔多年，如果不是用十分努力和十分刻苦的劲头去细细搜索回顾，发生在半个世纪前的这段历史就注定将越来越消失在历史的尘埃中。

所幸的是，中国偏偏有这样一群志士仁人，他们生得朴素，活得清白，无论岁月怎样流逝，无论斗争多么残酷，他们总是在历经曲折之后，最终以一种中华民族自古以来便具有的高贵精神和不朽品质鞭策着自己，用自己的良知来书写原本的历史。

户县工商局干部李百灵就是其中的一位。

李百灵，户县人。1943年出生。

2011年，当我在户县采访李百灵时，他已经年近七旬。

李百灵给我谈了对从前和如今一些农业问题的看法，只谈了短短几句，就使我对他肃然起敬。

之所以肃然起敬，取决于两点：

一、他直言不讳，追求真理，具有真正的文人风骨。

二、他态度客观，实事求是，展示出真正的学者风范。

一个最简单的例子是，李百灵对农业合作化的弊端看得非常深彻，他强烈地批评从1956年以后农村愈演愈烈的集体化之风。但同时，他对改革开放后取得了巨大成就的分田到户所产生的弊端，同样不留情面地尖锐批评。

李百灵是2003年退休的。退休以后，他用全部精力做了一件事，就是写文章。他写的文章基本上全是与自己切身经历有关的。尽管他写文章的水平事实上已经很高，但在写文章的过程中，他仍然越来越感觉到自己知识的不足，于是这位年近七旬的长者，便像小学生一样钻进资料室档案馆，用一种孜孜不倦的刻苦，认真查阅着历史上的各种档案资料。

这一查阅，他六十多年的生活经历立即被调动起来了。这使得他手中的笔如泉喷涌，如潮澎湃，结果他很快完成了一部长达几十万字的书稿，题目是《农情忠言录》。

在《农情忠言录》这部书中，李百灵记录了户县新中国成立以来诸多的事件和人物。后来我才知道，《农情忠言录》是李百灵鸿篇巨制《涝水弯弯》三部曲中的第一部。全书基本上写的是农业合作化这一段时间内发生的人和事——和那些自己不动脑子、专门依靠现成的思想和观点来写书的所谓作家不同的是，李百灵是一位几十年社会生活的亲历者，又是一位勤于思索的思想者。这就决定了他只要动笔，写出的文章就注定不同凡响。

在陕西文学界，作家柳青是一棵大树。几十年来，所有官方和民间对柳青的评价都是一致的：柳青是作家中的大家，是深入生活的典范，他创作的《创业史》是新中国成立以后最好的小说之一，等等。

李百灵在艺术上、文字上、人物细节刻画上，尤其在创作态度的一丝不苟上同样充分肯定着柳青，也充分敬仰着柳青，但他对《创业史》的主题思想和全力讴歌合作化的倾向也旗帜鲜明地提出了自己的看法。

李百灵写道：

这部小说以全面讴歌农业合作化做红线，自然要理直气壮地标明农业合作化为唯一正确的道路，所以也就忽视了农业合作化的弊端……《创业史》发表以后，曾在以后不同的时期引起了一系列的争论，相对集中在上世纪60年代和80年代。60年代主要是围绕新人形象、英雄人物梁生宝的塑造展开的，80年代则是由农村现行政策的改变而引发的。如对农业合作化运动的基本评价问题，关于阶级论观念制约下的人物配置问题，关于用政治运动构架小说的文学政治功利观问题，以及由这些问题带来的生活真实与艺术真实关系的讨论，不可否认，就《创业史》第一部来说，它确实存在着写作特定时代的印记。如社会观念论证式的构思，限制了作品的思想深度和生活体验，阶级分析论对小说人物的制约以及对普通农民致富理想的全盘否定，无疑受到当年"左倾"思想的影响。

在陕西，一位名不见经传的业余作者敢于批评《创业史》，这简直是冒天下之大不韪。要知道,柳青当年深入生活的地点——长安县(今长安区)就紧挨着户县。如今在长安区不仅有规模可观的柳青墓,而且省上还专门设有"柳青文学奖"。

但李百灵无所畏惧。

如果说李百灵对柳青《创业史》反映出来的"左倾"思想发出质疑和批评,不仅具有一种实事求是的客观,而且可以称作一种勇敢的话,那么他对户县农业合作化的描写和批评就更加勇敢也更加客观。比如,当写到农业上开始出现不妙的苗头时,他不是按照时下流行的口径,认为缺点和失误发生在1956年以后,而是如实地描述了1954年的情况。

1954年,以消灭私有制、实行以农业合作化为主要内容的"社会主义改造"被提上党中央的议事日程。而在基层,从前农民或者单干,或者成立互助组的形式已开始被农业合作社的浪潮所冲击。如果说互助组时期农民还有自己种植农作物的自主权,还有对自己劳动时间、劳动内容的选择权,还有对自己劳动收益的支配权,那么进入合作社以后,这些权利便越来越消失了。

到1954年秋收前,中国的农业合作社在原本已经10万个的基础上,又新建立了12万个。此时陕西的初级社也已经发展到3048个,可以说县以下已经区区有社。

李百灵写道:

和《创业史》描写的情景一样,在合作化的实践中,出现了错综复杂的矛盾和斗争。但是这些矛盾、斗争并不像《创业史》解决得那么简单、轻松和人性化。1954年6月以后到1955年开春的建社工作,陕西不少地方存在着严重的强迫命令现象。在贪多、贪大、求高、求快的急躁情绪支配下,有的乱提口号,乱扣帽子;有的不顾条件"一鞭子吆";有的搞"户户报名,村村建社",对报名入社的"敲锣打鼓欢迎",对不入社的"轮班说服",甚至说"不入社就是走资本主义道路"、"不入社就是反对社会主义",如此等等。在具体的工作中,过急地把牲畜农具"归大堆",而且作价偏低,还期过长;有的还宣布取消了土地报酬,这些举措极大地伤害了群众的生产积极性。

1955年春季,中国农村出现了相当紧张的情况,农民生产情绪不高,不积极锄麦、翻地和积肥,不投资生产,但却抢购生活资料,大吃大喝;有的卖大畜买小畜，卖掉牲畜再入社；还有的乱杀耕畜，滥伐树木，甚至赶走羊群"躲社会主义"。

但毕竟，这时候中国农村中大多数农民还在属于自己的土地上劳动，而强力推行合作社所必然招致的问题由于人们本能的抵制，还远远没有得到"发扬光大"。因此虽然农业合作化的危机初显端倪，虽然农民拉牛退社的现象屡见不鲜，但这种对抗还远没有像后来那样频繁和激烈。

1956年过去，1957年很快到来。

这一年，整个中国处于一种狂热中。表现在农业合作化上，是合作社已经用跑步的方式在户县普遍地建立起来了。用李百灵的话说，从此农民种什么、怎么种全由不了自己了。他们每天早上蹲在敲钟的大树下，听队长的指派，叫干什么就只能干什么。这个时候的大集体的确充分显示出便于指挥的威力，但这种便于指挥却往往是瞎指挥。夏收大忙之际，时阴时晴，本应发动群众抢收抢打，上边却向全县提出了"碾场服从秋种"的口号。结果收回的小麦长时间堆垒。竟然拖了一个多月还碾打不完，到后来无论是地里未收的小麦，还是场中堆垒的小麦，都生出了绿油油的芽子。小麦大量减产不说，质量也大打折扣。至今户县60岁以上的人，对吃了整整一年的"芽芽麦"都记忆犹新。

问题出现得那样多，牵涉的范围那样广，于是农民怨言不绝。

这一年，在西安市委工作的户县人赵明，给户县主持工作的县委副书记曹文青写信，反映他家乡——户县南乡一个合作社的情况。

信中说：

1. 从去年11月建社以来，社里没有发给社员一个零用钱，截至今年5月，一个甲等劳动力只分了七八百斤麦子（据说一个劳动日10斤麦），人口稍多些的家，不算零用的钱，即主食已接不上秋粮食，有些人目前已断炊了。

2. 社的领导有问题。

(1) 社的正主任管不了事，副主任独揽大权，修河占了不少社里的地，政府发了一批不少的地价款；去年给工厂拉东西又赚了一笔钱，合起来是个不小的数目。直到现在钱用完了，不给群众公布账目，群众要求公布时，就扣大帽子，或者把账本抱出来一大堆叫群众算，群众多不会算，也不敢算。

(2) 社主任的父亲未经群众同意，即决定为农业社的专任兽医，什么也不干，拿的工分比一个甲等全劳力还要多，群众对此不满。

(3) 该乡乡长被社副主任的父亲经常的恭维和炒鸡蛋、喝酒买动了，不但不支持群众，反而压制群众意见，甚至用训斥、罚站等办法打击群众，群众敢怒不敢言，背后意见纷纷。

3. 社内组织紊乱，规定不能脱产的干部，经常十多人脱产，要别人背他们的工分。

……

一名户县在校高中学生石敬贤也给曹文青写了一封信：

根据我忙假在家所见所闻以及到校后听到同学们的一些反映，仅向你谈以下情况：

一、关于农民对增产的看法，他们说："农业社并没有增产而是减产。政府说农业社增产是不实的。"

二、关于农民闹事问题，部分农业社的社员准备麦收后或七、八月和我们政府闹（听到龙台坊同学反映）。

三、五星三社在去冬今春民主大办社大讨论时，群众意见没有完全提出，藏在心里，对社干部大有意见。

四、关于粮食政策问题，群众普遍反映430斤不够吃……我也想了一下，430斤粮食（还是原粮），每月他们平均吃上36斤。跟我们学生比，我们每月吃35斤（细粮），折合原粮也近40斤。全年可折合480斤原粮。况且我们在不够吃时还可提高副食，多采购些薯类、蔬菜、豆腐等。而农民不够吃要提高副食那就难了，问题就多了。再加上他们每月只36斤原粮，不够吃是事实。

他们说："要是政府今年还是430斤，那问题就更大了！"理由是，他们说，"去年差不多每家都还有些陈粮，去年吃了，今年就没啥吃了。"所以不够的程度就更大。

也有些家庭小娃多，他们可以勉强紧（仅）够维持，可是农村小娃多的家庭不怎么多，加上我们的干部再做不好粮食余缺平衡工作，那么不够吃的问题也就大了。

联想闹事之事，根源也在于此。他们有这样的反映，说："咱们成年劳动，叫政府在一村一社建一个仓库，咱吃多领多。"

再补充一点：今年夏天，拾麦风气高涨，此问题不但影响夏收，也说明群众对粮食问题的紧张情绪。

以上情况，希望书记及时研究，特别是农民闹事问题。

原籍户县、在华东地质局测绘大队工作的邢振元，在回家探亲时发现农村存在的一些问题，更是直接向党中央写信反映。邢振元向党中央报告：现在的农民已经由分散的个体经济转变为高级合作化的经济，按理说生产情绪应该高涨，生产率应该提高，农作物也应当增产。但情况恰恰相反。目前社员们的生产情绪普遍不高，对搞好合作社没有信心，混一天算一天的思想严重。总之，无论社干部还是社员，都没有把社里的事情当做自己家里的事情来做，都抱着一推六二五的态度在对待合作社的工作。正是由于上述情况，现在农村里还有单干户，他们死活不入社。因为他们看到了，高级社的生产情况及社员个人的收入都不及初级社，不如互助组，甚至不如单干户。

邢振元反映：现在农民反应很大，地主富农及其家人有怨言但不敢声张，贫农和新中农却怨声载道，怨言颇多。

这是什么原因呢？

照老百姓自己说：我们一年忙到头，吃的不富裕，谁还有心情干活呢？但以我自己看来，农民所说的，也许是原因之一，但还不是主要的。主要是：

1. 农民的觉悟不高，私心太大。一看现在不能私人发财致富了，于是努力劳动的心情就不大了。

2. 合作社发展太快，摊子太大。有的连互助组都没有经过就建立了高级社。社干部无经验，管理不善，使社里的财产无形中受到了损失，减少了社员的收入。如县西南乡一带，在1956年夏收正忙的季节，合作社不是抢收庄稼,却规定(有的是工作组长规定的)社员一辆马车一天只装8车麦子,而且不管路途远近。结果由于骤雨而降,下坏的麦子无法计算。这也是造成当地人民口粮不够的原因之一。

3. 社干、社员都没有爱社如家的思想。因此,现在的庄稼不是做的细致,而是粗糙不堪。

4. 那些年轻社干缺乏务农的经验,然而不愿向老农请教,不听老农的教导,各自搞一套。社里分工不结合实际,不根据社员的所长去派工,而是以感情用事,结果多数社员不满意。

5. 合作社社干脱产情况严重,有的社干偷懒,借故不参加生产,但却能根据误工记工分,发红时间同样拿报酬。社员对此很不满意。

6. 牲口集中饲养以后,由于管理饲养不周,牲口发病和死亡率较高。其次牲口的饲料留得太少,而且忙闲一样,因而牲口长得很瘦,经常要请兽医看病,因而药费花得也很多。

7. 社里的账目不清,社干可以随意动用社里的钱,和社干相好的也可以借用公款。而一般的社员确实有困难时,却一文也借不到,甚至社员有病由于借不到钱而送了性命。

半个世纪后的今天,我们读到邢振元给党中央写的这封信,仍然可以强烈地感受到两点:一是他用一种很朴素的笔调在向党中央反映农村的实际情况;二是他为这种现象忧心忡忡,热切地企盼着党中央能够迅速而有效地解决好这些问题。

在接下来的内容里,邢振元还写到了农民缺吃缺穿的现象,同时着重写到了中国农村此前从未出现,而从那时开始出现,直到中国实行改革开放后才最终不见的一个现象:黑市。

今天充分享受着丰裕物资的青年一代已经很难理解什么叫黑市了。最简单的解释就是,你生活中需要的一切都无法买到,于是只好置政府不许买卖的法令于不顾,采取地下偷偷交易,并且付出比市场上价格高得多的价钱去买到你所需要的物资。

问题在于,所有这些无法买到的物资不是枪支弹药,不是匕首刺刀,而只是人们生存所必须拥有的粮食、副食,甚至肥皂、洗衣粉、煤油和火柴!

为什么会出现"日益猖獗的黑市"?

邢振元写道:

第一,分配给农民的口粮太少,只有430斤,而且全部是原粮,普遍不够吃。

第二,拥来了许多外来的居民。他们没有吃的,只能从黑市上去掏去捞。

邢振元并在括号里注明:这些外来居民是安徽和河南的。

应当感谢邢振元,他只是忠实地记录着生活,只是忠诚地向党中央反映情况。他绝没有想到,当半个世纪后人们来研究这一段历史时,这一个普通的括号和注释,把当年安徽和河南人民的生活情况打出了一个巨大的问号,把安徽和河南当时主要领导人的工作态度、工作作风乃至工作"业绩"都进行了一个无法回避的概括,也给他们留下了一份良心的拷问。户县农民的生活再穷苦,也还不至于流落他乡四处要饭。而安徽和河南这些流民是因为什么不得不背井离乡呢?

应当说,邢振元记录得并不全面。2011年,当我在户县采访时,许多老年人告诉我,除过安徽和河南,当时在户县流落的还有两个省份的人非常多。这两个省份一个是甘肃,一个是四川。

甘肃历来贫瘠,逃荒要饭的人多或可找出理由。而四川呢,那是自古以来就被称作天府之国的呀!

户县人民了不起!

也许是得益于传统的儒家文化的熏陶,户县的知识分子普遍具有一种待人遇事"只知义,不辨宜"的耿直。当户县合作化运动屡出问题而得不到纠正时,户县的有识之士,甚至那些粗通文墨的中学生,都以各自不同的方式向各级政府写信反映情况,甚至冒着极大的风险向党中央犯颜直谏。

其实,不仅仅是户县百姓,此时问题之明显、之严重,使得能够看出问题的人已经很多了。连中共户县县委直接领导下的户县报社也已经深深地感到问题之严重,以致主动向县委反映情况,希望及时制止并纠正农村中这些问题。

不仅如此,1957年上半年,陕西省政协派出工作组到户县视察,走访了不少干部社员。视察结束后,工作组和户县县政府领导进行了座谈。至今,户县档案馆里还保存着这份座谈记录。记录的内容很庞杂。但中心内容是以下几点：

一、社员生活苦得了不得。部分社员连买油盐的钱都没有。社员觉得人连牲口都不如。对合作社很不满意。

二、干群关系非常紧张，群众大部分都骂干部。这中间地主倒还没说什么，倒是贫雇农的不满表现得很明显。

三、干部压制群众。群众不敢说反对和不满意的话，一说话便给你戴上反革命帽子。

四、社里的财政普遍比较混乱，一般都不公开，更没有做到日清月结，去年夏季收入，各队到现在还算不清。

五、社员不爱惜牲畜，加上物资供应紧张，造成牲畜死亡率高。草堂寺由于饲料不够，死了46头牲畜。社员干活普遍没有积极性，还编出了顺口溜："前歇二，后歇三，到了地里吃袋烟！"

六、不少人都要求分社，连一些社干由于搞不好团结也要求分社。

七、干部和群众对问题的看法不一致。比如发生了农民打干部的事情。姓王的支部书记认为是对群众、社干教育不够。再就是粮食余缺不平衡和某些方面干部有官僚主义造成的。但群众却不这样看。他们认为，王支书卖余粮是要争模范，他将黄豆全部作余粮卖，将牲畜饲料的一部分也卖了。群众说："王支书为争模范，群众饿死了比屁还淡！"

……

可以看出，方方面面的矛盾都已经十分尖锐，十分突出。

由于这时候农民不满情绪越来越大，而强制农民走"合作化道路"的压力同样越来越大，矛盾尖锐地碰了头。在这种情况下，最有效的手段便是强制，用杀一儆百的方式来让农民低头。

一封转发自《陕西日报》的来信，反映户县一名叫程致和的乡长随意凌辱社员的情况。这位程乡长动辄给社员扣上反动帽子，辱骂社员，尤其是他在夜里把一些社员绑在自己的房子里用柴棍拷打。直到把社员打得不能下地劳动，他仍然不依不饶，说社员是装的。

而户县报社同样就农村中动辄打骂农民的问题向县委反映：

……牛东乡千王社批判一个队长王福刚（共产党员）领导社员偷分粮食时，叫队长跪下。禹泉乡黎明一社批判中农付义堂时，发生打骂现象，最后本人说把他原谅了，才结束了会。还有个别乡、社对地主、富农、反革命及其他坏分子进行斗争时，不是从政治上把他们孤立起来，竟发生打骂和人格污辱现象。如秦镇区斗争和批判了六十一个，被打者二十八人，其中庞寺乡八名，七名被打，支书刘兴民、乡长段云亭带头打。

当事过半个多世纪后我们再来看这些材料时，可以看出和刚解放时相比，基层干部在思想作风上已经发生了多么可怕的蜕变！那时候，且不说村支书和村长，就连乡镇一级的领导动手打人也都是家常便饭！

直言进谏

在农村接触实际越多，陈冏台心里越不平静。

一位叫羊娃的青年给陈冏台讲述合作化运动中发生的种种事情时，顺口就念了一段顺口溜：

> 合作化万岁，
> 打油排队。
> 排了一晌，
> 只给二两。
> 低头细想，
> 想起老蒋，
> 给回就走，
> 碰见乡长，
> 把我叫去谈思想。

羊娃念完顺口溜，若无其事地去干自己的事情了，陈冏台却还呆呆地站在原地。他心里有一种愤怒,羊娃已经不算小孩子了,应当懂事了,他为什么会念出这样一首完全可称得上反动的顺口溜?进一步深查,这样的顺口溜是从哪里出来的?为什么大家就让它传播而不制止?就算农业合作化出了些问题,就算农业合作化搞早了搞急了搞糟了,但党和政府的初衷不是为农民好吗?

他就怀着这样一种愤怒,回到了家里。并且一回到家,立即把这件事排炮般向身边所有他认为能够提出的人提了出来。

但让他惊异的是,所有的人都没有他同样的愤怒,恰恰相反,他们对他的质问还都抱有一种奇异的不解,仿佛他是天外来人。

再后来,他发现,他们全都知道这段顺口溜,而且这样的顺口溜还不止一段两段。

陈罔台不甘心,他认为自己有责任向乡亲们做宣传,也有义务把真理告诉大家。

他给大家讲道理:"农业合作化道路是广阔的,苏联的集体农庄就是最有力的证明。在苏联,农民点灯不用油,耕地不用牛,党和政府之所以实行农业合作化,就是希望大家都能过上这样的好日子!"

但是他很快感觉到自己这些宣讲和动员的苍白无力!他发现农民的情绪——甚至自己家人的情绪,都绝对不是一两句标语口号式的教育就能够扭转过来的。

事情到了这个程度,陈罔台的心情只剩下四个字:沉重、气愤。

沉重不须解释,气愤则比较复杂。用陈罔台自己的话来说,他气愤那些基层干部怎么是这样的!此时此刻,陈罔台始终都坚信党和毛主席对农业合作化的指导思想是对的,是基层干部执行政策时执行偏了。那一阵子,他对农村中那些强迫命令的干部非常反感。他认为是这些人水平不高,导致了农民对党和政府的不满。他不停地催促自己,把了解情况的速度一再加快,他要向党中央毛主席反映这些情况,他想让整个农村和农民的情绪缓和下来,让他们和共产党毛主席心连心也心贴着心。

也就从这天开始,他白天参加劳动,晚上收工回家后,就拿出小本子,把当天所见所闻统统用笔记录下来。母亲很奇怪,问他在写什么,他把自己的想法说了。母亲吓了一跳，说："你不要！人都爱听好话，你千万不敢照实写！"

陈冈台见母亲这样焦切，只好答应不写。但心里却暗自好笑。他觉得母亲是个没文化的农村妇女，对政治上的是非搞不明白。

陈冈台照旧记录，只是鉴于母亲的反对，他不公开地记了，而是背着母亲偷偷记。

一个月的假期很快就满了。回到炮校，陈冈台首先向他的直接领导、射击系主任兼党支部书记林清口头简要汇报了一下农村的情况，同时希望把这些情况按组织渠道反映到地方有关部门去，以便及时纠正。林清听完后没有多说其他，只吩咐说：你最好写出来，我代你交上去！

于是陈冈台提起笔，准备把这些记录下来的事情写成文章。

但是当他真正整理这些凌乱的记录时，他又一次犹豫了，他笔下反映的几乎全是阴暗面。别人看了是不是能理解呢？如果不理解，别人会怎么看待自己这种做法呢？要知道，这些材料和大家平时报纸上看的、广播里听的完全不一样呀！

那些天，陈冈台日思夜想，不知该如何是好。

但是最终，他还是决定：如实写。

让我们看看陈冈台经过了一番怎样的思想斗争——

我们的祖先早就教导我们要"先天下之忧而忧"，"天下兴亡，匹夫有责"，文天祥在就义前曾写过几句诗："孔曰成仁，孟曰取义。唯其义尽，所以仁至。读圣贤书，所为何事。而今而后，庶几无愧。"我们读毛主席书，学习革命理论所为何事？在国家关键时刻，不向党进一言，献一策，任其兴衰，读书学习又有何用？

陈冈台用了整整两天两夜，写出了他回乡的所见所闻。为了便于理清和说明问题，他共列出23个小标题，同时借鉴马可·波罗《东方见闻录》的名字，将文章取名为《农村见闻录》。

写完后，陈冈台很快就交给了林清。交给林清时，他特意强调：这是向党汇报农村情况的,希望能通过组织渠道转给地方有关部门看看,属于我们工作中缺点的地方,请今后加以改进;属于群众思想落后的方面,今后可以加强教育,总之不要让这些问题继续发展下去了。

陈冏台还特别指出:见闻里谈的缺点比较多,因此不要让群众知道,否则影响不好。

现在,让我们看看陈冏台的《农村见闻录》都是些什么内容?

《农村见闻录》开篇一段话是:

余于五七年6月21日休假,与郑及二崔在华山玩了玩,25日回家。回家之用意有三:第一休息(主要指脑子休息),第二劳动(农业劳动),第三附带了解一下农村情况。关于党在农村中的政策、路线,我从理论上还学了些,稍知一二,但感性知识却几乎一无所有,因之,我是抱着学习的态度进入农村的。我在与人们接触中大量地听、问,可能时并记录下来。这些人大多是村中乡里,也有些亲戚,还有些难民、过路人等,绝大部分都是劳动人民。由于我是他们的乡里,甚至把他们称作"叔叔"或"哥哥",因之他们在与我谈话中毫无顾虑,有啥说啥,有些事我就做些解释,甚至争论。有些自己也解释不来的,就只好默默不语,或者说:"这些缺点是暂时的,以后定会克服。"因为你如果每件事都不加分析地说政府对,农民不对,不但没有说服力,还会引起他们的反感。

短短几句,已经让我们感觉到陈冏台的基本立场。将他小心翼翼地呵护政府形象的复杂心态表达得淋漓无遗。

由于《农村见闻录》全篇共两万多字,我们只摘录其中的部分——

我们高级社由中斑、北斑、东伦、水寨、东滩五个村子组成,名为"伦二社",约1500多口人,30多顷地。以土地之数量、质量看,一般还算较富之社。

今年夏季预分结果每人106斤麦子,麦秸约70斤,而去年每人分麦220多斤;比建社前则更少,据说建社前每人分三四百斤。据农民说,106斤还是刚碾出来的麦子，如果晒干，只能有90多斤，约三斗，每人每月以吃一斗计算，只能吃三个月，而麦是农历五月十三才打下来的，只能吃到八月十三，而秋粮一般到农历十月才能打下来，这样，中间便有一个半月时间秋夏不接，因之，很多农民都非常恐慌……

农民过去对积肥非常重视。因无化肥，只有土肥，家家茅子（厕所）都喂猪积肥，经常拾掇些烂草废柴、污水臭泥倒置其中，数十日即可积满一茅子……对路人之粪也很注意收集，经常可以看到路旁有个小厕所，名为供路人之方便，实则为自己积粪。拾粪之风甚盛，成年四季可以看到大路上挑着粪筐，拿着铁锨的老人与小孩，真可谓"路无遗粪"。大粪堆有大似古陵者，小似坟丘者，每家皆有之。

但自建社以来，情况大变了。

农民有工分的活便做，没工分的活便不做，很少考虑其对生产是否有利。一般下地劳动皆有工分，因之谁也不愿耽搁。而积粪并未定出工分，既无报酬何必积呢？因之茅子也不垫了，粪也不拾了，有人说："路上的粪拿脚踢呢，也没有人拾。"……

如果这样一年一年下去，庄稼地一年比一年薄了，怎么办呢？许多人提及此事都殊觉可叹，但又有什么办法呢？积粪为什么不可以定出工分呢？为什么不鼓励人们积肥呢？这种现象应立即纠正。

单干时代，自己为自己工作，都尽量精耕细作，求其增产。建社后劳动目的主要是挣工分，凡对挣工分有利者无不为也，凡对挣工分无利者何为之哉，而不计其对生产是否有利。精耕细作固可增产，但于我有几？反而耽误时间，少挣了工分，因之，不求质量，只求速度之风大盛。起初质量还能交待过，以后则互相瞒哄，越来越差，以队或以村为单位作弊之现象大增……

过去人们对地界非常重视，种地时都要在地界上种上一行庄稼，以增加收入。往往由于邻地的主人把自己的地多犁了一犁而打架打官司。现在则适反其事了。有些人犁地时为了多挣工分，故意将地边上一糖宽（约1米5）的地不犁。人家问他为什么不犁，他说那是邻村的地，不是咱社的地。问邻社，邻社也不承认是他的地。过去哪有这样的事，好好的一块地没人要，你说是我的，我说是你的。有人说，这真是"君子国"、"耕者让畔"的作风，这是多么辛辣的讽刺啊！

有人对此不满说："过去单干时人家可以加把油，几天内把活做完，剩下的时间也可以去逛逛会，看看戏，休息休息。现在把人逼得天天弄，天天弄，真把人挣死了。"

据说我村陈忠瑞就是做活挣死的。他家五口人，就只自己一个劳力，人又软，过去是教学的，没做过庄稼，现在五口人全凭自己养活，因之一天老发愁，饭也不想吃。天下白雨了，人家都回家了，他还在地里冒雨抓稻子，因为不这样就没啥吃，结果回家一病不起，临死前还指着六岁孩子不断叹息："咋了呢！咋了呢！"

因之，最近在农村中流行了这样几句话，恐怕妇孺皆知了："单干轻，互助重，建了社，要人命。"

活做不完的另一个原因，据说是目前用于生产的劳力少了，用于非生产和参加行政管理的人员多了。如社主任、社管委员经常脱离生产。就拿六月来说，为了清理去年的账项，就有十二三个人在办公室算了五六天账。

有一天，我在场里收麦，场边有一大堆麦粒因无人扫，芽子生得多长，东闻就指着那堆麦苗感慨地对我说："这放在单干时代，人家一定扫得干干净净的，可是现在就没人管，多可惜呀！"

我笑着问："你为什么不扫？"

他说："又没定工分，我扫它干啥，瞎了让他瞎去，这就是合作化的'优越性'么！"

诸如此类的反话很多。粮食分得少了，他们说："不愁吃不完，这是合作化的优越性。"柴分得少了，他们说："不愁没处放，案板底下也能摆麦秸垛，这就是合作化的优越性"。由于经营不良，大批耕牛死去，人们天天吃牛肉，他们也称之为"优越性"。

由于建社产生了上述许多"优越性"，许多农民对建社都敬而远之了。

目前，各村都建社了，只有涝河东一个村子名叫向家堡，由于修第三电厂，迁移至曲抱村东侧，因迁移尚未建社。今年春天，政府派人去建社，他们一致不肯。政府坚持要建，他们提出一个很有意思的条件说："咱们在大路上等着，如果过去一百个人中，有一个人说建社好，我们马上就建。"不知问的结果怎样，至今未建。

有人说："'瞎猫好猫，逮住老鼠为妙。'建社既然不增产，政府为啥一定要叫人建社？"

有人说："土改百分之九十五的人拥护，统购统销百分之五十的人拥护，建社百分之九十五的人不拥护。"

除了自己家所在的伦二社，陈冈台还写到伦三社的情况：

直到七月中旬，包谷长得多高了，一遍也没有锄，社员人心惶惶，不愿下地，闹着要分社。政府无法，只得把社划小，每村一个，现在已经划分完毕。

南斑原来是全社最落后的村子了，但分社后最积极，有的人天不明就在地里等着做活呢，几天之内就把过去所耽误的活做完了。而有些尚未分社的村子，却依然落后如故……

为今之计，出路何在？大多数农民都认为把社划小，每村一个，是解决当前矛盾最有效的办法。这样，不管在劳动质量上、组织上、粮食分配上，等等方面，问题会大大减少。发生了问题，也好解决得多。

事隔六十多年后的今天再看陈冈台的这一段话，禁不住让人感慨万千。

事实上，由于后来农民以消极怠工来对抗当时的"一大二公"，以致中国的粮食越来越紧张，农村越来越贫穷，最终政府还是不得不把生产组织形式一再划小。如果说从前曾有人设想以县为核算单位组织起人民公社，那么随着形势的不断恶化，只好一步一步地朝后退，先是退到大致是乡镇规模的人民公社为核算单位，接着又退到村级规模的生产大队为核算单位，最终退到以生产小队为核算单位。尽管从上到下一片呼声要求继续朝后退，但是有关方面动用了强力手段阻止再退。

1961年的国庆节——此时的陈冈台已经由于直言忠谏而遭受到沉重的打

击,并因此经历了一段非人的生活——他回到户县农村家中参加农业生产。当年的伦二社早已不复存在。他所在的玉蝉乡中斑竹园村也已经成为中斑生产大队,大队分成四个独立核算的生产小队——这比他当初提出的以每村为一个核算单位更小。

应当说,实践最终证明,陈罔台早在多年前提出的划小核算单位的设想,不仅后来被政府接受并实行了,而且是完全正确的。

但是没有人敢来证明他的正确,更没有人敢来为他伸张正义。

在《农村见闻录》中,陈罔台还写到农村干部的选举,选举时,政府早已经定好了人选,但还是要让农民来过一遍程序。农民对此意见很大。

有一次选举完后,周大坐在十字口气呼呼地说:"我说不来,不来,人家选谁咱没意见,还是硬把我叫来,结果你们事先都商量好了,还叫我×锤子来咧!"

其他都笑着说:"算咧算咧!快回去睡觉,把你气上鼓胀病了还没钱请医生呢。"

陈罔台问农民:政府提出的人,是否都是大家所拥护的、能为大家办事的人?

他们说:"有些是,有些不是。就社主任陈益茂来说,过去抽烟、赌钱,把一份家产踢光了,人都叫他二流子,但因为成分好,又能说会道,爱和干部接近,表现假积极,便入了党。政府在选举时,净提的是党员,因此谁能不选人家呢!"

需要说明的是,这个叫陈益茂的社主任,土改时候原本是个没落地主。之所以没落,是因为他抽大烟和赌博,把好好的一个家败了。

土改是根据土改前三年家庭经济状况来定成分的。陈益茂的败家恰好在土改前三年,于是原本应当是没落地主的他摇身一变,成了苦大仇深的贫雇农。

再下来,他被内定为社主任的人选了。

陈益茂之所以能够受到重用，原因当然是多方面的。首先他出身好，是党在农村中的依靠对象。其次他能说会道。尽管他有许多恶习，但在党风清正的情况下，他必须收敛自己的行为，这就使得各级工作人员并不能确切地了解到他的过去。何况陈益茂靠拢党组织确实很主动、很自觉，这就使得他平步青云。从一个人人不屑的二流子，一下子成为党在农村基层组织中的带头人。他先是当上了村支书，掌握了全村的最高权力，后来又担任了高级社的社长，权力更大地位也更高了。

可以想见的结局

陈冈台把《农村见闻录》交给林清以后，很快就发现自己太天真了。

交出以后的头几天，风平浪静。正当陈冈台觉得平静得近乎诡异时，突然有一天，训练部办公楼的走廊里贴满了大字报，围观者人山人海。原来是学校把陈冈台的《农村见闻录》用大字报形式全文公布出来了。

陈冈台大吃一惊，当即跑去问林清："为什么要公之于众？"

林清回答得有几分不阴不阳："让大家讨论讨论嘛！"

陈冈台当即对林清郑重声明："这是写出来供内部参考的！我不同意公布！公布后造成的一切后果我概不负责！"

再下来，炮校的干部战士热烈地讨论起来，其中家在农村的人大多都说好，而家在城市的人则普遍感到疑惑：这和我们从文件上学到的怎么完全不一样！

再下来，学校召开了团员会、党员会，宣布：考验每个人阶级立场的时候到了！

调子一定，风向突变。审判和批判陈冈台的浪潮一浪接一浪地开始了。

审问期间，对陈冈台所写的每一句话都要求提供来源。陈冈台坚持请他们去农村调查，看这到底是捏造污蔑，还是事实。炮校也真的派出一个由20多名军官组成的调查团去了户县，先后去了两次。后来陈冈台才知道，这些军官全都是威武森严地佩着一把手枪去的。

调查结束,始终没有宣布结果。

1958年4月——在经过了一段漫长的煎熬之后,对陈冈台的处分决定终于下来了。"开除军籍,剥夺军衔",紧跟着,在持枪押解下,他被送到"西安市劳教人员收容站"。在收容站待了一夜,第二天又在公安人员持枪押解下,把他和许多摊上了同样命运的人送到陕北富县任家台劳改农场。

陈冈台从此成为囚徒,并开始了他的劳改生涯。

值得一说的是,他的许多战友——同情他的人不用说了,就是整他的那些人,后来在历次政治运动中也因为这样那样的言论都获了罪。其中一些人下场比他更惨。他们甚至没有盼到中国共产党第十一届三中全会的召开,没有盼到光明和希望降临!

还值得一说的是,后来的许多事实,都证明了陈冈台当初不仅没有造谣攻击党和毛主席,而且许多看法都是客观和正确的。且不说那些有关农业大政方针的分析和思考,仅一些极小的人和事——比如他在《关于选举》一节中写到的那个陈益茂,后来成为他恶毒攻击党的重要"罪证"之一。但事实很无情,两年之后,这个陈益茂自己不争气,满身的邪气随着权力的增大而扩展暴露,最终犯了事,被开除了党籍。

更值得一说的是,25年之后——1982年,陈冈台已经获得平反后,他被聘请到户县二中去教书。有一天,他接到一封信,写信的人叫吕之冰,是当年炮校陈冈台同校不同系的战友。陈冈台在射击系,吕之冰在政教系,在炮校时他们互相知道,但不熟悉,也就是见面时相互点个头而已。吕之冰不知从哪里打听到陈冈台的地址,写信来说想和他见一见。

陈冈台很快回了信。

不久,吕之冰到户县来了。

让陈冈台深感震惊的是,这回见面,他才从吕之冰嘴里得知,那次炮校派出20多人的调查团去陈冈台的家乡调查,吕之冰就是成员之一。当时吕之冰是炮校整风办公室成员,在调查团中担任文字的记录和汇总工作。由于他有这样一种特殊的身份,又是政治教员,所以全校召开批判陈冈台的大会时,校方决定让他做中心发言。而且发言题目都为他定好了。题目是《陈冈台的〈农村见闻录〉是射向党的农业合作化政策的一支毒箭》。但吕之冰不愿用这个题目发言，他委婉地对领导说，自己马列水平低，不会分析，只能就《农村见闻录》的调查情况向大家做个汇报，把调查的大致结果告诉大家，至于分析批判，让别人去进行吧。

领导再三说服他，但他坚持不从。最后只好由射击系一位党小组长代替他做了发言。

就因为秉持着一个人做人最起码的道德和良知，吕之冰不仅被划为中右分子，而且被复员回原籍泾阳老家参加农业劳动。从此他就陷入万劫不复的深渊。1982年两人见面时，吕之冰已经五十多岁了，就因为政治上这些磕绊，他始终没有成家，始终孤子一人。

陈冏台一边听他的讲述，一边心里翻腾滚沸，感慨万千。

吕之冰终于讲完后，他问了一句：你当时为什么要那样做？

吕之冰笑笑：不为什么。

但是陈冏台坚持要他回答，一定要回答。逼得急了，吕之冰只好做了回答，回答得淡淡的：人总得有天理良心！

就这短短一句话，让陈冏台心里一颤，半天都说不出话来，他呆呆地站在原地，只觉得眼前一片模糊，整个世界都变得湿漉漉的……

在困难的日子里

让人无限感慨的是，自新中国成立后实行农业合作化，直到党的十一届三中全会召开的二十多年中，随着农村"极左"政策的强力推行，中国的农业越来越不景气，农村越来越萧条，农民越来越贫穷。

至今，只要对历史抱有一种起码的真诚，只要你深入农村去和一些上了年纪的农民敞开心扉细谈，那些已经逝去的岁月风烟仍然会不时在你眼前飘冉。

我曾经问过不少人，三年困难时期究竟是指哪三年？

回答很不一致。有的说，从1957年开始，粮食就非常紧张。因此三年困难时期可以从 1957 年算起。但更多的人说，最困难的是 1959 年到 1961 年的这三年。还有些人说，最困难的是 1960 到 1962 这三年。

但不管具体是哪三年，一个大家都共同认可的事实是，从 1957 年以后，粮食和其他物品的供应就越来越紧张了。

对这种紧张，我本人深有体会。

1961 年，我正在宝鸡市上马营铁路小学读三年级。那时候学校只上半天课，剩下半天时间都回家去。春秋天去挖野菜，冬天去农民地里挖剩下的白菜根。再就是想尽一切办法，在所有允许你开垦的土地上种植各种农作物，以作国家供应粮食不足之补充。

在那段难熬的岁月里，我这个铁路职工的孩子不仅开过荒，种过玉米，种过红薯，而且在自己家中还养过鸡，养过兔子，甚至养过猪和羊。我挖过也吃过各种野菜，吃过槐花，吃过灰灰菜，吃过六合面——那是一种我只知道名字，却至今也搞不懂的食物。只记得吃进肚后拉不出大便，以致大人们只好想尽办法用手去抠。

尽管那时我只有 11 岁，但有些事情却刻骨铭心地留存在记忆里。

一是那一阶段死人特别多。几乎隔不了一段时间，就有消息说某某人吃野菜中毒了，某某人肝炎病死了，某某由于经济或者历史问题自杀了，等等。

二是社会治安特别乱。我家住在一楼。阳台上用砖块搭了个鸡窝，说来可怜，里面全部只养了一只母鸡，是用来下蛋的。有一天天还没亮，突然听见鸡窝门被猛地扒开，随后有人抓了鸡就跑，等我们十万火急地开门追赶时，偷鸡的人早已不见了踪影。

不仅如此，那时候你吃馒头什么的，绝对不能在公开场合吃。一些人边走边吃，结果被饿得发狂了的饥民抢了就跑，一边跑一边抓住馒头猛啃。那种饥饿的状态，使得人和兽在争食这种行为上完全无法区分。

至今我清楚地记得有一天，我到宝鸡市上马营附近的联盟大队去给兔子拔草。结果在联盟大队的空场上看见了惊心动魄的一幕：一位机关干部提了个提包钻进玉米地里偷玉米，被农民抓住围起来猛打。这位国家机关干部已经完全顾不得脸面，跪在地上苦苦哀求。此前我除了在电影上看见过反动分子或者法西斯才会这样凶残地打人，才会把人逼得跪在地上磕头如捣蒜，如今却真实地见到了，让人觉得恐怖至极。

三是有些东西把人吃得一见到就反胃。如今红薯和南瓜都成了健康食品。但在当时，不少人只能整天吃红薯和南瓜来充饥和救命。以南瓜为例。我们家在黑市上买来了两架子车南瓜。天天吃，顿顿吃。偶尔做一顿面条和米饭，里面也必定掺杂着南瓜。就这样一直吃完，然后再去买南瓜接着吃。究竟吃了有多长时间，我不记得。总之，吃得我只要见到南瓜就反胃。

再说红薯。

当时粮店里面粉和玉米面粉不足，就用红薯来顶替。具体是5斤红薯顶一斤面粉。其实这并不可怕。毕竟顶替是有限的。可怕在于我家为了度过饥荒，在上马营铁路医院后墙边开垦了一片荒地，种的全是红薯。那一年红薯产量不错，秋天，红薯被一筐一筐地抬回家。谁料想红薯极易腐烂，而且一出现腐烂，马上就迅速传染蔓延，结果我们家天天抢吃红薯，吃得人只要一看见红薯就害怕。改革开放后，粮食选择的余地大得多了。结果有整整20年时间，我从来不吃一口红薯和南瓜。只是近年来才渐渐改变了对这两种食品的恐惧。

四是那时候逃荒要饭的特别多。而且最多的是两个省份的人，一个是甘肃省，另一个是河南省。比这两个省少一些的就属安徽省，以致我小小年纪，就已经知道如何辨别这几个省的不同语言。

2007年，我由于采访自强自立的优秀妇女典型刘忠群，在陕西安康市旬阳县棕溪镇王院村住了将近10天。这是秦巴大山深处的一个村落。居住期间，我接触到20世纪60年代王院村的老支部书记李春辉。他是一位老党员和老军人，当时71岁。

李春辉告诉我：

"我是六一年回生产队的，我们生产队饿死了十几个人。我一个大妈和另两个亲戚都饿死了。这以前成分高的受罪大，成分低的日子好过得多！不过到了这时候，不光成分高的饿死，成分低的也饿死了。

"当时队里一共是一百多人，饿死的比例至少在十分之一！

"饿死的情况不相同。有些是实打实地饿死，有些是用绳子勒死了自己。为啥要勒死自己？还是因为没有吃的！那时候村里光饿死在路上的就有好几个。到粮管所去买粮，人家不供应，结果就饿死在回来的路上。"

历史的回顾

和李春辉接触后的第三天,我离开王院村赶到旬阳县城,见到了旬阳县中医院院长刘化明。刘化明是刘忠群的初中同学。攀谈中,他告诉了我不少刘忠群的往事,也说起自己以往生活中的一些情况。他上小学时,家里没吃的,母亲几乎天天都是在锅里放几片酸菜和几片红苕糊弄肚子。整天吃这个,刘化明实在难以下咽,于是哭着闹着要吃别的。他根本没有想到,这一哭一闹,使得母亲倍加心酸。结果有一回哭闹完后,他前脚出门去上学,母亲就在屋梁上系根绳子上吊了。

幸亏那回有人到家里来,发现了吊在屋梁上的母亲,及时解救下来。

令人感慨的是,刘化明讲述的事情发生在上世纪70年代。如果说60年代那场大饥饿让老百姓蒙受了巨大的损失,那么当历史进入到70年代后,为什么仍然没有吸取经验教训?为什么农民的粮食仍然那么紧张?老百姓的生活仍然如此贫穷呢?

刘化明还告诉我,70年代,国家修襄渝铁路,称之为三线建设。由于工人和参加三线建设的一部分学生兵享受着国家供应,因此待遇比较高。他们是集体灶,间或还能吃上顿肉。结果刘化明和一些小伙伴就常常把工人吃完后扔下的骨头捡回去熬一熬,全家人捧着喝汤。

旬阳隶属安康市,安康如此,汉中呢?

历史上,汉中被称作鱼米之乡,是极为富庶的地方。无论楚汉相争时刘邦兵退汉中,还是蜀魏相争时刘备汉中屯兵,一个非常重要的原因都是因为这里富庶,能养活军队。

物华天宝的汉中,日子总当好过些吧?

2010年,一个偶然的机会,我参与了一部电影剧本的创作。内容是写汉中市宁强县大安镇列金坝村陈锦章一家人的事迹。1935年红四方面军攻打宁强时,陈锦章积极迎接红军,并率全家老小共计11口人参加了红军。这11口人中,有他的父亲、妻子、两个女儿、两个弟弟和弟媳、一个妹妹、一个侄女。

长征途中,陈锦章以及父亲陈大训和大弟、二弟全部在战斗中牺牲。其余的人或者牺牲,或者失散。最终随着大部队走到延安的只有陈锦章的妹妹陈贞仁一人。陈贞仁走到宁夏同心县时，与红军总医院院长傅连暲结为夫妇，从此终身相伴。据说他们的媒人是朱德。

陈锦章的两个女儿，一个叫陈亚民，当时12岁；一个叫陈汉兰，当时4岁。长征中，16岁的陈贞仁和12岁的陈亚民轮流背着4岁的陈汉兰行走。队伍到达土门时，陈贞仁染上了伤寒，陈亚民万般无奈，只好将陈汉兰送给当地一对老夫妇抚养。她则和陈贞仁跟随大部队继续前进。她们翻过了雪山，走过了草地，在部队翻越达拉山即将进入大草滩时，又饿又累的陈亚民睡着了，醒来后才发现，队伍已经向前方的哈达铺开拔了。

陈亚民没有跟上队伍——这样一个完全偶然的细节，却整个儿改变了她的人生命运，使得原本有资格成为老红军和老革命的她，转而变成了孑然只身的孤雁。她流落草原，靠乞讨度日，又被人买去做童养媳，饱受凌辱。直到8年后，才历经千难万险，回到汉中宁强家乡。

陈亚民是幸运的，她活着盼来了新中国成立。

陈亚民又是不幸的，新中国成立了，她的日子却并没有过好。

陈亚民晚年时，口述了一篇回忆录，由她的一个儿子记录而成。采访中我拿到了这份珍贵的回忆录，通过它，我们可以看到陈亚民艰难生活的点滴：

1960年3月23日己时，小女丽芳出世了。我常带着孩子工作，也不管领导如何看待我，我都一样的要生活下去、工作下去。小女很争气，不哭不闹，谁都让领。她的幼年是在敬老院度过的。老人们都很喜欢她。记得有一个四川姓宣的老人常常给她喂饭喂水，直到我回家。这些事至今仍然难以忘怀。

住在敬老院时，大儿子铣华已在宁一中读初中了，由于工资太低，星期天常常还要同现在本县当公安局长的马文清一路上南山去背柴火，华儿从小多病身体不好，一天到晚才背回来60斤柴，但他还是坚持去背，总想给家里减轻一点负担也好。

记得有一天下午，他放学回家来问我锅里是几个人的饭，我说你先吃别管几个人的，好像煮的白茶米汤饭。他一口气全部吃完，把锅都洗了。我狠狠地骂了他一顿，因为那是你妹妹和我们三人的饭，你怎么能一个人给吃光了呢？这件事使我至今感到内疚，想到不该骂他。

记得那是在1960年阴历三月，一天中午，家里没有一粒粮，今天晌午给娃们煮啥吃呀。我上街去"乞讨",走了好几家老亲戚一无所获,最后走到乔继泰家,听说有几十斤粮站买回的次品包谷。我很高兴,但愿能借到,但乔母却不肯借给,说每天要给牲口喂料,不然就拉不动车,我只好哽咽着出门,这今天算是命尽了,回家给孩子们怎么交代啊,我背着空背篓,边哭边走,腿上像灌了铅一样的沉重,突然我听见后面有人喊,舅婆……舅婆……我如梦初醒,转身去听,只见远处一个人一瘸一拐地在向我招手,是乔继泰。我急忙往他面前走去。舅婆,您站到……我爸爸说叫您回来把包谷背回去先给娃们吃,下月的马料,过几天就又能买了。以后有了再还,没得就算了。我悲喜交集的心情,要是忘去了班辈很可能就跪下来谢他了,我不知是呆是傻了,只是说好、好。我背着30斤包谷一口气跑回了家,放在石磨上一推,当天娃们没有挨饿,吃上了又香又甜的包谷菜糊糊,这件事使我永远不能忘记。在那一天,乔继泰就是救命恩人。我深深地知道在我走后,是他很快说服了父母,把粮食借给了我,现在乔继泰因病去世了,但我及我的儿孙们是永远永远不能忘记他的名字的。

还记得1961年的端阳节前插秧的时候,小麦还没有成熟,家里又揭不开锅了,连在队上找了三天也没有借到一粒粮食,这天早上我去找驻队干部马占龙书记,只说了一句话便泣不成声:马书记,我们家已三天没粮吃了,娃们快饿死了。马书记是山西老区人,回族干部,态度生硬,讲话有时听不懂,这次他却讲得很清楚:自家同志,有什么话好好说,哭什么嘛。我说,不好意思开口,可娃娃们快饿坏了,我对不起党,给组织上添麻烦了。马书记就很气愤地说:把娃娃饿死了,不是更给组织上添麻烦了吗?记得那天是下过雨刚晴,随后马书记立即转回去到仓库里以命令式的口气让保管员给我们借了40斤谷子。娃们又能吃好几天了。

1962年也就是暂时困难的最后一年,分来的小麦已吃光了,包谷和谷子都刚种上不久,眼看无米下锅,我就领着大儿铣华去粮食加工厂想法买点米糠,当时粮食局的领导徐茂俊给批了一张条子叫给我按特殊情况供给老红军一点米糠,但在加工厂管事的王松生说啥也不准给,最后又倒回去找徐茂俊,徐十分气愤地到加工厂去骂了一通:他妈个屁,国家暂时困难,给个老红军供应一点猪吃的米糠,拿去救命,犯他妈的什么法,天塌下来有老子顶着!把钥匙拿来,老子去称,顶多把老子这个局长撤了,还能怎么样……随后叫我去用筛子筛了一堆米糠，记得有60多斤，这下可解决了大问题。事后，又从酒厂里经常买点酒糟子来，基本上就能吃到秋天包谷成熟的时候了。

1964年2月3日，癸卯年腊月二十，家里又添了一个最小的儿子，因为生他时一群大雁刚从天上飞过取名叫雁娃。这一年国家已允许开垦"八边地"了，到了冬天，生活紧张的局势已基本扭转了，家家户户基本上已能过个"低标准瓜菜代"的生活了。多年来我的月工资一直是35元钱，困难时只能买100斤红萝卜，孩子们一个个是怎么盘大的，没饿死能活到今天，连我自己也不相信。

......

陕西共分三大块：陕北、关中和陕南。

三大块中，最穷的是陕北，陕南次之，最富庶的地方是关中。

关中也被称作八百里秦川。这里土地平坦，土壤肥沃，加上风调雨顺，因此自古以来就是闻名天下的米粮川。而在整个关中平原，户县又是优中之优。即使在"民国"十八年那场空前的大灾荒中，户县的粮食情况也远比其他地方好得多。

但是从农业合作化运动被强力推动以后，户县老百姓的日子同样变得越来越穷，越来越难。也和历史上曾经发生灾难时一样，户县尽管同样贫穷，同样困难，却远比陕北、陕南等地强得多。最有力的证明是，户县没有饿死过人。

李百灵在他的《农情忠言录》中，以相当传神的笔调记录了当时户县的情况：

此时的户县和全国相比，处境相对好一些，但人们仍然无法逃脱常年饥饿，人人面带菜色，不是干瘦乏力，就是浮肿蹒跚。饥肠辘辘的老百姓疯狂一般吞食着所有可吞食的食物，什么麸皮、糠糟、油渣、麻籽、豆渣、槐花、榆树皮、包谷壳。实在没有办法了，"观音土"也只得下肚。人们整天都是想着从哪里弄来吃的。

李百灵告诉我，即使这样，青海、甘肃的饥民还浪潮般地朝户县涌来。

那时候户县人只要用两个蒸馍或两片锅盔,就可以轻轻松松地从车站领回一个媳妇。可以说,三年困难时期,户县几乎所有的光棍——包括智力不全者,都统统找到了媳妇。这些自愿给户县人当媳妇的妇女,无论年长年幼,无论漂亮与否,她们不看对方年纪大小,不看对方容貌如何,唯一的要求是:有吃的。

李百灵告诉我,原西北大学党委书记董丁诚,于2000年写了一篇题为《可怜天下东顾西盼陇西妇人》的文章,发表在报纸上。董丁诚原籍甘肃天水,三年经济困难时期正在西北大学上学,他目睹了当年逃难来陕并嫁给陕西人的陇西妇女的凄惨和无奈。这中间有一些人甚至是被他叫作婶子或嫂子的。董丁诚以沉重的笔调写道,这些妇女为了逃命,"抛弃"了自己的男人和孩子,来到关中嫁给陕西人,但她们并未和老家的男人离婚,实际上是一种重婚。但谁能忍心说他们犯了重婚罪呢。要知道,她们正是以这种重婚的方式养活远在甘肃的男人和孩子啊!她们吃着陕西人的饭,给陕西人当着媳妇,却暗地里将陕西人家的钱粮偷偷寄给甘肃老家的男人和孩子,就用这种方式来维持留在家乡的亲人的性命。

最令人揪心的是,困难时期过去后,政府要求她们迁回陇西,但她们已经在陕西生下了孩子——两边都是丈夫,两边都有孩子,手心手背都是肉,这让她们陷入了非常痛苦的选择中,并由此发生了一个个令人肝肠寸断、也令人震惊惋惜的故事。

李百灵以如椽之笔记录着这批难民的生活:

沿门乞讨,吃了上顿没下顿,许多人在街道,饿得呷着口水,缩着脖子,四处转游(悠)。目光不住地睃(逡)巡,发现有人在食堂或路上吃着馍,就悄无声息,猛地扑上去,把馍抢来,往上吐唾沫,或扔入路旁驴粪牛粪堆中,任你气愤痛骂,殴打撕扯,决不还手,也无力还手。被抢之人如嫌馍脏了,就放弃了。抢馍的人根本不在乎馍脏不脏,三口两口狼吞虎咽就把馍塞下肚。但有的被抢人,馍再脏也要抢回来,抢馍人便白挨一顿打。这样的事,县城街道上每天都要发生二三起。

通货膨胀,物价上涨,人民的吃穿用全面紧张。户县1961年与1960年的商品供应相比,猪肉下降了60%,火柴下降了63%,肥皂下降了50%,胶鞋下降了80%，白酒下降了60%，自行车下降了77%，缝纫机下降了39%，炼油下降了37%……

李百灵告诉我，当时全国各地都有人拥到户县来，但拥来的最多的是甘肃难民。

我问他，甘肃哪个地区拥来的难民最多？

回答是甘谷。

一语让我内心一震。

刘雪海一家人

1968年，我作为知识青年到宝鸡县天王公社十二盘生产大队插队落户。

紧挨着我们知青点居住的是刘雪海一家。刘雪海是生产队的会计，也是一位勤朴忠厚的农民。刘雪海的媳妇同样是一位忠厚善良的妇女，她非常真诚地关心着我们这批不谙世事的知青。尤其是后来知青陆续招工回城，而种种阴差阳错的机缘使整个生产队只剩下我一个知青时，她经常给我端来一碗面或者拿来两个馍，让我能够吃口热的吃顿饱的，也使我始终对她怀有一种深彻的感恩。至今，距当年插队落户已经有四十年时间了，但是我们队的不少知青都与十二盘的乡亲们仍有来往，都与刘雪海一家人仍然保持着非常融洽也非常亲密的关系。

那时刘雪海一家有7口人。除了他们夫妇俩，还有刘雪海的大哥和二哥（他们都是光棍），再就是大女儿刘吉香、二女儿刘吉秀、儿子刘文忠。后来我已经招工离开农村后，知道他们又添了小儿子刘怀忠。

农村妇女一般不称呼名字，山区就更是如此，所以我们一直称呼刘雪海的媳妇"吉香她娘"。改革开放后，吉香和吉秀相继出嫁，而且都嫁到了外村。家里只有文忠和媳妇巧燕同老人们在一起过，我们才又慢慢地改称她"文忠娘"。

也许是因为文忠娘说话带有明显的甘肃口音，我头一回接触她，就知道了她是甘肃人。至于是甘肃哪个地区，为什么会来到陕西，则从来没有问，也不需要问。尽管那时我们还很年轻也很幼稚，但是困难时期的一些生活片段还是牢牢地镌刻在脑子里了。那时候来自全国各地的乞丐潮水般朝关中平原涌来，村里有几个外来户是再正常不过的事情。

给我留下很深印象的是，几乎每年收麦以后，文忠娘都要回甘肃一趟。那些年，到处粮食紧张，她每次回去，照例会背些粮食。十二盘出山只有一条羊肠小道，需要走约30公里才能到达山口。出山后还要再走大约10里路，才能到达西宝线上一个叫阳平的火车站。每次她就是从这里上火车朝甘肃返。那时候我脑子里隐隐闪过念头：那么遥远的距离，那么辛苦的跋涉，她为什么总要不辞辛苦地回去？

凭着一种直感，我觉得这和当年那场大饥饿有关，但是为什么会与它有关，我却没有任何依据。

现在回想起来，人是多么健忘。生活的流水不停地朝前冲刷着，于是那些曾经经历过的生活便由于已经过去便不再重要，也由于不再重要而愈来愈被忽略。我们自称是知识青年，其实对生活和历史究竟有些什么认知？譬如当年那场大饥饿究竟饿到什么程度？文忠娘为什么会从甘肃来到地处秦岭深山的十二盘？为什么这个秦岭深山中的小山村那一年会奇迹般地收留了十多位甘肃妇女？

坦率地说，我们从来没有去问，甚至连想都没有去想。

让我倍感惭愧的是，直到2012年春天，直到我为写作这本书稿而特意回到十二盘去做调研时，我才突然觉得，应当问问文忠娘的经历，应当落实一下她究竟是否如我所猜：是那场可怕的大饥饿的受难者。

此前，我每次回村，都住在刘雪海家，都天天和他们一家人相处，却从来没有问起过这些。我只是回十二盘休息，只是去玩去散心，只是对自己感兴趣的话题进行询问和了解。而这一回，我照例和文忠娘坐在一起拉家常。是一种顺理成章的拉家常，也是一次有针对性的拉家常。

那天早上，80岁的文忠娘为我端来了早饭，慈祥地坐在一旁，问我媳妇怎么样，孩子怎么样——这是她淳朴和善良本性最生动的体现：永远把别人记挂在心上。

她问着，我答着，一直到她不再问了，我开始问她。

我问她是不是甘肃甘谷人？

回答是。

甘谷哪里？

她详细地给我说起来。在甘谷火车站下车后，朝北走三十里。她前两年才回去了一次，甘谷火车站变化太大了，她根本就认不出来了。要不是侄儿来接她，她根本就找不着原来的影子了。

她说她侄儿是开着车来接她的。

我问她甘肃那边现在的日子怎么样？

她说，好，现在都好。不愁穿不愁吃，路也修好了，能开汽车。

我又问她，是哪一年到陕西来的？

六〇年。

那一年甘肃是不是特别困难？

困难么。把人都饿死了。

说这句话时，她口气淡淡的，表情木木的，似乎那些岁月中发生的事情与她关系不大。

如果不是我无意中又问了一句，这段对她来说刻骨铭心的岁月很可能就会过去了，至少不会再对我继续讲述了。但是我无意中又问了一句：你家里有饿死的没有？

有么。

饿死的是谁？

我二哥、我侄子——我家里一共饿死了14个。

还是淡淡的口气，还是木木地回答，却让我心里如遭雷击。

文忠娘的老家在甘肃甘谷金山公社八柳湾大队。她告诉我，那里的大饥饿是从1959年开始的。

1959年那里究竟发生了什么？为什么会出现如此可怕的饥饿？作为农村妇女的文忠娘根本不清楚。她知道的只是"仓库里其实有粮哩，就是不打开给人吃么"。

但是她知道饥饿是从那一年爆发的。

其实，很可能从1958年、甚至1957年就开始了，很可能是源自那场狂

历史的回顾

热的大炼钢铁和大跃进运动,源自那场强制推行的合作化运动。

认真想想,不是可能,而是一定的。否则中国这样大的一个国土面积,从来都是东方不亮西方亮!不是南方遭灾北方丰收,就是北方遭灾南方丰收,怎么可能就从那时候开始,全国各地的乞丐竟齐刷刷地一起出现了?怎么可能此后连续多少年中都灾民不断,乞丐不断,饥饿不断?

文忠娘不懂政治,但是数字她记得很清楚。她告诉我,她家30多口人,饿死了14个,算是饿死得少的。她大伯家也是30多口人,饿死了20个!

她掰着指头算起来。家里一共姊妹8个——

大哥家饿死2个。饿死的是2个小的。

二哥一家4口,饿死3个,只有嫂子活下来了。

三哥媳妇和女儿全饿死了,只剩三哥1个。

四哥全家3口人死绝了。

五哥和两个女儿饿死了。

——当我写这部书稿的时候,我计算了一下,她列举出来被饿死的家人其实只有13个。而她说的是14个。剩下那一个人是谁呢?

当时我根本没有去计算,就是计算出来,也不会再去追问了。从头至尾,她始终是用一种平静的口气为我讲述这一切的,但是讲着讲着,她眼里还是渐渐地噙上了泪水,是那种平静地噙着,但是我仍然能深切地感受到那种使她灵魂都陷入窒息的巨大痛苦。

文忠娘说:

"甘肃五九年、六〇年饿死的人多得很!

"我五哥和他两个女子是六〇年饿死的。10天没吃的,就都饿死了。

"二哥的娃娃一个6岁,一个4岁——六〇年我已经到陕西来了。割麦后我回了甘谷,听我二嫂说,二月里国家给了点儿粮食,面粉放在家里,生产队叫她去干活儿,中午不得回来,两个娃娃一看有面,就抓面粉吃,吃干面粉,两个娃是被干面粉撑死的。

"我二哥的大女子已经结婚了,有一个娃娃。她跑到(陕西)武功。娘们两个,各走各的,谁也顾不上谁。娘顾不得儿,儿顾不得娘;媳妇顾不上女婿,女婿顾不上媳妇。后来她女婿撵来叫,回了甘谷。是六〇年冬上下来,六三年冬上回去的。

"另一个哥的两个女子,一个10岁、一个14岁,也跟着逃过来了。现在一个在户县,一个在周至。户县的这个,女婿是教学的;周至这个姑娘属狗,今年66岁了。

"说了你笑话哩,那时候没钱买火车票,只买一站两站骗人家,反正只要能混上车,就硬蹭着往远处走。人家再吼叫,咱都不说话。要逃命要活命哩!"

……

她还是淡淡地说着,木木地说着,还是眼里噙着泪珠。只是那泪珠始终没有滚落,似乎成为她人生记忆中的一个定格。

我没有再向她提问任何一句。

已经饿死了那么多亲人,已经悲惨到这样一种程度,可是她觉得惭愧和抬不起头的事情竟然是没有如实地掏钱买火车票,是对公家做了不诚实的事情!

话扯远了,还是说户县。

户县那几年究竟收留了多少甘肃妇女?这些妇女中有多少是未婚,有多少是已婚的?现在已经很难统计得清了。但一个铁的事实是,在户县新组建家庭的同时,原本许多在甘肃农村的家庭只能被迫解体。

直到1961年,中央调整了农业政策,一些鼓励农民积极性的措施相继出台,包括恢复了农村的"三自一包",整个经济形势开始逐渐好转,政府这才缓过手来处理这件事。

李百灵告诉我,当时陕甘两省曾经为此专门签订过一个协议,凡是未婚女性在陕西结婚成家的,一律予以承认;凡属已经在甘肃原地结过婚,而后又在陕西成家的,一律遣送回乡。

那时的李百灵只有十八九岁,他从一家化学学校毕业后,没什么事干,于是到户县牛东公社去临时担任电话总机接线员。他亲眼目睹了遣送甘肃妇女的情景,也由此知道了,有不少甘肃妇女不愿意返回原籍。政府派人来动员,她们就逃出去躲。最后政府只好动用民兵,采取半夜抓捕的办法,抓住后强行遣送。

李百灵至今记得,其中有一位年纪很大的人,眼泪汪汪地看着自己的媳妇被民兵抓走，又眼泪汪汪地追去给媳妇送棉衣。两人肝肠寸断，依依难舍。

其实，形势有多么严峻，不用看别的，只要看看那时的中央文件，听听那时广播上唱的歌，就会一目了然。

1960年7月，中共中央发出了《关于全党动员大办农业大办粮食的指示》。

紧跟着——1960年9月7日，中共中央又发出了《关于压低农村和城市的口粮标准的指示》

想想看，已经极度地吃不饱了，已经惊慌无措地四处逃荒要饭了，还要继续压低口粮标准！

造成困难最主要的原因是什么？

克服困难最主要的办法是什么？

其实，问题并不复杂。如果说合作化运动早期已经有陈冏台这样的人对农村和粮食问题进行了调查和思索的话，那么随着集体化弊端的日益凸显，答案已经越来越清楚。

农民思想家杨伟名

早在2005年，《人民日报》驻陕西记者站站长孟西安就送给我一本书，书名《一叶知秋》，副题是：杨伟名文存。

书的扉页上还有钢笔书写的一行字：2005年9月9日陪梁衡参观访问。

现在回想起来，我为自己的孤陋寡闻倍感惭愧——我问孟西安，杨伟名是谁？

回答：是户县一位农民思想家。

我多少有些不以为然，如今给人戴高帽子蔚然成风，明明连写作基础都不具备的人，却可以堂而皇之地在各种媒体上被宣布为作家，并且动辄便是著名作家。农民思想家这顶桂冠到底是真是假？究竟有几分可靠？

想了想，我又问他：梁衡是谁？

回答：是《人民日报》副总编。

这使我多少感到了惊讶，《人民日报》副总编亲自到户县去看望一位农民，去索要一本农民的文稿，这多少能够说明这位农民的价值。

何止如此，在以后的日子中，我又从其他朋友口中听到，梁衡之所以去户县，是因为他当时正参与起草十七大报告。他想找一些有基层实践经验又有思想理论水平的人，争取能够在起草报告时受到些启发。他就抱着这样一个目的来到了户县。他没有按照惯例先走进县委县政府，而是直接去了民间。

还有人告诉我，不仅是梁衡，包括陕西省前省委副书记牟玲生、前西安市委书记陈元方等多位省市领导，也包括胡耀邦的儿子胡德平等社会名流，他们或者直接来到户县，或者间接写下文章，都对杨伟名进行了高度的评价和赞誉。

当天晚上，我翻看了一下杨伟名文存。

不翻则已，一翻就整整看了一夜。看完后，我不知道该用什么字眼来形容自己的感受。是感慨万千？是心潮澎湃？是如沐春风？是醍醐灌顶？

都是。也都不是。

从那以后，我就一直留了个心思，在合适的时候，我一定要去户县。尽管杨伟名已经去世40多年，但我还是要去户县看望他。哪怕是他的坟墓，哪怕是他曾经住过的屋子！

2011年7月底，我终于来到了户县。

来户县之前，我的同事——陕西省社会科学院文学艺术研究所的一位研究员告诉我，户县前文化馆馆长刘高明正在整理和搜集杨伟名的事迹。他愿意帮我联系刘高明，争取从他那里了解有关杨伟名的情况。

于是我请他打去电话，又约定了日子去找到了刘高明。

刘高明浓眉大眼，容貌端庄。他对我说的第一句话是：

"作为户县人，我为杨伟名骄傲！"

钦佩之情，溢于言表。

刘高明说：

"我有个感觉，不管是周边的长安区还是周至县，尽管他们可以比户县的域界大，物产多，但是户县出了个杨伟名，整个户县的思想文化层面一下子就提起来了！在这一点上，它们是无法和户县相比的！"

刘高明让我看了他正在整理的杨伟名年谱，足足有十多万字。他现在每天都埋头于此。而与他同样在做此项工作的，还有好几位户县的文化人。

就从刘高明开始，我陆续接触了熟悉杨伟名事迹的一些人士，又陆续采访了杨伟名的儿子和女儿，于是杨伟名这个人物在我脑子里开始一点儿一点儿变得鲜活。

杨伟名，户县县城北街七一村人。一九二二年农历十二月三十出生于县城北街顺成巷一个小磨坊家庭。

杨伟名从 10 岁开始，在县城北街卜家私塾馆和赵家私塾馆学习。12 岁以后就读于同巷王庭瑞家私塾馆。15 岁时因家庭经济困难辍学。此后，他一边种庄稼做生意，一边从邻居好友谢志安的手里借来高小、初中，以及户县师范、知行农专的课本，刻苦自学。

1945 年，23 岁的杨伟名已经结婚，此时他的邻居鲁和是户县邮局的邮递员，每天中午都会带着未投递完的报纸回家吃饭，于是杨伟名利用这个便利条件，天天中午借阅报纸。直到今天，杨伟名幼时的朋友谢志安对这些记忆犹新。谢志安认为，这充分表现出杨伟名对知识的渴求，以及对时事政治及国内外社会问题的关注。

1948 年底，杨伟名已经与中共地下组织有联系，并参与了一些党的外围工作。次年正式加入共产党。再下来，西安解放，他担任了户县罗什乡副乡长。当年 6 月，因家庭拖累，支前未去，被派往咸阳地方干部学习班也未去，算是脱离了党组织。此后他在互助组、初级社担任会计。组建高级社后，又在高级社担任会计。直到 1957 年，才再次被组织接纳为中共党员。从 1958 年开始，高级社进入到人民公社。他在生产大队担任大队支委、文书、会计、调解主任。

杨伟名之所以出名，在于他和陈冏台一样，写了一篇文章，题目是《当前形势怀感》。和陈冏台的不同在于，陈冏台的《农村见闻录》写于 1957 年，而杨伟名的《当前形势怀感》写于 1962 年，期间整整间隔了 5 年。陈冏台写完文章之后，没有给其他任何人看，完全是按照组织纪律的要求，按逐级程序交给炮校射击系党组织的。而杨伟名这篇文章写成后,则不停地向外投寄,不仅投寄给县上,而且投寄给市上、省上,直至中央。

严格地说,《当前形势怀感》这篇文章不是出自杨伟名一人之手,而是三位农村基层干部联合署名,也反映了他们共同的心声。

这三个人是:

户县城北街七一村大队会计杨伟名。

户县城北街七一村大队党支部书记贾生财。

户县城北街七一村生产大队长赵振离。

这其中,除过杨伟名,贾生财在书写《当前形势怀感》这篇文章中的作用仅次于杨伟名。

我们就从他说起。

贾生财是陕西富平人。

1929 年("民国"十八年),陕西秋季大旱,旱象之严重为百年罕见,以致渭北高原大片土地颗粒无收。于是灾民潮水般涌向周至和户县等地。

贾生财也是其中的一个。

这场大灾荒,使得贾生财的爷爷和奶奶相继死去,不久父亲也郁郁而死。母亲只好带着他和三个姐姐来到户县城北街,靠卖荞麦凉粉为生。由于生计艰难,贾生财的三个姐姐先后被送人做了媳妇,母亲只留下年幼的他。

2011 年,当我走进贾生财家,见到他的老伴儿、88 岁的山秀云时,提起当年贾生财受过的苦难,山秀云仍然泪水涟涟。

山秀云说:

"他是从富平要饭过来的,在周至打工。那阵子好多人都种大烟,他是帮人割烟!

"他妈就在户县城北卖凉粉。他在周至时间长了,想他妈了,就从周至回来。回来后他问他妈:'你喊叫不喊叫'一句话把他妈问得心里难过了。问这话没有三天,他妈就死了。"

说到这里,山秀云直哽咽。

我听得莫名其妙,什么是"喊叫不喊叫"?为什么这样一句话竟导致了贾生财母亲的去世?

等山秀云情绪平静下来后，我向她提出了这个问题。

原来，贾生财是问他母亲卖凉粉时喊叫不喊叫。旧社会妇女大门不出，二门不迈，如果没有极特殊的情况，是绝不能抛头露面去做生意的。贾生财的母亲是位守规矩、懂尺度的人。站在街头卖凉粉，本身已经令她倍感难堪。偏偏招揽生意是需要扯着嗓门喊叫的，这对循规蹈矩的女性更是一种极大的羞耻，也因此，贾生财问的这句话，使得她伤心欲绝，觉得愧对儿女。

或许是贾生财有这样一种苦难的经历，新中国成立后，他很自然地成为党依靠的对象，而他也全心全意地依靠和拥护着党。他积极完成党交给的各项任务。尤其是在成立互助组时，他一马当先，又通过自己身先士卒的垂范，使得互助组成立的当年就获得了粮食大丰收。

1950年，贾生财入了党。1953年又担任了党支部书记。当党中央提出农业走合作化道路时，他坚决响应，很快在七一村建立起初级农业社。

1954年秋季，初级农业社的苞谷收成特别好。当年贾生财被选为劳动模范，要去北京开会。那时候商品经济很不发达，更谈不上信息交流，农民根本不知道去北京会面临些什么。临走前，山秀云给贾生财烙了足足够吃10天的饼。贾生财就背着这些饼子坐火车去了北京。

火车在陇海线上奔驰的时候，贾生财望着窗外的一切，心里充满了激动。此前，他只是到过关中的一些地方，是以逃荒要饭的身份去的，那时候他蓬头垢面，磕头作揖。那份低贱，那份羞辱，是任何语言都无法形容的。而今天，他是披着红花，坐着火车，以劳动模范的身份代表着陕西上千万的农民兄弟去北京开会的。那份自豪，那份光荣，那同样是任何语言都无法形容的。

在贾生财心里，新旧社会两重天不是虚幻的海市蜃楼，而是触手可摸的、实实在在的现实。

据后来的人说，坐在火车上的贾生财说话很少，整个旅途中始终眼睛望着窗外，他看见了些什么，想了些什么，没有人知道。但是有一点是毫无疑问的，他感谢共产党，感谢毛主席！共产党号召他做什么，他就义无反顾地去做。毛主席要求他做什么，他就满腔热血地去做。哪怕赴汤蹈火，抛洒热血。

那回去北京，他不光去了天安门广场，不光和许多同样是模范的农民交上了朋友，而且见到了毛主席。

完全可以想见，那次北京之行，给了贾生财多少激动，也给了他多大的鼓舞！

从北京回来不久，合作化运动开始逐渐深入，此时的贾生财，对党和毛主席的任何指示都字字领会，句句落实，完全达到了忠诚不贰的程度。

1956年春，户县的农业合作化运动掀起高潮，贾生财是当仁不让的积极分子。在他的鼓动和组织下，户县原七一初级农业合作社迅速扩展为城关五星第一高级农业社。

次年，在反击右派的斗争中，贾生财同样以空前认真和空前积极的态度站在反击右派言论的最前线。当时陕西省副省长、民主党派人士韩兆鹗是户县人。韩兆鹗被打成右派后，《陕西日报》曾发表过一份人民来信。这封信上揭发韩兆鹗最重要的"罪行"就是破坏合作化运动，鼓动"落后分子"拉牛退社——这封信是户县第二届人民代表大会30名代表联名发来的。信上署名的第一个人就是贾生财。

不仅如此，户县当时的工商联副主任委员王虞庆在工商界带头鸣放，针对当时社会上由于政策失误导致出现的各种问题提出意见。其中自然也谈到农业合作化的问题。

王虞庆说：

"农业社社员不愿意做活，成天上集，不能发挥他们的积极性。群众反映，做死都不顶啥。现在农村问题严重，农民没啥吃的，还不敢说，都敢怒不敢言。我敢说，看他还能把我划成右派……别的不说，高级社后，全县有600单干户，他们都搞得好。要说优越性，优越性都在他们那边。他们不管吃的穿的，都比农业社的社员好。影响到社员，光想出社。"

王虞庆这些实话刚说出来，户县工商界立即对他开始了批判斗争。在斗争王虞庆时，为了"摆事实，讲道理"，还专门邀请了城关镇北街农业社主任贾生财参加。而贾生财也不负众望，"以生动具体的事实有力地驳斥了右派分子对合作化及粮食政策的诬蔑，使群众受到了很大的教育"。

可以看出，彼时的贾生财，浑身都透出昂昂生气，都洋溢着走向合作化的活力。

但是谁又能想到，就是这个率先倡导、积极带动、大力组织农民入社的贾生财，在其后的六年中，经过反复的实践和磨砺，却在思想认识上发生了一个质的变化，进而和杨伟名、赵振离夙夜不寐，挑灯夜谈，认真讨论现实生活中已经无法回避的问题，并把他从实践中得到的材料、事实和由此形成的思想观点统统倾吐给杨伟名，最终促使杨伟名写出了那篇轰动一时的、反思农业合作化政策的文章。

这6年究竟发生了什么呢？

其实，从合作化一开始，问题就逐渐显现，只是初期还没有那样严重，没有那么触目惊心。因而贾生财尽管看见和听到了，但觉得问题不大，是可以克服的。

没想到随着时间的流逝，问题竟越来越严重了，这使得贾生财不得不重视起来。

首先，他发现农民普遍不愿意加入合作社。

为什么不愿意加入？

因为合作社的优越性根本就没有体现出来。恰恰相反，体现出来的全是弊端。

比如，宣传合作社的好处时，往往以苏联为榜样，说"耕地不用牛，点灯不用油"。但是且别说当时更加贫穷的其他县，就是被誉为"金周至银户县"的这两个县，又哪里来什么大型机械耕地呢？合作化以后，由于耕牛成了集体的，谁也不精心去喂养，结果大批地死亡。结果别说耕地不用牛，而是想用牛也没有几条牛了。至于点灯不用油，就更是瞎扯！现实是点灯的煤油和豆油越来越少，供应越来越紧，以致农民针对性极强地也编了两句话：耕地缺牛，点灯没油。

为什么会出现如此糟糕的局面？

贾生财慢慢发现，原因固然很多，但最主要的是责、权、利不分的体制，使得农民丧失了生产和创造的积极性。

从前，农民是以家庭为基本单元来种庄稼的，每年的收获除了交给国家的那部分之外，剩下的便全是自己的。这样，每一位农民都不吝力气，千方百计多劳动多打粮食。那时候没有任何人动员，农民就会合理地安排自己的耕作，一刻不闲地过好自己的日子。

但是到了初级社时候，情况就发生了微妙的变化。从前农民自觉地参加劳动已经变成每天不自觉地、甚至是半被迫地去劳动。

为什么？

因为你不知道你的劳动和自己有什么关系？至少，不知道和自己有多大的关系！如果说从前农民能够清楚地看见流汗付出和收获粮食是绝对正比的关系，那么现在这种关系不说看不见了，起码变得模糊了，遥远了。

人民公社威力之大，权力之大，几乎可称无边。原来属于高级社的土地、耕畜、农具等生产资料以及公共财产，一声号令，便全部无偿地收归过去。甚至连社员们原来各自经营的自留地和个人宅基院落内的树木也同样收归。最严重时，连农民饲养的家禽都不能幸免。银行和信用社也借机强收强扣各种贷款。这种完全不讲道理的、对农民经济上的全面剥夺，引起了农民极大的恐慌。尽管政府加快发展农业合作化的初衷绝不是要剥夺农民的财产，而是期望加速农民的发展和富裕，但这种做法却事实上形成了无情的剥夺，以致许多农民和当年的地主一样，为了逃避被"共产"而绞尽脑汁。他们突击砍伐自有树木，加紧宰杀自养耕畜。一些原本富裕的高级社和比较富裕的农民被强行与穷社合并拉平后，感到吃亏，因此加紧挥霍浪费。而那些穷社的社员也乐得大吃二喝。他们普遍认为，共产主义可算是来了！从此真的"锅灶不用留，吃饭不用愁"了。既然如此，人们还何必去"锄禾日当午，汗滴禾下土"呢？

不吃白不吃，不拿白不拿，不偷懒白不偷懒的思潮由此而起，而且愈演愈烈，成为整个中国长期难以治愈的风气。

国家乱拿集体，集体乱拿个人。我的是我的，你的也是我的。在这种情况下，农民也开始乱拿国家和集体的。真正是"公私不分"了。从此，"做活不论瞎好，工分一样多少"、"晌晌活，慢慢磨；干得多了划不着"、"吃不吃都有你，干不干三顿饭"——消极怠工成为其后几十年农业劳动中的普遍现象。

不仅如此，从前农民起码还有个自由活动的空间，除了耕种之外自己还能够搞些副业来补充家庭经济。但是到了集体化时期，这一切都被统死。只是到了最后，农民已经饿得奄奄一息，已经顾不得政策到底怎么规定而冒死"突围"时，他们才自发地恢复了一些属于个人的经济活动。

就是这极其微小的经济活动，拯救了无数个家庭，也拯救了无数条生命。

我们查找到当年户县的一份档案，这是1961年户县县委开展全县整风活动中，对社员们在市场上的一些小买卖进行批判的记录。上面记录的都是农民讲述自己一年中都通过哪些渠道赚到了哪些钱。

整风会议记录：1961年5月13日

主持人报告当前形势，对这次会议认识。

社员孙：当前形势好转，市场活跃。我个人在二、三月做过几次生意。贩猪、贩辣子。贩辣子每次贩一二十斤，共得利三十多元。

社员王：今年卖了一月多的皮子（面皮，一种陕西人普遍爱吃的食品）；卖过几次馍，除过税，个人能得利三十多元。我在正月还赌过几次钱，没输没赢。

社员李：我在今年卖过有三个多月的油，过手钱有300多元。

山秀云：因今年家庭生活无法维持，把自己分的二十斤棉花拿到河北（指渭河北）卖了。

……

需要说明的是，记录中的山秀云就是贾生财的妻子。此时的贾生财仍然是模范，是城关人民公社所属的城关北街生产大队的党支部书记。我们不知道此时贾生财处于一种什么样的状态？他当初那股子去北京开会的壮志豪情是否仍然不减？但至少有一条，在严酷的现实面前，他也不得不默许自己的妻子置国家法令于不顾，偷偷摸摸地去渭河北岸卖棉花换几个钱——如果换个更彻底的说法，此时的贾生财已经从当初批判他人的行列里，不由自主地站进了被批判的行列。

这是一个多么巨大的讽刺！又是一个多么巨大的改变！

为什么会发生这样一种改变？

很简单，贾生财的日子同样难以维系！由于长期吃不饱饭，他已经不得不把自己的小女儿送给别人！不得不把两间厦子房拆掉，用门房楼板去换些苞谷来填肚子！

这份记录还记录了多位社员的"供词"，有检讨自己卖过馍、麻糖、中药材的，有检讨自己给人看风水骗钱、赌博和偷盗生产队玉米的。其中比较典型的有两位社员。

一位是社员张，他检讨说：

我个人产生思想滑坡。盖房能欠外债400元，在去年9月份，向西宁贩烟叶，没有得利。后又贩茶叶40多斤，拿到岷县，赔了300多元。后来又用了250多元贩卖当归，拿到西安去卖，在西安被市管会发现，强制上了80多元的税。又把当归带到广东去卖，结果被当地全部没收了，赔了几百元。今年正月卖灯，赚了50多元。像我个人这样做下去，感觉对不住党对我十多年的教育，我个人是退职干部，这样做是完全不对的。

仅从这短短几句的检讨中，就可以窥见这位社员张处于一种怎样的生活状态。他盖房欠下别人的钱，想通过贩卖烟叶和其他物资赚到钱，结果不仅没有赚到钱，反而到处被罚被逮，可以说丧魂落魄，东躲西藏，成了人人喊打的老鼠。

一个人活到这种地步，别说尊严，他的生活究竟还有什么指望呢？

另一位社员姓王。他检讨说：

我在供销合作社申请回家以后，因了家庭生活问题，在街上摆了个干果摊子，赚了一百多元。因我女人经常有病，赚的钱都花了。我这样做完全不对，经过这次教育，我要在农业上好好劳动。

显然，在当时，社员除了规规矩矩地参加农业劳动，其他任何行为都是不合法的。凡是能够赚到钱的事情，统统不允许。

问题在于，公社给社员分不了什么钱，而社员要生活就总是需要花钱的，这个矛盾该怎么解决？

面对着这样一种集体化政策，农民的不满意几乎出自本能。

但是尽管农民拼命反对，高级农业社还是没有任何悬念地、铺天盖地组织起来了。彼时天上地下,嘴里耳里,到处一片歌颂合作化的声音。这声音以后又相继变成歌颂大跃进,歌颂人民公社,歌颂大炼钢铁。总之,需要你歌颂什么,全国上下马上出现一片歌颂声。而与这热情洋溢的歌颂相反的是,整个中国粮食越来越少,商品越来越缺,群众的营养越来越差,困难的程度越来越加剧。

如果说陈冈台《农村见闻录》中所反映的情况已经足以引起人们重视了的话,那么与后来"左倾"思潮愈演愈烈的情况相比,当时的问题还实在算是少的。随着合作化被鼓吹得越来越光明,越来越神圣,"一大二公"的思潮也发展到令人不可思议的程度。大跃进,吃食堂,大炼钢铁,大办人民公社——可以说,农民身上的绳索被勒得一步比一步更紧。从前,他们哪怕什么都没有,但还有块土地。但现在,土地被收归集体了,家里所有能够参与劳动的生产资料——比如牛、骡、驴,比如犁、耙、车,统统都不再属于他们自己。何止如此,连他们家里的锅都被砸了。现在,他们无论男女老少,吃饭必须统一到指定的食堂里,劳动必须由干部指派到指定的地点,甚至劳动的内容也必须服从干部的安排指点。至于劳动收获,那更不是他们能够干预的事情!

这样的农民,究竟算是一种什么样的农民呢?!

贾生财虽然不识一字,但他毕竟生活在现实中,而眼前的现实一次又一次地撞击着他,使他终于认识到:一定是哪里出了问题?

是哪里呢?

政策!

这样一种想法,在他脑子里此前根本就不敢有。但是现在,他已经越来越清楚地看清了这一点。于是他和支部的其他几位党员,尤其是和生产大队大队长赵振离、会计杨伟名经常在一起讨论这些问题。

1961年,由于全国大面积的饥饿甚至死人,党中央开始纠正"左倾"思潮,将新制定的《农村人民公社工作条例(修正草案)》交给基层组织征求意见。贾生财请杨伟名执笔,写出了《应该以生产队为基础——对〈六十条修正草案〉的修正意见》。在这篇建议中,他们非常明确也非常有针对性地提出人民公社的核算单位至少应当退到以生产队为基础。

这与四年前陈罔台提出的意见完全一致！

1961年，当时的户县县委书记张世弟曾在县委工作会议上对"大跃进"以来的各项工作进行过一番反思：

1958年以来，人的口粮、牲口饲料逐年下降，1960年低于1953年统购统销以来的任何一年，看来今年还要低。国家、集体、个人家底都空虚了，吃饭成了第一件大事。

生产力遭到破坏，农村出现了人困马乏。地力薄，小家具质差量少，供不应求。人口出生尽管还是盲目无控制生育，但自然增长率由1957年的3.3%降到1960年的2.4%，低了0.9%。农村劳动力比1950年减少了4.32%。去冬今春患浮肿病、干瘦病的人占全县人口的0.36%。劳动力体质弱，劳动效率降低了30%左右。1960年全县耕畜比高级社合作化前的1955年减少了16%，比1957年减少了8.3%。现有能使役的耕畜只占到总耕畜的83%，比1957年下降10%。不少地方出现了人拉车，个别地方还出现了人拉犁现象。由于缺乏精料，成活率减少，肥猪减少，肥料质量降低，耕地复种指数却逐年扩大……

上述困难，主要是灾害，特别是1959年以来连年干旱造成的，三类社队封建反革命复辟也是造成困难的一个因素，但实事求是地讲，关键还是人为的，是我们工作造成的。

在这篇相当沉重的反省中，张世弟有一段发自肺腑的总结：

产生上述一系列问题的思想根子是"左"。认为"左"比右好，"左"是方法问题，右是立场问题。因此时时事事处处宁"左"勿右，蔚然成风气。造成的局面是"少提意见多通过，小心招大祸"，一时间万马齐喑。群众怕而避干部，干部避领导。

应当说，放在改革开放后的今天来看这样一个反思，我们可以认为仍然不够彻底。比如把造成困难的原因归结到封建反革命复辟，显然很牵强。但在当时,张世弟的反省和总结已经非常非常难得了。他至少相当真诚地说出了真话。不知这位县委书记后来的命运是怎么样的,但至少,有了这样一番言论,他在"文化大革命"中被打成"走资派"、"修正主义"已经绰绰有余!

愿他平安顺利!

如果环境造就人的观点是正确的话,那么贾生财天生就是党的人!

等到贾生财也感到政策有问题时,情况的严峻可以说已经到妇孺皆知的程度了!

尽管报纸广播上可以用"三年自然灾害",用"苏修逼迫还债"等理由来为"左倾"政策开脱,但事实上,已经不得不开始政策上的改变了。

其实全部政策的改变,只有一条,就是从过于激进的政策上朝后退。

于是在所谓的"三年困难时期",政策上的"退"成了解决饥饿最重要的举措。

首先是农村公共食堂不再大明大放地鼓励和提倡,再就半明半暗地任其流失解散。到最后,在农民强烈的反对下,所有农村中的公共食堂全部寿终正寝。

其次是经济的核算单位由人民公社退回到生产大队,再由生产大队退回到生产小队。

再就是"一大二公"让位于"三自一包",农民可以有自己的自留地,可以自己对自己行使耕种的权利和对自己的耕种负责了。

这一"退",农业面貌立竿见影地得到了改观。

杨伟名亲身经历了这一切。

后来人们总结说:时势造英雄,环境出思想。

杨伟名就是在这样一种时势和环境里,一点一滴地锤锻出自己的思想的。

如果我们仅仅从学历上、甚至经历上去考察杨伟名,恐怕会相当程度的失望。杨伟名不仅没有上过大学,甚至连高中初中都没有上过。就这个意义而言,后来有人称他为"思想家",曾经引起过不少人的怀疑,但是最终,他所写的文章以无可辩驳的真理的光辉,以及无法撼动的正确性,使得所有的人折服。这不仅包括他思想的深度，同样包括他思想的广度。

认真回顾，之所以杨伟名的思想观点能够达到这样一种程度，是和他思想观点形成的基础分不开的。杨伟名所处的时代，正是由新中国成立后大地一片复兴，转而走向萧条和饥饿的年代。这萧条和饥饿不是由于其他，而是由于人为的折腾造成的。他每天都耳闻目睹着身边的一切，这使得他的思想观点绝不是由课堂上那些轻飘飘的传授才形成，而是从人民大众血和泪的号泣中得出来的。也正因为如此，他的文章从语句，到段落篇章，到事实陈列，到分析思辨，都从骨子里渗透着一种不可抗拒的鲜活和扎实。

1962年，由于集体化的道路越走越窄，整个户县的经济陷入最困难的时期，这使得已经由高级社进入人民公社阶段的杨伟名、贾生财、赵振离三人忧心忡忡。他们经常聚在一起深谈。最终经杨伟名反复思索，反复斟酌，并亲自握笔，写成了长达一万多字的《当前形势怀感》。

稿子完成后，杨伟名念给贾生财、赵振离以及党支部副书记樊益山听。贾生财和赵振离表示完全同意。只有樊益山说："永远办不到。行不通。不同意。"

有了樊益山这三句话，这篇文章就没有署上他的名字。

让我们看看这篇怀感的基本内容。

首先是《前言》部分：

参加农村基层工作，已八年有余。俯首回顾，百感交集，尤其在当前困难形势下，其所见所闻，势如汹涌狂涛，冲击心膛。每于激动之余，口述笔道，常至情不自禁。

这篇"怀感"不是向上级领导"报喜"，而是"报忧"。而就目前形势而言，"报忧"重于"报喜"。因之"怀感"所及，似颇多"苦口之药"与"逆耳之言"。

这篇"怀感"于各节申述中，不少雷同重叠之处，所以然者，皆在从不同角度、用不同比喻，反复说明问题。

这篇"怀感"属个人所见解，或为"一叶知秋，异地皆然"，或为"坐井观天"而流于管窥之谬。而其所道所说系实践事实与亲身体验，真实程度，颇堪自信。

这篇"怀感"因限于个人水平，仅止"感情"认识的汇集，未"理性"台阶的推理，又因阅读不多而引证绝少。

这篇"怀感"，除"如实反映情况"，并表达个人见解外，诸如锻炼、习写，亦在"原旨"之数。

这篇"怀感"拟邮寄有关领导单位及个人，作为参考之用，并望赐复指正是幸。

接下来，杨伟名分成十个章节，全面地阐述了自己对这些年来农业政策的思想观点以及破解农业困难的方法。

杨伟名首先从解放战争时期共产党"撤退延安"说起：

1947年4月间，我党中央决定"主动撤离延安"。以后形势的发展说明这一步骤是极其英明而果断的。当行将"主动撤离延安"的时候，有些同志思想搞不通，认为延安为党中央所在地，一旦"撤守"，无论国际视听、人心士气都将影响很大，必须尽全力保卫才好。当时果真按照这样观点去做，不但保卫不住延安，并将于"被动撤离"之后，欲自图收复，诚为难矣。

目前我们已经承认"困难是十分严重的"，而"严重"的程度究竟如何呢？就农村而言，如果拿合作化前和现在比，使人感到民怨沸腾代替了遍野颂歌，生产凋零代替了五谷丰登，饥饿代替了丰衣足食，濒于破产的农村经济面貌代替了昔日的景象繁荣。同是在党和人民政府英明领导下，何今暗而昨明？这种情况，已经是一望而知的事实，用不着连篇累牍地再进行分析了。

看来形势是逼人的。不过困难的克服，倒是很易的，关键在于我们能否把当年主动撤离延安的果断精神，尽速地应用于当前形势，诸如一类物资自由式市场的开放、中小型工商业以"节制"代替"改造"、农业方面采取"集体"与"单干"听凭群众自愿等，都是可以大胆考虑的！……

几年来，我们是朝着退的方向做的，并且收到效果。不过还未到家，应进一步就整个国民经济的政策方针作全面彻底的调整，直到困难克服而后止。

针对政策给农民造成的束缚，杨伟名非常形象地指出——

一个人勒条"腰带",走起路来会感到紧凑轻便,不然就会觉涣散无力。看来勒条腰带倒是十分有用的。不过所谓有用也仅是一条而已,如三条五条的把浑身都捆起来,那即使是一个走起路来健步如飞的人,也动弹不得。

再者,腰带的有用除了仅有一条而外,缠在腰里的腰带,还一定要松紧适度,过于松了固然不行,而过于紧了,倒会令人气喘。

目前我们国家的整个国民经济形势,是否有气喘的象征?是否存在着浑身捆着腰带,动弹不得的意味?果有之,只有解带松腰才能气和神安;只有腰间仅缠一带其余皆尽解,才能手动脚灵。

按国民经济形似人身,中、小型工商业自由生产,农村包干任务外的自由贸易,则为人身的手足。无人身,手足无依附;无手足,人身失所能,两者相依相成,关联互赖。理由明显,毋庸赘述。

针对农业上怎样走出困境,怎样逐渐恢复。杨伟名非常客观却又旗帜鲜明地为单干正名。他专门在文章中列出一个章节,题目就叫《恢复单干》。

他写道——

近年农村中不断有"恢复单干"的传说,这种传说我们不能认为是"别有用心"者的造谣;说它是目前农民群众单干思想倾向的反映,则是比较妥当的。如果目前农村群众在思想上有的存在着恢复单干的愿望,那么他所希望恢复单干是否就是合作化前那样的单干呢?就目前群众的认识水平和交谈情况来看,多半数"是",少半数"不是";属于是者,这里且不必说,属于不是者,却有必要提出讨论。

目前有不少的人在认识上觉得现在再恢复单干,就不必恢复合作化前那样的单干,而是以新的社会主义性质的单干形式出现。这种单干,其所以有别于合作化前的那种单干,正是因为:土地虽分到户,而地权仍归集体所有,劳动致富,生产发家,剥削行为概不能有。

就目前农村客观形势来看,社员集体观念太差,近两年来,更是这样。农村基层干部尤其是生产队一级干部领导水平较低,远不能适应生产队工作需要,任务过重,力气过怯。

按:社员集体观念太差,干部领导水平低,看来是个教育锻炼问题,而锻炼和教育，则是长期的，而当前存在的问题，却要求"立竿见影"。

按：新的单干形式，既能适应当前客观条件，又符合按劳分配杜绝剥削的社会主义原则，堵塞了农村阶级的两极分化。至于将来如何适应机耕问题，他们认为不必采取酒席摆好还没有客的等待办法（土地老早就连了片迟迟不见耕机来）。领导集体生产的基层干部等条件都具备了，然后根据群众自愿，因势利导地朝着集体促进。

按："分田到户"，不是要求一律单干，而是愿意单干者，可以允许，愿集体者可以另行自愿结合，这样集体与单干两种形式，同时并存。估计这样因皆出于个人自愿，生产是会搞好的。如在合作化时虽说"入社自愿"，实际多为"大势所趋"，现在采取自愿，正是补救了过去的不自愿。农业合作化以来，生产所以停滞不前，在一定程度上，与当初多数不是出于真正自愿有关。

有人虑及分田到户于国际视听有碍。其实人民公社依旧保留，分田到户（农民）仍归公社领导，为公社社员。至于集体与单干之间的领导关系——单干到户，归队领导，还是归公社直接领导，可以另行研究。

请注意杨伟名有关如何适应机耕的这一段，他认为"不必采取酒席摆好还没有客的等待办法"，可以随着"条件都具备了，然后根据群众自愿，因势利导地朝着集体促进"。

这是一种多么求实的态度，又是一个多么了不起的预见！

直到改革开放开始，直到家庭承包开始，许多人仍然极力地反对这种所谓"资本主义"的做法。其最重要的理由就是：如果都分田单干，那会有什么前景？农业大机械怎么使用？农业机械化怎么实现？难道农业的出路在于机械化不对吗？

杨伟名这篇文章写出近50年后——2011年7月，笔者曾经到黑龙江省黑河市采风。黑河突出的特点是地域辽阔。当我置身于一望无垠的黑土地时，我不由得问农民：这样面积广大的土地，如果不实行机械化作业，效率怎么才能提高呢？

农民回答：我们已经实现了机械化耕作呀！

我有些吃惊，显然，这些年我始终在城市里生活，早已不熟悉不了解农村了。

我问他们：土地已经分到了个人手里，机械化耕作是不是会有许多不方便？

他们说：很方便呀。

他们进一步告诉我，每年耕作或者收割季节，他们就花钱请机械来，如果土地面积够机械吃的，那就非常简单，请机械吃饱吃够。如果哪家的土地面积不够大，那么也可以几家联合起来请，并按照各家的土地面积给机械和机械工人付工资。总之，还是要让机械吃饱吃够。

不仅如此，由于现代农业的发展，更由于党的农村政策的及时跟进，现在农村已经开始了自发的土地流转。一些人自觉地把土地让出来，让给那些耕作能手去耕作，而自己也去寻找那些更适合自己的工作。至于土地流转给对方的报酬，则由双方通过协商解决。

这多像从前那种集体化和合作化！

但是与从前那种粗暴的集体化和合作化的不同之处有三点：

第一，这是在农业机械迅速发展起来以后，为着适应新形势新环境，而由农民自发创造和自发总结出来的一种新的耕作方式。

第二，和从前把土地归拢起来使一切归属"集体"的本质不同，在于无论土地的使用和收获都是农民自己的，绝不会混淆成为一个概念模糊的大锅饭。

第三，所有这一切，都是在一种朴素的状态下进行和发展着，发展得非常容易，非常简单，也非常自然。没有任何强迫。

让人感慨的是，就是这样一个既自然又简单的农业问题，却让我们大大小小的领导人、思想家、理论家争论了多少年啊！

不仅如此，在黑河期间我还了解到，今天的黑河农民太了不起了！他们嫌分给自己的土地不够种，于是跑到黑龙江对面的俄罗斯，在俄罗斯承包土地。一承包就是几千万亩，那全部是使用机械化耕作和收获。比当年我们羡慕不已的苏联老大哥所展示出来的机械化耕作更高效也更便捷！

杨伟名精彩的观点还在于对新民主主义建设阶段的认识上。

杨伟名认为，现在我们国家之所以遭此困难，根本原因就在于"进"得太快。因此，要解决困难，就一定要朝后退。但一味地朝后退也不行，要退得适度，这就需要对中国当下的国情有着清醒而理智的认识。

他写道——

我们的国家是个"一穷二白"的国家，在这个既穷又白的薄弱基础上，由1949年解放起到1955年合作化为止，仅只六年左右的时间，我们的新民主主义建设任务，就真的完成了吗？答复是否定的。并且要在短短的六年时间内把一个具有六亿人的落后的农业国家，建设成新民主主义的强大的工业国家，无论如何是不能想象的事。

有人曾经说过，我们的社会主义建设要两步走（由新民主主义到社会主义）。那么如果说，我们第一步没有走好，第二步怎么会走好呢？

按说新民主主义建设需要二三十年，由新民主主义逐步向社会主义过渡是一个长期的转化过程，又需要二三十年，由此看来，像我们过去所做的显然是拔苗助长，违反了客观规律。

为了说明他关于新民主主义初期建设的观点，他在文章结尾处又专门写了一段注解：

新民主主义建设任务，有的同志说："三座大山"推倒，革命政权建立，新民主主义的建设任务就算完成了，从此以后，就是社会主义建设时期了。我觉得这中间并不存在什么问题，就以第六节中所提的把新民主主义建设任务说成是社会主义初期建设任务，也是可以的。

后来的实践证明，杨伟名这些观点和认识不同凡响，非常到位。

遗憾在于，他的这些观点直到几十年后，直到在血与泪的浸泡中遭受了太多的苦难和辛酸，才终于被党和政府所真正接受。并由此开始形成了"社会主义初级阶段"这个新概念，并进一步开始了对社会主义道路脚踏实地的新探索和新征程。

杨伟名的《当前形势怀感》一共写了十个章节，这些章节有的是说具体问题的，有的是说思想认识的，但无论说微观或宏观，也无论说抽象或具体，都说得非常出色和中肯。

比如民主集中制,他非常形象地用双程轨道来进行比喻。

双程轨道,车可对开,东来西往,互无妨碍,如双轨交叠,则相遇冲突而互为路障,甚至撞击而两车俱伤。再者,车之交替往来,如环之周而复始,循环无息,设无东来之车,西往之车可尽;无西往之车,东来之车可竭。

借用上述比喻,说明民主集中制中,集中上去与贯彻下来两者之间的关系问题是颇为适宜的。按:广大群众的意志是通过"集中"那条轨道集中上去的。集中上去的意志,经过加工整理,作出决议,又通过"统一领导"的那条轨道贯彻下来。这个一上一下,有如两套列车沿着各自轨道,相对而开,而互无妨碍。当群众意志与现行政策哪怕是当时正在特别强调执行的政策发生矛盾时,必须保证群众意志尽快地向上集中,从而让现行政策中,可能存在的偏差,及时得到纠正。同时现行政策未经上级指示,不能任意改变违犯统一领导的原则,不然,现行政策压住群众意志,使之不能舒畅地向上集中;或群众意志顶住现行政策,使之不能正确及时地向下贯彻,这就成为双轨重叠,两车对开,中途相遇不避,两撞俱伤了。

事实上,从20世纪50年代中后期开始,我们的农村政策难道不正是群众和领导这两条轨道上的列车相互顶住了吗?难道不正是相遇不避,两撞俱伤吗?老百姓付出了多么沉重的代价,这惨痛的代价给后来的社会主义建设事业留下了多么巨大的阴影,也给人民群众与党和政府的关系留下了多么可怕的后遗症!

在阐述怎样处理好民主与集中的关系时,杨伟名说得就更精彩。

如果群众意志能够广泛及时而正确地集中上去,进而才能及时地切合实际的政策贯彻下来,更能不断地集中上去,又不断贯彻下来,那就形似对开之车,交替往来,如环之周而复始,回转不息。进而言之,群众的意志如果停下,则作为制定国家政策的泉源,就会竭于上,故曰:无西车之来,东来之车可尽,无东来之车,西去之车可竭。此为因果效应,互为渊源。

······

听到有些人说，我们是民主的，也是集中的。又有人说，我们不能光讲民主，民主还有个集中制呢。从字面上讲他们倒像是没有说错，但从他们对民主集中制的真正领会程度方面去了解，就会觉得他们的认识是很错误的，他们把民主与集中两个概念对立起来看待，认为民主与集中就是一半民主，一半集中（意为集中就是专制——不民主），或群众做一半主，干部做一半主，或者既不是百分之百的民主，也不是百分之百的集中（即专制），而是民主与集中（专制）简单结合，或折中并容。显然这种认识是十分谬误的！应该知道，我们是人民民主的国家，就人民民主而言，我们的民主是百分之百的不折不扣的民主。我们的民主是通过高度民意集中，体现出真正的民主，因之民主与集中，两者是互相关联表里为一的，不能当成两个对立的东西去看待它。

言简意赅，鞭辟入里，真正具有大思想家的风范。

当我认真而完整地读完《当前形势怀感》时，套用杨伟名文章中的一些话，那是真正让我"百感交集"，让我"势如汹涌狂涛，冲击心膛"，"常至情不自禁"。

在此之前，我读过许多有关农业政策的文章，这些文章中不乏精彩之作。但公正地说，绝大多数文章都让人读得毫无兴味。究其原因，就在于空洞无物。不知从何时起，中国开始了新一轮的文字游戏。如果说在"极左"的年代里，中国到处都说着千篇一律的话，唱着千篇一律的歌，那么现在，中国的知识分子又开始了新一轮的千篇一律。显示文章水平的，是看你有没有新观点。而所谓的新观点是否真实？是否实际？是否从切身实践中得来？统统无所谓。只要"新"就行！而显示你思想水准的，又要看你使用没有使用新文本，有没有采用新语境，摘引没有摘引舶来文，总之，直到折磨得你捧读文章时完全进入梦魇中，颠三倒四，莫知所云，这才会博得一片喝彩！

而杨伟名的文章，没有新名词，没有新概念，更没有精心的修饰渲染以及那些故作高深和故弄玄虚的装腔作势，他只是娓娓道来。他摆事实，摆得清楚明白；讲道理，讲得入木三分；分析问题，分析得鞭辟入里。那些解决问题的办法，则更是一看便懂，丝毫不晦涩。可以说字字扎实，句句真切！

杨伟名执笔写就的文章很快送到各级组织去了。不仅送给了公社党委、户县县委和咸阳地委，而且直接寄发给陕西省委、西北局、中央。再就是《陕西日报》等媒体。包括华县的张涛、潼关的刘统法、渭南的师道铎、西安市委的刘庚、省委宣传部副部长吴刚等人。

反馈很快回来了。

中共陕西省委办公厅《人民来信来访反映》很快对文章做了选载。陕西省委宣传部《宣传动态》也对文章进行了摘要登载。

这其中，对这篇文章表示赞同的占到了多数，态度暧昧的也偶有几人，但明确表示反对其中某些观点的只有一人，他是省委宣传部副部长吴刚。

吴刚给杨伟名复信说：

来信反映了农村的一些非常重要的情况，而这些都引起了有关同志的注意。来信讲的意见、看法，有些我以为是不对的，如单干等等；有些是值得进一步研究的，如有关价格等问题；有些是对的，如收购的烦琐哲学等。

对文章热情鼓励和大力支持的当首推当时的咸阳地区专员王世俊。

早在1962年3月底，王世俊就收到了杨伟名一篇题为《谈关于"一类物资"的开放问题》的文章。这与他主张开放集市贸易的想法不谋而合。他当即怀着振奋的心情提笔给杨伟名写了回信，对杨伟名关心国家经济建设，钻研国家经济问题的精神给予了充分肯定和热情鼓励。

6月初，他看到了《当前形势怀感》，又一次立即回信。

信中说：

我再次感谢你对国家大事的关怀。这封信连日前一封建议信一并印发各有关部门和同志，供他们研究问题时参考，并希望你经常来信，保持联系，多反映农村的实际情况和群众的要求。

王世俊不仅将这篇文章印发给咸阳地区各有关部门研究，而且直送咸阳地委的几位主要领导同志阅读。不久，在他的安排下，杨伟名还被聘为咸阳地区政策研究室唯一的一名农民政策研究员。

同样，杨伟名的信送到西北局后，西北局办公厅主任陶信镛根据西北局第一书记刘澜涛的指示，专门前往户县，找有关人士谈话，并聘请杨伟名为《西北建设》杂志通讯员。

应当说，自文章写成并寄出后，一切都非常正常。尽管许多人鉴于当时的形势，不能明确地表示出自己的态度，但总体呈现的是赞同和支持。

事态的急转直下是在1962年8月。

中共中央8月在北戴河召开中央工作会议。这次会议坚持了此前的农业政策，并强调用阶级斗争的观点来看待当前国际国内出现的一系列问题。这就使得中国这艘原本已经"左"得很离谱的航船开始往更"左"的方向驶去。如果说此前各级组织对各种所谓与党中央不一致的声音和思潮还多少能够就事论事地分析和处理的话，那么现在则一切都要用阶级斗争这根弦来区分和衡量。在这种情况下，杨伟名等三名共产党员向各级党组织反映农村真实情况，并积极出主意想办法恢复农村经济的正确建议不仅没有受到应有的表扬，反而受到了追查。

随着阶级斗争这根弦绷得越来越紧，整个社会气氛也变得越来越紧张。为了符合中央北戴河会议精神，从西北局，到陕西省委，到咸阳地委，到户县，都层层派出工作组，或者找杨伟名等三人谈话，或者发文供各级党员和群众批评讨论。给人的印象是，这一回要轰轰烈烈地对杨伟名等三人整治一番了。

半个世纪后，当我在户县进行调查时，我惊讶地发现，和我脑海中想象的恰恰相反，杨伟名并没有被严厉地整治。这使我深感疑惑。

为了解疑释惑，我曾经反复地向当地一些知情者提出问题：在"文革"之前，各级组织对杨伟名的各种批判到底狠不狠？

回答很一律：不狠。

我继续问：是怎么批判他的？

回答：就是轮流来人，和他在屋子里面辩论。

有没有动手打人的现象？

没有。

骂人呢？

也没有。

我请他们再想想，诚实地想，认真地想，到底有没有。

回答还是没有，而且我所接触到的所有人都回答说没有。

暧昧的处理

从形式上看，自北戴河会议以后，各级组织对杨伟名等三人的"错误"都在紧锣密鼓地处理。几乎每天，都有各级组织派出的工作组和人员找杨伟名等三人谈话，并且很快发出一份又一份文件。

半个世纪后，当我读到这些当年针对杨伟名等三人发出的各种文件和处理意见时，发现除过当时的省委宣传部副部长吴刚是一开始就态度明确地批评和反对杨伟名"恢复单干"的观点外，其他各级组织的态度都相当暧昧，也相当耐人寻味。

比如户县县委在当年9月13日，将《当前形势怀感》作为反面教材下发，通知中第一句话是：

兹将城关公社七一大队杨伟名、贾生财、赵振离等同志关于"当前形势怀感"的材料印给县级和城关公社机关支部在脱产的党员干部中间进行研究讨论。

开篇就称"同志"。

要知道，在那样一种环境中，是否将对方称作同志，事实上就是组织上对一个人区分敌我界线的标志！称你同志，表明你是人民内部矛盾，还是自己人。

文件再下来的措词就更暧昧了，暧昧得几近亲切和肯定：

一个共产党员向上级党的组织反映情况，对党的政策大胆提出建议是完全应该的，符合党章规定的，这种精神是很好的。但是，从材料内容来看

(有些属于工作缺点和方法问题,值得研究改进,这里没有翻印),关于对当前形势的看法,资本主义工商业改造,农业集体化道路等,属于社会主义革命任务、两条道路斗争的问题,其观点、立场是非常错误的。

全篇没有火药味,没有那个年代中惯用的"恶毒攻击"、"狼子野心"、"反动立场"、"批倒斗臭"等字眼,而是"完全应该的"、"符合党章规定的"、"精神是很好的"——尽管在这份正式发向全县的通知中不能不说一些批判的话,但明显看得出,说得言不由衷,不痛不痒,只是淡淡的一句:其观点和立场是非常错误的。

为了在干部中消除模糊观念,提高思想认识,划清两条道路的界限,加强农业集体经济起见,希望同志们将这份材料,认真阅读,其错误究竟在哪里,为什么要错,加以细致地研究讨论。

这就更是和稀泥抹光墙,让人读到通知后,对这三位似乎是犯下天大错误的人怎么也愤怒不起来,更谈不上阶级仇恨。

再看咸阳地委就此事件向省委写出的报告:

省委:

户县城关公社七一大队会计杨伟名等三名同志,今年5月间写出他们对于当前农村工作中一些问题的看法,名"当前形势怀感",送专署一份。6月23日王世俊同志以个人名义作了答复,主要是鼓励杨等勇于提意见的精神,至于他们对当前国内经济形势(主要是当地农村形势)的错误分析和包产到户的主张,未曾表示否可。7月初省委三届四次会议期间,西北局陶信镛同志根据澜涛同志批示,去户县专门作了检查座谈,开始引起我们注意,8月地委扩大会议结合传达省委会议精神,对于单干倾向做了批判,但对杨等言论未作专门研究,9月初地委曾用电话指示户县县委结合传达省、地委扩大会议精神对杨等的错误进行纠正。9月18日地委三十一次常委会已决定,由杭尚增同志去户县,与省委蒋锡白、户县县委,公社党委约请杨伟名等同志多次座谈,宣传政策,帮助其认识错误,并在七一大队党员、群众中做了普遍调查和教育，提高了党员、群众的政治觉悟，纠正了杨伟名等同志的错误，效果良好。

9月26日，户县县委就此提出了处理意见，并报省委，我们同意户县县委意见。

……

还是称"同志"，还是不怒不火，温情脉脉，不仅为王世俊开脱，认为他对杨伟名等人的错误思想"未曾表示否可"，而且地委和公社党委"约请杨伟名等三人多次座谈，宣传政策"，"效果良好"地"纠正了杨伟名等同志的错误"。

不仅如此，紧接着县监委正式发文，认为杨伟名等三名党员对自己的错误"作了检查，认识很好"，"且他们只是向党的上级组织反映意见，没有实际行动"，经研究并经县委同意"党内不给纪律处分"。

咸阳地委和监委均对户县县委监委的意见表示同意。

陕西省委也很快表态：同意不给纪律处分。

尽管陕西省委下发的文件中，尤其是陕西省委宣传部下发的文件中，对杨伟名的所谓"错误"用了一些措词严厉的语句，但可以理解的是，在当时那样一种社会背景中，他们不可能不那样做。事实上，他们还是悄然无声地对这三位同志做到了手下留情。

为什么如此？

我们不能不认为，杨伟名等三人的《当前形势怀感》，是深受广大干部群众的认可的。否则，完全可以借着自上而下的势头，把他们斗得哭爹唤娘，批得昏天黑地。

后来我进一步了解到，无论是户县县委，还是咸阳地委，陕西省委，直到西北局，都派人到七一大队去了，借此显示出一种重视。但同时，所有去七一大队和杨伟名等三人座谈或帮助其"进步"的人，都是在一种平和或者基本平和的气氛中进行的。其中最有说服力的例子就是，在多次的争辩中，杨伟名始终不服气，始终不认错，甚至站起来，在屋子里走来走去地和来人争辩。

和任何人一样，杨伟名最初无疑是非常紧张的。这种来自党中央最高层的批评具有多么强大的力量,他心里绝对有数。也因此,最初一段时间,他做好了应对各种最复杂局面的思想准备。但是随着处理结果一点儿一点儿的显露出来,他的心情变得轻松多了。

1963年6月23日,在《当前形势怀感》遭受批判10个月后,杨伟名与妻子刘淑贞、儿子杨新民合影。合影中还有一个叫鲁小毛的邻居。杨伟名在相片背后题下一首诗:

摄影有感偶题

一胎两男喜孪生,不幸离母襁褓中。
居鳏孤楚难抚养,乳娘分忧感衷情。
流水光阴匆匆过,双双各长十齿龄。
今朝依傍欣合影,愁絮收敛露笑容。

显然,此时的杨伟名心境还不错。

我们不能不为户县人民喝彩!不能不为户县各级干部喝彩!杨伟名能够如此迅速和轻松地度过一劫,是由于他们的大度,他们的理解,他们的庇护和他们的托举!

日趋严峻的形势

但是杨伟名的轻松很快就到头了。

一到"四清",情况就完全不一样了!随着阶级斗争的火药味儿越来越浓,人们相互之间的残酷斗争逐渐成为一种生活常态了。而当所谓的阶级斗争不仅成为巩固政权和压服不同意见的需要,而且成为一种生活常态时,杨伟名等人的处境只能变得越来越艰难。

咸阳地区专员王世俊同样如此。

应当说,与其后一些写信向党中央、毛主席反映情况的人相比,王世俊和杨伟名等人还是幸运的。究其原因,他们是在人民群众生活最困难,因此对造成困难的原因认识最清醒之际向党提出的建议,这就占住了天时地利,也使得各级组织对他们的处理常常是手下留情的。

等到"四清"时再发表与潮流相悖的言论,那就完全不同了。

户县苍游公社有个李柏村。这个村的农民历史上便从事着一种传统的手工副业:制造麻绳。谁知1963年"四清"工作组进驻村子后,将这作为一条罪状,首先抓人批斗,之后处以经济惩罚。农民拿不出钱来,便把他们家中的东西强行抢走抵债。诸如收音机、缝纫机、自行车,甚至纯粹生产用的架子车,等等。

这已经让群众够气愤的了,偏偏这些自行车、收音机等被强行拉回县上后,竟以低价处理给内部干部。比如一台定价为18元的收音机,只用5元钱就被内部人士买走。

这就让农民忍无可忍了。

由于副业被堵死,农民生活出现了严重的困难局面。在这种情况下,李柏村党支部书记张建兴、生产大队长屈文银、贫下中农协会主任屈文虎以及贫下中农社员王存西都先后给党中央、毛主席写信,反映工作组的做法不对,认为对群众的打击面过宽,不符合政策。尤其是工作组把农民的东西收去后,折价卖给自己的熟人和同事就更不妥当。

需要说明的是,此时无论干部还是最普通的农民,经过反反复复的教训,都已经懂得了,不管做什么事都不能有丝毫出格。因此以生产大队的名义写给毛主席和陕西省委的这封信不仅口气委婉,而且拟出草稿以后,还专门请新中国成立后全村唯一上过大学、正在勉县教书、回来休暑假的教师张西安进行文字上的修改。之后再专门召开全体党员大会和社员大会,认真宣读信件,集体开展讨论。完全通过后,再将这封信工工整整地抄写出来,于1964年8月8日正式发出。

信很快被逐级转了回来。

结果和杨伟名等三人的遭遇完全不一样。张建兴、屈文银、屈文虎、王存西被持枪的民兵押上会场,猛烈批斗,并当场宣布:开除三名党员的党籍,撤销一切职务。王存西既不是党员更没有任何职务,只是一个普普通通的老百姓,于是宣布取消贫下中农会员资格。

再下来，将屈文虎和王存西公开逮捕，分别判处四年和五年徒刑。

屈文虎服刑后，他的母亲和妻子愁病交加，很快便离开了人世，剩下的六个孩子是在亲友乡邻们的帮助下才勉强存活下来的。这都不说，最冤枉的是那位在勉县教书的张西安。他不过帮助家乡父老润了润笔，不过是由他把群众想说的话改得更准确，甚至更冷静和更平和一些，却也被扣上了"反扑社教运动"的大帽子，被清洗回家。张西安的妻子无法承受这巨大的压力，服毒自杀，撇下4个孩子，张西安无力养活，只得分送他人。

同样是向上级党组织写信，竟先后要了三条人命，搞得几个家庭家破人亡！并且这样的例子仅在户县就不止一起两起！

相比之下，不能不说杨伟名是幸运的！

对杨伟名来说，真正灾难临头，是在"文化大革命"中。

在"文革"前，杨伟名和贾生财已经被撤销了职务。但至少还有赵振离接任贾生财继续担任大队党支部书记。"文革"开始后，赵振离也被撤销一切职务——事实上也谈不上撤销不撤销，因为彼时已经没有人能够再继续自己的职务。

11月，户县各公社都被夺了权，七一大队同样不能幸免。新的生产领导班子果然不同凡响，上任伊始，就召开全体贫下中农大会，一边学习"最高指示"，一边穷追猛打地狠批杨伟名。什么"大毒草"、"大放其毒"、"一贯放毒"——所有的措词都越来越"上纲"，其口吻完全是针对不共戴天的敌人的。

形势越来越严峻，当年年底，七一大队党支部召开批判杨伟名的大会，除过批判以外，有人提出，杨伟名是彻头彻尾的修正主义分子，应当撤销职务，开除党籍。

在这个节骨眼儿上，老支书贾生财仍然为杨伟名辩解，认为杨伟名是认识问题，不应开除党籍。

但是此时，已经没有人能够阻挡得住全民族的疯狂了。

1967年，随着"文革"进入高潮，王世俊被揪出来示众。咸阳专区机关革命职工造反司令部专门写出了"讨王檄文"，宣布王世俊的所谓罪行：

一、反对毛泽东思想，千方百计抵制和扼杀工农群众活学活用毛主席著作，大肆吹捧三反分子刘澜涛、胡耀邦。

二、大肆反对以毛主席为首的党中央，大肆攻击无产阶级专政下的大民主，恶毒攻击我们伟大领袖毛主席，诬蔑我们现在没有言论自由，连封建社会都不如。

三、反对突出政治，实行业务挂帅，大搞物质刺激，在农业生产上执行了一条修正主义路线。

四、配合社会上的牛鬼蛇神疯狂地反对三面红旗，大肆攻击总路线、大跃进、人民公社的伟大成就。大力支持反党黑信，全面否定社会主义制度，为资本主义复辟大造舆论。

五、顽固推行"包产到户"，主张单干，从各方面瓦解人民公社集体经济，是刘少奇推行"三自一包"的忠实奴才。

六、积极主张开放自由市场，全面否定社会主义的计划经济，特别欣赏八仙庵的自由市场，充当了投机分子的黑老板。

……

其中第四条，"大力支持反党黑信"一句，指的就是支持杨伟名那篇《当前形势怀感》。

需要说明的是，此时阶级斗争的惨烈，已经到了无以复加的程度。仍以户县为例，原县委副书记曹文青被残酷迫害，跳楼自杀跌断了腿；原副县长、政协副主席杨自修被狠批猛斗后，跳井自杀（未遂）；原棉花公司书记徐纯洁被打得遍体是伤，不明不白地死在深井中；原县人委办公室主任、七中校长王生孝被造反派持续吊打和游街后，在连呼"想不通"的悲声中服毒身亡……

粗粗一算，全县先后有60多人采取投井、上吊、投水、服毒、割动脉血管等方式自杀。

杨伟名以他特有的经验和智慧，冷静地观察着周边的一切。

那一段时间，杨伟名的话明显地少了。他每天都沉默着，也沉思着。

运动越来越疯狂，也越来越失控。从运动支持的内容和反对的内容来看，显然他是躲不过去了。问题只在于，他看到了这些，而他周围的这些造反派们却未必能够看到这些。那些人更多的是为权力，甚至仅仅是为出风头或者为眼下一星半点的蝇头小利而疯狂发泄。如果这样，他家在农村，偏居一隅，只要不显山露水，不剑拔弩张，和村里各色人等不发生直接的利益冲突，应当说还是可以躲得过去的。

让人完全没有想到的是，就在这时，又发生了一件完全扭转了杨伟名命运的事情。

最后的岁月

1967年，西安一些高等院校的造反派学生为了批倒中共西北局第一书记刘澜涛，正千方百计地挖掘和搜寻刘澜涛的所谓"罪证"。

学生造反派究竟是怎么发现杨伟名这篇文章的，今天已经很难说清了。据说，当时学生造反派在抄刘澜涛的家时，搜出了与这篇文章相关的一些材料，他们通过这些材料，又很快知道了刘澜涛曾经派陶信铺专门去聘请杨伟名担任《西北建设》杂志通讯员的事情，于是开始了对这一线索的挖掘。

造反派中有个刘景华，是西安冶金建筑学院（现西安建筑科技大学）的学生，他完全是由于一个偶然的原因，完全是抱着批判的态度拿出杨伟名的文章来读的，谁知这一读竟读得入了神儿。

读完一遍，又回过头读第二遍。等认认真真地再次读完，他心里禁不住热血沸腾。

刘景华是个从农村走出来的学生，他以自己在农村中的切身经历，发现杨伟名说的都是实实在在的大实话！想的都是实实在在的好办法！

20年后，大难不死的刘景华写下了这一段经历：

那是1967年9月，当时中共中央准备召开"九大"。这次会议决定给以"刘少奇为首的反革命叛徒集团"定性定案，中央文革要西安红卫兵组成调查团，将刘澜涛的叛徒问题落实清楚。西安地区大专院校红卫兵统一指挥部授命我组成调查团，到西北局和长安县的细柳公社姜仁村（刘澜涛搞"四清"运动蹲点的地方）开展工作。我接到任务后，就带着12名团员来到长安县细柳公社的姜仁村，这时，刘澜涛已被军管会拘留，并把刘澜涛押到姜仁村，接受调查询问。

我那时的想法是，自己出身于穷苦人家，是毛主席等老一辈无产阶级革命家打下了江山，我一个农民的儿子才得以上大学，应该感谢党，感谢毛主席。毛主席发动了文化大革命，我就无条件地站在以毛主席为首的无产阶级革命路线一边，一颗红心两只手，党叫干啥就干啥。党叫我领导红卫兵调查走资派的罪行，是对我的信任，我坚决执行。可在翻看刘澜涛的材料时，我对刘澜涛的叛徒问题产生了怀疑。

如果刘景华是个没有脑子，或者虽有脑子却没有原则的人，那就不会发生后来的事情。偏偏这位出生在陕南的农家孩子对生活中的事情都非常认真。这一认真，就决定了他的命运。

刘景华通过对材料反反复复地阅读和核实，最终确认，说刘澜涛是叛徒不仅毫无根据，而且是彻头彻尾的诬陷。这使他陷入苦闷中。

对这些事情，我百思不得其解，甚至有些糊涂，就想和谁说说，把自己的心事一吐为快，可是找不到一个可以倾诉的人，那几天我陷入了一种难以言状的困窘之中。

又一天，我在翻阅材料时，发现刘澜涛有纵容、包庇现行反革命分子杨伟名猖狂向党进攻的事。区区户县城关镇七一大队的一个农民，竟然敢向党进攻，这样的事竟然能得到西北局第一书记的庇护，怎么可能？得好好看看杨伟名的文章。这一看，我震惊了，尤其是那篇刊登在中共中央西北局机关刊物《西北建设》上的《当前形势怀感——一叶知秋》。我认为这篇文章本质地分析了当时我国农村的经济形势，一针见血地指出了造成这种困难局面的原因，并提出了解决困难的办法。其中分析之深刻、论理之透彻、结构之严谨、文笔之犀利，让人很难相信他出自一个农民之手。我觉得好奇，决定去户县见见杨伟名。

没过几天，刘景华就去了户县，在生产大队部找到了杨伟名。两人就在生产大队部谈话。谈到中午，该吃饭了，刘景华不想走，干脆跟着杨伟名到他家里接着谈。就这样，一个农民和一位大学生，一个年纪超过40岁的农民和一个年纪整整小他一倍的学生，竟然以如此罕见的机缘和如此奇怪的方式结成了朋友。

不久，造反派该给刘澜涛结案了。可以想见，所有人的意见都高度一致，中央文革都有了明确的态度，我们还能有什么选择？

轮到刘景华发言了，他不同意，认为刘澜涛不应定为叛徒。

一言既出，满座皆惊。

什么叫冒天下之大不韪？这就是最典型的例子。

结果可想而知，专案组对刘澜涛仍以叛徒之罪定案上报，同时警告刘景华好好考虑自己的立场问题。

刘景华不服气，也不认输。可是却没有他可以说话的地方，也不再给他说话的权利。他只好再去户县找杨伟名。两人就社会上出现的各种现象交换意见，深入交谈。后来有人奇怪，说：这一老一少哪有这么多话可说？而有人也精辟地指出：和对等的人交谈，是人生一大乐趣！所谓来往无白丁，谈笑有鸿儒！

再下来，刘景华继续坚持自己的意见：刘澜涛不是叛徒。这就犯了"文化大革命"的大忌，也使他的处境变得愈发艰难了。刘景华不服输，干脆把自己的意见写成大字报，贴到了西安最热闹的钟楼。这个举动彻底毁掉了他的政治前途，他被立即打成现行反革命。

刘景华被造反派定性为现行反革命时，他自己并不知道。他贴完大字报后，便马不停蹄地又去渭南进行社会调查了。他理直气壮也心安理得，认为自己是实事求是的，既然没有做亏心事，为什么要怕半夜鬼敲门呢？

他没有想到，此时陕西省公安厅军管会已经迅速介入，在全国范围内对他进行通缉。

刘景华从渭南回到学校，刚走进校门就被抓起来进行批斗，之后送交公安机关。之后被宣布判处死刑。只是没有立即执行，这使他得以熬过那段不堪回首的岁月，最终见到了希望和光明！

此时的杨伟名却没有刘景华幸运。

学生造反派早就通过整理刘澜涛的材料得知了户县杨伟名这个人,刘景华被判刑后,学生造反派就马不停蹄地赶到户县城关公社,开始了对杨伟名的穷追猛打。

1968年5月5日,这是西安冶金建筑学院历史上应当记住的一个日子,也应当是一个让后来的学生们懂得反思和反省的日子。这一天,以冶院的大学生们为首的造反派赶到户县,与户县的造反派联合在一起,在户县城街西城关公社院内批斗杨伟名。其时,"杨伟名不投降,就叫他灭亡"的口号响彻会场。

如果说此前所有的批斗从来没有对杨伟名动手殴打的话,那么这群接受过高等教育的大学生,这群文明程度理应最高的大学生却开了动手打杨伟名之先河!

大学生们要杨伟名跪下,给毛主席跪下!杨伟名不跪,坚决不跪!大学生们就抡起拳头打他,抬脚踢他,朝他脸上扇耳光,强迫他跪。

半个世纪后,杨伟名的女儿杨新慧还清楚地记得那天的情景——

村上民兵把我大叫到城关公社。一共叫去两回。第一回很快就回来了。回来后他一直没吭声。我们那时候还是娃娃家,也不关心这些事。第二次又被叫去。

那天我娘叫我到街道买东西去。我走到城关公社,一看会议室围了那么多人,就过去扒在窗台上看。这一看把我看得心都颤。人家强迫他跪在铡草的铡刀底座上,上面还专门垫上煤渣。逼他说啥话,不说就打。我实在看不下去,赶紧退后走。心里难受得很。

据许多人回忆,那天批斗杨伟名时,天气还算正常。批斗结束,突然下起狂暴的大雨,而且越下越大。以致不少人感慨:老天爷都伤心痛心!老天爷都哭疯了!

天黑时节,杨伟名被民兵押解着回到村子。胸前还挂着一块大牌子,上面赫然醒目地写着：现行反革命分子杨伟名。

杨伟名共有三个子女。大女儿杨彩英，二女儿杨新慧，小儿子杨新民。按理说，大女儿和二女儿都出嫁了，那天晚上应当只有杨新民在家。但家里出了这么大的事情，两个女儿都自动回来了，齐齐地聚在屋里。

滂沱大雨中，杨伟名回到家里，他一声没响，只是疲乏地走回自己房间，坐在炕上出神儿。妻子刘淑贞为他做好了饭，端给他，他不吃。两个女儿也过来劝他吃，他仍然不吃。

杨伟名的房子是陕西关中农民常见的那种房子。中间是堂屋，两旁是厢房。左边的厢房住的是杨伟名和妻子刘淑贞，三个孩子睡在右边的厢房。

这天晚上，始终是一片沉寂，沉寂得古怪，沉寂得异常，沉寂得可怕。

这沉寂使杨彩英和杨新慧始终觉得担心，于是一次又一次地跑到对面父母的厢房去。但是房门紧闭着。敲门，有了声音，说：回去睡觉！没你们的事！

杨彩英和杨新慧只好回去，在炕上躺下，却怎么都睡不着。

不知过了多久，她们听见头顶楼板上有响动，起初是人走动的脚步声，随后是窸窸窣窣的掏摸声。

她们知道，当时生产队没有保管室，杨伟名家的阁楼就成了队上的保管室。那上面存放着生产队的粮食种子。

杨新慧问："谁在上面？"

传来的是刘淑贞的声音："我。"

杨彩英非常诧异："都这阵儿了，你到楼上去弄啥？"

刘淑贞声音很平静："我取个东西。"

杨彩英和杨新慧都没有再问了。

后来杨彩英和杨新慧不止一次痛苦地想：为什么当时她们就不动动脑子？这么晚了还有什么事情要到楼上去？她们都明明知道，为了防虫，楼上那些粮食种子堆里都放有剧毒农药的呀！

阁楼上窸窸嗦嗦的声音消失半个小时后，对面厢房的门终于开了，有人走进了厨房，很快，厨房里有了响动。一直处于忐忑状态的杨彩英立即穿鞋下炕，跑到厨房去。

刘淑贞正在烧水。

杨彩英很奇怪:"这么晚了,烧啥水哩?"

刘淑贞说:"你大想喝水。"

杨彩英更奇怪了:"不是电壶(热水瓶)里灌的有水吗?"

刘淑贞说:"有你操的啥心?回屋睡去!"

杨彩英看烧了满满一锅水,还是奇怪:"他喝水能喝那么多?"

刘淑贞说:"睡去睡去!没你的事!"

杨彩英只好不再问,想了想,又说:"让我来烧吧。"

刘淑贞说:"说了不用。你回去睡!"

杨彩英看她表情平静,声音平静,一切都很平静,于是犹豫了一下,转身回去躺下。

她完全没有想到,这种异常的平静恰恰是不平静的前奏!

她后来才明白过来,半夜三更地烧热水,根本不是要喝,而是要擦洗身子。杨伟名和刘淑贞已经商量好了,要干干净净、清清白白地离去。

洗漱完毕,换上了干净衣服,杨伟名又开始了他人生中最后一次写字。只是这一回写得非常简单,所写的内容只是:还欠着谁家多少钱,还欠着谁家多少粮,也写到了谁家还欠自己家多少粮。并特别注明,欠别人的要记住,要还清。这是道德。至于别人欠他的为什么也要记,没有注解。后来别人的解释只有一个,粮食实在太缺太少!他真的是饿怕了,尽管他已经决定离去,但他还是为幼小的儿子担心。

除过以上欠钱欠粮的内容,遗书再就只有一行字,是写给杨伟名的弟弟的。他叮咛弟弟:望念手足之情,帮他照顾一下民民。如能让他学个木匠手艺则最好,将来好谋生。

和他此前所写的文章一样,朴朴素素,清雅纯粹。

半夜里,杨新慧被对面厢房里传出来的痛苦的呻吟声惊醒。

姐姐杨彩英已经醒来了,杨新慧急忙推醒弟弟。姐弟三人点上煤油灯迅速往对面厢房去。那阵子大雨滂沱,铺天盖地。端着煤油灯刚走到中间堂屋,灯就被吹灭。他们顾不得再点灯,急急忙忙就去推门,却怎么也推不开。杨彩英和杨新慧就跑到厢房后边,毫不犹豫地冒雨把窗户上的玻璃砸开。杨彩英个子大,钻了几回都钻不进去。只好让杨新慧爬上去钻。天太黑,杨新慧什么也看不见,完全是凭着对屋子平素的印象往里爬。刚爬进窗户,就闻见一股浓烈的农药味儿。她急了,连滚带爬,手脚齐用地乱摸着继续往前,一直爬到门口,将门打开。杨彩英已经点燃了煤油灯,十万火急地捂着灯火跑进来。

这一进来,她们全都愣住了。

杨伟名和刘淑贞双双躺在炕上。此时杨伟名已经没有什么痛苦的动静了,只有刘淑贞仍然在痛苦地痉挛。但是痉挛的剧烈程度也明显地小了弱了。显然,生命正在两个人身上逝去。只是直到最后,直到经受了那样一种剧烈的心理和生理的双重痛苦,两人的手臂还紧紧地挽在一起,仿佛在对生死相依这个词汇做出最形象的注解……

值得一说的是,杨伟名死后,家里分文皆无,最后由队长叶平均出面,在黑市买了两副棺材。这两副棺材实际上是已经埋过人的棺材。彼时时兴挖五类分子的祖坟。一些人借机偷挖棺材,挖出后把尸体倒入坑内,把棺材运走,再涂上一层漆。破损之处用石膏抹平,再用砂纸打光,之后涂漆。低价出售。

杨伟名夫妇使用的就是这样一副黑市棺材,低价棺材。

涝河畔的沉思

2011年7月,我来到户县,除了找一些知情者和研究者采访,还专门找到了杨伟名的儿子、女儿,以及当年那位生产大队大队长赵振离。

赵振离告诉我,当时西北局工作组是乘面包车来的,一共来了十几个人。主要是和杨伟名辩论。辩论中,杨伟名有时很激动,站起来不停地在屋子里走动。

我问赵振离:从《当前形势怀感》这篇文章被点名批判以后,哪一段日子最难熬?

回答:当然是"文化革命"时候。

他说:"文化革命"搞了三年,我家里就死了三个人。头一回是"文化革命"刚开始,把我揪出来批判,我婆(奶)吓得当晚就咽了气。第二回是"革命派"把大喇叭挂在屋顶,整天吼喊批判。结果把我妈吓死了。第三年我爷也走了。

赵振离说:我妈走的时候,我穷得连买孝子盆的钱都没有,是村上另一个人帮我去买的盆。

我问赵振离:那时候生产队的经济状况是怎么样的?

回答:不行。

怎么个不行法?

当时户县好的生产队,一个劳动日值三四毛钱,大多是两毛多。我们就属于这大多数。

我又问:杨伟名是个什么性格?

答:绵绵的,对人好。

我以为自己听错了,又追问了一句:杨伟名性格怎么样?是不是很倔?

他不倔!一点儿都不倔!赵振离回答得很肯定,他性子最绵了。为啥群众对他好,就因为他性子绵,和人处得来。

赵振离告诉我,杨伟名身体比较弱,不适合体力劳动,性格也比较绵。真正性格刚烈的是杨伟名的妻子刘淑贞。刘淑贞是河南许昌人,是三年困难时期逃荒要饭过来的。她和杨伟名结婚以后,对杨伟名很好。杨伟名担任生产队的调解主任期间,有一次一位社员对他的调解不满意,站在村里街道上骂。刘淑贞就忍不住,几次要冲出去和对方对着干,都被杨伟名拦住了。杨伟名没有计较,直到对方骂累了,还特意端了茶水出去,让这个骂他的人喝水消气。

仅从这样一个举动中,就可以看出杨伟名的修养。

但就是这样一个性格绵软的人,这样一个具有相当修养的人,在整个国家和民族遭遇危难之际,竟写出了那样一篇文章!那是一声震彻九霄的呐喊!也是一篇直面良心的拷问!

我不再问话了,沉默下来。

我们就这样久久无言。

历史的回顾

在户县期间,我一直打听杨伟名的墓地。问杨伟名的儿子,问杨伟名的女儿,问杨伟名生前的好友……

却已经没有了墓地。

杨新民告诉我,杨伟名夫妻双双自杀的第二天一大早,村里人听到消息后全都来了。满巷子人山人海。有一个公社干部也来了。他挥着手驱赶着大伙儿,说:"大家都回去都回去!不要再看了!杨伟名这是自绝于人民自绝于党!"

杨新民说:"我现在见了这人的模样还能认得,不过不知道他叫个啥。他的模样在我脑子里深得很深得很!"

杨新民还告诉我,下葬那天,天始终下着大雨。是许多村民冒着大雨帮助他们埋葬了父母亲。

至于下葬以后,事情就更复杂了。那时谁也不敢和杨伟名这三个字沾边,他的坟墓是草草选定,又草草埋葬的。以后这片墓地被一家化工厂使用,再以后又被另一家小工厂使用。如今这里还是一个小化工厂。至于坟头,早就在历次变迁中消失了。每年清明,杨新民只能凭着大概的印象,来默默地烧几张纸敬点儿香。

那天,我站在一个土台上,竭力想看清周围的一切,也竭力想通过各种残存的地理现象,来判断杨伟名的坟墓到底在哪里。

却始终没有结果。

土地已经平展如梳,到处都是庄稼和蒿草,生活如流水,只需短短几年,它就把曾经发生过的一切欢乐和痛苦统统掩埋了。

何况这不是几年,而是几十年!

当我站在土堆上四处张望却始终无果时,我心里有一股说不出的沮丧和失望。

好长时间,我才从这种莫名的悲哀和悲愤中解脱出来。

难道曾经发生的一切,难道杨伟名随着坟墓的消失,也真的就消失了吗?也真的毫无结果了吗?

想想看,我为什么要怀着如此虔敬的心情来到这里?

想想看,千里之外的《人民日报》的副总编梁衡为什么要来到这里?

想想看，原陕西省委副书记牟玲生为什么会写下《真理在有经验的农民手里》一文，并盛赞杨伟名是个"匹夫而忧天下，无位而论世事"的乡村哲人？原陕西省委党校校长王百惠为什么会专门撰文缅怀杨伟名，称他是"我国思想理论战线一位杰出的农民英雄"？

还有义务为杨伟名写书立传的仝德普，义务记录杨伟名其人其事的李百灵，义务为杨伟名编撰年谱的刘高明，还有那么多怀着虔敬而肃穆的态度来到这里追缅他的人。这其中有党和政府的高级干部，有卓有成就的作家艺术家，有新闻工作者以及各行各业的人……

一个人已经没有了自己的墓地，却仍然受到大家普遍的敬仰和尊重，却仍然活在大家心里，这不就是最大最好的"果"吗？

杨伟名埋葬在户县的涝河畔。现在，新的建筑已经在周边陆续建起。但是那一望无垠的良田风貌依旧。

我已经知道了，就在这片土地上，已经诞生了多少壮怀激烈的人物，发生了多少惊心动魄的故事，又经历了多少风风雨雨的曲折。

不能说中国共产党搞合作化集体化的初衷不对，更不能说中国共产党为民造福的理想不好。但是中国究竟要走的是一条什么样的合作化和集体化之路？这条合作化集体化的道路对中国农民和中国人民的生活能够起到什么样的作用？这条道路究竟走得通还是走不通？如果走得通，又应当通过什么样的方式和办法才走得顺畅而便捷？这却是一个执政党必须严肃而又严肃、认真而又认真地思索的。

截至目前，我不知道在世界上其他国家，家庭呈现着一种什么形态，但至少在中国，一男一女两情相悦，组织起家庭，而他们繁衍的后代与他们有着人类所无法改变的血缘和由此形成的亲情，这血缘和亲情的链接，使得他们的家庭尽管可以扩大，但基本属性不变。即使封建时代可以三妻四妾，即使现代青年离婚率高，但家庭这个基本单元的独有属性仍然没有改变。它仍然无可置疑的是整个社会最基本也最牢固的细胞。

不仅如此，眼下这样的家庭模式，不是哪个天才的政治家思想家理论家设计出来的，而是人类走出原始的野合状态以后，经过了上千年的风雨锤锻才终于形成的。它好比一条涓涓细流，无论从树根还是从岩缝中涌出，也无论它沿途汇聚起多少余脉和支流，并且无论它经历着多少曲折跌宕，却本质上是遵循着一种纯粹的自然规律在发展和进步，在一往无前地向前奔流——丝毫不排除经历过无数的摸索和实践以后，将来人类还会出现新一轮的、更高意义上的婚姻和家庭组合方式，但至少在今天，中国人民最基本的个人利益、生存方式以及劳动报酬取向，都是围绕家庭展开的。即使中国在最狂热年代中曾经被树为大公无私楷模的雷锋、王进喜、焦裕禄等英雄模范，他们能够做到"顾大家不顾小家"，这种做到也只能是适度和某种意义上的。试想如果这些英模人物每月领到工资，从来不给自己的妻子，甚至置嗷嗷待哺的孩子于不顾，全部将所得奉献给其他的阶级弟兄去吃去用，大家会对他们怎么想怎么看？他们还会不会是英模人物和道德楷模？

也正因此，无论对哪位英模的宣传也就非常聪明地停留在一个恰如其分的层面。从来都只说他们把人民群众当作自己的亲生父母；从来都说他们爱厂如家，爱社如家！一句话，还是没有脱开家！还是没有脱开现阶段这个最能体现无私和奉献的载体——家庭！

而把农民原本属于自己的土地收归集体，把他们的劳动工具和生产资料收归集体，把他们的劳动成果同样收归集体，这意味着什么呢？

意味着无视家庭，剥夺家庭，拆除家庭。

只要做个简单的设想，就可以明白其中的利弊。试想我们有个社区，社区中居住着各种各样的人，有国家高级领导，有科学家艺术家，有工程技术人员，有各种最优秀的干部和最模范的党员，也有一般的群众，有游手好闲的懒汉、说事生非的闲人、屡教不改的劳改犯以及那些沾染上各种毛病（诸如嫖娼、赌钱、吸毒）的人，这恰如农村中有的人会制绳，有的人会编筐，有的人会木匠，有的人会盖房；有的人勤俭持家，有的人懒惰偷闲——现在我们让他们把自己每月劳动所得到的工资统统交给社区，再由社区按人头平均分配给每个人，而不管你做的是什么工作，不管你工作做得怎么样，甚至不管你工作不工作。

你愿意不愿意？

不排除有些人愿意。比如游手好闲的懒汉就一定非常愿意，甚至可以说是非常拥护。但是如果都遂了这样一些人的意愿，那其他人的工作积极性该怎么去调动？

何况，集体化运动还不仅于此，当农业合作化步步深入也步步紧逼农民时（事实上当时在很多城市里也开始了），大家需要把自家的粮食与其他的人伙在一起吃，财产伙在一起用，最终实现我的就是你的，你的也是我的！

从形式上看，这似乎体现了公平，大家都一样！

且不说这到底是不是真的公平。就算是真的公平。你愿意不愿意？

不仅问那些思想觉悟不高的普通群众愿意不愿意，而且可以问那些一心引导人类走向大同的国家领导，以及英雄和劳模，愿意不愿意？

继续深入探究，就算真的愿意，这样做的结果是什么？是提高了人们劳动生产的积极性，还是挫伤了人们劳动生产的积极性？我们曾经一直奉为经典的名言是：社会主义和共产主义之所以先进，就是它的上层建筑符合了经济基础，就是因为它们的生产关系符合了生产力水平，就是因为它能够激发整个社会的劳动生产积极性，从而保证人类极大的物质富足！

而集体化的结果是什么？会让人们越来越富裕吗？

当我们站在一个历史的高度去回顾往事时，我们会发现，当初合作化运动和后来的人民公社化运动之所以由最初的说服动员，到后来的强迫命令，那实在是由于农业集体化带来的弊端太大太多，因而受到农民普遍的抵制和反抗！这些抵制和反抗甚至完全是一种下意识，出自本能。而为了将这些抵制和反抗压制下去，政府甚至不得不采取批判斗争甚至更严厉的高压手段。

可是结果怎么样？

农业集体化仍然时时处处遇到强大的阻力。最明显的例证就是，那时候的农民比现在辛苦得多，每天起早摸黑地"学大寨"，大冬天农闲时节也要去"平整土地"，但人们却仍然吃不饱饭。

就是在那样一种近乎残酷的政治高压下，一些有识之士仍然不断地提醒：我们犯了一个绝大的错误，走了一段太大的弯路，最终我们只有一个选择，朝后退，大步地朝后退，甚至一直退到向集体化出发的原点。

遗憾在于，这些有识之士的提醒被忽略，甚至被粗暴地批判。以致最终，人人都不敢再对错误的方针政策流露出丝毫的不满和反对，人们不仅不敢提单干，甚至连那些在三年困难时期救过我们命、被实践证明行之有效的"三自一包"等措施，都统统予以否认！

但是青山遮不住,毕竟东流去。这样一种"极左"的路线和政策,无论动员起多少力量赞美它,歌颂它,也无法阻挡顺应着历史趋势的正面力量。这些正面力量中,上有中央领导,中有各级干部,下有底层农民。可以说其势汹涌,浩浩荡荡!

中国啊,真是经历了一段苦难深重的日子!

历史啊,真是演绎出一段惊心动魄的曲折!

如果不了解这一点,我们就很难真正懂得为什么说"文革"是一场全民族的浩劫?就很难懂得打倒"四人帮"和"拨乱反正"意味着什么?就很难真正理解十一届三中全会的伟大,同样很难真正搞懂,为什么20世纪80年代初农村那场变革是关乎着中国前途和命运的一场生死搏斗!

好在,历史终于选择了1978!

好在,中国共产党终于突出重围,并以惊人的速度和力度纠正了航向,进而开始了一场震惊世界的大变革!

第二章 伟大的转折

变化开始了
姚生泉和他的《中国农村变革实录》
事情远没有这样简单
在质疑声中前进
问题在上面
中央必须说话
安徽率先站起
乍暖还寒的日子
"熊不下"的孟家坪
挡不住的春潮
在希望的田野上
中 流 砥 柱
历史的关键时刻
我 要 群 众
注定将载入史册

变化开始了

1976年10月,"四人帮"被粉碎了。

那时我正在陕西宝鸡铁路分局宝鸡东站当搬运工人,消息传来,我本能地感到惊愕。

在此之前,"四人帮"所掌控的舆论无时无刻不在宣告:中国坚持无产阶级革命路线,坚持反修防修。明眼人都知道,他们所谓的无产阶级革命路线,就是给中国人民造成了极大灾难的"极左"路线。具体到农业上,就是"一大二公"那一套东西。事实上,这种维护"极左"的舆论从"文革"之前就开始大造,到"文革"中达到了巅峰。尽管人民群众实际生活水平极端贫困,物资供应匮乏,以致买粮食买布匹甚至买豆腐等等全都需要票证,但是歌颂和肯定总路线、大跃进、人民公社的声音照旧铺天盖地,并且一浪更比一浪高——那种声势,那种力量,那种对"极左"稍有不恭便"全民皆批、全民皆怒、全民皆打皆骂"的环境和气氛,足以使最坚强的人也作声不得。

从登上政治舞台以来,"四人帮"始终是代表着这种舆论,代表着这种力量,甚至代表着这种路线和方向的。在这种情况下,当他们突然之间被抓起来,有谁不感到震惊呢?

那天晚上,我彻夜未眠。

尽管我那时还很年轻,对政治上的事情还懂得很少,但经历了"文革",经历了上山下乡,以后又有在铁路货场当工人的经历,我对中国社会多少有了些了解,也产生出许许多多的疑问。虽然我还不清楚中国下一步会怎样走,但是至少我知道:"四人帮"所坚持的这条道路已经山穷水尽,走到头了!

变化果然悄然无痕地开始了。

1978年12月,我正在甘肃武威出差。突然听到中央人民广播电台的新闻:为作家杜鹏程的长篇小说《保卫延安》平反。

《保卫延安》是杜鹏程创作生涯中一部最重要的作品。小说描写的是解放战争时期，在党中央毛主席的领导下，彭德怀指挥西北野战军横扫千军，屡建奇功的业绩。1959年庐山会议之后，这部小说立即由"香花"变成了"毒草"。

现在，给这部作品平反了。它意味着什么呢？

没过几天，中国共产党第十一届三中全会在北京召开。

后来许多人感慨，十一届三中全会的意义绝不亚于中国共产党历史上的遵义会议。如果说民主革命时期的遵义会议挽救了革命挽救了党，那么十一届三中全会不仅挽救了革命挽救了党，更重要的是改变了数亿中国老百姓的命运。

其实，一切才刚刚开始，整个中国刚刚走出浩劫，正处于拨乱反正的起步阶段，普通中国人民还完全享受不到十一届三中全会的福祉，甚至感受不到十一届三中全会带来的新气氛。只有那些曾经在正反两方面的痛苦磨砺中获得了深刻经验的人，才能够从悄然难觉的蛛丝马迹中，捕捉和品味到这次会议所具有的极其丰富、极其深刻，也极其伟大的意义。

在这次会议上，新的党中央为党和国家一批曾遭受林彪、"四人帮"残酷迫害的重要领导人平反昭雪。这其中最突出的是为在庐山会议上批评农业集体化政策以及大跃进所造成灾难的彭德怀元帅平反。其次是为薄一波等当初硬被扣上叛徒帽子的一大批老革命家平反——为这样一批老革命家平反，事实上就否定了那些年的"左倾"路线。而为彭德怀平反，则更是为那些批评前些年农业政策并因此而遭受迫害的人平反！就是为一大批像杨伟名、陈冈台这样的人平反！

刘澜涛也在其列。

历史无情，事情不过隔了十多年，那些曾经义正词严地将刘景华扭送到公安局去的人，面对此时此刻庄严的宣告，不知该是怎样一种心情？

多少年后，我常常想，三中全会被历史如此记载，被人们如此歌颂，它究竟做了些什么呢？

其实，三中全会最大的转变，首先在于肯定了实事求是的思想路线。

三中全会以后，新的党中央迫切地需要了解农村的真实情况。尤其是胡耀邦出任总书记以后，立即采取多种措施和多种渠道调派人员深入农村。

1980年春夏，新华总社先后两批派出四位记者深入农村进行查访。这四位记者承担的任务完全相同：调查农村贫困饥饿的真相，为中央最高层制定农业政策提供依据。

四位记者是：

新华社甘肃分社记者胡国华。

新华社宁夏分社记者傅上伦。

新华社陕西分社记者戴国强。

新华社农村记者冯东书。

临出发前，新华社社长穆青还特地把他们找去。彼时，新华社陕西分社社长冯森龄刚刚写了一份内参。题目是《延安调查》，这份内参真实地讲述了延安人民极端贫苦的日子。

穆青对记者们说，看了冯森龄写的内参，心情久久平静不下来，真没想到革命胜利几十年了，延安人民至今还过着饥寒交迫的日子。希望四位记者以《中国的西北角》《西行漫记》两部中外名著为榜样，将中国农村真实的状况写出来，为这转变关头的历史留下些什么。他特意叮嘱，要迈开脚步，拓宽视野，深入基层，入村进户。要通过自己的所见所闻所述，让中央高层领导人切切实实地看到：延安到底怎么样？陕北到底怎么样？整个西北到底怎么样？

很快，这四位记者迈开脚步，怀着最朴素的动机，采用最原始的方式，用整整半年时间，走进了西北农村的角角落落，并将所见所闻写成内参，提供给中央最高决策层阅读参考。

值得一说的是，18年后，在纪念十一届三中全会召开20周年之际，这四位记者将当年所写的文章汇集起来，组成了一部完整的书稿并由人民出版社出版。他们为这本书起了一个非常贴切也非常质朴的名字——《1978：告别饥饿》。

还值得一说的是，尽管我也下过乡插过队，但是当我读到这本书时，我仍然感觉到震撼。

1980年的初春，整个中国的农村已经迅速恢复，出现了自农业合作化以来的最好局面。

好局面体现在哪里？

除冯东书外，其他三位记者是从北京直奔山西太原，进而拉开了这次农村情况调查的序幕的。

让我们来看看他们的记述——

我们来到太原街头，首先去看那一家家饭店。

性急的朋友也许要问：太原的饭店同黄土高原有什么相干？

说穿了未免令人沮丧：我们的用意，不是别的，就是想看看眼下要饭的人还多不多！

前些年，在外地人的印象中，山西是个"出经验不出粮食"的地方。这个印象因何而起，是否符合实际，我们未去深究。但在"学大寨运动"搞得最热闹的那些年，太原街头要饭的人成群结队，却是我们曾经耳闻目睹的事实。那几年，我们每次到太原，随便到街上转转，都碰见不少沿街乞讨的农民，有的要钱，有的要粮票，饭店更是他们频频光顾之所。只要你买的饭菜一上桌，光屁股的孩子，衣衫褴褛的妇女，白发苍苍的老人，挂着拐杖的残废人，就会把一只只掉了瓷的饭碗、茶杯或是废罐头盒伸到你的面前，用各种不同的凄惨的音调哀求，"可怜可怜吧"，"给半块馍吧"，"给一勺面条吧"。有的则默默地把一只又黑又脏的手搁在你的碗边，不给他一点决不缩手。而当你一离开桌子，乞食者立刻就会扑上去争夺剩菜残饭，吃了不算，还要用舌头把那盛菜的盘子舔过来舔过去，直舔到上面不剩一点油渍为止……

这些要饭的人是从哪里来的？大多是从太原西边的吕梁山上来的。如果你一一细问他们是山里哪个县的，多数又会回答你：临县。

……

3月25日11点钟，饭馆中午营业高峰快到了，我们从新华社山西分社出发，一直往北走，先看了并州路东、西商场附近的饭店，再转到五一广场旁的大饭店——晋阳饭店，然后又转入太原最繁华的街道——柳巷、桥头街，那里有有名的上海饭店，以及许多小饭店。到午后1点为止，我们一共串了14家饭店。发现了多少讨饭的呢？出乎我们的预料，一共只有9个……14家饭店只有9个要饭的，而且纯粹要饭的西山人只有两个娃娃，这可是近十多年来的最低纪录。它使我们预感到：黄土高原上的形势向好的方向转了，饥饿的岁月也许就此到头了。

离开山西，记者们又来到了延安。

应当说，和在太原看到的情况一样，整个陕北农村的形势同样发生了很大的变化。

让我们先看看新华社记者笔下的安塞县王家湾公社。

王家湾公社的所在地王家湾大队是一个名气很响的地方。1947年毛泽东、周恩来、任弼时等人率领着"昆仑纵队"转战陕北途中，除米脂县杨家沟外，这里是他们居住时间最长的地方。按照常理，这样一个神圣的地方，老百姓的生活过得不好多少有点儿说不过去。

而当历史进入20世纪80年代初期时，王家湾老百姓的生活究竟怎么样呢？

1979年，全社5189人，平均每人只从集体分到口粮315斤，收入32元6角9分，人均现金才1元6角1分。当年毛主席居住过的王家湾村，现在分作上、下两队，上队去年人均口粮370斤，收入34元；下队人均口粮338斤，收入29元3角。据他们说，这还是近十年来最好的光景。

午后1点，正是社员吃晌午饭的时候，我们去拜访了当年接待过毛主席的王家湾行政村代表主任、现任公社党委委员高文秀。这位1935年入党的老党员，如今已经72岁，老伴已经去世，全家现有11口，四代同堂，有儿子、儿媳、三个孙子、两个孙媳、三个重孙子，分了两家。我们先看了看他儿子住的窑洞，大小几口正在吃饭，但是不同年龄的人饭都不一样：最小的吃面疙瘩汤，大一点儿的吃"渣渣饭"（一种把高粱连皮和苦菜一起煮成的又苦又涩的饭），大人吃糠拌苦菜。窑洞里除了一盘炕，一个锅台，几只缸罐外，空空荡荡。揭开缸盖一看，大部空空，只有一只缸里还有一点高粱，锅台上还剩半盆面。

走到上一层的窑洞里，只见一个干瘦如柴的老头，缩着脖子斜靠在炕壁上。公社副书记老雷说，他就是高文秀老汉，已卧病不起多时了。我们打量了一下，炕上还算有一片烂毡，角上堆着两条破被。其余也就一无所有了。

一个入党45年的老人，晚景如此凄凉，我们一时语塞鼻酸。还是高老汉首先开口，问我们从何处来。一听说我们是北京新华社派来的记者，老泪就顺着脸上的皱纹淌下来，哽咽着说：好，好，难为你们还惦记着俺们……

在一阵沉默之后，我们问老人：这些年日子过得咋样？他无力地摇了摇头，一声长长的"唉——"停了一阵才说："不瞒你同志，已经饿了十好几年啦。去年还算好，一口人分了三百来斤粮，自留地上一人又弄回来四五十斤，饿是饿不死了，比前些年吃树叶的日子好过些了。"

凭着一种本能，我认为新华社这几位记者写到的高老汉所说的"比前些年吃树叶的日子好过些了"，应当是指从1959年到1962年这一段最困难的日子。

但是错了。

我完全没有想到，高老汉说的吃树叶的日子，竟指的是1973年到1976年。据陪同新华社记者去采访的公社党委副书记老雷讲，那几年一人就百来斤口粮，不到过年就吃光了。只好靠糠和谷壳、麸子对付到开春。苦菜刚一露头，就被挖光吃净。结果苜蓿成了主要食物。苜蓿吃光了，只能打树叶充饥。什么槐花叶、柠条花、枸杞叶、臭椿叶，都摘来煮着吃。

还有更让人不解的。王家湾的老人们一致认为，如今的日子比起当年陕甘宁边区时候要差得远。

当年，陕甘宁只是那么一片狭小的地区、只有那样一群为数不多的农民，只秉持着一种最原始也最低下的劳动生产方式，却养活了一支能够冲锋陷阵的大部队！陕甘宁边区承受的负担之大之重，是想都不用想就能作出结论来的。而1973年到1976年完全是和平年代，即使有一万条理由，都只能认定今天的日子肯定比从前好过，为什么日子反而越过越不好了呢？

再看佳县。

佳县是陕甘宁边区的老根据地。中国人民耳熟能详的歌曲《东方红》就是在这里诞生的。据群众反映，1955年李有源去世以前，这里群众的生活还可以。但是此后日子便不行了。

新华社记者写道：

我们到佳县,县委书记让我们到李有源的老家张庄去看看。

张庄离县城十来里,我们步行着去。这个大队在1972年以前,情况非常糟。有一段时间,因为靠集体种地过不下去了,人们盗墓成风。张庄离县城近,城里谁家白天埋了人,他们村里的人就在晚上把棺材板刨出来,加工成风箱、炕桌、小柜、凳子,拿到榆林城去卖,然后用卖得的钱在"黑市"上买点粮食回来过日子。干这种事得有点胆子,开始是男人们合伙干,后来妇女也参加干,再后来是各家各户单独抢着干。这当然要引起墓主的抗议和告状。但由于这是因为大家穷,没法子才干的,也不是盗什么金银财宝,再加上法不责众,县里也没办法。

我们去李有源家,看见他的大儿媳。她告诉我们,他们家在合作化以前生活不赖,但是后来不行了。1971年以前,生活实在没法子,她出去讨过饭。

在《东方红》歌曲诞生的地方,人民生活却贫苦到如此状态,这确实是一个莫大的讽刺。后来,县里千方百计扶持李有源所在的生产大队,组织他们修大寨田,为他们增加肥料,帮助他们提高粮食产量,但是无论怎样努力,群众的生活仍然赶不上李有源唱《东方红》时的水平。

李有源唱《东方红》是1942年,而新华社记者深入农村调查是1980年。整整32年过去了。20世纪是人类历史上科学技术发展最快的世纪,这32年又是世界经济腾飞和发展最快的32年,但是在"极左"思潮的破坏下,32年过去,陕北老百姓的生活却不仅没有进步,反而倒退了。这怎么说得过去?

应当说,王家湾和李有源家乡的访问固然使几位记者心情沉重。但总的说来,这次访问调查中,记者们的心情是振奋的。他们共同感觉到:尽管仍然贫穷,尽管仍然困难,但黄土高原上的形势已经开始向好的方向发展了!

千里之行中,记者们共同认为:延安的变化是最大的。

1974年夏天,我们曾经访问过延安。当时,延安街头讨饭人数之多,情景之惨,给我们留下了痛心彻骨的印象。记得那次我们在东关附近的一家食堂观察了半小时,就看到17个讨饭的。在另一家食堂门口,坐着一个瞎眼老汉，手里端着一只饭碗，不住有气无力地哀告："行行好吧，行行好吧。"这个老汉名叫刘玉发，是延安市姚店公社纸坊生产队的人，是个五保户，已经75岁了。年前队里照顾他150斤原粮，早已吃完，只好流落在街头。三伏天，他下身还穿着去年冬季国家救济的一件旧黄军棉裤。紧挨着老汉还坐着一位双手残废的中年人，听刘老汉向我们诉说苦情，同病相怜，两眼珠泪滚滚。这些人白天沿街乞讨，晚上就露宿在街道两旁的屋檐下。一天夜间，我们到清凉山上原延安解放日报社门口转了一趟，只见大门两侧的人行道上，横七竖八地睡着五十多个要饭的人。幸而时届盛夏，要在严冬那该是何等的悲惨！

可是，沿街乞讨、露宿街头也不是可以"自由自在"的。延安是革命圣地，前些年来此观瞻的外宾很多，叫他们看见了岂不丢尽脸面！因此之故，每逢外宾到来之前，公安人员都要一齐出动，将流落街头的讨饭人收容拢来，集中到宝塔山下的收容所里，再遣返回去。为了防止讨饭人逃跑，每次遣返都包的是轿车。可是，这又有什么用呢？一到中途休息或吃饭，车刚一停，年轻人和大一点的孩子便纷纷从窗口钻出逃跑了，以致遣返的汽车还没有回来，这些人已经再次在延安街头出现了。即使原来的全部遣返回去了，新的要饭者又会接踵到来。这使市公安局和民政局伤透了脑筋，不遣返吧，实在有碍观瞻，遣返吧，又没完没了。他们说，为了遣返，有的讨饭的还同公安人员顶嘴，说毛主席、共产党哪一条政策不准要饭，没有粮吃就该在家里等着饿死吗？问得公安人员无言可答。

要饭的人遣返不完，是因为农村里头实在没有粮了。据地委的同志讲，当时延安地区有三分之一农民吃糠，还有一部分农民连糠也吃不上了。各县粮食加工厂的麸皮、谷壳大部分返销了回去，有的顶奖励粮，大部分当"口粮"，不算粮食指标。粮食部门还作了临时规定：一斤粮可以换麸皮一斤半，或玉米皮五斤，或高粱皮五斤，或谷皮六斤。有些社员便拿国家的返销粮去换一部分麸皮和谷皮，但这也并不能敞开换，要走后门才行。什么门路也没有的农民，在吃光了糠菜以后，就只得外出流浪了。

这一次，我们再访延安，情况大为好转了。6月13日下午，我们在延安街头串了八家饭店和十几个饭摊，一共只遇到八个要饭的。在宝塔山下的收容所里，所长高正谦告诉我们，粉碎"四人帮"以来，收容人数在与年俱减：1977年1至4月，共收容了4519人次；1978年同期收容了3609人次；去年同期减少到2738人次；今年同期，又减少到220多人次。

收容人数的急剧减少，表明陕北的农民已经从贫困饥饿的"深沟"里，开始往上爬了……

陕北，尤其是延安，是举世瞩目之地。这里要饭的大大减少了的消息传到省城，传到北京，传到关心它的人们的耳朵里，人人皆感兴奋。作为时代脚印的记录者，我们的心情更是抑制不住的激动。然而，激动之余，心里又有一种说不出的滋味：在新中国成立后的第31个年头，我们还要把要饭人数的多寡当做一把尺子，去衡量农村形势的好坏，这是多么令人心酸的标准啊！30年，在历史的长河中虽然只不过是短短的一瞬，但对我们这一代人来说，毕竟是半辈子过去了，我们该怎样实事求是地总结这30年的经验教训呢？还要多长时间，作为我们这一代人的耻辱的象征——宝塔山下的那个收容所，才能彻底关门大吉呢？

新华社记者不愧是国内等级最高、水平最高的记者。他们目睹了延安发生巨大变化的现实，发出了真诚而激动的感慨。这感慨既是一种深切的祝福，又是一声深沉的叹息！

应当说，1980年前后，随着农业"左倾"政策的步步"后退"，全国的农业生产形势开始悄无声息地稳住了，中国的农村像久病正治的病人，已经见到了起色。

但是这种起色毕竟有限。广大农村仍然处在"左"的笼罩中，仍然处于极端落后和非常贫困的状态中。

许多人在为此思索，许多人在为此呐喊，还有许多人，尤其是那些在农业生产第一线的农民，他们也许没有那么高深的理论，但他们凭着一种朴素的本能，正在进行摆脱贫困的探索。

于是乎，一个在最困难的时期曾经不停地露头，却又始终被强压下去的农业生产方式再一次顽强地露出头来。

姚生泉和他的《中国农村变革实录》

姚生泉，1944年12月生于陕西省澄城县业善村。1969年毕业于北京师范大学中文系。曾任中共渭南地委政策研究室副主任、中共陕西省委纪委常委、汉中地区行署副专员。

其实，介绍姚生泉这些头衔毫无意义。至少我认识姚生泉，绝不是由于他这些头衔，而是他的一部著作。这部著作是长达140多万字、分为上下两部的《中国农村变革实录》。

或许是和在北京师范大学学习中文有关，姚生泉闲暇时喜欢写些东西。参加工作之前，他喜欢写日记。参加工作之后，更是养成了天天记日记的习惯。《中国农村变革实录》就是他长期据守农村工作中的日记汇集。这本日记从1972年开始，一直记到1986年。不能说天天不漏，但基本上做到了周周不漏和月月不漏。并且这部日记最可贵之处，就在于它有一种原始的真实。

这部日记开首第一篇写于1972年5月3日。

1972年5月3日

我到陕西省渭南地区革委会办事组综合组报到当天，即被编入地区赴蒲城县"三夏"工作组，任副组长，当天下午冒雨赶到蒲城县贾曲公社前宜安大队，驻第二生产队。这个大队群众戏称"一队英雄二队将，三队秃子排两行，剩下四队规模小，人没粮吃牛没草"。5月底，地区革委会生产组通知"三夏"工作组转为抗旱工作组。我们由贾曲公社转到孙镇公社。

孙镇公社地处旱塬。6月初正是"三夏"大忙时节。天旱无雨，群众形容说"龙山马虎，渴死寡妇"。有的村子社员和牲口吃水全靠解放军用大卡车运送，首先保证牲口用水，然后才由生产队长用秤给社员分水，每人每天只有几斤。庄稼颗粒无收。尽管我们吃饭每天给管饭户交1.2斤粮票，现金3角，群众还是无粮管饭。我们被固定在一户社员家中吃饭，粮食由公社统一解决。每周从生产队回公社机关洗一次衣服（社员家中无水）。为了解决"三夏"期间社员吃饭问题，国家给每个社员暂时供给20斤小麦。进队当天晚上，我们召开大队、生产队干部会。会议还未开始，妇女干部就号啕大哭，说"没饭吃，大人还受得了，孩子饿得直哭，没办法"。村里的绝大部分劳力和社员，包括那些不准乱说乱动的"四类"分子，都跑到近百里外的黄河滩或附近的社队拾麦去了。公社革委会领导要我给干部讲话，我只好给大家安慰几句。我向地区革委会生产组电话汇报情况，请求解决一点粮食，以帮社员度过夏收。地区生产组办公室负责人在电话上对我说："阶级敌人嚣张，发动群众把他们斗倒就是了。"粮食问题则只字未提。

短短一篇日记，展现了多少辛酸，又蕴含了多少内容！

蒲城县孙镇公社地处渭南，是著名爱国将领杨虎城将军的家乡。从前，我一直知道渭南是陕西有名的产粮区，但从来没有去过那里。直到进入21世纪以后，由于工作关系我多次去，才知道那里一马平川，是种粮产粮的好地方。

但在这样一个好地方，农民依然忍饥挨饿。

不仅如此，那年头，所有工作抓得不好，都朝所谓的"阶级敌人"头上推。粮食打不上去，是"阶级敌人"破坏；工业搞不上去，是"阶级敌人"破坏，连商品缺乏、计划生育不落实、卫生面貌得不到改变等等，统统全是"阶级敌人"的罪过。反正"阶级敌人"是一个万能垃圾桶，只要是坏事，全部可以顺手朝这只桶里倒！不仅如此，把他们拉出去狠批猛斗，还能够起到"杀鸡吓猴子"的作用，其他人再有意见，也立即三缄其口，否则他也很可能会掉进这个垃圾桶！

姚生泉的日记很有特点。

由于他是就地倾听，随手而记，因此他笔下的记录生动活泼，不拘一格，有许多精彩的语言和精彩的片断。让人读来忍俊不禁，也让人联想多多。

1972年9月16日的日记中，他记录了这样两段：

一个工作人员说：我在某地驻队。劳动紧张时，一个地主分子说他胳膊腿生疮，拉肚子。我掌握他已拉了十多天，就让他马上拉，验屎。那家伙害怕说:"刚拉过。""不行。"我说,并派两个民兵看着他拉,结果拉下一个干丁点。我让他用纸包上,把他批斗了一回。

现在农民给庄稼追肥,普遍使用日本产的尿素。袋子上印着"日本"、"尿素"、"46%"等字样。用完后的化纤袋子就被生产队干部据为己有,缝成裤子,又轻快又凉爽。群众讽刺说:"干部见干部,穿的尼龙裤,前边是'日本',后边是'尿素'。穿上实在谄,只是日本产。屁股一抠,含氮量46%。"

一个工作人员用刁钻古怪的办法捉弄"地主分子",并且由于拉屎问题就"把他批斗了一回",说明了什么?

说明在那个年月,戏弄和侮辱他人实在是太微不足道的一件事了!

而更重要的在于,从日记中看,这位工作人员是怀着一种自我欣赏自我满足的态度来做这种事,并为此事的胜利而大感自豪的。换句话说,这已经成为他身上经过长期熏陶而形成的素质,成为一种不以为耻反以为荣的被扭曲了的人性,这就尤其可怕了。

"用完的化纤袋子就被生产队干部据为己有",显然是农民情绪的一种下意识的流露,恐怕连姚生泉自己也没有想到,他这篇完全是不经意间记录下来的一笔,却极为真实地展现出农民对这样一个毫不值钱的化肥袋子的企盼和渴求!

说来可笑,姚生泉记录这件事的1972年,也恰好是我走出十二盘,当上一名正式铁路工人的一年。那一年,尽管我已经领上了工资,在经济上已经远比农民的生活像样得多了,却也同样想办法搞到了一个日本尿素袋,只是我不能够像农民这样直率地、大摇大摆地把印有"日本"、"尿素"等字样的袋子也用来做衣服,我只是把化肥的里包装——那是一种比外包装更薄更柔、类似丝绵的化纤袋扒下来,之后让我母亲用缝纫机做了件衣服。这种衣服由于太绵太薄,所以只能夏天对付着穿。而且它永远皱皱巴巴,永远无法垂直更无法成型。让我至今无法忘记的是,每到晚上脱衣睡觉,除了一阵火星乱冒,再就伴随着一阵噼里啪啦的声响。尤其是灭了灯的黑暗中,那火星子爆得吓人!

那时候,谁还管环保不环保,谁还顾忌它对人有害无害。只要有穿的,那已经是幸福至极！

姚生泉1972年12月18日的日记，是渭南地区驻东仁大队宣传队队长陈福禄主持讨论各生产队领导班子的会议记录。首先由宣传队员展发炎介绍情况。由于介绍得太琐碎，因此我们不原样抄录，只摘其概要。

展发炎介绍：东刘生产队共有八位干部。其中前三位比较好。这就是队长、副队长和妇女队长。其中队长王志杰，人比较老实。就是私心严重，能带头劳动，但不管劳动质量。他欠队上的钱不多，100多元。算是无经济手续问题。副队长刘俊英。干活儿没说的，对自己家庭成员的要求也严。可谓一身正气。但他1963年当副队长时，曾私分瞒产。1964年"四清"时更是怀疑对象。所以他很有怨气，今年摺套了三四次，一碰钉子就躺倒不干，属于思想比较"那个"的。

三位"好干部"中，经济上最干净的是妇女队长陈巧霞，这当然也与她无法掌握经济大权有关。她的缺点是有老好人思想，得过且过，而且她的得过且过不是一般的得过且过，别人评价她的话是：在她面前"任何问题都过得去"。

剩下五位干部就各有各的问题了。

会计：账目不清，经济手续不清。转粮时多转，卖瓜拿钱时多拿。卖棉花后，拿走现金至今不交还。不爱出勤参加劳动。

保管：公私不分。他家中用的麻袋、筛子、簸箕、木板都是队里的。爱占小便宜，不爱劳动。

出纳：经济手续不清。劳动积极性不高。

民兵排长：劳动懒。经济不清，挪用公款。

前队长：经济不清。借公家钱不认账……

仅从记录上看，就可以明白，在以往的岁月中，干部们其实并不像今天有些人记忆中那么高尚和廉洁。

姚生泉的记录原汁原味，十分形象。

比如会计不爱劳动。农民说：他从来都是账本摆在桌子上，眼镜放在账本上，啥时候去看他，他都在做账。

比如保管不爱劳动。农民说：他给队里喂猪，把猪喂得瘦得能飞起来。

比如民兵排长，根红苗壮。他当副队长时，挪用公款给自己买缝纫机，还赖账。给自家盖房子也用集体的檩条和瓦。有人议论他时，他马上大言不惭地把自己的成分端出来，说："把我这贫下中农还给的这么扎！"

言外之意，贫下中农当家做主，占集体的便宜天经地义！

1972年10月20日，姚生泉记录了渭南地区农技站一位干部讲解农作物宽行密植的经验。

几点体会：
（1）技术上要七过硬。（略）
（2）目的明确，办法灵活。
（3）相信群众相信党。
（4）克服右倾保守思想。
（5）必须狠抓路线斗争。
（6）教育引导好三种人：播种前不认真整地的人，作物生长中期不认真管理的人，作物生长后期放松管理的人。
（7）要认真读毛主席的书。

一个简单的农作物宽行密植，竟提高到相信群众相信党的高度，提高到要克服右倾保守思想和狠抓路线斗争的高度，同时辅以千篇一律的学习毛主席著作。这在今天看来简直是荒唐至极，但在当年，却是每个人都不得不一脸严肃地洗耳恭听的。

再看白水县史官公社史官大队党支部书记是如何总结自己生产大队的资本主义倾向的：

资本主义倾向在我们大队的表现，一是种西瓜。在旱地庄稼中套种，每个生产队都种十来亩。二是劳力外流。每个队最少都有3～4人。三是雇人倒砖，或自己外出修理簸箕。四是生产队倒贩牲口。五是热爱自留地，与大田争肥。自留地今年已由生产队代耕。六是出工不出力。

尽管这只是短短几句,但仍然让人感到不寒而栗。如果说在那个年月中自己出外修理簸箕挣几个零花钱能够算成资本主义的话,那么凭什么农民在庄稼地里套种西瓜也都套种成了资本主义?要知道,这不是在自留地里套种,是在生产队集体的庄稼地里套种呀!进一步推究,农民在生产队的地里种庄稼时顺便套种了西瓜究竟是好事还是坏事?农民尽一切努力给社会增加财富又究竟是好事还是坏事?如果这是天经地义的好事,那么在物质极度匮乏的当年,这种好事鼓励还来不及呢,为什么反遭批判?

不仅如此,为什么农民普遍热爱自留地却不热爱集体的土地?为什么他们一到自留地里干活儿就认真努力而给集体干活儿时却懒懒散散?这多么值得我们深思。但所有这一切原本需要深思甚至反省的问题,不仅没有得到深思和反省,反而统统以资本主义的罪名定性,进而成为谁也不敢去触动的"雷区"。

姚生泉的日记中同时记录了农村众多的日常和其他现象。

比如农民在"批林批孔"会上的发言:

余孝宽说,林彪说妇女只能围着锅台转,所以咱们要批判他,挖他的祖坟,批深批透,老鼠过街,人人喊打。

马成颖说,毛主席领导妇女翻了身,觉悟提高了,同工能同酬。过去,一个媳妇谁还敢说话?现在,要批判。林彪说妇女只能管家务,现在我们男女都一样。

这些批判都是在庄重严肃的场合下进行的,可以想见发言者都大义凛然。但几十年过去后,当我们读到这些原始记录时,却忍不住好笑。林彪确实是个善于搞阴谋的人,他为"极左"路线推波助澜时不仅信口雌黄,而且信誓旦旦,动辄便翻脸摆出一副杀气腾腾的凶相。同样担任着国防部长,彭德怀为老百姓的苦难拍案怒喊,而林彪则恰恰相反,他狂吠乱吼地为"左倾"思想助威。无论是来自中央上层还是来自普通基层的正确意见,他都不遗余力地予以镇压。就这一点而言,林彪在温都尔汗的折戟沉沙是罪有应得,也确实应了那句古老的话:天网恢恢,疏而不漏。

但同时,作为一个政治人物,林彪毕竟是围绕着政治斗争和权力斗争而发言的，而绝不可能去说什么妇女只能围着锅台转之类的家长里短。进一步说，这一类话即使他真的说了，是不是就值得去挖他的祖坟？

对所谓国家大政的批评已经沦落到如此庸俗的程度，这从一个侧面说明了当时整个国家的政治堕落到一种多么低级的地步，也表现出整个中国人民在愚民政策的蒙蔽下已经愚昧到一种什么样的程度！

姚生泉的记录始终保持着一种客观的立场。他基本上没有什么褒贬，全都据实而述，也可能因为是工作日记，是抽出时间匆匆而记，因此用词造句都十分简洁和精练。

阅读他的日记，我有三个非常强烈的感觉：

第一，几乎每一个生产队检讨自己生产上不去的原因，都是"阶级斗争觉悟不高"，"上了阶级敌人的当"；几乎每一位干部，检讨自己工作干不好的原因，都是"路线觉悟不高"，"忘记了党的恩情"。

第二，不管出了什么错，全都随着政治方向和政治需要信口胡说。1972年凡是生产上不去，全是由于林彪反革命集团的破坏，全都是所谓林彪一伙"极左"思潮没有得到彻底批判的结果。到了1974年，则全都是由于批林批孔没有得到落实。再往后，则全部是由于反击右倾翻案风不力——总之，中央把谁打倒了，所有的屎盆子就全朝被打倒者头上扣。那种扣是完全不讲道理，不辨黑白，也用不着去分析错对的。那些空话假话和套话之明显之拙劣，相信能够让历史的经过者汗颜，让历史的未经者震惊。也给中国人弄虚作假和极不诚实奠定了相当坚实的基础。

第三，读姚生泉的前半部分日记，你能够充分感觉到彼时整个社会环境中充满着的一种压迫之力！这股力量之巨大，竟然使得几乎所有的人——无论男女老少，无论职务身份，都无一例外地弯腰弓背，唯诺同声。

第四，从日记开始的1972年到十一届三中全会召开前的1978年间，几乎在渭南所有的地方，无论田地质量怎样，也无论气候如何，甚至无论采取了多少种促使农业进步的措施，统统无效，统统不灵。贫穷像一张巨大的网笼罩在农民头顶，而缺吃少穿又是那样持久而顽强地伴随着他们。

1972年10月19日，中共渭南地委整顿农村基层组织毛泽东思想宣传队学习班上，有三位干部发言介绍情况。

头一位是中共渭南地委办公室干部何迅毅。他介绍的是蒲城县蒋吉生产大队的情况。政治方面形势大好。蒋吉大队放手发动群众，稳、准、狠地批斗了现行反革命分子，叫回了外流劳力，开展了革命大批判，从阶级和组织、思想上把群众发动起来，进而形成了令人振奋的大好局面。

一介绍到经济情况，马上就不那么令人振奋了。

介绍中说，蒋吉大队倒吃国家粮食。1960年到1971年共交公购粮107万斤。但是把国家返销粮和大队在外人口吃的粮算下来，11年中蒋吉大队不但没有给国家交粮，反而多吃了国家倒贴回来的粮食！

第二个发言的是渭南地委宣传部副部长姚世平。他介绍的是澄城县交道大队和北社大队的情况：交道大队粮食亩产219斤，自1966年以来，历年来的公购粮任务一共只完成过两年，其余年年都吃国家返销粮。

姚世平说：这两个大队自然条件较好。之所以生产上不去，是由于交道大队领导班子的主要成员路线觉悟不高，属于资本主义思想严重的人掌权。北社大队的干部们则是一推二混三碰，放纵了资本主义。党的政策没有落实，阶级敌人活动嚣张。

介绍结尾，还特意强调了一句：落后的根本原因是资本主义倾向严重。

再下来姚世平列举了资本主义倾向严重的表现。

一、重副轻农。

二、自由种植。

三、副业单干。

四、分光吃净不留集体积累。

五、拖欠挪用，贪污盗窃，投机倒把。

让人啼笑皆非的是，介绍中指出：交道五队共计42户人家，其中32户欠款，欠款额达4170多元，而欠款户大部分是有权有势的人。其中干部18户，欠了3000元，占拖欠数的70%多……

想想看，统共42户人家中就有32户欠款，这说明什么？那时候舆论经常说的一句话是：代表着绝大多数人——42户人家中有32户欠款，这不能不说绝大多数人的日子都不好过吧。

进一步想，42户人家中竟有18户是干部，而且这还是不完全统计。照这样计算，干部的比例基本要占到总户数的一半，这比例也未免太惊人了吧！

仅此两点，就已经让我们大可咀嚼了，但没想到还有更值得我们咀嚼的。

接下来姚世平介绍了"毛泽东思想宣传队"是如何解决这些"严重的资本主义倾向"的：

一、学习基本路线，提高路线觉悟。

二、开展革命大批判。

三、掌握政策界限。

四、正确区分两类不同性质的矛盾。对阶级敌人坚决打击，对革命群众正面教育。

再下来，就是深入批判资本主义倾向，坚持读书学习，每周星期三学习两晌。主要学习《共产党宣言》《哥达纲领批判》《法兰西内战》《反杜林论》《国家与革命》以及《矛盾论》《实践论》，再加上批林整风文件等等。

任何一个具有起码朴素思想的人都清楚，正是这些不切实际的政治挂帅，才让交道大队走到这样一个贫穷的地步的。但是偏偏时髦的潮流是：越政治挂帅越穷，越穷越政治挂帅。

第三个介绍情况的是渭南地区农林局局长沈树森。他介绍的是金星生产大队的情况。金星大队属于渭南哪个县，日记中没有写。并且沈树森也丝毫没有介绍金星大队的具体经济状况，全部介绍的是阶级斗争情况。这些情况千篇一律，不再赘述。

1972年10月27日和28日，富平县到贤公社东仁大队党支部书记杨树祥也向渭南地区驻队毛泽东思想宣传队介绍本大队基本情况。

杨树祥开头介绍的形势很不错。无论生产工具、家畜饲养、水利设施，都一片大好。尤其令人鼓舞的是，全大队几个生产队都有科研组，已经分别种了10亩丰产田，10亩麦棉间作套种田，1亩多品种试验田。不仅如此，公社分配小麦播种面积1800亩，实际播种了1907亩，超过了原定指标。

但是一介绍到实际生产和现实经济情况，腔调马上又萎靡不振了：

我任支书以来，连年搞不上去，对国家的贡献，群众的分配，有一年好，有一年差。1970年，界南、界北两个生产队，全年人均口粮170斤，对国家贡献、群众生活一年不如一年。

杨树祥对造成"一年不如一年"的原因找得比较切实和朴素，他认为一是他的工作能力差，对干部特别是党员统不起来。二是"文革"后期处理具体问题时，他和群众产生了隔阂，工作不好做。三是他自己有退坡思想。用他自己的话说：家里十多口人，吃饭全是人，干活儿一个都不见了。

整顿农村基层组织的毛泽东思想宣传队对这个生产大队也做了如下的概括：

东仁大队自然条件很好。1965年，粮食亩产上《纲要》，棉花亩产超百斤，是到贤公社一个较好的大队。后来，由于反革命修正主义路线的破坏和干扰，干部放松了阶级斗争。阶级敌人嚣张，生产节节下降。今年粮食亩产仅200多斤，棉花亩产30多斤。公购粮只完成了一半，社员口粮不到300斤。东仁为什么落后？根子究竟在哪里？

其实，毛泽东思想宣传队早已经把根子找出来了。"由于反革命修正主义路线的破坏和干扰，干部放松了阶级斗争，阶级敌人嚣张。"

结论作出来了，东仁大队的干部群众也都全体拥护着这个结论。拥护着这个结论的同时，东仁大队的贫穷仍然在继续，其中的界西生产队甚至连续7年没有分到过一分钱！

中国共产党十一届三中全会召开以后，姚生泉日记的内容渐渐有了些不同。

起初的不同，还只是政治上的。

1979年1月19日记录的一篇讲话，是当时的中共陕西省委宣传部部长传达中央宣传部会议精神：

经济方面，中央最关心的是，春耕前把3个文件（《中共中央关于加快农业发展若干问题的决定（草案）》、《六十条》、给地富摘帽子）讨论清楚，调动干部群众的积极性，夺取今年农业丰收……

政治方面，争取社会稳定二三十年，坚决执行给地、富、反、坏摘帽子的政策。要总结过去路线斗争中的经验教训。要实行民主与法制……

关于全党工作重点转移问题。由于工作方法有差错,1958～1966年我们的工作有曲折。今后不要轻易说阶级路线是正确的,什么问题是阶级斗争在党内的反映。不搞全国性的运动。整党整风各级可以和风细雨地搞。阶级斗争要以生产斗争为中心,为生产斗争服务,因为阶级斗争不是目的。不能把党内斗争轻易提成路线斗争。最大的帽子、棍子是"路线斗争",使党内同志造成很大的不安定、不团结。权力过分集中,对我们不利。要分级、分权、分人、分工负责。饱食终日无所用心的人在中国不允许存在下去。

令人惊讶的是,这位传达中央精神的省委宣传部部长名叫吴钢。

最初读到这个名字时,我好一阵发怔,只觉得这名字好熟悉!

想啊想,终于想起来了,当年那位不同意杨伟名意见的陕西省委宣传部的干部也叫吴刚。如果要说不同,那么在留存至今的有关杨伟名的那些文献中,吴刚的"刚"字是立刀旁,而在姚生泉的记录中,这位吴刚的"钢"字是钢铁的钢。再就是当年那位吴刚是省委宣传部副部长,而如今的吴钢是部长。

或许不是一个人。

但或许是一个人。

我非常感慨。不知此吴钢是否就是彼吴刚。经历了这么多年的风风雨雨,当年的吴刚思想上是否还是那样坚定地认为单干不行。他是否还记得当年杨伟名那篇文章?如果记得,今天的他对杨伟名那些观点不知同意还是不同意?

往事悠悠,岁月无情。历史有时候很长很长,漫长得让人根本无法看到尽头。但有时候又很短很短,短得一眨眼就看到和摸到了过去。经历了那么惨烈的社会变故,经过了农民那么多泪水和血水的付出,当初宣传部那位吴刚是否能够理解了杨伟名呢!

姚生泉的日记中还记录了马文瑞的讲话:

小平同志对我说,你去陕西工作了,可以参考赵紫阳的办法,让中央关于发展农业的决定和《六十条》迅速同群众见面。

徐向前同志说：决定和《六十条》虽然是草案，我认为是好的，应当向农民一家一户地宣读。

不要把要饭看成是小事。我们搞了30年了，战争环境还没有要饭的，现在和平环境我们要消灭这种令人痛心的景象。否则我们对不起人民。我们共产党是干什么的？人民要我们干什么？

1979年姚生泉也有不少篇关于农业和农村经济问题的日记。这些日记按大的内容分，可以分为两类。

一类还是从前那样，愁眉苦脸地诉苦。收入低，生活差，不够吃。16个妇女抱着孩子坐在棉花地里，形式上是参加劳动，就是不干活……

第二类情况与第一类情况恰恰相反。

1979年10月22日，大荔县交斜公社秋风大队支部书记管新民讲述：今年3月，他去河南参观，在老家长葛县看到一个50户的生产队又继续朝小里划，分成了两个生产队，不仅如此，小生产队又将菜园、药地、烟叶地、手扶拖拉机包到户，越划越小，越分越细。从河南回来后，他就和大队其他干部商量是不是也这样做。

巧的是，正逢天大旱，400亩晚玉米直到6月15日还种不进地里去，而大渠的水偏偏又等不到，如果按照以往的常规，这400亩地就种不成了。于是他们几个干部就琢磨着能不能把地分到组，再由组分到户，让社员自己挑水点种，具体种玉米还是种花生也和生产队商量着办。结果400亩地分给各户后，仅仅6天就全部种完，不仅种得快，而且有8户还专门在地头打了井，为精心播种和精心管理做好了准备。

后来，公社一位叫曹长兴的副主任问管新民，对这个做法有什么认识？

管新民先说了大伙儿的三种态度：

一、80%的社员，特别是劳动力多的社员认为可以，这些社员认为，如果能坚持这样搞几年，产量肯定就上去了。

二、10%的社员（主要是在外有国家正式工作的职工家属）反对，说，你该吃个饱，我该饿死了。

三、剩下10%的社员不反对也不支持。

不管干部群众对粉碎"四人帮"以后的形势还存在着多少疑虑,一个最基本的事实是,坚冰已经打破,中国农村已经开始了迈向责任制的步伐。尽管这仅仅是开始,尽管这时候无论报纸还是广播电台上,都仍然在说一些言不由衷的假话和套话,但毕竟,你可以小心翼翼地摸索和试验了。

令人惊讶的是,一旦开始摸索和试验,效果便立即显露出来。那是真正的立竿见影。立竿见影的速度和力度都大大超出了人们的想象!

一位叫刘志英的生产队长介绍情况说:责任制刚建立的时候,木家三队有12名老婆婆组成了务棉组。此前生产队连续三年,平均亩产棉花50斤。经过讨论,给这12位老婆婆的务棉组定的指标是亩产60斤。如果超产,那么超产1斤奖励1分工。

1分工意味着什么?

按照过去生产队的工分值计算,1分工不值1分钱!

但就是这样一项小到不能再小的举措,导致出什么样的结果呢?

年底这12位老婆婆务棉组的亩产达到了180斤!比前三年棉花亩产的总和还多!

当我读到姚生泉这篇记录时,几乎被惊呆了。尽管我知道落实责任制绝对会调动农民的生产积极性,但仍然没有想到效果会如此明显,成就会这样突出!要知道,这是12位老婆婆呀!无论文化、体力、创造能力,她们都是最弱最低的呀!

总体来说,从党的十一届三中全会以后,姚生泉日记中记录下来的几乎全是令人振奋的好消息。

好消息太多,为了做到对情况的反映客观,避免只摘录好消息,不摘录坏消息,我以大荔县为例,将阅读到的有关大荔县社队的情况,无论好坏,凡与生产有关,都摘录下来。

大荔县许庄公社党委书记单望祖介绍:许庄公社1970年粮食亩产388斤,总产826万斤。而1979年则亩产874斤,总产1705万斤。无论亩产还是总产,都翻了倍。棉花,1970年亩产50.3斤,1979年亩产125斤,同样翻了倍,并且达到了历史上的最高水平。

大荔县八鱼公社革委会杜主任介绍:八鱼公社8个大队全部实行了责任制。过去没眉没眼的差队变化都比较大。八鱼七队原来菜地亩产200多斤,实行责任制后,1978年亩产达到510斤,1979年又增加到1250斤。

大荔县高明公社雷北大队党总支书记张有耀介绍:雷北大队1979年总收入82万元,比1978年增收30万元。1979年粮食总产240万斤,比1978年增产38万斤;棉花亩产173斤,比1978年增产42斤。

……

增产,增产!几乎全都是增产!

翻倍,翻倍!几乎全都是翻倍!

从前那些令人垂头丧气的晦气的字眼竟一扫而光!

此时此刻,让人不由得感慨万千!不由得就想起毛泽东的一句话:政策和策略是党的生命,各级领导同志务必充分注意,万万不可粗心大意!

在所有大荔县不断增产的好消息中,唯独大荔县下寨公社党委书记单志发报出的是坏消息。

单志发说:1979年全社粮食夏增秋减,总产661.5万斤,亩产245斤。人均口粮256斤。棉花亩产28.5斤,花生总产16.8万斤,亩产112斤。全社总收入1698万元,比1978年减少了3.1%。

接下来他还报出了一连串坏消息:1979年人均分配20元以下的有10个生产队,30元以下的有7个生产队,40元以下的有8个生产队,50元以下的有9个生产队,60元以下的有10个生产队,80元以下的有5个生产队。全社共超支796万元,欠国家贷款1131万元,集体欠社员115万元。共有穷队27个,超过全社生产队总数的一半。1970年至今,全社人均分配从未超过45元。

最初看到这段记录的时候,我简直不敢相信自己的眼睛。同在大荔县,为什么其他公社粮食亩产能够从300多斤迅速跃上800多斤,而这里却倒退到只有200多斤?为什么其他公社棉花亩产能够从亩产50斤迅速跃升到100多斤,而这里却连30斤都不到?

姚生泉这篇记录由于内容比较长,是分开两页的。当我看到这段不那么令人振奋的消息时，出于分析问题的需要，我马上捕捉住这个信息，并顺手在这篇记录旁写下了两句话。

第一句：也有形势不好、不增反减产的。

第二句：看来尽管政策改变了，仍然会有特殊情况。这些特殊情况都是哪些？又是因为什么造成的，应当认真探究。

写完了两句话，我翻开下一页继续阅读。才读了没几行，满心的疑云顿时全消。

单志发说：

1979年春，各大队共成立作业组105个，到5月全散了，11月又搞起来。原因是，基层干部对中央精神没有吃透，队长怕搞起作业组自己没权了。

难怪夏粮增收，因为夏粮是落实责任制时干的。

难怪秋粮减产，因为从5月份以后，负有种植责任的作业组全散了！

让我们听听农民自己是怎么评价政策的。

黑杨九队队长刘志英说：这些年社员得不到什么甜头，干部吃了苦头，一天光派活就把人拐住了。现在，要赶快建立责任制，好得很。老年人比青年人拥护责任制，妇女比男人拥护责任制。大家说，过去是做的做哩，混的混哩。现在成立作业组，混不成了。

华县毕家公社毕家大队队长刘新业说：实行责任制的好处是出勤的人多了，干活质量高了，活不够做，人闲了。应当把土地分一半给农民，一半种粮，一半种棉，粮食产量肯定会比现在翻一番。应当全部按劳分配。

蓝田县大寨公社大寨大队支部书记杨新年说：过去社员缺乏劳动积极性，队长不知把多少铃打破了，现在不用打铃，自己就上工了。过去干活磨洋工，现在干活效率高了，质量好了。过去光关心工分，现在都关心庄稼长势。过去冬季送粪需要一个半月，赶春节也拉不完，今年只用了10天，赶腊月初二就拉完了。

渭南地委农工部部长王品堂说：群众对实行责任制的反映是越穷的队越灵，是治穷治懒的好办法。群众的积极性被调动起来了，"雄鸡一声唱，劳力下了炕，活儿分头干，队队生产忙"。一到活紧的时候，放学的娃娃，休假的职工，劳力强的亲戚，相好的邻居，都来帮忙了。

……

这些反映中，引起我极大兴趣的有两句话。

一句是现在农村人人都在忙，没有闲人了。

另一句刚好相反，现在的农村，人闲了。

其实这两句话并不矛盾。

我想起自己下乡插队的岁月。那时候，每年农忙不用说了，是龙口夺食，需要大干苦干拼命干。就是农闲也从来不闲，要开展冬季农田水利建设，要农业学大寨，革命加拼命等等，总之一句话，一年到头从来都有做不完的活儿，忙不完的事情。

只是忙来忙去，就是不打粮食。

而现在，农忙季节到来时，农村中人人都在劳动，没有闲人。而农闲季节到来时，农村中没有忙人，全是闲人——尽管闲下来并不一定就好，许多农民从此开始了农闲时节的大打麻将，最后发展到赌博成风，但那是另一个层面的问题。

人忙了。这是农村形势大好的标志。

人闲了。这同样是农村形势大好的标志。

事情远没有这样简单

一个最简单的逻辑是：实行责任制既然这样好，那就赶快实行呀！

事情却远没有这样简单！

中国从"左"的道路上向实事求是的道路上转折，空前艰难。

之所以艰难，是因为在长达二十多年的反复中，全党全国动用了一切力量，全力宣传农业合作化的好处，全力宣传人民公社的优越和走集体化道路的正确，使得相当一批人脑子里已经形成了固定的思维和观点。

且不说那些艺术感染力极强的电影、小说、戏剧等等,仅以发动农民创作出来的民歌为例,彼时无论陕北陕南关中,几乎每个县每个乡都创作了无数歌颂合作社和人民公社的民歌。

关中临潼——

　　合作社好比灵芝草,
　　出土露面苗苗小。
　　众人担水及时浇,
　　一夜长得比山高。

陕北洛川——

　　千股劲,万股劲,
　　办起公社一股劲。
　　人民公社方向好,
　　日子越过越有劲。

汉中南郑——

　　盘山堰,盘山堰,
　　从头到尾十三转。
　　头浇云中百花林,
　　尾灌山下万亩田。
　　假若不搞合作化,
　　谁能把你请上山?

陕南安康——

　　梯田绕上巴山巅。
　　公社红旗插云端。
　　社员登梯天上去,
　　夺下天堂归人间。

应当说,单纯从理论和字面的角度去理解,这些宣传确实激动人心。它给人民大众展现的也确实是一幅灿烂光明的美好生活。

不仅如此，中国的社会主义模式是从苏联学来的。苏联比中国更早地实行了农业集体化。尤其苏联有一大批作家，是以那样一种充满激情的口气来描述和歌颂着集体化道路和集体农庄，这使得中国许多人仅仅从阅读苏联小说中，就已经孕育出一个根深蒂固的观念：集体化道路是唯一正确的道路。至于苏联实现农业集体化究竟经历了一个怎样的过程，苏联农民究竟为此付出了什么样的代价，苏联农业集体化的效果究竟如何，却没有人去探究，也不允许你去了解。

于是，当包产到户的浪潮在农村中以不可阻挡之势迅速铺开、迅速蔓延之际，一大批人却非常不满意，非常不理解。

毋庸讳言，我本人就曾经是包产到户的反对者。

"文化大革命"中，全国从上到下一片对"刘邓资反路线"的批判和声讨。历数的种种所谓"罪恶"中，很重要的一条就是"三自一包"。

什么是"三自一包"？

"三自"是指：给农民分自留地，放开自由市场，鼓励他们自负盈亏。

"一包"就是包产到户。

那时候，我只是一个初中学生。想起来惭愧，什么都不懂，却自以为什么都懂。天天把解放全世界三分之二受苦受难的人作为己任，高呼着口号批判"三自一包"。

后来我常常回想，为什么"文化大革命"首先要发动学生起来造反呢？为什么那时候的报纸广播上反复倡导的是支持红卫兵运动，并且把支持不支持红卫兵运动作为衡量一个人是否革命的标准呢？

其实原因很简单，因为学生什么都不懂！

后来，我被分配到十二盘插队落户。和黑龙江以及新疆等地的知青兵团不同，陕西的知青是真正分散在各个村落去插队落户的。这使他们更有条件成为一名真正的农民。记得有一年，生产队烧炭，要到深山里去扛青冈。青冈是一种质地坚实的树木，分量很重，用它烧出来的炭经久耐用——开始生产队采用的是吃大锅饭的办法：扛多少随自己的便；一回扛不完，再去扛二回，反正大伙儿一起朝回扛，谁也躲不过。结果大伙儿懒懒散散，效率极低。

生产队一看不行，干脆宣布包干。具体的办法是：每个全劳按二百斤计算，必须扛完，早扛完早休息，扛不完继续去扛。

新办法一实行，人人踊跃，个个争先，很快就把青冈扛完了。

当时，农民非常拥护这个办法。

只有我们几名知青，对这个新办法不以为然。

为什么？

因为这需要实实在在地去背去扛，容不得你丝毫偷懒！而当时，我们只有十八九岁，从来没有吃过那样大的苦，干活儿时总是希望能够轻松点儿、更轻松点儿！

于是我们觉得，用"包"的办法来干活儿实在不好！

冷静想想，有谁不希望干活儿轻松点儿呢？就是今天包产到户以后，每家每户的农民何尝不希望干活儿轻松了更轻松呢？问题只在于：种庄稼是桩实实在在的活儿，它的劳动量和劳动内容是一种现实存在，容不得你偷懒取巧。如果轻松点儿干活儿能够实现一种劳动的高效率，那当然非常好！遗憾在于，"谁知盘中餐，粒粒皆辛苦"。要想吃饱肚子，付出汗水是必须的。

只有在农村待了若干年以后，只有品尝了年复一年总是在过苦日子、并且摆脱贫困的希冀越来越破灭以后，我们才终于从生活的锤锻中认识到：大锅饭吃不得！

在质疑声中前进

我是1972年离开农村的。离开农村以后，基本上每年都要抽出时间回村去看看。我发现尽管村里也发生了一些变化，但变化极小。或者换句话说，在农业最重要也最基本的产粮问题上，年年想变化，年年没变化！

十一届三中全会召开后的几年，由于调到了西安工作，我回十二盘少了。直到1984年时才终于回去了一趟。这一趟回去，让我大开眼界。其中一个让我完全想不到的变化是，不少农村青年戴上手表了！

要知道，我们在这里插队时，全大队共有三十多名知青，可是只有一位知青手上戴了表,并且戴上后发现身边没有任何一个人戴,颇觉另类,于是又自动摘下来了!

而更让我料想不到的情况是,村里人全都自豪地告诉我:即使三年不打粮食,也不会饿着,家里的存粮足够吃!

这简直是石破天惊!

其实,只要打眼看一下周边的事实,形势的好坏马上就能够辨别出来。以猪肉为例,此前几十年中,猪肉从来都是短缺物资,需要凭票供应,但是1979年,当给了农民很有限的一些自主权后,农民的积极性马上就被调动起来,以致很快出现了令人惊讶的现象:卖猪难!

到了1980年,卖猪难的情况进一步加剧。1980年6月,临潼县革委会副主任苏国权介绍情况时,谈到秋粮生产问题。当时粮食价格比棉花价格低,加上玉米难保管。陕西省又规定不许群众将玉米卖给四川来的收购者。于是只剩下一条出路,喂猪。结果加剧了卖猪难的情况。仅以临潼为例,全县150斤以上的肥猪有1.3万头,200斤以上的有6000头,除自宰3000头,机关自食3000头外,还有一大半养成的肥猪找不到销售出路。

卖猪难当然不是一件好事情,但它从一个侧面反映出农业和农村改革取得了极其辉煌的成就,证明了十一届三中全会以后的农业政策不仅正确,而且英明。

不仅如此,仅仅过了两年,又出现了卖粮难。

1982年11月17日,已经担任了中共渭南县县委书记的沈树森讲到卖粮难的问题。

沈树森说,1982年全县征购任务6000万斤,已经完成7490万斤。多收购了1490万斤粮食。收粮高潮过后,群众还要卖,粮管所却不再收。县粮食局长说,"上面怨,群众骂,我也没办法"。

沈树森说,不仅出现了卖猪难卖粮难,而且出现了卖烤烟难、卖鸡蛋难、卖蔬菜难。

沈树森分析了各种"难"的原因:这些原因来自方方面面,但是最基本也最重要的一条是,和从前那种物资极度匮乏相比,如今物资已经大大地丰富了,已经能够基本满足城乡人民的生活需要了。仅渭南、大荔、临潼三个县,至少可以比计划多收一亿多斤粮食!

放在从前,这是想都不敢想的事情!是需要敲锣打鼓、群情振奋地"放卫星"的!

形势这样好,理当受到赞扬吧?

但是事情并不这样简单。

十一届三中全会以后的农村变革,是在一片赞扬声中大刀阔斧地推进,又是在一片质疑声中步履蹒跚地向前的。

这其中,有一些人是由于利益受到了触犯。比如一些丈夫在外当着吃商品粮的干部,家中只剩下妻子的,由于劳动力不足,家属们本能地感到了一种恐慌:别人包了地能够多打粮食,她们怎么办?

1982年,当时在《西安铁道报》担任记者的我,曾经目睹两位铁路部门的机关干部发生争论。值得一说的是,两位干部全是搞宣传工作的。其中干部甲是部队转业到铁路的,家在陕西勉县。

争论的焦点就是农业责任制。更具体地说,是从对《人民日报》的评价开始的。

干部甲:《人民日报》成了啥了!专门发反动文章!

干部乙:你指什么?

干部甲:你去看看,为包产到户唱赞歌!

干部乙:这和反动有什么关系?咱们说的是包产到户。

干部甲:搞包产到户是不是走资本主义道路?鼓吹走资本主义道路是不是反动?

干部乙:不能这么下结论吧。再包产到户,土地还是公有,包给农民只是让他们耕种。再说了,包产到户能多打粮食,这对巩固社会主义也有好处。

干部甲:这个好处要看针对谁?让谁得好处?拿我家来说,我家弟兄三个,全都在外面工作。家里缺劳力。把地分下来,怎么办?

干部乙顿时无言。

干部甲:缺劳力怎么干活儿?活儿干不好日子怎么过?你知道现在农村什么人日子最好过?地富反坏!

干部乙:为什么?

干部甲:因为地富反坏家劳力最多!

干部乙：为什么他们劳力最多？

干部甲：具体为啥，原因太复杂了。反正他们人多地多，包产到户对地富反坏有利，政策对地富反坏有利，你说这政策是为谁制定的？这叫不叫反动？叫不叫资本主义复辟？

后来我了解到，干部甲的爸爸是生产大队的党支部书记，由于有这层关系，他把自己的三个儿子两个女儿全都想办法送出农村了。两个直接招进工厂当了工人，两个送去当兵，以后又辗转送到城市；还有一个送去当了工农兵大学生。总之，都吃上那个年代农民最羡慕的商品粮了。

后来我进一步知道了，多少年来，这位干部一直生活在一种特殊的氛围中：他当支书的爸爸说让谁参军，谁就能参军；说让谁去当工人；谁就能去当工人。这样的一种权力和待遇，使得他全家享受到无尽的好处，也使得他对从前那样一种"社会主义"充满了真诚的感激。可是身为宣传干部的他就没有想一想，他这份好处究竟是按照他对社会作出的贡献应该得到的报酬，还是人与人之间一种不公正的差别？

争论中，这位干部甲红了脸说：政策好不好，要看你站在哪个阶级的立场上说话！拿我们家来说，兄妹五个出来了五个，干活儿根本就没有劳力！而地主家呢？三个儿子全在家里！

这件事引起了我极大的兴趣。那一年正好我到陕南去，于是顺便到他的家乡去了一趟。他说的地主家，是指他们村子里的"地主分子"黄里雷。黄里雷在"文革"中已经被斗死了，剩下三个儿子：大的33岁，小的26岁，由于家庭成分的牵累，直到1982年春节前后，三人还无一娶上媳妇。不过实行责任田以后，黄家三兄弟齐心协力，专心务农，种什么都超额完成什么，日子已经逐渐过得红火了。

其实，由于各种条件的限制，黄里雷这三个儿子虽然富裕了，但富裕得很有限——更重要的是，这位机关干部的家里也并没有穷下去。只是富裕的步伐相对要慢一些而已。可是什么政策规定只许你比别人富得快，不许别人比你富得快呢？何况，黄里雷这三个儿子的富裕是靠剥削换来的吗？黄里雷被摘掉帽子以后，他这三个儿子反党了吗？搞反革命集团了吗？欺压贫下中农了吗？挖社会主义墙脚了吗？

没有！统统没有！

既然如此，有什么必要把他们当奴隶一样对待呢？有什么必要让他们连媳妇也娶不上呢？仅仅是出于调动他们为社会主义增添财富的积极性，也应当给他们落实政策呀！当初黄里雷那三个儿子难道不想去当兵，不想去当工人，不想去上大学吗？如果真的眼红他们富起来了，那么这位干部是否愿意调换一下，让黄里雷的三个儿子出来当工人上大学，他和他的兄弟姐妹回到农村靠劳动去致富呢？

问题在上面

应当说，这位机关干部的态度代表了相当一部分人。

写这部书稿时，我有幸读到了杨彦芳写的《岁月实录》一书。这是杨彦芳退休后，根据自己生活和工作中的见闻写成的。全书由多篇文章组成。其中不少篇章是反映农村问题的。正是由于他对农村过去和现状的了解，我专门抽出时间向他讨教。让我完全没有想到的是，这位80岁的老人，头脑仍然那样清楚，记忆仍然那样清晰，说到当年的包产到户，许多以往的事情仍然刀刻斧劈般存留在他脑海里。

杨彦芳回忆说，1980年，中央发了一个75号文件。这个文件对推动农业改革起到了很大的作用。在这个文件中，提出那些吃粮靠返销、生产靠贷款、生活靠救济的地区，群众要求包产到户的，应予支持。

谁也没有想到的是，就在中央75号文件下发后不久，陕西省委、省政府也下发了一个文件，这个文件与中央75号文件口径明显不一致。于是杨彦芳就跑到铜川市农委主任王明儒那里打听。他对王明儒说，陕西下发的这个文件，明确提出在关中、汉中以及全省的川塬地区不要搞包产到户，难道这些地方就真的那么好，就没有"三靠"队吗？

王明儒说：你说这些，让我咋回答你呢？

杨彦芳说：咱都是党员，都凭党性来说话。你说省上这个文件和中央文件是不是抵触着呢？

王明儒还没有回答,身后突然有人开口了,原来是市委一位书记正好进门。进门后稳稳地坐下,用一种不凉不热的口气说:中央不是也说了嘛,各地可以根据自己的实际,制定出一些补充规定。这就是我们的一些补充规定嘛。

杨彦芳不以为然,按理说他属于下级,应当规规矩矩地服从。偏偏他属于那种认理不认人的人。他说:是应当根据自己的实际情况做一些补充规定,但是补充不能违背基本原则吧?如果连最基本的原则都违背了,那叫啥补充呀?

一席话说完,市委书记和农委主任都不吭气了。两个人都低头认真翻看报纸,气氛相当尴尬。

杨彦芳之所以如此坚决,如此有底气,是因为他长期在基层工作,思想方法又朴素,所以对农业改革的方向就看得比较清。他清楚地记得,刚给社员们松绑的时候,社员们劳动生产的积极性空前高涨。可是就在这个节骨眼儿上,省委、省政府一位主要领导竟在一次讲话中讲道:包产到户有资本主义复辟的危险,不能提倡。不仅如此,他的讲话还以省委红头文件的形式迅速下发,同时登载在当时的《农村工作通讯》上。

结果可想而知,农民一听到消息,立即把撒在承包地里的粪又往自留地里挪。

1981年春天,铜川郊区(现印台区)召开一届一次人代会,杨彦芳以区计委主任的身份参加。在小组讨论会上,他根据个人的体会,比较系统地讲了应当抓紧实行农业生产责任制的道理,代表们都很拥护,积极性也都很高,希望尽快实行,而且一致认为如果这样,那肯定是吹糠见米,效果明显!

但是一到领导那里,情况马上不一样了。

很快,杨彦芳得到消息,他在小组讨论会上的这番发言,竟惹得一位姓赵的区委副书记发了脾气。

人代会结束不久,杨彦芳跟随这位区委副书记到黄堡公社去参加公社召开的"三干会"。这次会上,黄堡公社作出了一个规定:除了不搞包产到户和大包干,其他责任制都可以搞。杨彦芳一听就急了。在所有的农业生产形式中,最能够调动农民积极性的就是大包干和包产到户,如今却偏偏不许搞。他急忙找到区委副书记,说:你要是不来,我就得说话。现在你来了,我说话就不合适，你得就这个事情说话哩！

副书记答应了。

下午会议结束时，副书记确实讲了话，但是让杨彦芳非常失望的是，他什么都讲到了，就是只字不提包产到户和大包干。

杨彦芳不死心，又找到黄堡公社党委书记景云。他对景云说：到底实行什么样的责任制，公社不要划框子定调子，最好交给社员自己去讨论决定。总之，不要束缚群众的手脚，更不要限制群众搞包产到户和大包干。

景云耐心地听他讲完，苦笑笑说：好我的兄弟哩，你稳着点儿！去年我们闹旱灾绝收，眼看就要饿肚子了，我们就按人口，把集体的地借给每个农民二分，让他们抓紧扩种晚秋，争取弥补粮荒。就这么一点儿事，市上区上把我批成啥了！说我动摇社会主义所有制！还命令我把借出去的地全部收回来！

一席话，说得杨彦芳目瞪口呆。

值提一说的是，那一年黄堡公社共借给农民4378亩土地，秋收结束后一核算，秋粮总产达到628万斤。其中增收秋粮175万斤。黄堡公社的社员群众都高兴极了，说多亏公社给了这政策，不然这日子就难过了！

不久，杨彦芳又到乡下去，这一回去的是黄堡公社的黑池源生产队。这里塬面宽阔，土地肥沃，但就是打不下粮食，社员的生活非常艰难。

有一天，杨彦芳走到黑池源生产队饲养室的门口时，意外地看见了一副对联。

上联是：饲养一年已到头，没有一夜不发愁。

下联是：老牛身瘦无力气，我心有余力不足。

对联是红纸写的。由于风吹日晒，红纸已经变成白纸了，连横批都不见了。但是杨彦芳却久久地站在这副对联前，心情非常沉重。作为一名长期在基层工作的干部，他太明白这副对联的含义了。

直到2012年，杨彦芳还一字不差地记得这副对联。

杨彦芳说：后来我和十多名公社干部分头下了几天乡。有一天公社召开全体下乡同志汇报会，我就把这副对联的事说了。我说这副对联真实地代表了农民群众的心声，为什么我们就听不见，就不想听呢？结果大家都笑了，说咋听不见？咋不想听？你听了顶啥哩？

杨彦芳说：那一回我才明白了，其实基层干部大多数都是愿意搞大包干和包产到户的，是上头不允许！问题在上面！

中央必须说话

当我写这部书稿时，一个问题反复在我的脑际里出现：明明包产到户是有利于生产发展的好政策，明明它可以让农民富裕，让国家富强，为什么那么多的领导干部就是不同意不允许？

毫无疑问，有一部分领导干部是被从前的政治运动整怕了，怕犯错误，因此宁慢毋快，宁左毋右。

但还有一批人不是这样，他们是真诚地认为包产到户的方向是错误的，认为这是一条错误的道路。抱有这种认识的人，又分为两类：一类是只迷信书本。几十年来书本上一直这样教育他，给他灌输着这样的理念，于是他变得没有了自己的脑子，只会跟着书本上的话说；另一类则是由于始终漂在上面，没有深入地接触和了解农村，对饥饿和贫穷缺乏切身体会，因而说话就多少有些轻飘飘的。

1980年7月9日，中共渭南地委召开常委会，由地委书记杜鲁公主持。会议内容是学习《宁夏孙义公社为什么要搞包产到户？》和《记者在内蒙古故乡的见闻》这两篇文章，同时讨论农村落实责任制的问题。

按理说，参加会议的都是党的一方领导，对农村如何发展生产本应具有相当的认识水准。但是遗憾，就在这次会议上，对究竟应当不应当实行承包责任制这样一种今天看来很初级的问题，两种不同的态度和意见却鲜明对立。

事过几十年翻看当年的记录，仍然可以感受到当时干部们复杂的心态。

地委宣传部副部长梁军带头发言，他的发言旗帜鲜明：

"四化不能建立在封建意识的基础上。现在干部思想上有恐右症。这个根子不在十年动乱，而在1955年以后。批判资本主义，掩盖了封建主义。人们习惯于大比小好、国营比集体好、工资比工分好、不联产比联产好。"

接下来发言的是一位地委副书记：

"邓子恢敢于负责。现在的责任制比邓子恢时还要后退。"

开口第一句，就很耐人琢磨。谁都知道，1956年全国大办合作化以后，就是邓子恢不同意走得太快，不同意农村中这种狂风暴雨式的所谓"走社会主义道路"，从而被折磨致死——这位地委副书记的话似乎是在表扬邓子恢，说他敢于负责；但又似乎在批评今天，比邓子恢退得还远。

果然，接下来这位副书记的发言就变得尖锐了：

"我的思想不够解放。责任制在山区合适，在平原是否合适？对责任制我赞成。对农工商联合企业，觉得很好，有道理。山区单家独户搞包产到户，也有道理。我在汉中工作时，曾经想把单庄独户集中起来，没有实现。现在搞责任制符合实际。责任制，双王大队、雷北大队、万先大队都有，叫法不一样，和现在的责任制不一样。鲁公说等于增加了一级核算，如果是这样，与中央精神不一致，与四中全会稳定三级所有、队为基础的精神不一致。我没有想通这个理论：我们穷，要实行责任制。过去说，只有社会主义能够救中国。现在好像搞责任制才能富起来。在山区，责任制行。在平原，我怀疑行不行。我在内参上看了一些四川的情况，我也没有理解它。"

这位副书记说：

"我过去被说成右倾。我看我的右，还赶不上现在这个。说邓子恢'小脚女人'不是说他不走，而是说他走得慢了。而现在是倒着走。这样搞，四化怎么办？好容易才把农民组织起来，现在这样，将来是不是又要搞合作化？主席的《组织起来》难道写错了？我同意再研究，再比较，不要急于定。"

这位副书记的话很有代表性。

在那个特定的年代，人们刚刚从极"左"的氛围中走出，对否定集体化、否定人民公社本能地抱有一种怀疑。不少干部的思想认识水平还停留在一个特定的层面，而他们偏偏认识不到这一点，于是忧心忡忡地议论国家大事。于是一种让人很难理解的现象出现了：那些踏踏实实种地的庄稼汉们都普遍拥护责任制，拥护包产到户，并且越是勤劳的农民越拥护。倒是那些压根儿不种庄稼，压根儿不知道农村和农业是怎么回事儿的人，尤其是机关办公室里那些整天坐而论道、不干实事的人对农村实行新的生产方式普遍地抱有一种怀疑和抵触情绪!

令人不理解的事情还多着呢。从合作化开始,直到后来的人民公社,这种脱离了中国现阶段生产力的空想社会主义,给中国人民带来了多么巨大的损失,造成了多么可怕的灾难!那时,有多少作家、诗人、艺术工作者,不遗余力地用最漂亮的词汇歌颂和肯定着它们。而一旦党和政府放弃了这些错误的做法,让农民真正成为土地的主人时,许多人却义愤填膺地看不惯了!

中国共产党一直引以为自豪的是,他们是全心全意为老百姓做事,是鞠躬尽瘁地为老百姓谋利益的。如今,新的农村生产方式真的为老百姓谋到利益了,至少让农民多打粮食了,吃饱肚子了,反而招致不少的责难声。最奇怪的是,反对包产到户呼声最高、态度最激烈,甚至咒骂改革领袖人物的不是农民,而是各级党和政府的组织机构和部门。

难道,他们不明白改革的结果不只对农民好,而且对他们也好吗?

难道,他们真的像一只把头藏在沙堆里的鸵鸟,已经辨不清楚好坏了吗?

这倒让人想起了刘少奇。当初,他和共和国一些领袖人物实行"三自一包"、"四大自由",并由此把中国人民从可怕的饥饿中解救出来。但是"文化大革命"中,人们却用"三自一包"、"四大自由"的罪名来对他进行残酷的批判和斗争。刘少奇临终前,曾经十分痛心却又满怀希望地说了一句:"好在历史是人民书写的!"

而我们所谓的人民该怎么书写这一笔历史呢?

我也想起了杨伟名。

杨伟名自杀半年后,户县城关公社七一大队革命委员会宣告成立。革委会成立时发表了成立宣言。将近半个世纪后,我在一个非常偶然的场合中读到了这篇宣言:

忆往昔,斗争激烈,战火弥漫。翻开七一大队的斗争史册,回忆我们激烈斗争的艰苦历程,页页都闪耀着毛泽东思想的光辉,步步都是毛主席他老人家给我们指引了航道。16年来七一大队两个阶级、两条道路、两条路线的斗争贯穿始终。反革命修正主义分子杨伟名之流窃据把持了大队党政财文大权,他们打着红旗反红旗,大搞资本主义复辟活动。他们结党营私,贪污盗窃，招降纳叛，打击和迫害贫下中农。多少人卖儿卖女，多少人沿门讨饭？在那黑云压城城欲摧的情况下，多少人满腔怒火，多少人英勇反抗，多少贫下中农"抬头望见北斗星，心中想念毛泽东"……

当我读完这段文字时，我内心的感受用语言难以形容。一段历史真相可以被颠覆，但是被颠覆到如此程度却是罕见的。到底是什么原因才造成"多少人卖儿卖女，多少人沿门乞讨"？问题在于"杨伟名之流"恰恰是为着多少人不再"卖儿卖女"，不再"沿门乞讨"而泣血哀鸣呀！并且后来的事实雄辩地证明了，假设当初真的能够按"杨伟名之流"建议的方案去做，确实是能够取得不再卖儿卖女，不再沿门乞讨那样一种结果的！

可七一大队的"人民群众"却采取了这样一种态度对待杨伟名！

无怪乎杨伟名自杀那天，苍天要下起那样一场愤怒的大雨！

上世纪 70 年代末 80 年代初，正是新旧交替的日子。那些日子里充满了困惑，充满了矛盾，甚至充满了谴责和咒骂，但同时，也充满了希望。

在渭南地委常委的一次学习会上，地委书记杜鲁公说了一段话。

他说：

"今天是地委常委学习日。我们把了解的情况向常委会做以汇报，不是作决定，是初步的议一议。还没有来得及深刻慎重地回答一些问题。我认为，这种大的变革要中央说话。坚持'一公三统'，搞责任制，克服吃'大锅饭'，我坚决拥护。农、工、商联合经营，农、林、牧结合发展路了，绝不能再搞单一经营。"

杜鲁公的话既代表着他本人，又代表着一个集体。毕竟，他是地委书记，是彼时渭南地区的一把手。

我不止一次地想，杜鲁公为什么说，这种大的变革要中央说话呢？

难道，他已经感觉到了社会上存在着对农村变革的不理解吗？

不清楚。

但是他确实说对了，这样一个大的变革，不仅需要政治上的强人、能人、伟人，而且在中国现行的体制下，也必须借助于一种从上到下的行政力量和组织力量来推动和贯彻！也正因此，中央应当说话！中央必须说话！

安徽率先站起

许多从那个年代走过来的人至今记得,粉碎"四人帮"以后,整个中国的政策一直在悄然变化,也一直在稳步前进。与此同时,许多明眼人也敏锐地看出来,虽然政策在变,变得越来越好,但这时的陕西仍然远远没有摆脱"左"的束缚。至少和安徽、四川等省相比,陕西在许多方面仍然疑虑重重,步履蹒跚。

那时候传达省委一些领导干部的讲话时,尽管已经开始讲责任制,讲给农民松绑,讲搞活流通,放开集市贸易,但也不时可以听到一些不那么协调的声音。

比如:对包产到户必须限制。包产到户在山区可以搞,在川塬地区一律不许搞。

比如:必须旗帜鲜明地反对单干。

比如:包产到户从性质上来说,是属于资本主义的。

……

其时,一个安徽,一个四川,同样是旗帜鲜明。但与陕西不同的是,这两个省的旗帜打出的是给农民分田,给农民放权。于是安徽和四川的形势以空前的速度好转。那时候没有网络,连电话都独属于领导干部才能享受的特权,老百姓对一件事物和一个人物评价的最直接途径,就是口口相传。

"要吃米,找万里;要吃粮,找紫阳。"

这是当年全国人民耳熟能详的两句民谣。

后来老百姓更知道了,当初万里是怎样顶着压力在安徽搞责任田、搞包产到户的。

1977年6月,万里被任命为中共安徽省委第一书记。不久,他带着司机、秘书和一两位记者深入农村搞调查,亲眼目睹了百姓们衣不蔽体、食不果腹的情形。

在安徽金寨,万里走进农民家,黑乎乎的屋里三四个女人竟无人起身招呼,全窝在冰冷的床上,裹着网状般的破棉絮。出来后万里才知道,之所以不起身招呼,是因为害羞。

她们没有裤子穿。

在皖南泾县,老百姓不敢明说,却又非常想说,于是半遮半掩、闪烁其词:现在的生活还不如新四军在这儿的时候。

而在凤阳、嘉山的铁路沿线,万里亲眼看到成群结队的农民拖儿带女在凛冽的寒风中扒火车逃荒要饭。

这一年的安徽,全省28万多个生产队,只有10%能勉强维持温饱,67%的队年人均收入低于60元,40元以下的占了25%。

一位叫王伟群的作者记录了那段历史——

作为执政党的省委书记,面对解放近30年依然赤贫的农村,面对他治下的人民,万里流下了愧疚的眼泪。

他痛心疾首,问了自己三个问题:

解放几十年了,不少农村还这么穷,这是什么原因,这能算是社会主义吗?

普及大寨县,是中国的出路吗?

人民公社这个体制到底出了什么问题,为什么农民没有积极性?

当年11月,安徽省委在万里的主持下制定了《关于当前农村经济政策几个问题的规定》(简称"省委六条")。强调必须注重生产队的自主权,减轻生产队和社员负担,粮食分配要兼顾国家、集体和个人利益,允许和鼓励社员经营正当的家庭副业等。

"省委六条"出台后,迅速在省内各地推行,当年安徽农村冬麦的播种效率就大大高过以往。

但是谁也没有想到,万里在安徽的做法却引起了轩然大波,一些思想观念仍然停留在从前的人把关注的目光集注在安徽,也把攻击的目标落定在安徽。一时间,议论不绝,啧声四起!

后来有人评论说:这是中国历史上极其特殊的年份。北京、安徽、山西,这个中国版图上的三角点,围绕着中国农村的发展问题,开始了一场力量悬殊的政治大角逐。

发人深省的是，彼时势力最为弱小的一方是安徽，但偏偏安徽以不可抵挡的力量稳步影响了全国，稳步赢得了人心，最终稳步赢得了胜利！

安徽人口并不多，地域并不广，但却是逃荒要饭的大省。安徽距离陕西一千多公里，但在几十年中，安徽的口音一直被陕西群众所熟悉。

这不值得安徽骄傲。

值得安徽骄傲的是，在历史的关键时刻，安徽率先挺直腰杆，站起身来！

1978年，安徽滁县地区遭受历史上罕见的特大旱灾，整整9个月没有下过透雨。许多地方不仅人畜无饮水，甚至无法抗旱秋种。被灾情惊动了的新华社安徽分社社长沈祖润迅速前往调查，他写给中央领导参看的内参题目就非常震撼——《活着的人没见过的大旱》。

情势危急！

在共和国的历史上，安徽向来是灾难最重、灾民最多的省份。如今碰上这样的灾情，来年日子怎么过？

滁县地委召开四级干部会议，讨论大灾之年如何解决生产和农民生活问题。会上，许多公社干部提出一个尖锐的问题：农业长期上不去，原因究竟在哪里？他们质疑：一个公社上不去，两个公社上不去，为什么全区240多个公社全都上不去？

一针见血，点到了要害。

其实，如果再延伸一下，全国那么多的人民公社，不管报纸广播吹得多么好，所有的人能够看得见的现实是，自从人民公社成立以后，中国的粮食供应从来就没有过关，人民群众从来就没有吃饱肚子。这到底是什么原因？

时任滁县地委书记王郁昭充分发扬民主，让与会代表们把心里话讲出来。让他大吃一惊的是，来安县和天长县的一些公社干部们早已经秘密地开始落实农业生产责任制了。这些来自贫困地区的基层干部们强烈要求地委解放思想，放开手脚让下面干。他们庄严地提出：干上去了不求表扬，干不上去自动下台。

那真是妇孺歃血，壮士断腕！

情况迅速反馈到万里那里。

万里表态：同意。

安徽大胆改革之际,也正是中国各种思想激烈交锋之际。经过几十年的强力灌输,有相当一批中国人仍然沉迷在所谓的"思想"和"路线"中。在他们眼里,老百姓能不能吃饱饭与他们无关,他们关心的永远是思想和路线。

1979年1月,国家农业委员会成立。成立仅两个月,便在北京召开了一次七省三县农村工作座谈会。会议由杜润生主持,安徽省农委副主任周曰礼和全椒县县委书记王杰作为安徽的代表参加会议。

15日,周曰礼发言。他谈了整整一天,说的都是这半年来安徽搞包产到户所取得的经验和成绩。他的介绍原本应当引起与会者极大的兴趣。毕竟,中国的农民太穷了,中国的农业太落后了,如今曲曲折折地波动了几十年,总算找到了一条突围之路!

但是没想到引起的竟是激烈争论。

按理说,参加这个座谈会的都是七省三县农口的负责人,对农村几十年来的情况应当最了解,对农村应当建立一种什么样的生产机制和采取一种什么样的生产方式应当最有体会,但是谁也没有想到,周曰礼一谈到包产到户的好处,竟引发出一片声讨。

提起这次会议,周曰礼回忆说:

搞包产到户的好处我讲了好几条,结果在会上引起了强烈反对。湖南的农委主任拍着桌子差点儿和我打起来,争论得非常激烈。为向华国锋汇报,会议起草了一个会议纪要,纪要是由农业部的一个副部长起草的。对于他的稿子,会上就我一个人表示不同意。我认为包产到户与分田单干不能等同,包产到户仍然承认生产资料集体所有制,承认按劳分配。就为这个意见,会上统一不起来。后来杜润生对我说,你把你的意见单独写一个稿子,作为纪要的一部分,你单独向华国锋汇报。25日(按杜润生的回忆应为20日——引者注)下午3点,汇报会开始,杜润生念完会议纪要后,我接上去念我的稿子。华国锋很奇怪地问:这是怎么回事?杜润生解释说,会议上意见统一不起来,请华主席最后来拍板。

那天,华国锋没有对包产到户的对与错表态,他问了周曰礼很多问题,然后把国务院副总理王任重叫到一边说了些什么，王任重很快走开了。后来周曰礼才知道，王任重是奉命给万里打电话去了。这个电话转了好几次，终于在嘉山县找到了万里。

王任重问万里："你们安徽搞包产到户到底搞了多少，你们那个会议代表大吹特吹包产到户，省委知道不知道？"

万里回答："知道，周曰礼同志是我派去的，他的意见省委已经讨论过了。现在是春耕大忙时节，不管什么责任制形式，一律先稳定下来，等秋后再说。"

这天的汇报会，从下午三点一直开到晚上九点半。由于大多数代表的坚持，会议通过的《纪要》明确宣布"除特殊情况经县委批准者，都不许包产到户。不许划小核算单位，一律不许分田单干"。

最后华国锋作了一个长达两个多小时的讲话，他很委婉地讲了湖南洞庭湖地区"双抢"的经验，以此说明组织起来的分工合作可以提高生产力，集体经济还是优越的。但他也特别提到，在"深山偏僻地区的孤门独户，实行包产到户，也应当许可"，并且对"已经搞了的，不要简单发一道命令扭过来，要认真总结经验，逐步引导他们组织起来，不要又刮反单干风"。

乍暖还寒的日子

1979年春天，甘肃档案局干部张浩回河南洛阳老家探亲，看到家乡正在搞包产到组，正在分地分牲口，很快给《人民日报》写了一封信。

3月14日，国家农委主要负责人给《人民日报》总编辑胡绩伟写了一封信，提出要稳定三级所有、队为基础，决不能倒退回去，并且要求《人民日报》站出来说话。

《人民日报》很快刊登了张浩来信，并写了编者按，于1979年3月15日正式发表。发表时还冠了个醒目的标题：《"三级所有，队为基础"应当稳定》。

张浩在来信中说：

现在实行"三级所有，队为基础"符合当前农村的实际情况，应当稳定，不能随便变更。轻易从"队为基础"退回去，搞分田到组是脱离群众，不得人心的。同样会搞乱"三级所有，队为基础"的体制，搞乱干部和群众的思想，挫伤群众积极性，给生产造成危害，对农业机械化也是很不利的。

《人民日报》的编者按则指出：

人民公社现在要继续稳定地实行三级所有、队为基础的制度……不能从队为基础退回去搞分田到组、包产到组。已经出现分田到组、包产到组的地方，应当正确贯彻执行党的政策，坚决纠正错误做法。

文章一出，全国大哗。

人们纷纷猜测：张浩的来信和《人民日报》的"编者按"究竟有什么背景？又针对着谁？

《人民日报》历来是中国政治风云的晴雨表。它在关键时刻发表这样一封人民来信，而且使用的是这样一种命令式的口气，显然大有来头。这一点，就连最普通的农民都感觉到了。

很快，一些新闻单位组织起文章对安徽开展大批判。这犹如给刚刚起步的农村改革投下一颗重磅炸弹，瞬间把人们炸蒙了。在包产到户的问题上，虽然安徽起的是挑头作用，但无论江苏还是四川，也无论陕西还是河南，可以说全中国的农村和农民都在或明或暗地这样搞。那一阶段，广大农民和农村基层干部都在热切地期盼从中央到地方的思想进一步解放，都在热切地期待改革的步子能够迈得更大一些，更快一些，而《人民日报》这封来信的发表，使全国许多地方刚刚迸发出来的生产热情立即被压制下去。

据说，《人民日报》发表这封来信的当天，河南省省委第一书记刘杰就立即赶到基层去召开座谈会，做干部群众的思想安抚工作。安徽省省委第一书记万里更是急得冒火，第二天就给《人民日报》总编辑胡绩伟打长途电话提意见，随后又赶到包产到户的始发地滁县地区，他一下车就被吵吵嚷嚷的干部群众围住。人们群情激愤，纷纷要求他拿主意。

万里表明了自己的态度。

万里说：是与非，对与错，只能靠实践来检验！只能用是否符合人民的根本利益来衡量！而绝不能靠报纸的一篇编者按来裁决！《人民日报》说我们这是错误做法，我不同意。我看我们采取的是好办法。能叫农业增产、能叫老百姓吃饱饭，难道不是好办法？！

万里说：我们要重视和尊重农民的选择。肥西县有的区社已经搞了包产到户，怎么办？我看不要动摇。管他怎么说，生产上不去，农民饿肚子，是找你们县委还是找《人民日报》？《人民日报》能不能管你们吃饭？

在当时的历史条件下，万里说这些话是需要胆量的。

"四人帮"被粉碎后，党的高层领袖们在尽快发展生产，改善人民生活，尽快把国民经济搞上去这一点上是达成了共识的。问题只在于怎样发展生产？怎样才能把国民经济搞上去？一种是认为从前的方法、政策、理论都是经过毛主席认定的，不能改变。改变就是开历史倒车。另一种则认为，实践已经反复证明，从前那一套"左"的做法是错误的，必须抛弃，中国经济必须按照被实践所证明了的正确方向前进——具体到农业问题上，意见最为尖锐对立的就是：是坚持此前的一大二公，还是放手给农民松绑，搞包产到户。

放在三十年后的今天来看，这个问题实在太简单了。但在当时，抱有糊涂认识的人绝不在少数，并且绝对不局限于普通群众和干部，连一些地位很高的老革命家也有不同看法，认为单干恐怕没有什么出路，中国农民已经单干了几千年了，可是贫穷的命运却从来都没有得到改变！

不能不认为，这种想法是有根据、有道理的。

但是细细分析，问题出来了——中国农民确实单干了几千年，但是在正常情况下，就凭着这种最原始的单干，老百姓就能够吃饱肚子和安居乐业，整个国家和民族的经济就能够得到发展。而所谓的"一大二公"的集体化道路实行二十多年来，除了饿死那么多的人，老百姓几乎年年饿肚子，尽管国家采取了一切手段，用限制供应的办法来尽力保证饥饿不大面积地发生，但饥饿的阴影始终笼罩在人民头顶。这充分说明，人民公社的体制是不利于农业发展的。

其次，在封建时代，土地往往集中在少数人手里，农民常常是为他人耕作，这和农民在人民公社体制下劳动多少有些类似。而今天，将土地分配给农民，使他们真正成为土地的主人，这和从前为他人耕作的农民，有着本质上的不同。

再则，单干和单干不同。中华人民共和国成立后，军阀割据、土匪盘剥，以及鸦片毒害等影响和妨碍农业正常发展的社会形态都不复存在。农民安心生产的外部条件已经完全具备。在这种情况下，唯一剩下的问题就是：农民有没有种粮的积极性？怎样调动起他们的积极性？

何况，二十多年来的实践已经证明，在现行的各种农业生产组织和生产方式中，以家庭为单位的生产方式是最符合中国的具体情况，最得到农民拥护，也最能够调动起农民积极性的！

1978年底召开的十一届三中全会，对一些事关重大的政治和历史问题作出了旗帜鲜明的回答，但是在当时的思想政治条件下，还不可能对此前所有的问题和错误都进行澄清和纠正。

农业政策就是其中之一。

十一届三中全会上，尽管农业问题是重要的议题之一，尽管会议还专门印发了《中共中央关于加快农业发展速度的决定的讨论稿》等文件。但当时农业政策的制定和变更仍然受到习惯思维的影响。会议提出的仍然是向大寨学习，要求各地将农民的积极性"引导到农业学大寨的群众运动中去"。

一些代表针对这些提出了异议，要求修改会议提交的3个关于农业的文件，同时要求对长期以来中国农村的"左"倾路线进行清算，万里以及时任内蒙古自治区党委第一书记的周惠等人联名向中央提出，文件中不应该再写上"不许包产到户"，至少应该允许部分贫困地方实行包产到户。

遗憾的是，他们的意见没有得到大多数人的支持。

最终，十一届三中全会提交的《中共中央关于加快农业发展速度的决定草案》仍然规定：不准分田单干！不许包产到户！

但无论如何，政策已经有了适当的松动，文件上同时写明：同意实行"包产到组，超产奖励；专业承包，超额奖励"。

不仅如此，细心的人在阅读三中全会公报时，会发现尽管公报上还仍然肯定着人民公社，但是已经在从前"左"的道路上悄然后退。已经明确承认"社员自留地、家庭副业和集市贸易是社会主义经济的必要补充部分，任何人不得乱加干涉"——正像三年困难时期的"后退"一样,这稍稍一点点的"后退",便立竿见影地产生了效果。其后两年,初步挣脱了束缚的农民已经悄悄地、自发地为自己"松腰解带"了。

会议在12月23日结束。万里很快返回了安徽。在传达三中全会精神的省委会议上,针对中央文件上的"不许"和"不准",万里一针见血地指出:学习三中全会的文件要看精神实质,不能照抄照搬它的字句。

万里之所以这样说,是因为在安徽,事实上已经开始了包产到户。

后来闻名于天下的小岗村就是在这时候崛起的。

"熊不下"的孟家坪

其实,包产到户的崛起是一个必然,而小岗村的出名只是一个偶然。

真实的情况是,在小岗村开始包产到户的同时,全国已经有无数个村落,都甘冒天下之大不韪,秘密或半秘密地开始了包产到户。

陕西省榆林市米脂县有一个名不见经传的生产队,也是这时候开始进行"地下活动"的。

米脂县是个全国闻名的县。之所以闻名,首先在于它出了两个历史上有名的人物:一个是李自成;另一个是貂蝉。而另一个使米脂出名的是那句流传在陕北的民谣:米脂的婆姨绥德的汉;清涧的石板瓦窑堡的炭。

但是客观地说,在改革开放前的那些岁月里,绥德的汉根本挺不直腰杆当好汉,米脂的婆姨也始终无法昂起脸来当好婆姨!

为什么?

太穷!

米脂县有一个杜家石沟镇。杜家石沟镇有一个朱兴庄村。朱兴庄村共有7个村民小组,其中的一个叫孟家坪。在人民公社解体之前,它的称呼是:杜家沟人民公社朱兴庄生产大队孟家坪生产队。

孟家坪生产队共有16户64人。改革开放前,有几句民谣描述了孟家坪农民的面貌和状态:

早上四点半,晚上加夜战,鸡叫点灯学习老三篇。

农业社,烂摊摊;精精捉憨憨。

论起苦水好饭菜,论起饭菜好苦水。

王老二站起我站起,王老二坐下我坐下。

四句顺口溜中,前两句都容易理解,后两句我听不明白。于是问当年的大队支书孟士明,这是什么意思?

孟士明解释了一遍,由于他说话带有浓重的陕北口音,我还是没听懂。经过身边几个人一起努力地为我解释,我才终于明白。论起苦水好饭菜,论起饭菜好苦水——意思是说,要论起你吊儿郎当所付出的劳动,你现在吃的就应当算是好饭菜。但是要论起你吃的这种饭菜,那你付出的劳动代价也确实不小!

至于王老二站起我站起,王老二坐下我坐下,则是指在大集体的体制下,无论什么事情农民都不操心不关心。你叫干啥我就干啥,你说怎么干我就怎么干。

十一届三中全会之前,孟家坪人的日子过得究竟怎么样呢?

我们可以和安徽小岗村的农民们来一个比较。

据记载,1976年,眼看着小岗村实在不像样子,县、区、社三级党委下决心改变这个队的面貌,派了18人组成的工作组进驻。工作队队长在社员会上宣布:今天我们左手拿着社会主义的鞭子,右手拿着无产阶级专政的刀子,非要把你们赶到社会主义金光大道上来不可!

说到做到。这一年,一个工作队队员监督一户干活儿,年底收粮35000斤,人均口粮230斤,人均收入32元。尽管比上一年多少有了些起色,但还是吃不饱肚子,还是穷得一塌糊涂。

孟家坪呢?

孟家坪生产队共有310亩耕地。粗略地计算,人均耕地5亩。在陕北地区,应当说不多不少。但由于多年来生产一直不起劲。生活一年不如一年。如果说小岗村人均口粮还能够分到230斤的话,那么地处陕北高原的孟家坪远比小岗村悲惨——人均全年分配粮食还不到小岗村的一半!

伟大的转折

2012年2月,当我来到孟家坪时,当年的支书孟士明和几位上了年纪的老人正坐在暖阳下拉话。看见我们来了,他们迎上来,要把我们往屋里迎。但是我们进屋里转了一圈,觉得还不如外面晒着太阳暖和,于是就邀请他们一起坐在墙根下聊天。

按时间推算,1960年孟士明才6岁,对更早些的事情不会有太深刻的记忆。所以我直接问他,印象中70年代的生活是什么样的?

孟士明笑了笑:过去几十年了,说不全了。

我请他说主要的。脑海中留下的最主要的印象是什么?

这一回他很干脆:穷!

想了想,又添了一句:日子苦!太苦了!你随便理解,咋理解都不过分!要多苦就有多苦!

日子虽然穷苦,但是孟家坪人仍然不甘心不服气。用孟士明的话说,是"熊不下"!

孟士明的父亲就是个典型的"熊不下"!

1960年到1965年期间,孟士明的父亲在孟家坪当队长。那正是老百姓生活最困难的时候,为了活命,孟士明的父亲擅自做主,把分给农民的自留地往大扩展。结果困难时期算是顺利地度过去了,但是日子刚度过去,"社会主义教育运动"紧接着就来了,这一下他不仅被撤掉了生产队长的职务,而且被戴上了"阶级异己分子"的帽子。

有了这样一段经历,孟士明的父亲对"社会主义"和"资本主义"在农村该怎么样区分是有着刻骨铭心的认识的。尽管那时候孟士明年纪还小,但父亲这些刻骨铭心的认识还是通过挨批受斗和唉声叹气,耳濡目染地灌进了他的心田。如果不是面临着极其特殊的情况,在今后的人生岁月中,他是绝对不会越雷池一步的。

1966年,"文革"开始的时候,孟士明已经十多岁了,家里没有人上过学,看见人家念书,他也想去,父亲支持他,鼓励他进课堂去好好念,不久,孟士明如愿以偿地走进了学校,是怀着一种庄严和神圣的感觉走进学校的,谁知道到学校一看,学生们根本不念书,全在喊口号斗老师!这使他火热的心凉了下来。

不久，孟士明觉得上这样的学真没劲儿，于是主动返回生产队参加农业劳动。参加农业劳动没几天，便当上了生产队队长。一当上生产队长，他就又"熊不下"了，觉得一样的天一样的地，一样的太阳一样的人，凭什么有些生产队能够成为典型和模范，而孟家坪人却吃不饱饭？于是他带头干苦活儿，努力抓生产。公社领导把他的表现看在眼里，一致认定他是个好苗苗，很快发展他入了党，又让他当上了支部书记。算是"双突击"。突击入党，突击当支部书记。

那是1975年，孟士明21岁。

说起来很荒唐，尽管生活又穷又苦，但生产队里仍然矛盾百出，整天闹仗。不是为吃饱肚子闹，而是为阶级斗争。全国到处以阶级斗争为纲，也以阶级斗争来推动各项工作，斗得天昏地暗，斗得死去活来。

孟家坪也不例外。

或许是"天高皇帝远"，那时候孟家坪每人留有7分自留地。一个非常明显的事实是：自留地里的庄稼明显地比集体地里的庄稼长得好。集体地里的边塄根本没人管，自留地里的边塄却全都种得满满的。

遗憾的是自留地毕竟太少，所以农民还是缺粮。

粮食紧缺，其他方面补充一些也行。偏偏政策规定每户只许养一头猪，其他什么都不许养！牛不许养，羊不许养，连自留地里种茄子和辣椒都不许！原因在于，茄子和辣椒是经济作物，可以去集市上卖。

孟家坪属于不山不川的地带，距离城镇比较近，有些农民自留地里种的葱吃不了，顺手掐几把到集市上去换几个钱，就这都属于违法，都要被追查制止。

孟士明至今清楚地记得，队里一位叫常思金的农民偷着养了三只羊。被生产大队发现后，立即来人把这三只羊无偿地拉走杀掉。常思金非常伤心，那么一个健硕的陕北汉子，关上门在家里哭，还不敢公开哭，否则会被拉去批斗！

提起这些往事，孟士明很坦率：

"这些事是我亲身经历，也是我亲手干的！"

孟士明很辛酸：

"即使这样干，我每次去公社开会，还是重点受批评和重点做检讨的对象。什么资本主义泛滥啦，路线觉悟不高啦，帽子一大堆！结果出力出够了，受苦受够了，批判也批判够了，就是生活没有任何改变！用孟家坪人的话说，一球年不如一球年！"

我问孟士明，当时全年人均口粮能分到多少？

回答：三斗。

我有些吃惊，一斗30斤，难道他们全年人均口粮才分90斤？

再不然，是他们这里的斗，与关中农村的斗是不一样的？

我继续问他：你们这里一斗是多少斤？

回答：要是谷粮，一斗是30斤；要是豆类，一斗是40斤。

我还是难以置信，如果这样，即使全部按豆类计算，农民人均口粮也不超过120斤！这意味着孟家坪的农民平均每个月只能吃10斤粮食！意味着每人每天平均只能吃三两多粮食，意味着每人每天平均只能吃一个半馒头！

如果放在今天，相当一批青年人每天吃一个馒头都可以。但前提有两个：一是此前他营养富足，从来不缺吃的，属于上足了"底肥"的；二是支撑他营养的不光是馒头，而是各种各样的食品，一杯豆浆，一瓶果汁，甚至一把花生米。

而在当时那个年代，除过馒头，你没有任何吃的！

为了填充肚子，孟家坪的农民把满坡能吃的东西全吃光了。当时有一种草叫羊腿生。放在今天，这种草连羊都不肯吃。但是当年它却是孟家坪农民维持生命的救命草。

那天，当孟士明讲到这儿时，同行中有一位县委领导问：你们这儿没有苦菜吗？

孟士明还没有张口回答，旁边一位老人开口了：苦菜早吃光了！

如果仅仅是孟家坪一个生产队如此，那还能用其他理由来敷衍和搪塞，偏偏朱兴庄7个生产队中，6个队都是全年人均口粮3斗。

这足够悲惨了吧？

我问剩下的那一个生产队口粮分配是个什么情况，是不是比这6个生产队好一些？

回答说好啥呀，他们一年才能分82合！

82合是个什么概念？

于是他们又努力地向我解释。一担十斗，一斗十升，一升十合。82合，就是说还不到一斗！

难怪他们年年都逃荒要饭！如果不出外逃荒要饭，他们压根儿活不到今天！

1976年，"四人帮"被粉碎。

1977年，邓小平复出。

没有从那个年代走过来的人，很难体会到在那个年代，为什么"四人帮"被粉碎，为什么邓小平的复出，会让那么多人激动得热泪盈眶，会让那么多人振奋得彻夜难眠！那不仅是政治的角逐，不仅是路线的较量；那是一个民族盛与衰的分界，更是许多人生与死的跨栏！

几乎伴随着邓小平复出的同时，政策就开始出现了松动的迹象。

孟士明到公社开会，听到小道消息，说米脂县要搞一个什么试点。那时公社有位叫李占槐的副书记正在孟家坪驻队。这是位责任心很强、且具有吃苦精神的干部。孟士明听说是由他负责搞试点，于是找到他，问他到底要搞什么试点？

李占槐有点儿含糊地回答，是责任制试点。

一听责任制，孟士明眼睛立即瞪大了，他追问：那我们能不能搞？

李占槐回答得仍然很含糊：走着看。

后来李占槐确实搞起了试点，但不是在孟家坪搞，而是在盘草沟。

孟士明很不甘心。

他非常清楚，农村落后到这种程度，农民的日子苦到这种程度，剩下的路也就只剩下一条了，那就是改变。对他们来说，不改变就没有活路！这不是理论上的定义，而是摆在他们面前的现实！也因此，他非常想让李占槐把责任制的试点放在孟家坪。

但是遗憾。

怎么办？

想啊想，他突然想到，能不能不用公社领导的参与，自己干！

这个念头一出现，就再也退不回去了。孟士明想，现在之所以大家都不敢干，是因为实行责任制需要承担政治上的风险。如果在进行试验时能够隐蔽好自己，就完全可能做到既进行了试验，又减少了风险。就这个意义而言，孟家坪具有减少风险最优越的条件——孟家坪16户人家中，15户都姓孟，属于同宗同族。唯一不姓孟的那户人家，还和孟家结了亲。中国农村中这种传统的宗亲观念，使得他们相互之间尽管也存在着矛盾和隔阂，但稍有风吹草动，就可以做到一致对外。

这个极具优势的条件，诱惑得孟士明坐立不安。

终于，孟家坪的乡亲坐在一起讨论怎么实行责任制了。而讨论中非常自然地就带出来了"分"字，这个"分"字是那么敏感，却又是那样吸引人，几乎用不着任何说服动员，大伙儿就本能地拥护分开。

但是分开这事可太大了，弄不好得坐监狱。

有人自我申辩：我们又不反党反社会主义，我们又不去做甚坏事，我们只是要解决自己生活恓惶的问题呀！

马上有人反驳：谁不是为解决恓惶问题？孟士明他爸不是为解决恓惶问题？咋就打成个阶级异己分子呢？

争论来争论去，最后的结果竟然和安徽小岗村如出一辙：不管怎么说，反正得干！哪怕进监狱呢！

再下来，问题更具体化了：如果孟士明为了这事坐监狱，怎么办？

讨论的结果是：大伙儿轮流给他去送饭。

请注意，大伙儿作出的决定是轮流给他送饭！

当几十年后回过头来反观他们的讨论时，很可能许多人都已经忘记了，吃饭在当时是一个多么重大的问题！想想看，假若孟士明坐监狱，会面临着多少难以想象的痛苦！挨批挨打，牵连全家，寂寞难耐，羞辱有加——然而所有这一切今天人们那么看重的痛苦和尊严问题，在当时却统统让位给一个最简单也最原始的问题：吃饭！

吃饭问题解决了，孟士明便勇气大增。他下了决心：干！

挡不住的春潮

客观地说，孟家坪人思想观念的解放绝不是一步到位的。

起初，孟家坪的"分"，还没有敢把生产队分得那么细那么小。他们只是把一个生产队劈成两个。把核算单位分得更小些。谁知坚冰一旦打破，春潮就挡不住了。在具体实践的过程中，由于土地调配等千头万绪的原因，大伙儿觉得两个生产小组还是不过瘾不方便，于是又一劈两半，变成了四个。再下来四个又很快变成了八个。就这样越劈越小，越分越细，最终变成了各家单干。

分田单干瞒得了别人，瞒不过李占槐。李占槐非常担心："不得了不得了！你们是不是分得过分了！"

其实，用不着李占槐说这句话，孟士明自己心里就打着鼓呢。眼下他是被大伙儿推着抬着端到枪口上了，想后退都来不及！事到万难须放胆。他迅速召集大家商量，反复告诫大家，万一上面来查问，一定要守口如瓶！打死也不能说已经分田单干了！又叮嘱说，万一碰到特殊情况，一定要服从命令听指挥，用最快的速度集中起来，在集体的土地上去大干"社会主义"。

大伙儿异口同声地表示：没问题！

李占槐也专门找到孟士明交代：这件事马虎不得，一定要千方百计把上面的事应付住。农田基本建设一定要坚持干，而且要坚持长年不倒。平整土地的机械不能停，面子上的工作不能停。

孟士明信誓旦旦地表忠心：没问题！

于是在相当一段日子里，他一边当着支部书记，一边当着机械队长。大伙儿在村党支部的坚强领导下，一边在自家田地里干活儿，一边轮流着搞农田基本建设。应当说公私两不误。

但是孟家坪搞家庭承包的事还是被外面知道了。

最先知道这件事的是县委副书记高祖玉。

高祖玉是米脂县高西沟村的党支部书记。这是一个自合作化以来始终不倒的老先进。高西沟突出的成绩在于，他们在努力生产的同时，栽植了大片的树林，保护了良好的生态。于是高祖玉在不断受到表扬的同时，也受到了组织上的重视，后来他就兼任了米脂县委副书记。

高西沟多年来实行着一种"三三制"的模式。即用三分之一的土地植树造林，用三分之一的土地种草养牧，用三分之一的土地种粮务农。孟家坪搞家庭承包那一阶段，高祖玉也恰好到孟家坪来推行高西沟村的"三三制"。结果他很快发现孟家坪有一个奇怪的现象，坡梁上或者沟谷里不像高西沟那样是成群结队的人在劳动，而常常只有一两个人在单独干活儿。起初他没有把这件事往心上放，但是看得多了，他就产生了怀疑。

这一天，高祖玉走进一户人家。这就是孟家坪 16 户人家中唯一不姓孟的这家。嫁到这家的是孟士明的亲姑姑。高祖玉不糊涂，他是经过思考，特意走进这家的。

孟士明的姑姑是位 70 多岁的老人。高祖玉装成过路人，先是要口水喝，接着口气淡淡地问老人：听说你们村单干了，到底是不是？

老人丝毫不设防，回答：就是。现在各干各的，谁也不管谁了！

高祖玉获得了确切的情报，掉头就向回返，返回后立即向县委作了汇报。第三天县委就派出工作组前往孟家坪。李占槐得知消息，转身把消息告诉孟士明。当时正值夏收，各家各户正在自己的场地上打麦子。孟士明立即发出通知，要求大家用最快的速度把收割下来的麦子全部集中到集体的大场上去。

16 户农民的土地分布在远远近近的沟梁和坡谷上，别说用人力扛，就算用汽车运，仅小麦装车和卸车就得耽误多少时间！但就是在这样艰难的条件下，村民们没有一个食言，仅仅两个多小时，所有收割下来的麦子竟然神奇地全部堆放在碾场上了。

县委工作组一共 8 人。当他们风尘仆仆地赶到孟家坪时，惊奇地发现社员们根本不存在单干问题，大伙儿都汗流浃背地集体在碾场上打麦子。那份规矩，那份淳朴，那份参加集体劳动的热情，让你简直无法相信其中竟隐藏着一个巨大的秘密！

一个小小的插曲是，事隔三十多年，当我在孟家坪见到孟士明等人时，我问他们：如果这样碾打，那不是把各家各户的粮食都搅乱了吗？最终该怎么给各家兑还粮食呢?

孟士明还没有来得及回答,旁边近70岁的老人孟士正已经抢着回答了:乱不了!我们先把一户人家的麦子摊在地上,大家集体碾打。碾打完了再集体碾打另一家的!

不管孟家坪的老百姓多么顽固地狡辩从来没有分田单干,但是用一句流行话说:纸包不住火!

其实,那些稍具农业生产知识的人只要打眼一看,就可以辨出真伪。1978年雨水特别好,于是一种奇特的现象出现了:同样的地,同样的麦子,却有着长势上截然分明的不同。那些分配给个人的田地里,不仅庄稼长势奇好,而且地塄边都种得满满当当的。而那些没有分配承包的土地,不仅庄稼稀疏,而且地塄荒芜。

何况,高祖玉不是等闲之辈,他不仅是用眼睛看,而且迈开了脚步走村串户地问。如果不是拿到了确切的证据,一个颇具规模的工作组是不可能派下来的。

在铁的事实面前,孟家坪的老百姓们不得不承认自己的"罪行"。

他们怀着战战兢兢的心情,等待着来自上级的裁判。

工作组的人开展了认真的调查,调查之深入、之扎实,都让孟家坪的老百姓大感意外,而更让孟家坪人意外的是,工作组是抱着一种明确的反对单干的宗旨来的,而当调查结束离开时,他们却完全改变了态度。他们在写给县委的调查报告中总结出八条,对孟家坪老百姓的做法进行了肯定。

这真是做梦也想不到!

据说后来工作组回到县里,将调查情况汇报给县委主要领导。主要领导一听立即发了雷霆:什么这个那个!纯属巧立名目的分田单干!让你们去干什么了?去总结先进经验了?

几句话,把工作组批得灰溜溜的。

工作组为什么会改变态度?

孟士明告诉我,最主要的原因是,他们经过调查,发现包产到户这一年打下的粮食,远比上一年多得多!

那天，陪同我一起去孟家坪村调研的还有榆林市委副秘书长、政策研究室主任兼农工办主任马维骥。马维骥问孟士明：是不是各家各户的粮食全都增产了？

回答全都增产了。

换成今天的说法，粮食增产了几倍？

有的一倍两倍！有的十倍都多！

我和马维骥都不明白这是什么意思？

孟士明说：粮食是各种各样的。比如绿豆。大集体时候我一个人只能分一合，就是4两；现在我一打就是一石。一石是400斤。400斤和4两，你说增产了多少倍！

孟士明说，这一年光谷子一项，户户都打了十五六担。折算下来，家家都打下了四五千斤谷子！

不仅如此，从前整个生产队一共才有4头毛驴。而就从这一年开始，孟家坪的毛驴很快猛增到16头！平均每户都有1头！

不管有多少人不理解，也不管有多少人极力反对，包产到户的好处已经实实在在地被农民尝到了。而更重要的是，1978年正是一个破冰的时代，在那个时代，好与坏，美与丑，正确与错误正在激烈交锋，并且呈现出正气越来越占据主导地位的趋势。在这样一种大的趋势中，米脂县县委对孟家坪分田单干的事情总体上来说，是比较宽容的。除要求坚决瞒住，不许外传之外，并没有采取其他更严厉的措施，属于观察等待，也属于不了了之。

让人们始料不及的是，这样一种不了了之，立即产生出巨大的引导效应。1979年，孟家坪所在的朱兴庄生产大队的7个生产队中，竟有6个也迅速分了田！有些思想上转不过弯子的人看在县上告状不灵，干脆直接跑到榆林地区去告。地区专员也很快来了，认认真真地走了一圈，也看了一圈，最后轻描淡写地说了两句。

一句是：等今年收了秋，再把地归回去吧。

另一句是：行了，就这，不追查了。

地区专员走后，果然孟家坪村过了一段安稳日子。

1979年8月的一天，孟士明正在坡上修梯田，有人急匆匆地跑来告诉他，说又来了个人，骑了个自行车，还背着个照相机，在沟里转来转去的，从模样上判断，恐怕是个有来头的。

孟士明急忙赶去，满脸堆笑地恭迎。他问来人是哪儿的，回答是新华社的。又问来人叫什么名字，回答叫冯东书——多少年后，冯东书和新华社其他几位记者共同写下了一本书，就是那本有名的《1978：告别饥饿》。

孟士明至今清清楚楚地记得，那一回冯东书整整在村里住了三天。又让他带路，把孟家坪周边的33座山头轮流走到，挨个看完。这三天中，冯东书遍访大人娃娃，问眼下这种生产办法好不好，获得的回答千篇一律：好！可好了！太好了！

孟士明领着冯东书转到坡上时，残破的龙王庙里正烧着香火。冯东书问这是怎么回事？回答是农民在求水。冯东书问求水灵不灵，孟士明回答不出。冯东书又改问他信不信龙王，这一回孟士明回答得很干脆：信！

冯东书愣了愣神儿，随后不出声息地叹了口气，说：说来说去，还是科技不发达。真要是科技发达得人要天下雨天就下雨，那老百姓就不会再信龙王了。

冯东书临走时，意味深长地握着孟士明的手说：小孟你不要怕，更不要担心，你们这样干很可能会是一个方向！现在国家正处在生死存亡的关头，将来农业究竟怎么走，你这儿说不定会是一个分水岭！

冯东书的话很快应验了。

冯东书返程后，很快将孟家坪生产队实行专业化分工协作，落实责任承包制的情况写了出来，不久又在报送中央高层领导的《内部参考》上登出。再下来，时任国务院副总理的赵紫阳看到了新华社第50期的《内部参考》，当即给中央书记处相关领导写信，推荐孟家坪的这种做法。

再下来，孟家坪村的名字不仅出现在《人民日报》和多家媒体上，而且出现在中央书记处议事论事的会桌上。而更重要的是，孟家坪的做法，一时风靡全国，受到广大农民热情的肯定和热烈的追捧！

在希望的田野上

当我了解到孟家坪实行责任制的全部过程时,我发现它的产生,它的经历,和安徽的小岗村几乎一模一样。

首先,孟家坪和小岗村都很小。孟家坪共有16户人家64口人,小岗村原本比孟家坪要大一些,近百人。但是上世纪60年代初那场饥荒,让小岗村饿死了60人,死绝了6户,结果全村只剩下10户39人。

在这一点上,陕北地广人稀的特点帮了孟家坪的忙。他们比小岗村人幸运:没有饿死的。

其次,小岗村从1966年到1978年,人均口粮只有200多斤,人均年收入不足20元,每到冬春季节,全村家家户户外出乞讨,无一例外。就这样,还整天被学大寨工作组折腾来折腾去地批评。

这一点和孟家坪如出一辙。

就这样年年"大抓阶级斗争",年年"大批促大干",年年"思想教育",年年"以粮为纲",却年年吃不饱肚子,年年有人去逃荒要饭。

其实,相似之处还多着呢!无论孟家坪还是小岗村——他们搞起的生产责任制尽管形式有着微妙的不同,但总体却绝对是一样的。他们基本上都小心翼翼地经历了三段式,这就是:包产到组、包产到户、包干到户。

所谓包产到组,是几户社员结合成一个组来共同耕种土地,其收获分配权掌握在生产队。农民打下粮食,除按规定上交给国家之外,余下的由生产队主持,平均分配给组里各户。

所谓包产到户,是一户农民单独耕种一份土地,收获同样全都交给生产队。由生产队决定上缴多少,分给社员户多少。分配权仍然在生产队。

而包干到户,则无论耕种还是分配全由农户自己做主。它最形象的概括就是:完成国家的,交够集体的,剩下全是自己的。

显然,如果按照从前的观点,从包产到组到包产到户,再到包干到户,中国农民是一步比一步更远地离开了"社会主义"道路。但是换上另一种观点，则是中国一步比一步更深入也更彻底地把权力下放给了农民，让农民真正成为土地的主人！

几乎可称绝妙的是，最初小岗村采取的是包产到组。由于包产到组的责权利仍然不够明晰，因此很快从两个组细化成4个组，又进一步细化成8个组，几乎已经是兄弟组和父子组了，却依然吵吵闹闹，矛盾不断。严酷的现实使得小岗村人不得不下最后的决心，继续朝后退，一退到底，退到各家各户。

这和孟家坪完全一样！

而更相似之处在于，无论孟家坪还是小岗村，以及许许多多不知名的、正秘密进行着包产到户试验的村落，都是在1978年党的十一届三中全会召开的前后开始了这样一个举动的！

那是一个转折的时代！

那是一个变革的时代！

那是一个难忘的时代！

小岗村注定会比孟家坪村更出名。全部原因就在于他们有那样一份留给历史的明确印记——1978年11月24日冬夜，小岗生产队20名农民代表聚集在村里一间破旧的土屋里，庄严地签下了一纸契约：

我们分田到户。每户户主签字盖章。如以后能干，每户保证完成每户的全年上交和公粮，不在（再）向国家伸手要钱要粮。如不成，我们干部作（坐）牢刹（杀）头也干（甘）心。大家社员也保证把我们的小孩养活到18岁。

这份契约作为珍贵的文物，如今陈列在中国革命博物馆。

当事隔多年，我在网上看到这份契约的影印件时，发现上面的字写得歪歪扭扭，而且错别字很多，很不成样子。但是当我埋下头来，一字一句地认真阅读它时，却那么真切地感受到字里行间透露出一股冒死拼搏的凛然，一种粉身碎骨的决绝！

我想起了孟家坪村民们在那样一种时刻的同样抉择！

无论小岗村人还是孟家坪人,他们都只是一群文化不高的普普通通的农民,但是尽管文化不高,他们心里却非常清楚,包产到户这四个字读起来平常,却是触犯不得的天条!无论是普通百姓还是国家主席,一触碰到它,便雷霆击顶,粉身碎骨!他们知道,他们这样做犯的不是一般错误,而是天下之大忌!

如果不是身陷绝境,如果不是走投无路,如果不是那些所谓的"社会主义"的办法全都用遍了试滥了却仍然百无一用,那他们就是有天大的胆子也不敢跨越雷池一步!

他们实在是没有别的选择!

后来许多人惋惜,当时没有哪位摄影家用手中的镜头让小岗村和孟家坪人的壮举成为一个历史的定格。但是更多的人明白,假设当时真有摄影家能够拍摄他们,那他们的举动就不具有任何价值和意义了!

其实,所有今天人们对往事的追忆都带有了庄严和神圣的意味,而忽略了当时他们的心境更多的是凄凉。他们之所以选择这样做,根本谈不上企图,更扯不上主义!他们只是怀揣着一个最原始也最低级的希冀:想活命!

但是他们没有想到,他们这些走到哪里都被人横眉冷对的、靠乞讨度日的泥腿子做的竟然是一桩惊天动地的大事!这件事将影响到整个共和国的历史进程!

值得一说的是,次年——1979年,小岗村无论粮食还是油料产量,都获得了此前从未有过的丰产。自合作化开始后的整整23年间,对国家派定的粮食征购任务小岗村从来都是颗粒未交,而1979年当年便上缴了24995斤,超出应交定额的7倍。而卖给国家的油料超过国家规定任务的80倍。

同样是这一年,孟家坪村打下的粮食,竟比没有实行责任制前的1978年增产了71%。而在紧接其后的1980年,尽管遭受了伏旱,孟家坪村的粮食生产不但没有减产,反而在1979年大幅增长的基础上,又继续实现了增长!这一年年底,全村16户人家中,有8户分别买了自行车、缝纫机、手表、收音机。有两户修了6孔新窑——放在今天,这似乎太不值得夸赞了,但是在那个岁月中,这却是了不得的大成就!能够为这成就添加一笔注解的是,那时候我和我的妻子都是领取国家工资的铁路工人,但我们不仅没有能力购买自行车和缝纫机,而且此前借钱(凭票)才买下的一台红灯牌电子管收音机,由于迟迟还不了别人的钱,只好又将它卖掉。

不过短短一年时间,小岗村就活了!孟家坪就活了!

要说复杂,围绕着小岗村和孟家坪斗争的过程远比文字能够写出来的复杂得多!

要说简单,也非常简单。所有这一切的缘由,都在于农民想改变从前的政策,而所有农民取得的成就,都在于政策被改变。

若干年后,著名词作家晓光和曲作家施光南创作了一首歌,这首歌在庆祝新中国成立三十五周年的游行队伍中,伴随着农民兄弟姐妹们轻巧的舞步,回荡在天安门广场:

> 我们的家乡,
> 在希望的田野上。
> 炊烟在新建的住房上飘荡,
> 小河在美丽的村庄旁流淌……

这首歌是那么明朗,那么阳光,那么充满想象又那么激情昂扬。当我第一次听到这首歌时,我浑身的血液都像是凝固了,由不得就站起身来——我想起了小时候亲眼目睹的安徽难民、河南难民、四川难民、甘肃难民……在我的印象中,他们永远是那么憔悴,那么褴褛,永远在含着泪水不停地向人们作揖,永远在哀告苦求对方给口吃的,有时候,当你不给他们一口馒头时,那些怀抱着婴儿的母亲就扑通一下朝你跪下……

> 我们的未来,
> 在希望的田野上。
> 人们在明媚的阳光下生活,
> 生活在人们的劳动中变样……

我是那么喜欢这首歌,喜欢它的旋律,喜欢它的含义,喜欢它传达出来的愉悦。我从来没有想到,一首歌竟然会产生那样巨大的魅力!它竟使我心潮澎湃，热血贲张；使我视线模糊，热泪盈眶！

我还想起了当年我虽然住在城市里，却整天到郊区农田里去挖野菜打槐花，想起了当年十二盘农民家中那爬满了虱子的、全家唯一的一床被子。我也想起了小岗村，想起了万里，想起他在风雪中走进贫苦农民家中的情景。历史证明，关键时刻，需要有人挺身而出，需要有人拍案而起，由于有万里等人的实践和坚持，安徽的农业在20世纪80年代成为中国农业无可争议的带头羊，安徽农民率先走出了笼罩在他们头顶上几十年的阴影，率先吃饱了饭。

1980年，当万里上调中央，离开安徽时，一位作者饱蘸着激情，写下了这样的语句：

1980年3月，中国农村伟大的改革家、中国农民的知心朋友——万里，调离安徽，到中央工作。从1977年6月至1980年3月，在这不到3年的时间里，万里的心里一直装着安徽农民的命运，一直为安徽农民的温饱解忧，一直为安徽的农村改革运筹操劳，呕心沥血，披肝沥胆。安徽的农村改革，万里，功比山高，彪炳史册！

这是深情的表达，这是庄严的致敬，这是人民对公仆由衷的夸赞！

中流砥柱

如果说万里是改革开放的开路先锋，那么邓小平就是改革开放的中流砥柱。

其实，为安徽的农村改革撑腰，为整个中国的农村改革撑腰，为整个中国人民吃饱肚子作出最大贡献的人物，首推邓小平。还是用那位充满激情赞美万里的作者的话来说：万里之所以能够在安徽大刀阔斧地搞农村改革，其中一个最重要的原因，就是这位改革家的背后有一座巍巍高山——邓小平！

应当说，当时整个中国都笼罩在氛围极浓的"左"的思潮中，别说普通老百姓，就是中高级干部，包括许多中央决策层的老干部，都很难从习惯的思维、习惯的方式、习惯的行为和习惯的道路上走出来。这种习惯形成了一种可怕的势力，也形成着一股强烈的风潮，在这种时候向"左"宣战，如果没有清醒的头脑、周密的措施、坚定的决心和稳健的策略，是注定会被碰得头破血流的。可以说，无论从政治地位还是从社会影响上，也无论从个人能力还是从长远眼光上，如果没有邓小平，仅凭安徽省委是无法顶住那股强大的压力的！

安徽省委制定"六条"时，采取了一种相当谨慎的态度，他们的策略是少做宣传，埋头多干。但是架不住安徽省的农业形势发展得太快也太好了。即使没有记者采访，老百姓的口口相传也已经家喻户晓。在这种情况下，中国两家最大也最具权威的媒体——《人民日报》和新华社那些有良知的记者实在无法按捺自己的激动，很快就作出了反应。

1978年2月3日，《人民日报》发表了长篇通讯《一份省委文件的诞生》，还专门配发了编者按，高度评价安徽在省委书记万里的带领下制定"六条"的事情。

《人民日报》发表通讯时，邓小平正在出访尼泊尔路经四川的途中，他当即找到四川省委第一书记赵紫阳，郑重地推荐这篇文章。邓小平语重心长地说："我在广东听说，有些地方养三只鸭子是社会主义，养五只鸭子就是资本主义，怪得很！农民一点回旋余地没有，怎么能行啊？"

很快，四川省委派人到安徽了解情况，紧跟着颁布了促进农业生产的"十二条"。

从此，安徽和四川两个农业大省彼此呼应，在农村改革的大潮中联手前进，成了国人瞩目的典型，也成为全社会广泛争议的焦点。

值得一提的是，《人民日报》发表张浩来信及编者按后不久，万里到北京参加五届人大二次会议。会议期间，他专门找到邓小平，汇报安徽实行责任制的情况，也汇报了各方面的压力和不同看法。邓小平以他素有的冷静沉着，一言不发地听完，听完后态度明确地告诉万里："不要争论，你就这么干下去，实事求是地朝下干！"

这边安徽和四川在大刀阔斧地朝下干，那边更多的领导干部是在看。

其时，全国大部分省市的农民都已经动起来了，动不起来的是领导层。

也许是从前在包产到户问题上受到的打击太多太大，许多领导干部心有余悸，那么多的省委书记，除了四川、广东、内蒙古、贵州等少数几个省份，其他的基本上都不发一言，处于观望状态。最勇敢的也是避实就虚，说"各种办法都可以试"，就是不明确回答可不可以包产到户。

时间在朝前走。

1979年9月25日至28日，中共十一届四中全会正式讨论通过了《中共中央关于加快农业发展若干问题的决定》，这个决定虽然指出在农村扩大阶级斗争是错误的，虽然承认自留地、家庭副业、农村集市贸易是社会主义经济的附属和补充，但仍然不允许"分田单干"和"包产到户"。包括北京一些媒体在农业和农民问题上的言论，念的都仍然是从前的经，唱的也仍然是从前的调。

不久，由国务院农委主办的颇具权威性的《农村工作通讯》，在1980年第2期和第3期上，分别发表了《分田单干必须纠正》和《包产到户是否坚持了公有制和按劳分配》两篇文章，批评分田单干违反党的政策，导致两极分化；同时批评包产到户既没有坚持公有制，也没有坚持按劳分配，认为其实质是倒退。

一时间，围绕着包产问题，争论得更加激烈。争论的焦点始终在姓"社"还是姓"资"上。

种种迹象都表明，突破重围绝不是那么容易，也绝不会那样简单！

客观地说，包产到户是对农村现行的人民公社体制动大手术，也是从根子上否定了人民公社！

问题在于，由于农村几十年来在人民公社这条轨道上行走，许多人——尤其是领导干部已经习惯了这样的行走，因此，对这种体制的改变一时难以适应。与此同时，分田到户面临着许多新困难，也出现了许多新问题。尤其是分田到户的初期，它的优势还没有显现出来，倒是问题出现了不少。那时候乡下的消息不断传到城里来，十之八九是农民如何不听约束，造成了农村的混乱，土地被瓜分得七零八落，碰到好地大家都抢，碰到坏地大家拼命推，以至于有的地竟被分割成几米宽，等等。再就是农具拆了，拖拉机大卸八块，五保户没人过问，劳动力少的人家唉声叹气，民办教师把学生撂在教室，自己回家种地去了……

正因为分田到户时出现了那样一些混乱现象，所以不少人在那个阶段，曾经不同程度地对农村改革产生过不理解，甚至抵触。

河南的一首民谣是这样说的：

> 耕地累死牛，
> 用水打破头。
> 拖拉机不用了，
> 大片土地成了花布头。

就连安徽，也同样诞生过一首讨伐大包干的诗：

> 集体分掉了，人心死掉了，
> 干部瘫掉了，耕牛死掉了，
> 农具毁掉了，机械锈掉了，
> 公房倒掉了，大田小掉了，
> 科学停掉了，公活歇掉了，
> 教育低掉了，贫富大掉了。

一时间，各种舆论纷起。其中最主要的批评直指思想解放和三中全会。

"什么解放思想，解放思想是乱了思想，乱了社会主义！"

"什么三中全会，三中全会的精髓是复辟资本主义！"

一时间，整个形势错综复杂，整个舆论相持不下，整个力量平分秋色。以致当时的贵州省委书记池必卿用这样的话来概括从1979年初到1980年初的形势：那是"一场拔河比赛，一边是千军万马的农民，一边是干部"。

概括得非常传神！

那阵子，笔者正好在西安铁道报社工作，经常外出采访，接触到大量的干部工人。对当时的政策，工人们不太了解，没有过多的发言，但是相当多的机关干部表现出来的，都是反对新政策。

其实，和任何生产形式一样，包产到户（其实农村落实生产责任制远不止这一种形式，姑且让我们这样来称呼）同样有利也有弊，同样存在着不少问题，这一点几乎可以肯定。但是，选择这种还是那种生产方式最基本的依据应当是什么呢？

不按民间的说法，就按马列主义最纯正的说法，也应当是生产关系适应生产力吧！那么在人民公社和包产到户之间，哪一种生产关系更适应生产力呢？如果说是人民公社，那么人民公社干了几十年，农民生活不仅没有变好，反而越来越穷。这样一种体制，难道不值得我们怀疑，不值得我们反思？不值得我们去改变吗？

反过来，包产到户从开始的第一天起，农民马上就焕发出极大的劳动热情。从前在集体化时期干活儿，大家全是你等我靠，拖拖拉拉。可是现在，天麻麻亮，地里已经出现了农民干活儿的身影——你可以说农民自私，可以说农民不够无产阶级，甚至可以说农民不懂得或者不热爱社会主义，但是总不能指责他们太热爱劳动吧！

何况，当农民以空前的努力使粮食产量成倍地增长时，这究竟是好事还是坏事？究竟是有利于国家还是不利于国家？究竟是有利于社会主义还是不利于社会主义？

进一步说，如果社会主义就是贫穷的代名词，如果社会主义就是过苦日子，那么人民群众为什么要拥护社会主义？为什么要走这样一条道路？

再进一步说，农民是脚踏实地的种田人，难道他们对应当怎样种田反而没有了发言权？为什么反对包产到户最起劲儿的差不多都是用不着下田去劳动的国家干部们？如果真的把这些吃商品粮的国家干部们也放到农村去，如果真的让他们的家人和孩子穷得连裤子都穿不上，他们愿意选择哪一条道路？是整天继续大批大斗再加外出讨饭，还是愿意通过自己的勤奋努力，使自己活得像个人？！

应当说，整整几十年的极"左"思潮，已经使这些最基本的问题都变得不能去想，也不敢去想了。在这种情况下，中国摆脱"左"的束缚该有多么困难！无怪一些有识之士当时就说：所有这一切，形式上是全国人民群众都在参与的大讨论，本质上却是中央最高层必须作出的选择和判断！

其实，选择前一条道路最容易。几十年来的强迫，已经使绝大多数人形成了惯性。尽管走这样一条道路十分封闭，也注定将造成人民群众普遍的贫困，但封闭和贫困对实现一种高度权威的封建式的统治非但不会形成威胁，反而更加有利！并且在当时的条件下，那样做不仅顺理成章，而且更容易被拥护被接受！

但是邓小平力排众议，坚定地选择了后者！

我们常常说历史是由人民创造的，但这绝不排除在某些特定的历史阶段，需要政治上的强人来扭转乾坤。尤其是在民主的轨道还没有开通，法治的平台尚无力搭建的时刻，如果没有政治上的强人和伟人，中国这辆庞大的车辆是难以有效启动的。历史早已无数次地用事实证明，如果仅凭着各种自发的政治力量相互角逐，那无异于任由一辆没有司机的车辆在激烈的冲撞中胡挤乱开，结果不仅会潮流互斥，社稷失衡；而且注定将百姓遭殃，人民受难。

所幸的是，当"文革"使中国这艘古老而庞大的航船千疮百孔，几近沉陷之际，波涛汹涌的风浪中站出了邓小平。在各种时髦的理论和响亮的口号声中，邓小平丝毫不乱，他以一种朴素的方式选择了人民，这使得人民同样用最大的热情拥戴了他！

其实，邓小平对农村变革始终是心里有数的。上世纪60年代那场大饥饿形成以后，就是他和一批头脑清醒的领袖人物共同制定出了一些真实的有效的方针政策，全力拯救并改变了那个可怕的局面。只是时代发展到今天，他需要用一种更加睿智也更加慎重的方式来观察、对待、确定农村改革的方向与前途，因此他始终在默默地看、静静地听、稳稳地等。当农村改革的趋势已经越来越分明，而万里以及一批致力于改革的干部正处于需要支持的关键时刻，邓小平再一次站了出来。

邓小平表明了自己的态度：支持包产到户。

邓小平作出的选择，是一个农民生产方式的选择，却又是一桩历史进步潮流的选择。有了他的这个选择，中国农村和农民的命运就整个儿得到改变，中国未来几十年的命运也随之得到了极大的改变！

伟大的转折
Weidadezhuanzhe

历史的关键时刻

此时的陕西处在一种什么局面？

从1978年直到1984年，陕西民间一些流行的顺口溜相当精彩地体现出干部和农民对落实农业生产责任制和包产到户的不同看法。

不同意从前政策的人说：

> 凉房子底下的人入党哩，
> 拉架子车的人汗淌哩。
> 太阳底下抬夯哩，
> 入党条件咋讲哩。

> 上工人叫人，干活人看人；
> 上工是摇哩，下工是跑哩！

> 一分工，一分活。
> 工分少了慢慢磨。

> 你看哩，他坐哩，
> 打不下粮食都饿哩。

> 锄一锄，盖一锄，
> 不到三天草出炉，
> 你给工分我再锄。
> 大石头移，小石头埋，
> 谁都不想捡和抬。

赞同新的农业政策的人说：

包工包产，专门治懒。

大包干，实在好，收的粮油吃不了。
集体个人都能富，国家还要盖仓库。

过去上地一窝蜂，评媳妇议婆婆是非不断。
如今干活满天星，不惹事不生非一心生产。

对政策多少抱有某种担心的人说：

上边放，下边望，
中间有个顶门杠。

中央放，省上挡，
戏到下面没法唱。

等着看，学经验。
人家咋办咱咋办。

领导干部怕线，
生产干部怕乱，
普通社员怕变。

所谓"线"，是指路线。领导干部最怕的是犯路线错误；所谓"乱"，是指基层农村干部担心实行责任制以后，农民各干各的，不好管理。而农民最担心的不是别的，是担心政策再变。

那些反对新的农业政策的人当时最流行的一句话则说：

辛辛苦苦几十年，
　　一夜回到解放前。

　　其实，对农业新政策抱有不同态度是正常的现象，从根子上说，这是由于新的政策尽管对大多数人有利，但至少在实行初期，也触动了少部分人的利益。同样是在县上当干部，有的干部属于"一头沉"——即本人在县上当干部，但家属还在农村当农民。这部分家属起初强烈反对责任制，尤其反对包产到户和包干到户。因为主要劳力不在家，和其他纯粹的农民家庭比较起来，农业劳动就负担重一些，能够承包的土地也就少一些。但是在人民公社体制下，这些干部家属的日子同样难过。生产队分不下粮食，于是他们常常要偷偷摸摸地去黑市上买粮吃。日子过不下去还经常欠款，并且三天两头被追着要求还钱。真正实行土地承包后，他们意外地发现，粮食完全够吃了，手里的钱也有宽余的了。于是态度大变，转而拥护土地承包。

　　1981年，中共韩城县委书记刘群效在向有关部门汇报全县落实农业责任制的问题时说：

　　农业生产责任制解决了县上干部超支问题和给家里买粮的问题，县上干部说好。在外地回来的职工和县上的双职工，没受过到外地买粮和催交超支款的苦，说责任制是右。

　　显然，此时反对责任制的是那些已经改变了农民身份、脱离开农业劳动的人了。

　　其实，真正冷静地想，对人民群众而言，如果真的新中国成立前的日子过得比现在好，那么退回到新中国成立前又何妨？在许多地方，辛辛苦苦干了几十年所谓的革命，结果干得一年不如一年，连八路军和新四军的时候都不如。在这种情况下，退到八路军和新四军的时候又怎么样？比如小岗村，1978年的粮食产量只有1955年的三分之一。既然如此，退回到1955年有什么不可以？

　　简单的一句顺口溜，从中可以透析出多少问题！至少，可以看出一些人看问题的视角，他们从来都只讲形式，只讲政治，只讲主义，独独不讲老百姓的死活！

其实，就在社会上各种议论争论不休时，一些具有丰富农村实践经验和相应理论水准的人早已经敏锐地看出来了，如果要让农民和农业进一步发展，就要在从前那种"极左"的位置上继续朝后退，而且一定要毫不犹豫地、大踏步地后退。用华县毕家公社毕家生产大队大队长刘新业的话说：应当把土地分一半给农民，一半种粮，一半种棉，粮食产量肯定会比现在翻一番。而临潼县西泉公社干部赵如意则说：现在棉花生产只联产到组，如果能联产到人，亩产会更高，能达到150斤！

但在当时，人们还没有这样的胆量，人们只敢半明半暗地搞联产责任制，只能睁大着眼睛看着安徽和四川，更具体地说，是看着北京。

北京处在一种什么状态中呢？

应当说，从粉碎"四人帮"以后，农业上究竟走什么道路，执行什么政策，两种思想、两种观点始终在激烈交锋。

当时主抓农业的国务院副总理是陈永贵。

早在1975年，陈永贵就致信毛泽东，提出中国农村的"过渡"计划。计划的第一条就是将"农业六十条"规定的三级所有，过渡到大队所有。陈永贵坚定地说：这种过渡"势在必行"。

或许是有了那三年大饥饿的教训，这一回毛泽东谨慎得多了，他没有像1956年那样，心情振奋地频发号召，将集体化运动热火朝天地强力朝前推进，他只是含蓄地把陈永贵的建议转交政治局去讨论。

与此前困难时期制定的中央"农业六十条"相比，陈永贵一手搞起来的大寨，以及大寨所采取的做法，显然严重地偏"左"。如果在这条"左"的道路上不加节制地走下去，带给中国人民的根本不是什么幸福生活，而将是重复上世纪五六十年代那一场可怕的灾难！但"文革"结束后被飞速提拔起来的一届中央领导，显然还缺乏对这些问题的清醒认识，还在习惯性地坚持农业学大寨，这使得许多有识之士都感到焦虑和不安。他们殷切地盼等着中国高层有一种清醒的认识，有一个明智的改变！

然而形势并不乐观。

1976年12月，这是粉碎"四人帮"之后的第三个月，中国百废待兴，在这样一个关键时刻，当时的党中央却再次召开全国农业学大寨会议——之所以说再次，是因为此次会议距上一次农业学大寨会议仅间隔了一年多一点的时间。会议从形式到内容，全是"文革"时期那些假大空的翻版。不久，党的十一大召开，华国锋代表中央所作的政治报告中提出：在第五个五年计划期间内，要把全国三分之一的县建成大寨县。

问题的严重还不仅于此。

1977年11月16日，中共中央召开普及大寨县工作座谈会，华国锋在会上说：农村的基本核算单位要开始实现由生产队向大队的过渡，这是过渡到共产主义的必要条件，也是"普及大寨县的标准之一"。座谈会要求当年冬季和1978年春季选择10%左右的大队"先行过渡"。会议形成一个汇报提纲，即《普及大寨县工作座谈会讨论的若干问题》，党中央随即以1977年49号文件转发了这个汇报提纲。

非常明显，座谈会将已经严重偏"左"的党的农村工作路线又一次推向了更"左"。

一些头脑清醒的人当时就惊出了一身冷汗。要知道，现存的"三级所有，队为基础"的模式，是当初在人民公社幻想以大队为基础的模式造成了巨大灾难，以致实在无法推行下去，才不得不收缩的"成果"呀！而现在，怎么完全不顾主、客观条件的许可，再一次开始向更大规模的"集体化"冲锋呢！中国农业已经被"左"倾路线摧残到如此脆弱的地步，如果继续强力朝"左"推，那就意味着那场饿死了无数人的大灾难白白付出了学费而没有受到任何教育！就会重蹈上世纪60年代初那场可怕的大灾难的覆辙！

怎么办？

在这个历史的关键时刻，几乎所有人的眼睛都看着邓小平。

不知是历史惊人的巧合还是冥冥中天意的安排，中央普及大寨县工作座谈会召开的同时，安徽省委也正在召开全省农村工作会议。就是在这次会议上，万里等人力排众议，最终以省委决定的方式出台了"省委六条"——"六条"与刚刚下发的"49号文件"是截然相反的两极！如果说，中央49号文件字字句句都是对安徽"省委六条"的批判，那么安徽"省委六条"则针锋相对，在字字句句否定49号文件的"穷过渡"！

这是一出对台戏。

这出对台戏更深的背景是什么？至今没有任何资料披露，但一个最基本的事实是：派万里去安徽，是邓小平的意见！并且万里临上任前，专程去拜访了邓小平！

之所以唱这出对台戏，不是由于派别不同，更不是由于个人恩怨，而是这台戏太重要了！朝小了说，它出自无数个冤魂的带血哭喊！从大了说，它托载着整条中华民族前进的航船！多年以后，仍有许多不知就里的人把这一切看做是派系斗争，甚至看做是单纯的个人或者单纯的权力斗争。他们忽略了，在社会发展的一些特殊阶段，政治常常成为主角！如果不是从政治上阻止了农业学大寨那股狂潮，如果不是用权力去开创农业全新的春天，那股可怕的"左"的力量是否会自觉自愿地退出舞台？中国人民的生活直到今天又会是什么样子的？

对台戏刚刚拉开大幕，时间的脚步也跨进了1978年。

1978年，这是中国发生伟大历史性变革的一年。这一年春天，无论自然气候还是政治气候，最大的特点都是乍暖还寒。

可以掰着指头细数：刘少奇的遗孀王光美还被囚在大牢里，彭德怀的骨灰还不能进八宝山，丙辰清明的天安门事件依然被冠以"反革命事件"，"两个凡是"的阴霾仍高悬在国人的头顶……

在种种令人不安的问题中，农业问题始终是中央领导头脑里最感麻烦的问题。

应当说，在上世纪60年代极端困难的时期，正是刘少奇、邓小平、陈云等一批中央领导，竭力主张集体所有制朝后"退"，并且殚精竭虑地制定出"六十条"，又拿出了"三自一包"等具体方针方案，才使得中国农村经济走出了极端困难的局面。与粉碎"四人帮"后所有高层领导人不同的是，邓小平曾经长期面对着中国农村各种复杂的形势和局面，这使他对中国农村问题的认识特别清醒，对怎样解决中国农村问题特别智慧。当初，连雄才大略的毛泽东都称赞他"政治上强"、"才难得"。如今，随着他职务的恢复，他的才能终于有了一个展示的平台。作为大政治家的他只是需要时机，需要等待一个撬动杠杆并扭转乾坤的给力点。

此前，邓小平已经几次不动声色地表示出自己对农业政策的态度，只是他的所有表态都没有登报，也不对外宣传。因此许多人都在企盼。

1980年4月2日，当中央高层围绕着包产到户等敏感问题争论日趋激烈且由于相持不下而处于胶着状态时，邓小平终于站出来说话了。邓小平在与胡耀邦、万里、姚依林、邓力群的谈话中说：对地广人稀、经济落后、生活贫穷的地区，政策要放宽，要使每家每户都自己想办法，多找门路，增加生产，增加收入。有的可以包给组，有的可以包给个人，这个不用怕，这不会影响我们制度的社会主义性质。在这个问题上要解放思想。

仅仅过了一个多月，邓小平又在同胡乔木和邓力群的谈话中，再次谈到农村政策。

他说：

农村政策放宽以后，一些适宜搞包产到户的地方搞了包产到户，效果很好，变化很快。安徽肥西县绝大多数生产队搞了包产到户，增产幅度很大。"凤阳花鼓"中唱的那个凤阳县，绝大多数生产队搞了大包干，也是一年翻身，改变面貌。有的同志担心，这样搞会不会影响集体经济。我看这种担心是不必要的。

邓小平还特别强调：总的说来，现在农村工作中的问题是思想解放不够。

2012年冬季，当我在米脂孟家坪村采访时，榆林市委副秘书长马维骥不辞劳苦地为我翻查30多年前的一些资料。十多天后，我已经返回西安家中，突然接到他转寄来的一些资料。当我翻阅这些资料时，我突然被惊呆了——手里捧读的是当时国务院副总理赵紫阳看到新华社《内参》中对孟家坪在专业化分工协作的基础上实行包产到人的做法后，给万里和时任中共中央书记处总书记胡耀邦写的一封信。信中以孟家坪生产队为例，建议在中央书记处议一议，并特别提出：为了不失时机地把今年的农业生产抓好，特别是把秋季作物抓好，对当前生产责任制的各种形式，应当稳定下来，不要变来变去，错过农时。

这封信的落款是1980年6月19日。

时过32年再读这封信，仍然可以感觉到赵紫阳措词之严谨，语气之慎重

——仅从这种极为严谨和慎重的措词中,就可以明显地感受到,那时候反对实行责任制的呼声绝不是弱小的,反对包产到户以及与之相适应的生产方式的力量绝不是一般的。

就在这封打字机打出的信的落款处,有几句用钢笔记录下来的话。

80.6.23日
新华社记者冯东书口头传说:
邓小平对当前形势认为:有些地方搞包产到户,这是不合乎传统说法,但是解决了吃饭问题。要肯定。解放思想,研究新问题。

这位用钢笔记录的人不知是谁,恐怕连他自己也不会想到,这偶然中的几句记录,却把那个时代最理性的声音记录下来了,把那个时代最强大的力量推广开来了。

和邓小平历来的风格一样,他从不高谈阔论,更无豪言壮语,他只是用最质朴的语言讲清道理。但在当时的社会背景下,只有他才具有这样的魄力,也只有他才具有这样的权威,他在农村形势发展极为关键的时刻发表的谈话,对于打破僵化观念,消除许多人长期存在着的恐惧心理,推动包产到组和最终发展到包产到户、包干到户,起到了扭转乾坤的巨大作用。

其实,早在1962年,早在人们对"极左"那一套政策噤若寒蝉的时候,邓小平对农村问题就已经发表了谈话。

他说:

生产关系究竟以什么形式为最好,恐怕要采取这样一种态度,就是哪种形式在哪个地方能够比较容易比较快地恢复和发展农业生产,就采取哪种形式。

而在改革开放的关键时刻,邓小平继续坚持着自己的看法:

从中国的实际出发,我们首先解决农村问题。中国有百分之八十的人口住在农村,中国稳定不稳定首先要看这百分之八十稳定不稳定。城市搞得再漂亮，没有农村这一块的基础是不行的。

直到 1990 年 3 月 3 日，邓小平仍然密切关注着农业。他在谈话中指出：

中国社会主义农业的改革与发展，从长远的观点看，要有两个飞跃。第一个飞跃，是废除人民公社，实行家庭联产承包为主的责任制。这是一个很大的前进，要长期坚持不变。第二个飞跃，是适应科学种田和生产社会化的需要，发展适度规模经营，发展集体经济。这是又一个很大的前进，当然这是很长的过程。

1992 年 7 月，邓小平在审阅党的十四大报告稿时，又一次重申了这个思想，他指出：

要提高机械化程度，利用科学技术发展成果，一家一户是做不到的。特别是高科技成果的应用，有的要超过村的界线，甚至超过区的界线。仅靠双手劳动，仅是一家一户的耕作，不向集体化集约化经济发展，农业现代化的实现是不可能的。就是再过一百年二百年，最终还是要走这条路。

当我在 21 世纪的今天，在走进了许多农村，调查了许多农业问题之后读到二十多年前邓小平这些论述时，我对这位伟大改革家的敬佩源自心底，弥久难散。

显然，邓小平对农村改革，始终是站在历史和现实的双重高度去关注的。他的思路从来没有停留在从前的"一大二公"上，甚至从来没有停留在已经给中国人民带来极大福祉的"包产到户"上，他对农业和农村问题的思考，远远超出了同时代的许多人。用高瞻远瞩这四个字来形容邓小平的眼光，是丝毫不为过的。

我要群众

1980年4月和5月邓小平的两次讲话以后,各省市主要领导对农村新政策既不全面点头也不统统摇头的情况顿时发生了极大的变化。局势开始朝着有利于改革的方向发展。

当年7月,已经担任了中共中央总书记的胡耀邦在全国宣传工作会议上态度明确地表示:"中央不反对搞包产到户。"

同年7月至8月,国家农委根据邓小平、胡耀邦的意见组织实际工作者和理论工作者分赴各地农村调查,并写出了大量调查报告和理论探讨文章。这些报告和文章的观点集中起来,是建议中央应该在政策上、法律上公开承认包产到户的合理性和合法性。

至此,政策的落实被大大地朝前推进了一步!

不仅如此,这一年的春夏之交,万里被调到中央担任国务院副总理,代替王任重主管全国农业工作。这不仅从思想上有力地遏止了对安徽的攻击和指责,极大地促进了农村工作的思想解放,而且从组织上有力地推动了包产到户和包干到户在全国的铺开和发展。

但是从内心深处,许多领导干部并没有消除疑虑。

1980年9月,中共中央召开省市第一书记座谈会,专门讨论生产责任制问题。

应当说,连续两年的粮食增产,使得农业生产责任制的优点已经非常抢眼地凸显出来。但即使这样,在讨论包产到户问题时,省市第一书记之间仍然发生了激烈的争论。整个座谈会上只有辽宁的任仲夷、内蒙古的周惠、贵州的池必卿等少数几个人明确表示支持"只要群众要求就允许包产到户"这条原则。多数与会者坚持不同意,认为这条原则只能仅限于贫困区,其他地区则明确不准。

据杜润生回忆,会议休息当中,一位老同志拉住他说:包产到户,关系晚节，我们有意见不能不提，留个记录也好。

由于意见严重不统一，使得会议无法继续。于是在胡耀邦和万里的共同斡旋下，由杜润生巧妙地改写文件，最终形成了75号文件。75号文件指出：集体经济是我国农业向现代化前进的不可动摇的基础；但过去人民公社脱离人民的做法必须改革。在现在条件下，群众对集体经济感到满意的，就不要搞包产到户。对集体丧失信心、因而要求包产到户的，可以包产到户，并在一个较长的时间内保持稳定。

应当说，在新中国成立后中国农村的发展上，75号文件是一份承前启后的文件，同时也是一个妥协的文件。当时不少人仍然坚持要走"社会主义的阳光道"，以致贵州省委书记池必卿忍无可忍地说："你走你的阳关道，我走我的独木桥。我们贫困地区就是独木桥也得过。"

更耐人寻味的一段插曲是，当时有一位老干部，为人很正直。在包产到户问题上，这位老干部和万里发生了争论。

老干部：包产到户，没有统一经营，不符合社会主义所有制的性质，不宜普遍推广。

万里：包产到户，是群众要求，群众不过是为了吃饱肚子，为什么不可以？

老干部：它离开了社会主义方向，不是走共同富裕道路。

万里：社会主义和人民群众，你要什么？

老干部：我要社会主义！

时值今天，以人为本，人民是天，这已经是执政者天经地义的执政理念。所有的"思想"、"主义"如果不是对人民群众有益，那就绝对会被抛弃于历史的尘埃。但是在从前狂热的年代里，在"主义"和人民群众之间，许多领导干部宁要一个徒有空名的"主义"而不要群众！他们完全忽略了，社会主义如果值得拥护，那它必须具备一个最基本的前提，即对人民群众有益！

万里当时表现得非常敏捷，也非常出色。

万里说：我要群众！

"我要群众!"这是多么凛然的呼声!

遗憾在于,当时这样的呼声,甚至这样的思维都太少太少了!

那时候,想"主义"的人太多太多,想"群众"的人太少太少!

当时,已经从新华通讯社调至中共中央书记处研究室、后来任国务院农村发展研究中心副主任的吴象,曾经根据会议上两位省委书记的对话为引子,在1980年11月5日的《人民日报》上发表了一篇文章,题目就叫《阳关道与独木桥》,为包产到户正名。

多年以后,吴象在一篇标题为《农村第一步改革的曲折历程》文章中,写到这篇文章发表后的情况:

……引起很大反响,受到农民热烈欢迎,也受到一些没有摆脱"左"倾思想的人强烈反对。在一个省的政法工作会议上,有些人竟指责此文作者是"教唆犯",要追究其法律责任。长江边有一个大城市的分管农业的负责人竟在干部大会上宣布:"谁要继续搞包产到户,是共产党员的开除党籍,不是党员的开除公职。公安局的大门是敞开着的,不希望你们有人进去,但谁一定要往里钻,那也没有办法。"

包产到户就真的那么可怕吗?

我想起从我朦朦胧胧懂事的时候开始,脑子里被灌输的,耳朵里听到的,就全都是"阶级斗争"。那时候,几乎每天都有可怕的事件发生。某某地方出现了"反标",某某人被打成"反革命",那时候经常听到,某本杂志上倒过来看是领袖的图像,图像上有着打倒之类的图示。总之,人们提心吊胆,疑神疑鬼,你防我,我防你。在那个年代,且别说对党和领袖随便议论属于十恶不赦的"恶攻",就是说合作化不好、人民公社不好,也是触犯天条的!几乎隔一阵子,就有一批人被五花大绑着游街示众,甚至枪毙。几乎每个人都惶惶不安,战战兢兢。

但就是在这样一种可怕的政治高压下,尽管人们早已噤若寒蝉,"反标"和"反革命"事件却仍然层出不穷,或许,阶级斗争必须天天讲,月月讲,年年讲就是由这些具体的社会案例积累并引发出来的。

但是结果是什么呢?

"反革命"还在继续,并有持续扩大之势。即使在那样一种高压下,农民还是偷偷摸摸地搞包产到户,搞个体经济,还是在走所谓的"资本主义道路"!

而在落实农业生产责任制的过程中,尽管有那么多的人不理解,尽管有那么多的人激烈反对,可是从上到下没有批斗过一个人,更没有整死过一个人。政策给的相当宽松,你觉得合适,你就干;你觉得不合适,你就不干!任凭你自己选择!

以米脂为例,当初县委副书记高祖玉坚决不许孟家坪村推行责任制,而他直接开创出辉煌局面的高西沟村也就果然长时间地没有按照孟家坪的方式去做。从中央到地方,各级组织都没有强迫和命令高西沟村必须这样做。最终是高西沟的农民自己无法忍受了。

作家冷梦在《高西沟调查》一书中写道:

到1982年,中国大地上几乎所有的村庄都完成了邓小平理论倡导的农村土地家庭联产承包责任制,而高西沟却似乎被排除到了这一场农村大变革之外……

农民等不及了。

周围村庄分田到户人欢马叫,眼看过上了高西沟人梦寐以求的富裕生活的情景,让他们全都眼热心跳。他们按捺不住对这种新生活的向往,有点"蠢蠢欲动"了。道理很简单:全国农民都分田分地了,我们为什么不分?

高西沟的群众滋生出了强烈的不满,不满像茅草似的在高西沟人的心底里疯长起来。尤其当他们知道,阻碍他们"分田到户"的主要阻力来自已经当上了县委领导的高祖玉时,愤怒爆发了:怎么,管了我们几十年,管得我们从娃娃到满嘴上都长了胡子,还想管还要管?

不行!

不满渐渐演变成了一种汹汹之势,渐渐地,高西沟的局面失控了。铜墙铁铸般,军事组织一般,拥有着这块土地上或许是最严格绵密、疏而不漏,铁网般网着每个村民的组织结构的高西沟,历史上第一次出现了失控。高西沟的干部们惊讶地发现,村民造反,开始破坏集体财产。群众偷机器,柴油机,偷;水管、钢管,偷;因为是老先进,总要招待上级来人、全国各地四面八方的参观者,村上的40床铺盖,偷;村上几百个茶杯,偷;集体仓库里的东西,也偷。偷不了的就破坏。反正是恨,恨就要发泄。偷和破坏都不是目的,偷和破坏是"逼宫":你们不是不分么?不分,那咱就"你没有、我没有、大家都没有"!

而在此之前——1980年的8月初,傅上伦等新华社三位记者走向黄土高原深入调查,他们刚走到宁夏固原县,就碰上了一件后来震惊中央的大事:小麦正黄熟待割,不料公社农民集体罢工拒绝开镰。他们说,今天哪怕干部请吃羊肉泡馍也不顶用,除非答应他们包产到户!公社迅速将此事上报给县委,县委心里同意,但不敢拿主意,只能继续上报,结果地委和自治区党委都坚决不准。一时间干部和农民尖锐地对峙起来。

当时,给北京新华总社打去电话的是傅上伦,接电话的是新华社国内部农村组副组长杨克现。18年以后,杨克现回忆此事写道:

我立即感觉到此事的严重程度和超重的分量。因为我自己知道,包产到户,1978年安徽省小岗村农民还只是瞒上不瞒下,集体发誓,秘密实行的。现在事隔一年,宁夏固原的农民竟采用罢工的形式公开"要挟"领导,可见地下的流火已上升到了地面,如火山爆发。可见包产到户,不管是动用行政权力还是政策说教,都已是万万地压不下去了。

正因为如此,内参送到中南海,邓小平和胡耀邦等都极为重视。三天后胡耀邦便带了有关此事的"内参"风尘仆仆亲临宁夏六盘山区核查。他要迎着风浪,力排众议,解开这多少年来解不开的死疙瘩。

注定将载入史册

不管争论得多么激烈,20世纪80年代的中国确实是在一步一步地前进着。

在经过激烈争论之后，会议最终形成了 75 号文件。文件充分肯定了三中全会以来党在农村实行的各项经济政策，对包产到户的性质作出了新的解释，认为它是："依存于社会主义经济，而不会脱离社会主义轨道的，没有什么复辟资本主义的危险。"

从此，包产到户这种责任制的推行，由半明半暗的、自发的、不合法的状态转入公开。截至 1980 年 10 月，全国实行各种联产承包的村落已占到原生产队总数的 83.3%，其中实行包产到户和包干到户的占 50.85%；到 1981 年年底，全国农村有 90% 以上的生产队都建立了不同形式的农业生产责任制。

至此，新的党中央已经从思想上、组织上、舆论上为整个中国农村即将发生的翻天覆地的变化奠定了坚实的基础。

越来越多的人接受了包产到户。而随着包产到户后农村出现的新面貌，又有越来越多的人思想得到进一步解放。

李百灵为我讲述了一件他采访中听到的事情：在一次研究农业问题的会议上，后来被公认为农村改革作出了巨大贡献的杜润生有一个讲话，他说：分田到户，包产到户是我们对农民的一个应有的让步。谁知与会的甘肃代表在讨论时坚决不同意他的说法，他们说：这根本不是什么对农民的让步，这是一个历史性的进步！

大多数的同志都认同甘肃代表们的意见，认为批评得好，批评得对。

杜润生本人也同样接受，他诚恳地表示：从此以后，我再也不会那样讲了。

值得一说的是，随着新的农业政策的铺开，到 1980 年末，中国农村的粮食收获情况是——

仍然坚守在人民公社阵营里边的平均产量不增不减。

包产到组的村社平均增产 10% 到 20%。

包产到户的村社平均增产 30% 到 50%。

有学者研究：如果将 1952 年中国农业生产效率定为 100 的话，1978 年仅为 71.1，最高的计算也仅为 92。换句话说，经过 20 多年的农业合作化、人民公社化以及无休无止的学大寨，中国农业的生产率不升反降，而且是大大地降低。其中高于1952年生产率的，只有1955年。

而1955年，正是中国农村集体化运动的前夕，也是家庭拥有独立经济地位的最后时刻。

而落实了农业责任制以后呢？

在中央第一个"一号文件"下发前的1980年和1981年，由于事实上已经为农民"松腰解带"，因此粮食连续获得了增收。

1982年，粮食在1981年增产的基础上再度丰收，总产量增长9%。

1983年，随着实行包干到户的生产队继续上升，粮食又比前一年增产9%。

1984年，粮食继续增产5%。

到了1985年，最后剩余的249个人民公社宣布解体。至此，整个中国人民公社及其下属的生产队不复存在，代之而起的是61766个乡镇政府和847894个村民委员会。

伴随着人民公社消失的是，中国这片大地上再没有发生过由于粮食奇缺而造成的饥饿！

再下来，每座城市中要饭的人越来越少，每个人食品搭配成分中粗粮越来越少，粮票的作用越来越小。而从前家家户户都极为珍视的粮本则彻底消失了踪影！

再下来，随着中国农村经济的逐年攀升，中国各种票证的作用全面消失！一些饱尝过饥饿滋味，因而舍不得用粮票去换鸡蛋的人突然吃惊地发现，粮票真的没有什么用了！许多从睡梦中醒来般的人抓紧用粮票去换鸡蛋，却发现没有人再肯和他兑换了！

再下来，从前吃得人们普遍反胃的粗粮竟堂而皇之地摆上了高档桌宴。

再下来，许多青年人开始节食减肥……

还是说当初，说陕西。

随着新政策的逐步落实，责任制已经越来越显示出它的生命力，已经越来越成为一股不可阻挡的潮流。

还以姚生泉的工作日记为例，新政策开始后，几乎所有的工作汇报和数据统计都让人看到希望，感到欣喜。都是激动人心的喜报。

喜报实在太多,无法逐一引用,让我们摘引1982年7月31日在澄城县城郊公社镇基大队召开的座谈会上,从干部到普通党员、普通农民的发言——需要说明的是,笔者之所以选择这天的日记,是因为这天的日记记录的不仅有干部的发言,而且更多的是普通社员的发言,并且干部和普通社员对实行责任制有着不同的看法。

第一个发言的是镇基大队党支部书记杨春生:

群众要求包干到户,原因,一是大锅饭情况下,群众负担重,全大队非农业用工占到总工分的50%。二是不少社员干活磨洋工,出工不出力。三是不公开,经济混乱。挣工的不下苦,下苦的挣不下工,自主权一满都在干部手里,群众说话不算数。

第二个发言的是镇基大队大队长(记录中没有名字),他说的内容和语调都比较含糊,我们姑且把他划进不同意责任制的行列。他的发言很短,主要内容是:

现在干部担子重了。过去一打铃,一开会事就办了,现在变成了面对家家户户。按干部的工作量,报酬有点低……关于社会治安问题,现在有人大法不犯,小违法不断。

第三个发言的是镇基大队八队社员王明拴。他说的同样简短,但态度非常明确:

责任制给农民打了一棒子,但他们愿意挨这一棒子。打得迟了,打得早的话早就富起来了。过去吃大锅饭,多数人吃亏,少数人占便宜;现在多数人富了,少数人有困难。现在土地利用充分了,边边沿沿都能种到。

第四个发言的是镇基大队一队社员、共产党员雷新民:

责任制比吃大锅饭强多了,不是强一点。过去人把做庄稼当谝闲传哩。

过去种那么多麦，这里一等，那里一提，不知道打的粮食到哪里去了。今年好了，有了奋斗目标，有多少地，要打多少粮食。公粮私人交比队上交还快。

责任制好是好，就是政策忽来闪去的。刚刚翻过身了，弄上两三年可变了，最担心的是不稳定。

第五个发言的是镇基大队一队社员张海新：

实行责任制以后，社员出勤率高了。我队过去社队企业人员多，转工占全队总工分的三分之一。现在负担轻了。出现的新情况是，影响学生上学（由于要参加劳动），有的小学生停学。全队52户中有8户学生停学。绺绺田多（指很分散的田），我家6口人，承包了20亩地，共17块，大拖拉机用不成，牲口挤了猪，猪比过去少了三分之一，没有牲口的户养了猪。农具不行，又无钱购置。

第六个发言的是镇基大队五队社员苏百顺：

大包干最大的好处是，千斤担子众人挑。一半以上的人两年内要翻身。少数人可能要减少收入。大包干的弱点是：各户土地都很少，饲草少，养不起牲口；牲口拉犁没有拖拉机犁得深；少数户可能解决不了化肥资金问题；有的户收入可能还不如在农业社。我家5口人，承包14.6亩地。地块虽少，但地力差别大，将来收入悬殊。

应当说，他们的发言都有好说好，有坏说坏，比较客观。

而更多的声音则发自内心地赞美着责任制。

韩城县西庄公社西强大队社员孙永祥，原本在一家煤矿工作。1962年回乡务农。他家祖上三代善养同羊。这是一种源于山西同州，自古以来历年要向朝廷进贡的羊。"文化大革命"时，一方面无论城乡，老百姓普遍缺肉少油，另一方面他养羊却被当做走资本主义道路受到批判。孙永祥被"请"到公社办了学习班，限令他三天之内把羊全部卖掉。他舍不得，硬是把6只种羊藏到红薯窖里。他妻子也急忙把羊赶到娘家藏起来。当时全家7口人,断了经济来源,整整吃了4年高价粮,欠别人的债高达3000元,欠别人的粮高达3000斤。直到十一届三中全会以后,县上和公社号召发展多种经营,他才又开始养羊。就为了能够养羊了,他妻子激动得直哭。

澄城县庄头公社岳家庄大队1980年秋播前,决定每人划5分联产田。第六生产队划了地后,群众不相信。村党支部书记郭党顺一看大家不相信,干脆自己带头给联产田里上了40架子车粪。这一来社员马上相信了。结果当年夏粮户户增产。夏收后,社员纷纷要求分地,要求落实责任制。次年,他们更进一步要求大包干。当公社向社员们拍胸脯,告诉他们党中央承诺责任制长期不变时,群众激动地说:"现在不兴给中央挂匾。能挂的话我们都去给挂!"

农业落实责任制期间,陕西省委曾组织了一次赴韩城县(今韩城市)的农村调研活动。调研结束,中共陕西省委常委、省委政策研究室主任朱平做了个发言。可以认为,他这个发言代表了许多人的共同心声。

朱平说:

这几天看了沿路的情况,今天是第八天,确有许多开脑筋的东西。责任制引起了农村的变化,促进了生产的发展,群众说了许多感人的话:"社会主义好","三中全会之治胜过贞观之治"等。

这真是掷地有声!

如果说,从前有许多歌颂合作化,歌颂人民公社的歌曲是纯粹政治功利性质的产物,那么农民这些朴素的语言,则是自农业合作化以来,中国农民对中国共产党唱出的最美好最动听的赞歌!

陕西如此,全国更是如此。

早在1981年3月,在国家农委的统一组织下,由国家农委、农业部、农垦部、中国社科院农经所等部门组成的17个调查组共140多人,分赴15个省区,选择各种不同类型的地区进行调查。几个月后,他们完成了上百篇调查报告。

王伟群在他的报告文学《伟大的一步》中生动地描绘了当时的情形：

所有的调查组都有了共同的结论：当前农村形势之好，是多少年来没有过的，特别是那些长期贫困落后的地区，面貌变化之快、形势之好，实在出乎我们的意料！实践证明，联产计酬生产责任制确实是一项好政策！

调查组成员说起河南、内蒙古、安徽等地的变化，说起23年不变的农民收入在不到两年的时间里竟然翻了几番，心情格外激动。特别是一些党的高级领导干部更是从这次调查中看到了包产到户责任制的威力，体会到了久违了的农民的喜悦心情，他们痛心地反省自己的失误，反省由于自己的"左"的思想给农村工作带来的混乱和滞后。农业部原副部长李友九在痛苦反思之后，向中央写下了一篇万言检讨书。

调查组也清醒地看到了农村中出现的新问题，由于担心政策多变，农民出现了大量的短期行为，对土地采取掠夺式耕作，对牲口过度使用，滥伐承包地上的树木，于是，许多报告都提出了一个想法，建议中央下个文件，明确包产到户、大包干都是责任制的一种形式，都可以长期不变。

这一年的10月5日，全国农村工作会议在北京召开。会议整整开了半个月。半个月后，形成了《全国农村工作会议纪要》。在这份纪要中，充分肯定了农村实行责任制这场伟大的变革。认为农业生产责任制获得如此迅速的进展，充分反映了亿万农民要求按照中国农村的实际状况来发展社会主义农业的强烈愿望。

《纪要》旗帜鲜明地指出：

实践证明，党在三中全会以来所制定和实行的农村政策是完全正确的，各地各级党组织在这方面所做的工作是卓有成效的、具有深远意义的。

《纪要》强调：

目前实行的各种责任制，包括小段包工定额计酬，专业承包联产计酬，联产到劳，包产到户、到组，包干到户、到组，等等，都是社会主义集体经济的生产责任制。不论采取什么形式,只要群众不要求改变,就不要变动。

纪要形成以后,呈送邓小平。邓小平看后,只说了4个字:"完全同意。"

而陈云看到后,则专门叫秘书打电话说:"这个文件我已看了,这是个好文件,可以得到干部和群众的拥护。"

1981年12月21日,中共中央政治局会议讨论通过了《全国农村工作会议纪要》。

10天以后——1982年元旦,中共中央向全国正式下发了《全国农村工作会议纪要》。这是当年向全国下发的第一个中央文件。

按理说,每年中央都会发出许多文件,并且这些文件都会按照先后排序。也因此,总会有第一号文件以及第二号、第三号、第四号文件。但是由于1982年发出的头一个文件经历了如此曲折反复的过程,也具有如此激动人心的内容,因而使得人们对它格外关注和上心,使得它在众多的文件中脱颖而出,具有了一个原本寻常、如今却格外响亮的名称:一号文件!

此后连续5年,中央每年发出的第一号文件都是有关农业的。

"一号文件"从此成为一个靓丽的称呼,一个鼓舞人心和激动人心的称呼!这个称呼以它艰难的探索,负责的态度,翔实的内容和辉煌的成就而载入史册!

至此,中国农村开始迈着稳健而扎实的步伐走向艰难的改革,也走向伟大的辉煌。长期笼罩在农民头顶的极"左"阴影正在逐渐消散,960万平方公里的土地上正在恢复生机。黄河之滨,炊烟缭绕;长江两岸,花红柳绿;到处热气腾升,到处阳光明媚。

那确实是充满了希望的田野!

第三章 艰难的步履

怀揣问号走洛川
李新安其人
激情澎湃的岁月
惊人的效益
贫穷压着,你还能有啥选择
我栽下的苹果不让我吃了
凤凰涅槃
步步深入的"一号文件"
转变观念真难
"大珊瑚"前的遐思
人民需要教化和引导

怀揣问号走洛川

当中国终于在粮食问题上突出重围以后,农业和农村下一步朝哪里走,成为许多人关注的焦点。

应当说,由于情况不同,环境不同,所处的地理位置不同,农村摆脱贫穷的方式和道路也是各种各样的。在我写作这部书稿的采访中,有不少人给我提供了许多好的思路。比如像华西村那样从村办企业入手改变面貌的典型——以我从小居住的宝鸡市上马营地区的东岭村为例,这个村从1988年创业,由最初的小加工厂一直发展到如今拥有全资、控股及参股公司40多个的大型集团公司。其中仅实体企业就拥有1个钢铁厂、1个焦化厂、2个铅锌冶炼厂、1个在建煤矿及多个金属矿山和金属制品加工厂。截至我撰写这部书稿的2012年6月底,他们上半年的销售收入已经达到了214亿元。正在争取实现全年总收入500亿元。

如果从成就上来看,可以说十分醒目,相当突出。

坦率地说,在我写作这部书稿的最初阶段,东岭村以及其他一些有名的富裕村最早都曾列入我的采访计划中。但是经过慎重的思考,我最终决定不去采访他们。原因很简单,这毕竟是特殊,是个别。而我所需要了解的是常态,是那些更普通的农民和更普通的村庄。我要千方百计地搞清楚,绝大多数农村和农民在改革开放这三十多年中是怎样走过来的。

按最初的计划,我准备采访一个粮食生产县。毕竟,粮食是重中之重。通过粮食生产的发展,也许最能说明改革开放以来农村发生的变化。

但是不少人都不同意我的想法,他们告诉我,陕西不是粮食生产大省。尽管陕西的粮食生产同样取得了惊人的进步,但与产粮大省相比,说明不了什么。起码说明不了太多。何况仅仅就粮食问题进行采访了解,固然是抓住了农业的要害和关键,但是当时代已经进入21世纪,改革开放无论从广度和深度已经发展到一个相当的层面时,仅就吃饱肚子的现象来对农村和农业问题进行分析和评说，不仅范围太窄，而且层面太低。何况本书的前两章中，已经用那样大的篇幅来讲述粮食问题。如果继续就粮食讲粮食，太不足以说明改革开放30年来中国农村取得的成就，甚至不足以说明改革开放初期和中期农业所取得的成就。

这个意见确实有道理。

但是究竟应当从哪个角度入手去回顾和瞻望农村的变革呢？

按我自己的想法，这个角度不仅应当具有代表性，而且还应当具有普遍性。如果我专门去找那些最富有最出色的村庄去调查，那得出的结论无疑是灿烂辉煌，一片光明。但是如果我仅仅去寻找那些最落后最衰败的村庄去调查，那得出的结论同样是偏颇不实的。

于是有相当一段时间，我都在采访目标的选定上彷徨。

感谢一位长期从事果业发展的朋友，他告诉我，如今的陕西固然有粮食发展的进步，养殖发展的进步，但范围更大、惠及群众更广、而且涉及改革层面更深的应当说是农业产业结构的调整。以种植为例，如果说地处西北的陕西从前与水果基本无缘的话，那么经过30多年的变革，陕西已经成为中国第一水果生产大省。其中尤其是苹果种植，可以说是陕西农村种植面积最广，农民受惠最多的一项种植事业。

他告诉我，他小的时候，如果谁能在瓜果下来的季节里隔三差五地吃到本地生产的水果，就被认为是一种莫大的奢侈，甚至近乎一种皇帝般的生活。而如今中国的水果市场供应早已经实现了长年不衰。并且品种之多，堪称旷世未有。一年四季，除苹果和猕猴桃外，那些樱桃、甜杏、李子、草莓、水蜜桃、西瓜、哈密瓜、葡萄、柑橘、香蕉、荔枝、龙眼、柿子、石榴、红枣等，甚至过去许多连听都没听说过的水果，都满满当当地摆上了货台，任人随意选买。如果说进步，这是一个多么了不起的进步！这个进步的原因是什么？它和中国的农业政策，和中央的"一号文件"，甚至和中国其他方方面面的涌动和推促有着一种什么关系，这难道不值得去了解？

何况，眼下陕西仅水果的种植面积就已经达到了1700多万亩，直接种植水果的果农在500万人以上，如果再加上运输、储存、加工、销售等各个环节，通过水果产业链受惠的人数应当在1000万人左右，占到了陕西省总人口的四分之一强！

艰难的步履
Jiannandebulu

这难道不是一种值得去了解的现象？不是一道值得去观赏的风景？

于是我去了陕西苹果种植的发源地——洛川。

熟悉陇东和陕北的人告诉我，在浩渺无际的陇东和陕北高原上，有着许许多多的塬峁和沟梁，但是真正开阔平坦的大塬却只有两个：一个是位于陇东的董志塬，一个是位于陕北的洛川塬。两个大塬中，以洛川塬为最好。

从地理位置上说，洛川塬是关中平原和陕北高原的中间地带，这使得它具有了典型的联络地带的特征。无论地理形貌，还是秉质习俗，洛川都属于川塬并蓄，南北兼容。无怪乎历史上的文人墨客总结说，这里"地连关塬，风承周秦，近临洛渭，习融汉狄"。

洛川塬并不仅仅指洛川县，而是囊括了黄陵、富县及宜君的一部分。其面积达到四千多平方公里，是整个陕北最有名的米粮川。由于气候和土壤的关系，这里的小麦比关中地区的小麦生长期平均要长20天至一个月，属于屈指可数的优质小麦。不仅如此，即使遇上大旱，别处颗粒无收，洛川塬上也只是减产而已。也因此，洛川县志上曾记载了一句很耐人寻味的话：洛川有堕民而无游民。

细想想，新中国成立前这里人均拥有五六亩土地，条件得天独厚，哪怕漫不经心地随手撒籽种粮，也都够吃。在这种情况下，谁还去游什么？

我来到洛川正是春天。苹果正在开花。打眼望去，远远近近的苹果树全都那么苍翠，那么蓬勃。这股苍翠和蓬勃竟然把偌大一个洛川塬铺盖得严严实实的，以至于一眼望去，天地间除了偶尔的房舍和道路，剩下就全是这茫无边际的苹果树了。

我很快了解到，苹果种植给陕西许多市县、尤其是洛川塬上的农民带来了巨大的利益。有人总结说：上世纪三四十年代，洛川有两件事情值得浓墨重彩地大书特书：第一件是1937年8月，中共中央在这里召开了政治局扩大会议（即洛川会议），吹响了全民族抗战的进军号；第二件是1947年春天，一位叫李新安的农民将苹果从河南灵宝引进到洛川，对此后洛川经济社会的发展产生了巨大影响，这影响历时弥久，至今不衰。

头一次听见这个说法，我非常惊讶。在我的感觉中，这两件事情根本就不具可比性。想想看，一个是在中华民族生死存亡的关键时刻，由一个能够有效引领和组织民众的政党所为；另一个则是一位普普通通的农民所做下的一件普普通通的事情，如果我们把这件事真实地还原到生活的本来面貌，它完全可能是一件并无多大目的，而只是随意和偶然发生的事情。

李新安其人

李新安是洛川县永乡乡阿寺村人，1919年7月出生。由于父母去世早，他是跟着二叔（陕西人也称二爸）长大的。1936年，他被拉去当兵。两年以后，他联络了几个洛川同乡逃回洛川。此后一边务农，一边在永乡和槐柏学校读高小。不久，他娶妻成家，妻子王兰畔是洛川县旧县镇故现村人。

1943年，抗日战争处在最难熬也最关键的时刻，国民革命军四处征兵。征兵的原则是"两丁抽一"。李新安家刚好有两个年纪合适的"丁"，一个是他，另一个是他的叔伯兄弟。

李新安的叔伯兄弟身体不好，二爸就很发愁，找到李新安说："咱家得去个人当兵哩，这事咋弄呀？"

李新安回答得很坦然："那就去嘛！"

"谁去呀？"

一句话把李新安问怔了。

这不是明摆着的事吗？他已经去过一回了，打牌都讲究个轮流坐庄，何况当兵这么大的事情呢。

二爸看他不接话，猜出了他的心思，默然呆站片刻，转身走了。

第二天一大早，整整思索了一夜的二爸又来找到李新安，表情十分为难："新安，有句话我说了你不要不高兴。"

李新安立即猜到了他要说什么，一声不响地等待着。

"当兵还是你去吧！"

李新安不吭声。

二爸很诚恳："我不是护你兄弟，他身子确实不行。你去当兵，屋里的事不用操心，吃的喝的烧的我全供上。"

二爸善良厚道，自小抚养着李新安，可以说恩重如山。他把话说到这个程度，李新安不能不开口了。

李新安说："那行吧。"

为了让李新安出外当兵有个稳妥的环境，二爸专门去找了屈伸。

屈伸，国民革命军第一〇六师政治部主任。洛川人大多习惯地叫他屈栋子。屈栋子的岳丈家就在阿寺村。这样曲曲折折地绕下来，他和李新安还多少沾着些亲戚。二爸动员李新安去当兵的时候，屈栋子恰好回家乡探亲。于是二爸找到屈栋子，告诉他既然李新安要去当兵，那就不如到他那里去当，也好得着些照应。

屈栋子很痛快："行，你让他做好走的准备，等我的通知。"

于是李新安第二回当了兵。

一〇六师驻扎在河南灵宝。灵宝西面有个很大的村子叫焦村。焦村出了一位能人叫李工生。李工生在北平上过大学，又娶了一位同样是大学生的英宝珠为妻。毕业后夫妻俩回到家乡，一边宣传三民主义和提倡妇女放小脚；一边组织家里人种植苹果——后来三门峡地区一直是苹果的重要产区，概源于此。

屈栋子有文化也有头脑。一边带兵，他总琢磨着该做些什么更好也更实际的事情。完全是出自偶然，他看见并品尝了李工生树上的苹果，尝过之后倍感兴趣。不久他便以部队的名义租了李工生家附近的几亩地，又安排了几个亲信跟着李工生的儿子学种苹果。

李新安是其中之一。

这一进果园，从此奠定了李新安的命运。

1947年，国共开战，随着战事发展，部队一个劲儿开往前线。屈栋子看情况不对，便找到李新安交代："你不是打仗的料！拿上些果苗回家吧，把苹果在洛川种起来！"

于是李新安用毛驴驮着两大捆事先培育好的果苗上了路。过潼关，闯铜川。那时候胡宗南的部队正朝延安进攻，沿路到处都征用劳力。由于李新安带着屈栋子专为他开的介绍信，所以没有受到刁难，一路顺风地回到了洛川。

回到阿寺村后，满村的人看见他驮来的苹果苗，都觉得稀罕，问这是什么？

回答是苹果。

啥是苹果？

一种水果，吃的。

咋吃？生着吃还是熟着吃？蒸着吃还是煮着吃？

李新安告诉他们，苹果和桃杏梨一样，是生吃的。

大伙儿就更加诧异，你驮这些回来弄啥？

种么！

种树还用得着从河南朝回驮？咱村别的不多，树有的是。这么多的桃树杏树核桃树，还不够你栽的？

李新安说：这不一样。苹果不是一般的树。

那是啥树？

苹果是水果之王。

大伙儿就哄地笑了：哟，苹果还是王哩！苹果是王，那桃是啥？是不是王后娘娘？

李新安不愿意跟他们纠缠，就转了话题说：苹果又甜又脆，好吃得很，人家有学问的人都说，苹果最有营养了。

大伙儿便又奇怪：营养是啥？

李新安看一两句话说不清，干脆不说。他把一切都安顿好，开始沉下心来栽苹果。真正动手栽苹果苗那天，全村人像看西洋景一般，拥满了崖畔地头。

李新安把果苗从家里背来，又小心翼翼地铺展在地上。其时麦苗已经长得几寸高了，李新安脱掉棉袄，抡起镢头挖树坑。一个树坑要挖三尺见方，那些长得几寸高的麦苗自然就遭毁。大伙儿看他为了栽树竟然毁掉麦苗，吃惊得眼珠子都瞪圆了。自古到今，民以食为天。这食不是别的，就是粮食，就是小麦呀！

正挖着，得到消息的二爸火速赶来，一把拉住他："你疯了！咋能把麦苗毁了种树哩？"

李新安解释："这不是一般的树，是苹果树。"

"苹果树又咋?"二爸更加生气,"明年打不下麦子,你吃啥呀?吃苹果!"

李新安回答不出。

"把它拔了!"

李新安不拔。

"你拔不拔?你不拔我就替你拔!"

李新安急忙拦住:"二爸你不要生气,回去我慢慢给你说。说通了咱再拔也不迟!"

回到家里,两人围绕着苹果的议题展开讨论,继而变成了争论。此前,两人不是父子,情同父子。但这一回为种苹果的事,两人却多少伤了感情。

争论到最后,二爸拗不过他,只好让步。

李新安顺利地把苹果苗栽进地里。

谁知没过两天,栽下去的苹果苗全被人拔了。

李新安没有叫也没有跳,他猜出来这是谁干的。闷着头继续补栽果苗。

谁知补栽的果苗继续被拔。

这一来他忍无可忍了,径直找到二爸。叔侄俩头一回红了脸。

这天晚上,忧心忡忡的二爸整整一夜没睡。

第二天天刚亮,二爸就把李新安叫到屋里,他声音很平静,却也多少有些伤感。他先叫了一声新安——新安你也大了,再这样朝下闹,咱都没意思。是这吧,咱把家分了。分家以后,你想种啥你种啥,我再不拦你!

李新安一声不吭,算是表示同意。

很快,家分开了。李新安分到的地离村子远,务果园不方便。于是他又找二爸,商量着把二爸在村南的六亩七分地换过来。二爸虽然打心眼里不赞同他,但还是和他换了。

再下来,李新安在这六亩七分田地上种植了苹果。

后来有人议论说:李新安之所以死活要种苹果是另有隐情。他在灵宝务果时结识了一个女人,是那个女人送给他了二百棵苹果苗,嘱咐他回去好生务果。但更多的议论说李新安之所以铁了心种苹果,是因为他是个灵人,他早就看准了种苹果能发财。更有人议论说,李新安不光是个灵人,还是个犟人。如果当初他不那么犟,也就不会有后来洛川县的新安广场和新安广场上他的雕像了。议论者还专门举出事例来佐证。说是李新安到部队以后，屈栋子曾经问他：你靠啥朝下活？李新安回答：靠我自己。屈栋子笑笑说：靠你自己能活？你是靠着我才朝下活哩！李新安还是坚持：我不靠你！我靠我自己！结果屈栋子的副官在旁边听不下去，抬腿就踢了他一脚，让他学乖！李新安被踢得几乎跌倒，等跟跟跄跄站直身子时，他回答的还是那五个字：我靠我自己！

是真是假，无从考证。

有一点无可置疑，李新安是一个爱学习的人。

我曾经看到李新安遗留下来的一个笔记本，那是一本纸张粗糙、颜色发黄了的旧笔记本。上面除了一些苹果的种植技术摘录，再就是他做的时事笔记。从内容上判断，这些时事笔记应当是1956年写的。

苏联三月间开始实行缩短工作时间是怎么一回事？
西藏自治区筹备会在四月二十六日宣布正式成立。
世界和平理事会举行特别会议。会议的主要议题是什么？
布尔加宁和赫鲁晓夫最近到哪一国进行了访问？访问的主要内容是什么？
和平共处的五项原则是什么？
为什么要进行扫盲？扫盲的对象是指哪些人？
农业生产合作社在生产上和生活上要做的五条都是什么？

坦率地说，当我翻看着这份时事笔记时，头一个感觉是可笑。这李新安是不是吃多了，他一介农夫，记录这些做什么？难道，这是组织上要求他回答的时事问题？可他既不是党员，也不是民主党派的成员。既然什么都不是，那么布尔加宁和赫鲁晓夫到哪个国家去访问管他什么事？用他操什么心？

继续深入了解，我更吃惊了。

1959年8月16日，李新安在他栽培的苹果大获成功以后，曾经给毛泽东写了一封信：

艰难的步履

敬爱的毛主席：

　　自从 1957 年我到北京参观全国农业展览会在怀仁堂和您见面照相后，才知道您老人家身体非常健康，这是全国人民的幸福。几年来一直没有写信问候您。请您原谅！

　　现在我把我们陕西省洛川县阿寺村生产队解放十年来栽培苹果树的情况和后十年的远景规划及我们延安专区栽培苹果的大概情况向您汇报，作为向伟大祖国国庆十周年的献礼。

　　我们延安专区位于地球北纬 35°以北，洛川县在 36°左右，是高原沟壑地区，海拔高度 1180 米，位居黄河中游，是黄土高原的中心地带，常年雨量在 500 毫米左右，是大陆性清凉干燥气候，是栽培苹果最适宜的地区，产的苹果在世界上可算第一，这是科学家的推测……

　　现在给您送来 400 斤各种苹果请您品尝，如果比全国各地苹果好的话，请您向党中央建议把延安专区结合水土保持，根治黄河建设成全国最著名的苹果专区。叫革命圣地的苹果供应销售到国内外各大市场，让国内外人民都吃到延安革命圣地的果实。有了这项收入，叫延安专区早日实现共产主义社会。

　　……

　　最初读到这封信时，我被李新安毫不谦虚的口气所震惊。

　　请看——

　　"延安专区……是栽培苹果最适宜的地区，产的苹果在世界上可算第一。"

　　"请您向党中央建议把延安专区……建设成全国最著名的苹果专区。"

　　口口声声，除了"第一"，就是"最"！

　　要知道，这是在 20 世纪 50 年代写下的。是在信息高度封闭，观念相当守旧，根本谈不上有任何与国际接轨之类的思潮和观点的环境下写出的。在那个时代，中国人民自己能够吃饱肚子就已经阿弥陀佛，而他却已经大言不惭地提出让"革命圣地的苹果供应销售到国内外各大市场。"

　　这哪里是一个农民的口气？

　　这哪里是一介村夫的视野？

　　我是在 2008 年夏天读到这封信的，我读到信的这个年代，几乎所有的地区和人群都在想尽办法宣传和鼓噪自己——在这样一种唯利是图的大环境和大气候中，任何标榜自己的言行我都本能地抱有一种怀疑和抵触。

但李新安不同，李新安鼓吹延安专区，鼓吹洛川苹果，是在一个还根本不知道炒作为何物的情况下开始的。他从土壤到气候，从纬度到果质，都竭力鼓吹陕北洛川塬，鼓吹延安。鼓吹得如此自信，如此不谦虚，他究竟是胸包六合、洞明一切的大才，还是那种神经多少有些问题的狂人？

应当说，事实证明了李新安属于前者。

2010年，完全是一个偶然的机会，我读到了《中国苹果优势区域布局规划（2008—2015年）》——这是中国农业部对于中国未来十年苹果优势区域所作的规划布局。需要说明的是，此前农业部已经作了《苹果优势区域发展规划（2003—2007年）》，并且已经按照规划扎扎实实地实施了5年并取得了显著成效。在这种情况下，为了适应新时期苹果产业做大做强的要求，农业部在总结上一轮规划实施成效和基本经验的基础上，又专门制定了新的规划。

早在2003年的《规划》中，就已经非常明确地指出：中国苹果有两大优势产区：一是黄土高原，二是渤海湾。

而在2008年的新规划中，进一步认定：

渤海湾优势区符合最适宜苹果生长气候条件7个指标中的6个，黄土高原优势区则完全满足7个指标的要求。

显然，黄土高原被称作第一是当之无愧的。

不仅如此，新规划对未来更好的发展苹果产业还做出了总体布局。总体布局中的一个重要战略是：将黄土高原种植苹果的优势区域整体规模扩大，向西一直拓展到甘肃的天水及陇南部分地区。

应当说，当时光进入到21世纪后，由国家农业部做出的这两份苹果生产规划，为半个世纪前李新安所提出的论点做出了最好的注解！

激情澎湃的岁月

苹果至少要4年才挂果。

挂果的头两年，根本就谈不上赚钱。原因在于产量太低。

而另一个摆不上台面的不赚钱的原因是，自古以来洛川人就厚道好客。家家户户种的桃、杏、李子等水果，都只送不卖。你想吃，只管去树上摘。吃完了把核留下就行。大伙儿重视的是粮食，轻视的是水果，甚至一句流行的骂人话都是："把你个卖杏的——"

也正因此，村里人还沿袭着从前让野果自生自长也随意食用的习惯，看见苹果熟得能吃了，走过去顺手就摘一个尝尝。一来二去，苹果就这样无声无息地消失。

李新安意识到这样不行。于是用枣刺把栽有苹果的地围起来，使之成为规范的果园。

结果村里不少人对他有看法，认为他不厚道。

但是李新安坚持按自己的思路朝下干。就这样又过了两年，果园管理日见精进，果树也进入到盛产期，李新安栽种的苹果树开始见到效益了。

那时候李新安已经患上了骨椎结核病，不能跑东跑西地做重体力劳动。于是就让叔伯弟弟李启财用毛驴驮着苹果到县城集市上去卖，再就是让附近的农民用粮食来换苹果吃。

至今，年已八十的李启财还清楚地记得当时的情况。

李启财说：

"我用毛驴驮着苹果去县城。每次驮200多斤。1毛多1斤。好卖得很。后来名声传出去了，根本不用再往县城驮。县城的小贩都主动跑来买苹果，然后倒腾到城里去卖。"

财富的吸引是巨大的。眼见着李新安种苹果种出了金钱，种出了富裕，那些从前瞧不起他的农民立即改变了态度，他们竟以不可思议的速度接受了苹果种植。村里村外很多人都找到李新安，在购买苹果的同时，强烈要求购买苹果苗。

事情发展到这一步，李新安的亲戚朋友们也都支持他了。最具体的支持就是：不同意他卖苹果苗。道理非常简单：物以稀为贵，要是家家都种上了苹果，你李新安那六亩七分地的苹果再卖给谁去？

后来许多人总结说，李新安可贵就可贵在他的境界。

李新安觉得，当初屈栋子之所以让自己学习务果，绝不是为了让他回家种几棵苹果尝鲜，甚至绝不是为了让他种几棵苹果树发财。屈栋子那些谆谆叮嘱，含意很深，胸怀很大，他不能辜负这博大的含意和胸怀。

他毫无保留地把果苗卖给了大伙儿。

很快，洛川塬上掀起了自古以来第一次栽植苹果苗的热潮。

由于受到众人的热捧，也由于种苹果带来了可观的经济收入，那段日子是李新安心情最舒畅，经济最富裕的日子。一个最直观的事实是，李新安家里的存款达到了6000多元！

放在今天，6000多元实在微不足道，但在20世纪50年代初期，6000多元却是一个令人激动的大数字。要知道，那时候洛川县县长一个月的工资也不过100元左右！至今，李新安的孩子们还清楚地记得，那时大家把他们家称作"小银行"，隔三差五就有人来借钱。

那一段日子，也是李新安人生中最辉煌的日子。短短一两年，李新安名下便聚集了一大批弟子。这些弟子不仅在洛川，而且遍布洛川周边的黄土高原。可以说，小小六亩七分地的苹果，引发的效应不仅巨大，而且空前！

到了1955年，除过阿寺村有16户农民栽种了45亩苹果树外，整个洛川境内已经有36个村庄、200多户人家栽上了成片的果树。而延安专区属下的黄陵、富县、宜君、宜川、延安等县的部分农民仍旧纷纷从远处赶来购买苹果苗。

就在李新安的日子过得越来越红火之际，全国的合作化运动也红红火火地开始了。

合作化开始时，李新安正住在医院里治疗骨椎结核病。搞合作化的工作队员找到李启财做动员。说不管农具还是果园，加入合作社都不会让他们吃亏，都给他们折合成钱。李启财急慌慌地跑到医院去找到哥哥。他估计李新安的日子正过得红火,绝对不会同意入社。

　　李启财不明白,李新安天生就属于那种引领潮头的人。现在全国到处都在敲锣打鼓地搞合作化,这使他心动不已。尤其让他激动的是两点:一是合作化以后,土地集中在一起,他可以放开手脚建设大果园了;二是工作组的人曾经为他描绘过远景:走集体化的道路,大伙儿的生活像坐上火箭一般节节往上升。上升到什么程度?当然是吃得好穿得好。吃得好吃什么?光吃粮食能叫吃得好吗?这苹果不大发展怎么能叫吃得好呢?

　　当李启财急匆匆地跑到医院找到李新安时,李新安先是一声不响地听完他的讲述,之后让他试探着向工作组提出要求:入社可以,不过入社以后是不是可以把果园连成片?咱要搞就搞大,弄他个三百亩的大果园!

　　工作组正愁规划不大呢,一听这要求,连绊儿都没打:没问题!

　　于是李新安同样连绊儿都不打:那我也没问题!入社!

　　于是他带着自家那六亩七分果园、8000多株果苗、两头牲口、30亩地,非常自觉地入了社。

　　那时候苹果的好处已经被大多数人看到了,上上下下都一条心地要办果园。李新安被大好形势鼓舞着,很激动地勾勒着远大理想:

　　　　东沟的核桃西沟的枣,
　　　　张家崞要把苹果搞。

又激动地描绘未来的生活情景:

　　　　身上穿的绫罗缎,
　　　　吃粮吃的细箩面。

还满怀激情地写下了一首诗,把言犹未尽的心里话淋漓尽致地进行表达:

　　　　高山远山森林山,近山低山花果山。
　　　　山坡背阴松柏树,杨柳栽满河道边。
　　　　公路两旁林荫道,村庄左右果木园。

沿河荒滩变成地，山腰缓坡变梯田。
牛羊成群牧草旺，粮食满仓鸡鸭全。
山川秀丽风光好，幸福生活万万年。

那时候的李新安，不仅信心百倍，而且将这信心付诸行动。他经常向各级组织提出大力发展苹果的建议，1956年10月他在《延安报》上发表的一篇文章，题目就叫《苹果与幸福》。1957年，为了保证8000棵树苗移栽成功，他又自费到西安、武功、三原等地学习务果技术，回来后自费在村里办了6天果训班，指导着合作社建起了300亩果园。

那时候的李新安，经常一个人住在果园简陋的草庵子里，白天辛苦劳作，晚上彻夜读书。而且阅读的都是《米丘林全集》、达尔文《生物进化论》之类让人望而生畏的书。一边读书，他一边做笔记和写文章，先后完成了《苹果栽培学》《果树技术培训教材》等著作。

那时候的李新安，无论生活上、生产上，还是政治上、心情上，都非常舒畅。他先后当选为人民代表、模范生产者，并且以先进工作者的身份到北京参加全国农业展览会，在天安门观礼台上受到毛泽东等中央领导同志的接见；他还被评为陕西省农民科学家、发明家、园艺家；被县上聘去当县农业科学研究所园林组组长，每月发给他49.5元工资。

这一切，都极大地鼓舞着他。

至今，不少人都清楚地记得李新安当时的狂热劲儿。他不停地鼓动大家种苹果，不停地讲述种苹果的好处。而且一张口就是"秦岭北麓"、"渭北高原"；一张口就是"将来苹果多得要用汽车来拉哩"、"要出口到外国去给咱挣外汇哩"——尽管以后的事实证明，他所有说的这一切都是对的，但在当时，大家普遍觉得他是吹牛皮说大话。大话可以听，但不能天天听。到后来，生产队里无论干部还是群众都烦了，一听他开口说话，就立即打击："行了行了！你把灯都说得没油了！散会！"

李新安却并没有因为受到打击而消极，他挫而益坚。最有意思的是他想发展苹果想得入了迷，竟找到当时的有关领导，请求给他派一辆汽车，配一名干部，让他到西北五省去宣传种苹果——20世纪50年代县领导不管下乡还是进城，绝大多数都得靠步行。如果能骑辆自行车，那就奢侈得近乎于今天坐上了宝马或者奔驰，在这样一种情况下，李新安提出要求的结果是什么，可想而知。

1964年9月，洛川县召开群英会。李新安是群英之一。他用荆条筐垫上草，驮了几筐苹果去会上，一边分苹果给大家吃，一边大讲他的设想。他的设想确实很宏伟，不仅家家要种苹果，而且要把咸（阳）榆（林）公路两旁全种上苹果。大家听了，全都哈哈大笑，说：

"这人能胡抡！"

"这人吹得大！"

……

当时整个洛川塬上栽种苹果已经形成了小气候，除了李新安，其他还有几个人也很有名气。比如槐柏村的路张定、尧雪村的羽自翔、杨柳渠的何耀西，以及黄陵县的李国杰等人。其中路张定栽种的品种最多，李国杰栽种的面积最大。他们俩的性格和李新安不同，只闷头种，不喜欢宣传和动员。

农民就编出顺口溜说：

李国杰的数，

路张定的量，

李新安的胡抡撑不上！

惊人的效益

公正地说，从李新安参加合作社，一直到人民公社时期，除过家庭经济收入不如从前外，生活上的其他方面都过得很不错。

首先，苹果是个好水果，大伙儿都爱吃。加上连续几年的苹果丰收，相当程度地改变和提高了农民的生活质量。所以大伙儿在栽种苹果这个问题上没有异议。不仅如此，由于土地合并在一起，建设苹果园的自由度大大提高，因此相当一段时间内，洛川塬上到处都在种苹果。那些不会种的农民从四面八方跑到阿寺村来，虚心向李新安求教。人来得太多，李新安的妻子王兰畔就整天烧水做饭,招待客人。

当时,各种副食品也包括水果都很紧缺。可以说,政府鼓励,市场欢迎,群众需要,苹果的生产和发展几乎具备了应当具备的所有条件。

1959年,洛川县商业局给阿寺村发去过一封贺信:

阿寺村生产队:

在1958大跃进的基础上,你队果品生产在全体社员辛勤不懈地劳动下又一次得到了丰收。这些丰硕的果品不仅支持了大城市工矿区的鲜果市场,而且也支持了出口外贸,扩大到了国际市场。去年出口两万多斤,今年将增加一倍。希望你队全体社员和我们的园艺科学家李新安在党的领导下继续共同努力,继续获得更大成绩。值此中秋佳节,奉上节礼月饼四斤,聊表敬意。

1959年9月18日洛川县商业局

仅从这封贺信的语气就可以感受到,当时苹果是多么受欢迎,而李新安又是多么受到各级政府的喜爱和重视!

还有一首诗,更是直截了当地赞颂他的功劳:

> 李新安,不简单,
> 亲手培养苹果园。
> 人民公社大发展,
> 苹果逐年飞翅展。
> 由六亩扩大三百三,
> 一亩赛过二百亩田。
> 这个事情真伟大,
> 确实是陕北一枝花。
> 戒骄戒躁加油干,
> 乘胜前进莫停闲。

诗写得不怎么样,但表扬和鼓励之意却表达得十分由衷。

最初读到这首诗时,我以为其中的一句是由于年隔久远而记录有误,因为当我在洛川采访时，不止一次地听到农民说："一亩园十亩田"，意思是说种植一亩苹果的收入抵得上种植十亩庄稼。

而在这首早期的诗中，一亩园竟赛过了二百亩田！

但是后来，我才终于搞清了，在 20 世纪 50 年代，虽然一亩园的效益可能抵不了二百亩田，但至少可以抵得上五六十亩田！

还以李新安写给毛泽东的那封信为证。

信中写道：

1958 年 41 亩的苹果收入和 2600 多亩农业土地的收入相当。1959 年的苹果收入为农业收入的 140%。

这个比较多么惊人！

也正因此，整个延安地区，从地委书记、行署专员，到县委书记和县长们，都纷纷到阿寺村去参观。

1959 年 9 月，延安地区组织的果树参观团，步行上百公里到阿寺村参观。参观结束，大家都激动不已，延安县东风公社三队的高登岸和张友仁当即写下一首诗，赞美李新安：

> 历年苹果在平原，
> 新安建果劳心田。
> 品质优美居第一，
> 由延拜师到洛原。
> 新安带病传经验，
> 远景规划提明显。
> 我们回去干十年，
> 定拿实绩谢师言。

应当说，诗写得很蹩脚。与其说是诗，不如说是顺口溜，而且是用词造句极不讲究的顺口溜。完全可以断定，这是文化程度不高的农民所写的。

但唯其如此，才更为真实，也更具价值。它说明了彼时李新安在农民心目中的真实位置！

高登岸和张友仁写下这首顺口溜两个月后——1959 年 11 月 16 日，李新安自己也写下了一首诗：

> 苹果梨树核桃枣，
> 各家庭院种葡萄。
> 社社队队果园纲，
> 村村户户花果香。
> 秋天果子分外香，
> 冬春果子满市场。
> 人人饭后吃水果，
> 生活美满幸福多。

豪情满怀，热情似火，字字句句不离水果。

对李新安个人而言，他可以豪情满怀热情似火，但是对整体来说，随着集体越来越大，一大二公的程度越来越高，情况却渐渐地发生了些变化。

首先，李新安所在的阿寺村组织起来以后，很快演变成三个生产队。三个生产队中，第三生产队拥有的苹果园最多。但由于实行的是以大队为核算单位的分配模式，所以第三生产队虽然每年苹果产得最多，也赚钱最多，但必须全部无偿地交给大队，再由大队给三个生产队均分。这一来第三生产队的社员们心里就摆不平了：种苹果的投入和辛苦全要他们承担和付出，而收获苹果的好处他们却一点儿也不能多得。这算怎么回事？

于是发牢骚，提意见。

但是没用。走社会主义集体化的道路是谁也无法改变的。

于是他们干脆把苹果树全部砍掉，不得这份钱，不操这份心！

这还不算，由于种下的苹果不归农民自己所有，而全部归生产队，收下来的苹果也必须全部由生产队交给供销合作社——这项政策一实行，无论哪个生产队的农民，就都觉得种不种苹果跟自己没什么关系了。

有了这样一种认识，种苹果的热情就直线下降。

入社以后，李新安一直负责着果园管理。从前李新安管理果园时，大伙儿都很拥护，也都很听他的指挥。等到种苹果和大伙儿的切身利益没有多大关系时，情况马上就不一样了。

栽果苗时，李新安要求果苗横竖都要栽直。马上就有人讽刺说："把个集体的事儿，你那么用心干啥？"

李新安要求给果树上肥，立即又有人反对："你看崖上那老槐树谁给上肥了，还不是长得又壮又结实！"

李新安坚持要求给果树上肥。大伙儿拗不过，只好去上，不过全是闭着眼睛乱上。一棵果树需要上多少肥？上多了会怎么样？上少了又会怎么样？谁都不操心。

再后来，苹果树发生了腐烂，这是苹果树染上的一种很可怕的病，绝不能掉以轻心。那时候李新安已经调到县上，但仍然关心着村里的果园，一看这情况，立即要求组织人手刮疗。大伙儿也都去刮疗了，只是进到果园后我哄你，你哄我，马马虎虎刮几下就收工。

这样对待苹果树，结果可想而知。

面对着一天不如一天的苹果园和园艺队，农民很快编出来顺口溜：

园艺队，真糟糕，
腐烂病，治不了。
先刮皮，后挖倒，
牛喂的，没麦草。
上地迟，回来早，
你看糟糕不糟糕。

最典型的是1959年末李新安去延安治疗骨椎结核病，以后又转到省城西安治疗。等他治疗回来后，原本崾梁上栽满了的苹果树竟全部被毁了。毁的过程非常简单，农民犁地时把果苗子犁掉了，本来伸手去扶一下就可以救活，可是没有人去扶！

与此同时，果园一片凋零，管理呈现出空前的混乱。

李新安目睹着果园的情况，心如刀割，他二话不说就主动回到阿寺村，继续当园艺队长。

很快,果园的各项管理又恢复起来,尽管恢复得艰难而有限。

就这样一直干到1963年。那时老百姓的生活正处在极端困难的时期,县上各方面都紧缩开支。此前一直在县上工作的李新安每月的工资已经由最初的49.5元下降为25元。自从他回到阿寺村搞果园,这25元的生活补助费也不再继续保留。为了照顾他的生活,当时的县长刘志敏专门派农业局局长张鹏飞和永乡公社书记薛自力到阿寺村去,和大队、生产队商定,由大队每年给李新安记360个劳动日,另外再照顾360斤苹果。

刘志敏语重心长地叮咛阿寺村的干部说:

"李新安身体残废,是因为务苹果太劳累而造成的。他给阿寺村出力最多,贡献最大,你们一定要负担他的生活费,每年一定要给他记最高的工分,再多照顾些苹果。这是符合社会主义分配原则的!你们大胆去执行,不会错!"

贫穷压着,你还能有啥选择

刘志敏是1959年1月到洛川县担任县长的。

他担任县长的那段日子,正是洛川人民生活最困难的日子。几乎所有村落的树木都是光秃秃的,树叶子全被老百姓吃光了。那时候他经常下基层,好多群众看见他,都苦着脸问:刘县长你看这咋弄呀?

其实,不用老百姓提问,作为一县之长,刘志敏每天脑子里琢磨的就是这三个字:咋弄呀?

琢磨来琢磨去,他的眼光就关注起苹果来了。

之所以关注苹果,是由于李新安的大力宣传——李新安是县人民代表,每次他来县上开人代会,都用手帕包几个苹果,一边让刘志敏品尝,一边向刘志敏讲种苹果的好处。讲得多了,引起了刘志敏的兴趣。于是跟着李新安到阿寺村去看。这一看,他觉得发展苹果投资少,收入高,确实是个好门路!

经过了三年困难时期,农民已经穷到极点。所有的花钱都只能靠贷款。

刘志敏每天绞尽脑汁苦想的，就是怎么样让农民手里有几个钱。李新安发展苹果的实践和思路，使得他眼前一片豁亮。

为了慎重，刘志敏又专门深入到有苹果园和没有苹果园的生产队去了解。这一了解，他心里就更踏实了。他发现一个生产队只要有一片苹果园，这个生产队的日子就肯定好过得多。拿阿寺村来说，其他村的老百姓穷得连件单衫都穿不上，而阿寺村的农民却明显穿戴好得多，其中不少人还穿上了皮袄。

刘志敏和县委一班人紧急商议，很快做出决定，在洛川县的阿寺、杨舒、槐柏、城关四个公社选四个生产大队，每个大队栽种500亩苹果，一共栽种两千亩。

2008年4月，当我在延安找到刘志敏采访时，他还清楚地记得几十年前的事情。

刘志敏说：

"当时全县的荒山荒坡不少，但怎样开发利用，却长时间没有找到门路。李新安的建议给了我一个好的思路。这一年年终，县林业局干部屈向达来我办公室汇报林业经费结余了2000元，准备上缴财政。我当即告诉他不要上交，用这钱来办两件事：一是用1000元办个荒山荒坡果园试点，二是用1000元建一个护塬林试点。后来我知道他们把1000元交给洛川中学，让师生们利用节假日在石家庄和马家庄之间的荒山坡上挖栽树坑，挖一个坑一角钱，共挖了三四百亩。头年冬天挖坑，第二年春天栽果苗。作为县办果园，又雇了专人管理。另外那1000元在下黑木村建了个护塬林试点。这样，全县建起了五个苹果园试点，大约有2500亩。这就是洛川苹果生产发展的重要开端。"

1964年7月，刘志敏调离洛川。他走的时候，洛川的苹果已经挂果见效益了。

而更大的效益在于，这2500亩果园起了一个很好的示范作用，为洛川县在那样一个艰难的岁月中坚持种植苹果，发展苹果做了有力的铺垫。

刘志敏走的时候，整个洛川——事实上是整个中国的经济都在继续恢复，并且恢复得越来越快，越来越好。至今一些熟知情况的老人们都在不同程度地议论和回想，如果当年沿着恢复的道路继续朝前走，会是一种什么样的情况？

不知道。

说不清楚。

人们能够说清楚的是，就在人们刚刚喘过一口气，感到生活有了些许希望时，"文革"开始了。

"文革"开始了，洛川县发展苹果的脚步受到了牵绊，但并没有停止。

1967年底分配在朱牛公社当书记的车宝成，对洛川县"文革"期间苹果发展的情况至今记忆犹新。

车宝成说：

"我是六七年分配到朱牛公社当书记的。六八年3月正式上任。上任后先看老百姓的生活，归结起来只有一个字：穷！除了穷，别的全都谈不上！

"穷到什么程度？家家户户都只有一个念头，盼吃的！

"对这些穷苦百姓，国家不能说不关心，可就是拿不出好办法。于是只能年年给他们免公粮，再就是给他们贷款，又免又贷，老百姓还是饿肚子。在这种情况下，整天压在我们头顶的一个问题就是：怎么样能让农民把日子过起来。不是说过得好，能过起来就行！

"那时候穷公社太多了！都指望着国家支持，如果这样支持，把国家拖死累死都支持不了！所以想来想去，还得靠自己。我们反复研究，认为单靠种粮根本不行。朱牛公社的优势是人少地多，我们就琢磨能不能在土地上打主意。说白了，就是不光种粮食，也种一些能够让老百姓手里有几个钱的东西。

"按我们的计划，是种10万株核桃树和10万株泡桐。泡桐当时很紧俏，还能出口，栽下去见效快，所以老百姓比较欢迎。对核桃就不拥护，嫌周期太长。我们就又提出种苹果。

"没想到农民还是不接受。那时候谁都觉得种苹果是好事，不过谁也觉得不宜多种。这种认识不光是农民，也包括干部。你想嘛，粮食那么紧张，怎么敢把好地腾出来种苹果呢？

"没有办法，我们只能避开好地，利用坡头沟畔栽了400亩苹果。不久我被调到凤绪镇，那也是个贫困镇，我就继续搞苹果园，搞了700亩。再后来又利用荒峁，滚雪球一样发展，直到在洛川建起了近万亩苹果。

"那时候到处打派仗，不要说实际发展，就是静下心来想想发展的事情都做不到。之所以在我手上苹果还能得到发展,主要两条:一是我多少还有些觉悟,觉得当干部就得给老百姓办实事;二是贫穷逼的。贫穷在你头上压着,你还能有啥选择?只能硬着头皮去寻找出路!

"应当说,在洛川种植苹果是一个非常好的选择。毕竟种苹果需要条件,而洛川偏偏适合了这些条件。并且种苹果确实让农民得到了很大的好处!"

种植苹果究竟需要哪些条件呢?

就一般而言,苹果不管在什么地方都可以开花结果,但如果要生产高质量的苹果,则必须具备一些恒定的条件。比如地处北纬三十度到四十度之间,比如海拔高度必须在1000米以上,比如温差一定要大,四季一定要分明。包括它的土质、日照等。可以说,正是这些基本要求的符合,才形成了朝鲜的咸兴、元山,日本的青森、长野,法国的南特、里昂,美国的亚基马、罗切斯特;意大利的波尔萨诺、都灵等著名的优质苹果产地。

洛川完全符合了这些条件。

有人曾经总结说,如果比较中国各地种植苹果的历史,洛川肯定不是第一。如果比较中国种植苹果的面积,李新安时代的洛川同样无法占到第一。但是如果比较种植苹果的自然条件,洛川却无论从前还是现在,都稳居第一。

这"第一"是上天给的!

1974年,正是所谓"批林批孔"的时候,神州大地仍然是你方唱罢我登台,批判斗争轮番来——就在这一年,全国召开了一个苹果测评会。参加测评的是来自全国各个苹果产区的237个样品。

谁也没有想到,洛川苹果质压群雄。

为了增强中国苹果在国际上的竞争力,测评会上,专家们还专门请出了世界公认的苹果之王——美国蛇果。让它与洛川苹果来一场全能大比拼。

陕西作家姚逸仙曾就此事进行了专门的采访和写作。

他写道:

何谓美国蛇果?

1893年,美国密苏里路易安纳举行了一次世界性的苹果比赛,产地在美国依阿华的一种新苹果获得头奖,它让所有的品尝者感到"甜得没有了方向"。这种苹果因而被命名为"蛇果"——英文意思即"美味"。

众所周知,无论数量还是质量,美国一直是世界苹果产量大国和出口大国。与这样一个老牌苹果王者对垒,有谁不为年轻的洛川红星担心呢?

但评比结果却让国人们为之一振。

首先,在果形、色泽、风味、品质四个方面的比较上,洛川的红星苹果获得了203.55分,而美国蛇果只得了200分。

生化分析上——

洛川红星含糖量为11.8,美国蛇果为10.4。

洛川红星果酸度为0.24,美国蛇果为0.25。

洛川红星糖酸比为49.2,美国蛇果为41.6。

洛川红星可溶性固形物含量比为14,美国蛇果为13.5。

洛川红星硬度为5.1,美国蛇果为7.9。

数据无情地表明,洛川红星要比美国蛇果口味更甜,品质更细腻,果渣更少。

如果要说不足,那么洛川红星的硬度不如美国蛇果,尽管从严格意义上来说,5.1的比值和7.9的比值差距并不明显,但它同样无情地说明着洛川水果在保存技术上的落后,这给此后洛川苹果的发展在储存水准上提出了一个极富挑战的难题。

……

1974年到1978年,由于洛川苹果在国际上的声誉,也由于洛川迫切地需要改变面貌,更由于国家急需出口苹果换取外汇,洛川苹果种植的面积在大幅度地上升,一直上升到4.1万亩。

令人匪夷所思的是,与洛川苹果迅速发展的同时,洛川苹果的创始人和倡导者的日子却越来越不好过了。李新安不仅没有由于苹果的迅速发展而受到人们应有的尊重,反而抱着铺盖卷儿,从苹果园里灰溜溜地搬出去了。

我栽下的苹果不让我吃了

当我在洛川采访时，一个问题始终令我不解：按理说，李新安种苹果是给大伙儿造福而不是给大伙儿惹祸呀，李新安种苹果没有妨碍任何人呀，李新安在果园里务果向来不偷懒也不贪集体便宜呀，为什么直到"文革"结束之前漫长的十年中，他的个人境遇不仅没有随着苹果的发展而变好，反而变得越来越糟了呢？为什么他家的物质生活水平也由原来全村最富裕的变成了全村最贫穷的了呢？

随着采访的深入，问题的答案渐渐浮出水面了。

首先，是持续多年的粮食匮乏导致了农民事实上对种植苹果的不重视。

由于刚刚过去的大饥饿，农民对粮食具有一种天然的重视。在他们心里，根深蒂固地凝就了一个观点：种粮食是农民的本分和天职。至于其他，统统都是副业——正是粮食的逼迫，使得农民们对大面积地种植苹果始终抱有怀疑，也使得他们对李新安的宣传鼓动抱有一种不屑。李新安说应当大力种植苹果，农民就讽刺说，把地都种了苹果你吃啥呀？李新安说只要把苹果务好，钱肯定会来的。农民回敬得就更尖锐：那你不是年年都在务苹果吗，你咋就越过越穷了？李新安对大家说，苹果园将来就是大家的养老园幸福园！不少人对此的回应是：你那养老园幸福园现在就把你幸福上了。你看你成天不干活，光背着手转哩！

更有些人说：说这种没眉眼的话不嫌丢人！你现在要靠我们劳动才能吃上饭，你还有啥神气的！

请注意，不少人认为——你现在要靠我们劳动才能吃上饭——似乎李新安对果树的精心培植和对果园的精心管理不是劳动！

有这种认识不奇怪，但是一旦遇到能够让这种认识继续升级，能够变成对李新安采取制裁措施的大环境和大气候，那就可怕了。

早在 1957 年 4 月，李新安在延安专区先进代表大会上有个发言，这篇不足三千字的发言共有两个小标题：

一、我栽培苹果树的历年收入及现在栽培发展情况及群众反映。

二、由于我的努力,受到党政的政治关怀,技术支持,经济帮助。因为我收入高,在政治上受了挫折,更促进我加倍努力。

李新安都受到了哪些政治挫折呢?

树苗子卖钱,果子又卖钱,都是靠自己的辛苦劳动埋头苦干。但粮食打的不够用。六年总收入七八千元。1955年苹果卖了2000多元。我家只有六口人,有了那些收入维持家务,银行存了些钱,以往没有放过账,没做过生意,也没卖过土地,还有人说我走了资本主义道路了。

我家向来没有余粮,1953年购粮时(要求)我卖10石麦子,我申明原因,后减成5石。本来我家粮食还不够吃,因没粮送,说我抵抗,要撤我的人民代表和乡政府委员职务,还准备法办我。以后经调查,知道我真的没粮。

请注意,早在1953年,就已经出现了想逼着他多交些公粮的思潮,甚至想把他绳之以法!

之所以如此仇视他,原因其实很简单:"因为我收入高"!

但无论如何,那时的政治气候还比较温和,对他也没有采取过激的行动,真正让他感到日子难过的,是从1965年的"社教"以后。

20世纪60年代,整个中国充满了强烈的政治气氛。一切都政治挂帅。政治挂帅可以很宏观,也可以很微观;可以很理论,也可以很实际。在绝大多数单位和部门里,政治挂帅首先体现在政治划分和政治区别上,而这政治划分和区别又统统是以出身成分以及你从前做过些什么来决定的。

新中国成立前李新安是由二爸养大的。按二爸家的人口合计下来,全家平均每人不过6亩多耕地。这在当时的洛川根本不算什么。因此给他们家定的成分是下中农。

但是到了社教期间,政策提出各地都要补定一些地富成分和地富分子。旧社会生产力水平极为低下,这使得富裕和贫穷的区别也很不明显。何况旧社会的事情已经过去了十多年,谁还能记得谁比谁好过了多少。于是定成分往往就凭着一些现在的印象,或者干脆就凭干部的个人好恶。

生产队里一些人听说要定富农，本能地想到了李新安。

李新安很委屈，他说："我家又没有几块地，又没有剥削谁，咋就要定成富农呢？"

他的老同学车绩玉得知了这个情况，回答他："你前几年务果子挣下那么多钱。你不是富农那谁还能是富农？"

车绩玉是用开玩笑的口吻给他说这句话的。却旁敲侧击地告诉了他一个真理：在现阶段，凡事不要出头，千万不要露富！

李新安不是糊涂人，他当然听懂了车绩玉的警告，也本能地觉得应当缩头。只是这时候他想朝回缩也来不及了。富裕的印象已经形成，再下来他就只会被那些看不见摸不着却强大到无比的力量撕扯着沦向贫穷。

逼着李新安沦向贫穷的第一棒是从工分开始的。

人民公社时期，农民只能依靠工分来吃饭。偏偏工分的评定并不依据你的实际贡献，而是根据干活的轻重来区分的。李新安自从动手术去掉了两根肋骨后，连腰都直不起来，更谈不上去干重体力活儿。在这种情况下，尽管刘志敏要求生产队按照他做出的实际贡献给他高些的工分，但事实上已经越来越难以做到了。

1969年，"文化大革命"进入高潮，由于所谓的"资本主义尾巴"被越割越凶，以致除了单一种粮食，其他无论种什么都属于非法，这使得李新安大种苹果的言论越来越没有市场，在这种情况下，那些曾经由于偷摘苹果被李新安阻止，由于犁地将苹果苗犁掉被李新安呵斥，由于种种原因对李新安有意见的人就开始向他连续不断地发难了。

有人指责：李新安一天不劳动，就背个手在果园里转悠，凭什么给他10分工？

于是很快，李新安的工分被降成9分。

9分也嫌给得太高。

于是又降成8分。

8分还是太高。

只好又降成7分，几乎连普通妇女挣的工分都不如了。

只有时间又过去了几十年，只有在改革开放以后，洛川县几乎所有的农民都当上了果农时,他们才终于发现,当一个果农是多么劳累,多么辛苦;也才终于认识到,他们曾经多么无理地冤枉和委屈了李新安。

但那都是后话了。

李新安的工分被一再压低,以致低到不能再低的程度了。生产队分配口粮的原则有几条。其中很重要的一条是按工分分配——对李新安来说,这压低工分的办法就像给他脖子上套了一条绳索,把他勒得死死的。从此以后,怎么样吃饱肚子,就成了李新安全家人日夜面临着的一个大问题了!

李新安太热爱苹果了,他始终不服气,始终坚持着在果园里转,哪怕饿着肚子——但是他能饿着肚子,孩子们却不能跟着他也饿肚子。挨到最后,又饿又累又愧的他只好认输。

他卷起被褥,乖乖地从果园里搬出来了。

从果园搬出来以后,他曾经想开荒种点儿地养家糊口。

但这是走资本主义道路,坚决不许!

他转而琢磨着养两头猪,将来把猪杀了卖肉,换回几个钱度日子。

仍然不许!这是投机倒把,还是属于资本主义!

如果把这一切讲给今天新的一代听,他们一定会觉得这是天方夜谭。一个依靠劳动才能够生活的农民,却在某一个历史阶段中被限制得什么都不许做!连在自己家的院子里种棵果树都不行,连在自己家的院子里养只鸡卖个鸡蛋都不许!

一个耐人寻味的反差是,当时李新安所在的生产队里有个智障者,他每天只会闷着头干活儿。而且只会干那些掏东挖西的体力活儿。但是他挣的工分远比李新安多。由于工分挣得多,粮食分得也多,他的日子就远比李新安好过。李新安的妻子王兰畔目睹着这种情况,感慨之极地说了一句话:

精的灵的不得过,瓷尿腰里别着锞。

"瓷尿"是陕西土话,意指智商不高的人。"锞"指银锭。翻译过来,这句话大意是:聪明精灵的人日子没法过,倒是傻瓜日子过得很不错!

多少年后,李新安的女儿李秀芹回忆起那时的生活,为我念了她母亲说过的这句话,同时又添加了一句自己的话,那是一句既沉重又心酸的话。

她说:"政策把人弄成这,让人咋都没法活么!"

随着岁月流逝,李新安家的日子由远比他人强,降落到和他人一样,又继续降落到不如他人——为了多挣工分多分口粮,李新安的二儿子李蛇喜总共只上了四年半学,就被叫回家里劳动。李蛇喜个头小,只能在生产队里放牛,放了三年牛后,为了挣更多的工分,又被派往拓家河水库做民工。这一干就是10年。10年中,他老老实实劳动,跟着专业人员学会了测量画图,加上此前他跟着李新安学过打算盘,结果因祸得福,最终把他招成了水库上的正式工,以后又把他从水库调往县水电局工作。

李蛇喜至今难忘的是他到县水电局工作后,有一回父亲到县城来,是为家中那几十棵核桃树讨说法。当初那些核桃树是李新安亲手栽下的,入合作社时,按每棵树两元钱折的价,但只折算了一年。如今这些核桃树年年开花年年结果,生产队也年年都把核桃打下来卖钱,但就是没有李新安一分钱的事了。放在日子好过的时候,李新安可以不计较,如今日子过不下去,李新安就想论个道理了。

那回李新安到县城来见到儿子,不知怎么说起前些天他进到果园——需要说明一下的是,他进的是当初他顶着压力,硬着头皮种下的那些在洛川塬上具有划时代意义的果园。那些果园从前归他个人,如今属于集体——他用拐杖去够枝条上的苹果,想摘下一个吃,但是被人粗暴地阻拦并训斥了。

李新安很伤感。他说:"我栽下的苹果,现在不让我吃了!"

说这句话时,他两眼含着泪。

2008年,我在洛川召集李新安当年的旧友和弟子开了一个座谈会。主题是讲述洛川苹果的发展历程,也讲述一下李新安。

车绩玉告诉我,从前洛川一亩地只能打六七十斤小麦。那些家里牲口多,庄稼底肥上得足的,撑死也只能亩产近百斤。在这种情况下,种粮食是核心,吃饱饭是关键,谁还敢拿好地去种苹果呀!所以绝大多数人都反对李新安种苹果。最初李新安家地里栽种的苹果树长大了,枝杈伸到别人家的地里去了,常有人找他吵仗。可以说难得太,太难了!

车绩玉说,李新安家的日子从参加合作社以后就不怎么好过了。有相当一段日子，李新安家除了炕中间有一抹席，四边转圈就都露着土炕坯。在洛川，日子过到这样一种程度的人，就算是穷到家了。

车绩玉说，1975年，李新安的二儿子李蛇喜结婚，媳妇车秋爱就是车绩玉介绍的。农村结婚必须把亲戚邻居都请到，这就至少要摆十几桌饭。但是李新安根本拿不出这笔钱，于是李蛇喜结婚全部只摆了两桌饭。男方家一桌，女方家一桌。这种经济上的窘迫，不要说在阿寺村，就是在整个洛川县，都是罕见的！

而李新安的弟子们则告诉我，李新安提倡种苹果遭到别人反对，这都可以理解。令人不理解的是，一些人不仅打击李新安种苹果的积极性，还想出好多办法排斥和整治他。比如李新安从果园里搬出来以后，由于干不动重活儿，于是主动要求去给生产队养蜂赚钱。此后他风里来雨里去，长年养蜂。他肯钻研，又有养蜂的经验，所以蜂养得很好，对生产队的贡献很大。最能说明问题的是，他只养了一年蜂，就把原本的一窝蜂养成了三窝蜂。但是当他养蜂养出成绩和名气后，生产队一些人又开始不舒服了，逼着他把养蜂的"位置"腾出来。

李新安没有别的选择，只能交钥匙。

交蜂场钥匙的时候，李新安养的蜂已经由最初的1窝增加到40窝了。并且仅仅养蜂3年，他已经为村上交纳了8000多元收入和近3000斤蜂蜜。按理说，他给生产队作出了很大的贡献，但是人们却并不领他这个情。李新安养蜂长年在外奔波，不可能不吃饭。可是吃饭的钱从哪里来呢？只能从他卖蜂蜜的钱中来。所以他一边养蜂，一边卖蜂蜜，同时也按一天6角钱的标准给自己发放生活补贴。本来这都是天经地义的，养蜂是一个完全独立的野外作业，也是一个完全凭个人觉悟来实现的经济来往，如果他不说给自己发放了补贴，谁又能知道！可是李新安本质上是个老实农民，他把每天的生活补贴都一五一十地记在账本上，压根儿就没想过隐瞒。

他没有想到，这一记账反而记出问题来了。

交钥匙的时候，他把账本也一并交了。谁知队上一看他每天给自己发了6角钱，马上急了，让他把钱退回来。

李新安解释说：他成年在外面跑，不可能不花钱，并且这些钱都是他养蜂赚来的，是赚来的钱里面很少很少的一部分。

可队上根本不听他解释，只是坚决不答应。

那正是"文化大革命"闹得如火如荼的岁月，在那种特殊的环境中，有许多事情是讲不成道理的。李新安万般无奈，只好同意将这些花销变成自己的欠账，并且保证将来把这些欠账统统还清。那时的他早已不是当初的"小银行"了，而是饥寒交迫，连吃口白面馍都成为极大奢侈的一个半乞丐。在这样一种经济状态下，补交欠账对他形成的压力，可以说比泰山还重。

交蜂场钥匙前，李新安心情十分复杂，也十分激动。他说了几句话，是颤抖着声音说的。

他说："现在有些人对社会认真，对社会贡献大。有些人对社会不认真，对社会破坏大。破坏大的人把贡献大的人排挤压制了——行了，我不说了。我认罚。我日后把欠账慢慢补上，我现在把蜂场钥匙交了。"

说完这句，他不再开口，沉默着。片刻，突然又冒出一句："我把钥匙交了呀！"

几乎是喊叫出来的。

喊叫完毕，他掏出钥匙，放在桌子上，之后慢慢转过身，慢慢朝外走。一直走到大门口，才蹲下身子捂住脸。

他流泪了。

那次座谈，给我留下了很深的印象。座谈结束后，吃饭期间我和一位叫李忠智的人坐在一起。李忠智是李新安的忠实弟子和得意门生。一边吃饭，我问李忠智：李新安这一生中最委屈的是什么？

李忠智连想都没想就说：是吃不饱。

一句话把我说怔了。

李忠智以为我没听明白他的话，于是又解释说：他一天只吃两顿饭，就这还吃不饱。

这就更让我呆怔。

在我的想象中，李新安为种苹果遭了不少罪，后来"文革"中又被赶出苹果园，以致他不止一次地流下眼泪。类似的委屈还有很多很多。我原本以为，委屈是属于精神层面的东西，而李忠智的一句回答，让我突然发现，真正的委屈首先还是物质！吃不饱穿不暖才是人生最大也最本质的委屈，那些精神层面的委屈,是物质委屈派生出来——或者更准确地说,是在有了一定物质保障的前提下才得以存在和发展的!

那天,李忠智红着眼圈,声音发颤地对我说:李新安是饿死的呀!

这让我大大地吃惊。

我已经知道了,李新安逝于1983年,应当说那时候日子已经逐渐开始好过了,粮食已经有得吃了,他怎么会是饿死的呢?

继续了解,我才逐渐懂得了,李忠智说的这个饿死,不是那种直接的饥饿致死,而是由于长期的饥饿所引发和导致的死亡。一个非常能说明问题的例子是,十一届三中全会以后,李新安恢复了县政协委员的资格,他从县政协开会回来后,肚子马上就不舒服了,用他自己的话说:吃了几天好饭,不适应了!

是什么好饭呢?

当时的县政协开会,令人垂涎欲滴也羡慕不已的三条是:馒头管够,盘中有肉,菜里有油!

李新安已经完全不适应吃这样的"好饭"了。

我们可以想见此前他吃的都是些什么。

李新安的弟子们告诉我,那一段时间,李新安的生活实在是太艰难了。随着政治上的落魄,生产队一些人借机欺压他,给他分的玉米都是变质了的,给他分的小麦都是出了芽的,甚至是掺了糠的,以至于有一回过年,他硬是厚着脸皮四处向亲戚家借麦子。

这种情况一直持续到中国共产党第十一届三中全会召开。

十一届三中全会召开后,李新安和成千上万的人一样,摆脱了压力,重见到光明。不久,在老同学安肃的帮助下,他把自己由于养蜂欠下生产队800多元债务的事情写成材料,递到了时任洛川县委书记郭济的手中。郭济直接找到当时的林业局局长李林合,李林合对这件事情的来龙去脉多少知道一些,他直接拍板,要求用最快的速度处理好。

不久,林业局会同有关单位,明确做出决定:

一、通知永乡公社阿寺村大队全部免除李新安的800元欠款。

二、从1979年元月起,大队给李新安每天补贴一个劳动日,参与全年分红。

三、纠正过去"社教"和"文革"期间对李新安的一切不公正之词,弘扬他的务果精神,在政治上多关心他……

这之后,随着政治气候恢复了健康和正常,李新安又活跃起来。他先后被选为县人大代表和省政协委员,有了参政议政的席位。他心情激荡,壮心不已,为县上提出了许多有价值的建议。

遗憾的是,由于长期营养不良,也由于长年的积劳成疾,李新安的身体始终没有得到恢复。到了1983年初,他经常肚子疼,疼得实在无法忍受,只好住进医院。

这年春天,病中的李新安托人给李蛇喜带信:"医生说我的病和营养不良有关,需要补充营养。你得空了去买些油、面、鸡蛋,让我吃了补补身子……"

遗憾的是,当李蛇喜把这些东西买好送去时,李新安已经离开了人世——他是1983年5月2日去世的。这是全世界劳动者刚刚庆祝自己节日的第二天。

此前6天,李新安刚以省五届政协委员的名义向大会寄去了《关于洛川及渭北高原苹果发展的两点建议》,并在生命的最后一刻,给省政协写了一封亲笔信,希望将会议的文件资料转给他。

就此而言,他是在劳动中离开这个世界的。

1983年,那是中国刚刚走出"极左"阴影,正在努力摆脱贫困的时代,在那个时代,人们的生活已经好过得多了,但李新安能够想到的为身体补充营养的最重要的物品仍然不过是油、面、鸡蛋!而这三样,是任何一个正常家庭都应当享有的!

李新安去世后,有人写了诗歌悼念他,诗写得很长,内容很全面,兹录片段:

一九四七年,新安服役满;
驮回苹果苗,栽在自家田;
从此咱陕北,始有苹果园。

新安不满足，奔波搞宣传；
他要让苹果，甜遍渭北塬。
一九五六年，组建高级社；
新安任社长，首家搞果园；
一栽三百亩，气魄何不凡。
此后洛川县，果园大发展；
刚进六零年，面积已过万；
此后西北人，皆知李新安；
称他土专家，政协任委员。
一九八三年，新安把病染；
不久便逝去，官民皆凄然；
人民怀念他，葬他老果园，
老树坟旁立，似在忆当年。
凭吊满把泪，见树更肃然；
我今食苹果，岂能忘新安。

诗写得很平直，但不知为什么，当我读到它的时候，心里却一阵阵发酸。李新安去世的 1983 年，也恰好是党中央第一个"一号文件"得到贯彻落实并取得明显效果，第二个"一号文件"刚刚下发，中国农业正酝酿着新的突破和更大发展的时刻。弥留之际的他是否能够想到，他苦苦挣扎和苦苦企盼了几十年的好时光正步步走来；他是否能够感觉出，坚冰已破，春潮即临，他一生梦寐以求的夙愿从此将沐浴着灿烂春阳，在整个洛川塬上波澜壮阔地迅猛发展！

凤凰涅槃

细心的人会发现，1982 年中央下发的"一号文件"与 1983 年下发的"一号文件"没有大的不同。如果抛开最基本的肯定农业生产责任制以及那些细微和具体的内容,两个文件重点强调的都是一点:继续解放思想,把农业搞好搞活。

那正是中国农业起死回生的关键时刻,在那些日子里,由于新政策的推行和落实,几乎每天都有令人激动的好消息出现。形势前所未有的好。

但是具体到洛川,形势却非常复杂。如果再具体到苹果生产,那就不仅是复杂,而且是非常糟糕了。

用数字来说话:1978年到1984年的6年中——这是整个中国到处都在高歌猛进的6年——但就是这6年,洛川苹果的种植面积不升反降。由"文革"期间的4.1万亩猛降至3.6万亩。

整整降了5000亩!

之所以降,原因当然很复杂,但是最主要的原因却是由于政策给农民松绑了:自己的田地自己种,想种什么自己做主。

这一做主,农民就本能地回到种粮食上去了。

这几乎是一股无法抵挡的潮流,这又是一种长期饥饿之后的本能反应。多少年来,农民感受最深切的就是太苦了!这苦又是以吃不饱饭为主要特征表现着的!不需要任何倡导,也不需要任何引领,他们本能地开始大种粮食。

那几年,"以粮为纲"依然是主基调,是人们普遍接受、完全认可的经典。

可喜的是,中国政府再没有像从前那样用救世主的态度来训导他们,更没有用"阶级斗争"和"大批判"鸣锣开道,强迫农民服从政策,而是首先接受和认可着他们的自发选择,并在此基础上对他们进行因势利导的倡导和引领。

那一阶段,洛川的苹果种植事业悄无声息地绕了一个大弯子,甚至可以说走了一段回头路!

变化却没有仅仅到此!

实行包产到户不过一两年,老百姓的肚子就吃饱了。不仅吃饱了,而且家家户户都有余粮了。这些被饿怕了的农民本能地把余粮贮藏起来。贮藏的原则是韩信将兵,多多益善。一边贮藏,一边小心翼翼地对外保密,生怕政策又变。

足足有好几年，农民都怀着一种百倍珍惜好政策的心态，积极种植粮食和贮藏粮食。直到他们明确地感觉到，整个社会确实大大地变化了，从前那种可怕的饥饿恐怕真的不会再来了。在这种情况下，他们盼望着日子更好一些的念头就悄悄萌芽了。

于是苹果种植很自然地又成为大伙面前的一个议题。

早在1981年，洛川县就如何实现全县大发展进行过一场非正式的讨论。

当时绝大多数干部都倾向种烤烟。

彼时洛川的苹果种植面积达几万亩，在整个陕西省都是不折不扣的苹果大县。为什么不乘势而为，发展苹果？

首先，虽然土地都承包到户了，但果园仍然是集体的。这就使得不少人认为苹果不会给农民带来多大利益。尽管农民算起账来，都认为生产队里有果园和没果园是大不一样的，但是由于这"不一样"都淹没在大集体的范围中，是被平摊着的，以致许多农民无法产生对利益具体而真切的感受。

其次，在当时的历史条件下，人们仍然不敢想象腾出大片的好地来种苹果。人们想的是，苹果种下后，几年才能见效，如果一旦风云有变，该怎么办呢？

而种烤烟就不同了。各家各户去种，当年就能见效益。万一明年粮食紧张，还可以马上掉头改种小麦。

那时候人们刚从"文革"走出来，不管干部还是群众都犹存余悸，大家最直接的反应就是抓住机会，能种一茬是一茬。政策三天两头在变，长远的事情谁能说清楚？

就在这样一种左右为难，十分尴尬的气氛中，人们怀着且走且看、且看且干的态度，迎来了1985年。

1985年，洛川苹果整整6年的徘徊不前，使方方面面都感受到了压力。尽管烤烟和苹果之争仍然在继续，尽管实践还没有做出到底发展烤烟好还是发展苹果好的结论，但是一个眼前的现实是：洛川现有的几万亩苹果园怎么办？总不能让它就这样不死不活地往下拖？

其实，苹果园究竟怎么才能办好，大家嘴上不说，心里全都有数。粮食包产到户所取得的成绩就摆在大家眼前。

县委、县政府很快统一了思路，坚决把果园承包到户。

决定果园承包后，各村迅速行动，把承包果园的条件、应尽的责任、年底上缴的钱款数额，以及个人享有的权益统统公布出来，之后便稳稳地等待着农民站出来揭标。

令人大感意外的是，几乎没有一个人站出来揭标！

这和包产到户种粮食时农民的欢呼雀跃形成了强烈对比！

问题出在哪里？

出在农民心里没数。

如果说，几年前的农民是对政策没数，那么经过几年的实践，他们已经对政策大大地放心了。农民不敢承包果园，是对务果技术和产品销路没数——作为封闭状态下生活了几十年的农民，他们谁都看不清种苹果的前景到底是什么。一个最简单的例证是，粮食打得再多，都可以不愁卖。真正卖不出去，国家会比农民更急，国家会马上想办法帮农民卖。

苹果就不一样了。

没错，市场上苹果稀缺，但这是总体趋势，市场稀缺不等于你就能找到市场。作为远离市场的普通农民，他们对市场抱有一种天然的陌生和畏惧。在这种情况下，谁敢贸然承担风险！

不仅如此，有了苹果园并不等于就有了苹果的收获。风雨病虫，任何自然或人为的灾害，都可以让苹果大幅度地减产。拿冰雹来说，只需遭遇一次，就足以使果树两三年内不结果。尽管吹牛时谁都可以拍着胸脯说人定胜天，真要老天爷翻脸，谁敢去和它叫板？

但是毕竟时间已经进入 1985 年。

那一年，省果木研究所专门派出一批专家到洛川蹲点，蹲点的目的很明确，就是帮助洛川发展苹果。

一位叫李世英的村干部对我说：

"那时候省果树研究所的头头叫史连让。他下雨天跑到我家里动员，要帮我建个果园。我一听就急了，满打满算我家才分了十几亩地，拿啥去建果园？他说不建大果园，只建四五亩的小果园，这总可以吧？

"我勉强同意了。他又建议我去动员更多的人来种，说只有这样，才能把种苹果的事业发展起来。

"我就找党员和村民做工作。全村40多户人，同意种苹果的只有七八户。我就和史连让商量，领着村里人去眉县果树研究所参观，一边参观一边给大家讲种苹果的好处。连说带劝，总算在村里建起了160亩苹果园。本来还可以多建些，但是有人死活不同意。借口是没钱买苗子。其实当时生产队政策宽得很，可以出钱帮他买苗子，等于给他白送，就这还是不要。白送也不要！

"那时候别村也有计划发展苹果的，还提了个口号，'户建5亩园，大干三五年，收入上万元。'有人一听就撇嘴，'这咋刚过了几年踏实日子，大跃进又来了！还上万元哩，能上千元我都把他叫爷！'"

……

客观地说，1985年前后，且不说农民，就是大批的党政干部们，无论眼光还是胸襟，都远远谈不上远大和开阔。那时候大家不光对种苹果心中无数，而且对中国农业今后究竟会朝哪里走都心中无数。在这种情况下搞果园承包，确实举步维艰。

有人总结说，1985年洛川的果园承包，是在干部跑烂了鞋，磨破了嘴的情况下，勉勉强强地完成的。

谁都没有想到，果园承包的头一年，承包者就获得了空前的收益！

如果说承包的威力在粮食种植和棉花种植上得到了体现，那么如今在苹果种植上同样得到了体现。果园一承包，管理立即变得精心和细心了。从此，再不允许哪个人走进果园随意伤害果树。果农们都自发地钻研和学习务果技术。从前大集体时果园存在着的弊端，几乎一夜之间就全部被克服和改变。

1985年的中国，物资供应还极度匮乏。1985年的中国，又呈现着一种全方位的进步。人们无论对精神生活还是物质生活都充满了此前从未有过的大胆追求。洛川果园的承包者们惊讶地发现，在这样一个充满了激情和活力的时代，只要能够从树上摘下苹果，压根儿就不愁卖！

这年年底，当第一批果园承包者用粗黑的手指蘸着唾沫，一张又一张地反复细数钞票时，他们的表情几乎成为那个时代最具典型意义的定格：那张大张着的兴奋的嘴，怎么都合不拢！

艰难的步履

多少年后，洛川人还记得，那一年承包者家里几乎全都购买了电视机，而洛川县的沟沟坎坎、村村落落则普遍出现了一道此前从来不敢设想的亮丽景观：许多人不骑自行车了，开始骑摩托车。摩托车的牌子有两种：嘉陵和渭阳。

那一年，一斤秦冠能卖两三块钱。就这，还得走后门才能买到。

那一年，好多承包户一年下来，轻轻松松就成了万元户。

同样是那一年，差不多的农民都急眼了，再不用干部去动员，许多人就自动拥来，吵着嚷着要求承包果园。

也还是那一年，那些苹果的受惠者开始忐忑不安。

他们敏感地发现苗头不对。

那时的电视机是稀罕物，偏偏大伙儿又是那么喜欢看电视。每天黄昏，大人小孩全都拥到承包人家里来看。看着看着，有人骂了起来，越骂越难听。是在骂不公平：都在一个村子住，他妈的凭啥你那么有钱？

这还是住在同一个村里的乡邻，有七大姑八大姨的关系牵扯着。那些没有这些关系掣肘的，就更成为了众矢之的。

一位不愿意提供姓名的人告诉我：当初他们村一亩果园100元钱都没人承包，最后只好交给一个外地人承包。一年过去，承包见到了大效益，村里人顿时急了，纷纷要求将果园收回由自己来承包。可是承包是有合同的。合同是具有法律效益的，不是说变就能变了的。

但是急眼了的村民们早已顾不得这一切了，你不让我们自己承包吗？那好，当苹果成熟的时候，大伙儿一哄而起，集体冲进果园去抢苹果！

那一回哄抢苹果的事件惊动了民警，民警赶来强行驱散了村民。结果当天晚上，愤怒的农民掂着斧头跑进果园，硬是把果树砍了。一边砍一边发狠说：让你富让你富！树砍了看谁还能富？！

而另外一个承包人则被农民横眉怒目地堵在路上，坚决不许他进果园。最终逼得他夹起铺盖卷儿，灰溜溜地走了。

永乡乡东贝兴村——这是紧挨着阿寺村的一个村子。承包者承包了果园，其他人不服，强行冲到果园里，要求把果园分了。工作组为了维护承包人的利益，拦在中间。结果双方你吵我骂，又打又踢，闹得一塌糊涂。最后为了平衡利益，工作组征求大家意见，干脆实行轮换承包，起了个名称叫做"两轮换一定员"。

这种承包的实质，其实就是让全村所有的家庭都挨个轮到。

而这种"轮流坐庄"的承包，是一种变相了的大锅饭，也就注定了必将失败。

按理说，果园是生产队的，给你定出指标，你交够队里的，剩下都是自己的，这与安徽当年创造的大包干似乎没有什么不同。但是请注意，中央"一号文件"为什么反反复复要强调土地承包政策不变。不仅5年不变，10年不变，而且后来更进一步强化为三十年仍然不变！

归根结底，只有土地相对固定的承包，农民才会真正具有土地主人的意识，进而具有土地主人的行为！

而现在，果园年年换主人。所有的承包者都只当一年的主人。这就使得大伙儿根本不从长远出发来经营果园，而是无一例外地实行着一种掠夺式经营。他们对果园不投入成本，不精心管理，唯一死盯着的只是在自己承包期限内的最大利益。

这样一来，果农的积极性倒是调动起来了，但是在调动起积极性的同时，也充分调动起农民的破坏性。他们竭泽而渔，不计后果；狂扑滥打，捞够就走。

那一段时间，不少人变得很迷茫，对农村改革之路究竟怎样朝下走表示怀疑。

而另一些思想还迷恋从前"极左"的人，则抓住改革中出现的这些"弊端"，本能地批评新政策：

这就是走资本主义道路的结果！

事实证明，资本主义道路走不通！

步步深入的"一号文件"

好在，历史无情也有情。

尽管果园承包出现了那样多的问题，但洛川县委、县政府在坚决实行果园承包这个大原则上从来没有动摇过。

之所以不动摇,是因为此前几十年的经验教训明摆着。如果说城市里一些只从书本上获取着理论的人可以夸夸其谈地批评政策的话,那么他们则都是直接与农民、与土地、与百姓衣食住行打交道的人。他们非常清楚,如果果园仍然按照"一大二公"的模式朝下走,注定是死路一条。既然如此,就必须坚决改革。至于改革中出现了问题,那就根据这些具体的问题采取相应的对策,而绝不能退回到不改革!

而更重要的是,随着中央农业政策的步步深入和步步落实,整个中国农村已经发生了巨大的变化!正是这巨大的变化,以它无可辩驳的力量,为农业和农村的进一步深化改革奠定了不可逆转的基础!

现在,让我们回过头来看看,从1982年到1986年中央连续下发的5个"一号文件",都强调了哪些内容?透露出哪些信息?发生了哪些变化,又出现了哪些新内容?

1982年的"一号文件"指出:

截至目前,全国农村已有百分之九十以上的生产队建立了不同形式的农业生产责任制;大规模的变动已经过去,现在,已经转入了总结、完善、稳定阶段。

显然,建立和实现农业生产责任制,并使这些生产责任制度予以完善,使之稳定,是彼时最迫切最紧要的任务。

与此同时,文件中也还有一段话:

当前发展多种经营和商品生产,已成为广大群众的迫切要求,我们的工作必须紧紧跟上……即使在那些目前基本上实行分户经营的生产队,也应逐步量力而行地从事一些多种经营项目,如林场、茶场、果园、养殖场等,逐步发展专业分工和专业承包,逐步改变按人口平均包地、"全部劳力归田"的作法,把剩余劳力转移到多种经营方面来。

30年后细读这段话，我们不能不赞叹，尽管那时改革不过朝阳初露，前途未明，但党和国家的最高决策层却已经洞悉了中国农村的积弊所在，已经预见到中国农村未来发展的广阔前景，并以庄严的文件方式向人们透露出中国农村未来前进的目标和方向。

到了1983年的"一号文件"，对农业生产责任制的建立已经充满了一种经由实践检验后的肯定和自信：

联产承包责任制和各项农村政策的推行，打破了我国农业生产长期停滞不前的局面，促进农业从自给半自给经济向着较大规模的商品生产转化，从传统农业向着现代农业转化。这种趋势，预示着我国农村经济的振兴将更快到来。

事实有力地证明了中央的这个论断。

一年后——1984年，中国粮食生产取得了此前历史上从未有过的大丰收。在这样一个大背景下，农业生产责任制已经被农民所公认，"一号文件"的重点也不再仅仅围绕着责任制的问题，开始朝着更深入的方向伸展：

今年农村工作的重点是：在稳定和完善生产责任制的基础上，提高生产力水平，疏理流通渠道，发展商品生产。

时间进入到1985年，中央"一号文件"又在全年第一时间下发了。文件第一句话就充满自豪地指出：

我国农村经过五年多成功的经济改革，迎来了新的形势。农村广大干部群众革新创业精神空前高涨，正在为广开生产门路、发展商品生产而奋发努力。生产全面增长，主要农产品供应紧缺的状况有了很大改善，为农村产业结构的改革提供了物质基础。

请注意，此时已经将农村产业结构的改革提到议事日程上来了。而且提到了如此重要的一个位置上来。这是1985年中央《一号文件》全篇的第一章

艰难的步履
Jiannandebulu

第一段第一句。可以说是开宗明义的点题之句。

我们不能不认为，1985年洛川县态度坚决地对苹果产业实行这样一种大变革，与十一届三中全会以来的路线和最高决策层对农业的指导思想密切相关。

时间进入1986年。

为了促进中国人民的物质生活更上一层楼，在农业上，自新中国成立以来，中国竟然头一次主动减少了粮食和棉花的种植面积，进而倡导种植和发展其他各类经济作物。

还是这一年，尽管种粮种棉的面积减少了许多，也尽管遇到了很大的自然灾害，但是中国人民的吃饭和穿衣却没有受到丝毫影响。

也还是这一年，全国许多地方开始了对农业生产的进一步深化发展，也出现了许多前所未有的问题。这中间，自然也包括洛川承包果园出现的波澜。

应当说，基层变革中出现的问题被中央敏感地捕捉和发现了，这一年的"一号文件"，对农业改革和发展中出现的问题进行了针对性很强的指导和论述：

农村经济改革还远远未达到既定的目标。改革既要有破又要有立，完善流通体制和合作体制，调整产业结构，都还有大量的工作要做。这些工作做不好，改革就会有中断的危险。改革中遇到的种种难题，要靠深入改革来解决，后退是没有出路的。

在调整产业结构中，要正确处理粮食生产和多种经营的关系，粮食是关系国计民生的不可代替的重要产品，粮食生产必须得到切实保证。粮食又是低赢利的商品，农民要靠多种经营来补充收入，因此，粮食生产与多种经营必须统筹兼顾，密切结合，相互促进。以往单打一抓粮食生产，并没有达到更快增产粮食的目的，反而造成农村经济停滞的局面。近几年开展了多种经营，包括发展经济作物，发展林、牧、渔业，发展农村工业、建筑业、运输业、服务业等，结果，粮食增产速度大大加快，农村经济全面繁荣。

应当说，此时的洛川正处在苹果发展的徘徊阶段。无论是思想认识，还是具体措施，都处在新旧交替的关键时期。许多人至今都清楚地记得，那场纯粹认识上的争论并不复杂，却相当激烈。不仅县委、县政府在争论，而且基层干部甚至普通百姓也都在争论。当争论告一段落，洛川县委、县政府已经下定决心大力发展苹果时，问题却仍然没有完，矛盾也仍然不断地出现。

但是青山遮不住，毕竟东流去。在那样一个充满困惑更充满活力的时代，汹涌澎湃的进步潮流是谁也挡不住的。经过了反反复复的比较和实践，洛川在苹果种植上终于迈出了最关键的一步——像种粮食的包产到户一样，他们把苹果种植的权利彻底地交给了农民。让他们放开手脚在自己的土地上种植苹果，也在自己的土地上收获苹果。

应当说，洛川苹果真正大规模地形成气候，真正取得本质上的发展，是从中央第五个"一号文件"下发开始的！

转变观念真难

当我在洛川这片土地上采访以往时，我时常感到困惑。

直到2008年，洛川塬上最好的小麦产量也不过每亩地四五百斤，其他基本上都在三四百斤。玉米产量高一些，能打到一千斤——就算国家一个劲儿地给玉米提高收购价格，一亩地至多也就是卖个一千多元钱。再刨除掉成本，可以说所剩无几。

而苹果呢？

同期洛川生产的苹果基本上价格在两元左右。一亩果园产五六千斤苹果毫无问题。这样算下来，种粮食和种苹果的收入相差近10倍！

也正因此，洛川才流行着那句话：一亩园十亩田。

但如此巨大的反差，如此巨大的收益，农民当初为什么仍然不愿意种苹果呢？

前文已经说过，一个重要原因在于，栽植苹果树是不能够立竿见影地见到效益的。以富士苹果为例，它真正挂果需要五六年时间。真正要丰产，则要等到七八年之后。

农民等不及。

尽管干部们苦口婆心地劝导他们不能短视，要看长远；尽管政府部门一笔一画地帮助他们计算，认为种植苹果远比种植粮食划算，但是农民仍然怀疑，仍然犹豫，仍然在观望等待。

采访中，我接触了不少经历了20世纪80年代苹果发展初期阶段的人，提起当年的事情，他们都不由自主地发出了一声共同的感慨：真难！

难在何处？

如果说从前的难，难在粮食和水果之争，难在所谓的"思想路线"之分，那么改革开放以后，却难在老百姓的观念不好转变。并且这观念转变贯穿于苹果种植的全过程。无论体制转变还是技术改变，都波澜迭起，雷鸣电闪。

1986年，县上动员各村种苹果。彼时农民并不反对种苹果，但是他们一边种苹果一边想尽可能多地在苹果地里套种些其他农作物，尤其是多套种那些高秆农作物。这遭到了技术干部们的坚决反对。他们非常清楚，在苹果园里套种高秆农作物，会对苹果树的生长造成不利影响。于是动员农民拔掉。谁知农民坚决不拔。为了保证农民的根本利益，政府相关部门只好来了个"牛不喝水强按头"，组织技术干部们去硬拔。

有乡镇政府撑腰，农民不敢对技术干部们怎么样。只能远远地站在一边看。结果形成了一种很滑稽的场面：这边技术干部们在汗流浃背地帮助他们拔除高秆作物，那边农民在横眉怒目地破口大骂，从祖宗先人骂起，要多难听有多难听！

这还仅仅是技术改造的初期，围绕着洛川苹果的进步和发展还有非常多的工作需要开展。比如，政府为了使苹果增产农民增收，专门买来品种好的苹果苗送给农民，但农民却并不领情，反而对此持有一种极大的怀疑和警惕。后来，苹果苗栽进地里。以政府为主导的力量又通过各种形式去帮助果农们实施新技术，以便从改良品种，改造树型，疏花疏果、实现套袋等各方面与国际接轨，实现全面达标——尽管后来的事实证明，所有这些措施都是为农民着想，也都是为农民谋利益的，但是当这些措施具体地落实和执行时，却无一例外地伴随着农民激烈的不满。

这多么引人深思！

问题在于：不断地反对，不断地谩骂，不断地改变，这是一种多大的浪费和耽误！难道就不能举一反三，让变革的阻力少一点儿？难道就不能触类旁通，让进步的脚步快一点儿？

理论上应当这样，但事实上很难做到这样。

于是我们常常看见这样一种情况，改革是天经地义的好事情，改革也是给老百姓带来巨大实惠的好事情，可是改革偏偏不是在赞扬声中前进，而常常是伴随着质疑甚至谩骂声前进的！

继续思索。

有些问题，需要站在微观的角度去看。有些问题，则需要站在宏观的角度去看。

具体到种苹果对一户农民合算不合算，成本的投入能不能承受和负担？苹果种植技术可能不可能被掌握？苹果收获下来能不能卖得出？这一切都需要微观地去了解和具体地去兑现。如果政府或者上级领导部门离开了这些微观和具体的调查了解，单凭着自己的主观想象去制定政策和引领方向，那就是彻头彻尾的昏官！

但是苹果在全国范围内究竟呈现着一种什么样的状况？是供大于求，还是供不应求？本地苹果与外地苹果在质量上存在着什么差距？是比外地苹果差，还是比外地苹果强？是需要沿袭着从前的苹果品种迅速扩大种植规模，以便抢占规模生产的制高点，还是必须改变品种，以弥补本地苹果在质量方面的欠缺？所有这一切，都需要放开视野，着眼于宏观。在这些问题上，绝不能用"群众是真正的英雄"这样空洞的豪言壮语，去任由农民闭着眼睛蛮干。应当清楚，如果没有果农历经曲折却始终如一地走向并熟悉市场，如果没有政府科学而有力的支持和指导，苹果事业是不可能自然而然就壮大起来的。即使有，也只是偶然。

应当说，随着改革开放步伐的加快和加大，苹果市场的竞争已经越来越激烈。对苹果质量的要求也越来越高。如果说此前几十年中，洛川具有种植优质苹果的一切优势条件，那么到了20世纪80年代中期，无论是经济发展的需要还是果农们自身发展的需要，都已经对苹果质量提出了更高的要求。仅凭着自然条件的优势，是不可能实现这些要求的。苹果的营养构成怎么样？味道怎么样？甚至颜色怎么样？都已经成为竞争发展的必须。这既是市场经济给果农带来的压力，又是推动苹果产业向更高层次发展的动力。

可以说，改革开放后的洛川苹果事业，就是在这样一种曲曲折折的争吵和较量中前进的。

应当说，果农们最终还是认清了，政府所提倡，所呼吁，所帮助，甚至所要求的一切，都是对的。

于是伴随着80年代的消逝，也伴随着90年代的来临，洛川的果农开始以一种前所未有的自觉，也开始以一种前所未有的活力进步。

再下来，洛川的苹果事业开始朝纵深推进，朝规模发展，朝高端攀登。洛川苹果从最初分散的各家各户的种植和经销转向了专业化和标准化的生产。他们开始淘汰一批品质比较差的品种，引进和栽植一批优质品种。开始把当今世界最先进的环保理念引进到苹果生产的各个环节——尤其令人惊讶的是，洛川的果农们开始坐飞机前往日本参观学习——日本种植苹果有悠久的历史，日本更是优质红富士苹果的发源地。洛川的果农们主动赶往日本拜师……

老百姓很精辟地为洛川苹果所走过的道路作了一个总结：

40—50年代自由发展，星星点点。
60—70年代农场社办，果园村建。
80年代粮油不减，烟果各半。
90年代规模扩展，产业大县。
2000年后标准生产，迈向强县。

截至2011年底，洛川县共有人口22.3万人，苹果种植面积50多万亩，年产苹果76万吨，产值26亿元，农民人均纯收入8000多元。不仅如此，如今的洛川苹果已经取得了加拿大、南非等七国的出口认证，覆盖了全国28个省市，先后获得25个重大事项冠名权和160多项国内外大奖，"东盟十加三"已经连续三年在洛川召开苹果经营连锁会议，已经连续6年在洛川举办国际苹果节，并将洛川作为该会永久性会址。

一句话，经历了几十年的风风雨雨，洛川苹果最终走过了小打小闹式的折腾，而开始了大规模全方位的标准化生产经营。它已经不满足于省内和国内市场，开始挺胸抬头地走出国门！

伴随着这一切的，是洛川农民满怀着喜悦和自豪，稳步地摆脱了贫困，奔向了小康！

"大珊瑚"前的遐思

在本篇文章落笔之际，我专程去看了一下李新安六十多年前栽种苹果的那片土地。李新安就长眠在那片土地上。

那是一片郁郁葱葱的果园，也是一片非常普通的土地，顺着正处于盛果期的苹果树朝纵深走，一路上不时需要拨开果树的枝杈。抬眼四望，果树的枝杈都那么繁茂，以至于你根本望不到尽头。眼前是树的山，树的海。

走啊走，不知走了多久，脚步陡然停止，仰头看见了一棵大苹果树。

打眼一望，就知道这棵大苹果树不同凡响。

同行的人告诉我，这就是被阿寺村人称为"大珊瑚"的苹果树，是1947年李新安亲手栽下的！

我怀着一种肃穆的心情走近它：这是一棵粗大而苍老的苹果树，和周边那些年轻的苹果树相比，它的树杈已经失却了丰润和柔软，显出一种干枯和苍劲。那些弯曲的枝杈，仿佛一只只细瘦的胳膊，虽然痉挛着，颤抖着，却仍然竭尽全力，不顾一切地向高空伸展。伸展得那么努力，那么凛然！尽管风雨的剥蚀已经使它布满斑痕，尽管岁月的压迫已经使它皱纹满面，但是它仍然迎风挺立，睥睨群雄，铮铮锐气，昂首蓝天！

不知为什么，那一霎间，我竟觉得它完全不是一棵树，而是一个有着丰富感觉的生灵，它仿佛知道人们注定会来瞻仰它，因而摆出了一种狰狞而大气的姿态，那种姿态不是张扬却胜似张扬；不是呐喊却胜似呐喊；一霎间，它竟以一种刀劈斧削般的骄傲和卓绝，让我内心深处产生出一种无可言喻的震撼！

完全是一种下意识，我脑子里就冒出了唐代陈子昂那首有名的《登幽州台歌》：

艰难的步履
Jiannandebulu

前不见古人，
后不见来者，
念天地之悠悠，
独怆然而涕下。

为什么怆然？为什么涕下？

有感觉，却说不出。

平心而论，洛川苹果能够发展到今天，绝不是李新安一个人的作用。甚至不是单纯的哪一届县委县政府的作用。从大处讲，这是党的十一届三中全会以后制定了一条正确路线的结果。从微观处说，这是洛川人民在各届县委县政府的组织领导下，埋头苦干的必然。

但是又不能不说这一切与李新安有关。

生活就是这样，尽管我们总体上坚信凡事都有个客观规律，但这绝不排除生活中出现的意外和偶然。如果没有李新安在河南灵宝当兵时偶然参与了苹果种植；如果没有屈栋子嘱咐他驮着苹果苗子回洛川栽种试验；如果没有他拧着脖子百折不挠地推广宣传，今天洛川农业种植的格局会是什么样的呢？

可以有许多种推理，也可以有许多种假设，但是所有这些推理和假设，恐怕都不会与苹果沾边。

不是说种植苹果就绝对好，更不是说种植粮食就一定不好，问题只在于，在20世纪80年代改革开放的这个历史阶段，中国缺的不是小麦的种植大县，不是烟业的种植大县，甚至不是其他各类植物的种植大县，缺的恰恰是水果种植大县。在这样一个特定的历史环节中，洛川找准了自己的发展切入点，进而使百姓受益，富裕加快。就这一点而言，洛川苹果的创始人李新安功不可没，善莫大焉！

我想，当初李新安用毛驴驮着苹果苗从灵宝回到洛川，那时的他无疑意气风发，坚定豪迈。不能说他在种植苹果的道路上没有过失败，也不能说他所做的一切都是大公无私，但是在总的方面，他无论说的做的，甚至咬紧牙关含羞忍辱地承受的，却不折不扣地是为乡亲们造福，是为洛川塬奉献。

但乡亲们是怎样对待他的呢？

一位叫车新华的作者曾写过一篇文章:

阿寺村人是很幸运的。因为李新安,这里成为洛川苹果的发源地;因为有了李新安,这里的人最早接受了商品经济的洗礼。早在七十年代初就用发电照明,用上了洁净的自来水。史料可稽,1962年—1978年,该村苹果总产量达403万斤,最高年份时全村果园400多亩,产量达50万斤。在大集体时期,该村农业机械整天机声隆隆,每个劳动工值2元左右,家家户户有存款,年分红两三千元的也不少见,邻人望尘莫及。

阿寺村人也是很不幸的。因为他们并没有珍惜和爱护他们的李新安,更没有维护和弘扬好"新安精神"。客观地讲,由于受"极左"思想影响,李新安老人在世的时候,受到了一些不公正的待遇。作为洛川苹果的引进人,他多次受运动冲击,曾一度被驱出本该属于他的苹果园。长期的精神压力和过度劳累,使他身心交瘁,过早离世,留下历史的遗憾!更为遗憾的是,在以后的岁月里,在洛川苹果发展的各个历史阶段,阿寺村每每落伍,渐渐从人们关注的视野里淡出。

其实,不仅仅是怎样对待李新安,在洛川苹果发展史上焕发出巨大光彩的人还有许多。比如路张定,比如羽自翔——他们都是洛川早期发展苹果的先驱,都是洛川苹果能有今天的功臣。遗憾在于,这个结论是在时过几十年后,洛川人民才逐渐看清并认可的。

今天,洛川人民慷慨地给李新安建设起广场,慷慨地给李新安矗立起雕像,这是对李新安的一种缅怀,更是对李新安的一种肯定,只是所有这一切都已经成为往事,成为过去。

这多么遗憾!

站在阿寺村翁郁的果园旁,我心里不由得泛出许多问题:为什么洛川的苹果在20世纪80年代、90年代,一直到今天,能够以一种旺盛不衰的势头持续地得到发展?为什么改革开放前,洛川的苹果尽管也在发展,却发展得别别扭扭,曲曲折折,始终迈不开步子,形不成声势,得不到提升?

难道改革开放前,各级政府不支持苹果事业?

显然不是这样的。

早在李新安种植苹果之初，就轰动了整个洛川塬，轰动了整个延安地区。也正因此，许多农民纷纷拥来请教取经，这中间包括许多身负要责的领导干部。比如最早的黄龙地委书记郭景龙、延安行署专员白恩培，以及后来的洛川县长刘志敏、郭济等等。可以说历任领导，尽管程度不同，却都对李新安予以了真诚的关注和关心。不管彼时社会上泛滥着多么严重的"左倾"思潮，但是在李新安的问题上，各级政府和各级领导对他始终是尊重和支持的。

有如此之多的尊重和支持，李新安的苹果事业为什么还是发展不上去？

想来想去，核心还在于政策。

无怪乎我在采访中，有人感慨地对我说：政策是万善之首！

问题在于：除过政策，还有没有其他原因呢？

人民需要教化和引导

为了详尽地了解李新安种植苹果的经历，我曾经独自前往河南灵宝的焦村一带采访，我很想知道，当初那里是一种什么样的情况？为什么那里会率先发展起来苹果种植？李新安在那里又得到了什么样的熏陶和培养？

那是一个下雨天，当我乘坐火车到达灵宝，又在灵宝火车站换乘中巴车去焦村时，一路上很用心地观察着周边的一切。

我看见路旁有一个新建起来的商贸广场，问车上的乘客，他们告诉我，这是工生广场。

工生广场？如此耳熟！

想啊想，终于想起来了，在洛川采访期间，几位当年也跟着屈栋子去灵宝当兵的洛川人都提到，当年李新安在灵宝学习苹果种植时，就是在工生果园。他是跟着李工生的儿子学的。他们还告诉我，李工生从1912年就开始引进和种植苹果，可以说他是河南灵宝甚至整个中原地区种植苹果的开山鼻祖。

如今这个工生广场，会不会就是以李工生的名字命名的呢？

我问身旁的乘客。

回答得很肯定：是，就是以他的名字命名的。

于是我下车后，专门去了一趟工生广场。

工生广场不大，是一个非常普通的商贸广场，无论规模还是气势都远比不上洛川的新安广场。唯独和洛川新安广场一样的是，广场上也矗起了一座雕像，是李工生的雕像。

雕像背面有一段碑文：

李工生，灵宝焦村人。原名耀荣，后改工生。1912年毕业于北平高等筹边学堂蒙文系。1927年在自家的桃园里栽种苹果，1938年又从烟台、青岛等地引进苹果良种，惨淡经营，终于培植成功，并极力在全市推广，还为外地代培苹果栽培技术人员，使当时的灵宝苹果在陕西的洛川县及西北地区、中原大地得到了大面积推广，为中原乃至西北地区苹果产业的发展，作出了不可泯灭的贡献。

公元2003年10月1日焦村镇政府立

后来我又了解到，由于李工生生前没有留下任何相片，因此焦村镇政府为他塑像时，感到很为难。最后只好找到他的大孙子李兵相，根据李兵相的模样塑造了这样一座雕像。

再后来，我更了解到，李工生从北平念书回到灵宝以后，到处宣传三民主义，动员妇女剪发放足。那时候大户人家的女人不出门也不下地，他就首先动员自己家里的女人们都下地劳动。他家地多，有时候碰上夏收，麦子收得差不多了，剩下一些麦子他就不再收割，为的是让那些吃不上饭的人去割。所以当地一些人说他是大好人，也有一些人对此不屑，说："书把人念傻了！"

李工生的碑文语言平直，叙事客观。其中最让我感兴趣的有两句话：一句是他"为中原乃至西北地区苹果产业的发展，作出了不可泯灭的贡献。"——这是对他的肯定，也是对他的夸赞。

而另一句则略有不同，说他"从烟台、青岛等地引进苹果良种，惨淡经营。"

按理说，一个人逝去后，悼文一般都是歌功颂德，都把他的"过五关斩

艰难的步履

六将"写够写足，而不会去写他的"败走麦城"。尽管"惨淡经营"这四个字算不上什么不恭，更谈不上揭短，但在李工生过世几十年后、在苹果已经辉煌发展起来的今天，有必要这样写吗？

如果这样写，那么有一点应当是肯定的，李工生培植苹果相当艰难，他走过了一段极不寻常的道路。

后来当我在焦村采访了几天，我才真正理解了这四个字的含义。李工生家境很好，否则他不可能千里迢迢地到北平去念书。但是由于种植苹果，他的家庭经济也曾一度非常困难。和李新安一样，他在引进苹果、宣传苹果、推广苹果的过程中，遭遇了好多波折，他是在不断失败，又不断开始的反复中积累出经验和开拓出道路，并最终将苹果事业在河南西部和黄河两岸发展起来的。如今，当我走在焦村以及焦村四周的土地上时，我看见这里和洛川一样，满眼全是苹果树。仅从规模上看，苹果应当是这里农民一个很重要的创收项目，苹果给这里的老百姓带来的福祉是不言而喻的。

在工生广场，我找了几个人搭讪，想询问一些有关李工生的事情。但是已经没有任何人知道他了。只有一位年纪约有六七十岁的老者，说起李工生直点头，说他没有见过，只是听说过。听说李工生思想进步，观念新潮，学问渊博，总之，品德高尚，形象高大。

那天，和在洛川采访李新安一样，李工生也给我留下了美好的印象。

按照逻辑，能够给人们留下美好印象的人，不说值得推崇，至少应当受到普遍的尊重。

遗憾的是，生活似乎不是按照应有的逻辑发展的。李新安确实受到过应有的尊重，但起码在相当一段时间内，他又被极不尊重。否则他何以在五六十岁的高龄时，仍然常常泪流满面！

李工生呢？

或许，这个假设很荒唐，因为早在1942年，李工生就去世了。

但是李工生去世了，他的后代还在。当初李新安在灵宝学习苹果技术，就是跟着李工生的儿子学习的。他的儿子们后来怎么样了？

我最初在焦村寻找李工生的后人时，完全是由于想更多地掌握写作素材，也完全是想通过他们更多地了解到李新安的情况。我没有任何线索，也没有任何熟人，只是抱着一种撞大运的想法去寻找。我首先找到镇政府，又通过镇政府的人找到焦村。费尽曲折，最后总算在村里找到了李工生的孙子李高奎。

李高奎是李工生二儿子李世桐的孩子。打眼一看，就感觉这是一位老实本分的农民。

在李高奎家采访了两天，又通过他的牵线，采访了其他几位知情者。那些天，我每天都忙忙碌碌，东奔西跑。农村的道路有些已经通了班车，有些还没有通班车。通班车的地方我就坐班车去，不通班车的地方我就雇摩托送我去，实在不行干脆步行。就这样风风火火地采访了几天，自以为把能够搜集到的有关李新安的情况搜集得差不多了。

一切就绪，我回到灵宝城区宾馆，将到手的材料进行初步的整理——就在我正收拾行装准备返程的前一晚，李高奎突然打来电话，说他有些事想和我说说。

我问他什么事？

回答：电话里不好说。是我家里的事情。你要是有时间，咱俩再聊聊行不行？

用了一种很礼貌也客气的语句：行不行。

这符合他的性格。

于是第二天一早我又去了他家。

完全没有想到的是，李高奎是想让我帮他申冤。

他有个错误的理解，认为我是个能写文章的人，既然能写文章，那无疑和报社刊物什么的有联系；既然和报社刊物有联系，那么也就一定有渠道能够通到"上面"，于是他就很想让我帮他申冤，起码让我帮他出些主意。

我问他到底是什么冤情？

他不知该怎么开口，犹豫了一会儿，开始为我介绍他家族的情况。这些情况我已经基本上清楚了。新中国成立以后，李工生家里的果园归了公，变成了灵宝园艺场。李工生的大儿子李世坤和三儿子李世伦都在园艺场工作。园艺场不归村里，直接归县上。所以和村里的事就牵扯得少。李工生最小的儿子从西北大学毕业后，分配到陕西省总工会去工作，以后下放到延安，最后还是回了省工会，等等。

正当我听得云里雾里时，李高奎的话转入正题了。

他说：

"给你说这些的意思是什么？是说家里人能走的都走了，留在村里的李工生的后人只有我父母亲了。

"我母亲是穷人家出身。小时候吃不上喝不上，家里养活不了，才把她早早送给一户姓陈的人家。姓陈的人家把她养大，又让她跟我父亲结婚成家。没想到这一来她就倒霉了。

"为啥倒霉？就因为我爷爷务苹果。务苹果开始亏了本受了难，这些没人说。后来务成了赚了钱，这就有人说了。这一说就了不得，一直连累到他的后人。结果我父母亲就因为有这么个务苹果的老人遭了大罪！"

那天李高奎给我讲了很多。讲得非常实际，非常客观，也非常沉重。他不是个善于表达的人，但是通过他丝丝缕缕的讲述，我对新中国成立后河南农村的情况还是增加了些了解。

但那都是另一层面的内容了。

李高奎想申冤的是他家庭在"文革"中的悲惨遭遇。由于这些事叙述起来需要花费很大的篇幅，更由于一些特殊的原因，这些事不宜在一个很大的范围内扩散，因此我不细述。我只能说，那些迫害李高奎一家的人，都是顶着"革命派"的帽子，打着"革命"的旗号进行的，但他们做下的事情却天理不容，连禽兽都不如！尽管这些事情已经过去了几十年，但李高奎讲起往事时，仍然止不住流泪。讲到最后，60多岁的他，竟哭得呜呜咽咽的！

那天，李高奎情绪平静下来以后，说了一句让我内心深感震撼的话——"据我知道，当初为发展苹果出了力的人，最后的下场都不好！"

李高奎说这些话只是就事论事，他绝没有含沙射影，也不可能顾及其他。毕竟，他是在一个相对封闭的农村里务苹果；他的文化有限，视野有限，只能就他周边看到和听到的人和事来说。可是我已经从洛川围绕着苹果的发生和发展采访了一大圈儿。我惊讶地发现，李高奎这句话假设套用在洛川发展苹果的人身上，竟然如出一辙！

李新安发展苹果时，洛川县流传着好些民谣。其中有一段民谣说：

李新安图说哩。

李国杰图阔哩。

路张定图多哩。

羽自翔图做哩。

意思是说，李新安宣传的多，嘴上不停地说；李国杰大手大脚地做；路张定则是拥有苹果种类最多的人；而羽自翔是最埋头苦干的人。

四个人是当时苹果种植的代表人物。这四个人中，除李国杰家在黄陵县，我没有去采访。其他三个人我都去做了些了解。

先说路张定。

路张定是洛川县槐柏镇槐柏街村人。1951年，当他得知李新安种植的苹果树已经挂果后，也决心种苹果，他翻沟越梁地去阿寺村找到李新安。当时一升半麦子才能换一棵果苗。路张定种苹果心切，他请李新安帮他培育一批大些的果苗，议定两升麦子换一棵。

李新安问他要换多少棵？

回答至少一百棵。

这让李新安大吃一惊。

想想看，一百棵果苗需要两百升麦子呀！

路张定只是个普普通通的农民，他哪里有能力生产出这么多的麦子！明摆着，那是他咬着牙赊账赊来的。

头年冬天议定，第二年春上兑现。兑现时还发生了一个小插曲，路张定是牵着一头毛驴去阿寺村驮果苗的。由于果苗驮得太多，路上又催赶得太紧，结果竟将毛驴活活累死了。

长辈们瞪着眼骂他：好田栽烂树！你吃啥呀？连驴都让你累死了！12石麦就让你连眼都没眨一下给毁了！你说你不是个败家子还是个啥？

所谓12石麦，是指一头毛驴需要卖掉12石麦子才能买来。

不仅长辈不理解他，连妻子都不认同他。旱塬上苹果苗易栽难活。为了不让果苗旱死，路张定经常去两公里外的沟下挑水，一挑就是大半天。后来他干脆在果园里搭了个小棚，直接睡在里面。一待就是三年。结果家中孩子得了病也没有时间去照顾。

后来孩子生病死了。

需要说明的是,病死的孩子不止一个。掐指算下来,路张定光夭折的孩子就多达7个!

不能说这7个孩子统统是由于他务苹果才夭折的,但是大多数孩子的夭折却都与他专心果事有关。就因为这,路张定的妻子整天和他吵,恳求他不要再务苹果。路张定坚决不听。结果妻子又急又气又委屈,最后得了精神病!

路张定付出了如此大的代价,得着点儿收获是应当的吧!

但是无论是"社教"还是"文革",凡运动一来,村里头一个批斗的就是他。其中最精彩的一幕是"文革"中省上派下来一个路线教育工作组,工作组由各路人马组成。其中主要成员来自西安。工作组在村上组织起群众,大张旗鼓地批斗路张定,义愤填膺地声讨他大栽苹果树是"走资本主义道路"。等批斗结束,工作组组员临回西安前,突然想起苹果太难得了,应当买一些带回去。谁知正值冬天,村里的苹果早已经没有了。路张定家院子里的苹果树最多,于是工作组托村上的贫协主席找到路张定,希望路张定卖给他们一些苹果。

路张定是个老实人,一听这话,竟不知该怎么办了。倒是他的儿子头脑很清楚,当时就愤怒地吼叫起来:"不卖!这是走资本主义道路!打死都不卖!你们不要引诱我爸犯错误!"

再说羽自翔。

羽自翔是洛川县杨舒乡尧雪村人。

羽自翔18岁被拉壮丁。新中国成立前夕他跟随部队起义,参加了共产党。他是在东北的辽南半岛见到苹果的,当时既惊奇又喜欢。新中国成立以后,他回到家乡,得知李新安在种苹果,就也种起了苹果。

和李新安一样,他种苹果时遭到家里人激烈的反对。他要栽,他四弟要拔。结果一个栽一个拔,最后竟动手打起来。多少年后,两个亲兄弟还是见面不说话。

羽自翔咬着牙,坚持走自己的路。后来他成为洛川县远近闻名的"苹果专家"。

和李新安、路张定几乎一模一样,"社教"和"文革"中,他也被村里人从果园里赶出来。赶出后,由于果园管理越来越糟,又被赶回去。也还是和李新安、路张定一样，他同样没有能够逃脱被批被斗和成为"黑七类"的厄运。有一回他的哥哥死了，他得知消息，急急忙忙赶去帮助料理丧葬。结果违犯了"黑七类"不管到哪儿去都必须事先请假的规定。就为这，当时正在村里下乡的北京知青把他叫去，不问青红皂白就是一顿猛打。

有一回，村里又在批斗他，恰好时任洛川县副县长兼杨舒乡党委书记的王耀山来到村里，王耀山看不下去，长长地叹了口气，说了一句："羽自翔对你们村是有大贡献的！不是他，哪个女子愿意嫁到你们村来！"

一句话把许多人说傻了。

"文革"期间，羽自翔被戴上高帽子游街，大会小会轮番批斗。1973年他戴着政治"帽子"受命去帮助别人剪枝。说不清是有病，还是郁闷的心情使然，他从果树上一头栽下来，第二天就闭了眼。

还有几位，也都命运相同。

从前说天道酬勤，说功夫不负有心人。而生活却反复在证明，成功者难以善终，勤奋者不得好报。这到底是怎么回事呀？

毫无疑问，改革开放前的几十年中，我们一直在宣传贯彻的那套"左"的东西极端错误，也实在可怕。关于这些，尽管现在仍然还存在争论，仍然还有不同的认识，但是只要抱着一种客观求实的态度，该怎样看待那些"左"是不言而喻的。

问题只在于，除了路线和政策上的"左"，就没有其他因素了吗？

从前，我们常常说我们的人民是多么伟大，可是如果没有一个相当数量的人在推波助澜，如果没有一种群体的喧嚣形成思潮和力量，"左"的那一套东西怎么可能被推到那样神圣不可侵犯的高峰呢？那些禽兽不如的人又怎么敢大摇大摆地公开作恶呢？

公正地说，在那些人为制造出的极端恐怖的环境里，许多人并不缺乏良知，他们是敢怒而不敢言。

可是又是什么形成了这样一个令人害怕的大气场呢？如果没有一个以量为基础的群体疯狂，这种大气场可能不可能形成？

这就不能不说到中国人普遍存在着的两种人格缺欠了：嫉妒、跟潮。

在中国，嫉妒是那么有市场，那样无所不在。把话再朝深处说，中国多

艰难的步履

少年来无论宗教还是正式课堂的教育,乃至社会习俗耳濡目染的影响,都缺乏对嫉妒这一根深蒂固缺点的健康教化,于是"极左"思潮一出现,就非常自然地成为发泄嫉妒的载体,也非常自然地适应了嫉妒心理的需要。于是在"极左"思潮的庇护下,我们民族原本极需改造的畸形心理和不洁人格不仅没有得到改造,反而变本加厉地走向极端,这种嫉妒的疯狂发泄,无论对他人还是对整个社会都形成了一股巨大的破坏力量。

而跟潮就更简单了。当一个人被打倒,其他人根本不思考。别人唾他,自己也就跟着唾;别人打他,自己也就跟着打。

想想看,李工生一家为什么会落到这样一种下场?李新安为什么会落到那样一种下场?羽自翔、路张定等人又为什么都落到了那样一种下场?

车绩玉告诉我,当李新安"文革"中被排挤出果园,又处处受到刁难时,他看不下去,直骂:"把你妈的,你们还整李新安哩!不是李新安,你们还能穿皮袄?还能在人前抖?"

问到李新安为什么"文革"中会那么受难时,车绩玉说:"省上市上好多人,一来洛川就寻李新安。这就有人不舒服。你想么,人的心眼儿有时候小得很,一看李新安风光,就变着法子让他不好过!"

临离开灵宝的前一天,我又专门到焦村的土地上去走了一圈儿。

那天,我走在黄河岸边这片开阔的土地上,不知怎么回事,满耳竟全是李高奎呜呜咽咽的哭声,这使我内心的思绪竟像关不住的闸门,呼啸而出,喷涌难绝。

我想起来到这片土地上耳闻目睹的一些事情。"文革"中灵宝一个大队革委会主任,竟把一个成分高的人家不满20岁的女儿强奸了,女儿的母亲得知消息,当天就疯了——如果说地富分子存在着剥削问题,因此可以绑起来打可以吐唾沫骂,算是以血还血以牙还牙。那么他们的子女犯下什么罪行了吗?

没有。

既然没有,为什么他们要受到如此残酷的牵连?为什么要对他们如此不公?

问题如果仅仅于此,那我就真的不值得写下这段文字了。问题的真正可怕在于:当我在焦村采访时,另一个情况让我愕然:70年代末邓小平复出以后，大刀阔斧地给地富摘帽，谁知这竟引起了社会上相当一批人的抵触和反感。以灵宝为例，当时有许多人跑到政府去闹，他们理直气壮地质问：怎么能给他们摘帽呢？阶级斗争还搞不搞了？这不是地富翻天是什么？不是资本主义复辟又是什么？

如今年轻一代已经完全不了解甚至无法理解了，有相当一段时期，出身和成分是多么可怕地压在许多人头顶。

我曾经看到一篇文章，作者不知是谁，文章题目是《解放》：

1978年，我的大儿子出生，我去为他报户口。

那年报纸上已经说，今后小孩的"家庭出身"栏可以按照父亲的工作情况填写，当时我是工人，所以我的儿子可以算工人家庭出身，这可是一个响当当的家庭出身啊。

然而，当我要求派出所民警按这个原则填写的时候，却遭到了拒绝，理由是"我们没得到通知"，于是按照当年一代一代往上查的惯例：我的父亲的"家庭出身"是地主，那么我的儿子这一栏也只能填地主。当时我真的是崩溃了：我已经莫名其妙的背了半辈子的地主名分，现在我的儿子还要继续背下去！

还好，到1980年第二个儿子出生的时候，情况有了完全的改变。那年给二儿子报户口的时候，由于有了前面的例子，我根本就没有抱任何幻想了。没有想到的是，当时民警只是口头问了一下"你的工作是什么？"这时我已经调到小学当老师了，我如实回答之后，他在"家庭出身"一栏爽快地填写上"干部"二字。当时我都傻了——干部家庭出身，这可是比工人还要"硬"的出身啊。于是我试探着和他商量：我大儿子的出身栏是不是也可以改一下？他二话没说就给改了过来。

这一年，我真的感到了什么叫"解放"。

彼时洛川怎么样，我没有了解。

但我相信，全国到处都有这样的人！到处都有这样的事！

其实，当你真正了解到这些情况，真正去思索这些情况，你就会对洛川苹果长期以来得不到迅猛发展的原因有所恍然。在相当一段时期内，中国事实上形成了一股思潮,那就是你不能比其他人强。体现在政治上,是你尽量不要比他人出风头;体现在经济上,是你千万不要比他人富有。

当初李新安种了苹果,手里有了几个钱,于是不少人就认定他应当多交公粮。最后也果然给他定的是交 70 石小麦。他交不起,结果差点儿被法办。后来多亏事情调查清楚了,免了他的"罪责",但是这根本没有算完;等到"社教"一来,他马上又差点儿被定为富农成分。尽管后来仍然没有定上,但是他"走资本主义道路"这条罪状还是成立的。等到"文革"降临,所有的一切都终于全面兑现。

如果单纯从现象上去看,李新安的日子越过越穷一定会有具体的原因和理由。但是如果站在一个宏观的角度去看,你就会发现,有了那样一段富裕的日子,有了那样一种不允许他人比自己富有的社会思潮,他的日子就只能变穷,必然变穷。假设他自己不变穷,那么就会有强大的社会力量来迫使他变穷!

问题在于,如果富裕了就是罪过,富裕了就要遭受歧视和凌辱,谁还敢富?

一个形成了鲜明反差的现象是,当李新安被赶出果园时,当李工生的后代被轮番批斗时,无论洛川还是灵宝,苹果种植仿佛也受到了批斗,竟完全同步地弯腰低头,偃旗息鼓。而当李新安的雕像在洛川矗立起来,李工生的雕像在灵宝矗立起来,这两个不同地区的苹果种植竟也宛若雕像一样,立即恢复生机,开始蓬蓬勃勃地发展起来!

说到底,雕像只是一种形式,通过这种形式,人们看到了党和政府在肯定劳动光荣,在倡导勤劳致富。于是在这种肯定和倡导中,所有那些长期处于压抑状态的精力和能力,顿时就被激活,顿时就焕发出巨大的能量来!

人民是淳朴的,善良的,智慧的,是应当受到尊重的。

但人民又是需要教化,需要引导的。

从 20 世纪 80 年代开始,中国经历了一段历史上极其罕见的经济上高速发展的时期,20 世纪 80 年代同时也是中国历史上极其罕有的一段政治上的清明期,它还是中国共产党进行拨乱反正以后充满蓬勃朝气、正集中力量朝前冲锋的青春期,在那一个历史转折的关键时刻,党的思想引领和政策措施都非常明确,非常准确,非常出色。

这其中最具代表性的就是历年来连续出台的《一号文件》。

毋庸置疑，洛川各届县委、县政府都会有一批能力强些的干部，也都会有一批能力弱些的干部；都会有一批指导思想正确些的干部，也都会有一批指导思想稍有偏差的干部，但是中央的《一号文件》——这是当时引领广大干部和农民群众统一思想的"定海神针"。正是在《一号文件》这样一个好的平台好的基础上，洛川县各界干部在面临着各种不正确的思潮时，不仅没有后退，反而更加积极也更加旗帜鲜明地鼓励和引导农民种植苹果。他们不仅没有打击农民富裕起来的积极性，反而采用各种方式鼓励农民通过种植苹果而更多更好地致富。当他们认识到必须进一步破除从前那些束缚手脚的框框，以便进一步地解放农民生产的积极性时，他们又适时和果断地采取了措施，把果园像此前种粮食的包产到户一样，彻底地分给和交给了农民。

农民一旦成为了果园的主人，洛川苹果的大发展就是注定的了！

此前，人们常常说"无农不稳，无工不富"。如今，洛川的农民根本不种粮食，却人人都有吃的，而且全吃的是当年李新安说的"细罗面"；洛川农民没有拥挤着去从事工业，却同样满怀自豪地步入了小康的生活。尤其令人欣喜的是，苹果种植是涵盖了整个洛川塬50多万亩土地的大产业，这项产业又是一个能够让最广大农民普遍受益的大事业！完全可以说，依托着苹果产业的洛川农民，是手拉着手，肩并着肩，以一种群体列队的方式步入小康的！

这实在令人振奋！

结束洛川的采访时，正是天空湛蓝的秋天。

抬眼四望，果农们正在收获苹果。远远近近的苹果树都挂满了色彩鲜艳的果实。那情景，比电影拍摄出来的更生动，也更壮观。

同行者告诉我，现在何止洛川，仅苹果种植发展得蓬蓬勃勃的还有宜川、白水、旬邑、长武、铜川的印台区，以及澄城、乾县、凤翔等一大批市县。陕西省境内仅苹果种植面积超过30万亩的就有十几个县。

更惊人的是，不仅渭北高原，并且整个黄土高原上都开始了苹果种植的事业。

他们告诉我，改革开放以来，苹果——也包括其他水果的迅速发展，是陕西农民增收最多，效果最好，促使农村和农民变化最大的一个产业。

他们问我：你写"一号文件"，是不是应当到这些地方来看一看？

第四章 黄土高原上的绿色革命

安塞腰鼓与陕北老黄风
越穷越垦越垦越穷
这究竟是什么逻辑
吴起的破冰起航
郝飚和他的一班人
历史的机遇
绿色的希望
有作为才能有地位
让几亿农民受益
需要一代人甚至几代人的持续努力

安塞腰鼓与陕北老黄风

30多年前，我没有去过陕北，却对陕北充满了好奇。

有同事去了陕北，我问他陕北怎么样？

回答不怎么样。

这个回答太抽象了。我不甘心，追问陕北留给他最主要的印象是什么？

他想了想，回答了一句诗。是改用了毛泽东诗词中的一句：万木萧疏鬼唱歌。

后来——1978年11月底，我终于去了一回陕北。当汽车在延安和志丹之间的沟崾地带穿行时，司机偶尔停车，我打开车门，站在路边的崖畔上举目四望，发现这里确实太荒凉了，满山遍野地望去，连一个人影儿也不见。耳畔风声呼呼，眼前黄沙扑面，那种苍劲而凄厉的声响，与其说是风啸，不如说是鬼嚎。依此类推，鬼唱歌确有几分天才的比拟！

改革开放以来，随着陕北《信天游》在全国的传播，随着陕北各种民间习俗和艺术被全国人民的认同，陕北变得越来越有名气。在陕北名气的形成和扩展中，安塞腰鼓起到了巨大的推动作用：一群头扎羊肚子手巾，腰系红绸，脚蹬布鞋的陕北汉子，用叱咤风云的气魄，在辽阔的黄土高原上挥舞着胳臂，敲响了腰鼓。鼓声之铿锵，节奏之激越，表情之昂扬，腾跃之敏捷，都让人想起举世闻名的壶口瀑布。那是千军竞吼，万马奔腾！

安塞腰鼓留给人们最深的印象是，随着陕北汉子们的腾挪跳跃，整个脚下的黄土高原都似乎被震颤了。汉子们的脚下荡起一股巨大的灰尘。那种恢宏的场面，浩荡的气势，让人由不得就热血沸腾！

与此同时，一个不怎么适宜的念头也那么顽强地从心底滋生出来：为什么他们脚下有那么多的灰土？为什么他们能踏出那么大的灰柱？

答案其实很简单，黄土高原植被太差！

1990年5月15日，我又一次去了陕北，这一回是直奔延安。

那是陕西省委宣传部为了纪念毛泽东《在延安文艺座谈会上的讲话》发表48周年，组织起一个陕西文艺界赴延安学习慰问团。记得那天清早是在西安新城广场前的科技馆集合，之后乘坐大巴驶往延安。那时候，公路是劣质的，汽车是颠簸的，尽管前面有警车开道，尽管清晨6点就起床集合动身，尽管中途的吃饭时间很紧张，而且都是事先由黄陵地方政府准备好了的，但是赶到延安也仍然到了下午5点半。

由于到达得晚，也由于满身尘土需要洗浴，因此当天什么地方也没去。

第二天清晨我早早起床，早早到户外去观看。观看结果，有希望也有失望。希望在于，和此前的印象相比，延安的城市建设搞得不错，随着改革开放的逐步深入，整个延安已经出现了一派朝气蓬勃的景象。

失望在于，5月中旬，正是花红柳绿、春意盎然的季节，按理说环境应当很好。但是延安远远近近的坡梁上，只有稀稀落落的几点绿！眼前到处是焦褐的黄土，大片裸露的岩层，给人一种龟裂和苍凉的感觉。如果说，城市如人，那么这座城市尽管很有名气，却总让人觉得是那样的不滋润，那样的不丰满！

后来我了解到，在相当一段时期内，荒芜和凋敝始终是陕北高原的主基调。

时光进入21世纪，有一次陕西省安康市歌舞团到榆林去演出。一个偶然的机会我碰到这个歌舞团中的几位熟人，顺嘴问起他们去榆林演出后的感受。

几个人的回答如出一辙：太荒凉了！

紧跟着这个回答的是：给我再好的待遇我都不去那里！

安康市地处秦巴十万大山的纵深，是陕西省最贫穷的地区之一。市辖9县，全部是国家级的贫困县。按理说，贫困是人类生存的大敌！贫困本身就说明人类在这里居住不具有优势。但就是这样一个贫穷地区的人们，却仍然对榆林——或者更准确地说，是对陕北的荒芜和苍凉感到恐惧！

后来我把这件事讲给陕北的几位熟人朋友听，他们却不以为然。由于煤炭和石油的发现开采，那时的陕北已经富裕起来。在这种情况下，陕北人充满了一种富裕起来的自豪。

一位陕北人说：陕南那么穷，还有甚资格瞧不起我们？

另一位说：把钱给多夯上一些，看他来不来！

……

其实，这两位陕北朋友错了。生活非常需要钱，但是生活并不仅仅只是钱。如果天是蓝的，山是绿的，水是清的，空气是甘甜纯净的，不仅人的心情会随之变得畅亮振奋，而且人的皮肤都会由于环境的适宜而变得细腻滋润。我们常常说健康愉悦。健康和愉悦都不是虚幻和抽象的。具体地说，好的环境，会使人的心情也变好，由衷的愉悦将由此而生。人们常常说幸福指数，幸福指数从来都是多项内容的综合。可以相信，会有人为了千金财富而甘愿置身于恶劣环境，但同样，会有人为了在美好的环境中生存而宁可抛弃千金！

其实，对陕北有着荒漠和凋敝印象的远不止几个人，也远不止平民百姓，原国务院副总理姜春云是最早向中央打报告呼吁和支持陕北生态恢复的国家领导人之一。他在后来接受延安电视台记者专访时，两次谈到他对延安、对陕北，甚至对西北一个更大范围内的印象。

姜春云说：

我回想了一下，我一共四次到延安。第一次我还在山东工作的时候，那是1991年吧。当时看到的延安，不光延安。先是进入太行山，然后到陕北，这一路上都是沟壑纵横，荒漠化很厉害，到处看不见水，这是当时给我的印象。

第一个印象就是延安的土地广袤，而且土层非常的深厚。也可以说大沟壑几丈深都是黄土，人均土地资源非常丰富，但是由于长期水土流失所造成的沟壑纵横，地貌地形支离破碎，自然生产力明显下降。所以说这是延安为什么长期贫困的原因，就是生态不行了。

一个"不行了"，饱含着多少叹息和痛惜！

吴起县现任林业局局长吴宗凯告诉我，远古时代的情况他无法知晓，但是近代陕北生态环境的变化情况他却能够基本说清。近代陕北生态遭受到大的破坏共有两次：一次是上世纪三四十年代的大生产运动，那一次是为了保证红色革命而牺牲了绿色；另一次是大炼钢铁，这一次是为了超英赶美，在砸锅卖铁的同时毁山砍林。

吴宗凯说：具体到吴起县，对生态破坏尤为严重的不是第一次，而是第二次。大炼钢铁前，尽管吴起县总体上是荒山秃岭，但至少沟里还长满了茂盛的大树。而经过大炼钢铁的摧残，沟里的树基本上被全部砍光，连小树苗子都被砍了拿去炼铁。于是整个吴起就成了彻底的荒山秃岭。

树砍光了，这里的人们却还是要生存。要生存就要烧柴做饭——人类生存的潜力几乎是无限的。没有柴，他们就满坡去揽草。用草来烧饭。草都揽光了，还要恋恋不舍地把草叶的碎片用扫帚扫成一堆儿，连土带末地背回去用箩筛，筛出草叶末子来烧炕。

可以想见，彼时吴起的生态被破坏到了一种什么样的程度！

原中共陕西省委书记白纪年回忆说：

1940年到1949年，我在"三边"地区工作。当时的专署先在定边，后来就在吴起。我从事过政务、民政等工作，几乎走遍了那里的沟沟峁峁。当时的吴起，已不像古人曾描述的那样林草茂盛，但山上还有树，沟里还有长流的水，县里的人口也不是很多。后来，山越来越秃，水越来越浊，有的地方甚至干涸断流。

吴起县前任农业局局长赵荣山年龄比白纪年差不多小一辈，他基本就生活在"山越来越秃，水越来越浊"的环境中，他告诉我："小时候的事我还能记起，那阵子吴起农民生活在水深火热之中！"

他说：

"那时候没人愿意来吴起工作。都把吴起叫作延安的西藏。凡是有办法从吴起走出去的人，统统都走了！而且一走就再不回头！你想么，自然环境那样差，经济当然也就差，在这样一种情况下，有谁还留恋吴起？

"应当说，吴起老百姓吃饱肚子是在一九八一、八二年。那时候落实农业责任制，农民有积极性，开始大面积地开荒种地，粮食大幅度地增产了，可是粮食增产的同时，水土也在大量地流失，荒漠化程度也在大大加剧！

"那时候大家都看在眼里，痛在心里，就是拿不出好主意！"

黄土高原上的绿色革命

认真说起来，何止吴起，从上世纪有史可查之日算起，整个延安，整个榆林，甚至整个陕北都处在一种相当可怕的荒漠化和沙漠化的境状中。

曾经在志丹县工作过的、地改市前延安的市长周万龙曾经用生动的语言描绘了当年志丹县的情景：

老百姓特别贫困，最后开得山是光的，土是黄的，水是浑的，窑是烂的，人是穷的。我那时在县委当书记，张台有一个大队，老百姓人均种地在30亩以上，但是一年下来，把那个山山洼洼都开光了，人均生产粮食还不到250斤。留过种子以后基本就是八九十斤粮食，再要吃糠都没有了，所以农民是一年比一年穷。最后我说他们是越开越穷，开的娃娃认不得爸爸。咋个说是认不得爸爸了呢？因为你天不亮就走了，娃娃还睡觉着。晚上回来娃娃又睡着了。吃饭又在山上，就这么受苦。老百姓家里头，仍然东西荡然无存，家里所有的家当折合起来不到100元，再这样下去真是没办法生存了。那时候我常思考，种得多怕不是个办法，种得多不如种得好。

需要说明的是，志丹县和吴起县紧挨着。近朱者赤，近墨者黑。如果说志丹县和吴起县在生态环境上是孪生姊妹，那么这两个县的领导干部在面临的问题上可以说是同病相怜。

后来接替周万龙担任志丹县县委书记的祁玉江，则写过一篇散文，题目叫《老黄风》，在2007年2月18日的《陕西日报》上发表。

文章写道：

"……先是西北角上荡起一股狂风，继而越滚越大，以排山倒海之势向南席卷而来。顷刻间，天地一片昏暗，树木抖动着脆弱的身子，吱吱作响；鸟雀扑扇着翅膀，发出阵阵哀鸣，没命地逃窜；尘土、草芥、纸片，一切能吹起的东西，都被这突如其来的狂风卷上天空，漫天飞舞；田里劳作的人们被风吹得东倒西歪，沙尘抽打着脸颊，耳、鼻、眼、嘴灌满了尘土。整个陕北大地笼罩在咆哮的黄风之中。

"儿马风！叫驴风！"妇女们实在是忍受不了这肆虐的狂风，一边收拾着晾晒的东西，一边诅咒着。她们不知道"沙尘暴"这个现代科学的名词，更不知道其形成的原因，只是知道每年春季都要经历这么一段时间，刮起遮天蔽日的老黄风。无奈的她们，只得紧闭窗门，点起昏暗的煤油灯，等待着狂风的过去。

祁玉江说：小时候他对老黄风的记忆非常深刻，每年的老黄风从惊蛰过后就开始刮。基本上是从春季刮到夏季。每逢黄风刮起，窑里光线阴澹，大白天都要点灯。

越穷越垦　越垦越穷

应当说，就荒漠化而言，整个陕北都是典型。而吴起县则是典型中的典型。

如果十多年前你去吴起，你会惊讶地发现你置身在一个绝对苍凉的环境中。抬头看天，天是那么蓝；低头看水，水却是那么浑。转头四望，周围的坡谷是那样的多，这些坡谷都极具陕北特点，起伏不定，辽阔无垠。只是在这辽阔无垠的坡谷中，不说植物，连生物都那样少，少得几乎看不见一只鸟！

到达吴起后，首先吸引我的不是退耕还林的数字以及极具现实感的参观，而是那些普普通通的相片。

细想想，丝毫不奇怪，尽管这些相片年代不同，拍摄者不同，拍摄的位置和季节也不同，但它们却用一种具象的方式，最忠实也最客观地记录着吴起县这30年来的生态变化。

在众多的相片中，有几张由于独特的视角和巧妙的捕捉，让我倍感兴趣。

第一张是旧相片。

相信这张相片许多人都很熟悉。那是毛泽东转战陕北时拍的。拍摄时间应当是上世纪40年代。在这张相片上，毛泽东骑着一匹马，身旁是几位警卫战士，身后远处是陕北起伏的山峁。应当说，镜头对准的是毛泽东和他身旁那些警卫战士。但让拍摄者绝对没有想到的是，这张相片用一种极为客观的方式，忠实地再现了陕北彼时的生态环境。只需打眼一瞄，就能够清楚地发现，毛泽东身后远远近近的山峁全都浩渺开阔，也全都一片光秃。这说明，早在上世纪40年代，这里的生态就已经极为恶劣。

第二张是吴起县林业局局长吴宗凯拍摄的。

他拍摄的是一棵树。

头一眼看见这幅作品，我心里就一动——我的朋友张子良是西安电影制片厂的编剧，他是陕北绥德人。他写过许多出色的电影剧本，比如《黄土地》《一个和八个》等。而其中有一个剧本的名字就是《一棵树》。

当时我就觉得奇怪，什么地方会只有一棵树？

再后来，奇怪的问题就更多：为什么一棵树这样古怪的名字，无论是影名、剧名、书名，还是相片名字，都统统汇聚在陕北？

严格说起来，吴宗凯拍摄的是一棵树，又不是一棵树。而是一片相当广阔的山峁。那么广阔的山峁，却孤零零地只有一棵树，由于孤零，由于独立，这棵树显得格外醒目，格外突兀！

在所有拍摄陕北生态恶劣的相片中，我认为这张相片的作者是最具有艺术眼光的。他没有就苍凉拍苍凉，没有就荒芜拍荒芜。而恰恰是把镜头对准了一丝绿色，对准了仍然在顽强挣扎也顽强生长的一棵树，这棵树的周边除了光秃秃的坡谷，再就没有一棵草，一丝绿，没有任何其他植物和动物！于是乎，一棵孤寂孑然的大树，用无言的默守，极为有力地反衬出周边的苍凉和荒芜！

如果说这张相片是通过树来反映生态的恶劣，那么接下来我看到的一幅相片则是用羊来表现同样的主题的。相片上，那些饥饿的羊正在满坡觅食。而坡上哪里还有什么食？抬眼四望，能够看见的只是一片光秃而赤裸的黄土！

但是羊和人一样，生存的欲望是如此强烈，它们用各种拼命撕刨的姿态，为我们展现出一种饮鸩止渴式的掠夺和不顾一切的疯狂！

时任吴起县林业局局长的赫登耀回忆说：

那时候每座山上都像耙子耙过一样。我记得九二年8月10日一场洪水，洛河的流量是每秒 3750 立方米。九四年 8 月 31 日的暴雨，流量达到每秒 4950 立方米。据有关部门测算，陕北水土流失的严重程度为每平方公里一年的水土流失量达 1.5 亿吨。可以想见要流失掉多少水土。有时候眼见着洪水来了，水流很大，可是速度却非常慢。几乎就是泥糊子状态。

当时有一句顺口溜：种一茬庄稼脱一层皮，下一场暴雨刮一层泥。

在吴起，类似的顺口溜还有很多。

在吴起，农民们把耕地不叫耕地，叫揭地。

由于地力贫瘠，造成了粮食奇缺；由于粮食奇缺，于是努力地开荒种地；由于努力开荒种地，于是水土更加流失；由于水土流失，生态便愈发恶劣；由于生态恶劣，粮食就更加紧缺；由于粮食更加紧缺，老百姓就更加努力地开荒种地……整个吴起就陷入这样一种越垦越穷，越穷越垦的怪圈。并且一旦陷进去，就难以自拔！

一些人告诉我，后来的吴起之所以辉煌，就是因为他们是在这样一种境状中忍无可忍地挺身而出，将这种亘古难变的既定格局一举打破！

这究竟是什么逻辑

让我们对陕北的恢复生态工作先做一些简单的回顾。

从很小的时候，我就知道陕北是浩渺而博大的，也知道陕北是枯涩而荒漠的。这既缘于人们的口口相传，也源自于各种书籍文章中的描述。

不管是 20 世纪 80 年代、90 年代，还是 21 世纪的今天，当我走过延安、走过榆林，一直走到内蒙古的鄂尔多斯高原时，我对陕北高原的浩渺和博大仍然一次次地加深着印象，对陕北高原生态的恶化同样一次次地加深着感觉。也正是因为这一点，我时常想起历史上这里曾经涌现出的那些为植树造林而殚精竭虑的志士仁人。

史料记载，清光绪二十二年至二十六年间，榆林靖边县的知县丁锡奎曾大力倡导植树，并且具体地制定了政策：每年栽树成活 200 株以上者酌赏。

在他的鼓励下，靖边县植树成风，其中最出色的当数靖边县种植的大柳树。

2012年2月，榆林市委副秘书长马维骥和办公室主任李能飞陪同我到靖边采访。随行的人员中，有本书的责任编辑党晓绒，一路上她非常负责地为我的采访工作进行联络和协调。

那天，车走在靖边的高速路上，沿途看到一些造型特别的柳树。这些柳树都主干结实粗壮，但长到一定程度，便被"砍掉头"，于是被砍掉的部位上便长出许多分枝。远远看去，这些树不仅高低一律，而且都"头顶"茂盛，在大漠边塞辽阔的土地上聚集在一起，不仅出色，而且出奇。

我十分诧异，问这是什么树？

党晓绒回答：是柳树。

又补充了一句：俗名是"砍头柳"。

党晓绒说：去年他们利用假期自驾游，专门来到这一带，沿途看见大片密集的"砍头柳"，那景象实在太壮观了！她建议我，一定要在合适的时候去看一看，很值得！

那时我的心思在采访"三农"问题上，听了就听了，没有放在心上。

直到我正式动手写这篇文章，直到我对陕北退耕还林进行更广泛和更深入的采访和阅读时，我才恍然发现，靖边县这些如今已经成为景观的"砍头柳"，就是丁锡奎当知县时动员老百姓栽下的。

为了动员老百姓植树，丁锡奎曾专门写下一首《种树俚语》。当我捧读一百多年前他写下的这首劝种树歌时，我内心里有一种惊讶，更有一种感动。这首《种树俚语》对怎样种树、怎样管护，以及种树将怎样惠泽百姓，都说得清楚而透彻，可以说直到今天仍然不失指导意义。

  靖边人，听我说。
  莫招贼，莫赌博。
  少犯法，安本业。
  多养牲，勤耕作。
  把山前庄后，山涧坡沟，
  多栽些杨柳榆杏各样树科。
  这栽树，有秘诀：

入土八九分,土外留少些。
头年插根深,次年容易活。
牛羊不能害,儿童不能折。
立法章,严禁约。
年年多种,年年多活。
将来绿成林,遍山冈。
能吸云雨,能补地缺。
能培风水,能兴村落。
又况那些柴儿、杠儿、椽儿、柱儿、檩儿、板儿,
子子孙孙利益多。
你看那肥美地土发旺时节,
万树荫浓处处接,一片绿云世界。
行人荫息,百鸟鸣和。
山光掩映,日影婆娑。
真可爱,真可乐。

不能不承认,历史铭记了丁锡奎这个名字,是公正的。

据手头有限的资料显示,在陕北高原具有丁锡奎这种眼光、这种胸怀,以及这种魄力的人,绝不止一个两个。仅新中国成立以后,目睹着陕北这样一片苍凉的景象,动议植树造林以及退耕还林的就不在少数。这中间不仅有领导干部,有普通干部,也有农民——姚生泉在《中国农村实录》中,便记载了原陕西省委副书记牟玲生的一段讲话。这段讲话是1984年他在榆林地区调查研究后在地委汇报会上的口头发言。就是在这次陕北调查中,牟玲生旗帜鲜明地提出了丘陵沟壑地区要退耕还林还牧,要畜牧业实行舍饲圈养等重大改革。

问题在于,为什么如此重大也如此明显的问题,并且有那样多的人在呼吁和实践,但在十一届三中全会以前却始终形不成一个春潮涌动的大气氛呢?

说到底,还在于极"左"路线的破坏和干扰。

应当感谢新华社记者傅上伦、胡国华、冯东书、戴国强,他们用深入的采访和秉实的记录,告诉了我们一些不应当被忘记的历史。

黄土高原上的绿色革命

在《1978：告别饥饿》这本书中，4位记者对陕北的植树造林同样有着生动而深刻的记录。比如府谷一位叫戈色令的农民。早在上世纪50年代初，他就把家中仅有的两株柳树当做母树，每年春秋两季剁树栽子，在一里半长的烂房渠沟里打坝栽树，并把这条沟封了起来。年久月深，荒沟成了一条绿森森的绿沟。

不仅如此，戈色令还把100多亩山梁薄地和30多亩山洼地种上了苜蓿，实行草田轮作。并且在买来的荒草荒沙丘上种了沙蒿。这使那些沙丘不再随风移动，掩埋庄稼，而且还给他家开启了财源。1957年，仅蒿籽就收了400多斤，并兼收了500多斤苜蓿籽，卖了几百元钱。

可是对陕北绿化作出了巨大贡献的戈色令的下场是怎么样的呢？

1969年的"文革"中，以"一贯走发家致富的道路"的罪名，给他戴上了富农分子的帽子，把他活活整死了。

另一位农民是米脂县大河塔公社方家畔大队的刘兴和。他同队里的两名社员一道，在万亩荒沙窝里办了个林场，连续7年住在沙窝，吃在沙窝，连春节都不回家，硬是用乔、灌、草组成的林带和林网把万亩流沙治住了。

这是多大的功绩！理应值得表彰。

但刘兴和的命运又是什么样的呢？

现抄录原文：

刘兴和年69岁，在旧社会当过长工，受尽磨难，早在全国解放以前，就从老家万家畔逃到现在的神木县大保当公社新华大队居住。那里沙丘连绵，人烟稀少，他一家人靠在沙窝里刨出一点薄沙地苦度光阴。1951年，国家在大保当一带沙区筹建固沙林场，刘兴和在林场技术员的宣传启发下，懂得了造林的重要性，爱上了造林事业，被林场聘为护林员。他在积极护林的同时，每顿饭节省一把米，换钱买树苗，开始在他家房前屋后及附近荒沙地上种树。合作化后，他又积极指导社员搞护田林带。经过一家人辛勤劳动和付出生命的代价（他的老伴为种树中暑死在林地里），他家周围逐渐长起了乔、灌林，黄澄澄的荒沙窝变成了一片翠绿。

从他1952年开始种树，一直到1965年"四清"之前，从未有人干涉过，反倒是常受鼓励表扬。可是"四清"中，工作组提出要收他的树（当时县委规定，每户只准留三至五株自留树，其余全部收归集体，这是榆林地区第一次割"尾巴"），刘兴和拿出《六十条》据理力争，树未被收走，但却伏下了祸根。

刘兴和当护林员，不管是国家的、集体的，还是个人的树，都爱之如命，谁糟蹋都不让。时间长了，把一些爱占便宜的大、小队干部和他们的亲友得罪下了。因此，"文化大革命"一开始，队里几个歪人就在刘兴和的自留树上做起了文章，要收他的树，老汉坚决不让，就告到公社去。当时的公社革委会主任乔忠义同新华大队支部书记的弟弟一块当过兵。有老交情，老汉的状告不赢。不但告不赢，还支持大队收他的树。刘兴和一气，就跑到县上去告。他哪里知道，当时县里正准备第二次"割尾巴"呢，自然也告不赢。一个沙窝里的老农民，居然敢到县衙门告状，公社、大队听了岂不火冒三丈！公社革委会主任乔忠义打开有线广播，公开点刘兴和，说他是顽固地走资本主义道路。并且扬言，扳不倒你一个刘兴和，我姓乔的就不在此地当主任了。公开批还不算，还上门问罪，说人人都像你刘兴和这样，全国早就资本主义复辟了。刘兴和老汉当面顶回去：人人都像我这样种树，全国早就绿化了。乔忠义等人恼羞成怒，指令公社和大队一些干部，将老汉押着先后在十个大队巡回批斗，监督劳动。搞了整整一个月，老汉忍无可忍，跑到地区告，没人理，跑到省里告，上告信又转回来。于是他发个狠心，连步行带坐一段火车，到北京来告。但那个时候，冤狱遍于中国，这样的状子又算什么！最后还是一级级转到了公社。乔忠义见老汉这么厉害，便下了毒手，1970年春，他借"一打三反"之机，把刘兴和列为全社十八个重点打击对象之一，捕风捉影，捏造罪名，向县革委会打报告要求逮捕"现行反革命分子刘兴和"。刘兴和听到风声又到榆林地区上访（他一共到地区上访上诉过三十多次）。公社即以刘"畏罪潜逃"之名，派三路人马"追捕"，把刘兴和拴在骡子屁股后头拖了回来，进行残酷毒打。1970年3月23日，公社召开了二千六百五十多人的批判大会，将刘扭送县上拘留审查。扭送前后，先后五次捆绑吊打，刘兴和几次昏死过去。老汉在县里坐了十个月班房，因为罪名捏造得太不像话，公安人员都认为这种事怎么能算"现行反革命"，便把他"教育"一番，放了回来。但乔忠义及新华大队的一伙人还是不放过他，又捏造罪名，说他家偷东西，百般辱骂。在万般无奈的情况下，老汉只得单身一人迁回老家榆林县大河塔公社方家畔大队居住。方家畔和大保当只隔十里沙山，乡亲们知道老汉受了冤屈，纷纷来劝慰他。可老汉憋着一股劲，第二天就向大队提出要在方家畔的万亩荒沙上办林场，大队当然支持。刘兴和就靠着一瓶墨水、几张纸（用来记工分的），外加两个社员，就办起了林场，没有苗子回到自家的树上采条，没有房子就住地窝。他忍辱负重，干了七年，把万亩荒沙变绿了。林业部一位工程师来此参观，说这么快的固沙速度，在"三北"风沙区很少看见过。

我们去大保当公社调查时，原来迫害刘兴和的人都还在台上。那个乔忠义正奉命调任县邮电局长，尚未赴任，还在公社。起初他们还是一口咬定老汉是个坏人，县委负责人态度也不明朗。在我们到新华大队去调查时，还把当年毒打刘兴和的一批人组织起来和我们"座谈"。我们发现味道不对，撇开他们到社员家访问，又听了刘兴和祖孙三代的哭诉，找到了确凿的旁证，乔忠义等人才被迫认错。接着，神木县委又派调查组做了调查，确认刘兴和一案纯属冤案，并于1979年3月18日、19日分别在新华大队和大保当公社召开大会为刘兴和平了反。

如今新的一代已经很难理解了，如果没有十一届三中全会的胜利召开，如果没有"实践是检验真理的唯一标准"的大讨论，以及由此开始的"拨乱反正"工作，像刘兴和这样的冤案不仅平不了反，而且只会加剧对他的迫害，直到冤死。如果他的后代想为他申冤，那就加大力度，继续迫害。

在黄土高原上，这样的事不知有多少桩。府谷县的那个戈色令，为了在荒沟里种树，被戴了"富农分子"帽子，郁郁死去。这里的刘兴和老汉，为了在荒沙上种树，被打成"现行反革命"，坐牢十月。他们究竟犯了什么罪？什么罪也没有。他们有什么错？什么错也没有。让万山千壑，让浩浩平沙，年复一年地荒着，是"社会主义"，社员个人种了一点树，竟成了"资本主义"，这究竟是什么逻辑！

4位新华社记者在结尾处，感慨不已地写道：

这一桩桩的事实都说明,"左"的流毒不肃清,农业是没有希望的。

这是黄钟大吕之声,是切中时弊之喊!

一个最简单的事实是:难道陕北的农民天生愚昧,不懂得绿色对于他们是多么需要又是多么重要吗?难道陕北的农民天生守旧,只知道任牛羊啃吃树草而不知道退耕造林吗?如果这样,几十年中总有一批陕北农民用一种前仆后继的英勇在植树造林,这又该怎么解释呢?

吴起的破冰起航

20世纪80年代初,正是中国农民在中央"一号文件"精神的指导下,波澜壮阔地实现农村家庭联产承包制的黄金时期,吴起县没有落后,几乎一夜之间,整个吴起县的农民生产积极性就被调动起来了,饿怕了的农民们拼命种地种粮食。偏偏吴起又具有大量的土地资源。结果很短一段时间,吴起的耕地面积就迅速上升,达到人均耕地面积18亩左右。

和全国不同的是,吴起农民们被包产到户激发起来的生产积极性,除了表现在农民种地远比从前认真,劳动远比从前自觉以外,再就是表现在没命地开垦荒地上。那几年,农民们不仅是兄妹开荒,而且是夫妻开荒,爷孙开荒,把吴起搞得热气腾升也满天黄尘!

后来一些人总结,在中国这样大的地方,情况如此不同,条件差异巨大,人口素质和文化程度参差不齐,是不能够搞一刀切的政策的。事实证明,农村的包产到户是一项无可置疑的好政策,但就是这样一个好政策,也同样要结合本土实际,要因地制宜,否则橘生淮南为橘,生于淮北则只能为枳!

此前,吴起农民采取的是广种薄收的办法。种地时放开手脚,多多益善。种子撒下后,再就什么也不管,凭运气来决定当年的收成。当年雨水好,收成就丰厚些。雨水不好,收成就欠缺些。要是雨水特别差,那就连种子都收不回来。

黄土高原上的绿色革命
Huangtugaoyuanshangdelusegeming

问题的可怕在于，由于祖祖辈辈一直采用着这样一种耕作方式，也由于这里拥有大量荒芜的土地，因此谁都认为这样的耕作是天经地义的。结果，尽管农民们努力生产，却不仅不能实现多产，反而加剧了整体生态环境的恶化，使得土壤中的水分更加存不住，也导致粮食产量更低。

更可怕的在于，当时的陕北农民尽管已经挣脱了人民公社这个大集体的束缚，但奔向富裕的道路仍然很窄。在他们面前，能够看得见的致富道路只有两条：一条是大种庄稼，多打粮食；另一条就是放开手脚，发展畜牧！

在陕北，畜牧业就是放羊！

陕北的放羊具有悠久的历史。这可以从他们喜爱的《信天游》中得着最生动的体现。几乎每一首信天游，都不由自主地与"羊"这个字眼儿搭着边儿——"羊肚子手巾三道道蓝，精脚片子你地愣愣上站"、"荞面疙坨羊腥汤，死死活活相跟上"、"牛走大路羊走畔，知心的话儿拉不完"、"山羊绵羊一搭里走，我和妹妹手拖手"……

在没命垦荒的同时，急切地盼望着富裕的农民们养羊的积极性同样空前高涨。那时吴起县将寄养在外的孤寡病残、老人娃娃全算在内，也不过11万人，而养羊最高纪录却达到了23万只。

平均一人就养了两只！

偏偏在所有的牲畜中，羊对植被的破坏是最厉害的。漫山遍野的羊像蝗虫一般分布在吴起的沟沟岔岔，它们和那些开垦荒地的农民一样，以夜以继日的勤奋和坚韧不拔的努力，日复一日地蚕食着吴起的山山岭岭。在最严重的阶段，几乎每天都能够以肉眼观察到生态的退化——昨天山坡上还多少泛出着一些青翠和茵绿，今天就已经变成一片褐黄或褚黄。

彼时吴起县的县委书记叫郝飚。郝飚把这个情况看在眼里，急在心里。

郝飚，陕西子长县人。他是位知识分子，又是位从农村基层实际工作中成长起来的干部。这种双重经历，决定了他待人处事的基本方式。这就是既有知识分子的眼光和思维，又有基层工作的稳妥和踏实。

郝飚是1995年7月到吴起担任县长的。此前他在市政府长期工作，又在宜川担任过县委副书记，这使他对基层县域的工作非常熟悉，也使他对吴起经济和社会的全面发展既怀希望，也存担忧。

两年后，郝飚又被任命为中共吴起县委书记。成为吴起县名副其实的一把手。于是他心里就更有压力，那时候还没有"可持续发展"这种提法，他只是凭着一种朴素的认识，觉得吴起县这样搞下去不行，长久不了！

于是他脑子里整天琢磨着，该怎么样改变吴起这样一种现状。

那时候，越穷越垦，越垦越穷；越牧越荒，越荒越牧的现状已经被许多干部所认识，问题只在于，能不能找着一个办法来改变它。

让农民停止垦荒吧，粮食生产怎么保证？

禁止农民上山放羊，农民靠什么实现增收？

何况，新的历史时期中，从上到下都不仅形成了一种思维，而且建立起一种考核机制，你为官一任，必须造福一方。吴起是个穷地方，在这样的地方创造政绩和造福百姓，最主要的就是看经济是否得到发展，农民们是否能够增收。

如果禁止垦荒放牧，就等于把农民增收的道路堵死！

许多人说，中国的事情之所以难办，首先就难在许多事情你根本就难以分析和判断得准确，而真正解决这些事情，则更需要你在进退维谷、左右两难的状态中进行选择。对吴起县委、县政府来说，当时的处境仿佛是在瓷器店里发现了老鼠：欲投鼠，又忌器；不能不投鼠，又不能不忌器。

那一阶段，郝飚天天都睁大眼睛，关注着吴起县的一切，也思索着一个问题：怎么样才能够让吴起在不影响老百姓生活的前提下，实现退耕还林和封山禁牧。

一个最简单也最直接的现实是：人类从来都是依附着大自然存在的。没有土地，人类就会饿死；没有水流，人类就会渴死；没有空气，人类就会憋死——但是所有这些人类须臾不可或缺的东西，由于得到的太容易了，反而使得人们忽视了对大自然的感恩，缺乏了对大自然的责任，进而使得人们消失了对大自然的敬畏。在眼前唾手可得的各种现实利益的争夺中，人们根本就不去意识，毁灭大自然同时也就是在毁灭自己。尽管这种毁灭是渐进的、隐性的。

在这个问题上，郝飚很清醒。

他发现，吴起的生态环境已经恶劣到了极致，已经到了人类和自然共毁的临界，如果沿着这条蔑视自然的道路继续朝下走，后果不堪设想！

早在1996年，郝飚就在吴起县新寨乡杨庙台村抓点。当时他要求把杨庙台村二台地以上全部退耕。为了坚定退耕农民的信心，他给杨庙台村承诺，如果这个村由于退耕出现问题，县委给你们发白面。结果到了1997年，这个村的经济不但没有下去，而且比上一年粮食增产，收入更多。这充分说明，粮食生产的多少，农民经济收入的多少，和多种地多开荒并没有天然的联系。

这给了郝飚实现封山禁牧和退耕还林的勇气。

但毕竟，杨庙台村的事例还属于个别。如果要掀起一场改变整个吴起山水面貌的大战役，他还需要支点，还需要范例。

说来也巧，就在郝飚绞尽脑汁地思索着寻找支点和范例时，有两件事情出现了。

一件是吴起县马崾岘小流域治理工程胜利实现。

马崾岘位于吴起县最贫困的白于山腹地。此前不仅植被遭破坏严重，而且地力尤为贫瘠。但是经过对小流域全方位的综合治理，这里很快恢复了生机。到1997年，这里的森林覆盖率竟达到了47.7%。

说明了什么？

说明只要方法对头，吴起的山山水水是完全可以绿起来的！

此前，人们已经习惯了吴起漫山光秃的环境，已经认可了吴起铺天盖地的黄尘，觉得这一切都是人力所无法改变的！而现在，马崾岘的大见成效，不仅给吴起的生态环境恢复提供了一个有力的实例，而且让一个更大范围的人群看到了恢复生态的希望。如果说，之前人们念叨着改变吴起面貌得看老天爷答应不答应，那么现在大家都开始意识到，改变吴起面貌的机会和权利就握在自己手中！

第二件事情更简单。

1998年3月12日，延安市畜牧局的干部到吴起县检查牲畜的春季防疫工作。时任吴起县常务副县长的韩爱杰陪同他们下乡。还是在新寨乡杨庙台村，韩爱杰看到村民许志洲家的羊是圈起来养的，这在吴起县甚至整个陕北都是一件新奇事，于是韩爱杰问许志洲为什么要这样养？

许志洲告诉他，他听别人说甘肃的元城子有一个怀羔的小尾寒羊母羊，卖出了 3200 元的高价，很羡慕。陕北本地羊一只不过卖一二百块钱，这种母羊能够卖到如此高价，令人眼馋。于是他凑了一些钱，又借了一些钱，用 1200 元钱的高价，去买回来一只小尾寒羊。

羊买回来了，怎么饲养却成了问题。

小尾寒羊和陕北羊不一样的是个头大，一只羊少则五六十斤，多则七八十斤；再就是繁殖能力很强，往往一胎能下两三只羊羔。由于小尾寒羊的骨架大，行动不敏捷，所以爬坡下沟就显得比较笨拙，这使得许志洲很为它们的安全担心。

不仅如此，许志洲家里缺劳力，为了照顾好这些羊，他东奔西跑，忙忙碌碌，却仍然顾此失彼。他家的土地瘠薄，种庄稼急需上肥。却偏偏没有肥。于是他想到，如果把羊圈起来养，不仅可以省劳省力，而且可以积攒羊粪。

就是在这样一种无人提醒更无人指导的情况下，他自发地开始了对小尾寒羊的圈养。

为了解决圈养的草料问题，许志洲在荒山荒坡上种了些沙打旺和蓝花苜蓿，还特意种了些玉米秆和高粱秆。他自己也没有想到，他是在一种完全不自觉的情况下，成为了封山禁牧和种草护树的先行。

1997 年，仅圈养小尾寒羊一项，许志洲就赚了 7000 元。

在那个年月，能够赚到 7000 元，实在很惊人。

那正是吴起县围绕着封山禁牧反复酝酿，思路渐清，却又欲干不能，欲罢不忍之际。此前整个延安市都不止一次地退过耕还过林，却统统都无功而返。之所以如此，一个最重要的原因就在于种树容易护树难。造出了林，被羊啃。再造出林，再被羊啃。如此循环，也如此而已。可以说，吴起的植树造林能不能成功，退耕还林能不能实现，归根结底就在于能不能解决林牧矛盾！

韩爱杰看到许志洲的小尾寒羊后，非常振奋，当天晚上他睡不着觉，反反复复地琢磨着这件事。之所以反复琢磨，是因为这件事太重大也太重要了！它的意义绝对不是一个许志洲，不是一个杨庙台村，甚至不是一个吴起县！

终于，他明确了结论：这件事确实值得推广，并且可以预期，一旦推广开来，可以极大地减少林牧矛盾！

第二天一大早，兴奋之极的韩爱杰上班后第一件事，就是去找县委书记郝飚。

1998年3月13日上午，当韩爱杰向郝飚汇报许志洲圈养小尾寒羊的事情时，几乎彻夜未眠的韩爱杰热血沸腾，说得很激动。但是郝飚却言语不多，听得很冷静。

刚听了几句，他就敏感地品出来了，这确实是个了不得的好消息！朝小处说，它将为吴起改变生态面貌的大战略找到一个极为难得的突破口；朝大处说，这个叫许志洲的村民在养羊方式上的革新，有可能在陕北传统的畜牧业生产方式上掀起一场革命——如果把马嵬岘小流域治理工程的胜利实现和许志洲围圈养羊成功这两件事结合起来，吴起县恢复生态和发展生产的两难矛盾或许可以破解！

那天韩爱杰汇报完了，问郝飚：郝书记你觉得我的想法怎么样？

郝飚回答：好。

那我们是不是可以尽快实施？

怎么实施？

一句话把韩爱杰问怔了。这不是明摆着吗？典型引路，舆论紧随，示范推广，政府发文！

但是郝飚却没有按照常规的方式去推进。郝飚觉得，虽然植树造林和封山禁牧是天经地义的好事，但好事不等于人人都能够领会理解。如果有相当的人不赞同，那么这件事贯彻执行起来就一定会被打折扣。只要一打折扣，再好的事情都将办不下去，即使硬着头皮办下去，也会事倍功半！

而他要实施的新政，从小里说，牵涉着眼下的百姓民生；从大里说，关乎着未来的吴起前程，绝不能事倍功半，更不能半途而废！

郝飚对韩爱杰说：这是好想法，也是好事情，但是要实现，不能光我们说好，必须统一全县领导干部的思想认识。这样，我再去许志洲家看一看，咱先把事情彻底搞清。

郝飚很快赶到许志洲家去看。看过后，又问了许志洲许多问题，反反复复地了解他饲养小尾寒羊的全过程。

一切就绪，他回到县里。

很快，吴起县委召开了常委会研究这件事。

紧接着又召开县委常委扩大会研究这件事。

再下来，吴起县五套班子召开会议，紧接着又召开五套班子扩大会议——所有的会议全是为着这件事。

1998年5月16日，中共吴起县第九届委员会第二次全委扩大会暨全县经济工作会议召开。对吴起县来说，这是一次具有破冰起航意义的会议，它不仅将改变吴起县十多万人口的生存环境，而且将决定吴起县十多万人的未来命运！

在这次会议上，县委、县政府把问题和盘托出，交给大家讨论。讨论的议题非常集中，概括起来只有两句话：

吴起继续这样下去行不行？

如果不行，能不能下决心封山禁牧和退耕还林？

争论得非常激烈。

有人认为吴起的生态环境已经到了非改不可的地步；可也有人认为这源自远古，谁又能扭转乾坤？有人对漫山放羊的危害深恶痛绝，可有人恰恰从漫天畜牧中获得了利益。人们所站的角度不同，获求的利益不同，各种争论的交锋自然就激烈。

多少年后，许多亲历者对那次会议仍然记忆犹新。

吴宗凯说：

"那次是县委扩大会议，当时我不过是林业局一个业务科的副科长，都参与了会上的讨论。可以想见那次会议扩大到什么程度！

"坦率地说，我当时不是退耕还林的拥护者。从历史上看，中国凡是大林区，都是贫困区和经济落后区。我家在甘肃，也算是个林区吧。我们那里好多人都是柳拐拐子（一种病），脑袋都长得多大了，个子还只有1米高。这是林区存在的一个普遍现象。何况我们家乡的老县长经常说一句话，'林场有什么好？阴气那么重的！'我当时的想法是应当把主要精力放在产业培植上。通过产业培植让农民过上好日子！都搞退耕还林，产业怎么办？

"我是个直性子，有话存不住，而且发言不留情面。结果轮到我发言时候,我坚决反对退耕还林,我说都要这样搞,把吴起变成个大林场,密不见天,阴气十足,弄不好把咱吴起的人种都改变了!说得很挖苦,大家哄地都笑了。

"郝飚是恢复生态的倡议者,又是这个议题的发起人。他听了我的发言,却没有恼,还是安安静静地听,认认真真地记。我看见他那么一种态度,当时就心里一热,有这样的涵养,作为县委的一把手,不容易!

"那次会议上,干部们争论之激烈,参与之踊跃,让我终生难忘,那是吴起县最民主的一个时期!就是从那次会议开始,吴起步入了一个崭新的历史阶段。尽管当时我还意识不到这些。包括我后来思想上的转变,都是随着历史迈动的脚步,一点儿一点儿开始的。是一点儿一点儿清楚,一点儿一点儿进步的!"

九届二次全委扩大会结束不久——1998年6月1日,吴起县委、县政府作出了《关于实行封山禁牧舍饲养畜小尾寒羊的决定》。

而与决定同时出台的,是吴起县实行封山禁牧和退耕还林的20字方针:封山退耕、植树种草、舍饲养畜、林木主导、强农富民。

郝飚和他的一班人

无论20世纪80年代还是90年代,甚至改革开放前,陕北人民都不同程度地对荒漠化和沙漠化进行过治理,但是却从来没有真正地使陕北的生态起死回生。

原因在哪里?

后来担任过吴起县委书记的冯振东说:

我记得八八年,我在延长县工作,到张家滩镇李家村实施流域治理,一个支部书记叫老魏。我说老魏呀,你让别人包户治理流域呢,你为啥不承包一块荒山荒坡治理?他说,小冯我已经快60岁了,也搞了一辈子植树造林,我包来一块地，树栽不活，我着急。树栽活以后，别人在里面放牧我管不住，我窝气。等树长起来以后，国家林业有政策不允许自由采伐，我看着自己的树就是变不成自己能花的钱，我就生气。你说我着急、窝气、生气，我还会承包这块林吗？……

九七年我是延长县分管农业的副县长，那时候每年要进行三次造林。春季造一次，夏季搞一次工程措施，冬季再进行一次大规模的造林，一年十几万的人口，四五万的劳力，确切地讲，每年连两万亩的林子都造不起来。因为群众出工不出力。有的农民栽树的时候把发下的苗子直接就扔到沟里去了。还有一种就是把苗子干脆反放，头朝下，根朝上栽到里面。还有一种是苗子放到地里面时已经死亡了，睁一只眼闭一只眼，活人栽死树。

为什么会这样？

很简单，政策问题。

和从前农业集体化时的大锅饭一样，有相当一段时间延安地区的植树造林是采用大会战的形式。应当说，这种形式如果用来拍电影拍新闻，是再好不过了。场面宏大，气势雄伟，浩浩荡荡的人流飘飘扬扬的旗帜，充分证明着社会主义集体化的能力、魄力和魅力。

唯独不出实绩。

不仅如此，无论干部还是农民，都对这种大会战深感头疼。每次大会战，要把方圆几十里地的农民们都组织起来。大家半夜三更就得往大会战的"战场"赶。月明星稀，道路崎岖，有些农民就摔进了沟里，有的摔伤，甚至有人摔死。

这还不说，有些农民死抗着不愿来。这时候就为难了干部。政策必须一碗水端平。如果你允许一家不来，那第二家马上就也不会来。谁都清楚，只要你松开极微小的一道缝子，整个牢固的大堤就会立即崩溃。因此干部们哪怕内心再软，表面上也得心硬如铁。随之而来的是各种强硬的办法和手段。你不来植树造林，我去叫去催。催叫了还不来，我只好开着拖拉机到你家里去逼。逼了还不动，那我没招儿了，只好强拉你家里的牲口和粮食。

无论对农民还是对干部，那都是真正的披星戴月，起早摸黑。也都是真正的劳民伤财，鸡犬不宁！

此前，随着吴起生态环境的不断恶化，也曾经陆陆续续地产生过自发性质的封山禁牧和退耕还林。但所有那些举措，都是零星和散乱的，没有形成系统。而九届二次全委会召开以后，封山禁牧和退耕还林的力度之大，在吴起的历史上是空前的。

这一年，他们当年就退耕还林155.5万亩。资料显示，这相当于甘肃省当年的退耕还林总面积。

力度大，引起的非议自然就大。

以吴起县薛家岔乡南沟村为例。这个村原来除了耕地就是荒山，不要说长草，就是那些生命力顽强的树都不长。每年开春一场风，从春天直接刮到夏天。一刮起风来，满山遍野全是土，隔道沟就看不见人。即使这样，动员大家退耕还林，仍然遭到了顽强的抵制。

南沟村党支部书记阎志雄说：

"南沟村人均十几亩地，也有人有二十多亩。可以说最不缺的就是地，满山遍野都是耕地，可是你动员大家退耕，大家还是不同意。说咱们种那么多地都不够吃，你现在退下来咋办呀？人均只留四亩地，甚至只留二亩地，根本不行！那等于要咱的命嘛！"

让农民改变几千年来形成的耕作观念，谈何容易！

农民们不接受，也不满意，有些人就直接找到郝飚讲道理。

这恰恰合了郝飚的意。

其实，之所以做出退耕还林的决策，之所以召开中共吴起县九届二中全委扩大会，就是因为这一切都经过了调查研究，都经过了深刻而不是浮浅的思索和论证。对郝飚来说，怕的不是农民们来找，怕的恰恰是农民们不来找。

农民们来找他，是来辩论的。

先是讲宏观，讲大原则大道理。

农民们说，从老祖宗开始，几千年都是这样搞的，郝书记你为什么要把它变了呢？

郝飚说，说得太对了！咱们的老祖先几千年都是这样搞的，但搞的结果是什么呢？从前山是绿的，现在越变越黄；从前沟里有水，现在水去了哪里？如果继续这样搞，山会变成什么样子？水又会变成什么样子？从前你下苦力气种庄稼，并没有种出来富裕，如果继续这样种，能不能改变苦日子？

农民无话可说。于是改讲微观，讲具体的。

农民们说，我现在种那么多亩地的庄稼，粮食都还不能说富裕，你让我种那么少的地，粮食怎么够吃？

郝飚说，粮食和种地的多少没有直接关系。同样的土地，有些人产量上百斤，有些人只有50斤，差距那样大，为什么不在差距上找原因？获取粮食增产的办法有很多，帮助农民增收的道路就更多，为什么非要死盯着开荒种地？你们自己想想，开荒种地这条道儿走了不说几百年，起码走了几十年，为什么走了那么多年，却始终没有走出希望和光明？既然没有走出希望和光明，你们又为什么非要硬着头皮一条道走到底呢？

平等的交谈，平静地辩论。这是一种真正的探讨。探讨的结果，农民不说心服口服，但至少是心平气和地回去了。

但这根本不能算大功告成。

退耕还林是一项牵涉方方面面利益的大事情，仅仅思想说通了远远不够。

为了解决退耕中出现的问题，县上首先意识到，必须制定相应的政策，并且这政策必须是刚性的。中国人突出的优点是灵活，但同样突出的缺点是太灵活。灵活多变的中国人太善于钻研政策并在政策上钻空子。很多时候，事情就糟糕在政策被捏成了一根软绳子。紧一紧，把人套进去；松一松，把人放出去。这一紧一松，事情就彻底办不成。

吴起县的政策规定得很明确：不论干部群众，除人均2亩川台地或4亩25度以下坡耕地，其余全部退耕。

为了保证政策不折不扣地得到执行，县上五套班子的人马全部下去，一村一村地盯，一户一户地看。有什么问题就解决什么问题。

需要说明的是，和后来中央有明确的补助政策不同的是，吴起的退耕还林是在没有任何国家政策的支持下先行一步。这就尤其困难，尤其有阻力。

在全面恢复生态的工作进程中，难度最大的始终是封山禁牧。

据统计，延安地区的年降雨量在500毫米左右。在这个雨量范围内，即

黄土高原上的绿色革命

使不用人工植树种草，只要把山彻底封住，在自然雨水的滋润下，小草也会慢慢绽芽。尽管起初长出的可能只是灌木。但让群山披绿是没有问题的。历史上之所以屡屡植树不灵，种草不行，固然有树种和草种的原因，但最主要的原因却始终是被牛羊啃光了。

吴起县各级领导人都非常清楚，不管采取了多少措施，使用了多少手段，封山禁牧都始终是恢复生态的核心，也是治山治水的关键。在所有的措施和手段中，只有这项措施能够四两拨千斤。

但唯其如此，才困难最大。

吴起县原畜牧局副局长姬建雄告诉我：1998年吴起县九届二次全委扩大会后，尽管有了舍饲养羊的破冰之举，也尽管县委、县政府从各方面帮助农民改变满山放牧的观念，但是这项工作仍然举步维艰。在1997年实行封山禁牧之前，吴起县总计养羊达到23万多只，是历史上养羊最多的时候。而这23万只羊又基本集中在18%的农民手中。

换句话说，18%的人通过养羊受了益，而82%的农民则由于生态破坏受了害。

姬建雄说：

"客观地说，恢复生态和发展种植业畜牧业是一对天然的矛盾。你要恢复生态，就要下最大的决心封山禁牧，退耕还林。你要发展畜牧和种植业，就要放羊放牛，扩大啃吃面积。在这样一种情况下，该怎么办？"

也正因为难度太大，1997年6月1日吴起县出台的关于实行封山禁牧的决定，并没有能够立即实行。

韩爱杰说：

"当时压力很大。压力来自两个方面：一个是群众，主要是个别养羊户；另一个来自上级，来自一些领导和专家。

"当时有专家批评我们，说我们县委、县政府的主要领导是一时冲动，不负责任；说我们砍掉了祖祖辈辈的传统畜牧业。当时专家只知道我们禁止放牧，不知道我们提倡饲养，所以他们对情况不很了解。

"让人着急的是，封山禁牧的决定出台以后，整整过去了一个月，啥动静都没有。不光乡上、村上和老百姓没动静，连县上相关部门，包括农业部门都没啥大动静。一了解，还是因为找不到好办法使放牧的农民能够转变观念。

当时情况严重，刚刚出台的政策有可能就受挫夭折。我马上找到郝飚书记和师林合县长汇报。他们正为这件事发愁，听了汇报后，问我有什么好办法，我说，咱们买羊联户推广舍饲，用实际行动来带动老百姓。

"他们想了想，说行，是个办法。就这样试，朝前推。"

封山禁牧触动了养羊户的利益，遭到的反对非常激烈。

有一回，吴起县林业局局长赫登耀带着几名干部去庙沟乡的一个村子，发现仍有农民把羊朝坡上赶，赫登耀批评这位农民说，现在全县都禁牧了，你怎么还把羊朝坡上赶呢？

农民说：不让羊上山，羊吃啥呀？

赫登耀说：具体吃啥可以想办法。但是不管咋样，不能把羊赶上山。这是原则。往山上赶羊不行。

农民急了，竟扯开嗓子冲着他喊起来：你不让我养，不让我放，那你让我咋办？不行了把羊赶你家去！

态度十分蛮横。

至今许多吴起人还清清楚楚地记得，有一回延安电视台的记者到吴起采访，镜头对准的是吴起县新寨乡一位叫谢生贵的老汉。谢生贵性情耿直，他委屈不已也气愤不已地对着镜头说：现在羊也不让我揽了，地也不让我种了，这到底是想弄甚？是不是想要我的命?!

那一阶段，不少老百姓议论纷纷，甚至把羊赶到乡政府的院子里。你不是不让养羊吗？那就让羊在你乡政府的院子里饿死！

那一阶段，由于封山禁牧而引起的"地震"此起彼伏，涉及每个乡村。一时间上下鼎沸，对错互争。各种各样的议论迅速朝四面八方传递，也引起了上上下下的注意。情况的复杂，使得当时延安市甚至陕西省的一些相关领导都牵连进来。有些领导目睹情况，告诫郝飚和吴起县，认为这样一种思路错了，要赶快纠正；也有的领导认为吴起县这样做是对的，但政策出台太早，属于不合时宜；更有一些上级领导并没有认真调查了解，却直接批评郝飚是胡整！结果有一段时间，不知从哪里传出来的消息，说郝飚犯了错误，不久将被免职！

消息若有若无，似假似真，令人云里雾里。

但是有一点是肯定的，那时的郝飚正承受着空前的压力。这压力来自两个方面：一是下面的，二是上面的。下面的拼命想突破政策，想获取眼前利益；上面的则努力地了解民情民意，想在对与错上分出个青红皂白。

只有他是被夹在中间的。

一些深谙政治门道的人士分析说，如果这样一种情况再持续半年，他郝飚不落个身败名裂才是怪事！

其实，郝飚本人也听到了这些传言，只是那时的他，正被封山禁牧和退耕还林引发的种种问题纠缠着，没有更多的精力去顾及那一切。他完全不知道，一些冷眼观察着局势发展的业余政治家们已经根据各方面情况的汇集，得出了结论：郝飚的免职已成定局。

后来有人回忆，那时候吴起的形势，有点儿像今天中央正在努力控制的房地产价格。现象上控制的是房地产价格，但本质上面对的却是怀揣着各种动机，依靠着房地产获取各种利益的人。当一项政策出台时，对它说三道四的绝不仅仅是那些房地产商们，而且有冠冕堂皇的政府官员，有道貌岸然的专家学者，有众多的既得利益者——房地产的泡沫是显而易见的，老百姓买不起房是一清二楚的，但是在利益面前，黑与白被颠倒其实很容易。

要么通过一场激烈拼搏，将山彻底封住。

要么在各种力量的作用下，灰头土脸地败下阵来。

这是关键时刻！

作为县委一把手，郝飚咬着牙承受着这一切，尽管从现象上看，他是一个儒雅温和的人，但骨子里却自有一种常人难以想象的坚毅。那阵子在他心里涌冒得最多的一句话是：破釜沉舟，背水一战！

谁都没有想到的是，就在这个决定吴起未来走向的关键时刻，突然发生的一件事，使整个形势出现了令人意想不到的转机。

历史的机遇

让我们来回顾一下历史。

1997年6月,时任国务院副总理的姜春云来到陕北榆林和延安调研生态农业建设。在延安枣花流域,姜春云详细地询问当地老百姓的生活和生产情况。

后来姜春云曾对媒体描述当时的情形:

走到一个村,我就问这个地方过去怎么样,现在怎么样,当地的干部群众就讲,过去我们这里人均8亩地,全种粮。由于这种地叫坡耕地,是"三跑"田,跑水、跑土、跑肥,亩产也不过是百八十斤,遇到干旱就颗粒无收,连种子都打不回来。所以尽管种8亩粮,人均也不过300公斤,不够吃,因为他没有别的作物。那么经过山、水、田、林、路综合治理后,压缩粮田,人均建设2亩高产稳产田,又叫"三保"田:保水、保肥、保土。还修了地堰,加深土层,采用新的技术精种。有人当时给我说一亩地产800斤到1000斤,我听了后很感动,我说你看这是个多生动的辩证法,8亩地吃不饱,2亩地吃不了,那么6亩地退耕还林,经济收入、花钱也有了。这是多么现实的发展和生态关系的辩证法。

姜春云对延安出现的这个新生事物非常敏感。

他说:

这是一个生产方式的转变,这种生产方式一旦转变了,那么农业发展,收入增加,绿色植被恢复,发展和生态就是一个良性循环。由过去掠夺性的恶性循环,到现在优化生态、发展经济的一种良性循环。哎呀,我说这个经验太好了!

黄土高原上的绿色革命

回到北京后，姜春云很快完成了一篇《陕北地区治理水土流失建设生态农业》的调查报告，直送中央。

不久，时任中共中央总书记的江泽民看到报告，做出了批示。

这是一段很长的批示：

看了这个调查报告，感到很高兴。陕北地区治理水土流失，改善生态环境的措施和经验是好的。

我国是一个有几千年历史的文明古国。包括甘肃、陕西在内的黄河流域，是我们中华民族的主要发祥地。陕西曾经是周、秦、汉、唐等十三个王朝的建都之地，在古代历史上相当长的时间内，陕西、甘肃等西北地区，曾经是植被良好的繁荣富庶之地，所谓"山林川谷美，天生利材多"就是古来描绘陕西一带的自然风物的。司马光的《资治通鉴》中描述盛唐时期陕、甘的发展情景是"闾阎相望，桑麻翳野，天下称富庶者无如陇右"。后来由于历经战乱的破坏，加上自然灾害和滥砍滥伐造成的损失，导致了陕、甘等西北地区的严重沙化、沙漠化，经济文化的发展也因此受到极大制约。历史遗留下来的这种恶劣的生态环境，要靠我们发挥社会主义制度的优越性，发扬艰苦创业的精神，齐心协力地大抓植树造林，绿化沙漠，建设生态农业去加以根本的改观。经过一代一代人长期地、持续地奋斗，再造一个山川秀美的西北地区，应该是可以实现的。

由此，"再造一个山川秀美的西北地区"被响亮地提出来。

客观地说，吴起县之所以能够在1998年下那样大的决心，用那样大的力度搞封山禁牧和退耕还林，是与江泽民提出来这样一个目标有直接关系的。

问题在于，虽然党和国家领导人提出了再造秀美山川的宏伟目标，但这个目标才刚刚喊出，还处在一种单纯的鼓舞动员和方向引领阶段，至于怎么样具体地去实施，大伙儿还普遍地心中无数。在这种情况下，无论干部还是群众，一是态度积极地响应，二是行动上被动地等待。像吴起县那样奋然而起、率先冲刺的，只是极罕见的个例！

这种情况一直持续到1998年。

1998年6月12日到8月27日，整整77天里，中国长江流域持续降雨，在经历了冬春多雨和6月梅雨季节之后，7月下旬又迎来了历史上少见的高强度洪峰。此时，长江中、下游所有的山坡沟谷和洼地河流，水量都已远超负荷。谁知进入8月，长江上游再度强降雨。这一来，遍布各地的水利设施捉襟见肘，洪水犹如一条条凶猛的巨龙，从不同的方位咆哮而出，又不约而同地朝长江汇聚。偏偏此时的长江惊喘未定，疲惫至极，对不期而来的洪水再也没有能力容纳和接泄。

于是随着洪水的狂奔猛扑，蜿蜒数千公里的长江防线危若累卵。

东奔西突的洪水率先从簰洲湾长江大堤突破——8月1日，被高水位浸泡近两个多月的簰洲湾长江大堤猝然溃口，洪水捕捉住这瞬间的战机，以闪电般的速度奔扑堤内，簰洲湾顿时汪洋一片。25名簰洲湾人遇难，19名解放军官兵在抢险中牺牲。

这是当年长江防线第一次失守，代价是44条生命。

6天之后，九江大堤决堤30米。

尽管政府做出了快速反应，也采取了一切办法围堵，但决口仍在不断扩大，眼看着狂泻的洪水就要向九江城区扑去，如不及时采取有力措施，全城42万群众将陷入灭顶之灾。

应当说，在中央的直接指挥下，各级组织反应极快。其中尤以部队为最——几乎与溃堤同时，南京军区的2000余名官兵和5000余名民兵预备役人员已赶赴现场。经过连续46个小时的鏖战，他们首先在决口处拦筑起一道长243米的围堰，将洪流强行拦住。

初战告捷，紧接着他们调集力量朝大堤决口填堵。

8月11日中午12时，大堤决口被全部封堵，肆虐的江水终于驯服地掉头向下游涌去，6500名官兵没有稍做停息，连夜突击填料3万立方米，在第六次洪峰到来之前又筑起了一道长453米的第三道围堰。

至此，九江大堤堵口胜券在握。

事后统计，在整整3个昼夜的决战中，解放军和武警部队24000多名官兵共填筑土石方12万立方米，筑坝用钢材80吨，其中仅堵截决口便沉船10艘。

而九江大堤的胜利围堵只是万里长江防线中的小小一段，九江决战的胜利凯歌也只是整个长江之歌中的短短一曲——就在九江紧急围堵的同时,武汉三镇也面临险境。

8月6日,长江支流荆江洪水超过分洪水位。消息传出,几乎所有知情者都紧张得屏住了呼吸。他们知道,最艰难的时刻已经来临:如果实施分洪,意味着周边9百多平方公里的土地将转眼化为泽国,其中仅转移人员就将达到33万多人。如果拒不分洪,一旦堤坝决口,江汉平原和武汉三镇将立即被淹,那损失远远不是用百亿千亿所能计算出来的。

我们不能逐一细说当时洪水的骄横,不能逐一细说军民与洪水白热化的拼争,甚至不能逐一细说党和国家领导人面临的两难抉择。一个让许多人从此难忘的细节是,8月17日,当最凶险的时刻来临,面对铺天盖地汹涌而来的洪峰,上万名衣衫褴褛、泥水满脸的官兵以空前的凛然和庄严,发出了震撼天地的巨吼:

与大堤共存亡!

人在堤在!我在人民生命财产在!

史料记载,1998年这场洪水,是20世纪继1931年和1954年两次长江洪水后发生的又一次全流域型的特大洪水。

1931年的大洪水,死亡人数为145000多人。

1954年的大洪水,死亡人数为33000多人。

1998年的大洪水,死亡人数为1432人。

不能不说,时代确实进步了!人类抗御自然灾害的能力确实大大地增强了!

不能不认为,社会主义集中力量办大事的优越性在1998年这场大洪灾中得到了突出的体现!

史料同时记载:

1931年长江洪灾,导致中、下游地区一片汪洋。以汉口和南京为例,两地距离千里。但汉口街道行舟,南京市区同样被淹。可见水灾漫延面积之大。

1954年长江洪灾,除保住了荆江大堤和汉口围堤外,其他地区基本都遭淹。

而1998年这场洪灾,根据卫星和航空遥感对长江中游地区所进行的多期和系统的监测：湘、鄂、赣三省最大受淹面积约为 1586 万亩。另据长江水利委员会统计，长江中、下游五省由于溃口分洪淹没耕地 295 万亩，受灾人口 230 万。其中溃口分洪的多是较小围垸，平均每个围垸不足 2000 亩，且灾情统计中绝大部分受灾农田是由于内涝。

显然，经过几十年的治理，长江沿线的防洪抗灾能力大大地提高了。

尽管如此，长江洪灾，仍然是悬在人们头顶的一柄利剑。长江之痛，仍然是人们心头隐埋不去的一个大患。最简单的事实是，一场长江洪灾，给国家造成的经济损失高达千亿元。换句话说，一场自然界降雨形成的一场洪水奔逐，竟能够用瞬间的冲卷，把数以亿计的中国人含辛茹苦创造出来的物质财富一扫而光！

其实，1998 年的洪灾绝不仅止一个长江，那一年东北的松花江、嫩江流域也同时发生了特大洪涝灾害。全国洪涝灾害面积总计超过了 21 万平方公里，受灾人口达到了 2 亿多，其中死亡 3004 人。各地估报直接经济损失 1666 亿元。即使将这个估报数字削砍一半，损失也仍然接近千亿元。

洪水过后，人们痛定思痛，开始寻找原因。

应当说，1998 年这场洪灾，就单纯的水量和流量来说，并没有 1931 年和 1954 年那两场洪灾大。但是 1998 年的长江干流洪水位，除武汉、黄石段外，其他地段竟全部高于 1931 年和 1954 年。

原因在哪里？

细细探究，原因是多方面多角度的，但是其中最简单、最直接、甚至是最重要的原因却在于：人类过于贪婪也过于嚣张地伸手向大自然索取，导致了生态失去平衡，导致了泥淤河床，水位抬高，以致最终水患难绝，水患加剧。

洪水过后，中国科学院和中国社会科学院迅速组织两院的有关院士和院外专家，对有关资料和各方面的意见进行分析研究，很快得出了结论：

长江流域的水旱灾害所以严重，除了气象方面的客观原因外，主要的还是由于流域内生态系统的失调，集中表现为：在人口急剧增长的情况下，土地资源过度利用和不合理的开发。在山区，毁坏森林、陡坡开荒；在平原，盲目围湖造田，占用行洪洲滩。这些都招致自然界的报复。

专家们还专门向中央提交了一份报告。在这份报告中，明确地提出了要有计划地在西部地区实现"退耕还林"、"退田还湖"、"退田还河"、"退田还渔"。一些专家更是具体地建议：要实施封山种树，进行水土保持，全面停止长江和黄河上、中游地区的天然林采伐，要大力造林，恢复草地植被，实施25度以上坡地的退耕还林，25度以下的坡地建梯田。同时加强水土保持和控制水土流失。以小流域为单元，综合治理。工程、生物、蓄水保土耕作措施相结合，治理山区河道和泥石流。

所有这一切，都与吴起县正在大干的事业不谋而合！

如果说，此前党和国家领导人只是从宏观的角度来对待西北地区的生态恢复，是从广博的视点来看待治理西北地区的荒漠化和沙漠化，那么经过这场大洪灾，他们已经相当清醒地意识到，这场全国范围内的对生态环境的复原和治理不仅是对大自然的一种必须的"还债"，而且现实地成为保护当下民生和持续发展经济的必须！

1998年的长江洪灾，是大自然通过一种强力惩罚的手段，将"再造一个山川秀美的西北地区"这句话进行了有力的肯定和生动的诠释！

绿色的希望

长江洪灾疯狂泛滥之际，也正是吴起的封山禁牧步履维艰之时。

在郝飚一班人的努力下，吴起县的耕地很快就大面积地退下来了，这就必须尽快把植树还上去，如果只退耕不还林，退就是白退。

当时的陕北，植树造林还没有形成舆论，更不可能像后来那样，不仅从政治上、思想上、组织上获得了上级政府的支持，更从经济上得到了上级政府的支撑。对吴起县委、县政府来说，退耕还林起步伊始，他们就面临着一个具体的操作难题：资金从哪里来？

没有钱，就买不来树苗子。何况，当一项浩大的工程全面铺开后，方方面面都被牵动起来，有无数的资金需要，也就有无数的资金缺口。

时任吴起县林业局局长的赫登耀回忆说：

当时我们林业局所属的系统两个月基本就没发工资。干部一年下乡的补助呀，差旅费呀，全都没有报。硬是挤出资金搞退耕还林和植树造林。直到第二年财政上把经费补过来，我们才补发头一年的工资。第二年又累欠下来了，就继续采取这种办法。

后来有人开玩笑说：那一阶段的吴起县委、县政府，是自己把自己架到火山上了。

玩笑归玩笑，吴起县委、县政府却已经再无退路，再没有别的选择！

用不着动脑筋细想，就会明白形势有多么严峻：牧已经禁了，地已经退了，老百姓也千方百计地动员到山上去植树造林了。这一切都形势大好。但是在这大好的后面，同样隐埋着巨大的现实风险！最直接的风险就是，从前老百姓人均至少十几亩耕地，而现在只剩下两三亩了，这两三亩地能打出足够的粮食吗？

如果老百姓饿肚子，那吴起县不仅是对上对下交代不过去的问题，也不仅是承担责任的问题，更重要的是他们大刀阔斧所开拓的事业必定夭折！

那一年，从现象上看，吴起县气魄极大。他们波澜壮阔地封山禁牧，声势浩大地退耕还林，但细细观察，会发现他们气魄又极小，无论县委、县政府，几乎每迈一步，都小心翼翼，如履薄冰。他们起早摸黑，身心俱惫。一边抓紧退耕还林，一边紧抓精耕细作；一边抓紧封山禁牧，一边紧抓舍饲养羊。这两桩事情全是互相矛盾也互为冲突的。却哪一头都不能舍不能丢。不仅如此，对那些确实存在着生活问题的农民，他们还必须帮助其寻找门路，帮助他们联系出外打工。本来资金已经奇缺，县委、县政府还硬是咬着牙从山东买回来一批小尾寒羊，交给那些生计上有困难的农民去饲养。

就这样风风火火也磕磕碰碰地硬闯，1998年总算熬过来了。

那时他们根本不敢想，熬过了1998年，1999年日子会是怎么样的。他们相互安慰着：不错了，退耕到这个程度相当不错了！他们相互勉励着：会好的，日子会越过越好的！

黄土高原上的绿色革命

谁也没有想到，好日子真的不期而至了！

1999年8月上旬，时任国务院总理的朱镕基带领国务院有关部门，对全国十几个省市进行考察。考察的第一站就是陕北延安。

之所以第一站到延安，除了延安是革命圣地外，一个更重要的原因是由于延安所处的地理位置。

在中国，黄河是泥沙淤积量最大的一条河流。从古到今，对黄河泥沙的治理都是一件令人头痛的事情。而延安地处黄土高原的丘陵沟壑区，据统计，黄河每年有大约16亿吨的淤积泥沙，其中有8亿吨就来自黄土高原的丘陵沟壑区。当1998年的长江水患以空前的凶猛震撼着中华大地时，黄河的问题便非常自然也非常醒目地映入共和国主要领导者们的眼帘。

朱镕基来到延安以后，保持着他一贯的讲话风格，犀利风趣，富有激情。如果归纳一下，开场白他总共只说了两句话：

第一句是：我这次到延安，是来落实江总书记再造一个山川秀美的西北地区的指示的。

第二句是：我这次到延安，是来还债的。

短短两句，让在场的许多人心头呼地一热。陕北人心知肚明，当年闹红，毁掉了多少陕北的树木，破坏了多少陕北的生态，也让陕北人民蒙受了多大的困难和委屈。只是这件事情已经过去了半个多世纪，已经很少有人想起，没想到新一届的总理还记挂着！

朱镕基说：

延安是我们革命的老根据地，延安当时就这么一点儿地方，这么一点儿人，却养活了那么大的革命力量，直到夺取了全中国。但是你们的树林子也被砍光了，现在来还这个"债"，要把这个树林造起来。所以今天下午是召集大家研究，跟你们省里的同志、各部委和黄河水利委员会的同志来研究。

那一回，朱镕基在延安市宝塔区燕沟流域的聚财山上视察。之所以在这里视察，是因为燕沟流域按照世界银行贷款的要求，已经治理出规模。他们在山上修梯田，在半山腰种树，同时在沟底打坝蓄水拦泥，采用一种综合手段来对水土流失进行治理。

朱镕基对燕沟流域的治理极感兴趣。他先是仔细地询问流域治理区各项工作的开展情况,之后对修田和种树的利害和利益进行比较权衡。再下来他提出:延安人民能不能比世界银行再高明一些,干脆不种粮食,全部都种树!

大伙儿全都一怔。

之所以一怔,是因为这个问题太突然了,是因为大伙儿从来也没有敢从这样一个前所未有的角度去想问题!

看到没有人回答。朱镕基并不勉强,他谈笑风生地继续视察。

视察途中,他指着一块地,问时任延安市宝塔区区委书记的韩烨:这块地每年能打多少粮食?

韩烨回答得很诚实:如果是谷子,梯田每亩可以产到五六百斤,玉米可以到八百斤。但是如果是没有治理的坡地,就只能打一百来斤。

朱镕基多少有些惊讶,大概来自南方鱼米之乡的他没有想到,时代已经发展到今天,科技已经在人类生活和生产的几乎所有方面都发挥着巨大的威力,而在黄土高原上,偌大的一亩地,却只能打一百多斤粮食。

感慨之余,朱镕基说了一句:

一百来斤,那就干脆都让个体户去承包。把地用来种树,国家给你提供树苗,给你提供粮食。都是无偿地提供。怎么样?不问你要粮,不问你要钱,就问你要林!

后来在正式会议上,朱镕基又重复和强调这句话:

我们把粮食调给你们吃,你们就放心种树。把树种好了,把黄河治理好了,黄河下游增产的粮食,比你们种这点儿粮食要多得多。所以现在延安地区的人民,陕北的人民,要把过去我们革命时代的"兄妹开荒"改成"兄妹造林"!

当天下午,在延安召开的汇报座谈会上,朱镕基展开来讲话。

朱镕基说,在他原来的印象中,延安是不长树的。这使他非常担心。如果延安真的长不成树,那治理的难度就太大了。谁知这一回来到延安才搞清,这里种树不成问题。完全可以长活。

朱镕基说:

你们陕北的雨量其实不少,500多毫米,并不少啊!我现在是希望你山川秀丽,你这个泥沙不要来淹没郑州,你那个泥沙别下来,你那洪水别再淹中、下游,那里的亩产增加的一部分,比你种的那一部分还要多!

山川秀丽就是靠种树,不能再种庄稼了。这是为子孙后代创造一个新中国,一个山川秀丽的新中国。现在延河断流了,看了让人心酸。延河水那个歌怎么唱的?"滚滚延河水"。现在哪儿能看到那个滚滚延河水啊!像小沟一样,里面有点什么脏水。所以你不搞这个生态保护工程,不搞治理水土流失和种林是不行的。

那次会议即将结束时,朱镕基说了几句很重的话。不是针对哪个人,而是针对陕北水土流失这件事。让所有的听者都感到了一种震动。

朱镕基说:

——要起步啊,马上起步!这个历史任务是很急的。

——我们今年把步子迈开,今后年年都这么搞下去,相信10年、20年,陕北的面貌就会改变,全国的面貌就会改变。

——延安地区是重点。要赶快动手,做先行一步的试点!把荒山绿化起来!

——水土保持、绿化荒山、生态建设,这方面国家是一定要投入的!没有问题,我这个国务院总理保证,保证投入,一定保证!

可以说,声声呼唤,句句催促。

那次考察中,针对延安的实际状况,朱镕基还提出了退耕还林的16字方针:退田还林,封山绿化,个体承包,以粮代赈。

这与吴起县一年前提出的20字方针不谋而合。只是朱镕基是站在国家这盘大棋上看待问题的,所以视野更广阔,气魄和力度都更大。如果说吴起县提出的 20 字方针更多地指向恢复生态的具体操作层面,那么朱镕基的 16 字方针则从政策的指向和经济的支持上给吴起乃至整个延安、整个陕北的恢复生态事业做了最有力的支撑。

朱镕基说话算话,立竿见影。

为了鼓励西部地区的退耕还林,中央出台的政策是:黄河流域的农民每退耕一亩土地,就补助二百斤粮食。其中 100 斤小麦,100 斤玉米,同时补助林苗费 50 元、林苗管理费 20 元。

不仅如此,所有补偿的钱粮直接发放到农民手里。

对吴起县来说,1999 年是他们做梦都没有梦到的好年月!对他们来说,是非对错的争论已经不再存在,执行原定政策的阻力已经不攻自消。实践已经最有力地证明,他们的思路对头,措施得力,方向正确。无论大环境和大气候都变得对他们格外有利。

这一年,他们趁风扬帆,开足马力,使全县封山禁牧和退耕还林的力度大大加强,速度大大加快。全县总共有 185.5 万亩耕地。当年退耕还林的面积就达到了 155 万亩,占总耕地面积的 80% 以上!

对中央能够出台这样的政策,相当多的干部都难以置信。

想想看,此前农民人均十几亩土地。按一家 5 口人计算,至少有七八十亩土地。即使一户只退耕 20 亩,他们都能够轻轻松松地领到 4000 斤粮食。这是从前他们拼死拼活才能够获取的粮食的两倍甚至三倍!

薛家岔乡南沟村党支部书记阎志雄说:

当时国家提出的补贴政策好得让人不敢相信!所以究竟能不能兑现,咱得打个问号。

不光我不相信,老百姓就更不相信。当时我给老百姓做工作,千方百计动员他退耕。他死活不肯。我给他算账,说一亩地补你二百斤粮食,二十块钱,顶不上你种那一亩地?你种那一亩地能打下多少粮食?

他咋说?

他说根本不可能!咱农民历朝历代都是给国家交皇粮的,不管叫公粮还是皇粮，都一样！反正都得交粮！你阎志雄本事再大，还能把乾坤颠倒了？还能叫国家反过来给咱农民交粮了？

延安市退耕办副主任赵秀民说：

可以说1999年、2000年两年时间，国家能不能兑现钱粮，这个问题一直在我们脑海里盘旋，不仅是一个问题，而且是一个问号。

结果很清楚，说到做到，全部兑现。

这么多年来，我印象最深的始终就是2000年底第一次政策兑现时的情景。可以说人山人海，群众都非常激动，非常高兴，敲锣打鼓。有的开的是汽车，有的开的是蹦蹦车，都来领取自己的粮食，领取自己的补助。可以说已经过了这么多年，当时的情景仍然历历在目。

吴起县庙沟乡大岔村村民张永发说：

刚说有这项政策的时候，谁都不信，说啥都不信。

政策说只要你退耕植树，就补贴你8年，让你吃8年粮。老百姓就摇头，说不要说8年，连一年都不会让你吃。哪有那么多粮食让你白吃？国家能傻成这？

现在已经快满8年了，吃到吃不到，人心里知道。最近在中央的新闻上又看到政策，说为了巩固成果，给退耕还林的老百姓继续补贴，再补贴8年。这一回没人说二话。谁都信。当年不信的人吃了亏，现在都信了。

一边信，一边心里还是不踏实，这国家到底咋回事？白拿粮给咱吃？

后来的吴起县县委书记冯振东说：

"以粮代赈，个体承包"确实了不起，一下子就把群众的积极性调动起来了。再不需要政府去组织大会战。无论走到哪里，群众植树造林和护林都变成了自觉行动。春季到植树造林季节了，他自己去造林。秋季他自己去补栽。夏季雨水冲刷了以后他自觉去管护。可以说这种现象是过去从来没有的。

那一阶段，吴起——包括整个延安、整个陕北的农民个个欢天喜地！

尽管事情已经过去了十多年，但是当我在吴起和延安采访时，所有给我讲述这些事情的人都仍然是那样激动，那样振奋。以至于我不由得想，政策是多么重要。只是一个政策，就把农民退耕还林的积极性空前地调动起来了。如果说此前吴起县的干部们需要挨家挨户地去说服和动员，那么现在情况正好相反，农民们不光白天没命地种树，连半夜里都提着马灯在坡上继续干。凡是坡耕地，不用任何人动员，就一哇声地全朝后退。

不仅如此，由于植树造林的面积太大了，气氛太浓了，时间太紧了，任务太重了，于是一些通过植树造林获得了经验、学到了技术的农民便勇敢地走出家门，融入整个社会恢复生态的劳动中去。

阎志雄就是其中之一。

2000年，阎志雄带领村民成立了吴起县林海造林公司，除了给自家种树以外，还到延安的蟠龙镇、志丹的国有林场，以及其他许多地方去承包种树。和从前种树最大的区别在于，现在种树不再是义务出工，而是与每个参与者的切身利益捆绑在一起的。你多种树就能多得。不种树就不能得！

提起那一段，吴宗凯说：

"当时老百姓有一句口号，'宁让坡上的树多如牛毛，不让坡上光秃没苗'。

"我曾经去德国参观学习他们植树造林的经验。他们和我们不同，是自下而上地植树造林。由老百姓自己商量怎么种，种些什么，推动着政府重视和支持。这和中国完全相反。

"德国的做法当然有非常合理的一面，比如种什么树，怎么去种，让大家自己做主，这样决策上可能会更科学一些，弯路会走得更少一些。但是换个角度，不能说德国的做法就绝对好。更不能认为这样的决策就一定科学，就一定不走或少走弯路。我个人搞了多年的林业工作。我的体会是，有时候不加引导地让群众自发地去植树造林，失败的概率反而更高。

"还有一个不同点就是，德国人是不慌不忙，按部就班地种树。这可以理解。他们的生态环境和我们的生态环境完全不同！对我们来说，恢复生态是当务之急,迫不及待,需要只争朝夕,全力以赴。我们必须有紧迫感,必须大张旗鼓地干。德国人用不着这样。他们的生活环境本身就充满了绿色。我们是恢复甚至是拯救。而他们只是补充。

"再有一点我体会比较深。德国保护生态有德国的长处,中国同样有中国的优势。我们能够集中力量办大事!我去看了,我们一年办到的事情,德国人10年也办不到。谁要不信,就请他自己来看。我们吴起的山坡从前是那么光秃,可是短短一年就变绿了!

"说实话,这样的成绩,这样的速度,确实让人自豪!"

有作为才能有地位

吴起和延安的变绿,是吴起和延安人民勤奋努力的结果,同时又与党和国家领导人的决策和支持密切相关。

在提出再造一个西北秀美山川目标的四年后——此时对陕北退耕还林的支持力度已经相当大了,2001年3月,江泽民在出席"两会"时,面对全国人大陕西代表团的代表们,又一次谈到了西部治理沙漠的问题。

江泽民感慨地说:

"在我童年的时候,印象中陕西等西部地区美得很啊!似有'白云生处有人家'的意境。秦皇汉武,若干代古都建在陕西,但后来为什么沙漠化这么严重,是天灾,还是人为的原因所致?"

语言不多,语气却很重。

至今让延安人深感庆幸的是,江泽民提出让西部山川秀美的号召以后,党中央、国务院把这项工作的突破口,把退耕还林、恢复生态的试点放到了延安。这给了延安一个千载难逢的机遇,也使得延安以空前的速度变绿。

2007年,延安电视台曾经专门组织起一个《口述退耕》的栏目组,栏目组于当年8月赶赴北京采访与延安退耕还林密切相关的部分领导。

首先采访的是全国政协经济委员会副主任、原国家西部办副主任段应碧。

延安电视台记者郑斌很明确地向段应碧提出了问题:党中央国务院为什

么会把退耕还林的重点和试点放在延安？

段应碧回答，理由是多方面的。

段应碧从延安所处的地理位置以及中央领导对延安怀有的感情等方面回答了记者的问题后，又专门补充了一段：

还有两个原因：一个是延安从市、县、乡各级领导认识很到位，决心很大，这就为这项工作提供了有力的组织保障。退耕还林涉及千家万户，工作很具体，不是个轻而易举就能做下来的事情，地方领导重视不重视，下不下决心抓，是个很重要的因素。最后一点呢，它有经验。比如说吴起，它实际上在这之前，县委就做了个决定，一百三十多万亩土地，留下三十万亩，其他一次性退耕。我亲自去看了一下，效果不错。当时从西部办来说，把延安作为试点，而且是重点，大家意见都是一致的。

当记者问段应碧，他多次去延安，是否留下过什么难忘的细节或者印象深刻的人或事？

段应碧回答：

对我印象最深的是那次去吴起……当时还没有国家补助的政策，他就下这么大的决心，这就让我看到一点，这个地方搞生态不仅是符合国家的要求，政府的要求，也是农民的要求，也是地方的要求。

段应碧说：

把延安作为重点，我极其支持，就是因为看了吴起。

口口声声，都提到吴起，不忘吴起。

采访完段应碧之后，延安电视台记者继续采访了原国家林业局局长王志宝。

王志宝很坦率地告诉记者，其实退耕还林的初期，从国家这个层面，主

黄土高原上的绿色革命

要是围绕着生态的改善,围绕着如何减少水土流失,进而减轻国家的水患灾害和保护淡水资源这个角度上来考虑问题的。换句话说,当时主要的着眼点是生态。要追求实现的是生态目标。但是随着这项工程的不断实践和不断深入,后来就发现,必须把退耕还林与农民的吃粮问题,与农民最根本的生计问题结合起来。否则退耕还林也搞不好。甚至怎么退下来就还得怎么返回去。

王志宝说:

这些经验应该说主要来自于你们延安市。我们2000年到延安,到吴起。看了吴起。过去我也到过吴起,那时满山都是赤地,黄土地裸露,生态非常差。我没有想到那一回去看,满山都是绿的。虽然刚刚封育了两年,但是满山都绿起来了,生态环境有了很大的改变。所以就这个问题,我回来以后也对朱镕基总理有个专门的报告。而且从吴起这个经验,实际上也不仅仅是吴起的经验,延安市政府总结了吴起的经验,实际上在延安全市区都推行开了。我把这个经验报告给了朱镕基总理,朱镕基总理专门有个批示,后来在全国推行了封山禁牧,牛羊舍饲。

为什么我那时要到吴起去看,给我印象最深的,我在延安曾经开了一个乡镇长的座谈会。我问他们,为什么"三北"防护林建设这么长时间不见树?他们说你是老林业部长,那我们就给你说实话,之所以不见树,我们年年都造,造了以后都叫牛羊给我们吃掉了。这个给我感触很深。我想,我们不仅仅是光造林,怎么样解决这个造林之后的保护问题是非常重要的。那么和牛羊舍饲结合起来,是不是要限制畜牧业的发展,不是。我看在退耕还林当中,推进"封山育林,牛羊舍饲圈养",恰恰是为了更好的促进畜牧业的发展。

口口声声,仍然不离延安,不离吴起。

延安是革命圣地,这很光荣,甚至很神圣,但如果仅就这一点便把退耕还林的重点和试点放在延安,那显然是一种格外的偏袒,甚至是一种不公平的照顾。而恰恰是延安出了个吴起退耕,吴起造林,吴起禁牧——可以说,如果没有吴起县在封山禁牧问题上的率先破冰,如果没有吴起县在退耕还林上的超前启动,中央是否会将退耕还林的重点和试点放在延安,或许还多少会有几丝不确定性。

在这个问题上,有作为才能有地位——吴起以自己坚定奋发的作为,为整个延安奠定了退耕还林试点和重点的地位!无怪乎后来许多领导人挂在嘴边的一句口头禅就是:全国退耕看延安,延安退耕看吴起。

不能不承认,国家对退耕还林太重视了!对退耕还林的支持力度太大了!

后来我在陕南采访,同样涉及退耕还林。国家也同样给予了他们大力支持的政策。支持的力度和对陕北、对延安的支持丝毫不弱。以至于不少了解到这个情况的人都本能地探讨和思索,为什么?

起初我以为,这个为什么是指为什么国家对退耕还林如此重视?这个问题应当不难回答,因为生态的恶劣给中国带来的负面影响实在是太大了,因为荒漠化给中国造成的灾难实在是太大了!

但是后来我才发现,大多数人提出的这个为什么,是指中国为什么对退耕还林能够给予那么大的支持力度?

其实很简单,最根本的原因还是在于党的十一届三中全会以后,一个好的农业政策带给了中国丰衣足食的好日子。试想如果粮食仍然紧张,副食仍然紧张,无论哪个国家领导人,敢不敢张口就给退耕的每亩地补助二百斤粮食?

要知道,退耕还林的前8年,仅吴起县这样一个人口不多的县,老百姓拿到的补贴就达到12.86亿元呀!

如果仅仅经济上给予补贴,还不能算完美。毕竟,这里的农民要生活,而生活就要有吃的喝的,有烧的用的,退耕还林是好事,封山禁牧是好事,但是如果没有了吃的喝的烧的用的,再好的事情也枉然。

恰恰是在这一点上,国家考虑得非常周到。几乎与退耕还林和封山禁牧同时并举的,是开展了社会主义新农村的建设——2005年和2006年,中央连续两年的"一号文件"都是针对建设社会主义新农村这个主题的。新农村建设不仅是粮食增产,农民增收;也不仅是道路建设和房屋建设,并且包括了沼气灶、自来水等方方面面的建设。从本质上来说,这是一种新生活观念的引领,又是一种新生活方式的实施,具体到陕北和延安,这还是一种对恢复生态的有效支撑。

黄土高原上的绿色革命

据一些老年人回忆：清朝同治年间，吴起一带由于回民起义，频繁发生战争，杀人杀得妇孺不留。那些侥幸逃跑出去的人躲避在外，直到十几年后才陆续回来。回来后惊讶地发现，这里林子长起来了，草也长起来了，整个环境都变绿变润了。后来他们继续在这里住下来，而且居住的人越来越多。再后来，这里草没有了，林没有了，山坡上开始变得光秃秃的。

老年人的讲述不是围绕着退耕还林这个主题而来的。但透过这些讲述，我们却能够清楚地悉知一个事实。这就是，人类和大自然几乎是一对天然的矛盾体。这个矛盾最主要的核心是：人的生存必须向大自然索取，而索取就很难不形成破坏。

认真想起来，大自然是多么慷慨！它用那么博大的胸怀容忍着人类的一切！在大自然面前，人类从来都没有付出，从来都只是索取！并且这种索取是那样疯狂，那样贪婪，完全可以说恶积祸盈，无休无止！

随着时代的进步，今天人类改造自然，甚至改变自然的能力应当说空前强大。但是这种力量越强大，就越需要谨慎。要清醒地看到，善待大自然绝不是对大自然的恩赐，而是为了造福人类自己！

让几亿农民受益

当我在吴起和延安采访时，偶然中了解到，整个中国退耕还林工程，预计投资将达到 4300 亿元。

4300 亿元意味着什么？

意味着能够建设两个或者 3 个长江三峡大坝。意味着能够建设十几条青藏铁路。如果继续延伸，可以说它是自新中国成立以来所有项目投资中规模和力度最大的，它的直接效益是让几亿农民受益！

把规模和力度最大的投资放在恢复生态和放飞绿色，这本身就说明了一种执政理念。客观地说，这种理念天经地义，原本应当，但是在共和国的历史上却十分罕见。从前，由于对科学缺乏认知，也由于决策缺乏民主，更由于认为主观意志可以代替一切，整个中国大力推行的是"人定胜天"，是"消灭四害",是"喝令三山五岭让道,我来了!"全国老老少少,都闭着眼睛乱烧乱垦,都张开网子消灭鸟虫,把不知为什么惹着了人类的麻雀追得神经错乱,惶惶不可终日!

好在,中国在经历了一段探索的岁月后,终于走到了今天。

如今,延安的退耕还林已经毫无悬念地走在了全国前列。仅1999年到2009年的10年中,延安退耕还林的面积就达到了882万亩,占到陕西全省退耕还林面积的近三分之一,也占到全国退耕还林面积的25%!延安的林草覆盖率提高了15个百分点,水土流失综合治理程度达到45.5%。

这一切,称之为变化巨大,当不为过。

而更重要的是,从前延安农民以粮为主,垦荒种地,广种薄收,靠天维持的生活方式发生了根本性的变化。优质和高产高效的现代农业不仅初露端倪,而且成为延安广大农民的努力方向和追求目标。

我们可以通过数据来显示退耕还林给延安人民带来的福祉:

耕地总面积——

退耕还林前为1416万亩,其中农作物种植总面积470万亩;

退耕还林后为858万亩,其中农作物种植总面积326万亩。

粮食总产量——

退耕还林前为58万吨,平均单产126公斤。农民人均占有粮食384公斤。

退耕还林后的2005年为76万吨,平均单产230公斤。农民人均占有粮食485公斤。

再看收入——

退耕还林刚开始不久的2000年,延安市农民人均收入1444元。

5年后——2005年,延安农民人均收入上升到2195元。

又过去5年——2010年,延安农民的人均收入跃升到5173元。

需要说明的是,延安农民收入的迅速增加并不仅仅是依靠农业。近年来随着石油和煤炭的开采,延安已经越来越殷实,越来越富裕,但这种殷实和富裕并不能与退耕还林直接联系起来,不能由此说明退耕还林能够既收蛋,又得鸡。

但无论如何,延安的退耕还林都为老百姓造了福,都值得大书特书。

黄土高原上的绿色革命

其实,真正给延安和吴起人民带来的最大利益,不在于物质的逐渐丰裕,而在于他们生存方式和生存理念的彻底改变。前面说过,一个5口之家的吴起农民,至少拥有七八十亩土地。而5口人中,真正的劳力至多只有两到三个。换句话说,这两到三个劳力必将被这七八十亩土地绑得死死的。一年365天,他们即使天天起早摸黑,也仍然有干不完的活儿,受不完的罪!他们根本不可能活得像个人,而只能做土地的奴隶!他们天天顶烈日迎寒风,天天背朝天面朝土,就这个意义而言,那时候的农民是什么?是动物!而且是一种非常简单的、只会劳动的动物!已经无所谓高级还是低级!无怪乎不管教科书上以多么美好的字眼来讴歌和赞美劳动,陕北人民却始终坚定不移地把去地里干活儿称作"受苦"!

而现在,一人不过两亩多地。无论参与的时间还是参与的强度,都极其有限。

什么叫解放?难道解放就仅仅是政治上的?把一个人从终日伺候土地的奴隶转变成轻松驾驭土地的主人,这难道不是解放?

2012年2月,当我乘坐汽车赶往吴起时,一路上和开车的司机聊天,说起吴起农民,司机很感慨地摇着头说:现在的吴起呀,闲汉多了!

闲汉多了似乎不那么美好,不那么值得讴歌,但是把问题继续朝深入剖析,我们会发现,尽管今天如何引导"闲汉"们走向健康和文明的生活,已经成为一个值得重视的社会问题,但是和从前农民那种"不得闲"的生活相比,这却是一个巨大的进步!

而更重要的是,通过退耕还林,恢复生态,无论延安还是吴起的生存环境都被极大地改善了。有人很精辟地总结说,经济的发展总会有快有慢,陕南也罢,陕北也罢,从来都是三十年河西三十年河东,忽而此盛,忽而彼兴。变化可说永无休止。但是生存环境的改善,则无论对于今天的百姓,还是对未来的子孙,都是一个极大的、不可多得的福音!当我们清楚地意识到,未来那些可爱的小宝贝们将生活在远比他们爷辈父辈好得多的环境中时,我们不能不伸出大拇指发出由衷的赞叹:

吴起退耕,功莫大焉!

延安造林,千秋伟业!

吴起变了！延安变了！

这变化，不仅外来人看见了，就连土生土长的吴起人和延安人也看见了。

所有这一切，都是干出来的，引导出来的，鼓励出来的，也都是逼出来的！

当我在吴起县采访时，给我的一个比较强烈的感觉是，吴起县的农民们很轻松，也很悠闲。问起他们对政府和政策的看法。他们都赞不绝口。问到最后，他们认真地提出了一条意见，并且这意见绝不是一个人提出的。

他们说：政策确实太好了！不过也有不好的一面，这么好的政策也培养了一些懒汉！

这让我目瞪口呆。

再想想，仅仅在十多天前，我在榆林靖边县采访时曾召开了一个座谈会。在这个座谈会上，靖边县东坑镇黄家峁村支书阎志奇就曾经直言不讳地说：

现在国家对农业补助，种粮的补助，不种粮的也补助，这样没有区别的一律补助，农民就没有生产的积极性了。补助要有目的，有方向。不能鼓励懒汉。目前这样一种补助的政策，事实上在某种程度上鼓励了懒汉。现在种地每亩地补助43元，我们村上就有农民说：如果国家补助到每亩二百元，我就不种地了。

你想想，国家是好心，想尽量给农民多补助些，就当是扶贫，但现实是国家补助得越多，农民就越不想种地。这样一种补助政策怎么可能无限制地继续下去呢？至少我就听到一些农民拿到补助后说，今天我又可以喝几瓶酒了。

当然，应当重视"三农问题"，应当工业反哺农业，问题是怎么重视，怎么反哺，这个问题是个大问题，确实值得好好研究。

阎志奇说的不是退耕还林，是国家对种植粮食的补助。但和对退耕还林的补助有相同之处。在这个问题上，政府可以说千方百计地在为农民着想，政府制定的政策可以说是无微不至地在照顾到农民的利益，但是尽管这样，却还是有缝隙，有漏洞。

再想想，这丝毫不奇怪，无论哪一项政策，也无论这项政策多么好，都仍然会存在着缝隙和漏洞。就像包产到户，它把整个中国的农业和农民一瞬间就盘活了，但就是这样一项好政策，也仍然需要在具体的贯彻和实施中进行必要的修正和弥补。中国太大了，各地的情况太不相同了，在这种情况下，政策只能考虑一般性，而不能完全针对着特殊性。

需要一代人甚至几代人的持续努力

吴起退耕还林以后，农民的耕地面积大幅度地减少，在这种情况下，除了国家给予的补贴，作为吴起县委、县政府，该怎样来保证农民的利益？该怎样来促进农村的继续发展？

其实，这个问题不仅仅是吴起县委、县政府面临的问题，而且是许多县委、县政府共同面临的问题。随着20世纪80年代农业生产责任制的落实，也随着责任制落实以后一系列配套措施的紧跟，农民继续增收的难度越来越大。这正像跳高运动员的跳高一样。起初他往上腾跃的空间很大，几乎每跳一次，效果都很明显。但是当他跳到一定的高度以后，再升高一公分都将极其困难，都需要付出极大的代价！在很大意义上说，这既是问题的浮现，又是成绩的彰显。它充分说明各级政府对农民的关注和帮助已经达到了一个相当的层次和高度！

客观地说，如今的吴起县丝毫不穷。这得益于它脚下的石油。2011年吴起全年财政收入达到了36.4亿元。这在整个陕西省都名列前茅。如果按人均财力计算，更不得了，不仅是全市第一，全省第一，而且是全国第一！

但吴起人却很清醒。他们说，我们虽然县财政富了，但比较起来，农民仍然是穷的。

他们拿出实例：2011年，吴起农民人均纯收入6878元！

毕竟，吴起县发展农业先天不足。这既不因为不退耕还林而存在，也不因为实行了退耕还林而消失。吴起县全年降雨量500毫米左右，并且基本上都集中在7、8、9三个月，因此春旱至今仍然是吴起县农业的大敌。

究竟怎样朝前走？

采访中，我反复地向有关人士提出这个问题，回答的结果基本如下：

第一，凡是荒漠化沙漠化严重的地区，都坚持不懈地退耕还林和恢复生态。如果说这个问题10年前人们还存在着不同的认识，还为此不停地讨论和争论，那么经过这么多年的实践，人们的思想已经高度地趋向一致。无论干部还是普通百姓，也无论站在全国大局的角度，还是站在本县本镇的小角度，甚至纯粹站在个人生存感受的角度，都已经认可了这个目标，认准了这个目标。

第二，因地制宜，发展自己的特色产业和特色产品。

第三，大力发展现代农业。包括大力实现农业新技术和农业的园区引领。陕北高原由于土地和气候的原因，用从前那种原始的耕作方法是很难实现发展的。要发展，就要克服这些自然因素的不利。而这，就必须坚持产业规模，科技引领。

……

还有许多，都很具体，也都很琐碎，我不逐一细述。

作为个人，我没有能力对这一切未来发展的方向是否切实作出结论，我更不能断言，通过这些就一定能使延安和吴起的老百姓们持续地增收和增产，进而顺利地奔向更加富裕的新生活。我只能说，从当下的总体形势来看，整个陕北、整个延安、整个吴起发展的目标是清楚的，发展的思路是明确的，发展的信心是充足的，发展的条件是具备的，剩下的只是两条：一是扑下身子埋头实干；二是它仍然必须接受新一轮实践的检验！

当我结束吴起的采访时，吴宗凯为我提供了一组退耕还林前后的数据：

土壤每年每平方公里侵蚀模数（即每年每平方公里流失掉多少土壤）——

退耕还林前是1.528万吨；退耕还林后是0.54万吨。

林草覆盖率——

退耕还林前是19.06%；退耕还林后是62.90%。

动物存活率——

退耕还林前各类动物几乎绝迹；退耕还林后野兔、蛇、狐狸等开始陆续重现。

沙尘暴——

退耕还林前经常发生；退耕还林后就地而起的沙尘暴几乎绝迹。

而另一组数字是：

1994年8月31日，吴起县下了一场120毫米的暴雨，在城关镇监测到的洛河流量为每秒7040立方米，含沙量为每立方米885公斤。而2004年8月18日下了一场110毫米的暴雨后，相同地点监测到的洛河流量是每秒1300立方米，含沙量为每立方米66公斤。

洪水流量和含沙量分别下降了82%和93%。

不仅如此，根据气象部门监测，吴起县有雾天数由年均25天增加到27天，5级以上大风由年均19次下降到5次。扬沙天数由年均31.6天下降到6.5天，洪水、暴雨、冰雹、霜冻等自然灾害减少了70%。

数字非常枯燥。

但它非常说明问题。

而伴随着这些枯燥的数字的是，吴起和延安老百姓生活的环境在迅速改善，生产的方式在迅速改变，生活的幸福指数在不断上升。所有这一切，既是真正的进步，也是最大的和谐！它远比我们整天高喊的GDP丰富得多，也生动得多！

当我在吴起采访时，我看到一张相片，那是在中共吴起县委九届二中全会的主席台就座的所有人。吴起人告诉我：这是一张历史性的相片。那上面坐着的人，就是吴起退耕还林的启动者和领导者。

吴起人告诉我，从那以后，吴起县历届领导班子没有任何一届忽视退耕还林。不仅如此，每一届领导班子在继续前任班子所做工作的基础上，又将退耕还林、恢复生态的工作继续朝前推。

让我们回过头来说开篇提到的那"一棵树"。

围绕着当年那"一棵树"，吴宗凯连续拍摄了几张相片。每年拍一张，始终围绕着这棵树。

第二张相片是一年后拍的，可以明显地发现，这棵大树的周围已经栽起了无数小树。

第三张相片是两年后拍的，这棵大树的周边已经出现了一片浩瀚的新绿。

第四张相片是三年后拍的，这棵大树的周边已经是一片浓郁的深绿！

如果说这连续四年的相片用无言的述说为我们展示出一段历史，那么另一张俯瞰全貌的卫星遥感图就更令人欣喜。至今没有人能够说清，这张卫星遥感图是谁操作完成的？又是为着什么去进行的？人们能够知道的只是，这张遥感图是采用当代最先进的遥感方式，将陕北地貌进行了一次不加任何分析也不容任何修饰的扫描。在这张卫星遥感图上，整个陕北虽然总体上还呈现着大片灰黄。但是已经有不少地方开始凸显出绿色。而尤其是在吴起县域内，陡然而起一片整体的绿色。最令人惊绝的是，这片蓊郁的绿色用自身的起伏，构织成一幅图案，这幅绿色图案的大小和轮廓，竟与行政地图上的吴起县完全一致！

桃李不言，下自成蹊。

吴起县退耕还林的成绩以及生态环境的恢复，已经用不着我再费笔墨！

吴起变绿了，非常可喜。但吴起只是延安的一个县，只是延安的十分之一。

整个延安呢？

段应碧在接受延安电视台的采访时讲到一件事。那是他坐飞机从北京到延安去。小飞机飞得不高，加上天气特别好，所以他出于职业习惯，一路上始终趴在飞机的舷窗上朝下看。他心里清楚，陕西和山西是以黄河为界的。黄河东面是山西的吕梁山区，过了黄河就进入了延安。

段应碧说：飞机在黄河东边还是大片的黄色。但是一进入延安，马上就不一样了！坦率地说，究竟哪些是耕地，哪些是后来栽上树的，在飞机上根本辨不清。可以看清的是，整个山川的郁蔽度已经很高了。一眼看下去，满眼全是绿色！

其实，只要在这几十年中去过延安的人，相信都会有这种感觉！

以我个人为例。如今，由于工作关系，更由于交通方便，我常常去延安。是顺着高速公路前去。启程，我不必紧赶急催；到达，我不会披星戴月。一切都用正常的方式进行,正常的速度,正常的程序,正常地到达和休息。

如果说这种正常本身就体现出一种进步,那么更重要的进步是,当我进入和到达延安的领域时,惊奇地发现我竟然置身在绿色之中!天是蓝的,水是清的,山是绿的,汽车再不是在枯漠空寂的荒山秃岭中进行,而是逶迤于绿色的山体,饱蘸着绿色的滋润!极目远眺,远山近水,层层叠叠,浅绿、深绿、翠绿、浓绿,满野苍翠,一抹如染!

其实,陕北高原是那样辽阔,陕北高原的荒漠化和沙漠化是那样严重,我非常清楚,我看到的绿色不过是冰山一角。

但毕竟,绿色已经出现,已经开始!

不能说现在就大功告成,更不能说此刻便一劳永逸。对吴起和延安,甚至对整个陕北来说,怎样持续地退耕还林,怎样保证恶劣生态不反弹,这需要长期扎实的努力。而在措施上实现了退耕还林和禁止了生态毁灭的同时,怎样长治久安地解决当地人民的生存和发展问题,这不是一两句话能够说得清的大事情,也绝不是一两代人能够干得成的大事业。

但毕竟,一个不能再继续的时代已经离去,一个尽管还需要奋斗却充满了希望的明天正逐渐降临。

我想起吴起人说的话。

他们说:近代史上,延安的亮点是红色延安。现在我们要做的,是在延安实现一次绿色革命!这同样是一场意义巨大的革命!

他们说:对这件事,我们充满信心!

当我踏着春天的脚步,走在延安已经变绿了的山水间时,不由得想起1990年那一次到延安。那天是5月15日。按节气说,这已经不是初春仲春,而是立夏了,但是抬眼四望,延安给人的感觉还是那么苍凉,那么荒芜!

完全是恍惚之间,延安已经变得一片葱绿。

巨变如斯,使我思绪难平。

我想起采访中,针对吴起以及延安、甚至整个陕北和世界上种种的荒漠化和沙漠化现象,有许多种不同的意见。有人坚定地认为,这是由于耕荒种植造成的,是人为的。以吴起为例,只要放开让农民自由放羊,用不了两年,满山的绿坡注定就又会变成一片黄色。

但也有人说，尽管有人为的因素，但从本质上说，还是大自然自身各种条件的积累和变化所造成的。如果纯粹讲人为，那么江南水乡同样在耕田种粮，为什么却从来没有荒漠化和沙漠化？同理，新疆塔克拉玛干大沙漠，根本连个人影儿都见不着，更谈不上人为的垦殖和破坏，却为什么沙化得那么凶？

不能不承认，都说得非常有道理。

应当说，对荒漠化和沙漠化的原因，至今仍在探讨。但是有一条，无论大自然本身会造成什么样的结果，人类的破坏作用都绝不可低估！

其实何止荒漠化和沙漠化，许多自然界的现象都在证明着这一点。小时候我在宝鸡上马营铁小上学，学校南边隔条公路要建铁路中学，建中学的时候，我们常常到工地去玩，亲眼看见只要挖地三尺，地下就自然涌冒出水来，一夜之间，涌水便很自然地积聚成盈盈水坑。

而如今，即使挖地10米，也仍然无法见到水。

如果这几十年中天不降雨，或者雨量大减，那当另说。如果这几十年中宝鸡发生过诸如地震之类能够彻底改变地形地貌甚至地质结构的地壳运动，也当另说。

恰恰这一切都没有发生！

结论非常明显，是人类的活动造成了地下水位的剧烈下降！

不仅如此，短短几十年中，水位剧烈下降的何止一个宝鸡，一个西安，一个陕西省！它是全国性的问题！

如今人们常常挂在嘴上的一句话是，对大自然一定要有敬畏之心。但是据我的观察，外国人是将对大自然的敬畏放在心里的，中国人对大自然的敬畏则是作为一种时髦挂在嘴上的。就本质而言，外国人的敬畏是一种宗教的信仰，更是一种由宗教信仰形成的意识凝结，他们的敬畏源自灵魂。而大多中国人的敬畏则更多的是一种问题逼到眼前之后的模仿和学舌。有太多的中国人没有信仰，是无所畏惧的"彻底的唯物主义者"。当人们无所畏惧地和自然界作斗争时，又怎么谈得上敬，怎么谈得上畏呢？

坦率地说，采访吴起和延安使我感到由衷的振奋和激动，也让我联想起一些事情并为之担忧：今天正处于盛世中的中国人是那么向往奢侈，那么善于挥霍。或许是从前穷怕了苦怕了，人们不顾一切地享受着人类所能创造出来的所有物质成果，并且是那样一种不问缘由、不讲道德、不计后果的疯狂般的享受。在物质强烈的推动和不良精神的巨大诱惑下，他们似乎根本没有时间去意识：人类的发展一定要谨慎，人类的活动一定要适度。必须看到，人类越是强大，改造大自然的能力越强，就越要小心翼翼。要清醒地意识到，人类对大自然越蔑视，制服大自然越轻率，遭到的报复就愈沉重。

这是生活的不二法则！

在敬畏自然和亲近自然上，吴起为我们树立了榜样，延安为我们带了个好头，更重要的是国家政策对此有着强大的引领和支撑，应当说风帆扬起，万事俱备。剩下的问题只在于，我们能不能见贤思齐？能不能沉下心来踏实做事？

第五章 身边的人和事

偶然碰上的出租车司机
镇委书记何文辉
闫家坪村印象
农村中存在着哪些问题
闫蛮升和许巧莲
变化中的羊山村
农民太高兴了，太感激了
拥护民主选举制度
故乡十二盘
对村民自治的讨论
农民并不认可民主海选村干部
子女接受教育成为农民普遍的负担
农村儿童的走与留
越念书，家就越穷
低保政策的是与非
问题出在哪里
警惕不良习惯势力的侵蚀

身边的人和事
Shenbianderenheshi

偶然碰上的出租车司机

在我采写《一号文件》这本书稿时，我给自己制订了一条原则：如果不是特殊情况，不是人地两生毫无头绪，我的采访就尽量不惊动当地政府，而是采取一种非常自然的方式，悄悄地走进农村。原因很简单，假若是对方专门为我安排的采访，那么很可能他们会有意展示些什么，也有意掩饰些什么。即使有些政府部门完全不存在这样的心思，也很可能会选择他们心目中一些完美的典型来供我剖析。

也正因此，我很珍视生活中那些出自偶然，或者发生在那些不经意间的事情，并以此为切入点，开始我对农村和农民的真正了解。我觉得只有这样，我掌握到的材料才足够真实，才具有意义。

2012年春节我是在陕西宝鸡市过的。

初二下午，我去拜访一位老朋友。

坐上出租车，司机是一位40岁左右的男人，车刚开出，他的手机就响了。他没有用手接听，而是采用扩音的办法接听，结果通话就清清楚楚地传入我耳际——电话显然是他妻子打来的。她告诉丈夫，刚才她给婆婆家打了个电话，问孩子怎么样？婆婆只回答了四个字"孩子睡了"就把电话挂掉了。她有一种不好的预感，好像婆婆对她有意见，在给她寻事。

司机口气温和地安慰妻子：不会的不会的，你千万不要多想。

妻子说：什么不会？我的感觉肯定不会错。

丈夫说：真的不会真的不会，你千万不要多心。

两人就这件事说起来，一说就打不住，足足说了十多分钟。

挂掉电话以后，气氛多少有些尴尬。为了缓和气氛，我主动开口，问司机家是哪儿的。

回答是磻溪镇。

磻溪镇距宝鸡市区大约有二三十公里。40多年前我下乡当知青时，曾经多次路过那里。

我问他在磻溪镇哪个村。

回答在颜家坪。

哪个颜？颜色的颜，还是严肃的严？

他告诉我，既不是颜色的颜，也不是严肃的严，而是外面有个门字的——

我立即闪电般地想到了"阎"字，并且毫不谦虚地认定这个村应当是阎家坪村。

我又问他，是给别人开车，还是给自己开车。

回答是给自己开。又告诉我，他和他妻子都在开出租，都是自己的车。

收入怎么样？

还行。刨除成本，每个月每辆车能赚五六千元。反正花的用的足够了。

农村家里的日子怎么样？

他看看我，说了一句充满自豪、也让我非常惊奇的话：农村人现在比城里人日子过得好。

我多少有些怀疑。此前为了采写这部书稿，我才去过几户农民家，应当说日子过得确实都不错，但这不错要看用什么样的标准去衡量。如果用城市中经济条件很差的人去比较，农民的日子应当说确实很好。但如果用城市中经济条件好的人去比较，他们的日子则将大大地逊色。而更重要的是，按照一种常规和直觉去判断，农村人的日子怎么会比城里人的日子过得好呢？如果日子真的过得比城里人好，那中央还煞费苦心地研究和解决"三农"问题干什么？那农民还出来打工干什么？农村又为什么会出现那样多的空心村？

停顿片刻，我问他：你们村里的年轻人是不是现在都愿意出外打工？

他说谈不上愿意不愿意，反正都出去着呢。

剩下的年轻人还多不多？

不多。

有没有一半？

哪有一半！连一个都不剩！

我吃了一惊，问他：难道所有的年轻人都愿意出外打工？难道所有的年轻人都能够出外打工吗？

他反问：那咋弄？年轻人不出去打工留在村里干啥？

种庄稼——也包括干其他各种活儿呀！

村里根本就没活儿！

怎么会没有活儿呢？农村的活儿那么多！

他奇怪地看看我：有啥活儿？现在种庄稼根本就没有多少活儿！收麦，一天时间就收完了；种麦，一天时间就种完了。就是收玉米还费点儿事，也费不大。其实只要你愿意，收玉米也能用机械，也就一天时间。你自己算，就这么几天的活儿，你把年轻人都拴在农村里干啥？把人闲死呀！

半年前我曾经去临潼县代王镇纸李村采访。一位叫师凤芹的桃农就对我说过种粮食既省心又省力的话，但她的话并没有改变我存留在脑海中的一个印象。在我的印象中，农村青年出外打工主要是为赚钱。我从来没有想到是因为他们在农村太闲，无事可干。

而现在，这位出租车司机和师凤芹说的竟然如出一辙！

只是我仍然疑惑，仍然不敢相信。

我想，改革开放以后，种庄稼的水平和技术肯定会有很大的进步，但究竟能够进步到怎样一种程度，这却不得而知。要知道，现在土地都是承包给各家各户的，都是零切碎割的，这能使用大型机械吗？何况就整个陕西而言，平坦的川地是那样少，起伏不平的山塬则是那么多，在这样一种复杂的地理环境中，劳动生产率能够得到那么神奇的提高吗？

想了想，我换了个角度向他提出问题：一年到头的农活儿需要花费多少时间？

回答：最多一个月。

这又让我吃了一惊。

除草怎么办？

现在基本上不除草。

不除草庄稼怎么长？

真要是除草，也都是用除草剂，不费事。

我确实不知道该怎么问了，尽管我年年去农村，但是对具体的农活儿却已经变得很陌生。

只是我仍然疑惑，难道全年的农活儿真的就那么点儿？

又想了想——这一回是给他留有充分余地的、试探性的提问,也是一种曲折的、用迂回方式来核实情况的提问:"农村那么多活儿,你把它大大小小全算上,用两个月时间去干,够不够?"

"哪用两个月!"他还是那么自信,"一个月都用不了!"

我不知该问些什么了,停顿了一下,"那——现在农民对政府的政策怎么看?是好还是不好?"

"咋能不好!"他说,"再没有这么好的了!现在不光种粮给你补贴,你养头猪也给你补贴,养头羊也给你补贴。你再到哪儿去找这样的政策!"

又很感慨地说,"说实话,现在农民的日子一下子好过了,比工人好过!"

他已经是第二次说这句话了,这使得我不能不认为他这句话是发自内心的。

沉默片刻,我问他:"为什么农民日子比工人好过?"

"因为农民没有那么大的压力!"

"什么压力?"

"比如房子。农民不用买房。你城市人光买房就把人难为成啥了!"他说,"再一个,农民不管吃的用的住的都方便。花不了多少钱!城里人不同!别的不说,我们村的农民,差不多有一半以上的人家都有车!"

这让我大吃一惊。

改革开放初期,我个人曾经有个判断,改革开放的步子迈得再大,人民生活水平提高得再快,有两条是不可能实现的:一条是在人口如此众多的中国,粮食根本不可能取消定量供应,根本不可能放开让你随便吃;另一条是老百姓再富裕,也不可能拥有私人小汽车。对曾经从极端艰苦年代中走过来的人来说,能够放开吃饭和拥有私人小汽车,实在是连想都不敢想的奢侈!要知道,从前我们衷心向往的共产主义,也不过是楼上楼下,电灯电话。也还没有敢说洋房小汽车呀!

但是做梦也没有想到,改革开放不过短短10年,中国粮食的供应制度事实上已经取消了。1990年我曾经在半个中国跑了一圈。从黑龙江到辽宁,到山西、山东、河北——当时除了在天津吃饭时还需要天津的本地粮票外,其他所有地方吃饭都已经不需要粮票了。

5年后——我应铁道部之邀写作《大京九》时,采访了铁道部的一些高级工程技术人员，谈到了铁路运输和公路运输的优劣，也自然而然地谈到了该不该发展汽车工业的问题。那时大家思索和探讨的还是中国究竟该不该发展汽车工业，以中国的底子和中国的人口，能不能承受汽车工业带来的负面作用。当时间又过去了十年之后，却已经有很多人拥有了属于自己的小汽车。

生活进步之快，可以称得上神奇！

尽管如此，我仍然不敢想象，我身边的农民能够相当程度地拥有属于自己的汽车。如果这个消息是来自江苏的华西村，来自那些由于偶然因素便猛然间富裕起来的特殊地区，比如陕西的神木或者府谷，那我还多少能够理解和相信，但是眼下他说的却是宝鸡市的磻溪镇。那是我比较熟悉的地方，甚至改革开放以后，我也常常途经那里，那里不是陕西最穷的村庄，但也绝非最富裕的村庄。那里没有时兴的工业，没有形成规模的旅游景点，甚至没有突出的农业主导产业，在这种情况下，他们怎么可能有能力购买小汽车呢？

几乎是闪电般的一刹那，我便决定了，我要去那里看看。

镇委书记何文辉

我是两个月后——2012年清明节后去的阎家坪村。本想一个人悄悄去，是一种暗访的性质。但是反复考虑后，还是不得不通过熟人先找到磻溪镇党委书记何文辉。之所以如此，是由于如今的社会没有那么单纯，如果我直接跑到阎家坪村，该去敲谁家的门？敲开门又该怎么说？

其实不管你怎么说，对方都会拒绝你。这些年，无论城市的市民还是农村的农民，都被那些传销的卖药的弄怕了。

我先找到磻溪镇政府。

政府院子里空空荡荡的。我看见一幢楼前有两个人站着说话，于是走去问何文辉在哪里。

回答说在开会，又用手给我指了指会议室的位置。

我直接走向会议室，里面黑压压地坐满了人，气氛很肃穆，想了想，还是不要干扰他。于是退回来耐心等待。谁知一等就等了20多分钟，我实在耐不住，重新朝会议室走。已经是上午9点多了。我不清楚阎家坪村距离这里有多远，我担心在这里耽误时间太长，会影响到进村。

会议室里人很多，以至于门口都挤满了人。我走过去，悄悄地对坐在门口的人说：请把何书记叫出来。

他却根本不理睬。

我又说了一句：请把何书记叫出来。

他却还是不理我，似乎在他心里，我是个来闹事的。

我没有办法，只好退回来，一直退到镇政府办公室，办公室里恰好有人，于是我请他去帮我叫何文辉。

他很怀疑地看看我：你是干啥的？

我回答：社科院的。

他一时听不明白，重复了一句：社会学院的？哪个社会学院？

我只好字正腔圆地告诉他，是社科院。社会科学院。陕西省社会科学院。

他这才认真起来：有啥事？何书记知道不知道？

知道。昨晚电话上我和他说好了的。

他态度明显地客气多了：那你再等等吧，很快就完了。

我无话可说，只好耐住性子继续等。

一边等，我心里想，这何文辉倒确实是个诚实人。昨天电话中我请他谁也不要惊动，让我尽可能悄悄地进村，他就真的谁都不惊动。从我走进这个院子到现在，所有碰见和问到的人，没有一个知道我是谁，来干什么。

不到一刻钟，会果然散了。

我看见其中有一个人手里拿着笔记本，边走边听别人说话，那人像是向他请示或者汇报工作，于是迎上前拦住问："是何书记吗？"

他一怔，这才猛然想起："你是那个作家？"

又急忙对身边那位说了几句，转身领着我朝他的办公室走。

走进办公室，他一边为我倒水，一边问我到村里主要想问些什么，想看些什么？

于是我就把与这位出租车司机相逢的情况讲给他听，我讲得很详细，从怎样坐上出租车，到他怎样接听电话。当讲到"颜"、"严"与"阎"的区分时，何文辉说：还不对。不是阎王的阎，是门字里面有三横的闫。闫家坪村。

讲到这位司机说他们村里一半以上的家庭都买了车时，何文辉摆摆手：百分之五十的家庭有车，这达不到。

语气非常肯定。

我多少有些惊奇，显然，他对农村——起码对闫家坪村的情况是熟悉的。

我干脆放下水杯，提出先请他讲。

他显然没有思想准备，有些发怔，也有些犹豫：讲什么呢？

随便。就讲最简单最原始的。比如当前农村和农民的真实生活状况，比如中央的农业政策是否符合农村的实际，包括农民在新生活中面临着的各种问题。总之，随便讲，放开讲。

何文辉想了想：可以。不过我只能说我知道的。

何文辉说——

总的看，现在的农业政策确实好。可以扳着指头数一下，国家光给农民的各种补贴就有多少：种粮有良种补贴，退耕还林有退耕补贴，养猪养羊全有补贴（还说了好几项，我没有记住）。磜溪镇一共43000多人，平均下来，人均能享受各类补贴177元。可以说，有好多正常的工作你只要去开展，去做，就都能够拿到补贴。

农民普遍认为，这些年国家对农民的关心是实在的，也关心到了实处。拿医疗制度的改革来说，很多人根本没有想到这么快就能够推行。现在农民参加医疗保险，人均只交五六十元，一旦生病，至少报销50%~70%，低保户则可以报到90%。

你说你碰到的那位出租车司机充满了自豪感和幸福感，是不是可以这样认为，农民有幸福感，主要体现在这几方面：一是吃粮不存在问题；二是现在看病也不存在问题。再就是现在农民的孩子上学免学费，还专门有蛋奶工程为他们保证营养。现在城市人能够享受到的东西，农民也基本上都能享受到。电视家家有，电话家家有——应当说，这样的生活是农民几千年来做梦都想不到的。如果说满意，恐怕这些都是他们感到满意的地方。

你问农民的收入从哪里来？目前主要靠两块：一块是传统农业的收入。

主要是种庄稼，务水果和养殖；另一块就是打工。我们镇上年轻的新生代全部进城打工了。其中就近打工的有14000多人，远离本土打工的有11000多人，打工的内容主要是建筑业，再就是家政。一般来说，妇女家政一年能有一万两三千元的收入——

何文辉说到这里，我已经基本断定，他说的全是实话。

之所以有这样一种认定，除了他坦率地认为闫家坪村达不到50%的家庭有车之外，还在于他介绍的这些内容都是非常具体和扎实的，使你有一种可触可摸的感觉。

而更重要的是，我当年插队下乡的地方——宝鸡市陈仓区天王镇十二盘村距离磻溪镇很近。2012年春节我刚从村里为远在南方的亲属请了一位家政，每月包吃包住之外，月工资是2000元。粗粗一算，就知道一年的收入绝对在两万以上！

而他，却说妇女搞家政一年的收入在一万二三。

作为镇上的一把手，他谈到农民收入可以有两种选择：一种是尽量把农民的收入说得多一些，那同时就显示出他的政绩；另一种是实事求是地说。

他显然属于后者。

我告诉他，我也为亲属请了一位家政，但是每个月的工资是两千元。这样算下来，一年收入将远远超过一万二三。

何文辉有些惊奇，看看我，说：那你给的高。

我问何文辉，现在夏收秋收、春播秋播真的有那么快吗？

回答：这是事实。尤其是这几年，"三秋"、"三夏"确实搞得快。

坡塬地区能使用机械吗？

能。现在机械水平高。有些纯粹的山区都能用上机械。不过大型机械不行。真正的山区也不可能使用大型机械。

我问他：当前农村都存在哪些问题？

这一下他打开了话匣子：

"你碰上的那个司机说农民日子现在比工人过得好，我觉得一部分是事实，一部分不是事实——和从前相比，农民的日子确实过得不错。尤其是那些学了技术，又找着了干活门路的农民，日子确实过得不比城市人差。

"不过农民虽然日子过得不错，面临的问题也不少。比如农民在六七十年代盖的房，现在要翻盖。这一盖就把多年的积蓄搞完了。再就是给娃娃娶媳妇，也要把多年的积蓄花光。所以辛苦一辈子，就做了这样几件事，等把这几件事做成了，手里的钱就都不见了。

"目前四五十岁的人在外面打工都没有啥问题，他们挣了钱迟早还会回到村里去。最可怕的是新生代农民。他们不想回农村。这在征地的时候就可以看出来。四五十岁的农民一听卖地，就恋恋不舍，总说价钱太低，要再商量。其实嫌钱低只是现象，根子里头的问题是对土地有感情。但是年轻一代就不同，一听卖地，兴高采烈，说赶紧卖赶紧卖，早就不想种地了！两种态度，对比鲜明，这一点我们感受特别强烈。"

何文辉说，

"问题在于，年轻人不想回农村，但他们在城市里又扎不下根。结果形成了一种吊在半空的现象。这种现象目前相当普遍，也对年轻一代的农民形成了很大的压力。如果你不在城市里买房，你根本就娶不上媳妇。但是如果在城市里买房，你根本买不起。

"作为国家，当然应当想办法让农民均等地享受社会化服务，包括公交、通信、教育、医疗。但同时，我觉得一定要加强对农民的教育。目前农村正在转型。农村现有的种种问题中，我认为一个很大的问题是对农民的教育不够。"

何文辉说，

"农民的道德底线在下降。举个例子，国家给农民低保明明是大好事，是造福于农民的。但是现在具体实施低保却很难。农民希望绝对平均主义。他们根本不考虑低保的具体条件。反正你有的，我也要有。没有就闹。不给不行。

"再比如村领导班子的换届，难度越来越大。我的体会，上一届村级领导的换届工作还好办些，这一届就很难。当然可以说这和民主进程的推进有关。但同时也和具体利益有关。我们这里6个镇划归宝鸡市高新开发区了，一直在搞征地开发。村干部虽然官儿不大，但有权。当上村干部就算个人捞不到好处，起码可以给自己这一派的派系成员捞好处。这样一来，矛盾就相当突出。最明显的是,过去换届大家对程序不怎么在意。现在不同了,每个程序都盯得死死的。比如唱票规定要几个人在场,揭票要几个人在场,都严格地盯牢。过去是谁想当村干部都行,把当村干部太不当事儿。现在是谁想当都不行,把当村干部太当事儿。"

何文辉说,

"目前农村正处在向城市跨步的阶段,这个阶段的农民问题很多,也很复杂。拿钱来说,农民看上去有钱,看上去也没钱。"

闫家坪村印象

简单地听何文辉介绍过情况后,我就直奔闫家坪村。

看了看时间,走进闫家坪村是上午 10 点多。

这是秦岭山脚下一座普普通通的村庄。

说它普通,是因为就房屋而言,这里的房屋基本上都是一砖到顶的两层楼。但是与我 5 年前在秦巴大山深处的旬阳县棕溪镇王院村看到的房子相比,这里的房子明显地显得土气。在王院村,我看到村民们盖的房子样式是新颖的,其中有些甚至是仿照欧洲别墅的样式盖起的,让人打眼一望就觉得典雅和华贵。

而在闫家坪村却完全没有这种感觉。

磻溪镇地处关中西府,可称遍地古迹,满目人文。五丈原上的诸葛亮庙,磻溪河畔的姜子牙钓鱼台。"凤凰鸣矣,于彼高岗。""周原膴膴,堇荼如饴"——按理说,无论从文化渊源上还是从地理优势上,闫家坪村都应当比陕南秦巴大山中的王院村先进得多,可为什么在房屋建筑的艺术品位上,却远不及王院村呢?

闫家坪村是一个川塬地带。这里的耕地都呈现着一种梯田状。这些梯田历史久远,形成得非常自然,也分布得极为匀称。梯田里种植的基本上全是小麦。阳历 4 月,莺舞燕翔,绿波翻涌,是一幅绝妙的天然美景。

身边的人和事

上午10点多,正是农民在地里劳动的时候,我特意张望了一下,地里空荡荡的没有人。

陪同我去闫家坪村的是磻溪镇负责农业的副镇长吴敏,这是一位年轻的女性,很能干。她的任务是把我介绍给闫家坪村的党支部书记闫明录。闫家坪村已经划归宝鸡市高新开发区,正酝酿着一场轰轰烈烈的土地征迁。也因此,缠绕在闫明录身上的事情很多。吴敏用手机联系了两次,才终于在一个类似小工地的路边找到他。

闫明录穿着皱巴巴的西服,头发蓬乱,看得出来很忙。我庆幸是通过何文辉和吴敏来找他的。否则今天这一天很可能是白跑。

闫明录正为施工的事和几个人说着什么,我们赶到后,他们不受干扰地继续说,你一言我一语地很热烈。十分钟后,讨论结束,其他人迅速解散。闫明录转过身来问有什么事。

吴敏三言两语地给他说了情况。

闫明录倒也不客气:那就跟我走。

闫明录是领我们去村委会。

村委会设在一座大院内。大院很陈旧,一望而知鲜有人来。院内共有两栋脸对脸的楼房。楼房规格一样,全是两层的。放在我插队的年月,这种两层楼房足可以成为县委、县政府的办公楼。只是如今时代进步,它们只能委屈地算作一种普通建筑,而且窝在一个普通的村庄里。即使这样,它们还是无法出彩,只能继续普通。

整个院子里空荡荡的,没有一个人。

闫明录的办公室设在紧靠大门这座楼的二楼上,一边跟着他上楼,我看了看对面的楼,发现楼道上挂满了科学家的肖像。从牛顿,到居里夫人,到爱因斯坦。从现象上看,这里应当是座学校。

果然,闫明录告诉我,这里原本是村里的学校。只是现在学生越来越少,加上一些学生被家长迁到城市的学校去念书,于是就和附近小庵村的学校合并了。现在闫家坪村的小学生们都到小庵那边去上学。

一边说话,吴敏的手机响起来,她接起听。接听完毕,又和闫明录商量事情。我在一旁听出个大概,原来征地拆迁时,为了鼓励几户农民尽快搬迁,镇上答应派机械帮助他们拆卸楼板。但是答应过后,又觉得不妥,拆卸楼板是个危险系数比较大的活儿,万一出了安全问题怎么办?于是镇上改变主意,决定拿出一些钱来,对农民拆房所遭受的经济损失给予更多的补偿,同时劝导农民从安全的角度出发,不要再卸楼板了,把房子直接推倒了事。

我看吴敏要办的事情很多,于是告诉她,我这边要静下心来慢慢了解情况。如果她有事情,尽管先走,千万不要客气。

吴敏很痛快地答应了。只是临走前留下了她的手机号码,说如果我有什么事情,可以随时给她打电话。

眼看着吴敏转身出门,闫明录这才静下心来,问我想了解些什么。

于是我又把春节偶遇出租车司机的事情对他讲了一遍。

闫明录没等听完就说:肯定是闫蛮升家。他家的儿子和儿媳都在宝鸡市开出租车。就是你说的这个情况。

我告诉他,那天听口气,这位司机有两个孩子。

闫明录说:对,他就是两个娃!

闫明录告诉我,闫家坪村共有220多户人家,980人,1080亩土地。人均分配土地1亩多一些。从前吃大锅饭时候,生产不行,庄稼的产量也不行。那时候整天组织贫下中农政治学习。结果经常在地里劳动的只有地富分子。其实哪有那么多的地富分子,绝大多数是地富子女,是成分不好的人。

他讲起了包产到户以前的情况。干不干,二斤半。大家穷成一锅粥——这些情况我已经听得太多了,于是干脆打断他,直接问如今农村的情况。

我问:村里是不是有一半的家庭都买了小汽车?

这达不到!他回答得很干脆。平均下来,一个组也就是四五辆小车。刚才咱们过来那个养着猪的院子里就停着一辆!

一边说,他扳着指头算起来:全村大卡车有8辆,割麦机有3台,马力在六零以上的农业机械平均一个组有一台。真要说户户差不多都有的是那些小型机械。再就是家家都有摩托车。有些户还不止一辆!

我突然想到,那位出租车司机很可能并没有说错。他说的是百分之五十以上的家庭都有车。这车的概念很宽泛。小汽车是车,大卡车和中巴车也是车,农用车同样是车——如果从这个角度去理解,村里百分之五十以上有车的比例并不能算高。只是这车不是我所理解的小轿车。

说到农活儿。闫明录说：农村没活儿干是实话。夏、秋两季的庄稼活儿确实不用一个月。

那到底需要多少天？

他连丝毫犹豫也没有：要是麦子，连种带割也就是 7 天到 10 天。就这还说的是我自己，其他人用的时间更少。

为什么其他人更少？

因为我种地多，我种了 10 亩。其他人种地少——现在收割播种全用机械。收玉米比收麦时间要长一些，也长不了几天。所以说农民闲着是实话。

说到如今农民的日子，闫明录连丝毫犹豫也没有，用很肯定的语气说：现在农民就是比工人强！强得多！

我问为什么？

闫明录说：

"首先农民有房。农民盖的房比城里宽敞得多。这就少了一个大压力！再加上现在国家对农民的政策好，养老保险有了，合作医疗有了。好多事情农民自己都没有想到，倒是国家替农民想到了。比如二三月里，稍微挂上一点儿低保的，国家就给你春荒补助费——你听刚才广播上在吼喊，是市上管残疾工作的人来了，他们挨门进户地登记残疾人，要给白内障免费治疗。"

闫明录说，

"从前好吃好喝都在城市。现在不一样，农村人也普遍喝上了牛奶。家家户户的粮食都吃不完。农民的孩子实行了九年制义务教育，上学不收钱。不光不收钱，还有校车接送。要是谁家的孩子小，没到上学年龄，还可以上学前班。"

闫明录说，

"可以说，现在农民和工人的区别越来越小。要说区别，就是城里人住的集中，农村人住的分散。不过现在农村人也在集中盖房，将来也会集中起来住。"

闫明录说，"你想嘛，这么好的政策，咱农民不能不满意。真要是不满意，那人就没有良心了！"

农村中存在着哪些问题

我问闫明录：你刚才说你一个人种了10亩地。你怎么会有那么多地呢？

回答：我家4口人。分了4亩零几厘地。我兄弟原先在虢镇化肥厂当副厂长，退休以后被山西一家小化肥厂聘去当厂长，他家的地也交给我种。我兄弟说：地归你种，把我的地权保住就行！他不种地，就要个地权。

10亩地你顾得过来吗？

咋能顾不过来哩！现在干啥都是机械。去年我种了5亩苞谷，光把种子化肥往机器里一倒，再就啥事不干，坐在地头上光瞪着眼睛看。

现在小麦亩产有多少？

一般能打到八九百斤。稍微投资一下，能上千斤。

收下小麦以后呢？怎么给国家交？

不用去交。一到收割季节，就有人来村里收粮。都提着高音喇叭，满村吆喝。

这又让我大感意外。从前无论夏粮秋粮，只要碾过场，接下来的头等大事就是往公社交公粮。为了鼓励交公粮，什么"忠字粮"、"爱国粮"、"红心粮"，五花八门的称呼全来了。如今尽管农民可以不交粮了，可是总得卖粮呀！没有想到的是，连卖粮也不用出村了！

我问他：种粮食收入怎么样？

不行。

怎么个不行法？

去年我10亩麦子能卖7000元，玉米少一点儿，能卖6000元。

你自己吃粮留多少？

去年留了8袋小麦，每袋120斤。现在还有6袋。家里就我们老两口，根本吃不了。

现在村里打工是什么情况？

基本上能打工的全都去打工了。在附近打工的是大多数，也有去深圳广东的。一般来说,近处打工的学历都比较低。去远处打工的都是上了学,至少是上了技校的。有一些小两口结着伴儿走了。还有些在外面打工找下了媳妇。媳妇有云南的、广东的、湖南的。啥地方的都有。

闫明录告诉我:他女儿也属于打工族。1999年女儿初中毕业,恰好赶上儿子考上了西安石油大学,当时家里经济压力太大。女儿很懂事,主动提出她不上了,让哥哥上。于是她就去山东济南打工了。

我心里不由得一动。在我整个的采访过程中,有多少农民的孩子都是由于经济问题而不再上学。

无论如何,这都令人遗憾,令人不安!

闫明录告诉我:儿子考上大学那阵儿,他手里有辆四轮拖拉机,在太白金矿给矿主拉矿石挣钱。谁知金矿老板心黑,他一看干不成,很快就回到家,咬着牙贷了一万元,买来4头奶牛饲养,这才把儿子供上了学。

女儿在山东打工时结识了一位男青年。两人渐渐地有了感情。闫明录的老伴儿不愿意,嫌离得太远。倒是闫明录的父亲很开通,说:婚姻自由,她自己找的对象,就让她去吧。

闫明录告诉我,女儿现在已经成家,就在山东济南。日子过得不错。他曾经不放心,专门去济南看,看过也就放心了。

我问闫明录,作为一名农村的党支部书记,他对当前农村工作,农村政策有些什么建议?

闫明录脱口而出:我建议国家给农村的低保不要拨名额!

我有些发怔,这是什么意思?

闫明录说:现在国家的低保是给各镇各村分配名额。这不对,不应当按名额来。

那应当按什么来?

应当按照标准。比如智障、患重病大病的病人、出事故的人,这样的人给低保,谁都没啥说的。

闫明录说:现今村里这样的人很少。所以你拨名额就不合适。拿闫家坪来说,全村一共二百多户,国家拨下来的名额是67名。这就让村干部难弄了。你不把名额吃光吃净,群众有意见,说国家给的恩惠你不让我们享受,你是啥干部？你要是把名额吃光吃净，就有一些人是不够标准硬往上凑的！这一来就把矛盾弄出来了！

我还是似懂非懂。

但是闫明录以为我完全听懂了，又情绪激动地说起来。

"这样弄不行！矛盾都交到底下来了！国家一定要把享受低保的标准制定好，底下按标准来执行。有几家是几家！没有就不给！"

我突然想起在镇上时，何文辉也给我讲到了低保，似乎也对低保的发放有些看法。但何文辉主要是从农民喜欢搞平均主义这个角度讲的，而闫明录则是从低保标准的角度讲的。

这到底是怎么回事呢？

接下来，闫明录又给我说了三个他认为应当引起重视的问题。

第一，现在农村宅基地浪费太严重。村里有些人家已经不在村里住了，但每家每户占的宅基地却仍然在，而且面积不小。比如他所在的三组，有四五户人家已经全部到城市去了，根本不回来，房子就这么空着闲着。算下来，一户人占有三分宅基地，如果再把前后路段都算上，至少有半亩地。五户人家就占了两亩地。认真算一下，有多少地在闲置和浪费！而且是长期闲置长期浪费！

第二，现在农民眼头子高了，农村工作的难度也就加大了。前一阵村上从长远的角度出发，提出发展一村一品，动员农民把大棚菜搞起来。谁知农民普遍不愿意干，说弄那干啥？还不如打工去！打工一天能挣一百元，不比搞大棚菜利索！尽管现在闫家坪村处于开发区，也正在搞开发。但还是应当帮助农民注意从长远的角度出发看问题。不能一说搞工业开发，就把农业扔到一边。

第三，现在农民挣了钱，但是对政策和道德的学习很差，做什么事情都只讲关系不讲原则。这就引发了好多矛盾。

我请闫明录继续说，好的当然要说，但除了说好的，请尽量多说不好的。

他说不好的当然也有。比如干部作风。

他说：从前干部作风好。经常有驻队干部。一头扎在村子里。现在的干部不行，你都不认识。有些乡镇干部根本就不到实际中来，就是来，也是坐着小汽车转一圈儿就回去。所以直到现在，一些乡镇干部农民根本就不认识!

还有什么不好的?

他一时说不出来了。

我问：从八一年分田至今，哪一段日子最难过?

让我惊讶的是，他竟一时想不出来。

我只好提示他：哪一年收税多?

我看过陈桂棣和春桃夫妇合著的《中国农民调查》，并且在我此前此后和农民的接触中，发现20世纪90年代中后期农民负担确实太重，可以说，自80年代的农村改革以来，那是农民最不好过的一段日子——我原本的想法是，通过收税多的提示，让他回忆起那段日子，进而让我更多地感知改革开放以来的一波三折。

谁知他的回答让我莫名其妙："那还是包产到户以前。"

一句话把我说愣了。包产到户前一切归集体，压根儿就用不着收税!

看见我一时回不过神儿，他又添了一句："包产到户以前劳累多!"

原来他是把"收税"听成了"劳累"。

我告诉他，我说的不是劳累，是收税。税费多农民负担重是啥时候的事情?是不是90年代?

他这才回过神儿来，连连点头：是。

那一段到底是啥情况?

税费确实重。

重到什么程度?

那时候我当村主任，我记得共有13项收费。什么农业税、民兵训练费、五保敬老税、植树造林费、公路建桥费、农林特产税……那时候给国家交了粮，手头的钱就交各种杂费。农民手里根本就没钱!

我请他继续朝下说。

他说：当时镇上号召种苹果树，苹果苗种下去，收税的马上就来了。来收农林特产税。连果子都没有结就要上税。你摘下果子到集市上卖，又要上税。那几年农民和干部情绪对立得很。我去虢镇（宝鸡县府所在地），经常见到收税的和纳税的人推来搡去，矛盾相当尖锐!

我请他继续说。

他却没什么可说的了。

其实，1999年他的儿子考上了西安石油大学，由于经济紧张，在支持儿子上大学的同时，他只能眼看着女儿放弃学业，远投山东去打工。仅从这一点来看，那一阶段他的日子应当说过得相当紧张。

但是如今说起这一切的时候，他口气却淡淡的，似乎那不是什么大问题。这到底是为什么呢？

停顿片刻，我提出来，到其他农民家去看看。

他问：去谁家看？你说。

我说：就去那位出租车司机家吧。

闫蛮升和许巧莲

非常巧，那位出租车司机家就在闫明录家斜对门。

进门以后，男主人和女主人都在家。男主人年纪有六十大几，女主人比较年轻些。我问了一下，他们分别叫闫蛮升和许巧莲。

闫明录为他们介绍了我，看得出来，他们对我的身份似懂非懂，但是由于是闫明录领来的，所以就本能地相信我。问我需要他们做些啥？

我把春节遇到那位出租车司机的事情告诉他们，他们连连点头，说：是了是了。他和他媳妇就是在宝鸡开出租。

照例寒暄了几句。看样子闫明录对我这种不咸不淡的问话不感兴趣，借口说他还要去张罗市残疾协会登记白内障的事情，抽身走了。

他走后，我照例问了一个重复的、却也是最通俗和最重要的问题：一辈子走过来，哪一段日子最好过？

闫蛮升连想都不用想就回答：那当然是现在！

闫蛮升说：自打改革开放以后，日子都好过。改革开放以前日子就过不成么！那时候闫家坪一个劳动日才六七分钱！你辛辛苦苦劳动一天，只能挣六七分钱！

许巧莲插了一句：那是你能挣到！我还挣不到！我干一天活儿，才三分工！换成钱，连二分钱都不到！

既然谈到了从前，我也就顺势提出了问题：改革开放以前，生产队最难熬的日子是哪一段？

闫蛮升说：哪一段都不好熬。

最难熬，最不好过的是哪一段时间？

那当然是六〇年。

村上饿死人没有？

没有。

几乎与闫蛮升说没有的同时，许巧莲说了一句：有哩！

闫蛮升反驳她：你那边有，我这边没有么。

这是什么意思？我转头问许巧莲：你不是闫家坪人吗？

不是。

是哪里人？

甘肃陇西。

我非常吃惊，许巧莲说了一口纯熟的西府秦腔，是标准的宝鸡地方话，与甘肃话完全不搭界！

你是甘肃人，怎么陕西话说得这么好？

她笑起来：年数多了！我17岁就来这里。已经几十年了么！我现在两头的话都能说！

你是怎么到陕西来的？

她还是笑着，指了指闫蛮升：他用一磷肥袋玉米把我换来的！

这是哪一年的事情？

1970年。

算了算，她到陕西整整42年，时间确实不短了。

我请许巧莲讲讲到底是怎么回事？许巧莲性格很大方，没有推辞。她告诉我，她是甘肃陇西县马河乡马里河村（音）二组人。家里姐弟5个。她是老大。其他都是男孩。1970年时候，她父亲背了一口袋土豆，带着她到关中平原来，到关中平原的目的很简单，就是为了把她嫁出去。

父女俩从陇西坐上火车，一直坐到宝鸡县府所在地虢镇。下车后父亲先把土豆卖掉，算是手里有了几个钱，随后领着许巧莲在关中西府这片土地上转。最后碰上了闫蛮升。闫蛮升同意给许巧莲父亲一磷肥袋的玉米，于是她就嫁给了闫蛮升。

许巧莲告诉我，磷肥袋是诸多化肥袋中一种比较小的口袋。她用手比画了一下说，那么小一口袋，我就跟他来了！

我问许巧莲：为什么父亲要把你嫁到这里来呢？

许巧莲说：这边生活好。

许巧莲告诉我，据父亲说，在她3岁时候，她的五叔就一路要饭要到宝鸡岐山县来了。后来她五叔就在岐山县青华乡孟华村（音）落了户。五叔去信给家里说这边的日子过得好。于是许巧莲17岁的时候，父亲就领着她来到这边，想让她也过上好日子。到1974年，许巧莲的六叔也来了。六叔是当完兵以后，由许巧莲的父亲介绍来的。算是倒插门。

我本来还想详细地了解一下，为什么时代已经进入20世纪70年代，甘肃陇西农民的生活还如此贫穷？她在虢镇下了火车以后，又是怎么碰上的闫蛮升？是偶然相遇，还是事先有人牵线联系？

但是想了想，我还是没有问。

只要粗略地一想，就能够想象出许巧莲一家当初过的是一种什么样的日子！那里面又蕴藏着多么巨大的辛酸！如果不是生活逼迫，一个正常的父亲，怎么可能将自己刚刚长成的女儿，就以这样一种简单的方式带到遥远的外地来成婚呢？如果不是日子实在过不下去，一个17岁的花季少女，又怎么会如此草率地接受父亲的安排，孤孑只身地流落到关中来安家呢？

停顿片刻，我转了个话题，问许巧莲："从那以后你就一直留在了闫家坪？"

"可不是！一直在这！"许巧莲笑着，口气很坦率，"中间有一段，我不想和他过了。他脾气太坏。我跑回老家去。我爸就说我，你不能，他给了咱一袋玉米哩！我说那算啥嘛，就那么一磷肥袋！我爸说可不敢嫌一磷肥袋少，这一磷肥袋玉米救了咱家几条命哩！咱做人不能没良心！"

许巧莲说这些话的时候，是笑着说的，完全没有把这当成什么了不得的大事，可是却引得我想了很多。我们常常说中国的农民淳朴，中国的农民善良，淳朴和善良体现在哪里？当生活已经逼迫得他们处于逃荒要饭卖儿卖女的悲惨境地，他们仍然秉持着中国最古老的道德，仍然满怀着一种源自心底的真诚，感激着那些在困难中曾伸手帮助过他们的人！

何况，这已经谈不上帮助，这已经是一种交换！而且是那么不对等的交换！

我直接问了他们几个问题。

第一个问题：你们觉得现在工人的日子好过还是农民的日子好过？

闫蛮升没有正面回答，只是说：现在到外面当了工人的，想回到农村来。工厂能破产，工人会失业，农民不存在这个问题。

第二个问题是老问题：改革开放以后，你们哪一段日子不好过？

闫蛮升回答：好过着哩，越来越好过。

税费严重那会儿也好过吗？

闫蛮升一时有些惶惑，望着我：税费严重那会儿？

90年代。我说，又添了一句，那时候老百姓给农村干部的工作总结了两句话八个字：催粮要款，刮宫流产。

他笑起来，点点头：是哩是哩，那阵子负担重，不过日子没倒退回去。

这倒让我想起了半年前我在临潼纸李村采访时，当我问师凤芹改革开放以后这几十年中，哪一段日子过得最难时，她本能地回答"四清"前。当我告诉她我问的是改革开放以后，她却一时想不起来。

为什么会这样？

其实，90年代压在农民身上的负担相当沉重，这是不争的事实。

但是如此沉重的负担，为什么竟被轻易地忘记？

想来想去，之所以这样，可能有两种原因。

一是因地而异，因村而异，税费的超收对有些地方非常沉重，难以承受。对有些地方则可能相对缓和些。

而更重要的一种可能是，之所以有些农民对那一阵催粮要款导致农民普遍贫困的状态记忆不深，有些甚至根本就忘记了。是由于无论多么贫困，这种贫困已经是相对的。已经不存在吃不饱饭穿不暖衣的问题。

如果说除过这两种情况以外还存在着第三种情况，那么只能说，人们是善忘的。人们对已经过去的事，感受总是会本能地减弱。欢乐会减弱，幸福会减弱，悲痛和苦难的感觉也会减弱。从这个意义上说，"三年困难时期"许多人至今都刻骨铭心，可见苦难之深，痛苦之巨！

后来随着采访的逐步深入，我也确实发现，农民普遍反映90年代一段时期的税费太重。他们记得比较牢的有两点：一是当时农村基层干部的作风粗暴，蛮不讲理；二是手头没钱，交不起税费。

至于其他的，就都淡淡的。似乎没什么大不了的事儿。

不过也确实没有更大的事儿。在这一点上，闫蛮升那淡淡的一句话几乎可称作经典：日子没倒退回去！

第三个问题：现在你们觉得还有什么不满意的地方？

两人想了想，回答不出。

我换了个问法：你们觉得现在农村还有些啥问题？

闫蛮升连丝毫犹豫都没有：现在农村关键是要有个好领导。村子里没个好领导不行。你比如现在在农村低保都是凭关系来。有些人家里有三辆车，还吃低保哩！还有些人年纪轻轻的整天闲逛着，也吃低保哩！

许巧莲也接上来：我希望把吃低保的事摆公平。年轻轻的就吃低保。有些三十几的小伙，一直逛来逛去，还吃上了低保，把懒汉鼓励了！

我确实感到惶惑，何文辉和闫明录说低保问题很大，他们是从干部的角度。为什么闫蛮升和许巧莲也这样说呢？

我问还有什么问题？

许巧莲说：再就是赌博多得很。一天四五摊地摆呢。这风气不光农村，机关单位里也都有。咱这儿有赌5块的，有赌10块的，也有一把赌20元的。有个小伙子包了四五万元钱的活儿，这边包下活儿，那边就去赌。是到虢镇县城里包着房间赌，结果输了四五万元。到现在他媳妇还不知道。

闫蛮升说：刹不住么，连领导都赌哩！

就这样有一句没一句地聊着。可以明显地感觉出来，如今无论干部还是农民都没有顾虑，想说什么就说什么。

从闫家坪的历史谈到现在，又从现在谈到未来。中间我还专门抽出时间到外面去看。先是顺着村庄的街道看。街道不宽，基本上算得上整齐。农民

身边的人和事

新建的两层楼房就顺着这条长长的街道一字排开。我走进了两户农民家，里面都很宽敞，也都很整齐干净。细细观察，我发现整个村庄建设的缺点是缺乏统一的规划，大家的房屋都是各盖各的，虽然各具特点，却也十分杂驳。

街道上停放着一辆面包车。我站了足有10分钟，街道都始终是安安静静也空空荡荡的。只有两位中年妇女坐在院门前做手工活儿。

看完街道，我又顺着通向村外的道路走向田间。

我发现，闫家坪村地处渭河南岸，是秦岭山区和关中平原的过渡地带。这里没有平原地带的耕田质量好，但和山里比起来，耕田质量又好得多。至少这里的田地里没有石块，是标准的耕田。

我已经了解到，从前闫家坪村的青年大多选择去南方打工，但是随着近几年宝鸡市搞开发，闫家坪村又恰恰处在开发区内，于是年轻人不再去远方，而是就近打工。他们告诉我，至少近几年打工的前景还是乐观的。开发建设需要大量的砂石，需要推土机装载机等大型机械，同时也需要大量的劳务，这就给农民提供了赚钱的空间。我随意问了两位农民，他们都说活路不难找，天天都能赚到钱。并且认为如果下一步真的发展起来了，那么就近的房屋出租，开发区内的小旅社小饭店包括相关的小服务都大量需要。因此他们不担心将来的生存问题。

结束在闫家坪村的采访，已经是黄昏了。我回到支书闫明录家，他正躺在炕上呼呼地睡觉。我叫醒他，打听了一下去虢镇的班车时间，便徒步朝村外走去。

闫明录没有送我。

他原本是有能力送的，我来他家时就是他骑着摩托车带来的。那辆摩托车还好好地停放在院子里。他不送我，是因为他没有把我当成他的上级，没有当做贵宾，他始终搞不清我的工作性质，很可能连我是个干什么的都没搞清。按照时下的规矩，如果是有身份的人物来，是一定会有小车接送和领导陪同的——连最基层的乡镇干部来村里，都统统是小车接送。而我则是乡镇的小车送来的，送来后小车很快又开走了，这说明了我的无足轻重。

是不是这样一种潜意识里的东西，使他没有热情再开着摩托车送我到公路边呢？

不知道。

但他的这种态度,不说是我希望的,却至少是我需要的。我不需要他把我当成贵宾,更不希望把我当成他的上级,那样的话,他说起话来就一定会有许多遮拦,许多顾忌。

我问好了出村的方向:顺着乡村道路朝前走两公里,就可以到达公路边。只要到达公路边,就有很多南来北往的班车。那样我无论到哪里去就都会很方便——我愿意步行。一来是坐了好长时间,我想走走路,活动活动筋骨;二来我也想趁着黄昏时节,边走边看,顺便把采访闫家坪村的感想做个简单的归纳和整理。

走在乡间的小路上——我突然想起这首歌。

> 走在乡间的小路上,
> 暮归的老牛是我同伴,
> 蓝天配朵夕阳在胸膛,
> 缤纷的云彩是晚霞的衣裳。
> ……

只要你放下那些不必要的虚荣,只要你不把功名利禄扛在肩上成为你人生的负担,你就应当去乡间的小路上走走。走在乡间的小路上,这是一种惬意的小憩,一种难得的悠闲,还是一种有滋有味的享受。

变化中的羊山村

告别闫家坪村,我很快又去了地处陕南的安康市旬阳县构元镇羊山村。之所以去羊山村,是因为它和闫家坪村形成了巨大的反差。

闫家坪村距离宝鸡市区很近,这给他们打工和创业提供了许多方便。而羊山村地处秦巴十万大山的深处,不说安康市和旬阳县,仅距离镇政府就有25公里左右,并且这25公里全是陡峭盘旋的山路。

身边的人和事
Shenbianderenheshi

不仅如此，旬阳县本身就是贫困县，而羊山村在构元镇所辖的7个村庄中，又属于最穷的村庄——从很大意义上说，我更需要知道的是这种环境闭塞、副业门路很窄、各方面条件都很差的村庄的情况，我需要知道那里的农民生活得怎么样？都面临着哪些问题？

除过这些，我之所以去羊山村，还有一个很重要的原因。2008年我在羊山村拍摄了电影《支书和他的媳妇》。尽管时间不长，却与那里的老百姓结下了深厚的友谊。我可以不需要任何部门的介绍就直接住进村子里。

羊山村地处秦巴腹深，呈东西走向，面积64平方公里；全村共有3个村民小组，1200多人；平均海拔高度1500米，年平均气温12℃，是整个旬阳县平均海拔最高、气温最低的村庄。我印象最深的是，我们是盛夏6月在这里拍摄电影的，彼时西安酷热难当，人们挥汗如雨，但是在羊山村，我们每天晚上睡觉都必须盖被子。

当初拍摄电影时，由于剧情的需要，我们要寻找的是面貌落后的村庄，比如房屋一定要破旧，不能有汽车通行的道路，并且连电线杆子都必须在镜头中回避。当时光进入21世纪后，这样的村庄实在太难找了。结果我们几乎把旬阳的山山水水都踏遍了，却始终没有找到合适的景点。还是在一次偶然的说话中，旬阳县电视台的副台长卢平听到我们对景点的要求，建议我们去羊山看一看。

那天我们开着车去羊山村，一路上几次想打退堂鼓，原因在于道路太狭窄，而且太险峻，车行途中，两旁经常是万丈深渊。真正到达羊山村后，又觉得条件不理想，正准备朝回撤时，碰见了村民王定基，他听了我们的讲述后，建议我们再朝前走半小时，说那里海拔比这里又高出了100多米，有二三十户人家，环境好像符合我们的要求。

由于汽车无法再朝前开行，我们全部下车步行。顺着弯弯曲曲的山路走了约莫半小时，果然看见了村庄。

头一眼看见村庄，我们就惊喜得睁大了眼睛。村庄坐落在山洼中，房舍很集中，四周的山逐次向远处延伸，这使得环境很开阔，也使得这座卧立在山洼中的村庄既可远眺也可近看。而更重要的是，这里所有的房舍全都是破旧的土坯房，呈现出陈年的土黄色，这样一种群体的原始面貌，使得我们激动不已。

当时我们就击掌敲定,在这里拍摄!

在羊山村采访,始终令我迷惑不解的一个问题是:这里究竟有多少亩耕地。

按正规上报的统计数字,羊山村共有4086亩耕地。但是据另一些人告诉我,事实上他们有6000多亩耕地。客观地说,这里山大沟深,绵延崎岖,要搞清耕田面积确实不是件容易事。尽管我一年中连续两次去羊山,但仍然没有问出个准确的数字。事实上也恐怕没有人能够计算得准确。因为谁都不可能有那么大的力量去挨个对地亩进行测量,只能做个大致的概估。

我姑且取个中间数,羊山有耕地5000亩。

5000亩土地中,退耕还林2100亩。和陕北一样,国家对这里的退耕还林实行补贴。补贴标准同样是每亩地200斤粮食,以后又根据长江流域退耕还林的补贴标准,提高到每亩地300斤。应当说这给羊山村的农民带来了极大的实惠。按照人均退耕1.7亩耕田来计算,羊山村的农民一年到头什么都不做,就能稳稳当当地得到人均500多斤粮食。除此而外,每亩地还有20元的看护费。起初,这些补贴是以直接给粮食的方式兑现的。由于农民对支付的粮食质量有异议,认为有些粮食供应商借机把陈粮和质量差的粮食供应给他们,于是第一轮补贴执行到一半时,政府又根据农民意愿,全部折算成钱兑付。一亩地折算210元钱。用农民的话说,比种粮的收入还强!

羊山村的农民也享受着国家的种粮补贴。一共补贴了500多亩。

村干部告诉我,实际上他们种粮的面积远远超过了500亩,达到了2000亩甚至3000亩。应当说国家的补贴与应补的田亩面积差距太大了。我觉得奇怪,问原因何在。这一问才搞懂,原来上世纪90年代赋税沉重时,村民们采取了瞒报耕田亩数的办法来减轻负担。没想到国家实行退耕还林政策后,实行补贴的依据是从前报出的耕田面积,结果羊山村的农民只好哑巴吃黄连——苦果是他们自己种下的,也只能朝自己肚子里咽。

不仅如此,1999年国家刚开始搞退耕还林时,羊山村只退耕了400亩左右。原因是村民们不相信政府会那么慷慨地白给他们好处。等补贴粮真正领到手,进而实行第二轮退耕还林时,呼啦一下子就退到了两千多亩。

这充分说明，农民是精明而谨慎的，他们需要真正看到实惠。

村民告诉我，如今羊山村的农民只要满60岁，就进入了农村养老保险阶段；70岁以后还可以得到老龄补贴，每月50元。按年纪递增。80岁每月100元；90岁每月200元——我有些奇怪，觉得补贴的数额和其他地方多少有些不同，后来才知道，各地是根据当地生活水平的实际情况来制定这项补贴政策的。尽管有高有低，但总体差不多。

由于地处高寒，羊山村的粮食只能种植一季，而且产量不高。年成好时，一亩地能打400来斤玉米。平均也就是300斤左右。投入的成本不到200元。刨除掉国家给予的各种补贴，每亩地农民自己负担的成本在70元左右。这样算下来，一亩地劳动一年，得到的收入基本上和退耕还林的补贴差不多。

到达羊山村后，我发现当初协助我们拍摄电影的村民大多还在村里。并且王定基在新一届的村民选举中，被选为村委会主任了。

和此前此后我接触到的所有农民一样，他们对党和政府制定的农村政策，以及为农村发展和农民增收所做出的努力，是非常满意的。一谈起当前的农业和农村政策，他们一致地说好。许多人发自内心地说：感谢党，感谢政府，感谢好政策！

羊山村农民之所以感到满意，有以下几个方面：

一是基础设施得到了很大的改善。

2008年我们在这里拍摄电影时，整个摄制组与外界的交流都只能依靠仅有的两三部固定电话。据村民们说，这和从前相比，已经是大大地进步了。那一回整整半个多月时间，摄制组和外界完全失去了联系。以我自己为例，当终于走出羊山后，一大堆电话接踵而至。大家都非常惊讶也非常担心：你究竟去了哪里？怎么总也打不通你的手机？

这一回到羊山村，手机通话已经很方便了。

2008年我们朝羊山村纵深走时，汽车根本无法朝前开。那时候，是村民们肩背人扛地帮助我们把拍摄设备和器材运上山的。但是现在，路基本上通到了各组，农用车可以一直朝山岭纵深开去。村民们告诉我，现在农电改造已经全面完成，村民普遍用上了清洁卫生的自来水。尽管在那些山陡崖险的地段，道路仍然泥泞和崎岖，但毕竟都能够行车了！

后来当我结束羊山村的采访,赶到旬阳县再了解宏观情况时,县委副书记田丽萍以及相关部门的负责人为我介绍了旬阳农民的生活情况。其中田丽萍讲述的一个细节非常典型:2012年县人代会上,有人大代表正式提出议案,要求把宽带建设伸向农村。

田丽萍说:这在从前是没有的!

宽带是当下最先进的通信联络设施。应当说,宽带网络一旦实现,即使最偏远农村的通讯联络手段,其先进和便捷的程度,事实上就已经不亚于城市了。就这一点而言,农村尽管和城市还有差距,但这差距已经越来越小。用羊山村农民的话说:我们现在别的不敢说,起码敢说不羡慕旬阳县城里的工人了。

二是衣、食、住、行全面满意。其中尤其是居住条件的改善,最令农民自豪。

村民们告诉我,如果放在改革开放前,羊山村几乎可以称作洪荒远古。即使时代发展到21世纪的今天,应当说只要在这里走一圈,仍然可以感受到在这里盖房子,面临的困难远比闫家坪那样的村庄大得多。

但是眼下羊山村一些村民盖起的房子,让我这个来自省城的人都羡慕不已。他们的房子都有宽敞的院子,宽敞的阳台。都有可供栽植花草的空地。阳光和煦,鸟语花香。应当说,就本质而言,他们代表着人类居住的更高目标——尽管在一些局部和细节上还需要完善和改进。

后来旬阳县构元镇镇长李向阳和我谈到农民的居住条件时,很感慨地说:真正比较起来,农村生活比城市生活更祥和,更有安全感。所以也更能够体会到和谐家园的气氛。

这句话确实耐人咀嚼。尽管目前人们仍然拼命向往着城市,但是城市这样一种居住方式和农村的居住方式比较起来,究竟哪一种更好些,恐怕还并没有真正被人们所认识。在这个问题上,生活还将不断地给出新的回答和新的解释。

李向阳告诉我,随着整个农村生活的进步,农村的文明程度大大提高了。从前农民张口就是脏话,可是现在新一代孩子们根本不说脏话,根本就不骂人。至于动手打架,也很少很少了。

李向阳说:

身边的人和事

"你可以挨家看看,现在家家户户都有太阳能,从前根本不洗澡的农民现在已经习惯了洗澡。他们的厕所也都干干净净的。我在基层乡镇干了十年,对这一点体会太深了!包括从前有些非常难解决的问题,随着时代的进步都变得简单和容易。比如计划生育,和十年前相比,进步太大了!拿羊山村来说,这里是深山区,是全镇唯一允许生二胎的村庄。但是现在大多数青年农民选择的都是生一胎。弄得我个人倒是觉得生一胎这个政策是不是也应当与时俱进了。"

王定基说:

"观念变化不光体现在生育上,还体现在婚姻上。从前年轻人的婚姻全是父母包办,现在基本上全是在外面自由恋爱。从前结婚要大操大办,现在这个问题已经不存在。可以说观念大大改变了。现在让人搔头的不是年轻人结婚大操大办,而是老年人的丧事大操大办,那么大的场面,花那么多的钱,让农民承受不起。"

羊山村农民感到满意的第三点,是农民工的工资有了保证。

2012年春节,羊山村在外打工的农民全部回到村里,也全部如期拿到了工资。他们满怀着喜悦告诉我,这几年打工特别有保障,不存在欠款不给的问题。

他们还告诉我,前些年不行,干了一年,拿不到工资,垂头丧气地回家,弄得整整一年都没个好心情。

我问他们为什么不坚持讨要?

回答:农民在城市里人地两生,你连人都找不着,怎么去讨要?就算你能找着人,又怎么样?人家一招手就来一大堆人,个个提刀弄棒,面对那种阵势,你还想讨要什么?

不会去找政府?

政府太大了,你根本够不着。最多只能去找那些具体的部门,比如当地的派出所。碰上好的派出所,帮你联系打官司,碰上不好的,一句不归他们管,你就啥办法都没有。你想去政府门口喊冤,还没等你走到站稳,就有人把你轰跑了!

轰跑了再去嘛。

那你是没当过农民工，人家能轰跑你，就有办法让你变乖！说句心里话，干了一年的活儿，连工资都要不着，不管谁碰上这号事，都气得直想拼命！问题是你清清楚楚地知道，你拼不过人家！所以只能把眼泪朝肚子里咽！你想想，那些年为什么会有那么多的农民工，不是拿刀割血管，就是到楼顶上去要跳楼？还不是为了讨工钱！

现在呢？

现在不同了，没有谁敢欠农民工的工资！

为什么从前敢欠，现在不敢欠了呢？

政府重视了嘛！

一句简简单单的"政府重视了嘛"，道出了多少带血的真理！

农民是怀揣着多么美好的梦想到城市去工作的，只要想一想，他们辛辛苦苦地做了365天，年底却两手空空，回到家乡面对无言的妻子儿女，这是一种多么辛酸的情景！可是在相当一段时间内，他们的辛酸却根本就没有人理会！

而如今，同样是农民工，他们的地位却有了明显的改变！至少他们劳动了就有收获！出力流汗了就能够拿到工资！为什么不过短短的一两年时间，社会环境对他们而言，就改变得这样快，改变得这样好？

说一千道一万，还是那句已经似乎用滥了的套话：关键在党，在政府。党和政府认准了某件事好，下决心去办，好事就很快形成气候，就会做好。反之，党和政府认准了哪件事情不好，下决心狠抓，不好的事情同样很快就会得到改变！在中国，党和政府的力量是这样强大，只要党和政府下决心，没有抓不成抓不好的事情。

事实证明，在这个问题上，最可怕的不在于社会上存在着什么不好的现象，而在于党和政府是否觉察，是否作为！一个负责任的党，一个负责任的政府应当始终牢记，对广大社会来说似乎很微小的痛苦，对具体的家庭和个人来说则很可能是天大的灾难！

我还想说的是，羊山村的农民们出外打工统统拿到了钱，说明农民工被拖欠工资的总体情况得到了极大的改善。但是这绝不等于农民工的境状已经统统得到了改善。就在羊山回来之后，我又了解到两个情况。

第一个情况是，我当年下乡插队的十二盘村有位农民叫双禄。2012年他在宝鸡市高新区打工，是搞建筑工程，工程早已干完，却始终被拖欠着工资。他和他的伙伴曾经去高新区劳动局找过，无果而归。至今他们还在讨要工资，也至今没有拿到工资。

第二个情况是，我在同别人讲述我所了解到的农村情况时，偶然引起了一位女大学生的兴趣。她的家在河北邯郸市魏县院堡乡。我把我写的这部分章节拿给她看，她看后给我回了一封电子函件：

……农民工的工资，现在也许不存在不给，但是拖欠还是有的。我的一个叔叔，去年的工资，今年还没拿到。数目还不小哩，加起来有五千左右吧。每次打电话，对方都说给，什么时候结算。但是，到跟前就变卦了。去告的话，又没有证明，假如对方一口否定还是什么都没有。

这和双禄的境遇是一模一样的！

显然，现在还远远不是形势一片大好的时候，要真正改变农民工的地位和境遇，任重而道远。

农民太高兴了，太感激了

2010年9月，《中国青年报》上曾经发表过一篇文章，题目是《你所不知道的农村》。作者落月。这篇文章用很客观也很平和的语气写到了如今农村中的种种现象。其中一段是专门描写农村老人的生活情景的：

更多的情况是，（儿女成婚后）老人还是自主生活，除非是衣食完全不能自给，不然还都是一人或老夫妻两人住在一处小房子内，儿女每年给些粮食和零用钱。有些老人得了癌症一类的病，其本人和家人基本上是主动放弃治疗，然后等待死亡。甚至有些被疾病折磨的老人，恳求自己的儿女用农药将自己药死。

这段文字前半部分所反映的问题，其实并不仅限于农村。如今城市中的老人，也并不都和儿女住在一起，其中有相当一部分人是自愿和儿女分开住的，为的是彼此都更方便更自在些。

但是后半部分所写，则是农村特有的现象。

羊山村的农民也给我讲到新型合作医疗的问题。他们同样是满怀着喜悦给我讲这一切的。

从前羊山村的老人们一旦得了病，确实是主动放弃治疗。如果说和《中国青年报》这篇文章中反映的事实有微小区别的话，那么区别在于一旦得了大病，羊山村的老人们不是"基本上主动放弃治疗"，而是全部主动放弃治疗，是百分之百地主动放弃治疗。

之所以如此，就在于没有钱。

但是2012年，这样的情形已经有了相当大的改变。我与羊山村村民聊天，发现他们在种种的满意中，第一满意的就是医疗有了保障。

我了解到，由于陕南陕北的巨大差异，各个市县和地区对农民医疗保障所采取的措施也都有着微小的不同。我没有详细去调查旬阳农民的医疗保障是怎么实现的，患病了的农民又能够按多大的比例来报销，但是从农民满怀喜悦的诉说中，我仍然能真切地感受到他们对党和政府的感激。

或许，不应当感激。党和政府本来就是为老百姓服务的。服务是他们的本职，甚至是他们的天职。

但是农民是从朴素的立场上来看待这些问题的。毕竟，中国是从五千年封建传统中走过来的，尽管今天从上到下都已经庄严地喊出了"以人为本"，已经接受了"人民最大"，但真正把这些崇高的理念从书本上的理论转变成生活中触手可摸的现实，还需要一个艰巨而漫长的过程。农民不靠理论吃饭。他们非常清楚，今天他们的衣食住行水平的不断提高不仅要依靠自己的劳动来实现，而且要相当程度地依靠党和政府所制定的政策来帮助实现。并且这个实现的过程绝不那么容易，绝不那么简单。如今党和政府帮助他们做了，做得真心诚意，做得很有成效。于是农民发自内心地叫好，发自内心地感激。

王定基告诉我，从前村子里年纪大的人害了病，孩子们也只能眼睁睁地看着他等死。不是不心痛，更不是不孝顺，实在是没有办法！倾家荡产这句话说起来容易做起来难。真要是倾家荡产去救治老人，其他人还活不活？

王定基说：这几年随着医改，随着合作医疗的推行，情况大大地改变了。第一个改变是现在村子里的老人得了病，都主动去医院看病了；第二个改变是他们从前要死就死在家里，而现在都选择死在医院里。

说明了什么？

说明他们还是想活，还是相信医院和医生！也说明他们经济上能够负担得起了！

王定基说：这个变化确实太大了！农民太高兴了！太感激了！

其实，羊山村的变化也是整个旬阳县的变化。羊山村农民对政策的态度也是整个旬阳县农民对政策的态度。

县委副书记田丽萍告诉我：农民最重视的是房子。即使在交通运输极端困难的地段，农民哪怕用蛇皮袋子背运建筑材料，也要把房子盖起来。所以看农村的变化，首先要看房子。

田丽萍说：至于吃的方面，我想最有说服力的是，如今农民对过年的兴趣已经越来越淡。用他们自己的话说，现在天天都在过年。

田丽萍说：行的方面，最能说明变化的是，从最初的步行到骑自行车。如今自行车也基本上少见了，农村见的最多的是摩托车。

言简意赅，把旬阳农村和农民的变化——甚至远不止旬阳，而是一个范围要广阔得多，内容要丰富得多的农村变化描绘出来了。

羊山村突出的特点是生态和风光好，因此他们很想发展旅游业。而且村里也办起了7户农家乐，日接待能力已经超过了300人。近年来随着人们生活的不断提高，旅游已经成为人们生活中很寻常的事情。到羊山村来旅游的人也与日俱增。镇党委书记贾宇军和镇长李向阳告诉我，人来的最多的时候，一天甚至超过了1000人。

但是据我的观察，平常时候来的人并不多。之所以如此，还是因为交通。毕竟，单凭吸引旬阳县城和附近村镇的人来旅游是远远不够的，旅游点的辐射带动能力必须至少到达安康、最好能够到达省城西安。如果西安的人知道这里，喜欢这里，来这里旅游休闲，这里才能够真正蓬勃起来。

但是遗憾，西安和安康的高速公路虽然早已经开通了，却并不经过旬阳，这使得省城的旅游者往返羊山很不方便。也因此，去羊山村旅游的人与它的容纳能力并不一致。

羊山村村民们的经济收入来源如下：

第一是依靠打工收入。这是所有收入中的大头。大约占到村民全年收入的65%左右。

第二是种植烟叶。大约占到20%左右。

除了这两项占主导地位的收入，剩下的就是杂果、粮食种植等零星的收入。这些零星收入大约占到全年总收入的15%左右。

在羊山村，我不止一次地询问他们，眼下他们不满意的是什么。

在大多数情况下，他们一时都回答不上来。

但是我坚持请他们想，请他们讲，于是他们陆陆续续讲了两点：

一是医疗虽然有了保障，但是手续太麻烦。每次门诊，限额80元钱。每花10元，就需要自己出3元钱，不像一卡通那样方便好用。

二是在医保上缺乏监督机制。药价谁都控制不住。而村上卫生所到底是村办、私人办，还是政府办，至今不明确。现在医生给病人下个方子5元钱。村民自己要交5角钱。5角钱谁都花得起，问题是在没有监督机制的情况下。农民明明买了一元的药，但在医合上给他下的账很可能就变成了5元钱，这些事应当使制度透明和健全，应当有人来管。

三是现在他们的住房条件和经济条件尽管极大地改善了，但这都是打工挣来的。如果不打工，肯定盖不起房。今年打工的形势不好，他们有些人出去了，又回来了。这让他们感到担心。

我了解了一下，羊山村的村民们大多数是去煤矿打工。

2012年挖煤的工价是每天300元钱。一个月下来，他们能够赚到近万元。但是这个活儿比较苦，所以他们往往出去干两个月，就返回家休一个月，把身体养好后再出去接着干。他们说，只要勤劳肯干，一年能赚到10万元。

羊山村的农民去挖煤的地方有两个：一是向南方去，到贵阳；二是往北方去，到山西。贵阳今年的挖煤工一如往年，有岗位，工价高，但是山西的情况却变化了。近年来山西整合小煤窑，已经基本上实现了现代化采煤。而煤炭一旦实现了现代化的综采,就根本不需要人去汗流浃背。我在羊山村采访时碰到好几位青壮劳力,都是去山西后找不到活儿,又返回来的。

在羊山村,我有一个突出的感受:农民的生活状态与道路交通有着极为密切的联系,确实应了那句话:"要想富,先修路"——从山下延伸而来的柏油路通到了二组,二组农民的经济收入和生活状态就最好。而一组和三组则差得多。以一组为例,前后拉开有十几公里的距离,当我沿着崎岖泥泞的山路,到这些星星点点散落着的农户去查看时,沿途没有看见一幢两层的楼房,甚至基本上没有见到砖房,这种贫穷状态在当今陕西的农村中是罕见的。

不仅如此,一组年轻的村民危九梦告诉我,他前几年曾去云南和贵州,觉得那里农民的贫穷程度比这里更甚。由此可见,由于地区不同,环境和条件不同,贫富的程度也就完全不同。这也促使我想到:在中国这样一个大国,对农村的评价和判断是很难全面,很难准确,也很难客观的,其中一个重要的原因就在于:无论说穷说富,都能够非常现成地找到例证。

拥护民主选举制度

在羊山村,让我惊讶的是村民们对待民主选举村主任的态度。

应当说,在所有我采访过的村庄以及接触过的人中,对农村中海选村干部的制度,基本上都持一种反对态度。

比如闫家坪村。

在没有进入闫家坪村之前,镇党委书记何文辉已经说到目前农村换届难,说这是非常令人头痛的一项工作。等到我和闫明录面对面接触时,这个问题再一次凸显出来。

那天,我和闫明录正聊到兴头,他突然想起什么,问我:"你是哪的?市上的?"

我回答不是,是从西安来的。

他"哦"了一声:那你是省上来的。

我觉得一两句话说不清。说省上来的,我没有资格;说不是省上来的,我确实是从省城来的。而且在省作家协会和省社科院都担任着职务。

想了想，我说：算是吧。

他顿时很认真，那我要给你提个建议。

什么建议？

国家选举政策有漏洞。

我吓了一跳，这个题目可太大了。

他说起来，说的是村干部的民主选举制度：农村现在风气很不正，村上那些混混，每到换届时候就请吃请喝，商量着咋样上台。一上台了就给自己弄事。

闫明录说：这是眼下农村最大最危险的隐患！

后来在许多场合中，我都听到了和闫明录同样的意见。并且这些意见绝不只是干部们提出，更多的是来自那些淳朴的农民。

但是羊山村的村民们是个例外，他们基本上都拥护民主选举。

这使得我首先静下心来，了解羊山村村委会和村主任的选举是按照一种什么样的程序来进行的。

羊山村在村委会换届选举前，先要对村党支部进行换届选举。从前村党支部的换届选举和村民没有关系，全部是党员的内部事情。但现在不同，他们实行的是"两推一选"制度。所谓两推，是指党支部委员的候选人不仅要由党员推荐，还要由村民推荐。双方推荐出候选人之后，再由党员进行选举。比如支部委员一共由5人组成，就推荐出6名甚至7名候选人，以便形成差额。支委会候选人推荐完成后，再由镇委会对支委会的候选人进行考察，最终从支委会委员中选出支部书记。

应当说，这样一种选举，不仅体现了党员的意志，而且体现了村民的意志。

村支部换届完成后，在村支部的领导下，这才开始村委会和村主任的换届工作。在正式换届之前，首先进行村委员和村主任的推荐选举。

程序如下：

第一，首先征求民意，由村民们同时自由推荐村委会和村主任的候选人。推荐名额均比正式选定名额要多出一名甚至两名，以形成差额选举的布局。

第二，民主推荐村委会委员时，起初村民们推荐的候选人会比较分散，甚至可能推荐出十多名甚至二十多名候选人。在这种情况下，村支部根据票数的多少来确定候选人，之后正式放榜公示。如果群众确实不满意，那就推翻公示的候选人选，由村民继续推荐，之后继续放榜公示。有时候由于村民们对候选人的意见不同，公示会不止两次，甚至不止三次。直到村民们基本满意。这就算正式确定了候选人。

第三，候选人确定后，由村党支部将候选人上报镇委会进行考察。一般村委会由5人组成，但是上报的候选人可以达到9人。这是为了给镇委会一个考察和选择的余地。经镇委会考察认定，被推荐的候选人没有违法乱纪行为，没有经济问题等，这才正式提交村民正式投票选举。

显然，羊山村的民主选举是一种有组织有领导的选举。这样一种选举，用最通俗的话说，是在党的领导下进行的。

我突然想起在磻溪镇闫家坪村采访时，闫明录对我说的那句话："我建议应当由村上党员、村民代表、"两委会"先提出候选人。现在是不提名，谁都可以。这绝对不行——现在海选是一个最大的弊病！"

我感觉到，羊山村的选举总体思路和闫明录的思路相吻。

结束了羊山村的采访后，我曾经把这个村民主选举的程序讲给一些人听，请他们帮助分析。结果碰到了两种意见：一种是激烈批评，认为这样一种选举怎么能叫作民主选举呢？这明明是党在领导，党在考察，党在批准，明明是没有民主嘛！而另一种意见则对此持肯定态度，认为民主固然好，但不可能一夜之间来临，更不可能一夜之间完美，必须采取一种循序渐进的方式，必须与中国的实际结合起来，不断探索，不断创造，不断实现。

应当说，在旬阳县构元镇羊山村，这样一种选举不说受到了村民们普遍的欢迎，至少是受到了村民们的普遍认可。而在其他许多村子里，那种无组织无领导的民主海选，却并不被农民认可。

这确实值得我们深思！

故乡十二盘

十二盘村地处宝鸡市陈仓区天王镇的深山区。它是我的第二故乡。

我虽然生长在陕西,却并不是陕西人。我祖籍江苏无锡,如果往上追溯,我的父母都是城市居民。而我的祖父同样是城市居民,他从小在一家五金店里当店员——中国近代工业化的历史不过百余年,相信像我这样祖孙几代都是城市居民的人不会很多。从这个意义上说,我是个地地道道的城市人。

就我个人的概念中,城市人是没有故乡的,并且越是繁华热闹的大城市出生的人,就越是没有故乡。

或许是我太偏执,我总觉得故乡应当是宁静的,而城市过于喧嚣;故乡应当是辽远的,而城市却被建筑堵得死死的;故乡应当是清新的,而城市却遍布浮尘;故乡应当是自然的,而城市却过于人为——不知是天性中有一种对田园生活的热爱,还是感情上珍惜从前插队的经历,我几乎每隔一两年,都必定要回到当年插队的十二盘去住上几天,以至于远远近近的农民都知道十二盘村有这么一个知青,他离开插队的村子已经几十年了,但仍时不时地会回来走走看看。许多农民见到我总是很感慨地说:当年咱这地方来了那么多知青,现在像你这样经常回来的不多了。

有时候我自己也想,我为什么如此热爱农村和怀念农村呢?要知道农村生活给予我的并不都是美好呀!

后来我慢慢地明白了,其实人这一生中有两个大内容是无法忘记的:一是温暖;二是苦难。

而十二盘村给予我的恰恰是两者兼备。

2012 年,为了考察和了解农村中的一些问题,我先后两次回到了十二盘。

每次回十二盘,我照例住在刘雪海家。

无论刘雪海还是文忠娘,都已经是标准的老人了,新的一代早已经成长起来,所以我回到十二盘,具体安排我生活起居的都是文忠和文忠媳妇巧燕。

在十二盘，文忠和巧燕在村民中的口碑很好。这除了由于他们良好的品格外，还有一个重要原因就是他们善待老人。刘雪海弟兄三人，除刘雪海成了家，老大刘双用和老二刘雪雪都终生未娶，也就始终跟着弟弟刘雪海一起生活。在这种情况下，文忠和巧燕事实上承担着赡养四位老人的责任。并且他们承担得无怨无悔，十分自然。

在新一代农民中，这极为罕见。

也正由于这个原因，文忠和巧燕从来都只能一人出外打工，另一人在家中留守。他们打工从来不走得太远，也从来不走得太久。前几年我们队一位知青在兰州承包工程活儿，想让文忠去帮他管账。应当说，当今社会让谁来管账，最充分不过地说明了对这个人的信任，也同时说明着这个人的品行。除此而外，这还是个既体面又舒适的好工作。对世世代代居住在秦岭深山中的农民而言，能够有这样一份工作是很难得的。

但是文忠谢绝了这份工作。

之所以谢绝，就是因为家中无法离开。

让我惊讶的是，2012年春天我回到十二盘时，文忠和巧燕都不在家，双双出外打工了。

这是为什么呢？

十二盘距离磻溪镇闫家坪村不过五六十公里。

论起土地，十二盘比闫家坪差得远。一是地里石头多，有些石头就直接裸露在地面，这样的土地既不可能连成片，也不可能使用大机械耕作；二是平地少，大多数都是坡地。

尽管如此，当上世纪70年代闫家坪一个劳动日只值六七分钱的时候，十二盘的工分值却能够达到三四角钱，我记忆中最好的一年，甚至达到了五角。

为什么？

这就应了那句老话，在山吃山。

秦岭山是个巨大的宝库。这里不仅有各种各样的奇花异草，而且有各种各样的药材以及各种各样的野山果。尤其是核桃和毛栗子，几乎每年都会给农民带来可观的收入。闫明录曾经告诉我，每到阳历四五月，闫家坪生产队就要组织劳力偷偷进山割筲帚或者种洋芋。这是当时他们几乎唯一的副业。

而这些副业对十二盘村民来说，则是一种比较常态的劳动。这种状态一直延续到今天。

文忠家8口人，共分了12亩8分地。其中算得上平坦的耕地只有3亩多，其余全是坡地。

全家的收入渠道和收入情况如下：

一是挖药。

药材是秦岭山给十二盘村民们的最好恩赐。药材不用播种，不用施肥，全是野生野长的。挖药材的季节是每年的5月到6月。每到这个季节，村民们几乎全部上山。年成好的时候，一位村民可以通过挖药材赚到三四千元。年成不好的时候，则降到一两千元。

挖药材既是一种体力活儿，更是一种综合素质的比拼。在很大意义上，药材挖得多少完全取决于个人的捕捉能力和灵敏程度。在十二盘村，巧燕是大伙儿公认的挖中药材的好手。2011年她仅挖菖蒲一项，就赚到了六千多元。

二是核桃毛栗子的收入。

十二盘周边的山坡上，满是核桃树和毛栗子树。每年秋季，老百姓都漫山遍野地冒着雨收打，之后卖出。这项收入总计起来，大约在七八千元——需要说明的是，文忠家在杂果上的收入比村里其他人家多。原因在于他家人口多。有些三口之家或者四口之家，一年杂果的收入要减少一半。而另一个需要说明的是，由于核桃和毛栗子的生长与气候密切相关，因此这项收入不恒定。有一年好一些，有一年则可能分文无收。

三是零星的打工。

近几年，每年都有人进山来收购山核桃，价格还给得很高。包括木槿树上结的籽，也有人进山来收购。再加上偶尔亲朋好友相互招呼着出外打个零工，这一项收入搞得好，也有个几千元。

这样算下来，如果各方面顺利，一年能够收入到2万元，不顺利时则只能收入1万多元。

相比之下，尽管有补贴，种粮食还是最不赚钱。

十二盘村气候比较寒冷，粮食只能种一季。

由于地力瘠薄，十二盘产的小麦质量相对差，产量也低。文忠家近13亩地中，有 3 亩多属于平坦些的好地，这 3 亩多好地每亩能打 300 多斤小麦。其余 9 亩地的产量最多只在 200 来斤。这样算下来，如果全部种地，全年可收获小麦 3000 斤。按照 2011 年的价格，总共可以卖到 3000 元。

刨除掉国家补贴，一亩地自己还需要投入 120 多元，13 亩地总共要投入 1600 元左右。用 3000 元减去这 1600 多元，全年净落 1400 元钱！

当这个计算结果出来时，我大吃一惊。

想想看，文忠家老小 8 口人，如果将他们承包的土地全部种上粮食，最多也只能赚到 1400 元！平均每人收入不到 200 元！

在这样一种情况下，农民怎么可能有种粮的积极性？

无怪乎在十二盘，至少有三分之一的土地都不再种植粮食。这些土地大多种植了其他，比如核桃、板栗、猕猴桃等。农民指望着这些树年复一年地长大，能够给他们带来好些的效益。

我回到十二盘的当天晚上，村支书四全、村主任银儿，以及村民双禄和拴科等得知消息，都赶来和我见面。连远在蔡家坡打工的文忠得知消息，也骑着摩托车赶了回来。我这才知道，文忠和巧燕没有在一起打工。巧燕是去太白县打工。太白县雇了一批人栽树，巧燕是去为他们做饭。文忠则是去岐山县蔡家坡镇打工。那里有一个建设工地需要拉砂石。正好文忠家里有一辆手扶拖拉机，于是他忙里偷闲地开着拖拉机去搞运输。

那天晚上，我们坐在一起聊天。天南海北，没有固定的主题。

聊到 90 年代的农业政策，大家都异口同声，90 年代的税赋太重。

文忠讲到，前几天十二盘二组村民黎乖劳还在说，那时候整天就是催钱要款。有一回他满打满算只剩下二百元钱，再就连吃盐的钱都没有了，可是村上还逼着他交。他说他实在没钱交，村上的人就把镇上的人领来，强迫他交，不交不行！实在他没钱交，就让他去借钱！

聊到当下的农业政策，大家一致说好。

文忠说：他这几天在蔡家坡干活儿，有两个给他拖拉机装砂子的妇女，一位叫柳春霞，另一位他没搞清名字，都是西山通洞乡的（宝鸡市把市区西部山区叫作西山，那里土地瘠薄，交通不便，是一个典型的贫困区）。市上开展对西山的扶贫工作，对一些不适宜人居的地方实行了移民搬迁，她们被安置到阳平镇第六寨村。这两位妇女年纪都在 40 岁左右，正是精明强干的时候，她们一边干活儿一边感慨。其中一位说：咱国家政策就是好！九六年拉电，我家独门独户在山顶上住着哩，根本就不敢想能用上电，谁知道就用上了。另一位说：咱身边也没有个会写的人。要是有会写的人，给咱写上几句感谢话。国家政策好，咱感谢国家哩！

聊到当下农村存在的问题，大家各说各的，但总的看法完全一致。

比如十二盘村民们普遍对天王镇上的一批闲人非常不满。他们告诉我，每到秋季核桃毛栗子成熟的时候，天王镇这批闲人就开始在镇上张罗着帮远道来的客商收购。他们不许山里人直接和客商见面，找个地方摆上磅秤，你把核桃毛栗子运出山后，不经过他的磅秤不行，经过他的磅秤就要给他交钱。这些人就靠着这样一种手段从中盘剥，近乎于强买强卖，也类似于黑恶势力。

后来我在村里待的几天中，许多村民都反映此事，说政府得拿出硬措施管一下哩！

但这些问题独属于天王镇，不具有普遍性。

具有普遍性的问题，集中起来有三个：

一、对农村开展的民主海选干部不满意。

二、对农村中、小学现行的教育状况不满意。

三、对农村低保金的发放不满意。

对村民自治的讨论

十二盘村无论干部还是村民，见到我都主动说起海选村干部的事情。

早在一年前在户县采访时，我就接触到农村如何推行民主选举制度这个话题。

那天话题是由李百灵引起的。李百灵说到包产到户时，发表了自己的看法，他认为就整体而言，20 世纪 80 年代的包产到户是在当时的生产力状态下必须要走的一条道路，后来的实践也充分证明了这条道路的正确，但这并不等于说在走的过程中就没有失误。

  李百灵认为，上世纪50年代搞合作化是草率和盲目的，甚至是粗暴和专横的，但是80年代合作化终结时，又失之于盲目和草率了。

  李百灵认为，虽然生产队这种集体化的形式应当否定，但经过二十多年的苦苦积累，它还是形成了一定的规模，也奠定了一定的基础。而现在，大伙儿用一种树倒猢狲散的方式一哄而散，积攒了那么多年的集体财富怎么办？在当时的情况下，农村和农民普遍采取了两种办法，一种是把集体的积累作为一种公共利益和公共财产保护下来，之后再进一步使用起来；另一种办法就是把它散尽分光。

  应当说，前一种选择可能非常困难，但是如果真正做到位，效果会比后者好得多。

  但是遗憾，农民普遍选择的是后者。

  我没有逐一去了解生产队解散时是一种什么样的状况，我只知道，当年我下乡时，十二盘各生产小队的仓库和房子都是占用私人的，这可以一退了之。但养的七八头牛和几头驴骡该怎么办呢，总不能一户分半条腿三斤肉吧？

  后来我听说，许多生产队在解散时，都存在着严重的弊端。这些弊端突出地表现为，生产队原有的财富几乎无一例外的都是由干部们进行了再分配。这正像苏联解体时，那些普通民众除了获得政治上的相对自由，经济上根本不可能获得丝毫好处——所有的好处注定将被那些知情者，那些掌握着权力也掌握着信息的官僚阶层所瓜分！

  有些人认为之所以出现这种情况，主要是缺乏民主，缺乏群众监督。并且搬出了一句很时髦的话：群众的眼睛是雪亮的！

  认真去想，这句话虽然很时髦，却基本无法实现——所有损害群众利益的事情在制造和发生时，都注定要远远地避开群众的眼睛。否则事情就无法朝下做。也因此，无论哪一件坏事，从来都不是群众能够揭发出来的。而注定是知情者和参与者，是当事人的同伙。因为最需要知情的群众偏偏距离他们最远，最需要居高临下地去实施监督权力的群众偏偏所处的位置最低。在这样一种情况下，指望群众来洞察一切地监督他们，无异于异想天开！

  那天不仅李百灵，而且在座的陈冏台和刘高明都告诉我：现在农村中存在着一个严峻的问题,就是农民面临着家族统治。如果说农民从前面对的是政权统治,那么现在政权朝后让了一些步,退了一些位。谁知这一让一退,农村竟很快又变成了家族统治。尽管中央采取了很多措施来加强农村的民主政治建设,但由于这个问题太复杂了,因此虽经多种试验,种种实行民主的措施大多还是徒有虚名,无法到位。朝严重里说,现在农村不少干部都是流氓土匪的素质。这些人竞选干部,本身目的就严重不纯。他们或者自己为非作歹,以权谋私;或者操纵着推出一个能够任由他们摆布的傀儡。这样一种情况,怎么能够进行社会主义新农村的建设呢?

不仅如此,在农村目前的现实情况下,如果没有政府的介入和干涉,往往那些能打能踢能咬的混混反而更能当上村干部。因为从本质上来说,农民是一盘散沙,经受不了暴力的威胁。何况相对于暴力而言,民主是个慢功出细活儿的事情。假设你不能打不能赖,不能耍滚刀肉胡来,你很可能就无法立竿见影地对村庄实行有效的"治理"!

李百灵说:社会治理沦落到这种地步,确实可悲!

李百灵说:当然也还有一种情况,就是一些政府部门还非常喜欢这一类人。因为他们能施威,能镇压住人。你用他们,各种任务才能顺利完成!

那天陈罔台也发表了自己的看法。

陈罔台说:

现在农村的状况确实比较复杂。

我们社会的复杂性在于,不仅有体制上的、传统观念上的、文化背景上的,而且还有许多说不清道不明的方面。比如在农村,从前集体化时候建了企业,管理干部都是上级指派的。他坐在这个位置上,自然而然就拥有了销售的渠道。等到企业改制的时候,他就很自然地还是老板。你换个其他人还真是干不了,你根本就没有接手的条件嘛!所以说苏联迅速解体为什么普通公民保证不了自己的利益,原因就在这里。

陈罔台说:

不仅如此,他承包了工厂,说好每年给村里上交多少钱。但由于村子不断地变换干部,政策就保证不了连续性。结果承包人每年给村干部送一点儿钱,大家就你好我好地算了。到最后,其他人离企业越来越远,企业就逐渐变成承包人自己的了。据我所知，这样的村办企业还不少，而且企业承包人换来换去的也不少。一般来说，换上去的人都占尽了便宜。按照习惯的说法，人家有后台才能弄成事！可是你仔细去调查，他有多大后台？根本没有。可是他同样把干部腐蚀了，把风气搞坏了。所以说，政治体制的改革也罢，反对腐败也罢，确实非常复杂。

陈罔台说：

我现在就在农村居住，整天耳闻目睹。我觉得中国的农村建设是一项太艰巨太艰难的工程。我个人不赞成照搬西方式的民主。因为那种民主有一个很重要的成分，就是讨好民众。而在我们的现实情况下，绝对不能光讨好民众。要我说，社会潮流，浩浩荡荡，有错有对，有白有黑。在目前的中国当领导，首先要敢于担当，敢于得罪人。你不敢担当，不敢得罪人，就只能和稀泥抹光墙。如果光给老百姓办好事，这谁都愿意做，也比较容易做到。问题是你不反对错误，不打击邪恶，你给老百姓办的好事就有限，因为黑暗和邪恶的力量嚣张起来，能把你办的好事全部抵消。老百姓日子要想过好，必须有两个方面的配合：一个是及时给他需要的支持，这是办好事；另一个就是帮助他把黑暗的一面打下去，这其实是更大的办好事！现在农村恰恰就是在后一点上做得不好！

陈罔台说：

有些现象确实奇怪。拿民主选举村主任来说，在城郊地区，你当个村主任可能会有很大的利益。但是对许多地方来说，距离城市很远，当村主任不可能有多大的利益，但仍然争。现在农村普遍流行着贿选。我住在马营堡子，那地方算是比较富裕的。村子里有两个人争当村主任，这边村主任请人来演戏，那边的人就朝台上扔东西砸场子。五竹镇兆丰桥戚家堡闹得就更凶，一直闹到杀了人。村主任和书记谁都不让谁，最后解决问题的办法就是杀人——所以据我所知，群众一般都喜欢上面派大学生来当村官。

陈罔台举出群众喜欢大学生来当村官的三个理由：

第一，大学生思想纯洁，一般不会去搞歪门邪道。

第二，他们与村里没有宗派和家族牵扯，处事会比较公平。

第三，他们不永久住在这里，遇事就可以放开手脚，敢说敢管。

李百灵则很坦率地表示，他不同意大学生来当村官。

李百灵同样举出了不同意的理由：大学生太嫩，镇不住。

李百灵说：我倒更倾向于派年轻干部来当。就像小岗村派沈浩去。我认为让大学生当副职应当是一个比较好的选择。

请注意，李百灵说的是：大学生太嫩，镇不住。

一语既出，引起了我的深思。

我很清楚，李百灵说的这个"镇"，绝对不是镇压，而是一种在村民中具备的威严，或者是一种说话算话，令出即行的权威性。

但无论怎么解释，这个"镇"都有着一种法律意义之外的、纯属个人的威严。而既然实行民主政治，就应当与"镇"彻底无关。就这个意义而言，具备个人的权威似乎与彻底实行民主政治是相悖的。

进一步思索，民主政治究竟是一种怎样的政治呢？大家都在说民主政治好就好在制度本身，这种制度有效地保证了人民的权益不受侵犯——但是假设我们换一种思路，让一个幼稚的孩童去担任村主任，那么制度再好，这样的民主政治是不是能够推行得起来？

或许有人会说，民主政治之所以好，就在于它能保证大家选出能够胜任领导工作的人，而绝不会选了幼稚的孩童。

如果这样，那民主选举却选出了黑恶势力，这又该怎么解释？

那天，我很直接地向他们提出：究竟应当怎么样在农村发扬民主和实现民主？前一阶段在农村开展的村民海选村主任的工作效果究竟怎么样？能不能下决心把权力无条件地、彻底地交给村民，让村民不受任何框缚地、完全自由地选举出他们信得过的人来当村主任？

我提出了这个问题，但心里早已经有了现成的答案。想想看，无论哪个党派，也无论目前社会上所谓的"左派"还是"右派"，甚至歌颂和肯定"文化大革命"的"派"，可以说大家共同高举的旗帜中，都有民主和自由。而其中尤以民主为甚。而给人民以选举的权力，就是最大的民主。如今，实行村民直选村主任，这事实上就是在实践和实现那句最诱人的豪言壮语：把权力交给人民！

如此神圣崇高的目标，谁会反对？谁能反对？谁敢反对？

但是让我大为吃惊的是，他们竟不约而同，众口一词地回答：

一、应当。

二、目前不能。

那天，接受我采访的是陈罔台、李百灵、刘高明三人。三个人共同认为，目前在农村开展的村民海选村主任的工作是非常失败的。现行的农村海选只选出了混乱。中国的国情决定了村庄的主要领导更适于外派。

后来我在旬阳县构元镇与年轻的镇长李向阳聊天时，也谈到了当前农村民主选举存在的问题。李向阳告诉我，根据他的体会，在现有的情况下，村子里是很难选出真正合适的领导的，何况由于家族的影响和牵扯，即使真的选出来，他们也很难客观公正地为村民们做事。他认为，如果任由这样一种状况发展下去，最终社会管理将流于空谈。

我问他，这个问题应当怎么解决？

李向阳提出的观点和陈罔台等三人极为相似，他建议村级主要干部应当实行职业化的方式，由政府直接委派。

农民并不认可民主海选村干部

应当说，十二盘的村民们对这种民主"海选"村干部的方式普遍不满意。并且不仅群众不满意，干部也同样不满意。银儿是这一届当选的村主任，他自己就对这种选举不满意。

我曾经看过一篇文章，说在选举村主任这个问题上一定要相信农民，农民智商不比任何人低，如果不信，你可以去和农民试两把。一是试赌博，看是你能赢他的钱，还是他能赢你的钱。二是讨论社会问题，看你能说过他，还是他能说过你。当时看了这篇文章，觉得不仅有道理，而且很有说服力。

但是当我真正走进农村时，却发现情况远不是那么简单。

在闫家坪村采访时，闫明录曾直言不讳地对我说，农村现在换届选举的风气越来越坏。他认为这是因为立法的人没有到基层来，不了解农村的实际情况才造成的。

当时我问他，你说的情况是单指闫家坪村呢，还是指一个更大的范围？

回答：不是单指闫家坪村。

我问他在这个问题上，有什么好的建议？

他说："我建议上面应当头脑清醒，不能海选。为啥？因为老实人正派人不善于也不愿意去贿选。混混就不同了，他们根本就没有道德的约束，所以老实人正派人注定斗不过他们。在现有的情况下，混混贿选成功的可能性比正派人参选成功的可能性大得多！"

他说："我虽然是闫家坪的支书，但我说的话同样包括闫家坪，现在到处都存在这个问题。一开始选举，马上各家各户挨着发烟。请人到高档酒店吃饭。混混之所以能成事，就是他们能拉下脸硬蹭，软的硬的都上。你可以调查一下，这样选上来的干部都是啥样的，不少都是上台后打打杀杀地混三年，利用派系来为自己弄事。"

他说："所以我建议换届期间，应当由村上党员、村民代表、'两委会'先提出候选人，要有民主，但是不能完全民主。完全民主其实不是民主——本来我们村几个人想合起来写个东西向上级反映这些，但是后来想想，算了。"

我问：为啥算了？

他说：因为比较灰心，咱反映顶啥哩？

如果这仅仅是个别人的看法，或者仅仅是某个地区干部和农民的看法，那就没有必要对此予以足够的关注——对一个疆域辽阔的大国来说，制定政策更多地应当考虑普遍性。

而我所接触的恰恰不是个别，不是局部，并且几乎走到哪里我都会听到这样一种反映——2012年的春节期间，我和几位文友聚会，吃饭中大家不由自主地议论起当下的时政，席间有人慷慨激昂地主张扩大民主，提出应当彻底和全面地实现民主选举。在座的高陵县作家张继光当场反对。

张继光说：城市我不知道。起码在农村，我不赞成这种民主选举。

张继光举出他家乡的例子：为了竞选村主任，村中两个候选人争相贿选。其中一个人给每家送两瓶酒。尽管酒不贵，每瓶不过二三十元钱。但这种贿选的行为却很恶劣。而另一个人一看他送了酒，立即给每家每户送几张饭馆里的羊肉泡馍票，请大家去吃饭。谁知道鹬蚌相争，渔翁得利。他们俩都没选上，选上的是另外一个人。这两人一看情况不对，立即反戈一击，组织起联合阵线，共同猛攻被选上的那个人。

张继光说：可以想想，为啥他们要贿选？贿选的目的是啥？这样选举的结果又会是啥？

我在蓝田县采访时，同样遇到了这个问题。

在蓝田，县财政局的几位同志陪着我们走进了一个叫大寨村的村庄，又走进了村会计郭维孝家。我们与郭维孝聊天，说到当前政策，他毫不犹豫地说：好，太好了！但是当我问他有没有不好的地方时，他也同样痛快地回答：有么！

我问他不好的是哪些？

郭维孝连半秒钟的停顿都没有，脱口而出：党的政策好得很，叫歪嘴和尚念歪了！现在把民主给村民了。但是选上来的都是些拐把锤。

我听不懂，问是什么意思。

旁边有人笑起来，解释说：就是厉害人，换个说法，是恶势力。

郭维孝说：大寨周边的村子。瞎（坏）干部不少！有劳改释放犯都当上村干部的！

我问村民们为啥会选这样的人当村干部。

郭维孝气愤地说：你敢不选？你不选黑了就有人来打你！

还是回到十二盘。

十二盘的村干部和村民们告诉我，现在这样的海选，对农村中宗族大的，姓氏多的有好处。中国人讲究的是亲不亲，一家人。讲究的是"打虎亲兄弟，上阵父子兵"，在当前这样一种文化背景下，只要你宗族大，姓氏多，怎么选都是你这一派的人。因为在大家心目中，家族就是阵线，亲情就是原则。

他们告诉我，天王镇民选最糟糕的典型是山外的曹家沟村。曹家沟的村领导压根儿就是监狱里出来的。可是他会来事，也敢来事。结果选成了领导。他干了一届，给村里亏欠下六七十万元的债务。这些债务本来可以不亏的，纯粹是他们为满足自己的私利折腾光的！

我想起在网上看到的一篇文章《民主制度能解决"三农"问题吗?》,文章发表在 2004 年的《南风窗》杂志上,据介绍,作者章敬平是《南风窗》的主编。这篇文章观点尖锐,笔法犀利:

农民的主要问题是穷,但穷的主要问题是什么?

概括部分中国精英知识分子表述不一的回答,大体的逻辑是这样的:没有国民待遇,没有民主,我们的制度设计有问题。

从来不必怀疑,中国"三农"问题的根源在"三农"之外的制度设计,简单说,就是中国的农民在城乡二元结构中缺乏平等的国民待遇,心灵和身体都受到垄断和束缚。如果我们永远不给农民以民主,不改革针对农民的制度,"三农"问题则永远无解。

然而,民主、私有化这些制度要素能在一夜间还给农民吗?让政治素质文化素质最低的人享受层次最高的民主,就能解决三农问题吗?

南平采访期间,那些熟悉乡村情况,并在城市里获得硕士博士文凭的官员们,几乎都承认,制度层面的补偿,不可能在短暂的时间内破解三农问题。

过去的 5 年内,中国乡村漫天飞舞的选票,不仅以选举的名义表达了民主对民意的尊重,而且改变了中国乡村民主制度推行之前,乡村领导人的合法性由上一级政府任命而后确认的威权传统。从臣民社会到公民社会的转变中,这是一个巨大的历史进步。

2002 年,记者去浙江富裕地区的乡村,发现那里的乡村民主已经超出了我们的想象:

义乌,新富阶层走向乡村政治前台,已成民主和历史发展的必然趋势;

瑞安,防止新富参政"为政不仁"的协议村官制度,使得草根民主的制度创新,大大迈进了一步;

温州,贿选风的刮起,以及贿选班底的出现,标志着温州式的贿选早已超越贫困乡村以钞票易选票的原始方式,"黑金政治"骤然升级。

这一切都让人震撼。经济的繁荣已使那里的乡村成为开放性社会。民主的诉求,被那里的人们最大限度地放大了。浙江的民主故事还提醒我们,即便是草根民主成熟到已在制度层面开始创新的浙江,民主发展水平也不是所有的区域都一般齐整,个体上的差异依旧存在,其整体状态还可以用"红"

"黑"胶着来描述。

《南方周末》报道了2002年6月25日山东淄博的"暴力民主"案,一个农民因为拒绝选举自己不信任的候选人,在"不选我就打死你"的怒骂中,被候选人的猎枪打得弹痕累累。

宗族势力,官方任命,这些影响乡村民主的要素,暂且搁置不谈,单看诸如旧恶势力强暴民主的极端个案,我们就可进一步意识到,全国范围内的民主发展水平,是多么的不平衡。

或许,这就是我们身处其中的转型时期的现实:一方面,选民在众目睽睽下被候选人打得血肉模糊;另一方面,遏制新贵为政不仁的协议堆积如山。看后者,我们有理由对乡村民主的未来表示乐观,但我们必须还要看到前者,我们的乐观不能演化成急切。考察个案之间的差异,我们发现,在同一个中国,在不同的角落里,民主进步的差异委实太大。

现在,让我们将视角从发达的浙江乡村社会,转移到贫困的闽北乡村。今天的南平,官方已认同经济能人走上政治前台的合理性。官员们认为,让乡村新富阶层走上政治前台,不仅有利于农村增收现实,而且有利于改善干群关系,有利于社会稳定。过去,即便是浙江等思想开放的地区,人们对经济能人参与乡村政治还是极为担忧的。为了解放思想,两年前江苏省人大一名高级官员还以个人名义发表文章,号召解放思想,主张道德权威让位经济能人,让村里的"能人"经依法选举成为"领头羊",使得他们在当选后把自己的事业和集体的事业结合在一起,获得"双赢"。

事实上,中国落后的乡村,其政治生态不像精英知识分子所说的那样,给点民主的阳光就灿烂。2002年早春,记者去经济学家们从事"天村实验"的汉江平原,在湖北省沙阳县群力村,训政的民主之花终于在几次失败后挂果群力村。农民也可以搞民主,民主并不招致混乱,这是我们当时的结论。回想起来,当初兴奋异常的我们,现在冷静了许多。因为,记者不能肯定,离开博士生的指导培训,离开县乡政府的关注,群力村能否收获有秩序的乡村民主?记者同样不能肯定,没有培训一天发10元钱的激励机制,农民是否愿意参加这些不能吃不能穿的民主训练?所以,记者在两年后的今天,开始担心这样的结论是否具有普遍意义。

就南平而言,他们的"大户强村"战略推行得一直较为艰难。首先是

"大户"少，其次是大户不愿意染指"村政"。距离建殴市大约20公里的井歧村，有个经济能人刘义海，有文化，见多识广，敢闯敢干，会做生意。为了土地承包的年限，以及村民负担，刘从地方一路上访去了北京，惊动中央。可是，就这样一个人，在获得下派书记认同后，怎么也不接受出任"接班人"的角色。

"大户"，虽然是农村社会先进生产力的代表，是农村经济发展中最重要的人力资源，但采访中接触到的"大户"普遍不愿当村官。他们有朴素的公平观念，路遇不平，会挺身而出，但他们缺乏进步的政治意识，认为"当官"是个专业性极强的工作，不是他们的所为。

于是，就像我们看到的那样，南平乡村的村官们，大体上还是乡村道德权威在主政。井歧村下派村支书黄长荣3年下派期满，返回法院当他的法官去了，接任书记之职的是一名40岁的女村官，她怯生生跟我们握手的感觉，至今还存留在我的记忆中，不由得让人担心这样的道德权威，能否真的引领村民走上小康的路？

当下的村民自治，仅仅保证了村务公开，至多只是限制了村官为所欲为的不良习惯。农民对其利益受"剥夺"的不满，开始从村官身上转移开来，乡村社会渐趋稳定。但能就此赢得一个没有怨言的乡村社会，农民可以就此过上和谐的、令人愉悦的幸福生活？置身于后WTO时代的中国农民，即使真的摆脱了盘剥和欺凌，也不可能过上桃花源式的生活。

当封闭的自我循环被开放的全球化所株连，中国农民需要的就不是单纯的公平问题，他们还要拥有效率、发展。而后者不是浅层次的村民自治这个民主制度所能给予的。对关注中国"三农"问题的官僚阶层和知识阶层来说，制度设计的蓝图业已绘出，接下来的问题是技术层面的执行力，乡村公共事业管理，农村基础医疗，九年义务教育，路桥水电的基础建设，通往外部世界的信息渠道的铺设，这些历史上对农民欠下的呆坏账，不是靠村民自治或者民主制度所能消弭的。

如果我们的知识阶层，不就这些具体的现实问题给出一个个清晰的解答，而是大而化之地谈制度，这对农民命运的改变，到底能起多大的作用？

文章写得非常好。

应当说，农民担任村干部的动机是多种多样的，农村中民主选举的环境同样是多种多样的，如果要寻找支持，任何一种观点和思想都可以毫不费力地寻找到自己需要的事例。这就尤其要求我们站在一个客观的立场，并且尽可能要站位高远，视野广阔。

许多学者都认为，在中国最不具备实行民主条件的就是农村。更有人尖锐地批评，中国为什么在最该实行民主的上层不实行民主，却偏偏在最不具备实行民主条件的地方实行民主？

这种批评促使我思考：

第一，如果这种观点成立，那么至少可以说明：民主是需要基础的。比如文化的基础，民主意识的基础。如果更进一步说，民主不会自天而降，它需要有一个培养民主意识的过程，需要具备相应的民主素质。

第二，与这些学者的看法略有不同，我个人认为，在偌大一个中国，除过农民文化素质低以外，农村其实是最具备实行民主选举的条件的。

为什么这样说？

首先，农村人祖祖辈辈都集中在一个村子里生活，他们对村子里每一个人的能力、品德以及方方面面都非常熟悉。这和我们参加哪怕是镇、县一级的人代会都大不相同，在那些人代会上，你除了举手表示同意，几乎无可选择。但是农村不同，被选举的人是不是合适，他的品质如何，能力如何，所有的选民心里都非常清楚。这就为选举出他们心目中最好的人选奠定了最坚实的基础。

其次，和系统庞大、技术复杂的企业不同，农村的利益不仅和农民直接挂钩，而且这些利益都单纯而清楚。在这种情况下，至少从理论上说，农民是不会轻视自己手中这一票的权力、不会亵渎民主这份神圣的职责的。他们会选举出最合适、也最受他们信任的村官。

但是遗憾，事情却远不是理论所能够解释的，甚至远不是我们所能够想象的！

不仅如此，在许多村子，那些专横的、能打能骂能踢能咬的人，往往一选就大获成功。而真正人品好，做事正派的人，却由于不善于去鼓动，不能够去威胁而根本无法当选。这种例子，在我整个的采访中，几乎随处可遇。

这和政府对民主的良好设计，和我们许多精英知识分子对民主良好的初衷，有着多么遥远的距离！

当我在农村了解到民主选举村干部出现的种种问题后，我心里不仅沉重，而且十分惶惑。

在此之前，我知道农村中一些村干部是上级指名道姓地委派的。这种委派的效果并不好。起码有一些被委派的村干部作风霸道，行为恶劣，事实上就是村霸——在那种时候，我衷心盼望着尽早给农民以选举的权力。

但是我万万没有想到，给农民了民主选举的权力，却并没有结出应有的民主之果！

为什么？

应当说，无论城市还是农村，推进民主程序乃至最终实现民主选举，都方向对头，应当毫不动摇地继续坚持。问题只在于，民主不会凭空到来。它需要循序渐进地逐步争取和实现。现在有太多的人热衷于空喊民主，却从不认真研究应当怎样创造条件去逐渐实现民主。在这个问题上，我接触到各种各样观点的人。保守的一方不说了，他们要从改革的道路上朝后退，甚至要求退回到改革开放之前。这种思想并不可怕。因为生活已经用铁的事实告诉人们，绝不能朝后退！朝后退不仅是死路一条，而且是逆历史潮流而动。在这个问题上，邓小平的话有如黄钟大吕：必须坚持改革开放，动摇不得！

而持另一种观点的人则需要格外警惕。这就是将推进民主制度理想化和极端化的人。这些人坚持改革拥护民主都无疑是正确的，问题只在于他们把一场社会的大变革和大进步简单化了，他们不是按照现实可能，而是按照一种理论或者国外现成的样板来仿制方案——如果我们承认中国农民是绝大多数，承认农村是中国最重要的社会基础，那么在中国农村进行的民主试验至少显示出：民主的到来绝非那样简单！

从2010年开始为撰写这部书稿搜集素材开始，直到本书即将结束的2012年9月底，我始终在关注着这个问题，也始终与人探讨着这个问题，参与探讨的不仅有专家学者，有作家文人，而且有基层的农村干部和农民，即使这样，我仍然不能、也不敢大胆地断言，究竟应当采取哪一种方法来推进农村的民主政治。在这个问题上，不当家不知柴米贵。指手画脚地批评是最容易也最轻松的，但真正过日子则是需要每一顿饭都亲自动手去做的。偏偏现在中国一个极大的弊端就是，几乎所有搞社科研究的人都只是看、想、写、说，而从来不做。

应当说，这些年我看到和听到的有关推进民主的议论实在是太多了。从理论上说，几乎每一种观点都头头是道。但是当我埋下身子，奔走在乡间的小道上，倾听着来自最底层的声音时，我却有一种感觉，这些宏大的理论和观点距离真实的农村和农民还是太远。我想：在今后有关农村民主政治的建设中，国家是不是可以鼓励和支持两点：一是那些站在讲台上和论坛上讲述各自观点的专家学者们能否抽出相当的时间（绝不能只是走马观花和蜻蜓点水式的）浸泡到农村中去，看看农村实行民主的现状，听听农民对民主进程的议论，进而平心静气地与他们探讨，究竟怎么样才能更加有效地推进乡村的民主建设；二是我们国家有那么多的政策研究室，那么多的社会科学院，大学里还有那么多的社会研究学科，他们几乎把所有的精力都用在了抢课题和拿研究资金上，可以说既得名又得利。但这样一种研究，于整个社会和人民群众的实际需要究竟有多大的意义呢？如果真正要使这些机构的研究于社会和民众有益，就一定要下最大的决心，来改变那种为评定职称而课题，为应付考核而论文的作风。应当看到，目前中国有一大堆擅长于堆砌华丽辞藻、貌似高深却只会空谈的人，这些人给整个社会舆论的引领造成了很大的危害。过去说空谈误国。现在这种风气正在演变为我们生活中的现实。客观地说，造成这种现象的原因是复杂的。但无论如何，这种情况都必须改变。如果我们的专家学者都不仅学习先进理论和先进经验，而且能够扎扎实实地在一个村子或者若干个村子，用试验的形式把农村的民主建设认真做起来，并由此积累教训和经验，使中国农村基层民主的建设一步步走向完善。这才是中国民主真正的福音。否则只是坐而论道，纸上谈兵，只是为着理论而理论，甚至为着各种各样的利益而闭着眼睛杜撰和编造理论，那就不仅不能使中国农村的民主政治建设取得进步反而容易造成一种不该出现的混乱，甚至酝酿出一场巨大的风险！

我还想说一点。

我第一次去户县是2011年的7月。那次重点采访的是陈囤台、李百灵、刘高明三人。经过了整整一年的采访写作后，我对农村民主化的进程有了许多新的感受和了解。但为了对这个过于宏大的题目进行慎重而又慎重的理解和认知，事隔一年后，我又专程去了一趟户县。这一次去除过见到他们三人，还专门邀请了户县原农工部部长刘志明和文联主席赵丰。

之所以专程去找他们请教，是因为以下几点：

第一，他们都没有什么禁忌，敢说话。

第二，他们都具备相应的认识问题的水平和能力。

第三，尽管李百灵等人在县城居住，但他们的根都在距离他们居住地不远的户县农村。他们与农村仍然保持着千丝万缕的联系。

第四，他们都不仅坦诚直率，而且比较客观，属于有好说好、有坏说坏的人。并且他们之间一旦意见不同时，都不看对方情面，当着我的面就开始激烈争辩。在这一点上，他们确实具有户县人"只知义，不辨宜"的特点。

除过这四点，我尤其希望知道的是，整整一年过去了，他们当初对农村民主选举的认识会不会有什么改变？如果有改变，那么是什么促使他们改变的？

结果我发现，他们丝毫没有改变。还是态度明确地认为：眼下农村开展海选式的民主不可取！

他们讲了许多生动的事例。由于那些事情都十分复杂，展开描述将占很大的篇幅，我只把他们的一些精言妙语摘录下来。

陈罔台：我很喜欢民主，也非常向往民主，但同时也很担心民主。

刘志明：民主是一个方向，民主又是一个过程。

李百灵：民主必须逐步地、水到渠成地去推进！现在有些人不明白，以为这下好了，农村实现全面民主了，但他们不了解，一些情况下其实是黑社会当家了！

刘高明：据我所知，中国农村搞的民主选举，国际上是赞扬的。但恰恰对咱们农村建设和农民自身是不利的。在这一点上，中央政府绝对要清醒，绝对不敢光听国际上的赞扬声。

陈罔台：这一点我同意，千万不能外国人说好，咱就以为是好！

刘高明最后还讲了比较长的一段话。

他说：

"现在有很大一部分不良人员，正千方百计想进入管理层。事实上有一部分人已经进来了。这其中甚至有服刑期满人员。西五竹村去年11月村委会选举，头天晚上10点以后，就有人挨家敲门，对着屋里喊：'明天选举呢，操心着！'

"可以想想，光这样一种口气，就说明了什么？不是黑恶势力，敢不敢用这样一种威胁的口气？

"所以我觉得，实行民主就像当初搞合作化一样，一定要实事求是。如果条件不具备硬要上，那就会犯大错误。但是当条件已经具备——就像现在土地又开始集中一样，你硬是拒绝，那同样会犯大错误。要我说，民主确实是好东西，但民主也确实离不开具体的条件和具体的环境，如果什么都不讲，只是大讲民主，那就是空讲。讲的只是一种理想化的、幼稚的民主！于国于民只会有害无益！"

我注意到，就怎样推举和选拔村干部这个问题，由于各人身处的环境和位置不同，观点也就很不相同。

身处农村第一线的干部——尤其是村一级的干部普遍的态度是：不宜从外面委派。

他们很尖锐地指出：试看当今镇一级的主要干部。他们说是在镇上工作，其实家都无一例外地安置在县上。每到周六都注定要开着小车回家。且不说这样一种工作状态付出的行政成本有多大，仅这些干部心思能否真正放在农村就是个问题。

不仅如此，如今无论镇委书记还是镇长，基本上都是干个三五年就提拔换岗了。试想这样一种干部机制，怎么能不造成干部的短期行为？几乎不用细想就会明白，真正要把村庄的事情搞好，还是要从基层一线中提拔干部，不仅村干部，甚至镇干部都应当这样。在这个问题上，人才肯定有，方向不会错，唯一需要解决的是组织部门的思想和作风问题。只要"伯乐"们思想正派，不揣私心；只要他们作风扎实，深入实际；可以说从最基层的农民中间选拔干部是最可靠也最有效的。当年共产党军队中领兵打仗的将军都是农民出身，他们最大的优势不是别的，就是从战争中学会了战争。有一点可以肯定，特别会打仗的人只能从经常打仗的人中间诞生，而不可能一纸任命便出现天才。遵循这样一种注重实践的干部选用途径，无论是当初的战争年代还是今天的改革时期,都一定是正确的,也一定是有用和有效的!

他们认为,民主需要群众,但这绝不意味着放弃领导。民主需要尊重民意,但绝不意味着放任自流。在这个问题上,党和政府必须承担起自己的责任,用循序渐进的方式把民主推向前。至于在目前一种状态下究竟是采用逐层推选的"两推一选"方式,还是采取没有任何限制的海选方式,绝大多数人态度非常明确:应当选择"两推一选"方式!

子女接受教育成为农民普遍的负担

在十二盘,大家反映比较强烈的第二个问题是:子女接受教育已经成为今天农民普遍的负担。

需要说明的是,我所谓的在十二盘,实际上远不止十二盘,只是由于人际关系的更加亲密,了解问题的更加具体和翔实,我把十二盘作为各地农民意见反馈的一个终端,并在这里对农民的各种意见进行归纳和梳理。

还是从文忠和巧燕双双出外打工说起。

此前,无论外面多么赚钱,文忠和巧燕都注定只出外一个,剩下一个在家里照顾已经高龄的三位老人(大伯刘双用已经去世)。但是2011年,文忠的女儿姣姣考上了大学,儿子卓卓考上了区上的重点高中,这就给家里造成了巨大的经济压力。

前面已经做了计算,文忠家的13亩地全部用来种粮食,即使年景最好的时候,也至多只能挣到1400元钱。

而两个孩子一年要支出多少钱呢?

女儿姣姣在西安航空职业技术学院上学——2011年,陕西三本录取分数线是365分,姣姣的高考成绩为387分,应当说她报个三本是有把握的。但是姣姣非常懂事,她主动选择了上大专。她说:我得选个学费低些的。

西安航空职业技术学院学费不高,6800元。但是把其他各项杂费七七八八地交齐,也差不多就到一万了。姣姣生活很节俭,每月只问家中要400元的生活费。这样算下来,全年支撑她学业,差不多在15000元上下。

儿子刘卓在陈仓区虢镇中学上学——其实,他完全可以不在重点中学上学,可以选择在离家近些的天王中学上学。关于这一点,我后边还会说到。

虢镇中学的学费不高,只有800元。加上300多元的各种杂费,开学伊始交了一千多元。但是学校其他各种杂费不少,要订报纸,买书籍,连吃带喝算下来,每月要500多元。全年差不多需要7000元。

两人的费用相加,仅教育一项,文忠每年需要支出22000多元。

是全家粮食收入的10倍以上!

当然,十二盘土地瘠薄,粮食产量低。不能以这里的种植情况来做一个衡量农民收入的标尺。需要进一步了解的是山外那些川平野阔,土壤肥沃的村庄。以闫家坪为例,那里种粮食不仅可以种两季,而且产量也远比十二盘高。

但是遗憾,闫家坪地少人多,平均每人只能分到一亩零几厘地。如果单纯靠种植粮食,闫家坪的农民同样连一个子女的教育都无法支持!

我手头有一份山东聊城大学2011年的新生入学须知。其中第四款是"报到时应缴纳的费用"。

费用如下:

1. 本科生学费:艺术类专业11000元/年,其他专业10000元/年(第一志愿报考【征集志愿除外】第一学年一次性减免2000元)

2. 住宿费:每人800元/年。

3. 教材费:第一学年教材费700元。(注:本科四年总计约需1600元)

4. 新生生活用品:每人654元(自愿购买,若认购则将该费用一并存入银行卡)

5. 军训服装费:94元。

仅按照清单正式交纳的费用,每年就至少在10000元以上。

这还没有算学生的生活费,如果按每人每月500元的生活费计算,9个月下来,需要4500元上下。

何况，孩子去山东聊城上学还要坐长途汽车或者长途火车，还会发生许多根本就意想不到的各种费用呢？

何况，这只是一个孩子上学所需要的费用。如果是两个孩子呢？

何况，这还是花费少的学校。旬阳县一位副镇长告诉我，他的儿子在安康技校上学，每学期学费5900元，伙食费每个月600元，七七八八算下来，每年仅供养儿子上学就需要2万元。三年下来需要6万元。他告诉我，这算是花费得最少的！

在十二盘村三组，除了支书和村主任，我一共碰见了三位青壮劳力。其中文忠是专门坐摩托车从岐山县的蔡家坡赶回来的。剩下两位中，一位是44岁的拴科；另一位是51岁的双禄。

拴科是村民刘麦儿的儿子。70年代我们知青插队的时候，紧挨着我们住房的是刘雪海家，而紧挨着刘雪海家的就是刘麦儿家。拴科的母亲属于严重的智障，除了最简单的生火做饭外，其他任何事情都做不成。据说她是姑换嫂时换给刘麦儿的。刘麦儿耳朵半聋。这使得他无论说话还是做事都很不灵便，属于半智障。当时我们经常对这一对生活在艰难境状中的夫妻感到惋惜，但是没有想到他们生下的孩子却健全而聪明。1972年我招工离开十二盘村的时候，拴科才4岁。印象中他整天光着屁股满地疯跑。那时候我们都夸赞说，这孩子比他父母强得多！

印象中拴科母亲还生过一个孩子，由于不会带，晚上睡觉时把孩子压住捂死了。在那个年代，这种事情屡见不鲜。后来我们说起拴科，总是很感慨：这娃命大！

拴科不仅命大，而且命好。他娶的媳妇是一组的拴巧，是十二盘公认的美人儿。

已经连续几年了，我回到十二盘都很难见到拴科。原因是他大部分时间都在山外打工。拴科有一儿一女。儿子19岁了，在宝鸡司机职业技术学校上学；女儿在天王镇读初中。经济负担可想而知。

那天晚上我问文忠种粮食的收入情况时，拴科在旁边插了一句：单纯种粮食，连儿女都养不活！

拴科之所以回到了十二盘，是因为他正在盖房。2008年汶川大地震，十二盘所在的陈仓区也算是重灾区。国家给灾民们拨了一些钱，规定如果村民们重新盖房，每户补助两万元。所以村子里盖房的人家就很多。由于经济压力，拴科足足筹备了几年，才于2012年正式动工。

十二盘的孩子们上学经历了几个阶段。

第一个阶段是在本村上学。

早在我们下乡时，十二盘就有一所小学。尽管谈不上教育质量，尽管学校设备极为简陋，但在当时的条件下，一切都很正常。那时候，学不学都一样。就算我们这些城市的孩子，又追求什么教育质量呢？

这种状况一直延续到上世纪90年代。

第二阶段是从上世纪90年代开始的。随着农民吃饱了穿暖了，生活开始了新的追求。那时候大办教育已经形成了风气。再穷不能穷孩子，再缺不能缺教育。村上的小学校越盖越好，成为一座带有围墙的独立的校园。鼎盛时期，十二盘小学共有学生上百名，配备了近十名教师。那时候每个村都暗中在竞赛，竞赛的最重要的内容之一就是学校。你的学校盖得好，我的学校盖得更好。

在某种意义上，那是农村儿童教育的黄金阶段。这个黄金阶段一直延续到21世纪。

第三阶段应当从时代进入21世纪开始算起，随着整个社会大环境的进步和发展，十二盘农民逐渐见多识广了，他们对小学校的教学质量开始有要求了。一些出外打工的家长把自己的孩子带在身边，让他们在城市的小学上学。另一些家长不甘落后，把自己的孩子转到县城或者天王镇上的学校去念书了。

这个变化悄无声息，却十分迅速。几乎不经意间，留在村里念书的孩子就越来越少，这使得学校逐渐进入一种艰难维持的局面。再下来，教育系统针对农村办学的具体变化，提出了建设中心小学的要求。于是像十二盘这样一批不怎么"中心"的小学校就逐渐被撤销。如今十二盘从七八岁的小学生到十七八岁的高中生，都统统要到距离三十公里外的天王镇去念书。孩子们每周五坐班车从天王镇回来，周日再坐班车返校。

在天王镇上学的孩子们的费用情况大致如下：

一是交通费。

每月需要班车费用 64 元。全年按 9 个月计，需要支付班车费 576 元。

二是生活费。

每月需要 300 元。9 个月共需 2700 元。

可以说，这已经是简单到不能再简单的上学费用了。但是单纯靠种庄稼仍然无法支撑。

何况村里人大多数养着两个孩子！

顺便说一句的是，十二盘的孩子们赶往三十公里外的天王镇去读书，存在着很多不便。比如花销大，离父母远，给家长造成了不必要的经济负担。但是最重要也最可怕的一个隐患是，孩子们需要每周至少两趟地坐班车，而班车全程都是在弯弯曲曲的山道上行驶的。从天王镇通往十二盘的山路崎岖难行，两旁都是万丈深渊。可以说，在这里行走，最让人担心的是安全！

至今让村民们犹存余悸的是，2004 年一辆班车翻进了沟里，当场就死了 6 人，伤了 13 人。

村主任银儿对此忧心忡忡，他说：咋办呀？孩子常年坐车在山路上跑，咋样保证安全呀？

农村儿童的走与留

当我听说十二盘所有的小学生都要到天王镇去上学时，我的第一感觉是不可思议。

想想看，那么小的孩子，那么远的山路，这不是为难孩子、为难农民吗？为什么会采取这样一种措施呢？

翻开报纸看看，到处都在同情"留守儿童"，到处都在为农村的"留守儿童"鸣不平，可是以十二盘为例，这些年幼的孩子原本并不需要"留守"呀！即使他们不能天天与打工外出的父亲厮守相聚，至少可以与母亲如此。退一万步说，他们至少可以与爷爷奶奶、外公外婆，以及村里的叔伯姑姨相处相聚呀！

而如今，他们却只能到距离几十公里外的学校去寄宿。如果说缺少亲情的关爱和温暖不利于他们的身心成长，那么这种情况原本是可以避免的呀！如果说人们为农村变得越来越冷清而遗憾，那么这种情况同样是——至少是可以部分地避免的呀！

当我就这个问题向一些人询问时，他们也是满脸的困惑和无奈。他们只是反复地喃喃：不并校又咋办？不并校又咋办？

我曾经在网上看到一篇文章《民工日记——农村》，这是一位普通打工者所写下的他的村子里的事情。其中有一节是专门写农村孩子的教育情况的。作者并专门列出了一个醒目的小标题《农村的留守儿童》：

今年我正月才回家，在家过的十五。

正月十六，我第一次送女儿去上学，在村子的学校，我见到了孩子的老师，说女儿读书还可以，这点我比较宽慰。孩子的书本费全免，只交了十元的作业本子费用，当天就拿到了学习用书。女儿一个班只有十几人，可能因为经济不景气吧，原来跟着打工的父母在城市读书的孩子，有好几个，都回到了村子的学校读书。这个学期，女儿的班级，会增加新同学。

村子里的老师，多数也都是老头，年轻的老师几乎没有。每天女儿上学的课程，只有语文和数学，比如什么美术、音乐等，问女儿说从没上过的，对了，思想品德课，是经常上的。

很多打工的人，因为在城市里呆过，有了些先进的思想，在有了条件后，就把在村里上学的孩子转到镇上的"希望小学"就读。

在我们的镇上，所谓繁华的原因之一，就是很多家长把孩子带到镇上陪读，使镇上的人口剧增。如果双方父母都外出打工，孩子有爷爷或奶奶陪读，或者父亲或母亲一位外出打工，另一位陪读。镇上的房子便宜，五六十元一间，租间房子，米菜基本从自家里带到镇上。因为很多孩子都转到镇上就读，导致镇上的希望小学，每个班都膨胀到七八十人。

我女儿下半年就要上三年级，我在犹豫，是否要把他转到镇上就读，让妻子陪读。因为镇上的三年级开始，可以学英语和其他在村子学校没有的课程……

这和十二盘小学的情况一模一样。

十二盘地处秦岭深山，老师普遍不愿意来，这使得师资力量很差。与此形成鲜明对比的是，村民们对待子女接受教育的要求却是越来越高。望子成龙的家长们只要经济能够支持，都毫不犹豫地把孩子送到山外，不仅送到天王镇，而且直接送到区里的学校去。这就导致十二盘小学的生源越来越少。刘卓就是这样一种情况。他完全可以在天王镇上高中，但是他的学习成绩很好，凭分数考上了虢镇中学。这是陈仓区排在首位的重点中学。于是尽管这会给家庭经济带来巨大的压力，文忠和巧燕还是坚决支持他去虢镇中学读书。

这样的情况还有多少？我没有详细调查。但是也用不着再去调查。因为只要孩子能够凭成绩考进虢镇中学，十二盘的家长们没有不竭尽全力支持孩子去读的。

小学生择校的情况比中学生和高中生稍好一些。毕竟，竞争是随着升入初中，升入高中而一步步加剧的。但是总体趋势却完全一样。

公正地说，生源的流失，客观上也逼得十二盘小学办不下去了。

十二盘小学并不是个例。随着调查的深入，我发现它不过是当前中国农村教育的一个缩影。闫家坪村的小学同样关了门。而比较起来，闫家坪小学比十二盘小学各方面的条件都好得多了！

不仅如此，旬阳县的羊山村小学同样如此。羊山村小学校舍盖得很好，学校里电脑等配置一应俱全。据说鼎盛时期，全校有80多名学生。如今却走得只剩下40多名。

问起走掉的原因，基本上全是因为教育质量问题。

羊山村村民告诉我，小学生年纪那么小，非常需要家长的照顾，何况在这个年龄阶段，家长们对教学质量还没有太强烈的要求。之所以还是转走了将近一半，主要是缺少师资。孩子们上到三年级后要学习英语，但没有英语教师，只好让其他学科的老师来凑合着教，这就无法教出质量。谁都清楚，如今不管走到哪里，都是用考试这把硬尺子来衡量学生的。你英语成绩不过关，就进不了初中高中。在这种情况下，父母们便使出浑身的解数，将孩子转到有英语老师的学校去念书。

他们告诉我，如果加上学前班，羊山村小学现在共有7个年级。但是7个年级却只有3个班。其中学前班是一个班，一、二、三年级组成一个班，四、五、六年级再组成一个班，即使这样，每个班的学生仍然很少——与此

身边的人和事

形成鲜明对比的是：旬阳县城里的学校，一个班级就有七八十名学生。为了让孩子能够进入县城里的学校上学，不少家长甚至需要花费几千元钱去搞定。

他们告诉我，教育上这样一种强者愈强，弱者愈弱的局面，其实谁都不愿意看到。从根子上来说，这是教育政策的不妥造成的。

大家讲述这些情况的时候，王定基刚好在场。我就顺便问他的孩子在哪里上学？

回答去了旬阳县城。已经上中学了。

是在学校寄宿吗？

不是。是在县城里租了一间房子。

谁陪着他租住呢？

平时是孩子的外婆。有时候媳妇也去。

王定基说：现在大家对孩子的教育都相当重视。城市的孩子得天独厚，可以早早就接受到美术和音乐教育，农村孩子则根本没有这种可能——受不到艺术熏陶也就算了，偏偏连最基本的英语等课程的教师也没有。在这种情况下，没有任何人动员和鼓励，农村家长们都自觉地把孩子送到城市去接受更好的教育。结果形成了一股奔向城镇的强劲潮流。

可叹的是，孩子们往城镇去读书，这意味着农民既是主动，又是被迫地步入了高消费的行列。

如果说无论十二盘还是羊山村都是山区，他们不能不为小学校的并校而嗟叹。那么在土地平坦、交通便利的蓝田县前卫镇田湾村，同样存在着这个问题。

田湾村一到六年级共有学生60名左右，再就还有20多名学前班的学生。支书田小红告诉我，按说应当有180多名学生，现在大多数家长都把孩子转到县里或市里去上学了。

田小红说：眼下他们正处于想并校又不能并校的尴尬中。

我问：为什么想并校？

因为现在两个年级在一个教室上课，这咋行？何况没有英语教师。

请注意，和十二盘村、羊山村一样，这里也是并班授课，也是没有英语教师。而据我所知，西安外语学院每年毕业出来的许多学英语的大学生，却根本找不到合适的就业岗位。这至少说明，固然大学生就业难是事实，但实事求是地对待就业，改变陈腐的就业观念同样是当务之急。

我问田小红：为什么他们又不能并校呢？

回答说一并校，学校现有的老师就得失业。再一个，三、四年级的学生到外村的学校去上学问题不大，但是一、二年级的学生还太小，让这么小的孩子到外村去上学，确实让人不放心！

田小红的回答让我条件反射般地想起了十二盘。

由于社会上普遍实行学前教育，搞得十二盘那些不到上学年龄的孩子们也要到山外去读学前班。但跋山涉水地到三十里外的地方去读学前班实在让人不放心，于是十二盘村7名学前班学生的家长，在村委会的支持下，聘了本村一组的一位农民来给这7个孩子当教师。之前这位农民去山里干活儿见着一个什物，他没看清这是农民们为驱野猪安放的土炸药，冒冒失失地用斧头去砸。结果将自己的一只手炸掉了。

面对着像模像样的十二盘小学，许多农妇叹息：希望小学盖起来了，也废弃不用了！

而面对着那么多小学生需要到山外去寄宿，甚至需要家长去陪读，农民同样叹息：中央一个劲儿给农民减轻负担，为啥教育一个劲儿给农民增加负担呢？

十二盘和关尔下村的农民见到我纷纷诉苦：本来孩子就近读书，家长在家里还可以干点活儿挣钱。现在孩子转到山外去读书，家长不但没有挣的，反而增添了花的。这一反一正，就把农民的脖子勒得越来越喘不过气儿了！

当我在农村走来走去地了解到这些情况时，我确实极为困惑也极不理解：农民望子成龙，希望自己的孩子接受高质量的教育，这完全可以理解。问题在于，为什么我们就不能鼓励或者动员——甚至某种意义上采取行政措施，让大学毕业生到农村去担任教师呢？如果青年大学生不能来，为什么不可以由政府花钱聘用那些退休老教师来呢？

我绝对相信，这个问题的提出和解决绝不简单，解决的办法也绝对不会单一，但是在当前农村急待稳定和巩固之际，为什么我们不是千方百计地寻找减轻农民负担的办法来帮助农民，而竟然采取了一种给农民雪上加霜的措施呢？撤校并点无疑会有一些优点，但是这些优点和弊端相比，究竟哪个更大些呢？为什么我们出台的措施，不仅不是让农民更安心，让农村更稳定，而恰恰是在加速农村的解体呢？

越念书，家就越穷

子女接受教育给家长带来的负担，绝不仅仅是上学的学费和伙食、住宿费。

对这一点，双禄体会尤深。

双禄是一位懂规矩、讲道德的农民。

说他懂规矩，这很好理解。说他讲道德，或许会有人认为这是一种出于礼貌的溢美之词。但我却知道这绝不是不讲原则的随口溢美。

举个最简单的例子，双禄是弟兄俩，1987年哥哥双平去陇县割漆，误食了有毒的蘑菇，抢救无效离世。双平媳妇只好带着女儿再嫁，留下了5岁的儿子王永亮。按说双禄自己也养育着儿女，负担不轻，但他二话不说，自觉承担起抚养侄儿的责任。双禄的媳妇叫乖雀，性情温顺，非常善良。两口子像对待亲生孩子一样，供永亮吃穿，又供养他上学，直到永亮自己不愿意念书，到苏州去打工。后来永亮在苏州结识了一位湖北姑娘，双禄又接他们回到十二盘，在十二盘为他们举办了婚礼。

如今，永亮夫妇在外地生活——双禄夫妇为永亮付出了那么多，却从不要求他有一丝一毫的回报。

在农村，这绝不是容易做到的。

据我的观察，在整个十二盘村，双禄是最重视子女教育的村民之一。

双禄的儿子叫王永刚，1984年出生，从小就聪明听话，在十二盘同期的学生中，属于书念得好的。2004年他考上了长安大学。学的是广告专业。那时候十二盘考上普通大学的人都极少，何况长安大学属于一本，是重点大学。用双禄的话说，那时他很为孩子自豪，尝到了光荣的滋味。

2008年王永刚大学毕业后，与湖北三环专用汽车有限公司签了约。

遗憾的是，这家单位效益不怎么好。

对永刚来说，单位效益不好意味着他买不起房子。而买不起房子就很难找到女朋友。

双禄告诉我：从前指望着孩子把书念出来，不图回报，只希望他能够顾住自己，能奔个好前途。谁知书念出来了，而且毕业已经三四年了，反而日子越过越紧张。儿子要买房子，要装修，要娶媳妇，这样算下来，家里至少要支持他十几万！

这十几万从哪里去给他弄呀？

双禄为我算了一笔账，就算家中的核桃、毛栗子，也包括粮食都丰收，收入也不过一万多元。这让人怎么支持呢？

他只好去打工，而且专找那种沉重的体力活儿。打这种工一天能够多收入些钱。

在十二盘，像双禄这种情况的还有很多。

村主任银儿有一儿两女，按照农村的习惯，他把儿子张强供上了大学。上的是陕西交通学院。学的是土木工程。后来张强分配到陕西省建筑总公司下属的一个分公司工作。干了两年觉得不理想，跳槽到陕北给一家私人公司干。

这些都不重要。

重要的是无论儿子在哪里干，只要不回到十二盘，他就要在城市里找媳妇，就要在城市里买房子，于是和双禄一样，银儿也面临着给儿子买房的困难。

当议论起这些情况时，村民们都叹息说：现在越是孩子肯学习有出息，带给父母的压力就越大。

双禄很有感慨地说了几句话：

第一句：农民靠种庄稼确实富不了！

第二句：现在单纯做个农民日子好过。要是供子女接受教育，日子就不太好过了。等到把子女供出来了，日子就更不好过了。总的形势是越来越不好过！

第三句：现在大家都奔着钱转。家家户户都出外打工。打工一天就能挣一百多，算起来挣得越来越多。可是日子反而越来越紧张，不是我一家紧张，是家家都紧张！"

银儿在一边听见，也感慨地插上来："对农民来说，现在是孩子越念书家庭越穷。"

银儿说："念书时候就开始穷。念完书出来找到工作就更穷。城市生活成本太大了，单靠孩子根本支持不住，这就反过来又要求农村的家里支持。问题是农民从哪里来收入？咋能支持得住呀？"

文章写到这里，我突然想起在榆林采访期间了解到的一件事。

2010年，新华社延安分社记者写了一篇反映农村贫困人口的文章，发表在内参上，温家宝总理看见后，迅速批示，要求调查了解。很快，温家宝的批示从省委、市委，一直转到榆林市委副秘书长、政研室主任、农工办主任马维骥手里。

马维骥没有丝毫耽误，立即和市扶贫办联合组织起相关人员赴农村进行调查。调查结果显示，造成农村贫困人口的原因是多种多样的。无论整体还是个别，也无论是一般还是偶然，都会产生出贫困。这些贫困有些是暂时的，有些是长期的，有些则可能是永久的。但有一点应当肯定，今天大多数贫困人口已经不是衣不蔽体食不果腹的绝对贫困，而只是一种相对贫困了。

当然，这并不等于眼下农村中就没有绝对贫困的人口。经调查，他们发现目前农村中处于绝对贫困状态的人有三类：

一是农村中的伤残和智障者；

二是因病致贫者；

三是供孩子上高中和大学者。

马维骥和他的助手们后来就此写下了一篇调研报告，题目是《榆林市农村低收入人口贫困状况调查报告》。在这份报告中，专门写到了农民因为供孩子上学而导致贫困的情况：

从我市实际看，"上学贵"主要表现在大学阶段。一是高校学费普遍较高，一般高校每生每学年的学费和住宿费在6000元左右，三类本科院校及艺术类、软件开发专业的学费更高。一个农民家庭供一名大学生有一定的困难，供两名以上大学生就十分困难。二是大学生生活成本高。由于物价上涨的原因，供一个四年制大学生至少得花费6万元左右，沿海地区的高校和部分热门专业毕业生的花费甚至超过10万元。三是大学生就业难，加重了家长的经济负担。好多家庭希望学生一毕业马上就业，以便摆脱沉重的经济负担，然而多数学生毕业后依然要靠父母资助来维持生计。

可以看出，调查得非常精细，也非常准确。

应当说，在这三类绝对贫困的人员中，伤残和智障人员是一个特殊群体。对这类人员，全世界都没有什么更好的方法去帮助，只能实施救济甚至直接救助的政策。

但是由于第二种和第三种原因造成的绝对贫困就不同了。无论是医疗致贫还是教育致贫，都与我们现行的医疗和教育政策有关。

在我长达两年多的采访中，几乎所有的村庄里，由于子女接受教育而承担着家庭压力，以至于不得不出外打工的情况是最多也最普遍的。尽管国家采取了一切办法增加农民收入，但毕竟增加得很有限。而现行的学费却高得无限。在有限和无限之间，农民是天然的弱者。他们除了低头，再无他法。

从前，工农业的剪刀差是以极大地剥夺农民的利益为前提来实现的。如今，农产品的价格经过多次提升，已经到了一个相当的程度。玉米从前1斤只是8分钱；小麦1斤也不过1角2分钱。如今无论小麦还是玉米，都达到了1元钱。即使扣除掉物价上涨因素，也仍然提高了许多倍。本来，农民粮食吃饱了，手里有钱了，这是天大的好事。但是架不住医疗费用猛涨，架不住教育费用猛涨，也架不住种庄稼的成本猛涨——尤其令人不解的是，每当农产品价格稍微提高一下的时候，其他所有的物品就都搭上车来猛涨。于是在教育和医疗两座新的"大山"重压下，农民到手的利益转瞬便被剥夺殆尽！并且这种剥夺的可怕在于，它是没有底线也没有止境的。如果说从前农民还可以用节俭来为孩子的教育积蓄费用，那么现在他们无论怎样努力地节俭，都无法抵抗得了医疗和教育费用的上涨速度，在这种情况下，强者可能愈强，弱者却只会更弱。

农民只能是弱者！

那天，当我和马维骥就教育致贫的情况交谈时，马维骥十分感慨。

他说：

"教育致贫，这是此前我绝对没有想到的。农村为什么现在是空心村？农村为什么现在仍然有那样多的贫困人口？为什么中央'三农'政策这样好，农民还是不想当农民？这些问题说复杂非常复杂，说简单其实也很简单。归根结底，要稳住和留住农民，需要多方面的共同努力。这其中，提高农民的收入当然是最重要的，但绝非唯一！"

不能不认为，他讲得非常好。

我没有研究过教育究竟应当怎样去办，或许教育产业化自有它的道理，但是有一句话虽然被许多人所诟病，我却始终认为它是真理。并且不管是什么等级的专家或者学者，只要他不是把理论停留在嘴上，而是愿意付诸实际行动，他就一定会得出这样一个结论，那就是：政府不论实行什么样的政策或者采取什么样的措施，都务必不要脱离开中国的具体国情。否则难免轻嘴薄舌，削足适履，甚至空谈误国。具体到教育改革，这边农民才挣上了钱，日子才刚刚能够过得舒缓一些，那边就一个劲儿地提高学费，把农民的脖子拼命勒紧——社会的进步、社会的安全感和幸福感是一个综合工程，不能指望单方面的进步和努力。不管农业政策制定得多么好，也不管农民被调动起来多大的生产积极性，如果总是用这样一种方式来剥夺农民（事实上不仅仅是剥夺农民，同样在剥夺工人，剥夺城市中生活着的形形色色的弱势群体），那单方面的进步就总是会被其他方面的所谓改革所吞食！

低保政策的是与非

在十二盘，从村干部到普通农民，一提起低保，全都有意见。

这让我想起了闫家坪村支书闫明录的建议。

前文讲过，闫明录提出建议前，先非常谨慎地问我是哪里来的，当明确地得知我是从省上而不是从县上镇上来的，他才向我提出建议。他提的第一个建议是农村的民主选举有漏洞。第二个建议就是低保政策有漏洞。

我能感觉到，他提建议的态度是认真的，语气是诚恳的。

但是我却忽略了他的认真和诚恳。

为什么会忽略？

因为当时我认为这或许只是闫家坪村独有的现象，是闫家坪村的干部在低保名额的分配上不大公平所致。而我深入到农村不是为寻找个案。我是想追寻着"一号文件"的足迹，一点一滴地摸清中国农村这几十年来所走过的道路，进而想摸清楚什么政策是好的，什么政策不够好，还有哪些政策完全就不应该。

应当说，此前我就听到过关于农村民主选举中出现的种种弊端，它毫无疑义地是当前农村中一个突出的问题，因此我也本能地对它予以了重视。但是对于发放低保中出现的问题，此前我从来没有听说过，何况在我的眼里，这是一桩于农民有益的好事，发放得不多是好事，发放得多就更是好事。而据我所知，现在国家给农民发放的低保已经越来越多，发放的面也越来越广，既然如此，其中的细枝末节又何必去计较呢！

让我没有想到的是，当我来到十二盘后，发现村民们对低保的发放也是议论一片。

如果仅仅是村民有意见，这可以理解，是干部的作风有问题。但偏偏是干部自己对此也有意见。这就不能不引起我的深思。

《中国青年报》上那篇《你所不知道的农村》，也写到了低保问题：

……在我们村，有的一家四口人，包括几岁的孩子，全都享受着低保，有许多青壮年的劳动力，也在享受着低保，而一些80多岁的爷爷奶奶却没有低保。

父亲和我说这件事的时候，很愤慨："谁送礼给书记，谁就有低保，谁上面有人，谁就可以有低保。"

在我们村，低保成了权力这根大棒之后的那根胡萝卜，成了安抚与拉拢的工具，村书记想给谁就给谁。低保一年有近千元，完全成为一种额外的福利待遇。该有的没有，不该有的却有了：谁家权势大，有；谁家上面有人，有；谁家送礼了，有；谁家是刺儿头，容易闹事的，有。

无论在闫家坪村、羊山村，还是在十二盘，我听到的情况基本上和这位作者写的一样。不一样之处在于，我除了听听普通村民的意见，也听了听干部们的意见，其中有些意见不是我主动去询问着听的，而是村干部主动向我讲述的。比如闫明录向我提出的"建议"，比如银儿为我讲述的有关"低保"的困惑。

凡是村民反映这件事，基本上都像这位作者的父亲那样一种情绪。比如在闫家坪，闫蛮升和许巧莲说起低保，意见和这篇文章中反映的如出一辙。他们认为，现在农村干部风气不正，发放低保都是按关系来哩！

而在十二盘，当我和栓栓（关于栓栓的详细情况，我后面将写到）聊天时，问他对当前农村现状的满意与不满意时，栓栓同样说到了低保。

栓栓说：

"党的政策好得很，一心照顾农民哩。政策在下面贯彻不了，发放低保全凭关系哩！"

如果真的是村干部搞腐败造成了群众对低保发放有意见，那倒简单了，下决心狠抓不正之风就行。问题的复杂在于，无论乡镇干部还是村干部，对低保的发放同样很有意见。

比如磻溪镇党委书记何文辉说到低保时认为，国家对农民实行低保政策，是天经地义的大好事。但是在实际工作中却很难办。确定谁来享受低保是一件非常困难的事情。这其中一个重要原因是农民喜欢平均主义。

何文辉说这句话时，不带任何个人成分。并且他的身份和位置也决定了他不可能与低保有什么直接瓜葛。

而闫明录——他是在我根本就没有问及低保问题，甚至我还根本就不知道农村的低保问题时主动向我诉苦的。

至于银儿，同样是主动向我提起了低保的问题。并且后来我才了解到十二盘发放低保时的一些令人尴尬的举措。这些举措显然表现出村干部们在这件事情上的无奈。更值得重视的是，后来我走到其他一些村庄，发现他们的做法和十二盘的做法是一模一样的！

十二盘共有217户，840多人。

按照国家政策，农村确定低保的比例大致在总人数的3%。但是天王镇考虑到山里山外现实存在着的收入差别,在确定低保额度时有意朝山区倾斜,于是十二盘享受低保的人数超过了总人数的10%。

从确定低保人数的情况来看,应当肯定天王镇的领导班子是公允的。十二盘地处秦岭深山,和地处平原的村庄在自然条件上根本没法比。当山外的村庄轰轰烈烈地相继办起企业时,十二盘村还只能在山坡上进行半原始性质的耕作。

低保多给他们,理所当然。

但是一到村子里,大家马上就喊不公。不仅十二盘这样喊,闫家坪这样喊,而且几乎所有我去过的村庄都在这样喊,这喊声让人觉得,党风实在太成问题了,腐败现象实在太严重了。

但是当我认真了解这一切时,却发现问题绝不这样简单。

据农民告诉我,过去农村中享受低保的人很少,按理说大家会抢着要,但事实上有时候低保分配下去,竟被退了回来。之所以遭到退还,原因大多是这户人家的孩子——尤其是那些正在学校念书的孩子认为太丢人,所以拒绝接受。

但是现在完全不同了。

在闫家坪时,闫明录告诉我,在我来调研的前一天晚上,闫家坪一个村组在评议和推选享受低保的人员时,村组长实在不知道该怎么办,最后竟让村民们抓阄。谁抓到谁享受。第二天当推选的名单报到他手里后,被他毫不客气地堵了回去。

他气愤地说:"这么严肃的事情,弄成个啥了?"

为什么明明有享受低保的条件规定,村组长竟要冒天下之大不韪,让大家来抓阄摆平呢?为什么明明抓阄确定低保人员是最不公平也最不靠谱的一种方法,却能够在大庭广众之下堂而皇之地顺利推行呢?可以朝最坏处想,之所以要依靠着抓阄,是因为村组长太腐败,因而引起了大伙儿的愤慨,最后不得不采用抓阄这个最原始的方法。

可是那样的话,作为支书的闫明录肯定会知道情况,肯定会明白抓阄不失为一种畸形的公平,那么为什么偏偏他要把推荐出来的名单挡回去?为什么他要求这个组的村民把低保条件搬出来重评呢?

不仅如此,农民都在一个村庄里生活,谁家日子过得差,谁家日子过得好；谁家里有丧失劳动能力的老弱病人，谁家里有需要照顾的残疾智障，全都一目了然。在这种相当透明的情况下，应当说谁家该享受低保是明摆着的。而那些不符合条件却意外享受到低保的人家也同样在桌面上明摆着，不论哪个村干部在这件事情上做得不公平，都可以算作是冒天下之大不韪！

难道，农村干部一心谋私真是到了明目张胆的地步？

难道，农村干部腐败堕落真是到了不顾一切的程度？

回过头来说在闫家坪采访时发生的一件事。

在闫家坪结束采访的那天下午，我独自步行朝塬下走。正是夕阳西下的时候，晴空如洗，彩霞流韵。抬眼四望，遍野芳菲；极远处的梯田在夕阳的辉映下层层迭现，尽染新绿。我手头恰巧带着相机，于是驻足拍照。

正拍着，一位农民从斜路上走来，看见我不停地四处拍照，于是很有兴趣地问我在拍什么？

我告诉他是拍风景，又把相机端给他看。

他看了很惊奇，说：咦，咱这地方一拍成相片咋就那么好看。

又问我从哪里来。

我告诉他从闫家坪。

他问我去闫家坪做什么。

我答：去问问老百姓日子过得咋样。

他很不以为然地说：现在这日子还有咋样，都好着哩！

我问他：就光是好？再没有问题了？

没有问题。他回答得很肯定。

但是不管他回答得多么肯定，我心里同样有一个肯定的声音在提醒：在这个世界上，根本就不会有十全十美的政策，也根本不存在十全十美的生活，问题不仅会有，而且永远会有，区别只在于，这些问题是人为造成的，还是自然出现的；当事者或者当权者是积极去解决问题，还是采取其他手段遮掩甚至扩大问题。对一个政党或者一届政府来说，这种不同的态度是它是否真正为老百姓服务的最重要的区别。前些年农村的税费曾经一度很重，农民也确实不堪重负，但和"极左"年代完全不同的是，政府允许人说话；允许李昌平那样的乡镇干部大声疾呼：农民真苦，农村真穷，农业真危险！于是在许多人的疾呼声中，政府也就能够比较快地发现问题，进而能够比较快地解决问题。

我们不能指望领导人不犯错误，甚至不能指望政府不犯错误。问题的核心在于对待犯错误的态度。

我和他聊了起来，刚聊一会儿，他就说到了低保，说低保问题太大了。

我笑起来，他刚才还在说农村什么问题都没有了。

我问：是什么问题？

他回答：不公平。

什么地方不公平？

他告诉我，他家人口多，负担比较重，所以村里让他家享受了低保。但是让他享受了低保的同时又告诉他，村上还有另一户经济上和他家差不多的，他领到低保补助后必须和这家人平分。

我很奇怪：既然那家人经济上也不行，为什么不直接也让那家人享受低保呢？

回答指标有限，不可能家家都给。

我立即明白了，这和闫家坪的抓阄一样，是把好处摊平了分给大家。

由于那天时间不早了，我还要赶路，所以匆忙之中没有详细地向这位农民了解情况。但是脑子里却留下了一个问号。也使得我决定去羊山村和十二盘村时，继续就这个问题做些调查了解。

问题出在哪里

经过在羊山村和十二盘村的调查，我终于多少搞清了其中的奥妙。

应当说，造成这样一种状况的因素是多方面的，其中相当重要的一个因素在于农民自身的素质和觉悟。但是另一方面，按现行的低保政策，基层干部确实很难操作。

按照政策规定，低保不是按人来享受补助的，而是按户。

以羊山村为例，他们的低保共分为三个标准。

最低标准是每人每月补助 70 元。

中等标准是每人每月补助 90 元。

最高标准是每人每月补助 100 元。

本来，一个人病倒在床，你每月给他发放 300 元的低保费，别人没什么可说的，可是一旦按户来兑现补助，麻烦就出来了。试举一例：某户人家共有 6 口人，其中一位老人瘫痪在床，理所当然地被确定为低保户，也理所当然地按每月 100 元的标准给他发放低保费——问题在于，不是给他一个人发放，而是要给他家 6 口人全部发放。这就意味着这户人家每月可以领到 600 元的低保费。

不仅如此，一旦被列入低保户，各种各样的政策扶持和优惠全都接踵而来：孩子在接受义务教育阶段，可以享受到生活补贴；而在考上大学以后，更多的照顾和优惠将继续降临——这样一来，享受低保的人家收入水平马上就改变了。很有可能他们家的生活原本不如另一家，而凭着享受低保，立即就超过了另一家。

这就使得被超过的人心理严重失衡。

羊山村和十二盘村的村民们都告诉我，现在大家的生活水平其实都差不多，即使谁家生活得更好一些，也好得有限。而低保政策按户来兑现，一下子就把两家人原来差不多的生活水平拉大了距离，并且这种拉大是把穷的变成了富的，富的变成了穷的，这不仅使那些由富变穷的人心理上无法接受，而且势必会鼓励一些人千方百计地装穷作懒以争取低保。

不仅如此，眼下农村一个相当普遍的情况是小的不管老的。仍以一家 6 口人为例：老两口丧失了劳动能力留在村子里，儿子和儿媳领着两个孩子在外面打工。面对着两位丧失了劳动能力的老人，村里不可能不给予低保照顾。但本当老两口享受的低保往往就被年轻人领走了。即使不全部领走，即使把本当属于老两口的留给他们，4 个年轻人（其中两个是儿童）按照政策规定，也还是和老人按同样的标准享受着低保。而这 4 口人的日子完全可能已经过得很不错，过得比村里许多没有享受到低保的人好得多。

无怪许巧莲说：有些人开着小车，还享受着低保。

后来我了解到，这样的情况还真不少。有些人成年在外赌博，但是边赌博边享受低保；有些人整天吃香的喝辣的，也照样享受低保。全部原因就在于，他家中有一个符合低保标准的人，而不管他们是否为这个人尽到了责任。

应当说，这样一种低保发放政策，固然使那些应当受到照顾的老、弱、病、残得到了政府的照顾，但也使一些不该被照顾的人得到了低保的照顾。

村民们建议说：基层低保应当改变评定和发放的办法。比如，把钱款拨到乡镇，由乡镇监督使用。谁家失火房子被烧了，谁家有重病人了——凡碰到这种需要支持和帮助的特殊情况，就毫不犹豫地把低保指标给他。换句话说，低保是按照实际情况来发放，而不是分配甚至摊派指标，这种分配和摊派指标的结果，不仅调动不起来积极性，而且弄得村民和干部之间互不信任，不团结，甚至怨气冲天，直接对立。

十二盘村村主任银儿对低保的看法和闫家坪的闫明录如出一辙。

银儿说：

"十二盘低保共给106个人分配了。村里大多数人都建议让两种家庭享受：一种是孝敬和赡养老人的；另一种是负担着孩子上学的。

"低保这事确实难弄。好多时候，也确实亏了遵纪守法的，便宜了闹事的，甚至懒汉二流子把便宜占了——说实话，村干部不好当。想一碗水端平，死活端不平。你觉得把水端平了，可别人从他的角度说你没端平。有不少家庭其实经济水平都差不多，在这种情况下低保你给谁？给老实的，那闹事的人就上门来缠着你，没完没了地闹。按条件他确实和老实人差不多，凭啥给别人就不给他？可真要是给了他，那不又明摆着是把老实人欺负了。

"所以事情是好事情，就是太难办。

"我觉得，享受低保不要按名额来，你直接按条件来！不然就把村干部难为扎了！谁够条件让谁享受，这就比较容易操作。你要是按名额，那明明条件不够也要蹦着够！反正有名额，反正得有人享受。这事情就难弄了！农村人素质还没到那种看见能占便宜的事情也不去占的程度！

"说到底，给农民低保是好事，不过国家政策不能光给农民做好事，还要帮农民树德。不然你给农民的好处再多，农民还是不和谐。"

在农村走了一圈后，我把农村低保存在的问题归纳了一下，大致分为两大类：

一类是操作层面的。

国家下达实行农村低保政策后，各省均出台了一些具体的执行条款。这些条款大体一致。客观地说，无论是享受低保的条款还是不得享受低保的条款，都规定得很具体，也很明确。

但是在农村，不管条款有多么具体多么明确，面对着浩瀚庞杂的现实生活，它还是显得抽象和空泛，真正实际操作起来，难度很大！

以农户收入为例。

按理说，都在一个村庄里生活，谁家该享受低保，谁家不该享受低保，基本上是透明的。但是随着生活迅速进入多元，农民的收入也同步地呈现出多元，于是原本透明的情况渐渐地不那么透明了，尤其是面对着争抢低保待遇需要遮掩收入时，各个农户的收入马上就变得不那么清晰了。有些人常年在外省打工，根本搞不清他的收入情况。还有一些人即使在本地打工，也是这个月出去，下个月回来，很难把他的实际收入情况摸清查准。

而一旦摸不清查不准，你又怎么确定甲户与乙户究竟谁更应当享受低保呢？

操作层面的第二个问题是缺乏有效的核查和监督机制。

本来，村里决定了谁家享受低保，是要张榜公示的。谁要觉得不公平，可以提出意见，甚至可以去上访。但是据我了解，无论县一级还是乡镇一级，针对农村低保的核查和监督都缺乏专门的机构，即使有机构也缺人手。何况即使真的添了人手，在现行的体制下，工作人员吊儿郎当，整天混日子，你又怎么办？

于是，一方面是农民怨气连天，大骂不公平，另一方面，还只能依靠地方去处理，市依靠县，县依靠镇，镇依靠村。结果绕来绕去，事情的解决还是回到了事情发生的原点。结果要么对告发者打击迫害，要么只能不了了之！

第二类问题属于思想层面，或者说是道德或者作风层面的。

当前农村基层干部在"低保"问题上，相当程度地存在着"优亲厚友"现象。这完全取决于村里一把手的个人品质。品质好作风正，这种"优亲厚友"的情况就会有效地减少。但是一把手作风不正，这种情况就几乎成为一种公开或半公开的。申报低保的程序是那样多,环节是那样复杂,这些程序和环节原本都是为着防止不公正现象而设计的。但是再好的设计也需要人来执行。在执行过程中,有无数的环节都可以被权力握有者利用。于是在许多时候,一些村干部隐瞒政策和程序,在申报的过程中偷梁换柱、浑水摸鱼。可以说,要达到利己的目的很方便。

而道德层面的问题不仅存在于干部,同样存在于农民自身。

从前,当低保的钱很少时,大家都不眼红。但是随着低保标准的不断提高,农民争夺低保的积极性被空前地激发出来了。

在中国,流行于整个社会中的一种普遍现象是:好处放在那里,当没有人去争抢时,大家都可以比较理性地去对待,都比较君子。但是一旦有人挺身去抢,并且抢到手了,情况立即就会发生极大的变化。人们会大梦初醒,一窝蜂地去争抢。在这种情况下,如果缺乏有效的舆论支撑和思想引领,整个社会道德就会立即失衡,甚至崩溃。君子既然无法当,只好人人当小人。如果说从前有些人不愿意享受低保是因为知耻知辱,那么现在情形恰好相反,谁能够争抢到低保,这成为一种有本事的证明——这正像城市中的人们常常怀着羡慕和佩服的心情评价一个人说:人家有本事,身边的熟人全是当官的!

一旦形成这样一种社会舆论和价值观念,低保的变味就成为一种注定。

为了争取低保,一些农民隐瞒实际收入。而另一些则是农村中的"歪人",他们明着来要低保,老实农民还没法与之抗争。除过这两种情况,还有第三种情况,有些享受到低保的农民认为这是国家给自己的福利待遇。一旦享受到,就成了终身拥有。哪怕是经济条件好转后,你要取消他的低保享受,他都坚决不答应。轻者破口大骂,重则拦车上访。这就造成了农村低保户事实上的"易进难出"。

凡此种种,积累下来,使得政府推行低保背负着越来越大的压力,也使得农村干部左右为难,不知该满足了谁家。挨到最后,干脆"拼保"和"轮保"。

所谓"拼保"(在陕南又叫做"拆户保"),是指将几户人家拼成一户。由一户出头去领取低保补助金,领到后再平均给他人分配。

所谓"轮保",是指将低保金按户按人轮流坐庄,轮流享受。

结果,原本用来帮贫济困的低保金,变成了农村中一种平均分配的福利待遇。

警惕不良习惯势力的侵蚀

从十二盘和羊山村回来以后，我特意找来一些有关低保的资料，想搞清为什么这样一件天经地义的好事，会出现那样多的问题，我尤其想搞清，这个问题出在多大的范围。是陕西独有的，还是全国普遍存在？

结果我发现，是全国普遍存在。

还以陕西为例，无论《陕西日报》还是《西安晚报》《华商报》，以及其他报纸，都多次报道过农村中实施低保出现的问题。

早在2008年，《华商报》就报道了陕西省安康市农户申请低保被村委会收取"办公费"，后来又相继反映了安康村干部领着工资吃低保等问题。

截至2012年，《陕西日报》又报道，石泉县中池镇"低保"发放混乱不堪，死人、富人、干部亲属吃低保。报纸文章中有一个非常醒目的小标题：《"低保"惠民何以引来民怨声声》

而另一篇网上的文章（作者姓名及所在地域不详），作者显然对农村低保的发放怀着一种极大的义愤：

我们省自从2006年建立了农村低保制度，到现在只是短短的四年而已，已使老百姓大失所望。大家十分回忆2006年的美好时光，因为那一年的低保评定制度比较公正、公平、公开，切实贯彻中央的方针。那一年的需低保的人员是大家所公认的特困户，是毫无疑义的。但后来的低保发生了很大的变化，变得世人很难认识它，穷人很难接近它。

接下来，作者为我们描述了低保在农村贯彻执行过程中所出现的问题——

一、评定标准逐渐转向了权钱交易。各个乡镇的民政员由当了多年的"官油子"担任，他们以权谋私，迅速致富。

二、低保户的性质发生了转变，由特贫户转成了富裕户或与当权者有关系的人。结果本该发放给穷人的钱,反而发放给了"富人",致使国家帮助穷苦老百姓的初衷完全落空。

三、低保的评选由公开变成了地下交易。

四、当那些从前享受着低保的家庭生活条件得到改变,已不应继续享受低保时,取消低保资格的权力成为民政员要挟农民的大棒,也导致那些不愿意放弃低保的农民"花小钱赚大钱",源源不断地向民政员"贡献"。

五、一些低保户人死名不死,照旧领钱。这些"空饷"要么由死者家属继续领取,要么被民政员自己领取。但不管哪一种领取,民政员都会从中捞到好处。

作者还专门写了低保推选在村里的演变以及农民在利益面前的心态:

一开始的时候,评选是在大家面前,并由大家集体推选、集体评议才能定名额,这样是最具有公正、公开性的。而现在,一切都是暗箱操作,应该选谁,不应该选谁,大家一概不知。就是说一个人办下低保证了,大家也不知道,这个人也秘密行动,不和别人说。

现在,老百姓一说起低保,都咬牙切齿,可痛恨归痛恨,更多的是无奈,因为他们知道:哭诉无门。上级部门从来不微服私访,检查也是例行公事,也是"听上不听下",看到的是歌舞升平,不去看老百姓的火热水深。于是这些基层官员,如民政员便更加嚣张,更加气粗放旷。这样,一些无权无势的贫困户只能望"保"兴叹。他们只能:苦恨年年办低保,低保从不到我家。

事实是否如此,我不得而知。但据我的了解,这种情况毕竟还是少数。就我所看见的情况,农民更多的是对村干部执行低保政策有意见。所谓的腐败,所谓的不公平,基本都是指向本村的干部的。如果再朝上延伸,也顶多是认为镇一级的干部作风官僚,不深入实际,或者和村干部相互勾结,共沾利益。

我看到另外两篇文章,不是单纯出于义愤,也不是专门罗列现象,对农村低保的问题分析得更真切也更透彻。

第一篇文章的题目是《关于农村低保政策执行情况的浅谈》,我没有查到作者的姓名，只是从文章反映的内容上看，作者当属安徽肥西县，这是新时期中国农业伟大改革的发轫之地。文章中反映的也全是肥西县的事情。

作者首先肯定，国家全面实施农村低保是得民心、顺民意的善政之举。并且这样一项社会救助制度，是社会发展的稳定器、经济运行的减震器和社会公平的调节器，为广大农村贫困人群拦起了一道最低生活保障的安全网。

但是对低保政策在农村中的执行情况，作者却并不乐观。他认为，虽然农村低保政策是一项得民心的大好事，但在基层的具体执行中又确实引发了另一些新矛盾，以致给广大乡镇及村干部带来了巨大困扰。

作者写道：

农村低保政策执行难点：

1. 首先让群众自发申请是行不通的，因为农村低保标准界定没据可循，完全任凭各户自行衡量。群众素质差异很大，有生活尚可的人可能极力申请，而有生活窘困的人却不愿意申请争取。这样有可能使经济确实困难的人反而没有享受低保恩惠；当然也有可能出现全村几百户人家都申请低保，让调查员无法在规定时间内调查完毕，确定好低保对象户。所以现实中，一般都由村（居）干部摸清情况、提出候选人名单、召开民主会议表决，进行公示。后再让确定的户补上申请表。这样规避规定程序，到不会引起什么大麻烦。反而有利于有效操作。

2. 以家庭为单位，对照标准"应保尽保"，实在没有办法去落实……

3. 现实中，低于低保标准的户数寥寥无几，但按上级文件规定的人数和资金任务，肥西县小庙镇每村都要安排70~80人左右。至于确实极贫的对象户，人均低于低保线标准，是十分容易的，将整户上报即可。但对于下剩指数，国家给予的恩惠不能拱手奉还吧。就算政策允许，群众也不允许啊！所以村（居）干部们就穷尽办法，把剩余的钱分配好。如何把这些指标用好，让群众满意，让上级政府放心。又不违反上级文件"整户上报"的原则。实在是为难了村（居）干部，因为一般来说，一个村的家家户户经济情况基本相同。需要照顾的就是那些有儿有女的老年人、患了重症的病人、聋、哑、瞎、残等人，可农村家庭户一般户人数较多，有老年人的大家庭都有7~8人，按户低保实在平不了民愤。于是村（居）干部就灵活进行并户，即：两三个家庭各挑一人参加并成一户低保，有其一家庭户主担任低保户户主。对外进行一二三榜公示。

4. 而这种拆户并户的方式，上级政府是明确不让操作的。在低保工作申报期间，三番五次下来督查。可基层的村村都是这样的"变通"操作的。这不得不引起我们政策制定者的深思。而且这种拆户并户，也是十分难操作的，那可怜的村（居）干部真不知磨了多少嘴皮，才让他们不上访，不嚼舌头，不对督查的上级领导说"真相"。所以说现在的村干部为发钱的事，而伤心恼肺。

事实上，事情还没有结束了，低保户在农村医疗合作等其他一些政策方面还有优惠。可审批表上的低保户与现实户中的低保是不一的，这时村干部又要为他们做平而努力。所以说，农村低保虽然是一民生工程，全国都在关注。可他又在另一方面演绎着不和谐，干群矛盾进一步加剧。很多农民群众视村干部为仇人，争着吵着要享受低保。

当我读完这篇文章后，发现这位作者写到的情况，与我在陕西农村中了解到的情况几乎完全一致。

这位作者进一步写道：

为什么这么好的政策，这么好的操作程序，在现实中确让两级政府伤透脑筋呢？并进而引发另一个更深层次的矛盾呢？我认为这主要原因是上级政府不应该下任务。既然定了标准，就应该按标准让群众申报，镇村两级把关。真正做到"应保尽保"。

这完全就是十二盘村村主任银儿的意见。

作者最后写道：

所以透过低保政策的执行情况，我全力呼吁，政策制定者在考虑政策完备中，一定不要忽视了他的现实执行，必要时要听取基层干部的工作经验。要让政策循序渐进，在遵循自愿的情况下，就不要再下指标。否则民间谚语，（在百姓眼里："省里是亲人，市里是好人、县里是坏人、乡里是恶人，村里是仇人")便真成了真理,那就很恐怖了。

另一篇文章同样写的是低保,同样写得很精彩。

文章的作者是华中科技大学中国乡村治理研究中心的刘燕舞。

刘燕舞首先指出,大部分学者都是站在农村之外为农村低保设计具体出路和方案的,这当然也很有必要,但还不够。因为从外部的视角来看,总是容易得出资金不到位、法制不健全、程序不民主、管理不规范等众多常见的问题和因素。事实上,在农村低保的具体实践过程中,尽管这些因素非常重要,然而是否这些因素都解决了,农村低保实践就没有问题了呢?

应当说,开篇提出的问题就相当实际,也相当尖锐。

引起我极大兴趣的是,刘燕舞在经过调研之后认为:农村低保政策的实践与具体的农村社会基础息息相关,有什么样的社会土壤,农村低保政策实践就会发生什么样的反应。不同的社会基础,农村低保政策实践的具体问题也会不同。

刘燕舞以湖北省某县某村(或许为了避嫌,他用的是 J 县 C 村)的具体实践为个案,来对农村现行低保政策的执行情况进行探讨——让我倍感兴趣的是,这个村庄为了尽可能保证低保政策的公平,进行了各种努力和尝试,但所有的努力和尝试都没有取得令人宽慰的成果。

刘燕舞首先介绍了这个村实行低保的情况:村里享受低保有一套标准。不过真要按这个标准衡量,村里符合条件的人家是很少的。也因此,在实际操作中只能根据村民在村里是否处于相对贫困的位置来确定低保对象。这一来标准就有了可供伸缩的余地,也就同时为很多想拿低保的人提供了争取的空间,于是竞争非常激烈。

这和陕西农村中的现实情况是一模一样的!

刘燕舞写道:此前确定低保对象的办法是先召开村组干部会议,由村组干部按照标准先将各小组比较贫困的人挑选出来,然后由干部们一起讨论这些选出来的人里面谁合适。显然,这样不仅麻烦少,而且效率高,但村民你盯着我,我盯着你,总觉得不公平,总是有意见。

新任支书上台后,面对着这个尴尬的难题,想出了一个非常聪明的办法:既然不相信村干部,那就干脆把权力无条件地交给村民自己。具体做法是:

由村民自己提出低保申请，再由包组村干部将申报名单交给村委会，之后由村委会出面召集村民代表开会表决低保名单。为了确保村干部不插手搞特权，特别规定现任村干部统统不参加村民代表会议。不仅如此，还规定村干部在整个过程中都不许染指这件事。如果低保对象名单确定公布后，村民认为仍有问题，可以找村民代表反映，最终通过村民代表而不是通过村干部去继续纠正不公平。

按理说，现有的权力完全退位，把权力完全交给村民，公平总该实现了吧。

事情却远不那么简单。

这个村总户数约500户，当年共有113户申报低保。经过村民的推选，先是选出了35名村民代表，再由这35名村民代表参加最终的投票表决。

表决结果，确定了60人的低保享受名单。

从形式上看，非常公平。

从程序上看，十分民主。

而事实上却根本没有实现公平。

为什么？

因为村民代表也是人——35名村民代表中有近10位本身就是低保的申报者，结果投票表决时他们互相拉票。最终造成选出来的人中有20人是根本不应当享受低保的。

问题还不仅于此。

由于事先制定好了规矩，所以尽管事情搞得很糟，但吃了亏的村民还只能吃哑巴亏，并且连纠正不公平的途径都被堵死了。原因在于，村干部已经被解除了干涉这些问题的权力。他们只能去找村民代表申诉和解决。

而村民代表有35位，你去找哪一位呢？

何况，即使你去找到了其中的一位，甚至找到了其中的十位，又能解决什么？

最终，这样一种似乎非常公平的民主推举，让村民们更加不满意，觉得更加不公平。而且这一次不公平到连他们发泄不满的具体对象都没有了。

经过这样一场实践，大多数村干部都回过神儿来了，认为还是应当恢复原来那种由村组干部确定低保户的办法，唯一需要改进的是同时也要加入村民代表会议投票的环节。换句话说,是由村干部和村民代表通过实行两道程序来共同把关,以确保公平——但是新的问题又接踵而来。两道程序中,最终的决定权交给谁呢?如果是由村民代表会议说了算,那么村民代表在确定名单时照旧会存在拉票问题。如果由村组干部说了算,那没有得到低保的村民还是会大骂不公平,大骂腐败丛生。

刘燕舞写道:

如果说村民代表会议的间接式民主不行的话,是否全体村民会议的直接民主形式就可以解决这一问题呢?同样不行。首先,我们可以看到,参加申报的农户即有113户,这113户是会投自己的票的,剩下的户数投票,如何确保绝对优势的户能够胜出是一大问题。其次,就是全体村民会议的可行性的问题,选举村干部时村民都不愿意来,如果投票选出低保户的话同样不会来,而且那些没有申报低保的农户不来参加会议的可能性在C村几乎可以达到100%。因此,如果真由这申报的113户投票的话,C村的经验肯定是一户一票,结果会使得谁也拿不到低保。

其实,从已经实践的形式来看,由村组干部会议确定代表的公平系数是最高的,这一实践形式基本能够确保实质性的结果公平。不过,村组干部本身也无法做到100%的公平,即使在村组干部自己心中甚至在他们的动机中是按照100%的公平的要求评选的,但他们仍然无法获得村民的认同。只要村民自己想申报而又没有得到时,村民就会认为是不公平的,尤其是在按照国家低保标准大家都不符合要求而又只能按照村庄里自己的低保标准来确定名额时,更是会出现这些问题。

因此,农村低保政策在C村的实践无论形式怎样变化,都不可能符合村民的要求,总是会出问题,或者说低保政策在C村的实践本身就是一个无解的方程。为什么会出现这种现象?究其根本原因,在于支撑这一政策实践的社会基础并不完全与这一政策相适应。C村的村民追求绝对的平均主义,且看不得任何人比自己好。换句话说,他们中所有人都会认为一人拿了农村低保而自己不能拿时就是一种不公平。

当我读到这里的时候,我不能不佩服作者对中国农村和农民研究之实际、之深入，也不由得就想起为什么当把民主的权利交给农民，让他们一人一票地选举自己心目中信得过的村干部时，这样一种充分体现出公平的制度试验，竟然会演变成一种人人都不满意的黑恶势力当家的情景。

刘燕舞写道：

笔者问会计，现在村里爱占别人便宜的人多不多？他说："现在谁会让你占便宜呢？谁会让你能够占到便宜呢？"可见，C村村民想将自己的利益空间让渡部分出来是完全不可能的，他们生怕自己吃亏而别人得好处。笔者将C村村民的这种行为逻辑叫做"不吃亏的逻辑"或"极端的平均主义"，这就是C村的社会基础……在C村的村民之间，几乎不可能存在利益让渡的空间。不了解这一点，仅从农村低保政策实践本身谈问题是看不出真正的原因所在的。

刘燕舞举了一个例子，村里一些村民曾经欠下了农业税费。但是如果有任何渠道能够帮这些农民解决掉这一问题，从而化解掉目前村级债务的困境——按说这是一件大好事，但对于那些已经交齐了农业税费的人来说，则会激起强烈的反对，认为自己潜在地吃亏了，并且有村民扬言，如果村里真这样做的话，他们就要求退还他们自己已经交了的农业税费。

这个例子让我想起了今年全国各地不断上演的买房悲喜剧。一些人唯恐房价继续高涨，急急忙忙地买了房。这买房并不是任何人强迫他去买的。但是当房价要掉时，他们马上强烈抗议。我曾亲耳听到一位干部说：他反对房产降价，希望房产涨价。之所以如此，全部原因是因为他已经买了三套房子。

面对此情此景，刘燕舞发出了自己的感慨：

就村庄治理而言，如果这种不吃亏的逻辑的社会基础不改变的话，任何外在的精巧政策设计在这样的村庄中实践时，都会混乱不堪以致会更加搅乱村庄本来就比较混乱和脆弱的秩序。农村低保政策在C村的实践就是如此，只要这种社会基础没有发生改变，无论外在的农村低保政策自身怎样作出调整，在实践中始终是一个悖论，是一个无解的方程。

农村低保政策的推行是不是真的就是这样一种"无解的方程"？我不敢妄自断言。但有三条却是我相信的。

第一，无论多么好的政策，都不会是十全十美。因此，对农村实行低保政策也同样会有人不满意。这种不满意任何时候都会有。针对任何事情都会有。不能因为存在着不满意，就因噎废食。农村中有些贫困人员是无法通过自身的努力改变境况的，对这样的人实行最低生活保障，无论什么时候都是必须的。

第二，此前低保之所以按户保而不是按人头保，一定也是经过缜密研究才决定的，也一定是有它的道理的。这些道理是什么？又是否经过纠正和补充能够在实践中推行得开，这需要专门的研究和实验。我唯一希望的只是，这些研究和试验者绝对不能是那些没有农村具体生活和工作经验，而只是读了一大堆书本的坐而论道者。或许他们"设计政策"的热情不容怀疑，但是究竟能不能把好事办好，却绝对不是凭着一些空洞的理论或者发达国家现成的教义所能够做到的。

第三，即使那位怀着满腔义愤讨伐不正之风的作者，也公正地写道：大家十分回忆 2006 年的美好时光，因为那一年的低保评定制度比较公正和公开，那一年需低保的人员是大家所公认的特困户。

可见，只要工作做得好，做到位，公正还是存在，还是可以实现的。

这位作者写下的这段话，让我想起了我在蓝田蓝关镇大寨村调查时，村会计郭维孝对我说的一段话。一方面，他对当下农村的民主选举村干部极为不满；另一方面，当他说到 2006 年的村自治法刚开始实行时，却赞不绝口，认为好得很。他说：那时给大家发选票，提出候选人，一切都进行得井井有条，但是后来越变越坏了。

为什么无论民主选举村干部还是民主评议低保户，刚开始时候都受到大家众口一词的称赞，而后来就渐渐地变了味儿呢？

我想至少有这么两个原因：

第一，任何政策的制定都必须具备原则的底线。

在我调查的村庄中，几乎所有的村干部都共同认可一个事实，这就是从前低保名额不多、钱数不大的时候，群众一片叫好，没有什么意见。其中一个重要的原因在于，每个村都确实有几户贫困户。这些贫困户是大家清清楚楚看得见的。把低保金发放给他们，绝大多数人都不会有意见。就是有意见，也提不出来。一个非常值得人深思的现象是：群众的不满是随着低保名额和钱款数额的增多而增多的。国家分配低保的名额越多，保障力越大，群众的怨言也就越多，意见也就越大。完全是一种正比例的发展。

事实证明，不能仅仅给农民"恩赐"好处。不能认为农民是弱势群体和扶持对象，就一个劲儿"喂奶"。任何政策的制定都不能失去应有的原则，该扶持帮助一定要扶持帮助，但是不该扶持帮助的就一定不要去扶持帮助。否则好事也无法办好。如今走到村村寨寨，农民们普遍对低保怨气冲天。基层干部被挤在政策和农民的意见之间，非常难办。于是"拼保"、"轮保"全都出现。让我非常惊讶的是，尽管国家规定不允许"拼保"和"轮保"，但在我调查的村庄中，"拼保"和"轮保"现象不是个别出现，也不是大部分出现，而是百分之百地出现，这就太值得我们深思了。

第二，一个普遍规律是：刚开始实行一项新政时，由于心里没底，也由于需要摸索经验，因此从上到下都小心翼翼，全力以赴。也因此，事情就做得漂亮和出色。但是随着时间的流逝，所有的工作都变成了一个程序、一种习惯，于是那些潜存于我们民族性格中的弱点就逐渐暴露出来，进而开始对新政大肆侵蚀。

实践证明，如果没有始终如一的勤奋，没有持之以恒的坚定，任何好的措施和政策都会在不良习惯势力的侵蚀下，逐渐走向反面。就这个意义而言，无论改革伟业还是具体改革方案的实施，都不能指望一蹴而就，都必须始终保持着一种高昂的士气，始终从上到下地实施监督，始终从上到下地抓紧不松，始终对不良现象保持高度的警惕并做到绝不放弃的坚持。

第三，必须始终重视道德的支撑和思想的引领。

道德支撑和思想引领似乎很软弱也很苍白。但是可以断言，如果没有这一条垫底，即使上述两条都充分地做到位了。农民还是会有意见。当一桩事情已经失去了是和非的评判，已经没有了应当或者不应当的界限，而只是用利益作为标准来衡量和判断时，那么无论怎么做，无论给农民发放多少钱，大家还是会"民怨声声"！尽管道德支撑和思想引领不会像确立制度一样立竿见影地看到效果，但是从长久来看，这是基础建设。而且是至关重要的基础建设。不打牢这个基础，小到低保，大到民主选举以及农村所有要实现的公平和正义,便注定不会风平浪静!

值得一说的是,在十二盘,双禄也说到了低保。他告诉我:此前村里曾给过他家低保,现在已经取消了。

我问他有什么想法?

问答没有啥想法。

公平不公平?

公平着哩。

我觉得奇怪,双禄上有80多岁的老母亲,妻子患有遗传性高血压病,为了赚到钱,他抓住一切机会、几乎是整年都在外面打工——而现在,几乎人人都在喊叫不公平的事情,为什么他会说公平?

双禄说:低保是好事情。好事情不能给我一家人。困难家家有,给人家享受低保是应该的。

双禄说:不能因为低保是好事情,我就把它死死揽在怀里。真要那样,别人觉得公平不公平?

说得非常平静。

就在这个章节即将完成的时候——2012年6月25日下午,闫家坪村的闫明录突然给我打来个电话,说他想向我反映个问题。

我记得我在闫家坪采访时,他根本就没有留我的电话,于是问他怎么找到我的电话的,他说他想起那天我去闫家坪是副镇长吴敏陪着去的,于是找吴敏要了我的电话。他来电话的中心意思是要提建议。

原来今年夏粮又喜获大丰收。村上有几台收割机在同时收麦。政府规定收割机割下的麦茬必须低于15公分,一旦超过这个标准,农民就可以拒绝付钱。这是因为担心麦茬留得太高会发生火灾。

闫明灵反映的问题是:同样是收割机,有的把麦草切得很细很碎,但也有一些收割机,麦草切不碎,这就给秋种造成了很大的困难。他认为我在省上工作,又是专门负责到农村调查农业问题的,所以向我建议:能不能呼吁在农业机械上下点儿工夫,收麦时能把麦草切碎些。

我问他,从前麦草都要拿回家去,一是烧火用,二是切碎了拌上料喂牲口。现在不用了吗?

他说完全不用了。

我突然想起那回采访忽略了的问题，问他低保户是不是都是按户来分配的？

他说是的。

他说：村上谁家有低保的人，就让这家人把他全家人的身份证都拿去办理领取低保金。但事实上领取以后，还要分给其他人家。

说得很坦率，很诚实。

第六章 村庄会消失吗

农村到底怎么了
势不可当的打工潮
朝县上走,朝市上走,朝省城走
栓栓的遭遇
假如能够小十几岁
聪明能干的蛮巧
政府应当作为
年轻人的选择
他们还会回去吗
将来谁来种地
变化中的农村人
迎接未来的村庄

村庄会消失吗

农村到底怎么了

2012年回到十二盘时,我发现和两年前相比,村里人明显地少了。

其实几年前就已经开始少了,只是如今更少,少得可怜。走在我熟悉的十二盘三组的道路上,除了妇女和老人,再就基本上见不到其他年龄段的人。

我问:人呢?

回答:都出去了。

去哪里了?

不是去上学,就是去打工了。

细想想,这个回答还真是很准确。自小学撤销后,孩子们无论上小学上中学,都统统去了三十公里外的天王镇,有些直接去了县城。而能够出外的劳动力则基本上统统出外打工了。如果不是拴科家中正在盖房,如果不是双禄因为身体不舒服留在家中,那么除了四全和银儿,再就根本见不到青壮男劳力。

四全告诉我,十二盘三组一共55户,二百零几个人,男劳力走得只剩下五六个人了。这五六个人中,还包括担任着支书的他、担任着村主任的银儿和担任着会计的林科!

说这话时,四全满脸是困惑和苦涩。

坦率地说,四全的困惑同样是我的困惑。

当我在农村采访时,凡问到党和政府在农村中的政策,所有的人无不交口称赞:太好了!好得不能再好了——我在米脂县朱兴庄村孟家坪村见到党支部书记孟士明时,孟士明说:"现在的农业政策,不光是雪中送了炭,而且是锦上添了花!"

可是当我问到今后孟家坪会朝什么方向发展时,他却说了一句让我瞠目结舌的话:"再过一个阶段,我看就没有孟家坪村了!"

孟士明告诉我,孟家坪现在实际耕种地不足100亩。目前户籍90多户,人口330到340人，户均4人左右，但是常年在村的不到100人。可以说三分之二的人都已经出外了，而且出外的基本上都是青壮年。目前留下的100人中，最年轻的就是他。

而他已经60岁了。

孟士明说：他有四个娃娃，三女一男。三个女儿都出嫁了，大女儿嫁到本县龙镇；二女儿在县统计局工作；三女儿在榆林日报社工作。儿子27岁，从西安外事学院毕业后，一直在西安打工。

同样，十二盘村支书四全说起政策，也用一句很经典的话做了概括："现在谁要说农业政策不好，那他是没良心。"

但是四全同样认为，再过不了几年，十二盘村就再不是从前那个十二盘了，他估计，这里的农户至少要减少三分之一！

不仅政策好留不住农民，就是其他方面的配套都好起来，农村仍然留不住人。

以陕北吴起为例。

我了解到，为了保证农民的生活水平和生活质量，更为了巩固退耕还林的丰硕成果，吴起县委、县政府在民生方面花费了巨大的心思，也下了巨大的功夫。他们以工哺农，大力建设农村沼气灶，推行发展高效农业，帮助实现农业的规模生产，同时采取了多方面的措施帮助农民增产增收。那些内容丰富庞杂，远不是一篇文章所能够描述的。

但是尽管做出了那么大的努力，却仍然留不住农民！

可以认为，之所以留不住农民，是因为农村仍然与城市有差距。

但是有一点应当清楚，差距是永远存在的。农村和乡镇有差距，乡镇和县城有差距，县城和中等城市有差距，中等城市又和大城市、和省城有差距。不仅如此，省城与省城之间同样会有差距。就连北京上海这样同属一流的大都市，也仍然存在着差异和差距，如果以差距为理由就舍弃和离开，那么接下来的问题是，难道所有的中国人都要往北京上海去？

农村目前确实还有许多不足，但是农村也确实在迅速前进和改变。从前常常有一句话，要看到希望，看到光明。而现在，上上下下的人都在改变现状，都在放飞希望和扩展光明，为什么人们就没有一点儿耐心了呢？为什么

村庄会消失吗

农民像饥不择食的灾民一样,背起要饭的布袋就义无反顾地上路了呢?难道城市对他们真的就是美好得不得了的天堂?难道城市生活就真的是农民美好生活的终极?

在孟家坪采访的当天晚上,我与米脂县农工部部长张宇宏聊天,内容集中在农村为什么留不住人上。

之所以连夜讨论,是因为几天来,我走进农村,走进农民家,里里外外看到的情况都是大致相同的。无论在米脂还是在靖边,也无论在志丹还是在吴起,我看到的农村都修通了道路,盖起了新房,有不少农民家盖起的都是二层甚至三层的楼房。这些楼房尽管是一种土洋结合的"亚洋房",但总体上可以称得上是城里人所特别羡慕的别墅。

不仅如此,在城市里许多居民非常不满的一些话题,比如环境的拥堵,噪声的刺激,空气的污染——如果用一种理性的态度来做个对比,应当说在城市居住,有许多优势是农村人所无法比拟的。但在农村居住,同样有许多优势是城市人根本不具备的。

但是不管农村有多大变化,不管农村有多少优势,却仍然留不住人。

张宇宏说:

"要说条件,现在农村不能说多么好,但确实很不错。起码可以说从来都没有这么好!不光道路村村通,不光有自来水,而且电视、电话、手机,甚至摩托车、汽车都有。你去家里看,再差的也差不到哪儿去了。可就这,还是留不住人!"

张宇宏说,

"现在农村剩下的都是孤寡老人,连个拉话的人都没有。从前老人们经常坐在一起聊天。尤其是农闲时候,坐在暖阳下,那确实是一道很好的风景。"

接下来的话他没有说。

其实他不说我也明白,如今这道很好的风景消失了。那是一种田园牧歌生活的消失,更是人们记忆中一种美好传统的消失。这消失令人非常惆怅,也倍感遗憾。

后来,当我在一个更大的地域范围内行走时,我发现不仅陕北,也不仅陕南,甚至历史上最富庶的关中平原,农村同样留不住人。再进一步延伸,

不仅陕西,不仅甘肃,甚至不仅四川和河南,到处都出现着空心村的现象。目睹此情此景,凡是看到的人,都不能不发出一声疑问:

农村到底怎么了?

势不可当的打工潮

认真想想,出外打工的人确实多!

以我非常熟悉的蛮巧姊妹为例。

蛮巧姊妹5人,各自成家后连同他们的儿女共有19口人。其中除过1人为国企在编职工,1人在中学读书外,出外打工的12人。

比例可说惊人。

不仅如此,仅剩的5人中,除3人由于各种原因没有出外打工外,其他2人也还经常抽空到近处打零工。

之所以去打工,基本上可以分为下列几种情况:

第一种是为了生活得更好些。

抱着这样一种目标去打工的基本上全是年轻一代。一来,打工能够让他们比在农村劳动赚到更多的钱;二来,他们在城市的工厂里生活,觉得远比农村丰富多彩。

2010年我曾经专门到上海市昆山、苏州市吴江工业开发区以及浙江嘉兴等地去采访。我注意到那里有许多台资厂,每个厂都有上千甚至数千打工者。这些人全是青年人。来源有陕西、甘肃、河南、安徽、湖北、山东——可以说五湖四海。他们居住在厂方提供的集体宿舍里,有电风扇和空调,有专门的图书馆、阅览室、活动室,甚至长途电话室和专设的银行服务点,也有专门的职工澡堂和职工食堂——每当上班时,数不清的男女青年都潮水般涌向自己工作的车间。而下班时,他们又同样潮水般地涌向食堂,涌向宿舍,涌向话吧和电脑室。我了解到,有无数男女青年脱离开了原本的农村生活环境,也就同时摆脱了父母之命和媒妁之言的婚姻,他们在打工的生活中寻找到了自己的另一半。并且一旦结婚成家,他们中的绝大多数都主动选择了离开集体宿舍，在附近农民盖起的楼中租一间房子，过起了准工人的生活。

我想起自己40年前卷起铺盖卷儿离开农村时，憧憬和追求着的不就是这样一种生活吗？

在这样一种生活氛围中，谁还愿意再待在农村呢？

第二种是为了子女打工。

抱着这样一种目的去打工的大多是四五十岁以上的中年人。

比如蛮巧的大妹妹格巧两口子，就纯粹是为子女去打工。如果不是为子女，格巧和丈夫在十二盘的生活应当说可以过得相当不错。家里盖起了漂亮的两层楼房，吃的喝的穿的用的一应俱全。还缺什么呢？

而据我所知，格巧打工最直接的动因是：为儿子的婚事赚些钱。

格巧非常发愁她两个儿子的婚事。两个儿子都在广东东莞打工，大儿子已经24岁，按照农村的习惯，已经不小了。在这样的年纪还没有谈上女朋友，家里开始为他着急，而更重要的是，无论谈没谈上女朋友，将来都需要用钱；小儿子才21岁，已经谈了女朋友，是在打工中认识并产生感情的。女朋友家在湖北黄冈，模样相当漂亮。格巧希望未来的儿媳妇能够喜欢十二盘，但她心里也清楚，这很难。一旦儿媳妇不喜欢十二盘，不愿意在十二盘待，那就意味着儿子要在外面结婚，要在外面买房。而买房需要很多很多钱，那些钱对她是一笔天文数字。

可是又能怎么办？

于是再苦再难，她也必须咬着牙去挣！

我接触到的十二盘诸多打工的村民中，怀揣这样打工目的的人实在是太普遍了。无论我熟悉的双禄还是拴科，也包括文忠和巧燕，全都是为孩子打工。尽管有些是为孩子的婚姻，有些是为孩子的房子，有些是为孩子的教育……

第三种是生活所迫，不得不出外打工。

蛮巧的弟弟保全就是如此。

2008年11月，保全出了一场车祸，那一回他被抬进了宝鸡市第三医院，昏迷了整整19天。医院前前后后给他做了四次手术，总共花费了八万多元。人总算救过来了，但家里的经济却塌了天。

保全一出交通事故，正在上高中的儿子和正在上初中的女儿马上就中断了学业。八万多元大多是借的。巨大的经济压力使得他们从此再不能去上学。结果全家四口人，全部出外打工。

如果说，除过这三种情况逼迫或者促使着农民出外打工，那么还有一些比较微妙的因素使得农民选择了打工。比如随着科技的发展，农活儿变得越来越简单，也越来越省事。蛮巧的大儿媳妇家在河南安阳。那里一马平川。蛮巧的大儿子告诉我，家里的农活儿仅他岳母一人就干完了。在这种情况下，一大家子人都厮守在家里有什么意义？

何况，当农村人出外打工成为潮流时，很难有人不被卷入潮流中。这就像改革开放的初期，国门打开，允许去国外留学了。于是无论领导干部还是高级知识分子，可以说所有能够让孩子去国外留学的家庭，都毫无例外地选择了送孩子出国留学——以蛮巧最小的妹妹菊梅为例，她的儿子去上海打工，女儿正在念初中。至少眼下她还没有感受到生活的巨大压力。但是菊梅仍然选择了出外打零工。她是在距离十二盘不很远的宝鸡市郊区卖凉皮。这是一种当地人很喜欢的吃食。

我曾经问菊梅，为什么要出外卖凉皮？

菊梅回答说：留在家里又做啥呢？

菊梅的回答很有代表性——不仅山外那些生产条件好、能够实现农业机械耕作的农民这样想，即使生产条件不好、机械化程度不高的十二盘农民同样这样想。当我回到十二盘见到村支书四全时，四全告诉我，他的媳妇也出外打工了。他不希望媳妇出外打工，可是媳妇一句话就把他呛住了。

媳妇说：不打工我再做啥呀？

还是《中国青年报》上那篇《你所不知道的农村》，写到农村人打工这一现象：

在我小的时候，我们村种植了许多经济作物，诸如棉花、薄荷、西瓜等，可现在，都是一季麦子、一季大豆。省事，完全的机械化操作。雇用联合收割机，直接把粮食拉到家，有的户，收完粮食就当场卖掉，带了钱走人。然

村庄会消失吗

后将秸秆在地里烧掉,再种下一轮。有的人家不愿意种地的,或是常年在外的,就将土地租给别人种,租金300元/亩/年。

有一条正在建设中的高速公路经过我们村,修路占用农田分为两种,一种是路面占地,另一种是取土占地(要取土垫路基)。取土占地的面积很大,有好几块,一块就有80亩。村上有的户是摊到了,有的没有。摊到的就很庆幸,没摊到的就很沮丧。能够卖地的,都很开心。

人们不再稀罕土地。只嫌弃卖少了,没有说多的。

一些"三农"学者常说,土地目前成为农民的束缚,成为阻碍农民现代化的桎梏,也有人说土地是农民生活的最后保障,是返乡之后的最后栖息地。但无论是怎样的看法,一个不可改变的事实就是:农民已经不再深深地爱着这块土地。

不再需要土地的农村人也正在抛弃农村,甚至是厌恶农村。或许这是城乡之间的差距在这二十余年来逐渐被拉大的结果,或许是持续二十多年的打工潮,使得农民对于城市的生活越来越向往。无论是年轻的一代,还是五六十岁上了年纪的人,村庄更像是一个驿站,每年只有夏收、秋收和过年的时候,人们才会回去几天。等忙完了之后,又迅速撤回到了城市之中,只剩下孩子和老人,有人甚至将孩子也带走了。

这篇文章中写到的农民远离土地的情况,都是事实。如今的农民确实活得很潇洒,却又活得很沉重。包括十二盘的农民,种地的积极性在包产到户以后曾经空前高涨,但是随着种地的效益奇低,加上打工潮的兴起和整个社会的自由开放,大家对种地的兴趣都越来越低,对田地的感情也越来越淡漠。

我了解到,远远近近的农村其实都是如此。

之所以如此,除过这篇文章中讲到的情况外,还有一个很重要的原因就是现在各县各镇甚至各村都在竞争,都实行了某种程度上的专业化。比如苹果有苹果种植大县,猕猴桃有猕猴桃种植大县,大棚菜有大棚菜种植大县,也包括各种专业种植的大镇大村。这样一来,原本自给自足的小农经济不说完全被挤垮,起码变得弱而又弱了。

不仅如此,如今的农民也普遍地意识到时间就是金钱。他们学会了时间与经济效益之间的权衡和算计。在这个问题上,十二盘的农民还不算特别显著，真正显著的是闫家坪这样的农民。他们以非常简单也非常直接的方式种植着庄稼，也以非常简单和非常直接的方式收获着庄稼。为的是腾出手来干其他。他们已经越来越多地依赖于机械去劳动，而不再脸朝黄土背朝天，一身汗水一身泥地苦干。那种"锄禾日当午，汗滴禾下土"的情景，已经成为一种遥远历史的风景。

让人倍感苦涩的是：尽管劳动强度已经大大地减轻，也尽管劳动状态已经大大地自由，农民还是普遍地选择了离开。有一回我们几位老知青到蓝田县厚镇乡宋寨村去做乡村考察，结果惊奇地发现，有好几户人家竟然用土坯或者砖块把自己家的门窗严密地封堵起来。问村里人这是怎么回事？回答说打工去了，不准备回来了。

还需要说明的是，不仅是一般村庄的农民普遍地选择了出外打工，就是那些一贯先进的村庄，那些标杆村——比如榆林米脂县的高西沟村，几十年来一直大搞植树造林，一直大搞生态绿化，并且取得了不俗的成绩，获得了很多也很高的荣誉。但是村里大多数人仍然选择了出外打工。

就这一点而言，许多身居农村的干部和农民都忧心忡忡地告诉我，村庄的消失已经成为一种难以阻挡的趋势，甚至成为一种即将到来的必然。

应当说，在我所去过的那么多的村庄中，只有榆林靖边县东坑镇黄家峁村出现了农民回流的趋势。据黄家峁村党支部书记阎志奇介绍，黄家峁村共有1582人，全村人均年收入2011年突破了两万元。目前他们外出打工的不多，总体趋势是：那些有本事，能够在外面创出事业的人选择了出去，而那些一直在外打工、个人收入并不比留在村里好的人选择了回来。

由于黄家峁村经济状况好，不仅吸引了农民回流，而且还吸收了几十名河南的打工者到村上来务工。这些打工者基本都是来帮助村里搞设施农业。

闫家奇介绍说，2006年他们村一些农民去油井打工，一年能赚两万多元钱。那时候村里农民大多选择了出外打工。从2008年开始，村上培育大棚菜，效益明显，年收入也达到了两万多。这一来不用做任何动员，不少农民主动返回来了。

关于黄家峁村的情况，我在后面的章节中还会细述——概括地说，从这个村农民由出而返的现象来看，农民无论出外打工还是返回家乡农村，最重要的动因始终是收入，是经济。

生活在大步向前，生活也在大步向前的同时不断涌现出新情况新问题。如果说从前的农民能够在封闭的状态下过着自给自足也自得其乐的生活，那么随着交通和通讯的高度发达，现在的农民已经和城市的距离越来越近。这种越来越近的距离绝非他们自己所能够左右的。以双禄为例，儿子要上学，这是一个必然趋势，谁也不可阻挡，但是儿子上了学，就离城市更近。离城市更近则意味着所有的消费都要和城市接轨，在这种情况下，他们想自给自足也无法做到了。正像拴科说的：单纯种粮食，连儿女都养不活！也正因此，农民自身也在千方百计地想办法利用土地增加收入。2010年天王镇山区的不少农民把家里原本种粮食的土地全部改种成花椒树了。根据该镇庙嘴村一些农民的实践，如果花椒务得好，一年下来，卖个几千元不成问题——但是没有想到的是，2011年冬季温度回暖，结果在原本应当大冷的季节里花椒树却纷纷发芽。再下来一场大风雪降临，花椒树几乎全部被冻死，只好砍掉烧柴。

天王镇山区农民种花椒的经历，说明农民在生产上的抗风险能力还很弱，也说明农民眼下的生存状况仍然不能乐观，他们仍然需要政府在生产上甚至生活上的指导、支持和帮助。

但这是另一个话题。

而摆在整个社会面前的当务之急，是需要认认真真地考虑如何对待农民普遍出外打工的问题，需要认认真真地思索这究竟是好事还是坏事，究竟是进步还是倒退，又究竟应当怎样来缓和、疏解、引导这种潮流和趋势。

朝县上走，朝市上走，朝省城走

当我在农村采访，目睹着农民不再眷恋自己的土地而纷纷走向城市时，我本能地想起北宋诗人张俞写的那首诗《蚕妇》：

> 昨日入城市，归来泪满巾。
> 遍身罗绮者，不是养蚕人。

应当说，无论封建时代，还是中国开始步入现代潮流的清朝末年，甚至是建设速度极快的民国阶段，也包括新中国成立以后的各个历史时期，农民的地位都是低下的，农作物的价格都是低贱的，而城市则永远占据着先导地位，也永远显示出尊贵气息。

这到底是为什么？又是什么原因造成了这些？

农村的田园风光难道真的就缺少足够的魅力吗？农村的生活就真的与城市差距那样大吗？

未必。

但现实是，不管诗人们以多么真诚的态度来赞美农村，不管农村的田园风光多么旖旎迷人，农村确实越来越留不住人了。

平心而论，以现阶段城乡之间存在着的差距，如果不是经济收入和子女接受教育等现实原因，农民走向城市是极不划算的。农村的生活成本毕竟低了很多。在农村，只要医疗有保障，日子是可以过得相当轻松相当潇洒的。而走进城市，事实上就步入了一个高消费的环境。在那样一种环境中，套在农民脖子上的经济缰绳丝毫不会被放松，只会被勒得更紧。

我发现，虽然总体而言，农民无论出外打工还是返回家乡农村，最主要的动因始终是经济。但是另一方面，如今的农民——尤其是年轻一代之所以走向城市，却并不仅仅因为经济。不仅如此，留不住人的也不仅限于农村和农民。

我在陕北吴起县采访的时候，偶然中看到该县办的一份杂志，杂志名字就叫《吴起》。其中有一篇记者陈明写的文章：《吴起的A面和B面》。

文章写道：

在2007年秋季，吴起率先实行免除包括职、高中阶段学生的学费、书本费等五费和补助寄宿学生每人每天15元生活费的"五免一补"的12年免费学前教育，在全县范围内实现了15年免费教育。同时设立贫困生助学金和优秀学生奖学金，在政策上保障了每一个孩子受教育的权利。

但是——

村庄会消失吗
Cunzhuanghuixiaoshima

尽管教育实行了全免费，可还是有一些人把孩子转到延安、西安甚至更好的大城市里去读书；尽管县城的面貌一天天在变新变靓，可还是有人在一些大城市里争相买房；尽管一些招商引资项目达到了意向，可就是迟迟不肯落户吴起。留不住本地人，留不住外地的"金"。这主要还是因为吴起地理位置的偏远，道路交通不够顺畅，基础设施相对滞后。此外，吴起的社区建设起步慢，辐射带动不够强劲，公共服务水平仍然较低。

应当说，作者观察问题非常敏锐，也相当前瞻地指出了吴起之所以留不住人的原因。问题在于，这些问题有些是不可能得到解决的。比如偏远的地理位置，这是先天属性，是大自然的安排。不管你怎么努力，它总会客观存在。在这种情况下，该怎么办？

还可以进一步提出问题，即使能够解决的问题都得到了解决，比如吴起的道路已经非常顺畅，基础设施已经非常先进，公平服务水平已经非常高，是不是就能够留得住人？

可以反溯一下，人们现在不是普遍重视环保吗？如果谁家的装修有害气体超了标，他会是一种什么态度？人们现在不是普遍追求绿色吗？就空气质量而言，小城市不是明显地比大城市好吗？尽管大城市一定有大城市的长处，但是小城市也一定会有小城市的优点。这优点甚至是人们极力渴望和追求的。

但人们还是一个劲儿地奔向大城市。

从旬阳县羊山村回来不久，一个偶然的原因，我又去了黄陵煤矿和地处铜川市的鸭口煤矿。值得一提的是，作家路遥写作《平凡的世界》最后一部时，住在西影招待所修改书稿。彼时我在西影文学部工作。有一回闲聊中他告诉我，为了写好矿工生活，他专门到了铜川的一个矿区去体验生活。

没有想到的是，在他去世20年后，我来到鸭口煤矿，并且很快知道了当年他就是在这里深入生活的。

鸭口煤矿约有职工3000多人，如果连同家属，至少应在万人以上。这里不仅有职工和家属们健身的广场，而且有大酒店。我在大酒店住宿的那天，中午和晚上的宴席都已经全部被订满了，是职工们为举行婚宴之类的喜庆活动而订的。

仅此细节，可见气氛。

在鸭口矿区那一排排整齐的职工宿舍楼前，我听到广场上的大喇叭定时播送着新闻和歌曲。这让我想起了小时候我所熟悉的工矿企业的生活。尽管地域不同，条件不同，但是工矿企业最基本的生活程序和生活内容却是一致的。可以说，这是一种典型的工业生活，或者可以称作城市生活或者准城市生活。

在鸭口煤矿，党委书记兰阿利以及工会主席王泰昌，还有工人作家杨智华等人陪同我们在矿区参观——尽管此前我没有来过这里，但是凭着生活经验，还是打眼一看就能发现这里巨大的变化！其他不说，仅看矿区那三座为职工修建的广场，就能感受到他们对生活质量的注重。应当说，这里根本就不存在什么向城镇化过渡的问题，而是已经城镇化了。这些家属小区都是名副其实的、真正居住着工人和他们的家属的小区。无论环境还是人文，这里都绝非农村。

但是这里仍然出现了空巢老人的现象。

兰阿利告诉我，由于年轻一代都不愿意在矿区待，都投奔了大城市，所以矿区除了职工以外，年轻人越来越少，空巢老人的现象也就越来越突出。

这让我非常惊讶。

在此之前，我为农村中大批青壮年出外打工的现象感到惊讶，也为农村中大批的留守老人和儿童感到担忧。但是当我来到那些远离大城市或者远离中心城市的工矿企业，当我把眼光继续往生活的更大范围扩展时，我发现何止农民，事实上工人们、干部们，甚至领导干部们，都和农民完全一样，以同样的速度和同样的力度在向大都市狂奔！

按理说，鸭口煤矿是一个上万人的工矿生活区，这里各种条件不说多么好，但起码并不坏。并且这里远不是我们平素印象中各种基础设施和条件都很落后的农村，这里水、电、暖气包括网络、歌舞厅等一应俱全，可是为什么仍然挽留不住年轻人？

让我更为惊讶的是，介绍到学校时，兰阿利告诉我们，鸭口矿区原来有两所学校，一所中学，一所小学。现在中学已经停办了，小学也办得很艰难。

问起原因，兰阿利说，原因有两个：一是随着生育观念的变化，如今的孩子们少了，孩子少学校生源就少；二是家长们都追求孩子的教育质量，只要有可能，就都把孩子转到铜川市去上学。

我问谁陪着他们去铜川市上学。

回答说因人而异。有的是爷爷奶奶，有的是外公外婆，还有的就是母亲。为了孩子，可以说每个家庭都举全家之力，不惜一切地把孩子往上托举。

这和十二盘、和羊山村、和陕北陕南沟沟坎坎里的所有村庄和学校如出一辙！

此前，在我粗浅的采访中，在诸多专家学者们的调查结论中，农民基本上都是为了经济，为了赚钱才离开农村出外打工的。这个结论并不错。但是当我更深入地调查时，却发现问题又绝不那样简单。以鸭口煤矿为例，这里职工的人均年收入已经达到了7.2万元。即使西安这样的省城，有多少单位职工的人均年收入能够达到7.2万元的水平呢？

可是年均7.2万元的收入，却并没有阻挡得住年轻人拥往城市去的步伐。

之所以普遍往城市里奔，一个重要的原因是为孩子。要把孩子送到更好和最好的学校上学。

认真思索，城市里的教育资源是不是真的就具有绝对优势？

据我所知，无论在省城还是在其他城市，总有一些名牌学校和重点学校。这些学校培养出来的学生确实成绩很好，参加高考时命中率极高。

问题在于，这极高的高考率是否能够说明学校教育得法和启蒙有道？其实，把真实的底子揭开，所有这一类保持着高命中率的学校都有一个共同的前提，即生源好。并且为了保持自己学校能够继续有高考的高命中率，他们有一点无比清醒，即在选择生源时从来都是严格而又严格，从来都是一丝不苟的。如果认真地考察，我相信一个结论是铁板钉钉的：高考高命中率最重要的原因不在其他，而在学生自己。

但是不少人的心理就是如此奇怪。一座学校高考考出了好成绩，于是大家就觉得这座学校一定是有什么诀窍，起码是学习风气好，教师水平高。其实就我个人所见，如果给他们换上一批基本素质差的学生，所有这一切"好"和"高"，都会在瞬间消失。

只要你迈开脚步，深入一下农村，深入一下县城，深入一下矿区和那些与城市在地理上存在着距离的企业,你一定会发现,如今不论是工人还是干部,甚至领导干部,只要经济上能够承受,几乎所有的孩子全都是依循着这样一种规律齐步走的:村上的孩子朝镇上走,镇上的孩子朝县上走,县上的孩子朝市上走,市上的孩子朝省城走!

孩子一走,大人就必须走!

于是原本已经寂寞的农村就变得更加寂寞!原本已经冷清的田野就变得更加冷清!

可以预期的是,即使农村和农民的经济收入提高到和城市一样时,农民——尤其是那些年轻农民拥进城市的脚步仍然不会停止。并且我个人有个估计,不仅不会停止,反而会变得更快更迅捷。最直接的例子就是陕北那些富裕起来了的煤老板们。他们红了眼地在大城市里买房子——尽管其中有些是为了炒房和利润,但更多的是为了在这里有家,在这里存身!

如果煤老板属于特殊和个体。那么一个更加普遍的现象是:农村男女青年在打工中相识相恋后,结婚时女方提出的基本要求几乎全部是在城市——至少是在县城或者乡镇买一套房子。

一个基本事实是:不管农民经济上是否能和城市人平起平坐,也不管农民们自身的日子过得好坏,从整体上来说,城市五光十色的生活对所有人的吸引都是巨大的。且不说第一流的足球赛,即使第三流的足球赛,都绝不会跑到乡村去举行。同样,许多文化的、艺术的、社会交流的,甚至单纯物质的展示和享用,都首先将从城市开始。对年轻人而言,城市提供给他们展示才能和发挥潜力的机会远比农村多得多。这就决定了只要有可能,农村青年们会本能地选择做个城市人。

当农民势不可当地拥进城市时,社会上对此众说纷纭。

有人说:这是历史的必然。

有人说:走向城镇化是中国解决"三农"问题的必经之路和必然趋势。

但也有人认为:农民人心不稳,这意味着"三农"存在着巨大的危机。他们担心,一味地追求农村城镇化,这真的是方向吗?他们焦忧,农业已经成为国家最大的薄弱环节。尽管中央提出大搞社会主义新农村建设,尽管农村路通了,电通了,水通了,但是如果没有人种地了,所有这些"通"又有什么意义?

更有人认为:从经济上说,农民纷纷拥向城市孕育着巨大的粮食风险;从政治上说,这证明当前中央的指导思想和政治路线是错误的。继续执行这样的政策,带来的将是中国农村的毁灭。他们甚至留恋过去的农村政策,认为从前农民都安心地在自己的土地上劳动和生活,那是一种多么美好而祥和的情景。

等等等等。

究竟应当怎么样看待农民工拥进城市的问题呢?

栓栓的遭遇

我想从一位我所熟悉的农民讲起。

当年下到十二盘三队(如今叫三组)的知青一共有 11 名。落户后,我们和不少年纪相仿的农村青年结下了友谊。

比如十二盘三组的二喜和栓栓。

栓栓属马,比我小 3 岁;二喜则只比我小 1 岁——2008 年陕西一批知青自愿地组织起来,举行了一个纪念知青上山下乡 40 周年的活动,活动中有一项内容是"回村看看",选定回去的村庄就是十二盘。那一次我们队当年的女知青从全国各地赶来,一起回到了队里。也还是那一次,二喜为我们拿出了一封他始终珍藏着的信。这封信是女知青孙静莹写给他的。信的内容丝毫不涉及感情,而只是孙静莹对他交代有关转户粮关系的手续说明,同时对二喜在转户粮关系时给予她的无私帮助有两句完全属于一笔带过的感谢。但是没想到二喜竟将这封信视作珍宝,一直精心保存了 40 年。以至于当孙静莹看到这封早已纸张发黄了的信时,由不得热泪盈眶,百味杂陈。

也由此,我们多少窥见了二喜内心世界中的一角。

1968 年下乡时,全国都是一窝蜂地朝乡下拥。北京、上海知青可以去兵团,而我们陕西知青则属于就地解决。由于事情发生得很突然,所以各个生产队都没有给知青盖房子,大家只好借住在农民家中。

当年我们就是在栓栓家居住的。住房正对面是栓栓以及他父母住的房子。后来我们渐渐知道了栓栓不是他父母的亲生,是从北塬上抱来的。

栓栓娘缠着小脚,心地非常善良,和我们知青处得极好。尤其我们队上的女知青做饭时遇到什么问题,常常去向她讨教。而她也总是不厌其烦地教给她们。与之相反的是,栓栓父亲的性情比较古板。他话很少,也不喜欢和知青搭讪,表情总是很严肃——后来我发现,他确实很严肃。

有一回栓栓的大伯从五队下来,在我们知青点门口的麦场上坐着说闲话。我们中有人曾听他说过"荤话",于是怂恿着他说。而栓栓的大伯也确实很神气地清了清嗓子,给我们念诵了一首有关跳蚤的顺口溜。时过几十年,这首顺口溜的词我已经记不全了,只记得其中的几句:

> 铺麦草,盖麦草,
> 麦草摞里生虼蚤。
> 虼蚤碎,腿脚巧,
> 跛儿跛儿可跳了。
> 跳到铁匠腿胯里,
> 要吃铁匠豆花哩!
> 跳到姑娘腿胯里,
> 咬得姑娘吐血哩!

正念得起劲儿,被栓栓父亲听见,他怒不可遏,走过来用手指直直地戳着他大哥的脑门,恨恨地说:"你丧德哩!"

栓栓大伯顿时像被电击中了,一动不动地坐在原地,脸上红一阵白一阵,随后一声不响地站起身来走了。

我们知青都和栓栓关系很好,原因三条:

一是由于离得近,栓栓没事就跑到我们知青点来,这使得我们对他比对一般的农村青年更熟悉。

二是栓栓上过学,据说是在村里念的小学。那时候大多数农民都不识字,有个识字的伙伴就有了许多共同的话题。

三是栓栓在村子里属于长得非常俊秀的孩子。平素我们做什么事情，总喜欢叫上他。一来二去，他基本上成了我们知青点每天必来的常客。

老话说：脸对脸走，越走越近。人和人之间的关系从来都是这样。不管有没有血缘，也不管性格脾气如何，如果总不来往，就会越来越不来往。因为生活中彼此没有了共同面临着的事情和问题，也就没有了共同的话题和兴趣。生活中常常有许多亲兄弟反而不如在一起工作和生活的同事感情更深厚，原因就在这里。

那时候我们都喜欢栓栓，都对他寄予着希望。是一种什么样的希望呢？似乎很清晰，又似乎很模糊。我们都觉得，栓栓是那么可爱，又是那么聪明，这样可爱聪明的孩子，将来是应当有出息的。最起码，他不应当和十二盘那些整日扛着镢头刨地的农民一样，木然地干着，也木然地活着。如果要说希望，这就是我们对他最大的希望。这希望确实有清晰之处，但更多的还是模糊，甚至是一种不着边际的缥缈。

从1970年开始，知青们陆续招工走了。我是生产队里最后一个走的。我走之前，听说栓栓父母正张罗着给他娶媳妇。媳妇是栓栓很小的时候就定下的，叫腊艳。

栓栓不愿意。

为什么不愿意？至今是个谜。据村里人说，栓栓心里有目标。不过这目标究竟是谁，却说法不一。有说他心里喜欢的人在一队，也有说他的意中人在二队。可见大伙儿知道得并不确切，也可见栓栓把自己的心事隐藏得多严密。

尽管婚姻法早就颁布了，也尽管政府拍摄了《刘巧儿》这一类倡导婚姻自主的戏剧和电影，但在当时的社会环境下，农村青年是不可能婚姻自主的。起码在十二盘，婚姻全部是由父母包办。并且这包办不是从你懂事后再开始，而是从你很小的时候，甚至一出生就包办了。

得知栓栓要娶媳妇了，我曾专门和他讨论过这件事。他才17岁，他的人生道路还长得很呢！在这条道路上，有多少知识在等着他去学习，又有多少机会需要他去捕捉！我不止一次很直接地告诉他，我不赞成他这样早就结婚。我希望他趁着年轻多学习。

栓栓很听我的，也非常赞同我的观点。

　　后来，我招工出了农村。是1972年春节前招出去的。招出去仅四个月，我就忍不住请病假——是纯粹的装病，为的是回一趟十二盘。

　　至今，我保存着1972年6月下旬那篇回乡的日记，其中有一段是专门写栓栓的。

　　在我没走以前，栓栓娘就热心地为他张罗着筹办婚事。栓栓的对象是腊艳，比栓栓大两岁，去年夏收前后一直患病。栓栓娘很着急，老年人迷信，认为结婚可以冲掉腊艳的病，所以热情张罗着婚事。但栓栓死活不同意，说自己年龄小。栓栓娘没办法，找了好多亲戚来劝他，但栓栓无论如何都不听。最后栓栓娘想到了我，一连几次地来找我，让我去劝栓栓，并说栓栓很听我的。我不得不应承下来。但实际上我是不同意他那么早就结婚的。

　　我问栓栓这件事到底怎么样了，他很害羞，腼腆地笑着，并坚决表示不同意结婚。

　　我也做了表示，同意他的想法。

　　农村人一生过得是非常愚昧和无知的。整日机械地劳动，艰困的家庭负担，使他们一生下来就抬不起头做人。栓栓的父亲就是一个明显的例子。他一生中除了没命地劳动，再就没有任何嗜好，也谈不上有任何生活兴趣，一切都是为了活，而且是那样一种机械和机器般的活！他们从不想长远，只要眼前能过得去就行。他们结婚，却从不考虑婚后的生活应当是怎样的。他们都很淳朴，但为了一两角钱却能和他人打得头破血流。他们都很实际，实际得近乎冷酷，为了一丁点儿利益就可以父子反目，兄弟分家。这样一种日子，实在需要改变，实在不值得美慕。

　　栓栓很懂事，很聪明，听懂了我的意思，并且表示赞同。

　　我们就坐在麦场边的槐树下，直谈到下午上工的吆喝声传来，时间不早了，我准备动身返程。

　　除过栓栓外，二喜，以及小蛮巧也背着书包跑来了，是来送我。直送到坡上的瓦窑处，我再三劝阻了他们。

　　……

村庄会消失吗

那时,我劝栓栓不要过早结婚完全出自真诚,也完全是为他考虑,我不希望他和十二盘祖祖辈辈的农民们一样,成为一个劳动的机器,同时觉得他是有能力有智力摆脱这样一种命运的!

但是后来事情的发展却并不如我所想。

无论栓栓怎样努力地抗争,他都不可能摆脱当农民的命运!这在当时的我还没有清醒的认识。

栓栓是农民身份,仅此一条,就决定了他永远不可能"吃商品粮"。永远不可能走出农村!希望他通过学习知识而摆脱农民的身份和命运,这只是我的一厢情愿。放眼看看,十二盘有多少念过书的孩子,他们的命运都是什么?且别说上大学,就连上高小都困难。当他们能够勉强参加劳动的时候,他们就必须参加劳动,必须为家庭承担经济压力!那些能够一直上到高中,上到大学,从而能够改变自己命运的农村青年,可以说少而又少。具体到十二盘,从来没有一个!

当历史又走过了若干年之后,我再回过头来看待栓栓的命运时,才发现他的命运是注定的!我们常常说城乡二元结构,但究竟什么是城乡二元结构,许多生活在城市里的人却并不清楚也毫无意识。但农村的农民们却知道得非常清楚。他们是从切身体会中品尝着这一切的!今天我们许多人赞美农民拥有土地。但是所有的赞美都不能够绝对化。如果农民对土地的拥有和依赖到了须臾不能离开的程度,那农民的命运就成了另一种悲惨!

栓栓最终还是和腊艳结了婚。

他无力抗拒,也无法抗拒。

后来我更知道了,他们婚后的日子过得很不好。不仅小夫妻俩日子过得不好,而且栓栓和他的父母也处得不好。尤其让人震惊的是,栓栓开始和他的父母发生争吵,越吵越凶,最后栓栓对他的父母竟破口大骂。据不少人后来告诉我,栓栓那些年整个儿变了,变得粗野不堪,蛮不讲理。

我目瞪口呆地听着这一切,始终难以相信,他们所描述的那个栓栓,真的就是当年和我面对面地坐在大槐树下,脸上挂着腼腆的微笑的栓栓吗?

再后来,由于栓栓始终和腊艳处不好,也始终和自己的父母处不好,有人开始劝他回北塬,并且告诉他,他的生身母亲还在,就在北塬。

但是栓栓不去。

又过了多少年,我从村民嘴里得知,由于腊艳始终没有生育,栓栓领养了一个女儿,以后又领养了第二个女儿。大女儿长大后,栓栓为她招了个女婿。女婿是商洛市山阳县人,和栓栓关系处得不好,有两次还动手打了栓栓。听到这个消息后,我回到十二盘时,专门找了这个女婿几次。头一次和第二次找他都不在,出外了。第三次我见到了他。我问他为什么要打栓栓,并且警告他如果再打栓栓,我绝不容许,一定会给他以惩戒!

此后连续三年,由于工作忙,我没有回十二盘。等我再次回去时,有村民告诉我,栓栓精神上已经出了问题,疯了。最让我震惊的是,他曾经独自朝山外走,走到山外后又直接朝东走,是朝着西安的方向走。有村民告诉我,他嘴里不停地念叨着我的名字,说要去西安找我!

得知这个消息,我心里非常沉重,以至于久久说不出一句话来!

村民告诉我,那一回多亏了栓栓的姐夫在高店粮店当主任。他走到高店时,被他姐夫拦住了,随后把他送进了宝鸡市精神病院。

等我再一次见到栓栓时,他的精神病已经治好了。只是他变得很沉默,不爱说话也不再有什么表情。你问他话,他淡淡地说。不问他话,他就沉默着。一直不问,他就一直沉默。而更让我觉得心里不安的是,他眼神发生了变化。从前,他的眼睛是多么纯净,多么明亮。而自那以后,他眼睛里再没有了从前那种令人喜爱的光泽!

假如能够小十几岁

1997年12月28日,为着纪念知青插队落户三十周年,陕西老三届集团公司董事长王克良主动出资拍摄一部反映老三届知青的电视片,片名就叫《我们老三届》。经我的推荐,摄制组选定的一个拍摄点就是十二盘。

那时候十二盘早已经通简易公路了,我陪着摄制组到了十二盘,由于要招呼方方面面的人,也由于我们当天要返回西安,所以我没有在村子里住下,是匆匆地来,匆匆地去。

即使这样，我还是写了一篇回乡日记。

日记中有一段写到栓栓：

……由于时间太匆忙，我们下午四点便启程回返。大家都在送我们。最可叹的是刘麦儿竟也掂了一个破旧不堪的口袋，要送给我们核桃。

栓栓到坡上砍柴去了，直到我们快上车时才回来，终于见到他时，彼此都有些激动。他一定要让我到他家去，估计是要送我核桃。我抓紧叨个没人的空子，塞给他一百元钱。他死活不要，我坚决要给。

车终于开了。车已经开动，他还死死扒住车窗口，眼泪汪汪地说："保重你身体！"

90年代末我个人正处在上有老下有小的负重期，很难抽出时间回十二盘。何况去十二盘是那样的不方便。等时光进入21世纪，我能够比较从容和频繁地回十二盘时，栓栓却已经年逾五十。在农村，这已经开始算作老人，已经开始退出主流舞台。新的一代成长起来，无论待人接物还是论说世事，他们都比栓栓更蓬勃也更活跃。不知不觉中，我和栓栓的接触竟越来越少了。

从新一代的口中，我感觉到他们对栓栓的评价参差不齐。有正面的，也有负面的，但总体来看，负面居多。新一代人不知道历史，不知道从前的栓栓，他们讲到眼前的栓栓时，认为他不爱劳动，光爱骂人。只有当年在十二盘插队的我们这些知青还统统记得他，而且一致记得他是生产队里那个特别招人喜爱的小青年。所有的人都无法把他和不爱劳动光爱骂人联系起来。

当我发现栓栓的日子过得比较潦倒时，曾问过年轻的一代：原因是什么？

回答得七嘴八舌，但听来听去，主要的原因是栓栓在混日子。

我问：怎么个混法？

这个问题把大家问住了。想了想，有人告诉我，要说栓栓究竟有什么大毛病，其实谁也说不上来。能够说上来的就是他不爱劳动，得过且过。

是不是不爱劳动，我不知道。但是从栓栓的生活状态来看，得过且过恐怕是真实的。因为他确实不能算是过得好的人家。他至今没有盖起两层楼的房子，至今看的是9英寸的小电视，至今手头上没有任何一件像样的奢侈品——这样一种生活状态，在今天的陕西农村就是典型的穷人！

不得不承认，栓栓确实变了。

栓栓为什么会变？

这个问题似乎很模糊，又似乎很清楚。但是不管怎么说，有一点是肯定的，那就是从前那个聪明的、充满了活力的、追求上进的栓栓已经消失了！

从某种意义上说，栓栓毁了！

尽管这只是短短的四个字，但这四个字所蕴涵的内容，却令我倍感痛心！也使我很长时间都不肯接受。

应当说，随着政策的日益好转，栓栓吃饱穿暖已经不成问题。成问题的只是，他原本可以有更像样的生活，可以有更美好的前程！但可以有，却始终没有！

后来我常常想，如果栓栓能够小上十几岁，那他的命运还会不会是这样的呢？

可以肯定地说不会。

和从前的农民相比，今天新一代农村青年是多么洒脱！他们想在村里做，就留在村里；不想在村里做，就出外打工。至少在我接触到的十二盘年轻农民中，大多数人的婚姻都不再是"父母之命，媒妁之言"了。他们已经完全实现了婚姻自主——这是一个多么巨大又多么深刻的改变！早在100多年前，早在"五四运动"热火朝天地掀起时，中国的封建包办婚姻制度就已经受到猛烈的抨击，但是抨击归抨击，事实上它在农村中从来就没有得到改变。

而现在，几乎是悄然不觉中，它就被改变了！

之所以得到改变，原因是多方面的。但最重要最根本的原因就在于允许农民自由地工作，自由地进城。关于这一点，我在后来对十二盘进城打工的年轻一代农民的调查中，有着越来越深刻的体会！

如果栓栓能够小上十几岁，那么他面临着的时代和社会就不会再是从前那样的！他就有可能挣脱死死绑缚在他身上的枷锁，不仅是婚姻的枷锁，而且是土地的羁绊。他就会有更多奔向新生活和接触新事物的机会，就可能在自己的命运上有更多的掌控权。如果那样，我相信以栓栓的聪明和上进，他一定会像脱笼的鸟儿一样，自由自在地放飞蓝天！

遗憾的是，他生命中最有活力的年代是依附在从前那样一个时代的。在

村庄会消失吗

那个时代,农民一生下来,便被注定了是农民!那时候有多少聪明能干的农村青年最大的理想,就是想改变自己的农民身份。但又有几个能够得着改变呢?

我们不要站在理论的层面,不要站在路线的角度——在很大意义上,那些都过于空泛,都大而化之,不着边际。我们就站在农民的角度,该怎样来看待今天的农民工进城?该怎样来看待今天农村的留不住人?这究竟是一种历史的进步还是一种历史的退步?

2012年春天,当我在十二盘与栓栓聊天时,栓栓对当前的农业政策同样说好,好得不得了。可以看出,他说好是发自内心的。

栓栓对上世纪90年代逼着他交粮交款的事很有看法,他说:"那时候硬是给人摊派,非交不可!那时候钱还难挣!"

说到村干部的民主选举,他直摇头:"民主选举不行。胡整哩!各人选各人关系好的。根本不照顾大家的利益。"

我问他应当怎么办。

他想了想:"电视里面说由上面往下派大学生当村官,我看这个还差不多!"

尽管只是短短几句,但可以看出,他思路非常清晰。

而更能够说明他身心健康的事情是:当年秋天,我利用国庆长假又一次去了十二盘。栓栓听说我来了,专门赶到文忠家,给我送来两袋自家打下的核桃和板栗。

这让我心里不安。

在文忠家吃过晚饭后,我特意抽出时间去栓栓家,坐在炕上和他拉家常。

他却依然那样沉默。我问一句,他答一句。不问,就沉默着。

坐了一会儿,我觉得没有更多的话说,于是起身告辞。临别之际,我给他留下两百元钱。

栓栓不收。

两百元是个太微不足道的小数字。但这毕竟是对他送我核桃和板栗的一种补偿。而更重要的是,以他目下的生活状态,是需要这种补偿的。

但是无论我怎么说,栓栓就是不收,死活不收。相持到最后,连站在一边的腊艳都劝他收下算了。但他仍然不收。而且态度是那样坚决。他似乎不知道该如何表达，只是反复和重复地说：不能，不能，不能！

最终，我只能僵僵地拿着钱，不知道该怎么办，同时心里隐隐有一丝感动。在我们相处的几十年中，栓栓从来没有张口要我帮助他做任何一件事情，哪怕这事情再微小。可是他却态度如此坚决地不收钱，这至少说明，在他心里，有些东西是比金钱更深厚也更重要的！

那天我从他家里出来时，天已经很晚，四周一片漆黑。我走出他家屋门，走出那个多少有些缭乱甚至潦倒的小院子，已经要折向另一条道路了——完全是鬼使神差，我突然站住脚，随后转回身子。

于是我看见栓栓住宿的那间小屋子里闪烁的灯光，是一种很微弱的灯光。这灯光突然使我心里酸酸的。

要说栓栓没变，那不是真的。可要说栓栓变了，那同样不是真的！就像这微弱的灯光，四十年前我就看见过它，熟悉着它，而如今，经历了生活的风风雨雨，它仍然没有消失，仍然在摇曳和闪烁。

聪明能干的蛮巧

如果说栓栓的人生经历可以从某种角度帮助我们认识和理解时代，那么蛮巧和她的孩子们的人生历程就更能说明这些。

蛮巧属兔，比我整整小一轮。我17岁下乡时，蛮巧只有5岁。直到我招工出农村时，蛮巧也不过9岁。

蛮巧的父母都是善良本分的农民。父亲薛礼是与我们处得最好的农民之一。薛礼为人忠厚，身体强健，无论做各种农活儿，我们都喜欢与他结伴儿。小蛮巧则聪明乖巧，非常勤快，在我们知青小组中，大家一致公认，她是整个生产队里最讨我们喜欢的小女孩！

或许是出于某种天性，当年在十二盘插队时，小蛮巧很喜欢到我们知青点上来。放在今天，5岁的孩子能做些什么？上下幼儿园还需要爷爷奶奶接送呢。但是在当初那样一种环境中，小蛮巧已经会做很多事情了。我们知青做

村庄会消失吗

饭的时候,经常有一些零星的杂活儿,比如去麦场上抓几把麦草来引火,再比如往大锅里添几瓢水等等。应当说,小蛮巧干起这类活儿轻车熟路。

后来,知青们陆陆续续招工走了,剩下我一个,生活过得非常凄凉。这时候农民天性中那些淳朴厚道的品质就彰显得格外明显。文忠娘、栓栓娘、双禄娘都经常到我的房子来,有时候我下工回来,筋疲力尽,不想做饭,她们总是不声不响地为我端来一碗面或者其他什么吃的。尤其让人惊讶的是,有时候蛮巧也会向她婆要些吃食,飞快地跑来送给我。更多的时候是我下工回来后,蛮巧跑到我的厨房,帮我添柴拉风箱烧水,让我腾出手来做饭。所有做这一切的时候,她都是那么真切,那么自然——多少年后我回想起来,之所以我对农村怀有那么深厚的感情,实在是农村用它无私的胸怀,把那么多美好而动人的内容,一点一滴地浸润进了我的心里。

但是当时我对蛮巧的命运,远远不如对栓栓的命运看好。

其实,蛮巧既聪明又能干,还是很小的时候,就表现出了她对各种事物的接受能力和反应能力。她对书本上的知识学习得怎么样,我没有亲眼看见,不敢妄言。而且那时候对学生的学习成绩都不重视,无非是认得几个字就行了。即使这样,在大队当教师的女知青刘诗丽和孙静莹还是不停地夸奖蛮巧,说她是个聪明孩子。至于学习劳动生产知识,那就更不用说了。她适应之快,超过了我们这些知青。

之所以不看好蛮巧的命运,全部原因就在于她是个女孩子。

如果说,在当初那样的农村环境中,男孩子还存在着某种机缘——比如可以通过当兵提干来改变自己的命运,那么女孩子则完全没有这种可能。她们从来都依循着一条铁定的规律行走在自己的人生历程上。长大成人,之后迅速出嫁,之后迅速生孩子迅速当母亲,之后迅速地衰老和枯萎。

那时,我对蛮巧今后的人生走向充满了一种无奈的遗憾。我能够想象,她会和十二盘此前无数出色的姑娘一样,不乏聪明,不缺能力,什么都不缺乏,唯独缺乏的是机会。尽管我走出农村时曾经再三对薛礼说,希望他能够供养小蛮巧上学,能够上到什么程度就一直让她上。但是事实上,我自己心里也清楚,她是很难继续上学的。

后来我知道了,薛礼确实尽到了全部的力气供她上学。蛮巧的3个妹妹格巧、灵巧和菊梅连小学都无法上完,但薛礼却一直咬着牙供蛮巧读完了初中。并且蛮巧的学习成绩也始终很好。多少年后,蛮巧告诉我,整个初中阶段,她每周的生活费只是一元钱,并且这一元钱就让她觉得已经十分奢侈。

即使这样,家里仍然没有能力供养她继续求学。

1976年,蛮巧从天王镇初中毕业。

事后我不止一次地想,多么遗憾,她初中毕业是在1976年!

1976年,中国仍处在"文革"中,农民的生活也仍然处在绝对的贫困中!

蛮巧只能回到十二盘,只能回到家中。

这和我对她命运的预测是一模一样的。她想改变自己的命运,却绝无可能。她注定将走向那样一条道路。那条道路是自古以来女性农民们的归宿。也是女性生在农民家庭中的一种宿命。

上世纪80年代初,我曾经写过一篇短篇小说《山路蜿蜒》,发表在《延河》杂志上。这篇小说是以第一人称写的,小说中写了一个叫满巧的小姑娘。这个满巧既是真实的,又是虚构的。说它真实,是因为生活中确实有个蛮巧,她就是小说中满巧的生活原型;说它虚构,是因为有关满巧今后的人生命运,还没有完全开始,是作者的杜撰,也是作者根据生活逻辑生发的顺理成章的想象和理解。

那时,我已经由于小说在全国获奖而小有名气,已经成为一名作家,我是以一名作家荣归乡里的感觉来描述自己回乡的过程的,我写的乡村用的就是十二盘的名字。当我回到农村,目睹着满巧悲剧般的人生变化(其实是虚构的),目睹着农村中的贫穷(这是真实的),目睹着农村中存在着的种种现实(这同样是真实的),在小说结尾发出了自己的感慨:

啊,十二盘,曾经给予我真挚的同情,给予我生活信念和勇气的第二故乡,站在这里看看你苍老的容颜吧,我是怀着那么喜悦的心情回来看你的,可是当我站在这里,远远地看着你的时候,我心里为什么竟如此凄凉、悲哀……

我突然对自己为什么要回来怀疑起来。是的,雪白的衬衣,漆亮的皮鞋,挎包里那些象征着荣誉和地位的证件——我为什么要穿这些、带这些呢!是为了表示自己比他们生活得好吗?不错,我没有忘记这里,可是之所以不忘

村庄会消失吗

记的，究竟是乡亲们的什么，还是要挽回或弥补我个人的什么呢？我努力写小说，写惊险的场面，写吊胃口的情节，独独没有写过农村，没有写过乡亲们！不是没有农村的生活，而是觉得农村题材的作品单调、枯燥，现代青年不爱看。可是……可是，我为什么从来没有想到尽自己的力量，为这些善良淳朴却又挣扎在赤贫线上的乡亲们喊些什么，做些什么？为什么从来没有想到首先为他们的解脱或者成功高兴高兴呢？

但是公平地说，尽管我很想为乡亲们喊些什么，做些什么，但是该怎么喊，该怎么做，却是根本不清楚的。

可以说，这样一篇小说，更多地反映着我对农村中千千万万个小蛮巧未来命运的一种担心，或者更准确地说，是一种对她们可见命运的遗憾，也是对她们可见未来的一种痛心！

但是我没有想到，十一届三中全会以后的农村，竟以如此之快的速度在大步前进！这种大踏步的前进从本质上改变了许多农民的命运！

蛮巧是1982年结婚的。那一年她19岁。

那一年，也正是中国农村全面实现和稳固农业土地承包责任制的时期，正是农民的生活充满活力也充满了希望的时期。

她嫁到了关尔下，丈夫叫梁录存。

关尔下是十二盘通往山外必经的一个村落，从十二盘出发，翻过迎面陡立的一座大山，就到了。这里的地形地貌和十二盘很相似，也是一条清澈的小河从村中流过，河两岸星罗棋布地分散着农户人家。每当清晨或者黄昏，袅袅炊烟就在河两岸飘冉，给人的感觉是被河水繁衍和衬托出来的——秦岭深山区大多是一望无际的陡崖峭壁，而这里却坡势平缓，有一片开阔而平展的耕田。农人就在这树隐花遮的耕田中不慌不忙地生活和劳作着。那种韵趣，那份天然，确实是一幅绝妙的水墨丹青！

多少年后我才知道，蛮巧嫁到这里，是她自己争取的结果。

最早的时候，给蛮巧定下的婆家是在杨家沟的黑虎洞跟前。当初从山外往十二盘走，除了羊肠小道，再没有其他道路。不要说通汽车走摩托，就连自行车都没法骑。那时候我们交公粮全靠背。无论夏粮还是秋粮打下后，全劳力每人背二斗半（大约80斤）粮食，跋山涉水地行走几十里山路，交到山外天王镇的粮站。毫不夸张地说，整整一天像骡子般的负重闷行，当装有80斤原粮的口袋终于卸下时，抬脚一走，那脚步轻捷得仿佛可以朝天上飞！

而黑虎洞是天王镇到十二盘的中间距离。来来去去的人走到这里，都要擦把汗，歇歇脚，喘口气后再继续启程。

之所以给蛮巧在黑虎洞畔定婆家，是蛮巧她婆（祖母）的主意。

蛮巧她婆说：给她定在黑虎洞吧，万一我出山赶个集，回来还有个喝水的地方。

于是没有任何浪漫，也没有更多的理由，一切都现实到不能再现实，蛮巧的婚姻就定在了黑虎洞畔。

蛮巧默默地接受了这一切。

谁也没有想到的是，几乎随着改革开放起步的同时，十二盘通往山外的道路也修筑得越来越像样了，并且修筑的是一条能够通汽车的盘山道路。

这条道路不从黑虎洞走。

一听道路不从黑虎洞走，蛮巧马上就不愿意去黑虎洞成家了。

蛮巧的想法同样非常简单也非常现实。她想的是：汽车路不从黑虎洞走，十二盘出山进山的人就不会再去黑虎洞，那她的祖母，她的父母都很难去看她了。

这么一想，她心里就很不安，很慌乱。

她向她婆提出退婚的要求。她说：能不能不要去黑虎洞成家。在那里成家，将来谁去看我呀？

家里尊重了她的意愿。

多少年后蛮巧告诉我，退婚是她自己的主意，当时闹得还不好。

我问她：要是单纯从距离来看，关尔下距离十二盘近，而杨家沟距离山外近。就一般而言，大家都愿意往山外走而不愿意朝山里来，你为啥会舍川求山呢？

蛮巧说：就是为着家里人进出山时候能够顺脚到我这里来，能够经常见个面。

简单的一句回答，让我几乎落泪。

村庄会消失吗
Cunzhuanghuixiaoshima

对身处艰苦环境中的农村姑娘来说,对一切问题的考虑都是那么简单,也是那么的现实——有些不了解农民的人说,农民文化程度低,感情粗糙,似乎农民天然就缺少想象,天然就缺乏浪漫,但事实远非如此。2007年蛮巧的母亲去世,一年后她父亲薛礼也去世了。有一回我和蛮巧谈起了她父亲的去世,谈到了她父亲的生前,蛮巧说:"我爸一辈子没黑没明地做,吃了多少苦才把我姊妹几个拉扯大——"

一句话没说完,她已经声音哽咽,满眼噙泪。

谁说她的感情世界不细腻不丰富?

排除了那些细枝末节,总的来说,蛮巧赶上了一个好时代。

蛮巧嫁到关尔下以后,丈夫梁录存尽管脾气不好,但勤快肯干。那些年中,夫妻俩养了几十箱蜂。每到春天,就天南海北地去放养。让我惊讶的是,许多我没有到过的地方他们都去过。夏天他们到陕北,甚至内蒙古;也到甘肃,甚至青海。冬天他们到陕南,甚至四川。而且他们每去一地,绝不是像我们去旅游那样,走马观花地转一圈儿。他们吃住在最基层,劳动在最基层,比我们透彻得多地了解和熟悉着当地的一切。这一点,让我这个喜欢走近大自然的人尤其羡慕,也让我这个专事采访写作的人自愧不如。

但这些话题都太浪漫,都不切实际。

比较切实际的话题是,由于养蜂,也由于开展了其他多种经营,蛮巧这个小家庭的日子过得还不错。这个不错丝毫不意味着他们能够大富大贵,甚至不意味着他们手头能够日渐宽裕。而只是说与从前相比,他们的日子一点儿一点儿地得到了改变。用一句时髦话说,他们是在奔向小康的道路上稳步前进!在我多次回十二盘的这些年中,我眼见着他们每天在辛勤地劳作。他们在关尔下村头开了一个小商店,有些零星杂品就在小商店里出售。他们养蜂,种花椒,务核桃。可以说几十年中,他们始终在兢兢业业劳动,本本分分持家,同时也诚诚恳恳待人。他们秉持着中华民族古老先祖们流传下来的传统美德,在人生的道路上问心无愧地奔波着、行走着,也一点一滴地积累着、进步着。

蛮巧的大儿子梁超锋是1983年出生的;二儿子梁晓飞是1986年出生的。梁超锋初中没毕业就辍了学,跟随着父母亲参加劳动,以后又去了广东打工。

他在广东干得不错,成为车间里的工班长。梁晓飞则一心上大学。2006年他参加了高考,报考的是西安石油大学,谁知没有被录取。于是咬着牙复读。第二年考上了渭南铁路工程学院。2010年毕业,非常顺利地与中国铁道建筑总公司第十九集团公司签了约,成为一名铁路建设工地上的技术员。而梁超锋在广东打工的过程中认识了一位河南安阳的姑娘,他们比上辈人幸运得多,完全是自由恋爱,由恋爱而结婚,而生子。2011年底,蛮巧已经抱上了孙子。儿媳妇在关尔下休养了大半年。据不少见过的人说,儿媳妇长得俊俏秀气,脾气也很温和。后来我见到蛮巧,问是否如此?蛮巧连连点头,说是的是的。儿媳妇那人好得很!

为什么说蛮巧赶上了一个好时代呢?

第一,在这个时代,政策允许农民通过自己的劳动富裕起来。

前面已经说过,蛮巧通过自己养蜂,通过自己开展多种经营,使得自己的日子过得不错——客观地说,这不仅是蛮巧一家,而是家家户户。从80年代开始,尽管农业政策时有波折,农村面貌时有差别,但总体来说,农民们再也没有饿肚子,再也没有穿补丁衣服。就一般而言,他们的子女都能够顺利地读书了。

第二,在这个时代,农村已经逐渐开始与城市接轨,整个社会已经逐渐开始了让农民能够和城市人享受同等国民待遇的进程。

近几年,蛮巧丈夫梁录存的身体一直不大好。他患有胆结石、风湿病等好几种疾病,先后几次进医院,又做了胆结石等手术。前前后后,一共花了两万多元钱。其中合作医疗报销了4000多元,民政上补助了300多元,村上得知她家庭的情况,又特意让她享受了低保户待遇——尽管还没有完全享受到与城市居民同等的国民待遇,尽管还存在着许多不尽如人意的问题,但是当蛮巧说起这些的时候,仍然满怀着感激。

她说:"哪怕就给我一分钱,我都感谢党,感谢政府!"

她说:"祖祖辈辈这么多年,从来就没有得到过国家一分钱,现在国家能这样关心农民,确实好!好得很!"

享受与城市居民同等待遇绝不仅仅体现在医疗和保险上,对蛮巧——尤

村庄会消失吗

其是对她的孩子们来说,他们最大的幸运是生活在今天,已经有可能通过自己的努力,比较平等地走出自己的人生道路,进而改变自己的命运。最能够说明这一点的是,蛮巧的两个儿子如今都在企业里工作,都生活在城市里。

不是说在企业里工作和生活在城市里就一定好,也不是说这些就是农民应当向往和攀登的目标,而是要对农民体现出公平和公正——我们常常说机会和规则均等。对长期处于社会最底层的农民来说,机会和规则均等实在是太重要太宝贵了。在某种意义上,机会和规则是否均等,可以说是最大的公平或者最大的不公平。

而今天,这样一种均等正在逐步实现。能够说明这一点的,是蛮巧孩子与当年我们这些知青孩子的命运。

陕西省建筑设计院党委书记杨岳中是当年和我同队在十二盘三队落户的知青,也是至今一回到十二盘就注定会去看望蛮巧的知青,还是对十二盘怀有深切感情、为十二盘的乡亲们办了许多好事的知青。杨岳中的儿子由于没有考上大学,因此不是"吃公家饭"的,他儿子自学了一门手艺:拍摄婚纱照。至今,他的儿子天南海北地四处打工。截至我写这部书稿时,他儿子刚离开上海,转到南通继续打工。从本质上来说,这和当今的农民工没有任何区别。如果要说不同,那么可以说农民工一旦打不下去工,还可以退回家乡种地。而他的儿子却连这个最后的依托都没有。

而另一位当年在十二盘三队插队的女知青张金花——至今蛮巧仍亲热地称呼她"金花姨",她于上世纪70年代被招工到铁路上,在安康铁路分局的大安镇火车站工作,以后又在那里结婚生子。大安镇地处秦巴山区。铁路职工置身于那样的环境,根本无法照顾子女的学习。结果女儿没有考上大学,这就使得女儿缺乏了在城市工作岗位上的竞争能力。据我所知,由于自身是铁路职工,因此无论张金花的丈夫还是她自己,对女儿职业的首选目标都是进入铁路单位。但是遗憾,如今的就业需要具备一些基本的条件,而学历是诸多基本条件中最重要的一个。结果张金花的女儿始终没有找到理想的职业,十多年过去,仍然处于打工者的地位。

这样的情况,仅在十二盘三队插队的11名知青中,就有3个。

杨岳中是企业干部,也是位思想品质十分纯正的人。他没有利用手中的职权为儿子解决工作问题,属于当今社会上罕见的清正和廉洁。而张金花和她的丈夫则都是普通工人。可以认为，他们是由于没有任何关系和背景，才使得女儿无法实现比较理想的就业——但是另一方面，蛮巧和梁录存的身份与张金花完全相同，甚至远不如她。但是梁晓飞很幸运，他有文凭。这使得他在没有任何背景，没有任何关系，也不需要花费任何钱财的情况下，轻而易举也堂而皇之地踏进了中铁建第19集团公司的大门。

这是张金花夫妇梦寐以求的铁路单位！

如果说消灭城乡二元化，如果说改变城市居民和农民在享受国民待遇上存在着的巨大鸿沟，那么应当说在今天这个时代，不仅已经启动，而且正在悄然实施。尽管这一切都非常不容易，都将是一个漫长而艰巨的过程，都需要党和政府持之以恒地付出努力，但这个过程是值得的，这种努力也是必须的。从某种意义上说，它是中国农村和农民走向文明，走向发展的必然趋势，也是不可阻挡的历史进程。

我还想说的是，尽管在现阶段，我们还不能走得太快，还需要农民安心农村，安心农业；并且我们应当加大鼓励和支持农民热爱土地、热爱农村的力度。不仅如此，我们还需要动员一切力量来帮助和支持农村建设，鼓励和动员大批有知识的青年走向农村，带动整个农村的文明进程，但是从本质上来说，我们没有任何理由拒绝农民进城。

政府应当作为

客观地说，在总体向好的生活中也还存在着不少不如意。

记得是2007年，我曾和蛮巧通过一个电话，那时梁晓飞刚考上大学。我向蛮巧表示祝贺，同时问蛮巧家中最近情况怎么样。

蛮巧用了一个很暧昧的词语：差不多。

差不多，可以理解为还不错，也可以理解为还可以，还可以理解为还差一些。

究竟是哪一种呢？

我继续问，坚持问。蛮巧只好说了实话，说她最近身体不太好。

我问她怎么个不好法。

经常头痛。

为什么头痛？看医生了没有？

没有看。关键是睡觉不行。

为什么睡觉不行？

她只好坦率地告诉我，是为了梁晓飞的学费。

让我此后多少年一直深感不安的是，那一段时间，由于正为母亲购房，我竟没有慷慨地向她伸出援助之手。后来当我可以腾出手来对她进行援助时，已经时过境迁，一切不再。

这件事让我一直自责。同时也让我在相当一段时间内，对大学的高收费深为反感。陕西的许多高校都越办越大，而且都不约而同地在西安市长安区圈占了大片的土地。当我每次去往长安区，看到那一片又一片土地上矗立起漂亮的高楼，当我得知现在的大学福利越来越好，以至于他们不少员工已经拥有第二套甚至第三套住房时，我心里确实有一种莫大的悲哀。

要知道，当大学收入越来越丰的同时，是那些刚刚脱贫的农民的脖子上又重新被套上了沉重的枷锁。当我们一些大学入学的其他门槛越来越低，只有学费门槛越来越高时，他们是否应当静下心来想想那些农民们。如果说改革开放曾使得农民们扬眉吐气地过上了几天好日子，那么当所谓的改革开放一深化，深化到医疗行业和教育行业，竟深化得使他们重新返贫！这样一种改革，这样一种深化，难道不值得我们深思？不值得我们警惕？不值得我们扪心自问？

梁晓飞考上大学的同时，他的父亲梁录存身体一直不好。

应当说，这些年来，梁录存的身体一直不太好。

在我的印象中，梁录存虽然脾气不好，但淳朴勤恳，坚持劳动。这样一种生活习惯，不应当身体垮得这么快呀！

我总觉得，梁录存身体之所以不好，与他的心情有关。

据我所知，2006年，蛮巧家中发生了一件大事。那一年，梁录存接到弟弟的电话，说他在江西鹰潭找到了一份好工作，是贩苹果，生意很不错，请他速去帮忙。

梁录存没有多想，卷起铺盖卷儿就去了。

不久，蛮巧接到丈夫的电话，说生意不错，就是资金上有缺口，让蛮巧尽快想办法给他寄些钱去。

蛮巧没有怀疑，甚至没有多想，直接把钱给他寄去。这些钱有相当一部分是借的。

后来蛮巧才知道，丈夫是被传销的控制住了，老实的他既搞不懂传销的渠渠道道，更不明白传销是一种骗人的把戏。当后来终于水落石出，真相大白时，3万多元钱已经再无踪影！

3万多元钱，对农民来说，这不仅是辛苦劳作的结晶，而且是节衣缩食的积攒呀！要知道，他们辛辛苦苦地劳动，节衣缩食地积攒，就是为着生活中要将这些钱派上大用场！超锋要结婚，晓飞要上学，所有这一切，都需要花钱呀！

而如今，完全是在不明不白中，钱就不翼而飞！

为这件事，蛮巧整整半年时间不搭理丈夫。两人住在一个屋檐下，却形同路人。吃饭时间到了，蛮巧自己动手做吃的，只做自己的。

录存自知有错，默默地承受着这一切。

为了弥补亏空，也为了还债，蛮巧只能咬着牙拼命劳动。拿挖药材来说，别人至多在附近山里挖挖，而蛮巧却一直挖到了远处，宝鸡的马头滩林场她去挖过，凤县的通天河她去挖过。无论春夏秋冬，只要有活儿干，只要能挣上钱，她都咬着牙拼命去。有一回去凤县，启程时天就下雨，到达地方后雨下得更大，瓢泼般的大雨抽打着她，使得她连眼睛都睁不开。她浑身透湿，冷得发颤，可是仍然坚持着不后退……

而最糟糕的是，自从传销事件发生后，梁录存的身体就渐渐垮了。他一直得病，先后住了几次院，又动手术，本来经济上就很困难了，这一来雪上加霜。

不能不认为，他的得病与心情有关，与被骗传销有关。

几年后，家庭最困难的阶段已经过去了，蛮巧也已经心平气和了，反思这一切时，蛮巧说：

"这事怪他，也不全怪他。

"当时传销还是刚开始。后来也还有不少，应当说现在也还有。咱们这儿

村庄会消失吗

好多人都被叫去搞传销。都是老老实实的农民,也搞不明白传销到底是个啥事情。但是不管本人还是家庭,一般都支持去。为啥?到处都有政府,那么多的人,那么大的动静,如果是做坏事,政府咋能不来管哩?单凭这一点,大家就放心。谁知道偏偏就被骗了个死!

"对传销咱老百姓只能小心防,不可能去打击。咱没有这个力量。打击传销必须靠政府!政府把传销治住,老百姓才有安生日子!我听说有好多搞传销的头头被抓进去又放出来,再犯再抓,再抓再放,这怕解决不了问题!"

是平平和和地说,没有抱怨政府一句。

其实,完全可以情绪激烈地说,完全可以尖锐地批评政府。在这件事情上,至少有些地方政府实在是太麻木不仁,太软弱无力,甚至是太不作为了!就在我写这篇文章时,偶然看到一本书,书名《一个村庄里的中国》,作者熊培云。书中写到一个叫大保的农民,他的两个儿子被骗去搞传销,亏了个一塌糊涂。

文章说:

类似的故事并非只发生在大保家。那几年间是当地受传销之害最为严重的时候。村里有几户人家误入传销,甚至连村里的第一个大学生也未能幸免。而我在附近村庄的一些亲戚有的更是大家小家一起动员,说是"在云南种花",先后扔进了十几万元。

多少农民辛辛苦苦一辈子,被传销骗了个家破人亡!

或许有人会说,这是农民自身的问题,谁让你去搞传销!但这种话是极不负责甚至极为恶劣的。农民的信息如此闭塞,他们的上当受骗其实在很大意义上是因为相信政府,相信政府治理下的这个社会是清明和健康的。如果由于农民被受骗误入传销而指责农民本身,那所有的骗子都没有被打击的必要,甚至连邪教都没有打击的必要,一句"谁让你自己——"就可以把政府应该承担的责任推卸得一干二净!

我完全可以想象,梁录存当初去外地打工时是怀揣着一个多么美好的梦想!但是一次打工之行,他就被彻底毁了!至今他都不能参加稍微重一点儿的体力劳动,完全是病怏怏的!

作为个人，梁录存有没有责任？

当然有。

但是对传销这样一个严密组织起来的团体，农民个人的力量又有多大？农民个人又有什么办法和他们抗衡和拼争？当年电视上报道一位女青年被传销组织控制住，最后只得以跳楼来解救自己，她付出的代价是完全瘫痪，终身残废。我们能指责她，谁让你走近传销吗？

我想起十二盘村主任银儿说的：

"政府一定得打击邪恶！不打击邪恶，老百姓就过不上好日子！过上了也得丢！政府不能光是给老百姓发钱！你给钱再多，都被骗被抢，给那么多钱又有啥意思？"

我想起十二盘张拴芳等几位老汉对我讲的：

"现在政策啥都好，就是有一个不好。光讲稳定不讲打击，光讲和谐不讲斗争！"

而十二盘村支书四全则对我说：

"现在最大的问题是政府不敢要硬！国家政策不能哄娃娃，要有原则。违犯了原则说不行就是不行！如果政府都不按原则办事，越朝后就越没法收拾！"

应当说，他们说这些话时，都并不针对传销，而是针对他们为我讲述的形形色色的事情，甚至更多的是针对农村和农民本身存在着的问题。但是就宏观而言，他们确实指出了今天政府工作中的一个弊病。

今天，各级政府都在热火朝天地搞经济建设，都在不惜一切地追求 GDP，并且每当政府召开会议时，挂在嘴上最多的词汇就是关注民生。但是关注民生不只是一个名词，不只是一个简单的发展经济，它有许多广泛而切实的内容。针对这些广泛而切实的内容，人民群众都迫切地看着政府，希望政府能够作为，有所作为。

村庄会消失吗

年轻人的选择

前面说到，2010年我曾经先后在上海昆山、江苏吴江，以及浙江嘉兴等地采访过年轻人打工的情况。那次采访大都是采用召集打工人员座谈的形式进行，因此了解到的情况比较宽泛。尽管这些了解也让我大开眼界，但由于我对那些来自全国四面八方的打工者本人以及他们的家庭环境没有一个很具体很清楚的了解，因此对他们进城的遭遇和出来打工的许多经历和想法也就无法获得更翔实更真切的体会。

为了弥补这一点，2012年7月，我追寻着蛮巧和格巧孩子打工的足迹，专程赶到了广东。

赶到广东后，我先看望的是蛮巧的大儿子梁超锋。

梁超锋是在广州市萝岗区永和经济区九岭路南部塑料工程有限公司打工。这是一家日资企业，规模不很大，有几百职工。梁超锋和他媳妇此前双双在这里打工。2010年下半年，媳妇由于生孩子辞掉工作回家。2011年正月孩子在河南安阳家乡出生后，蛮巧曾专程赶往安阳，接儿媳妇回到关尔下休养，半年后又送儿媳妇回到河南安阳乡下的娘家继续休养。不久，儿媳妇觉得可以重新工作了，偏偏这时南部塑料厂生产任务下降，一时没有合适的岗位。于是她通过县上的中介公司，到江苏吴江打工。据梁超锋说，刚去时效益很好，一个月能拿到4000多元钱。最近情况差了，一天只工作五六个小时，收入也就大幅度下降。

梁超锋在工厂附近租了一间房子居住。这是当地失地的农民盖起的一栋六层高的楼房。每层有五六套住房，全部用于出租。梁超锋住在顶层。包括卫生间在内，面积只有10平方左右。没有厨房。每月房租160元，加上水电费，每月共需支出200元。

我问了一下，他居住的这间房子算是比较小的。如果大一些的房子，房租为200元。如果是一室一厅的房子，房租则在260元。

谈话从为什么打工开始。

梁超锋告诉我,他打工的原因很简单。上中学时,他不想念书。所以只上到初二就不再上了。先是跟着父亲到山里扛木头,扛了一段木头后,觉得实在是很累。恰好这时家里买了一辆带篷的三轮农用车,于是他就大着胆子去开,属于无证驾驶。那时他根本就没有认真学习过驾驶技术,结果可想而知,在庙嘴村核桃湾附近的山道上,农用车翻进了沟里。那条沟有五六十米深,到处都耸立着岩石。按照常规,翻下去肯定没命。可是他运气不错。农用车刚翻滚了两下,车门就被乱石挤掉,他也被惯力甩出车外。甩出车外后他还懵里懵懂的不知道害怕,第一件事竟是大瞪着眼找自己的鞋。

可想而知,出了这件事,父亲对他进行了一番怎样的痛责。

2003年,刚满20岁的梁超锋和三个同学坐上了开往广东的火车。

三个人直接到了东莞。

那段时间,是梁超锋咬牙迈出的第一步,也是他人生中最困难的时期,还成为他终生难忘的一段日子。

他和他的同学在东莞没头苍蝇般寻找工作,这一找竟整整找了近一个月。

对农村孩子来说,根本就不可能怀揣着大把的钞票出来找工作。这近一个月的日子之难熬也就可想而知。最困难的时候,他和另两位同学在一家小商店赊账,每天每人赊一袋方便面。就靠着这一袋方便面度日。喝水从来都是喝自来水。

一个月后,三个同学中有一个首先找到了工作。领到工资那天下午,这位同学特意请了假没上班,找着另两位伙伴说:"别的事都朝后推,今天有工资了,咱先喂饱肚子!"

三个人放开肚子大吃了一顿。

不久,梁超锋和另一位同学也都找到了工作。和第一位同学比较,工作差了很多。最大的差别是第一位同学的工厂包吃包住,而他们俩的工厂不包吃也不包住,并且加班工资很低,每小时只有1.5元。

梁超锋的打工生涯从此正式开始。

值得一说的是,当时在东莞打工的陕西人已经不少了。有人目睹了三位小伙伴的情形,把风声传回家乡。结果蛮巧就打来电话,不放心地追问他们的情况。

梁超锋回答:好着呢。

蛮巧问:听说你们吃方便面喝凉水?

梁超锋回答得很干脆:没那事!

梁超锋到广州永和经济开发区南部塑料公司打工是 2007 年的事。

和几年前相比,随着国家对农民工处境的重视和治理,整个打工的环境和秩序规范得多了。他在南部塑料厂埋头工作,一干就是 5 年。

我问他每月能拿到多少工资。

回答说不一定。好的时候,能拿到 3500 元。最近情况不太好,只能拿到 3000 元。

工资是怎么计算的?

分两块:底薪和加班费。

原来,这里工人干够 8 小时,只能拿到底薪。底薪很低,只有 1300 元。超过 8 小时后,每小时工资按底薪的 1.5 倍计算。也由于这个原因,这里所有的工人都是通过加班来赚钱。对他们来说,一天工作 12 小时是非常正常的。

具体的工作时间如下:

早晨 8 点赶到工厂,8 点半准时上班。公司不管早餐;中午管一顿午餐;下午 5 点再管一餐。之所以 5 点要管一餐,是因为工人们要到晚上 8 点半才能下班。

我看了一下梁超锋的房间里,除了床、锅碗、风扇等生活必需品外,再就有一个简易的台子,上面放着电脑。

屋子里没有电视。

我问他业余生活怎么打发?

回答有时候就是打开电脑上上网,再就没有什么了。

为什么不买台电视?

回答每天晚上 8 点半才下班,回到屋里,也就差不多 9 点多了。再冲冲凉,吃点儿东西,就 10 点 11 点了。不可能有太多的时间去看电视什么的。

就没有不加班的时候吗?

很少。反正只要有班可加，我们全去加班；只有加班，才能赚到工资。

星期六和星期天呢？

那就更要加班。这两天的加班费是双倍。

他们还会回去吗

格巧的两个儿子是在东莞打工。

两个儿子中，大儿子李立哲出生于1988年。他从15岁开始，就跟随着妈妈在北京一家建筑队里干活儿。掐指一算，到2012年，他不过24岁，却已经有了9年的打工史。

二儿子李健出生于1990年，是2007年出来打工的。那一年他17岁。

两人在同一个厂里打工。这家工厂位于东莞凤岗雁田，叫作信浓马达公司。

对凤岗和雁田的具体认识，是我来到这里之后才搞清的。凤岗是个镇，雁田则只是个村。信浓马达公司就在雁田村。令人惊讶的是，由于工业的蓬勃兴起，这里已经完全没有了农村的痕迹。如果拿雁田村与十二盘村进行比较，可以说一个是在天上，一个则在地下。即使与十二盘村所在的天王镇比较，尽管天王镇有公立医院、公立学校以及各种各样的镇级设施，但在雁田村面前，仍然只能算作既土气又寒酸的西部农村。雁田村名义上是村，但高楼林立，街道整齐，两旁各种各样的商店应有尽有，里面出售的是各种时髦的商品。各类大酒店大饭馆鳞次栉比，灯火闪烁；各类文化体育设施也都规模宏大，其气魄丝毫不亚于陕西关中地区的许多县城。

和南部塑料厂不同的是，信浓马达公司有几千职工。也因此他们为职工建设并提供着比较规整的宿舍。我了解到，格巧的两个儿子中，大儿子李立哲至今仍住在公司提供的宿舍里，二儿子李健则在外面租了房子。和梁超锋在广州萝岗租住的房子一样，也是当地开发后农民自己盖起来的房子，也是住在第六层。区别在于，李健租住的房子大一些，是一室一厅，有厨房也有卫生间，总共大约有20平方米。

我问了一下，每月的房租为360元，如果加上水电费，每月在400元。

和梁超锋一样，屋子里没有电视。

再看了一下，不仅没有电视，而且没有电脑。

应当说，这是我在广州采访他们时最感不解的一件事。电视在当今的中国，普及率可以说是最高的。它已经成为人们精神文化生活中不可或缺的一件工具。而他们都是年轻人，都处在感情和精神世界最丰富最敏感最有追求的时候。

如果说梁超锋没有电视起码还有电脑，那么李健则连电脑也没有。

在今天年轻人的生活中，电脑具有多么巨大的意义。它不仅是工作中的帮手，而且是信息获取的渠道，还是人们联络和交往的工具，并且它同时能够兼任游戏娱乐等多种功能。可以说，电脑的用途之广之大，已经使得许多人须臾无法离开它。

而李健的屋子里不仅没有电视，而且没有电脑。这意味着他与今天这个现代化生活中最重要的工具保持着距离。而这种距离，是他这个年龄段的人最不应当保持的。

我问他为什么屋里没有电视。

回答说厂里有专供他们看电视的活动室。

电脑呢？

有专供他们娱乐的电脑室。每周免费提供两小时，其余时间收费。

这让我的疑惑多少得着些解释。

认真想想，他们除了在厂区内看看电视和玩玩电脑，也确实没有更多的时间来娱乐。如果说打工者面临着诸多不那么令人满意的问题，那么没有属于个人的时间应当是其中比较突出的问题。无论在广州还是在东莞，也无论是在江苏吴江还是浙江嘉兴，所有的打工者都是依靠着加班才拿到更多的工资的。如果没有加班，他们的工资就只能捉襟见肘，仅够生存。

就这一点而言，打工者确实是拿自己的青春来换钱，是牺牲自己的生活来赚钱。

我了解到，李立哲眼下是在车间里开磨床，李健则已经担任了负责安排工班生产计划的职务。李健的女朋友小高则担任着车间里发放各类劳动备品的职务。三个人中，只有她算是文职。因此也以她的工资为最高，最高时拿到 4000 元；其次是李健，最高时拿到 3500 元；李立哲也曾拿到 3500 元的工资，但概率要小得多。

我问他们，工资低时大约拿到多少？

回答：2600 元。

还是在采访梁超锋时，我就问过他几个问题。

第一，想家不想？

回答：有时候遇到不顺心的事情了也想。不过也就是想一想。

第二，将来还准备不准备回家乡去？

他迟疑了一下：这个不好说。

又想了想，添了一句：恐怕不容易。

第三，现在经济上的负担重不重？

还可以。

具体的开销都是哪些？

孩子在安阳，每月给孩子寄 1500 元的生活费。我自己房租水电费 200 元，每月伙食费五六百元。再加上一些其他日杂开支。每月只能存五六百元。

第四，你现在最大的愿望是什么？

他很明确地回答：希望能够提高工资待遇。

去东莞是格巧和梁超锋陪着我一起去的。

在东莞雁田，我去看了李健租住的房子，又请他们在一起吃饭。吃饭中，我又重复地向李立哲和李健提出了这些问题。

在此之前，我听说李立哲曾经想回家乡去学个驾照。但是当我面对面地问他，是否准备辞工回到家乡去时，他却很犹豫地回答，暂时还不想。

不仅如此，他的父亲从山东威海转到辽宁大连搞建筑，电话中希望他去大连跟着自己打工，也顺便帮他积攒些钱。

但是李立哲同样不想去。

至于李健，由于有了女朋友，基本上可以肯定不会再回十二盘去了。

我问他们，目前打工，养老保险之类的福利待遇是怎么样的？

回答普通员工由于流动性太大，什么都没有。但是干到系长以上的，厂里都要替他们缴纳五险一金。

我问五险是什么？一金是什么？

回答：一金是住房公积金。五险是养老保险、医疗保险——其他三险是什么？就都不清楚了。

或许，这就是年轻人。他们朝气蓬勃，充满活力，对未来既不担心，更不发愁。

其实，我已经明显地感觉出来了，无论梁超锋还是李立哲，也无论李健还是他的女朋友，尽管犹犹豫豫地说可能还会考虑回不回到家乡去，但事实上，除非外边这个世界不再为他们提供就业的位置，除非现实逼迫得他们没吃没喝，他们是不会再回去了。

之所以有这样一种感觉，首先在于我问他们问题时，他们那种坚定的回答。

我问他们：后悔不后悔出来打工？

回答高度一致：不后悔。

我请他们再认真想一想，如果生活重新给他们一次选择，他们还会不会选择出来打工？

回答又是高度一致：会。

我最后问他们：目前他们对打工的生活有哪些地方不满意？

四个人想了一圈儿，竟没有一个人回答得出。

这令我倍感惊讶。

其实格巧已经告诉我，两个儿子曾不止一次地告诉她，他们都后悔当初学习不努力，知识掌握得太少。如果生活能够重新给他们机会上学，他们一定好好学习。

格巧叹息说：这话现在说，迟了。

除过这一点，大儿子李立哲还有一个不满意：他开磨床，手经常浸泡在油里，他的皮肤过敏，这使他很苦恼。

但或许这个苦恼太小也太微不足道了，他没有对我说出他的苦恼。

从东莞返回广州的路上，我一直在想，对他们这样一批年轻的打工者，该怎么来描述和评说呢？

如果说他们很幸福很满足，恐怕不是事实。他们居住的房子是租别人的，面积不大。一个很明显的情况是，他们的生活称得上解决了温饱，但还根本谈不上富裕。并且随着年龄渐长，他们一定会面临着陆续降临的许多问题。

但是如果说他们不幸福不满足，恐怕同样不是事实。

对祖祖辈辈在农村居住和生活的他们来说，能够有这样一种走出农村、接触世界的机会，有这样一种过着集体生活、享受着城市氛围，还能够赚取到钱的机会，这是很难得很宝贵的！

就在我从东莞回来的第三天，我接到了蛮巧二儿子梁晓飞的电话。他还在西安到安康的复线铁路工点上干。电话中晓飞告诉我，由于今年国家宏观调控，工程款不能按时到位，因此工资发放比较困难。据领导与他谈，大约干到年底，他就要转到西昌的另一个铁路工地去了。

梁晓飞是大学生，是中国铁道建筑总公司第19集团公司正式招聘的员工。换成通俗的说法是，他是正式工。

应当说，当经济总体下滑时，国企的正式工也同样面临着收入窘迫的苦恼。

其实，就具体的细节来说农民打工的问题，尽管可以说清许多，但还是没有说到根本。

根本的问题是：中国的农民该不该出来打工？该不该让他们中间的许多人走向城市，该不该让他们进一步变成真正的城市人？

如果从道义上去做评判，那根本用不着讨论。

但我们不从道义上去衡量，就仅从发挥农民的主观能动性，仅从生产力发展，从安置农业剩余劳动力，从提高农民收入这些最基本的经济层面去讨论。

一个明显的事实是，中国地少人多，土地远不够农民耕作。早在1952年7月，当时的政务院召开全国劳动就业会议，就专门讨论过农村剩余劳动力的出路问题，并为此制定出《关于解决农村剩余劳动力问题的方针和办法》草案。当时的一致看法是：农民多余的劳动力应当依靠发展多种经营，就地吸收转化，防止其盲目流入城市，以减少城市负担。

当年7月25日，经政务院通过的《关于劳动就业问题的决定》又进一步

村庄会消失吗

提出：

> 农村中大量的剩余劳动力不同于城市的失业半失业人员，他们是有饭吃有地种的。但他们有大量的潜在的劳动力没有发挥出来，应该积极设法使之发挥到生产上来。同时已耕的土地不足，在目前的技术条件下就不够种，进一步向前发展，定会产生更多的剩余劳动力。

请注意，早在那时，已经是"土地不足，在目前的技术条件下就不够种"。

彼时中国人口不过4亿多，是现在的三分之一。

而那时的耕作水平和现在相比，差距就更大。不说是现在的百分之一，起码是五十分之一。

如果说上世纪50年代中国政府已经相当清醒地认识到，随着科学技术的进一步发展，农村一定会产生出更多的剩余劳动力。那么时代进步到今天，当科学技术已经在各个方面取得了空前发展的情况下，该采取怎样的措施来保持和发挥农民的劳动生产能力？

改革开放前的办法是就地吸收转化。事实上是能够转化的转化，不能转化的就强迫留在农村。可以理解的是，那是为了保证工业和城市的安定，是一种迫不得已。后来到了"左倾"路线一步步发展，整个中国处于饥饿状态时，政策就进一步壁垒森严了。农民不但不能成为城市人，不但不能进入城市打工，甚至连走进城市要饭都不允许，都被斥为"盲流"。这种情况一直延续到改革开放初期，许多地方还是沿用着从前的习惯思维，坚决不允许农民进城。他们先是用"不准农民搞离土经营"，"不准弃农经商"，"不准长途贩运"等具体的政策条款来限制农民走向城市，后来又态度坚决地提出"用铁扫帚把进城的农民扫出去"！

如果说封建时代有贵族和奴隶之分，那么当时代进入20世纪，中国农民的地位究竟怎么样了？比封建时代的奴隶强了多少？

而尤其是，当时代走到改革开放的今天，当一个农民轻轻松松就可以种植10亩、100亩——在那些土地辽阔的平原地区，甚至几千亩土地时，你让那么多农民挤在土地上刨食意味着什么？

意味着他们永远摆脱不了贫穷!

也正因此,早在1984年的中央"一号文件"就已经相当明确地指出:

随着农村分工分业的发展,将有越来越多的人脱离耕地经营,从事林牧渔等生产,并将有较大部分转入小工业和小集镇服务业。这是一个必然的历史性进步,可为农业生产向深度广度进军,为改变人口和工业的布局创造条件。不改变"八亿农民搞饭吃"的局面,农民富裕不起来,国家富强不起来,四个现代化也就无从实现。

而邓小平则一针见血地指出:

长期以来,我们百分之七十至百分之八十的农村劳动力被束缚在土地上,农村每人平均只有一两亩土地,多数人连温饱都谈不上。
总不能老把农民束缚在小块土地上,那样有什么希望?

毫无疑问,农民走进城市打工,是一个巨大的历史进步!

你可以说这会给农业生产带来危机,可以说这会让农民处境陷入尴尬,但一个最基本的事实是,对世世代代只能守着土地耕作的农民而言,这是对他们的松绑,甚至是对他们的解放!如果说半个多世纪中,中国的农民从来不能离开自己的土地一步,那么现在,他们无论生产、生活,还是居住都享有了一定的自主权利。这是一个巨大的改变!对有幸成为城市人并且一直享受着城市待遇的人而言,他们对这种改变的意义不会有多大的感受,但是对农民而言,他们对这样一种改变期待得实在是太久了,这样一种改变对他们具有的意义实在是太大了!这不仅是他们生活方式和生存方式的改变,更是他们公民身份和社会地位的改变,这个改变无疑还存在着许多问题,实现的过程也还将漫长曲折,甚至为了缓解城市不堪重负的压力,也还会有迫不得已的政策继续绑缚农民,但无论如何,这个进步的方向却不容置疑!如果说,从前一个户籍制度就把城市人和农民隔离为两个截然不同的阶层,划分成两个上下分明的等级,那么现在,农民第一次可以不受束缚地走出农村,可以第一次挺胸抬头地走进城市,可以第一次在城市里寻找自己的舞台和规划自己的发展！这不仅是天大的好事，而且是十一届三中全会以来，中国农民身份地位最本质的改变和提升！

将来谁来种地

当我们充分肯定农民进城是一个历史性的进步时，另一个严峻的问题却并没有得到解决。这就是：将来谁来种地？

一个不可撼动的事实是：中国的农业至今仍然是个薄弱的产业，中国的农村还不能够被消解，更不能够被替代。一个有着13亿人口的超级人口大国，如果没有了农业的稳定，势必带来极大的心理恐慌，甚至带来巨大的现实灾难。就这一点而言，如何稳定住农业，建设好农村，吸引住农民，应当说同样是当务之急！

就在我写作这部书稿时，一位写作的朋友送给我一本书，其中自序中有一句话，"这是我三十年躬耕的心血。"

一个简单的"躬耕"，道出了中国传统农民最形象的劳作方式，也道出了中国农民几千年来的命运。这句简单的词汇，把农民面朝黄土背朝天的形态做了一个儒雅而精辟的描绘。

躬耕，不仅含有埋头辛劳，而且含有规矩老实、诚恳踏实的意味。它含蓄地表达出中国农业几千年来不可改变的定律，一份辛勤一份收获。

但是在今天，传统的内涵，传统的品质，传统的方式——这不仅包括耕作方式，而且包括生活方式，都得到了多么巨大的改变！这种改变得益于政策的开放和引领，也得益于科技的托举和推促。

从前，那么多人都守护着农村，都耕作于田地，都日出而作，日落方息，甚至日落仍不息。

但结果是什么？

是仍然食不果腹，衣难蔽体。

而如今，到村子里去看看吧，几乎见不到一个劳力。大量的劳力只是在春种秋收的那些日子里才回来几天，而就是这短短的几天，就让地里的庄稼种上了，长大了，收获了。并且种得远比从前好，远比从前轻松；长得远比从前好，远比从前茂盛；收得远比从前好，远比从前便捷。

是政策，使中国农村焕发出巨大的活力！

是科技，使农业耕作发生了一场令人惊讶的革命！

尽管现实是农村青壮年劳力全都出外打工了，尽管农民大片的土地改种成其他了，也尽管农民对土地的感情越来越淡漠了——如果按照逻辑，所有这一切的背后，都应当是粮食的全面紧张和农副产品的严重匮缺——但事实却恰恰相反，中国的物质供应比任何时候都充裕，人民群众吃的比任何时候都丰盛！

当我走乡串户地与农民们接触时，除了那些已经完全脱离开农业和农村的人外，所有的农民——无论是已经归属于宝鸡市高新开发区的闫家坪村村民，还是已经归属于西安市临潼区的纸李村村民；全都无一例外地保持着一种对粮食短缺的警惕，尽管他们会种桃树，种花椒，甚至会让土地撂荒，但最主要和最基本的一个前提是，他们种植的粮食必须保证自己够吃。

这是尝受过大饥饿的中国农民一种几乎可称本能的恐惧，也说明他们对可能出现的粮食短缺抱有巨大的警觉。这种恐惧和警觉导致的结果是，在我所走到的农村中除过洛川果农外，无论你走进谁家，问起粮食，都照例是充满自豪的口气：三五年不打粮食，没问题！

风起云涌的打工潮，在某种意义上可以说是今天中国农民的一种全新的生活方式，这种方式有别于中国历史上任何一个朝代的农民。但是这种新的方式并没有造成农业的败落和衰退。这是最大的可喜，也是问题的实质。

中国的农民究竟该朝何处去？

未来学家约翰·奈斯比特在他所著的《大趋势》一书中对未来的生活和发展趋向做出过许多预测。我无法评价他这些预测是否科学，更不能判断他这些预测是否准确。但是他讲述的一些内容则引起了我的兴趣。其中尤其让我感兴趣的，是他对美国历史潮流和历史趋势的概括。

他说：从农民到工人，从工人到职员，这就是美国的简史。

我手头有一份美国农业人口占其人口比例变化情况的统计。由于统计过于细琐，因此我只抽取其中几个简单的对比数字：

1860年，美国有三千多万人口，其中农业人口占总人口的58%。

100年后——1960年，美国总人口增长到一亿八千万人，农业人口在总人口中的比例则下降到8.30%。

1970年，美国总人口增长到两亿零四百万人，农业人口所占比例下降为4.60%。

1980年，美国总人口为两亿两千七百万人，农业人口所占比例继续下降为3.40%。

1990年，美国总人口不增不减，仍然保持在两亿两千七百万人，农业人口所占比例则进一步下降为2.60%。

截至今天，美国农业所占人口在全国总人口中的比例已经不足2%。

事实上，何止美国，农业人口的减少是全世界范围内的一个大趋势。

据统计，2002年各国农业人口所占比例为：

韩国7.7%。

日本3.4%。

英国1.7%，

法国3.0%。

德国2.3%。

意大利4.8%。

比例比较高的国家有——

菲律宾38.1%。

泰国47.4%。

印度52.7%。

具体到中国，1979年改革开放初期，农业人口在总人口的比例中占到了85%以上！这个数字足以让全世界所有的国家都自愧不如，也足以让全世界所有的统计学家瞠目结舌！

经过30年的改革开放，农业人口逐年下降，而且下降的趋势很明显。根据2010年第六次全国人口普查主要数据公报，中国城镇人口比例为49.68%。这意味着中国农业人口的比例已经和城镇居民人口基本持平。

客观地说，由于部门不同，参与人员不同，统计出来的数字就各不相同，这不仅于中国，而且全世界都如此。毕竟，国土太辽阔了，人口太浩渺了，而统计中又会被不计其数的无法预知的因素所干扰。

但是不管有多少不同，一些基本的趋势和总体的倾向却是一致的。

第一，越是发达和富裕的国家，农业人口所占比例越低。

第二，越是农业人口比例低的国家，农业生产水平越高。

这就道出了人类社会发展的一个基本趋势，城市人口将会越来越多，农村人口将会越来越少。

其实，这一点儿也不奇怪。中国古代有几座城市？这些城市中又有多少人口？但是随着近代工业的蓬勃兴起，城市化的程度大大加快。这种加快绝不意味着历史的倒退和反动。恰恰相反，正是城市化的加快，说明着人类的进步，也说明着中国的进步——如果我们认可这样一个事实，尤其是我们清楚地知道了农村人口的减少并没有造成粮食的减产，农村人口的减少并没有造成农产品供应的不足，那么对当前中国农村留不住人的现象就可以感到某种意义上的放心。

请注意，我说的是某种意义上的放心。

之所以这样说，是因为在这样一个巨大到几乎不可思议的社会变化面前，我们必须保持着足够的戒备和警惕，必须小心翼翼，如履薄冰。而现在，至少我个人时常感到不安的，恰恰是太多的政府官员和学界精英似乎已经认准了城市化是方向，于是不顾一切地开始朝这个方向狂奔。他们从来没有想到，这样一种狂奔非常容易翻船！

我还想说：从宏观的、历史的角度来肯定农民工进城，并不意味着可以对农民工进城所出现的一系列问题忽略不计。事实上，现在农民工进城面临的矛盾和困难不仅巨大，甚至可称空前。不仅如此，眼下我们更多的是采用行政手段在推行城乡一体化，这和历史上农民自发地走向城市有着巨大的差别。历史上农民进城都呈现出的是一种顺乎自然的合理状态，比如农村一个家庭中有人念书进城了，他在城市中找到了很好的工作，而他身边又恰恰还有合适的岗位并需要合适的人来做。于是经他介绍，他的兄弟姐妹甚至父母

村庄会消失吗

就很自然地进入城市了。而如今我走进农村，发现最可怕的现象恰恰是农民工进城缺乏着这种合理和自然。从经济上说，他们进城是由于种田养不活家人，是属于不得不进城打工；从精神上说，他们是由于向往城市生活，但这种向往基本属于一厢情愿。因为归根结底，他们还不具备在城市落脚生根的必要条件。对农民来说，迈向城市这一步事实上承担着很大风险，因而也就格外值得警惕，而偏偏在这已经很有风险也很值得警惕的后面，还有一个更加值得警惕的问题，即我们对农民进城是抱着一个预定的目标——是非常刻意地冲着减少农民和破解城乡二元结构而来的。有了这样一个预定的目标，我相信城乡一体化建设的步伐注定会很快，而我担心的恰恰是这种快。因为它极有可能成为考核党政干部政绩的依据，成为各级政府努力攀登的指标和数字。如果这样，那些原本是为着农民着想的、善意的政策引导，很可能会在不知不觉中演变为一种政策强迫，进而演变为对农民强行迁徙——尽管这强行迁徙表面上会充满温暖和遮满漂亮的光环！

如果真是那样，对农民来说，那只是悲哀，而绝非福音！

截至今天，有关农村留不住人的议论已经多而又多，力图解决这种现象的办法同样多而又多。其中最主要的办法就是，提高农民收入。不少人坚定地认为，提高农民收入是稳定农村和留住农民最主要的措施。

我毫不怀疑这个办法在现阶段的正确性。但同时，我却怀疑它即使能够起到作用，这种作用又能够持续多久？这正像我在鸭口煤矿看见的情景，一切都不是农村的情况，一切都已经城镇化了，可是仍然留不住人。并且留不住的已经远远不是没有享受到同等国民待遇的农民，而是完全享受到国民待遇的青年工人和工人的孩子们，甚至是大学毕业生。

不仅如此，一些高度发达了的国家，他们农民的收入并不比其他公民低，但是他们今天面临着的问题竟然和中国面临的问题如出一辙。

2010年底的《人民网》曾经刊登过一篇文章。文章的题目是《美国农业人口危机：未来谁会耕种粮食》：

在未来的几十年里，谁还会耕种你吃的粮食呢？作家沙龙·阿斯泰克（Sharon. Astyk）认为只有很小一部分美国人认真考虑过这个问题。他在自己的著作《农民之国》（A. Nation. of. Farmers）一书中指出，即使不存在能源耗竭、气候变化和社会不公，美国社会仍面临一场农业人口危机。

截至 2002 年，美国农民的平均年龄接近 56 岁。其中小农的平均年龄超过了 60 岁，1/4 以上的农民超过了 65 岁，而且正迅速面临退休，同时只有不到 6% 的人年龄小于 35 岁。有研究还显示，大多数美国农民不希望让下一代继续务农，所以美国农业几乎后继无人。

作家阿斯泰克自家的邻居约翰（John）和其妻子艾丽（Allie）拥有一家农场，夫妻两人都 50 多岁，有两个孩子正在上大学。约翰和艾丽在经营农场方面渐渐感到力不从心，两个孩子也无意在毕业后回到农场帮助父母。眼看着周围的农场一家家倒闭，约翰的孩子担心自家的农场也难逃厄运。

这类故事不足为奇。现在美国农民的年龄越来越大，美国正面临着一场人口灾难，在人类历史上，农民基本上是代代传承。过去 200 年里，工业化逐渐将总人口中农业人口比例的 1：2.5 降至 1：100。在农业人口下降的时期，农民的孩子数量过多，进而有些人被迫从农村转移到城市地区。一般农民家庭的孩子较多，而农业需求人口越来越少。阿斯泰克表示，最好的方法就是依照旧的传承方式，让其中一小部分孩子继续从事农业生产。

……

阿斯泰克称，当今美国大多数农民面临退休，35 岁以下农民所占比例很小，而全美所需的大量农民将来自哪里呢？这是美国所面临的前所未有的问题，而人们还没有充分意识到这个问题的重要性。

显然，谁来种地的问题不仅是中国的问题，甚至是全世界的问题。

和美国农业面临的问题不一样的是，他们是在已经高度发达了的基础上，是在农业生产水平高度现代化了的基础上出现的问题。而我们则还处在提高农民收入，逐步实现农民享受同等国民待遇的过程中，这个过程中已经有无数先行者为我们拓路，为我们做出了榜样也积累了经验教训。尽管中国有中国的具体国情，在具体实现的步骤和措施上会和他们有所区别，但总体的方向和趋势却是谁也无法改变的。并且从本质上来说，这不是坏事，而是好事！

我们没有必要悲观。

村庄会消失吗
Cunzhuanghuixiaoshima

变化中的农村人

倘若你凑巧遇见八九十年代在基层农村工作过的干部，问起当初工作中最难解决的问题是什么，相信10个干部有9个都会回答，是计划生育。

其他且不论，仅围绕着计划生育的、令人惊骇的标语口号就有多少！

骑大马，戴红花；放鞭炮，来结扎！
一人结扎，全家光荣！
农村想不穷，少生孩子养狗熊！

最初看到最后这条标语时，我以为是有人专门编出来恶搞的，但是继续打听，发现还真不是恶搞。这条标语出自东北。那里确实有养狗熊而致富的。

无论如何，这几条标语虽然不够文明，但还属于比较讲道理的，属于正面鼓励教育的。等读到那些来势汹汹、负面效应极大的标语口号，就真让人哭笑不得了：

该流不流，扒房牵牛！
该扎不扎，见了就抓！
宁添10座坟，不添1个人！
喝药不夺瓶，上吊就给绳！
一胎生，二胎扎，三胎四胎——刮！刮！刮！

最极端的口号是：

一人超生，全村结扎！

说实话，当我看到这些标语时，起初啼笑皆非，继而心情沉重，也想了很多。

  首先，通过这些标语，可以感觉到拟订这些标语的人文化程度大都不高。什么"农民要想富，少生孩子多养猪！"给人的感觉是在对农民肆意的挖苦和嘲讽。

  其次，让人发现在中国，极端野蛮也极端落后的东西是多么容易地得到贯彻。这些标语能够堂而皇之地出现在公众场合，且经久不衰地存留在公众场合，不仅说明了标语制造者的素质，同时也多少表现出标语目睹者的麻木。

  但同时，这些标语也确实让人感觉到在中国搞计划生育的难度！

  我的一位朋友曾在农村基层当过干部，他对我说：

  "当年我们为了杜绝超生，什么手段全使出来了。说老实话，把农民抓起来戴手铐是家常便饭！有时候我们也觉得不忍心，可是上头压着，下头顶着，哪一头都只紧不松！那时候你其他工作没做好还好说，只有计生工作不行。计生工作必须一丝不苟，是认认真真的一票否决制！计生工作没做好，你其他工作做得再好也没用！在这种情况下，基层干部还剩下什么选择？"

  他说：

  "谁都知道这样做不对，可是你不这么做，又该怎么做？你给农民讲道理？他根本不听你的！现在你光听见恶心计生干部的顺口溜了，你就不知道当时我们干部同样也有顺口溜，比如'和风细雨，没人结扎；文明执法，谁都不怕'。再比如'天不怕，地不怕，就怕农民超生啦！'

  "有时候我们也怨上头，怎么把计划生育卡得那么死，就不能松动和灵活一下吗？可是再想想，谁敢灵活？谁敢松动？你说农民淳朴，他确实淳朴。你说农民刁蛮，他确实刁蛮！中国已经有13亿人口，是全世界人口的五分之二了！这么多人口该怎么养活呀？这道理只要是个人，都应该懂。可是懂归懂，他可不管这一套！你不抓计划生育，他就一个劲儿给你猛生。尤其那时候农村人的传统是必须有个男孩子，于是生下5个是女孩，就给你生第6个！第6个还是女孩，就朝第7个生！

  "那时候我们当干部的常常被农民骂，更被社会上的人骂，骂我们残忍，不人道，不通人性。可是农民就人道人性，就不残忍吗？别的不说，我主抓的那个村里的一位妇女，一看生下的是女孩子，二话不说扔了就走。连眼皮都不眨一下。而另一个父亲一看生下的是女孩子，直接就扔进水塘里了——

村庄会消失吗

如果你认真去统计一下,中国有多少被抛弃的女婴根本不是被他人抛弃,恰恰是被自己的亲生父母抛弃啊!而且仅仅抛弃还算是好的,有些干脆直接就把孩子灭了!"

这位朋友的话让我想起了2002年我去白河县苍上镇采访优秀纪委书记万立春事迹时的情景。万立春作风清廉,一心为公,深受百姓好评。他逝世之后,许多老百姓都悲痛异常,自发地排起长队来为他送行。

那回采访我获得了许多生动的素材,但是留下最深印象的却是有关计生工作的。

有一年冬天,万立春冒着严寒守在露天地里,为的是抓住"超生游击队"的一名妇女。这位妇女早已经"百炼成钢",应付乡镇干部很有一套办法。但是没想到春节前夕,终于被严防死守的万立春堵在了自家的院子里。

接下来万立春动员她去结扎,她死活不去。死活不去万立春就死活动员。动员到最后,这位妇女说她腿脚不行,如果要去,必须有人背。

万立春二话不说,背起她就走。

那时候万立春已经患有严重的肝病,身体非常虚弱。白河是有名的山区县,几乎很难找出一块哪怕是两三百平方米的平坦地。万立春在崎岖的山路上背着这位妇女行走,其艰难状况,可想而知。

走到一个厕所前,妇女要求进厕所方便。万立春不能不答应她的要求。同时千叮咛万嘱咐,一定要配合自己的工作。

妇女满口答应。

万立春仍然不放心,死守在厕所门口。

谁知这位妇女之所以要上厕所,就是因为对这座厕所的建筑情况很熟悉,她知道厕所后面墙不高,翻过去就可以逃走。结果万立春守在外面左等右等,始终不见妇女出来。他意识到情况不好,急忙去找其他妇女进厕所帮他察看。这才发现妇女已经踪影全无!

那一回,已经又冻又饿,连续守了两天两夜的万立春悲从心来,抱着自己的头号啕大哭。

那时候,百姓委屈,干部作难,国家无奈!有多少人为此流泪又流血!

如今,那一页已经基本翻过去了,人们该怎么来评说?怪百姓?骂干部?

恨政府?

让我完全想不到的是,如今当我走进一座又一座村庄时,农村青年的生育观已经发生了巨大的变化!

以羊山村的王定基为例,他只生了一个孩子。按政策他可以再生一个,但是他和媳妇主动不生了。

王定基说:"现在计划生育工作再不像前些年那样难搞。好多青年你不用去动员,他就自觉地不再生二胎,更不用说三胎四胎!"

同样,石泉县明星村党支部书记、养猪大户刘学满为我介绍情况时说:"现在计划生育很好搞!夫妻俩只要一个孩子,不管生男生女都一样!"

我问他这个变化是从什么时候开始的?

刘学满想了想:"要说彻底转变,还是2009年开始的。"

陕南人观念转变了,关中呢?陕北呢?

2012年6月底,我和几位作家朋友陪老作家杜鹏程的夫人张文彬去了一趟灵官峡。陪同我们参观灵官峡的有凤县副县长兼河口镇党委书记刘谆。这是一位容貌端庄的女性,尽管年纪不大,但很干练也很沉稳。吃饭中她坦率地讲到许多作家现在一写到乡镇基层干部,就写得粗暴不堪也粗鲁不堪,她认为这是不公平的。

刘谆认为,这中间有一个很重要的原因,就是当初乡镇干部搞计划生育造成的。

刘谆说,对从前的乡镇干部来说,最大的压力就是计划生育工作。但是在当时人口膨胀的情况下,不那样做又怎么办呢?

刘谆说,现在完全不同了,计划生育工作已经不是什么难事了。以河口镇为例,2009年到2011年这3年中,共持证生育二胎120人。

而3年中,原本可以生二胎却主动放弃,转而领取了独生子女证的有49人。

不仅如此,截至目前,河口镇全镇主动领取独生子女证的已经达到了187人。

这在从前是完全不可想象的。

村庄会消失吗

写到这里,我想起同蛮巧最小的妹妹菊梅的一次聊天。

那次聊天中,菊梅告诉我,在农村人的传统观念中,没有儿子就撑不起来家。尤其是从前,一个家主要是靠种地来生存,而种地是个重体力活儿,必须靠男人来干。在那样一种生存和生产方式中,没有儿子根本不行!但是现在不同了。农村种地已经不是什么了不得的重活儿了,何况现在好多人根本不想在农村发展,所以养儿子还是养女儿就远没有从前那么重要了。

这使我很惊讶。

我清楚地记得,当年我在十二盘插队时,如果谁家没有养下儿子,那就惶惶不可终日,哪怕是到别处抱养一个,也一定要有一个儿子。而现在,完全是不知不觉中,观念发生了如此之大的变化!

我问菊梅为什么农村人的观念会改变得这么大和这么快?

菊梅说,其实从根子上来说,现在农村人骨子里仍然重男轻女。但是因为去城里的人越来越多,和城市人距离越来越近,好多人也就接受了城市人的观念。在他们心里,城市人比他们文明程度高,是他们向往和学习的榜样。城市人都能愉快地接受只生一个孩子,都无所谓生男孩女孩,他们又为什么不跟着走向文明和进步呢?

于是,不需要任何动员,也不需要任何工作,他们完全是在潜移默化中,自觉地接受了国家计划生育的政策。

菊梅告诉我:农村人走出去的地方越多,走出去的时间越长,思想就越解放和开明。比如她大姐蛮巧,满心希望的就并不是抱上孙子,而是希望着抱上孙女。现在已经有一些农民家庭即使生下女孩也自动节育,再不一个劲儿地要生男孩子了。

毫无疑义,生育观念上的巨大变化,是伴随着打工的潮流同步变化着,同步前进着的!

当我在农村采访时,我明显地感觉到,如今农村中新的一代人,已经像当初插队落户的知识青年一样,能够自由恋爱,开始自主择偶。如果说自由和自主是人生幸福指数的一个重要方面,那么农村青年也开始享受到他们早就应当享有的爱情上的自由和自主了。不仅如此,他们开始注重自身的生活质量,最具体的表现就是,他们不再一门心思地多生孩子,不再一个劲儿地重男轻女。

这个变化多么巨大又多么深刻！还多么迅速，多么得来全不费工夫！

或许，这也是村村寨寨都留不住农村青年的一个重要原因。天高任鸟飞，海阔凭鱼跃。他们不愿在农村被陈旧的观念绑缚，全都跃跃欲试地展开了翅膀想飞！

迎接未来的村庄

尽管从道理上我非常清楚，农民走向城市是好事而不是坏事，但是当我走过一个又一个风景如画的农村，看见这如画的风景中越来越少了传统，越来越少了原始，甚至越来越少了具体的农人时，我心里还是不由自主便泛起一股惆怅。

我相信，许多人一定怀有和我相同的感觉。

我想起从小便读过的许多引发我们思索、也令我们陶醉的诗句。

比如陶渊明的《饮酒》——

　　结庐在人境，而无车马喧。
　　问君何能尔，心远地自偏。
　　采菊东篱下，悠然见南山。
　　山气日夕佳，飞鸟相与还。
　　此中有真意，欲辨已忘言。

想想看，怀着轻松闲适的心境采菊东篱，耳畔是飞鸟的啁啾，眼前是暮岚中的南山，野花芬芳，环境静谧；晚霞辉煌，流彩四溢。此情此景，多么美好而自然，也多么令人向往和留恋！

再比如王维的《渭川田家》——

　　斜光照墟落，穷巷牛羊归。

村庄会消失吗

> 野老念牧童，倚杖候荆扉。
> 雉雊麦苗秀，蚕眠桑叶稀。
> 田夫荷锄立，相见语依依。
> 即此羡闲逸，怅然吟式微。

王维写的是渭川，写的就是陕西关中这片土地。2012年上半年，我先后数次去往蓝田，数次经过当年王维居住的辋川。一路上小河蜿蜒，麦苗依依；煦阳斜照，花红柳绿，那是真正的田野，也是真正的田园。

应当说，自古以来，许多脍炙人口的不朽诗篇便为我们勾勒着田园风光的美好，展示着村庄生活的恬适，这是一种淳朴的皈依，也是一种自然的终极。在美好恬然的田园生活中，有多少值得我们咀嚼并珍视的内涵，也勾起过我们多少美好而心醉的回忆！

如今，这一切真的都将消失吗？

前面说过，2008年我在羊山村采景时，王定基亲自带路，引着我们去寻找陈旧落后的村庄。这陈旧和落后如果换一种好听些的词语，也可以叫做古朴。

那天我们最终寻找到的村庄叫王家院子——非常凑巧的是，我们拍摄的电影是反映真人真事的，电影的真实发生地就在旬阳县棕溪镇的王院村。而现在，我们费尽心力寻找到的拍摄景点，竟然叫作王家院子！

这真是巧遇天成！

那天是上午10点多钟，斜射的太阳映照着群山怀抱中的小村庄，映照着四周的梯田，整个环境层次极为分明。明亮处色彩斑斓，幽暗处婆娑隐现，那些地膜玉米排列得整齐有序，在阳光的照射下耀眼生辉，又和青山绿水映融一团，那种源自天然的美妙，无可言喻，却尽收眼帘。

而更重要的是，这里所有的房舍全部是陈旧的土坯房，这使它有一种传统的风格，也有一种朴素的氛围，这风格和氛围用人工是无论怎样努力也创造不出来的。从艺术的角度看，这样一种呈现着原始风貌的村庄实在是太难得了，也实在是太美了！

也正因为这一点，直到电影拍摄完成，剧组即将离开之际，我还专门叮嘱村干部和村民们，不要在这里盖那些不伦不类的房子，尤其不要盖那些红砖墙，贴瓷片的房子。那种房子不土不洋，实在难看，会彻底破坏掉这里的景观。

但是当我 2012 年再去羊山村时，我发现四年过去，这里的面貌又发生了很大的变化。除过路通了，电压稳了，有了自来水了，手机有信号了，等等，其中一个显著的变化是当初那些旧房子有相当一部分被拆毁，转而盖起了新房。

眼望着从前传统的风光不再，我久久无言。

但是再想想，能不拆旧房吗？

毕竟，生活在向前，农民们需要更整洁的厨房，更方便的厕所，更平实的地面，更坚固的墙檐——所有这一切，只有新房才能够实现。

其实，结论非常明确也非常简单。只要新房能够提供这一切，新房就一定会代替旧房。即使老一代农民不想摧毁，新一代农民也注定要选择改变。对他们来说，传统也罢，风格也罢，衡量的标准首先要看对实际生活起到什么样的作用。毕竟，人不能每天面对着传统和风格吃饭。

何况，这些房屋只是由于陈旧而成为传统，只是由于落后而成为风格。如果作为某种旧物的标本，它完全可以而且完全应当存在，但是对一个更大范围内的实际生活来说，它注定将会消失，注定将被改变！

进一步想，如果我自己住在王家院子这种房子里，我会怎么样？

古朴虽好，但墙壁透风，屋顶漏雨，地面残破，无论吃住行用全不方便，在这种情况下，谁会由于古朴就保留它呢？

何况，说它古朴，是客气和礼貌。如果不客气地说，这种古朴事实上是陈旧和落后。

当我们远远地去欣赏一件事物时，那些隐藏在事物深处的缺点和阴暗会由于距离的遥远而被遮蔽。只有深入其间，我们才能扎实而不是肤浅地洞悉其详，进而做出比较公正的判断。在中国农村的问题上，如果说八九十年代那种人口密集，车喧马闹的村庄可以叫做村庄，那么陶渊明式的没有车马喧的村庄算不算村庄呢？如果说此前农民们成群结队地去参加劳动的村庄能够算做村庄，那么现在辽阔土地上只有一台拖拉机或者收割机在作业的村庄算

村庄会消失吗

不算村庄呢？

回答无疑是肯定的。

其实，自古到今，村庄已经发生过多少次改变。它忽而变大，忽而变小；忽而人口集中，忽而人口分散。而各家各户的农人们也忽而择居高坡，忽而落户沟底。但无论这样还是那样，村庄的基本属性却从来都没有改变。

我想，在当前村庄普遍留不住农民的情况下，未来的村庄会是什么样子的呢？

也许，人口和房屋会比现在大大地减少。

但也许，房屋会比现在更加时髦，村庄里的设施会比现在大大地改善。

也许，由于大机械的耕作，田园风光会遭到破坏。

但也许，恰恰是由于大机械的耕作，田园风光要远远好过现在。

也许，有的村庄会随着人口的流失和生产力的低下而自然消失。

但也许，有的村庄会随着规模的扩大和产业的形成而蓬勃兴起。

……

其实，各种可能都存在。这要取决于两点：一是按照自然趋向发展下去，最终也会产生出一种自然的结果；二是要看新一代的农村建设者们对这些问题秉持着一种什么样的观念。

我想起一些朋友到欧洲去参观过后对我谈到的情况。他们说，无论德国还是法国，他们的农村都设施健全，环境整洁，机械化程度很高，农民的生活很好。

他们说，如果农民都过上那样的生活，那不说实现了共产主义，起码离共产主义已经不远！

他们唯一疑惑的只是：就中国这样的环境和条件，能实现吗？

而我恰恰在这一点上不同意他们的疑惑。

我坚信，能实现。

就像30年前，我们的城市远远比不上德国，比不上法国，甚至比不上同样落后的埃及和约旦。但是经过30年的努力，我们的城市建设不说在所有方面，但是在许多主要的方面已经赶上了德国，赶上了法国，甚至可以自豪地去媲美美利坚——正像我的一位文学评论家朋友说的，"我到法国巴黎一看，咋这城市的现代化程度还不如咱西安呢！"

只要我们怀揣着梦想努力,农民的日子一定会继续变好,继续向前。而农村的总体面貌也一定会继续得到改变。我们不能够准确地预测未来村庄的面貌会是一种什么样的?也许像城镇,也许呈现出多元,但至少,它会远远好过现在!

好过现在——这就是村庄的希望所在!

好过现在——这就是村庄不灭的道理!

第七章 探讨与思考

既不能说好,也无法说坏
气势磅礴的组歌
专家和农民的两悖
对土地私有化的探讨
盘古开天地这是头一回
不能仅从书本和理论上去破解"三农"
事情真的这样简单吗

既不能说好，也无法说坏

坦率地说，尽管我年年都走进农村，但是在没有正式写这部书稿并因此深入地进行采访之前，我对中国的农业状况同样充满了疑惑。当有人问我对当下的农村怎么看时，我既不能说好，也无法说坏。

为什么？

首先，在城市中生活着的我，耳朵里听到的有关农村的消息基本上全是负面的：农村青壮年都走完了，空心村现象笼罩着所有的田野，农村留守妇女和儿童处境可怜。不仅如此，由于失望，农民现在普遍不种地了，大片大片的良田都被撂荒……

想想看，在这样一种情况下，谁还能说农业政策好、农村形势好？

之所以无法说坏，是因为虽然农民都不种粮食了，但是谁都没有缺少粮食吃。虽然农民都不养猪养鸡了，但是肉类食品的供应却源源不断。不仅如此，人们还远比从前吃得好。以至于我的一位朋友顺口就说出了一首打油诗：

　　从前生活苦，觅食难果腹；
　　米面吃不饱，辅之以红薯。
　　如今盘中餐，随你享口福；
　　鸡鸭皆下品，野菜成大补。

在这样一种情况下，你能说农业政策不好？农村形势不好？

2012 年夏天，我应邀赴安康市石泉县参加文化活动。那天石泉有关方面专门派车来接我，由于我在西安有些事情没有处理完，所以动身很晚，是天快黑了才驱车赶往石泉。

顺着户县涝峪口开进秦岭山，天很快黑定了。

一路寂寞，我便和年轻的司机陈代斌聊起天来。

我问他是哪里人。

回答是石泉本地的。

我问他现在从西安到石泉要走多长时间。

回答大车要三个小时，小车只要两个半小时。

又感慨地说，高速路就是好。有时候办急事，我当天去西安，当天回石泉。好方便。

我问他从前如果去石泉，该怎么走？

他说可以走312国道。是从宁陕那边绕，走七八个小时。如果再往早里说，就只能靠步行了。

小陈告诉我，石泉有个地方叫筷子铺。顾名思义，从前那里是做筷子的。如今那里已经建成了水电站，就叫筷子铺水电站。他外公过去就在筷子铺里干活儿，是把做好的筷子运到西安去卖，是挑着担子，靠双脚走到西安。

我很惊讶。

一个最简单的事实是，从石泉到西安，中间横亘着一座秦岭。

秦岭是什么？

用司马迁的话说：秦岭，天下之大阻也！——之所以陕南的筷子能够挑到西安去卖，本身就与秦岭的阻隔有关。从前在西北地区，上等的筷子都是竹子做的。而秦岭，不仅把长江水系和黄河水系截然隔开，也同样把动植物生长的环境截然分开。秦岭以北不长竹子（间或有几丛细瘦的毛竹），秦岭以南盛产竹子。

我问小陈，当时怎么运？是肩挑吗？

回答：那时候一人挑245斤重的东西，其中200斤筷子，45斤米。沿着崇山峻岭中的小道翻越，整整要走15天。

我愕然。

要知道，那时候翻越秦岭可不像今天，那完全是李白《蜀道难》中所描述的："冲波逆折之回川"，"畏途巉岩不可攀"——在这样"危乎高哉"的断崖绝壁上徒步行走15天，只要想想就让人发憷。

小陈告诉我，他的外公到达西安后，把筷子卖掉，又换成200斤盐，换些返程需要吃的粮食，折身朝回返。返回石泉同样需要15天。

我们俩都感慨起来。感慨时代发展得多快，科技把这个世界改变得多快！

探讨与思考

从前《西游记》和《封神演义》里有顺风耳和千里眼。现在不都成为现实了吗？并且何止千里，就是万里之外的太平洋彼岸，一个视频就把对方的一举一动都看得清清楚楚。至于顺风耳，那更不成问题。人人都有手机。如果要说区别，那么区别就在于，从前能够具有千里眼和顺风耳的都是神仙，而且是神仙中的极少数。并且这些极少数的神仙还只能具备其中的一项功能。或者是千里眼，或者是顺风耳。

而现在，人人都是神仙！而且全能！是神仙中的神仙！

小陈笑起来，说：对对对！你这句话说得好！现在人人都是神仙！神仙中的神仙！

笑完之后，他问我：那你说，如果科技继续发展下去，这个世界会变成什么样子的？

这真是个大问题，我一时竟回答不出。

那天两个半小时准时到达了石泉。

晚上11点左右，我在宾馆房间里洗过澡，站在落地窗前饱览石泉夜景。窗户面临汉江，居高临下，只见两岸灯火璀璨，色彩万千，极为绚丽。我看着汉江夜景，想到仅仅在百年前，这里还是舟楫来往，纤夫繁忙，汉江还是人们来往运输的主要通道，由不得感慨万端。

变化太大了！

再想想，这变化桩桩件件，是全方位的。可以说吃穿住行用，随手举出来一项变化，都是从前人们做梦都不敢想的！

农业呢？

难道农业没有什么变化？或者唯独农业越变越糟了吗？

按理说，数字是最能够说明变化的。粮食又增产了多少，食品又丰富了多少，但是数字却太枯燥，并且它能够说明的问题仍然有限——当我在陕西省历年粮食生产的统计数字中浸泡过一回后，我觉得把数字照本宣科地端出来完全没有必要。

我们只需抽取片段。

1961年，陕西全省粮食种植面积为7104万亩，粮食产量为376万吨。

2011年，陕西全省粮食种植面积为4703万亩，粮食产量为1194万吨。

简单地做个计算：2011年粮食的种植面积比1961年减少了三分之一，但收获的粮食却是1961年的3倍！

用粮食增产的情况来说明陕西农业的进步和发展，已经很说明问题了。但是就全国而言，陕西根本就不是产粮大省。因此粮食的增产根本算不得突出。

以我手头现有的2008年、2009年、2010年这3年的资料为例，这3年是在陕西连续5年粮食实现增产的基础上的继续增产，难度和成就都可想而知。

而与那些产粮大省相比，陕西这3年的粮食生产处在一种什么样的状态中呢？

2008年——

  陕西粮食总产1111.0万吨。

  山东粮食总产4260.5万吨。

  河南粮食总产5365.5万吨。

2009年——

  陕西粮食总产1111.0万吨。

  山东粮食总产4316.3万吨。

  河南粮食总产5389.0万吨。

2010年——

  陕西粮食总产1164.9万吨。

  山东粮食总产4335.7万吨。

  河南粮食总产5437.1万吨。

显然，历年来陕西粮食的产量只是山东的四分之一，河南的五分之一，是不折不扣的产粮小省。

如果再做单产的对比，陕西就更汗颜了。以2010年的单产情况来计算，夏秋两季相加，陕西平均每亩地比山东少打粮食286.8公斤，比河南少打粮食224.8公斤——陕西2010年粮食种植面积为4739.6万亩，也就是说，在同样的面积上，山东每年能够比陕西多打粮食1359317.28多万公斤，河南能够比陕西多打1065462.08多万公斤。

这几乎是一个天文般的数字！

探讨与思考

其实,做这样一种简单的比较,意义并不大。原因在于,除了粮食种植的面积不同以外,由于地理条件和气候环境的制约(比如陕西的崇山峻岭远比河南和山东多得多),陕西很难成为产粮大省——但是在农业产业结构的调整中,陕西却充分利用了自己的地理条件和气候环境优势,主动减少了粮食种植面积,转而集中力量发展了水果种植。就这个意义而言,对陕西水果种植的情况做些比较更具有意义。

2010年,陕西水果种植面积1625万亩,已经上升到全国第2位,产量1238.5万吨,也保持在全国第2位。其中苹果、猕猴桃的种植面积和产量均已跃升为全国第一。

其他水果——

红枣产量全国第4。

梨产量全国第7。

葡萄产量全国第8。

到了2011年,陕西水果种植面积和产量又双双上升,一跃而为全国第一水果大省。

新华社在第一时间对此予以了报道:

记者日前从陕西省果业部门获悉,截至2011年底,陕西省水果种植总面积达到1714万亩,挂果面积1114万亩,产量1420万吨,成为全国水果生产第一大省。

根据陕西省果业部门调查统计,全省苹果种植面积达到959万亩,产量960万吨,面积、产量均居全国第一;猕猴桃种植面积90.9万亩,产量70万吨,成为全球最大的猕猴桃生产基地。

陕西省果业部门有关负责人说,2011年陕西省果业增加值预计将突破200亿元。在陕西省30个苹果基地县,果农人均苹果纯收入将达到6000元,而11个猕猴桃重点县的果农人均猕猴桃纯收入将达到7000元。

如果把中国农业的巨大变化分成几个台阶来衡量,那么第一个台阶就是肚子吃饱了;第二个台阶就是粮食吃好了;第三个台阶则是中国人不再仅仅吃粮食了。

当水果以一种寻常的方式进入普通中国百姓家庭时,可以认为,随着食品和营养结构的改变,标志着中国人民的生活已经发生了质的改变!

再看畜牧业。

2011年底,陕西省生猪存栏1318万头,牛存栏250万头。肉、蛋、奶的产量分别达到了154万吨、59万吨和200万吨。

如果继续与1961年去比,那层面就太低了——甚至与中国人民的生活已经发生了巨大变化,与首个"一号文件"下发的1982年相比,也仍然层面太低。

我们就和2003年来做个比较——那一年,中国人不仅吃肉吃油不成问题了。而且已经开始了少肉多素,控制体重的潮流。那一年有一件事给我留下了极深的印象,我女儿的一位同学到家中来,我随口说了一句"你胖了"——在我几十年的人生经验中,这是多好的一句夸赞。胖了,说明营养好,也说明身体健康。而紧接着能够继续说明的还有精神焕发和皮肤滋润等等。可以说全是正面内容。

但是没想到这位女同学却十分沮丧地说了一句:"叔叔我有那么惨吗?"

一句话让我目瞪口呆。

2011年和2003年相比,除了牛存栏基本持平外,其他各项指标都在持续大幅度增长。

其中——

生猪存栏增长了30%。

肉类产量增长了35%。

蛋类产量增长了20%。

奶类产量增长了64%。

古语说:入芝兰之室,久而不闻其香;入鲍鱼之肆,久而不闻其臭。

生活常常呈现出这种情景,许多变化,我们置身其中的人常常难以看清,因为所有这一切都是随着日子一天一天朝前走,用一种悄然不觉的方式来临的。倒是那些置身于环境之外的人对变化看得不仅清楚,而且十分准确。我身边有几位出国定居的朋友,每次从国外回来,看到中国的变化,都发自内心地赞叹：变化太大了！变得简直让人不敢相信！

其实，如果我们能够冷静地做个回顾，我们同样会发现这变化的巨大。一个最简单的实例是，这些年我们许多人已经有条件周游世界了，当他们在许多国家走过一圈后，最终惊讶地发现，现在世界上物质最丰富的地方竟然是在中国，是在自己的家乡！

气势磅礴的组歌

文章写到这里，我们有必要回顾一下"一号文件"引领中国农民所走过的道路。

第一个"五个'一号文件'"的历史功绩，前面已经讲过，不再赘述。我们只需要知道，就从那时候开始，中国粮食不仅稳定增长，而且农民收入快速增长。据统计，1978年到1984年，中国农民人均纯收入由133.57元增加到355.33元，年均递增17.71%，其中1982年的年增长率为19.9%，为历史最高。而从1978年到1988年，中国粮食总产由4000亿斤增加到8000亿斤，翻升了整整一倍！

更早的历史我没有研究，但至少，在上世纪的百年历史中，如此巨大的进步是从来没有过的！

但是前进的道路并非一帆风顺。

随着农民积极性的充分调动，也随着农村耕种潜力的不断挖掘，农业高速增长的脚步在20世纪90年代逐渐变缓了，尤其是从1997年开始，农民收入增幅连续4年下滑。这是自改革开放以来从未出现过的现象。不仅如此，农民收入连续7年增长不到4%，这使得城乡居民收入差别在80年代的急速缩小后又开始急速扩大。一个很明显的事实是，从80年代以来，农民对中央农业政策一致交口称赞。但是到了90年代后期，交口称赞却变成了怨声载道。

这使得许多人警惕，也使得许多人焦忧。

2004年，针对连续多年的农业徘徊，中央又出台了"一号文件"，并且同样是组合拳式的连续出台。截至我写这部书稿的2012年，中央已经又连续下发了9个指导农业和农村工作的"一号文件"。这9个文件既是对农业发展中陆续出现的新旧问题进行梳理和解决，又是对中国农业未来的发展进行引领和支撑。

客观地说，随着形势的步步发展，中国农村改革越来越进入到深水区，改革的难度越来越大了。这就好比跳高跳到了一定高度，再跃升一厘米都需要花费巨大的努力！

但是中国政府并没有知难而退，更没有就此罢手。随着整个国民经济的持续向好和国家综合实力的日益增强，中国政府不仅措施密集地坚持攻克着两个长期困扰"三农"的焦点——夯实农业基础和提高农民收入，并且开始了一场此前难以想象的更大攻坚，这就是：全力破解统筹城乡经济社会全面发展这道牵涉面最广、解决难度最大的命题——如果转换成直白的语言，也可以说：中国政府正全力创造条件，让农民尽可能快地享受城市人同等的待遇，做城市人一样的公民。

当我们以14个中央"一号文件"为蓝本，借此来回顾中国农村的发展变化时，我们不仅可以看到改革开放30多年来中国农民的奋进历程，不仅可以看到中国农村的巨大变化和中国农业的伟大进步，而且可以看到中央决策层对"三农"问题认识的一步步深化。毫不夸张地说，把历年来的"一号文件"汇编起来，就是一部当代农业发展的编年史。14个中央"一号文件"是一曲气势磅礴的组歌，它不仅雄浑有力，而且生动悦耳！它奏响的是农村社会发展的奋进之曲，唱出的是中国城乡社会和谐发展、共同繁荣的昂扬之歌！

如果我们把这14个"一号文件"还原到具体的生活形态中，我们看见的是什么呢？

2012年一个极偶然的机会，我去了蓝田。去之前根本不知道是去哪个镇哪个村——西安市组织了一批作家分头去农村做税费改革的采访调研，我的朋友朱文杰打电话问我有无兴趣参与，我当即答应。再下来，在朱文杰的安排下，我和另一位作家去了蓝田。

走进村庄一问，才知道这里是蓝田县蓝关镇的大寨村。

探讨与思考

蓝关是我早已熟悉的地名。唐代大诗人韩愈在他那首有名的《左迁至蓝关示侄孙湘》中,写的就是蓝关:

一封朝奏九重天,夕贬潮阳路八千。
欲为圣明除弊事,肯将衰朽惜残年。
云横秦岭家何在?雪拥蓝关马不前。
知汝远来应有意,好收吾骨瘴江边。

也正是这首诗的影响,蓝关在我的印象中,是一个重峦叠嶂,云遮雾锁的幽谷。

但是当我来到地处蓝关镇的大寨村时,才发现这里基本上全是平地。

我很快了解到,大寨村在蓝田县算是经济上比较好的村子。

大寨村共8个组,899户,3606人。土地1503亩。平均下来,每个人只能分到4分地。但是尽管土地很少,却由于工业、副业的发展,村民经济收入相当不错。2010年他们进行过一次比较详细的统计,全村各种车辆(大、小车,包括大型挖掘机等)为141辆。如今两年过去,这个数字又增大了。以村会计郭维孝所在的3组为例,仅小轿车就有15辆。

而在整个大寨村,3组是个穷组。

那天,我们和郭维孝聊天时,他告诉我们,2011年大寨村人均收入9415元。但这是打了折扣的数字,实际上村民人均收入比这个高。

他还告诉我,近10年是农村面貌变化最大的!

我问他哪些地方变化大。

回答:首先是实行了税费改革,把沿袭了2600多年的皇粮国税全免了。不光这头免,那头还给你补贴。一反一正,这差别有多大!

他为我逐一列举起来——以医疗为例,大寨村的农民报销情况如下:如果去乡镇门诊看病,可以报销90%,住院可以报销80%;如果去县医院住院,可以报销60%~70%。如果到西安市的三级甲等医院,比如到西安最好的西京、唐都、交大医院去看病,可以报销40%。

还说了其他许多方面的内容,那些内容桩桩件件都是党和政府对农民的关注和关照,由于内容太多太繁,以至于我怎么努力地记录,也仍然记录不全。

我只是牢牢地记住了他说的两句话：

第一句："现在国家出台的一系列政策，全是对农民有利，让农民受益的。可以说，老百姓能想到的国家都为你想到了，老百姓想不到的国家也帮你想到了！"

第二句："村里人议论起这些年的世事，都说改革开放就是好！大家都说，这一届政府把好事都干成这了，下一届政府再干啥呀？"

我去的第二个村庄是前卫镇的田湾村。

田湾村地处蓝田县城最西端，与长安区交界。从地理位置上来看属于比较偏僻的地区。也因此，从前大伙儿把这里称作"特区"。田湾村共有438户，1680人。分成5个组。人均土地8分多一点儿。

在田湾村，有几个生活小现象引起了我的注意。

一是我们来到田湾村后，首先看见村委会前面建起了一个广场。一问才知道，这是供村民们跳舞健身的场所——后来我才知道，这样的健身广场在大寨村有3个。

在我的印象中，农民不光很封建，而且很拘谨，他们会到这里来跳舞健身吗？

回答是肯定的。

他们告诉我，村民们不仅来广场跳舞，而且还很踊跃。

这使我惊讶。

后来我更了解到，不光田湾村，也不光蓝田县，而是在一个更大的范围内，农民到文化广场去跳健身舞都已经不再是难得的景观，都已经成为一种流行和普遍。

细想想，从前你就是想尽办法拉农民来跳舞，他都坚决不跳。这中间固然有观念的问题。但更重要的却是生活条件和生活质量问题。那时候农民都从事着沉重的体力劳动。他们栉风沐雨，终日一身汗一身泥，整天累得筋疲力尽，连洗澡、洗衣服的心情都没有。在那样一种情况下，他们会去跳舞吗？有兴趣去健身吗？且不说农民，就是当初我们这些来自城市的知青们，有没有精力和体力去跳舞？

探讨与思考

只要稍稍把目光朝历史的来路上做个简单的回望，你就会发现，农民到广场上去跳舞，这是从古到今从来不曾有过的新鲜事。这件事的出现当然可以说明很多，但最能够说明的首先是生活质量！

田湾村让我感兴趣的第二个现象是，村子里一些学生考上大学，把户口迁出去了。但是大学毕业后城市里不好找工作，于是想把户口迁回来。

结果不被允许。

我问田湾村党支部书记田小红：为什么不允许？

回答：国家现在提倡农民变成居民，你要是农民变居民，国家不光赞成，还给你钱。可是居民不能朝回变农民。不光国家不允许，派出所不允许，就是村里也不愿意要你。

田小红的这些话，让我想起当初和作家路遥相处时的一段往事。上世纪80年代中期，我和路遥一起到汉中去讲课。火车上聊天。路遥问我：城市青年最大的愿望是什么？我说是进个好工厂，有个好工种。

我问他：农村青年最大的愿望是什么？

路遥说：农村青年最大的愿望是有个城市户口，能吃上商品粮。

他说："为了这个目标，可以不顾一切！"

事实上，路遥那篇轰动全国的小说《人生》，反映的就正是这种情况。高加林之所以抛弃巧珍，最本质上的原因就是他想拿到城市户口，想吃上商品粮。那时候，城市户口和商品粮是一个人能否步入"好生活"最基本也最重要的基础！

而如今，竟出现了大学生想把户口迁回农村却迁不回去的情形。

我不知道田小红说这些话究竟有没有政策依据。据我几十年的人生经验，从来都是农村户口转为城市户口难，而城市户口转为农村户口易。

为什么田湾村会出现相反的情况？

或许，田湾村之所以出现这种情况，和它的地理位置及经济发展有关。这里经济正蓬勃发展，而由于道路的开通，这个昔日的"特区"目前已经和蓝田县城、西安市长安区处于等距离。

我问田小红：在田湾村，像这种情况的大概有多少人？

回答：近10个。

值得一说的是,一个月以后我又去了旬阳县和宝鸡市的陈仓区,并且得知:无论旬阳县还是陈仓区,目前都是农业户口优于非农户口。换句话说,现在从农业户口转入城市户口很容易,但是从城市户口转入农业户口很困难。

这个变化发生在悄然不觉间,却具有多么耐人咀嚼的内涵!

那天我们在田湾村开了一个座谈会。会上,村干部和村民代表总结了两点:

一、这10年——尤其近3年,是田湾村经济上发展最快最好的时候。

二、这10年是国家给农村和农民实惠最多的时候。不仅有了自来水,有了通村公路,而且农民的低保、医保、养老保险等等都得到了落实,环境也得到大大的改善。

村主任田长军说了一句很耐人寻味的话。

他说:"农民现在比城市人文化上差,生活上还真说不上啥了——城市是教娃学习哩,农村是教娃骂人哩!"

他说:"农民生活上并不比城市人差。就是心理上觉得还是比城市人低一等!"

在蓝田,我偶然得知蓝田县基层财税工作人员写下了一批文章,全部是有关农村这些年来的情况的,于是请陪同我们下乡的县财政局干部张会萍帮助我搜集——感谢张会萍,她用最快的速度搜集了这些文章。

一位叫张卫春的作者写道:

1999年,我从学校毕业分派到乡镇财政所工作。那些年财政所主要的任务是征收农业费,当然也包括乡统筹、村提留,这是乡镇工作的头等大事。

6月上旬,三夏刚接近尾声,农业费征收就拉开了帷幕,乡政府上至领导下至炊事员全部上阵,包村包片催缴公粮。我们财政所按照惯例进驻粮站,统计各村公粮入仓情况并公布进度。每天,天刚蒙蒙亮,群众就从四面八方赶来,肩扛的,背挑的,推车的,在偌大的粮站院内排起了长队。验级,过筛,过磅,入仓,补差,核付,登记,环环相扣。这样的情况通常一直持续到凌晨一两点。等终于没人来了,我们才拖着疲惫的身影回政府,顾不上洗脸，倒头就呼呼大睡。

接下来的两三个月是清收农业费的尾留。挨家挨户的清欠，有哭的，有吵的，有闹的，啥样的人都有，对我这个新手来说，遇上这种事还真有点不知所措，而经验丰富的老同志，一会儿讲政策，一会儿做群众的思想工作，实在行不通，就强行征收。就这样在吵吵嚷嚷中完成了征收尾欠的任务。

农业费征收工作我经历了漫长的四年，心里始终有说不出的苦涩。贫困地区的农民靠天吃饭，逢上丰收年，农业费征收也就比较顺利。一旦遇到干旱雨涝等自然灾害，生活都成了困难，哪里还有交农业费的钱粮。逡巡在各村，走在泥泞的小路上，看着低矮的土房，看着刚越过温饱线的群众……我深深体会到"农业难，农村难，农民更难"。那时候一边是国家政策，一边是残酷的现实，乡村干部进退两难，叫苦不迭。

2004年，"一号文件"下来了，党和国家免除了农业费。收了几千年的"皇粮国税"不再收了，我们也不需要和群众打打闹闹的收尾欠了。更想不到的是不交粮了还给群众发粮食直补，群众欢喜我们也高兴。虽然财政所工作量没有减少，每到年初还要给群众兑现粮食直补、农资综合补贴和退耕还林补贴，需要我们加班加点地录入信息，但我心里却不再憋屈。

转眼十年过去了，由于国家高度重视"三农"，连续九年中央"一号文件"都是关于农业发展。现在，千家万户享受着家电补贴、汽车下乡、良种补贴、农机具补贴、能繁母猪补贴、养老补贴、农村合疗、一事一议财政奖补、通村水泥路等等带来的实惠。农村发生了可喜可贺的变化：一幢幢小楼拔地而起，一条条水泥路四通八达，一辆辆小车疾驰而过，一台台现代化家电飞入寻常百姓家，一股股甘泉引到家家户户，一片片产业初具规模，一座座荒山披上了绿装，一处处新农村建设如火如荼……城乡发展差距缩小了，农村人也过上了城市人的生活，群众的腰包鼓了，老有所养，老有所医，干群关系融洽了。

回顾我走过的路，改革是我国农村发展的里程碑，是亿万农民难以忘却的记忆，是中华民族载入史册的辉煌一页。

读这篇文章——也包括读其他许多基层干部写的文章时——我有个强烈的感觉，时代毕竟不同了，这些在农村基层工作的干部写文章时丝毫没有回避矛盾，没有回避党和国家在农村工作中曾经出现过的失误。尽管如此，仍然可以鲜明地感觉到，洋溢在他们心中的是激动，回荡在农民生活中的是喜悦。

另一位叫段武民的作者写道：

5月中旬，朋友的父亲因脑血管病住进了县中医院，我们前去探望。病房中有6位老人，都是患脑血管病患者，他们虽然病魔缠身，但有说有笑，都很乐观。他们谈家庭、谈社会、谈子女。我在一边听，觉得他们道出了现在老百姓的心声。

家住许庙镇的王大爷说：

"现在咱农民也能看得起病了。去年我脑梗花了五千多元，新农合给报销了差不多四千。这次看病又花了近1万，新农合给报销了八千。要是没有好政策，到现在我光是借账都还不起。咱说心里话，感谢党，感谢国家，感谢好政策！"

家住厚镇的赵大爷插话说：

"我活到80多岁了，有些事从前想都不敢想。自古以来谁能不交皇粮国税？现在就不交。不光不纳粮，国家反过来还给咱钱——今年我家8亩半地国家补贴近500元。我儿子买了一辆拖拉机国家又给补了1万元，买播种机啥的还给补钱。这次得病国家补大部分，咱出小部分。咱现在跟公家人一样，看病也报销。"

家住三里镇的张大爷说：

"今年小麦良种试验，国家免费给我村农民发放小麦种子和肥料，村上统一种，统一管理，统一收割，好得很！"

家住普华镇的李大哥说：

"还有娃上学哩！我是低保户。大女儿去年考上陕师大，国家一次资助了7000元，再加上每月领几百元低保，再加上学校的补助，娃上大学就不发愁了。现在咱农村娃上学不光免学费书本费，每天早上还给你吃一个鸡蛋和一包奶，说是要保证娃们的营养！世事变成这样，有时候咱闭着眼睛想，自己都不敢相信！"

家住葛牌镇的刘大爷说：

探讨与思考

"我这次脑出血,要不是有高速公路,治疗得及时,早就没我了。原先我们那儿到县里来得4个多小时,现在只要40分钟。你不能不服气,社会确实进步了!"

接下来你一言我一语,都生怕自己说得晚。

陪护的王大妈说:"过去啥都不方便。现在我儿子、儿媳在深圳打工,孙子想他妈他爸,在电脑跟前就可以说话。政府还关心村里留下的娃,专门给孙子送来学习用具和羽毛球。"

张大妈说:"咱农村现在不比城市差。水泥路,建广场,还有路灯,还有活动中心。过去农村人羡慕城市人,现在城市人也羡慕咱农村人"。

一直没有说话的孙大爷也开口了:"天有不测风云,我有党和政府。"

话一落音,满病房的人笑成一片,说他说话最少,可是一开口就最结实……

一位叫程可生的作者专门写了一首诗。诗的题目就叫《家乡的巨变》

> 万户千家的门头窗下,
> 飘飘洒洒,
> 尽是博爱之花。
> 晨钟暮鼓,
> 也无法作答。
> 满目尽是,
> 日新月异的都市繁华。
> 是谁?
> 让我们脱离了,
> 尘土飞扬,满目破败的乡下。
> 让我们长成了,
> 日渐富裕的都市人家。
> 脚下,
> 不再是沾脚的泥巴;
> 头顶,

也不再是尘土的扬扬撒撒。
　　要说是谁带来的这种变化，
　　那只有党的富民惠民政策，
　　让我们的身边，
　　发生了翻天覆地的变化。
　　要不是窗外无垠的田野，
　　谁敢说这里是农村乡下！

　　那天我翻看着这些业余作者的文章，心里竟一阵阵发热。我已经在农村跑了整整两年，我目睹着农民盖起了数不尽的两层甚至三层楼房，目睹着农民家中有了沙发有了电器甚至音响，也目睹着农民们不光有了摩托车，不光有了农用车，甚至有了小轿车。尽管富裕的程度不同，生活的殷实程度不同，但一个无可置疑的事实是，农村确实发生了天翻地覆的大变化！

　　我绝对相信，农村中还有非常贫困的农民。但是这丝毫不影响我对农村总体情况的判断，也丝毫不能抹杀农村改革开放的光辉。我自己心里最清楚，在本书的写作过程中，除过避不开的特殊情况外，我所有的采访和调研都不是通过地方各级行政组织安排的。我所去采访和调研的村庄也绝不是地方各级行政组织推荐的。如果说还有一些非常贫困的村庄和非常贫困的农民没有被我看到和了解到，那么我要说，同样有一批非常富裕的村庄和非常富裕的农民我也没有去看和去了解，并且我是有意避开他们的！

专家和农民的两悖

　　当我们为中国农村的巨大变化感到由衷的喜悦时，有一个情况同样不容回避，那就是"三农"存在着的问题仍然很多。

　　客观地说，解决这些问题很不容易，需要一个相当曲折也相当漫长的过程。正是由于这些问题一时难以完全解决，造成了对这些存在问题的议论格外多，甚至意见特别大，批评的声音格外尖锐——让我感到非常意外的是，在种种尖锐的批评中，倒是身居旋涡中心的农民批评得最少，而那些置身旋涡外的专家学者批评得最多。就单纯批评的语言来说，也是农民责问政府的语言最平和，专家学者批评政府的语言最激烈，甚至呈现出一种尖刻。

这多么奇怪！

一方面，这些年中国农村的面貌越来越好，中国农业的形势越来越好，中国农民的日子越来越好；另一方面，政府承受着的压力也越来越大，所受到的批评也越来越多。至少在新中国成立以来的60多年中，如今的中国政府可以说是最开明的，但是遭受到的批评也是最多和最尖锐的。

我在网上看到一篇北京燕山大讲堂的讲话，题目是《城市进程中的农民命运》，讲话人是北京一所著名大学里的教授兼学院院长。为了使问题的讨论对事不对人，我姑且将他称作甄教授。

这篇专谈农民问题的讲话比较长，所以我只选取其中的片断。需要说明的是，之所以摘录片段，是因为有些讲话属于务虚，没有实质内容。有些观点我觉得他说得对，用不着再摘录下来进行评析。比如甄教授说，一方面城市人口拥挤不堪，另一方面还在鼓足干劲建设世界级大城市，这是不妥的。再比如他说，农民这样庞大的一个群体，可是无论在政府、学界都没有话语权和代言人。

说得很好。

不仅如此，我觉得还可以说得更彻底一些，无论各级党代会人代会还是政协会议，都有那么多的代表，但唯独农民代表最少，农民工代表就更少。作为个人，我始终不理解：为什么有那么多唱歌的、跳舞的、影视剧演员们去当代表——我丝毫不贬低文艺工作的重要，问题只在于，文艺工作者也是分层次有区别的。这些演员思想上未必怎样深刻，可金钱上却统统都是大款！起码我知道，他们中有不少人只要出场唱一首歌，演一部电影，几十万甚至几百万人民币就到手了。在这种情况下，指望他们去体察民情，去参政议政，去解决贫富悬殊，去关注民生，去揭露行政弊端，行吗？

但甄教授的其他一些观点，却难以让我信服。

甄教授说：

当前收入分配最大问题是对农民收入分配的不公，70%的农民缺少财产性收入，大家要注意这个问题，这包括两个概念，一个是农民没有财产性的收入；二是没有工资性的收入，这是最大的社会不公。

我希望今天这样的交流能够积极地告诉大家中国农民贫穷根源就在于农民没有自己稳定的财产性收入。因为这个前提存在，靠补贴、免税这些措施只能是头痛医头，脚痛医脚，树根不动，树梢白摇。

根本制度问题不解决，整个国家解决三农问题遥遥无期，而遥遥无期就是水可载舟，亦可覆舟，历史上的周期律就会发生，我们面临最大的挑战可能是农民问题，跟历朝历代一样。农民贫穷，缺少财产性收入和工资性收入，是一个制度性的问题。

现阶段农民贫穷的根源在于"缺少财产性收入和工资性收入"，这个观点让我多少有些找不着感觉。

城市里的公务员和企事业单位的职工是有工资性收入的。但是有很多自主创业者，很多个体户，甚至包括在企业里工作的白领，他们今天应聘了，就有工资收入，明天解聘了，就没有了工资性收入。我身边就有现成的例子，父母都在城市，是标准的城市人，但是由于就业的困难，或者自己对工作的挑剔，忽而有工资收入了，忽而又没有了。再有一些工人由于工厂效益差，工资收入非常低。实际生活水平还不如农民。如果说工资性收入能使农民摆脱贫穷，那城市工人还有不少没有摆脱贫穷，怎么就能够断言工资性收入是让农民摆脱贫穷的根本制度呢？

何况问题的本质在于，工资收入不是谁能够恩赐的。这无论对于农民还是对于城市人都一样。你干活儿，就有工资收入；你不干活儿，就没有工资收入。不仅如此，工资收入还依据着经济形势变化着，也与一个人所在企业的效益好坏紧密联系着。以西安电影制片厂为例，这个厂至少有五分之一的职工都在北京或者外地，靠给他人打工生存。他们除了头顶了个国家正式职工的名分，至少在工资收入上，甚至在四处流动着找活儿干这些方面，和农民工没有什么区别。

一个无须争辩的事实是：工资性收入事实上是因厂而异，因职而异，因岗而异的。如果笼统地讲工资性收入就能够使农民摆脱贫穷，那至少是太空洞也太没有说服力了！

坦率地说，以目前国家的财力和经济形态，普遍给农民发工资恐怕是件不可能的事情。何况即使有这个财力，发工资的前提也必须是有劳动付出。否则只会越发问题越大。就这个意义而言，说不给农民发工资是最大的不公，等于白说。

至于缺少财产性收入是对农民最大的不公，这个概念就更模糊。

什么是财产性收入呢？比如一些农民拥有收割机、旋耕机、跑运输的汽车和农用车等等，都应当算作财产。他们利用这些财产来赚取收入，就应当算作财产性收入。问题是国家并没有限制他们去获得这些收入呀。并且就一般而言，农民可以赚取的这些"收入"丝毫不比城市人少。不信可以去城市居民家中看看，他们有哪些财产是可以用来赚取收入的？

相信许多人会说，城市人有房产。

但是只要认真去做个调查，你就会发现，除过那些暴发户、专事炒房者、具有行业优势以及具有权力为自己谋取不正当房产的人，绝大多数普通市民只有一套仅供自己容身的住房。因此既谈不上去卖，更谈不上出租。他们的财产性收入是什么呢？

不仅如此，据我了解，倒是城中村改造后那些原本的农民普遍都有几套住房。这是征迁土地时作为一个必须的条件补偿给他们的。他们就用这些房屋出租——当我去广州萝岗和东莞雁田村调研时，我看见许多外地的农民工就住在这些由当地农民自己盖起的出租屋里。这些经过土地征迁后的农民用不着再做其他什么，仅凭着收房租，就可以舒舒服服地过一辈子——同样在城市中生活，如果说财产性收入，这些农民的财产性收入就比例而言，远远高于城市人！

而问题的实质并不在这里。问题的实质在于：可能不可能让大多数农民都拥有这种"财产性收入"呢？

如果可能，而政府不做，那就是政府失职。

如果不可能，那么甄教授说农民有了财产性收入就能够致富又有什么意义呢？

把话朝透彻处说，那些远离城市的农村——即使他们有大片现成的房屋，又有谁去租住？如果你动员他们，在自己家乡盖一幢6层高的楼房，准备着靠"财产性收入"过日子，他们会觉得你给他们提供的主意高明吗？他们能够依靠这无人租住的6层楼富裕起来吗？

当然，城市人可以炒股票。这可以算作财产性收入。但这必须有一个前提，就是炒股票炒赢了。否则就谈不上收入，而只能说是亏赔——坦率地说，在中国现有的证券机制下，我倒宁愿为农民现阶段没有炒股票的条件而祝福。如果他们真的去炒股，那他们中的绝大多数根本不是什么能够脱贫的问题，而恰恰是贫穷得更快——陕西省社会科学院经济研究所一位朋友给我讲过一件事，他们在对西安市城中村改造后农民的生活境状调查中，发现有些农民获得大笔补偿后，不知该干些什么，于是在一些人的蛊惑下，卷入了一种社会上的集资，结果血本无归。

和城市人不同的是，农民的财产除过房子，还有土地。

在针对陕西农民生存境状的调查中，我发现农民对土地的拥有面积是极不相同的。在陕南的秦巴山区，人均土地拥有两三亩的村庄不在少数，而在关中地区，人均土地只有1亩多一点儿，其中许多村庄只有几分地。拥有土地量最大的地区是在陕北。陕北地广人稀，不少村庄都人均拥有十几亩地。

但不管拥有多少土地，一个共同的规律是：凡是挨近城市，这里的土地便具有了升值潜力。农民就能够通过土地来实现"财产性收入"。如果远离城市，那对不起，你即使拥有土地这笔"财产"，也照样富裕不起来！

陕北的农民有富有贫，或许是最能说明问题的。

在陕北，有不少农民由于拥有土地而一夜暴富。这是因为他承包的土地下有石油或者有煤。如果不是这一点，那么即使他拥有的土地再多，也照样不顶用。神木县现在是中国百强县之一，那里一些农民拥有的资产何止千万，而是上亿。但是同在神木县，南部的白于山区由于地下没有煤，因此穷得一塌糊涂。而偏偏白于山区的农民拥有土地面积是最多最大的！

事实说明，土地本身的"财产性收入"是根本靠不住的。它必须依附于其他。比如你的土地正好被城市开发，比如你的土地正好有地下资源，比如修建铁路和公路正好要经过你这里——如果离开这些条件谈土地的"财产性收入",那没有任何意义!

除过工资性收入和财产性收入,甄教授反复强调的一个观点是土地的产权问题。按他的观点,一旦农民对土地拥有产权,日子就好过了。

甄教授说:

农民为什么在城市化中被排除在外?一是农民没有产权,市场经济前提是产权清晰,那农村的产权是什么?农民有什么产权?所以我们的父老乡亲在关键时候,比如说孩子上大学或者在生病时,只能向亲戚告急,甚至连像样的抵押物都拿不出来。银行之所以要从县一级撤出来,是因为不想为农民承担,农民没有抵押物,没有抵押物怎么能知道你借我的钱能够还本付息?

我丝毫不怀疑,对城市周边的农民来说,拥有土地的产权和自我开发的权利,就拥有了获得最大利益的空间。就这一点而言,让农民拥有自己的产权无疑具有积极和值得肯定的一面,也值得我们去深入地探讨和实践,并且据我所知,目前不少地方正在探索各种方案,以保证在开发土地的同时保证农民的权益。应当说,思路很多。这些思路从不同的角度,也以不同的形式,在为农民争取权力和利益。

但必须看到,尽管这样,农民也不可能普遍地富裕起来。原因在于这些产权利益的获得者有着非常具体的针对。中国那么大,农村那么辽阔,土地绝不仅仅分布在城市周边。对更大范围和更多的农民来说,他们是不可能通过享有产权而分得一杯美羹的。

话可以朝更透彻处说,即使分不着一杯美羹,即使只是对很少一部分农民有好处,也完全可以把产权全部交给农民。问题只在于,政策的制定不仅要考虑到会给农民带去什么好处,同时还要考虑会给他们带去什么坏处。如果带去坏处,又会是哪些坏处?能够负面到什么程度?如果不做这样一种两面的考量和权衡,而只说正面和优点,并借此来制定政策。那政策也就太好制定了。

甄教授举了一个例子,就是当农民急需用钱的时候,他们不能拿房产和土地去进行抵押,而"只能向亲戚告急"——在今天的现实中,城市人遇到急事又何尝不是如此呢？当城市人遇到急事需要用钱时，不是统统向亲戚朋友借吗？不排除有多套房子的人可以拿房子去找银行抵押换钱，但对绝大多数城市人来说，有谁敢拿房子去抵押呢？何况截至今天，有多少企业职工的住房都并不属于他自己。你想拿房屋去做抵押都没门儿！

更重要的是，对那些远离城市的农民来说，即使他们遇到了急事需要用房屋和土地去做抵押，又有谁愿意接受他们的抵押呢？即使接受了，又能够评估给他们多少钱呢？如果他们换回的钱解了临时的急却让他们永久地失去了房屋和土地，他们该怎么办呢？

我在羊山村一组的时候，曾经与青年农民危九梦做过一次长谈。危九梦全家六口人。有住房4间，耕地25亩，加上200多亩的山林。如果说财产，他应当算是拥有一笔不错的财产了。

但是危九梦却放弃了这些财产，转而去贷款买了一台挖掘机，用挖掘机去赚钱。

那天我问危九梦：如果你拥有房屋和土地的产权，如果你家的耕田和房屋都可以买卖，可以作为资产去向银行贷款，你觉得怎么样？

他一时听不明白，直直地望着我。

我便又重复了一遍。

这一回他总算听懂了，很奇怪地望着我：不可能嘛！谁会要这些呢？

如果可能呢？如果你有产权呢？

他说：有没有产权都不可能！

为什么？

因为不值钱！

我告诉他：有专家说，农民之所以贫穷，很大一个原因就在于房屋和土地没有产权，这个观点你怎么看？

他笑起来：有没有产权算啥嘛，关键要看这些东西值钱不值钱！

还是在旬阳，一位基层农村干部告诉我：现在国家已经把林权给了农民，可以自由交易，可以抵押融资。在很大意义上，国家就是为了解决一些专家学者提出的让农民能够有抵押物去向银行贷款的问题——但是遗憾，至少在他知道的范围内，没有任何银行、甚至没有任何个人和部门会以此给农民贷款。因为问题的本质不在于这些东西有没有产权，而在于它值钱不值钱。

探讨与思考
Tantaoyusikao

不仅如此，土地事实上也是这样。你完全可以把土地流转给他人去耕种，收取转租费。不仅体现了你对土地的支配权利，而且帮助你实现财产性收入。但是这财产性收入同样是因时因地因各种条件的变化而不同的。据我所知，在蓝田县，租一亩中等水平的土地需要五六百元钱，但是在羊山村租一亩上等的好地只需要200元钱。不仅如此，即使在同一个羊山村，这种"财产性"收入也大大地不同。危九梦所在的一组租一亩地只需要50元。2012年9月我再次去羊山村核实调研内容时，发现一组的土地仍然大片大片地荒芜着，50元也没有人去租。

为了尽可能负责地理解甄教授的观点，我曾经专门去查阅了一些帮助资料，结果看到了一位在美国留学的专家写的文章。他对解决中国"三农"的基本观点和甄教授的完全一致。在这篇文章中，作者也提到了用私有化的土地做抵押的问题。他认为这可以让银行放心地给农民贷款，还可以让一个村或者几个村的农民联保起来做贷款，以防止赖账。因为万一农民还不起贷款或者赖账，"银行可以用没收这些人的土地作为清偿的最后手段"。

当我读到这里的时候，确实啼笑皆非。一些专家和学者跑到国外去学了许多高深的理论，但似乎从不考虑怎么样具体运用在中国的实际中。其实完全可以让他们去试验，当农民还不起贷款时，且不说一个村甚至几个村进行了"联保"，即使单独的一家一户，你能不能把他们从家里赶出去，能不能把他们的土地没收掉，再大喝一声：都滚出去！这些归我了！

对土地私有化的探讨

甄教授最尖锐的一个观点就是土地的私有化。

甄教授说：

最近中央在研究一个问题，总是羞羞答答地改革是不行的。十七届三中全会当中制定了一个文件《关于农村改革的决定》，这个文件有一字之改，过去家庭联产承包责任制是"长期不变"，这个文件当中规定的是"长久不变"，中央试图改变什么东西，但不好意思说出口。认为是对制度的基本否定，害怕发生重大的动荡，已经意识到问题，但羞羞答答只迈出一小步。今年中央要出台一个文件是《关于农村承包的政策含义》。去年12月17日的晚上我向中央政治局常委讲了真话，也是今天讲的部分内容，就是农民为什么贫穷的问题，原因是没有直接产权，没有财产性收入。刚才我们说了13个"一号文件"，为什么农民不种地？农业还是这么困难？农民还是这么贫穷？因为农民切身感悟到你让我种地我没有产权。中央说你种地吧，种粮食一定有收入，农民说没有收入。中央说给你补贴，农业税免了。农民说也不行，因为这免了，会通过其他方式征上来。

很多人最大的担心是什么？包括中央领导或者通过学者的意见反映出来，认为土地承包私有化以后一定会发生土地自由买卖，并且一定会被大的工商企业主兼并了，他们一定会破产、很贫穷，大家是否都这么想？其实这个理论是错误的，因为全世界所有国家对耕地实行严格保护。首先必须保护耕地的完整，这毫无疑问，是置于土地法、宪法的头条，在根本的位置上进行保护，在土地问题上，作为最严格的措施要保护耕地，规范保护耕地，这是要求的。第二必须在原则上规定优先保护农民的利益，任何兼并农民土地的行为必须受到制止和法律的制裁，如果有了这两条下面就是技术性的措施，就不会产生农民贫穷问题。

如果农民卖地，是在什么情况下卖地？会说是想喝酒会去卖地吗？他们把土地视为命根子、生活的寄托，那会是在什么情况下卖地？第一，家里出现了灾难，孩子上不起大学，当然这个教育产业化的计划是错误的，没有任何一个负责任的中央政府、地方政府，特别是中央政府赚自己的儿女们、民族儿女们上学的钱实现强国的、富国的，没有任何一个政府是这样干的，现实的情况是农村的父老乡亲为了孩子上大学倾尽所有；第二种是家庭有一个成员发生了不幸，需要治疗，没有钱怎么办？就卖地。这是最普遍的现象，面对这种情况怎么办？土地确权以后，土地是你的，必须对你的土地关心，从我的手里变更到你的手里，土地管理部门就应该要这种责任，要确权，因为你是主管部门，并且经过你手变更，在这种情况下，作为土地主管部门应该马上启动救助机制，直到我的家出现了问题，出现什么问题解决什么问题。但耕地不能买卖，社会救助机制就应该应急启动，土地管理部门、政府部门就应该通知社会保障部门启动应急救援，救助家庭，是什么问题解决什么问题，但土地不能买卖，这是第一条。

坦率地说，领会甄教授的观点还真不容易。比如他相当尖刻地批评中央将过去家庭联产承包责任制中的"长期不变"改为"长久不变"，是试图改变什么又不好意思说出口，是"羞羞答答只迈出一小步"。那么大胆开放地迈出一步该怎么迈？又是什么内容呢？不就是把土地完全私有化吗？不就是把支配土地的权力完完全全地、毫无保留地交给农民吗？可是恰恰又是甄教授自己说，"任何兼并农民土地的行为必须受到制止和法律的制裁"，"土地不能买卖"。

这到底是什么意思呢？

既然土地是私有财产，那农民就应当有权力去处理它呀！如果条件许可，我愿意自己的土地被别人兼并，凭什么要"受到制止和法律的制裁"呢？又凭什么不许我自由地买卖土地呢？退一步说，如果这不许那不许，那这个土地私有化对农民究竟有什么意义呢？

不仅如此，甄教授还告诉我们，如果碰上农民遇到紧急事情，需要靠卖土地来救急时，应当怎么办呢？第一，土地坚决不许买卖。第二，应当紧急启动社会的救助机制——问题在于，如果遇到这样的情况需要的只是紧急启动社会救助机制，那帮助农民的措施就应当集注在建立和完善社会的救助机制上，而有什么必要口口声声地把土地私有化牵进来呢？

还不仅如此，甄教授很正确地告诉我们，历史上一直实行的是耕者有其田的土地私有制，只是由于社会的各种因素，使得一些农民的土地慢慢地丧失掉了，于是没有土地的农民无法生存，只好通过起义的方式使问题爆发。"所以从唐朝末年黄巢起义开始到太平天国的农民，一直是土地问题，农民起义的根本问题是把土地夺过来"。

如果这样，那起码说明一点：土地私有制并不能保证农民不丢失掉自己的土地。

如果这样，那我依据甄教授的逻辑来推论，我就绝对不敢赞同私有制。因为在集体所有制的前提下，农民的土地是不能买卖的，也因此，农民的土地不会从自己手里丢失（政府的强迁例外，那属于另一个层面的问题，可以专门讨论)。第二,即使由于其他原因造成一部分农民失去了土地,那么也还能够通过调节的手段让农民重新分配和拥有土地。

我注意到,在甄教授讲话时,有一位网友听众给甄教授提出了一个问题。尽管这位网友提问题的语气很礼貌,但他提出的问题却很尖锐。

网友:我只有一个问题,您刚才说耕地不能买卖,而粮食价格不能提高,那么农民要所有权有什么用呢?对他的生活水平是不是没有什么改变?

甄教授:这个问题担心得也很好。农民土地不能买卖就不能改变自己的生活状态,这种情况在我的调研中,汶川地震、玉树地震,通过灾难性的方式已经给了我们很多教训。这些地方赈灾以后,建设的房屋是什么样的?首先是道路铺得很好,设施很好,政府一般做成三层小楼,现在产权没有改变,产权改变的情况下会更加良好。一层是农户经营的地方,做点小买卖、小生意。二层居住,三层可能是很好的宾馆,搞农家乐的设施。可能有同学会问,这样的状况有没有游客到这里来?这样的方式实际上启发我们思考更深层次的问题。如果土地产权是农民的、宅基地是农民的、承包地是农民的,农民建这样的小楼有产权会是什么样的情景呢?还需要中央政府指令各个省建廉租房吗?当然基础设施是必要的,有互联网,交通设施改善了,有很好的技术设施可以洗上热水澡,有很好的环境了,那么这些小城镇可能是你们最好的选择。

当我读到这里时,我发现甄教授真的有些王顾左右而言他了。

通读全篇,他没有明确去回答对方的问题。而绕了一个弯说汶川地震等灾区建设。用他的话说,这些地方搞得不错。不过产权没有改变。产权改变了会更好。

更重要的是,甄教授在回答问题时发出的感慨有些一厢情愿了。就我所见到的农村情况,交通便利,有互联网,也可以洗上热水澡的村庄实在已经不少了。现在农民只要有条件,都自发地搞太阳能洗澡,但这是土地私有化的结果吗?现在许多农民已经自发地盖起了非常漂亮的二层楼或者三层楼,这也是土地私有化才促使他们去盖的吗?

或许甄教授会说，土地私有化以后，会促使农民盖得更好。

而我在农村调查的结果，是农民只要经济上许可，都竭力把自家的房子朝最好里盖。这和城市人装修房子是一样的。他们首先考虑的不是把这房子卖出去，而是自己住进去要温馨，要舒适。

我之所以说甄教授是一厢情愿的空谈，还在于他对自己所设计的小城镇的憧憬：

这样一来，不要中央掏一分钱，每年选择200个小城镇进行试点，每个小城镇给2亿、3亿的资金进行推动，全国总共是19234个小城镇，每个县选择一个县城和3个中心镇，这样一来中央的政策意图很快就会显现，而且城市房地产价格高的就卖给高端人群，大学生可以到农村去，到山清水秀的地方，提升自己的生活品质，在国外高端人群都居住在山清水秀的地方。

这确实是美妙的憧憬。但在现阶段，也确实是伟大的空话。

中国山清水秀的地方多的是，或许在社会发展和进步到一定阶段后，甄教授的憧憬会成为现实，但至少在现阶段，没有哪个大学生到那里去"提升自己的生活品质"，更没有人居住在那样一种"高端人群居住的地方"——以羊山村和十二盘村为例，那里的风光都是绝美的，但是那里的小学校全都办不下去，原因非常简单：没有年轻的老师去那里教英语。

甄教授说：

关于土地私有化有没有可行性的问题，我们在想，现在无非是围绕政治上的坚守，甚至是政治理念的坚守，不做这样一个变革。胡锦涛总书记在2009年12月30日关于纪念十一届三中全会30周年的大会上明确指出，对的就坚持，不对的赶快改，新问题出来抓紧研究解决。我认为农村土地所有权这个问题就属于不对的，抓紧改这么一个问题，不要认为这个东西是天经地义的，很多学者没有深入研究，就认为土地私有动不得，我认为这是不对的，这不是学术研究的态度，而是武断地下结论。

在他眼里，很多学者是因为没有深入研究，才不同意土地实行私有制。

而我采访了解的结果,觉得甄教授把这样的评语用在自己身上可能更合适。

在农村来来往往地行走时,有一个现象让我感到非常奇怪:尽管专家们对土地私有化的问题讨论得热火朝天,但恰恰是当事者——起码是我接触到的农村基层干部和普通农民们,倒对这个关乎他们贫穷或富裕的"根源"普遍没有表现出兴趣。

难道农民们不关心他们的利益吗?

难道农民们不知道当下他们最需要的是什么吗?

一位农村干部曾尖锐地反问我了几个问题:

第一,现在的土地承包制和土地私有制在调动农民依靠土地挖掘自身利益上究竟有多大的区别?是不是土地私有化了马上就能调动起农民种田的积极性?如果能,那可以马上实行私有化;如果不能,一个劲儿地呼吁私有化的意义到底是什么呢?

第二,在现有的政体结构和道德水准下,在现有的权力不受监督能够任所欲为的情况下,甚至相当一些村子里是黑恶势力当家的情况下,一次性土地分配肯定会让那些有权力有关系的人得益,而另外一些弱势农民注定受害。保持土地集体所有,至少还存在着对土地不公正现象进行纠正和补偿的可能,那些弱势的农民起码还能够有实现公平和公正的机会。如果完全私有化了,这种不公平怎么办?就让它不公平吗?

第三,现在城市人和农民、东部人和西部人在收入上的差别那样大。即使同在陕西,陕北一些优势企业的普通干部年收入都在五十万元以上。在这种情况下,一旦土地私有化了,且不说财团和公司,仅个人之间利用城乡收入差别和地区收入差别来剥夺农民房屋土地就是件毫不费力的事情。更何况在当前信息极不透明更不对等的情况下,许多土地的真实价值往往是农民自己根本无法知晓的。恰恰相反,一些有权有势有门路的人既知道内情,又有大把的闲钱,他们即使买下田地不耕不种、让它闲置上三五十年也毫不在乎——在这样一种方方面面都对农民不利的情况下,土地私有化究竟是在保护农民,还是在为一些人合法地剥夺农民创造条件?

不能不认为,问得非常好。

前文说过,土地本身的"财产性收入"是靠不住的。它必须依附于其他。问题恰恰在于,所有这些未来可能成为实际财产的信息及实现途径的"其他"，农民根本不可能知道。在这种情况下，权力的握有者——甚至不是权力的握有者，而只是信息的知情者——都完全可能采取让农民心满意足的方式把这些土地拿到手，从而让自己获取翻倍的利益！这就好比中国股票市场上的投资者，形式上看人人平等，保护和发展自己财富的机会都掌握在股民自己手中，但事实上层出不穷的"老鼠仓"以及其他形形色色的暗箱操作，把广大股民的利益几乎剥夺殆尽，广大股民还无理可讲，甚至无话可说！

不仅如此，作为个人，我非常担心的是：当今许多农民拥向了城镇，但这绝不等于他们就变成了市民。他们中的绝大多数其实只是在城镇中成为了无根的临时市民甚至游民——不管中国经济多么向好，但潮起总有潮落时。一旦无工可打，他们该怎么办？一个非常明显的事实是：无论房屋和土地值钱还是不值钱，它们都现实地是弱势农民最后的生活保障，是农民退无可退的底线——如果其他保障农民生存利益的防线，比如对农民的基本生活和医疗保险等保障还根本没有建立和完善起来，却毫不"羞羞答答"地把农民最后赖以生存的底线突破和撕开，那么无论口号喊得多么动听，又打着怎样保护农民利益的旗帜，本质上对农民都是一种愚弄！

为了更好地理解甄教授的观点，也理解土地实行私有化的好处，我专门去问过许多持有土地私有观点的人，也看了许多持这种观点的文章。我发现，除过农民会更加尽心地保护自己的土地以外，还有一个很有力的观点就是，如果土地实行了私有，那么不想种地或者无力种地的可以放弃土地，那些愿意种地也有本事种地的人可以多多地拿地。这可以促使土地更加有效地向那些农村中的种地能手集中，也能够更加有效地促进农业的集约化和现代化生产！

对这个观点，我不仅不敢苟同，而且本能地感到害怕。

首先，在现行的体制和社会风尚下，土地私有化了就能够保证向那些勤劳朴实或者精明强干的种地能手集中吗？这正像城市中房屋私有了，拥有房产权了，可以成为私有财产进行自由买卖了，这可以促使房屋以更合理的方式向需要者手里拥去吗？

任何人都清楚，房屋不但没有向需要者手里拥去，反而以更快的速度和更大的力度向那些有钱人、权力握有者、利益攫取者、政府部门，以及纯粹的投机倒卖者手里拥去。

其次，土地私有化了真的能够促进农业的集约化、规模化发展吗？许多农民和农村基层干部告诉我，土地私有化势必会造成土地的碎片化。因为你不可能把所有的好地都分给一些人，而把所有的坏地分给另一些人。而只能切割着分——把碎片化的土地逐渐购买和集中起来不是没有可能，但必须有一个相当漫长的过程。从这个意义上说，恰恰是土地私有化，有可能拖滞农业生产的规模化和现代化！

而最重要的是，我身边就有不少人正虎视眈眈地盯着土地。这些人都不是品质恶劣的坏人。但是追逐利益是人类的本能，他们明确地告诉我，如果土地能够买到，他们一定会去买。但买来土地绝不是想种植庄稼，而是想通过占有土地来发财。至于怎么发财，可以说思路五花八门，形形色色，但唯独与农业生产无关！

作为个人，我并不认为土地私有化就永远不需要或者不能够实现，更不认为土地私有化天然就是一桩坏事。我想说的是，任何事情都必须根据具体的环境和条件来做。否则就只能成为一种不负责任的空谈。土地制度的改革不仅是涉及亿万农民利益的大事，而且关乎农民未来的命运，这是一桩太严肃的事情，需要慎而又慎地研究。至少现阶段，在贫富差距如此悬殊、滥权腐败如此嚣张、社会道德如此沦丧、法律制度如此软弱、公平和正义如此难以实现的环境中，一旦土地出现失控，将远比城市中的房地产失控可怕得多！并且受害者注定不是精英学者，而是弱势农民！

我还想说，近年来一些专家学者持有一种观点，认为如果说改革初期可以摸着石头过河的话，那么改革发展到今天，不能再摸着石头过河了，而是需要顶层设计了。这句话听起来似乎很正确，但真正做事情的人一听而知，这是一种绝对的无知和浅薄。试想无论教育改革还是医疗改革，甚至包括最具体最微小的发放低保制度，哪一种改革的初衷不是为了老百姓好？哪一种改革不是经过顶层苦苦设计的？也包括农村的民主选举制度，难道是没有经过顶层设计就贯彻实行的？但是为什么一到实践中，问题就层出不穷甚至碰得头破血流呢？生活之树常青。没有任何一位伟大的专家学者，甚至没有任何一位伟大的实干家和政治家，能够把历史进程中的一切问题都洞察预见并尽揽胸中。在色彩万千、丰富无穷的现实生活中，正确的做法永远也只能是：把良好的设计放在实践中去试验，又在实践中发现问题，进而不断地修正和补充,最终一步一步地攀登,一步一步地完善,一步一步地"摸"到彼岸。舍此,就只能是不着边际的空谈!

盘古开天地 这是头一回

对中央下发的"一号文件",甄教授很不以为然:

一个人要讲良心,一个政权要讲执政的道德和伦理。那政府该怎样来报答农民兄弟?中央提出工业反哺农业、城市支持农村,但没有人真正做这件事,大家对这个问题故意不听,不理解。因此,中央从2004年到现在发了8个"一号文件"。什么意思?用8年的时间可以把日本侵略者赶出中国,但8年时间居然没有把农民问题解决好。再加上1982年5个"一号文件",中央一共发了13个"一号文件"。改革开放总共时间才31年,但已经发了13个"一号文件",对这个问题不可谓不重视,但城乡差距还是1:3.33,如果加上教育、医疗各种各样的公共服务在内,城乡差距在1:6以上。

应当说,最让我感到不安的,恰恰就是他这种不屑的口气和讥诮的态度。毕竟,他是位学者。用他的话说,农民是没有话语权的。尽管他没有说他是代表着农民来发言,但事实上他起码用自己的语言明确地传达给我们一个信息,他是为农民来说话的。

我绝对相信,中央连续下发的这些"一号文件"中,有相当一些内容并没有被贯彻和落实到位,许多问题即使指出了,也未必就得到了很好的解决,何况还有许多应当指出的问题而没有指出。问题只是,任何文件和任何政策都不可能是十全十美的。都要看它的主要方面。难道80年代初那连续5个"一号文件"没有使中国农村和农民们的面貌发生翻天覆地的变化吗?如果没有发生,那么我们今天的肚子是怎么吃饱的?如果发生了,那么用那样一种讥诮的口气来评价"一号文件"是否公正?

而另一个简单的事实是,从2004年开始,正是中央"一号文件"紧锣密鼓地连续下发这 8 年，中国粮食生产实现了前所未有的"八连增"。从 2003 年的 8614 亿斤，到 2011 年的 11424 亿斤，8 年累计增产 2810 亿斤，是新中国成立以来增产幅度最大的时期，也是半个世纪以来粮食首次连续 8 年增产，且连续 5 年粮食产量超万亿斤，是中国自有文字记录以来的历史上从来没有过的！

这成就难道不大吗？

当然，甄教授说的不单纯指粮食生产，他说的是农民的"问题"。这"问题"是一个相当宽泛的概念。但无论怎么宽泛，我想归根结底总离不开农业到底是进步了还是退步了，农民的日子到底是过好了还是过坏了这些最基本的命题吧？

2010 年正月十五，户县农民按照民间习俗耍社火。耍社火的队伍抬着举着各式各样的传统图腾和饰物游行。应当说，这是纯属民间自发的传统习俗活动。抬举出的传统图腾和饰物也是五花八门，各式各样的。而在这些门类庞杂的旗帜和匾额中，有一块并不特别醒目，却从此被许多人牢牢记住了的牌子。

牌子上写了四句话：

种地不交税，上学不交费，
盘古开天地，这是第一回！

那天，当我听到这件事和这首诗时，我禁不住有些发怔。这首诗是那么平直，那么朴素，却又站在了那么一个恢宏的视角和那么难得的高度。它以几千年中国的漫长历史进程为轨迹，极为朴素也格外生动地歌颂着改革开放的成就。它发生在距离西安不远的一座小小的县城里，是淡淡地发生，平凡地发生，自然地发生，却让我情不自禁地想起了 1984 年的国庆游行，想起了那次游行队伍中出现的"小平您好！""联产承包好！"以及人们喊出的心声："一号文件好！"

那天，是刘高明念出的这首诗，而在座的李百灵和刘志明也统统知道这首诗。

那天，我不是在听他们讲述农业的成绩，而恰恰是在听他们讲述农业和农村存在的问题,有时候说到痛心处,几个人义愤填膺,言辞激烈。

那天,之所以引发刘高明念出这首诗,是因为大家正在讨论一个问题:即再好的政策,也还需要有好的落实措施。比如现在农村中的老人都开始领取保险金了。按理说这是天大的好事,但是好事做到这里,却做得并不彻底——每次去领取保险金时,领取者都需要按密码,需要亲笔签字。偏偏有位70多岁的老太太,她既记不住密码,也不认识字。于是只好把领钱的权利交给儿媳妇。

而儿媳妇领了钱,就是不给老人。

那天,由这些农村中现存的问题说起,逐渐说到由于养老保险和医疗保险的逐步推行,农村中老人的地位明显地提高了,农村老人的生活明显地变好了,于是被触发了思路的刘高明顺口念出了这首诗。

那天陈罔台也在场。

陈罔台感慨地说:"现在中国的问题是不少。但是问题再多,大趋势都是好的!"

陈罔台说:"过去常说贞观之治、康乾盛世!平心想想,什么贞观之治,康乾盛世,它们对农民都没有做到这么好的程度,但是现在做到了!"

让我奇怪的是,自称常常去农村调研的甄教授为什么似乎从来没有听到过这些?为什么农民普遍称赞农业政策好。而他却认为不怎么样,甚至以相当尖刻的语气批评:8年时间把日本侵略者都赶出中国了,而如今的中国却连农民问题都没有解决好呢?

其实,只要抱着客观的态度想一想就会明白,眼下所有的人、也包括甄教授自己——就"三农"问题对政府发出的尖锐批评,目标都已经远不是为了让农民吃饱穿暖,而是为了让农民获得更大的尊严,甚至获得和其他公民一样的国民待遇,都是在巨大进步基础上的"更高"和"更好"。仅此一条,就最有力不过地说明了"一号文件"所取得的巨大成果,而绝不是相反!

但是甄教授为什么似乎不意识这一点呢?

甄教授认为"一号文件"只是"树梢"。"树根不动,树梢白摇"。他所谓的树根就是土地私有化并借此给农民以财产性收入。我们就根据他的理论来个反向思维——所有"一号文件"中提出的增加对粮食主产区的投入呀,推进农业结构调整和发展农业产业化经营呀,科技兴农呀,加快农产品流通渠道的改革呀,包括给农民免税呀,补贴呀,统统不去"白摇",而只需把"树根"一动,让中国的土地私有化,农民就肯定脱贫立即致富。

这到底是真的还是假的?又究竟是严肃的科学判断还是不负责任的个人臆测?

如果是真的,那么世界上固然有不少土地私有化了的国家的农民都很富裕,但更多土地私有化国家的农民却并不富裕呀!

比较总是在基本条件大体一致的情况下才有意义。就人口来说,印度和我们极为相近;就政治基础来说,越南与我们极为相近——这两个国家一个是始终实行的土地私有化,而另一个国家是在改革开放中实行了土地私有化。但是他们的农民却丝毫不比中国农民富裕,而明显地比中国农民贫穷呀!

其实,尖锐地批评中央的农业政策不好并非坏事,至少可以促进和推动政策由"不好"朝"好"的方面发展。但是一位口口声声自称学者的大学教授,用那样一种讥嘲和不屑的口气和方式,就让人觉得不像是在实事求是地探讨问题,倒更像是在哗众取宠地博取喝彩了。8 年时间确实把日本侵略者赶出了中国,没有人怀疑这是极其伟大的胜利!但是 8 年时间能不能把中国农村和农民的问题解决好,还真的不一定,甚至可以肯定不可能。中国农村的问题不是一朝一夕形成的,也绝无可能一朝一夕就得到解决。退一万步想,即使甄教授的观点都百分之百地正确,即使中央政治局常委和中国政府都百分之百地按他的设想去说去做,8 年时间就能把中国农民的问题彻底解决好吗?

恐怕除了甄教授自己,再就谁都不会相信。

在整个采访过程中,我曾大量地向农民提出的是两个问题:

第一,现在农村和农业政策怎么样?

第二,就你们记忆中,哪一阶段日子最好过?

农民的回答普遍是:

第一,现在的农业政策好!太好了!

第二,现在的日子就好过,无论和从前哪个阶段比,现在都是最好过的。

我不敢说百分之百的农民都会这样回答,但至少百分之九十以上的农民都是持这样一种看法的。

让我非常不理解的是，为什么没有话语权的当事者普遍说好，而站在大讲堂之上，掌握着话语权的甄教授却说不好呢？他们对同一事物的评判怎么会形成如此巨大的差距呢？

可以认为农民文化低，因此认识问题有局限性，他们只是与从前相比，是纵向相比；而没有横向相比。因此，他们说的好，实在只是一种有限的好。

但即使有限的好，是不是成绩？是不是进步？值不值得承认？应不应当肯定？

说句实在话，甄教授的那篇讲话，一方面让我看到了一些值得探讨的观点和问题，但同时，我也看到了一些令人担忧的地方。甄教授口口声声在说，"我向中央政治局常委讲了真话"，"我给中央写了十万字的报告"，"很高兴这些想法已经得到了中央层面的积极响应"——通读全篇，给我留下深刻印象的，不是知识分子追求真理应有的朴素和严肃，而是一种——什么呢？

为了慎重，也为了负责，我把甄教授的这篇讲话专门复印出来，给几位既有理论水平又有农村实践的人去看，请他们给个客观的评价。我希望他们有对说对，有错说错，实事求是，争取就这个问题展开一场有益的讨论。

结果很悲惨，几个人一致认为：如果这样的专家站在北京著名大学的讲台上，确实让人对今天北京著名大学的水平不敢恭维！如果中国的精英都抱着这样一种轻飘飘的态度搞关乎国家兴旺和社稷安危的"顶层设计"，这就让人不仅感到悲哀，而且让人感到担心！

我还想说两件事。

一件是在户县做第二次采访时，我曾向李百灵、陈冈台、刘志明、赵丰、刘高明等5人提出过土地私有化的问题。当时大家争论得非常激烈。争论到最后，我请他们用表决的方式表明自己的态度。结果5个人中，同意土地私有化的有1人，不同意的为4人。

还值得一提的是，当他们大多数人表示不同意土地私有化时，我从反向角度提了一个问题：如今到处征地用地，几乎形成一种潮流，也几乎成为一种灾难。能不能设想，土地实行了私有化，权利完全交给农民自己，这会促使农民更好地保护土地？

李百灵很尖锐地反问了我一句：如果政府的体制和机制得不到改变，如果政府还是主要依靠土地来吃财政饭，就算是土地都私有化了，个体的农民能保护住自己的土地吗？

第二件事稍稍有些戏剧性。

我在羊山村采访时，曾经组织了一次小型座谈。参加座谈的人都是临时在家的农民，有男有女。他们是——

羊山村一组村民杜耀永，45岁。

羊山村一组村民梁延武，55岁。

羊山村二组村民李露水，48岁。

羊山村二组村民冯永娥，37岁。

之所以要把他们的年龄写出来，是因为如果他们都是一群年轻人，那么很可能对土地没有任何感情，甚至不准备在村里干下去，因此他们对土地能否私有化的评析就很可能抱着一种不够严肃的态度。

为了松弛，真正谈出心里话，那天我们是自由而随便地围坐在一张圆桌边，一边喝着茶，一边海阔天空地聊天。

首先说到农业政策。他们一致认为，现在的政策太好了！低保的覆盖范围越来越大。

又说到种粮。他们告诉我，羊山种粮食不行。一年到头种下来，刨除成本就剩不了几个钱。而且他们地处山区，种庄稼全是靠天吃饭，风险很大。如果天下冰雹，谁也抵抗不了。好在现在羊山90%的田地都退耕还林了，政府给的补助，比辛辛苦苦种田还强。

我问他们，最希望什么？

他们众口一致地回答：希望自己的家乡能够建设起来。真正家乡建设好了，姑娘说不准，但儿子们会回来的！

我又问他们：土地私有化怎么样？赞成不赞成？

回答空前一致：赞成。

为什么？

因为还像从前那样吃大锅饭，根本没有积极性，日子过不起来！

因为把地分到各家，各家都全心全意经管，效果肯定不一样！

不能再回到从前，现在这样最好，就这样各家各户承包。

……

你一句我一句，说得我有些发怔，他们说的究竟是什么私有化？

又继续说了几句，我这才搞明白，他们理解的私有化，其实就是眼下这样的分田到户。和我所讲的土地私有化完全是两个概念。于是我重新解释，所谓私有化，就是土地彻底交给他们，没有什么30年、70年变不变的，就是他们自己的土地，他们想种什么就种什么，不想种什么也没人干涉。如果遇到困难，可以用地去抵押，也可以卖掉它！

四个人顿时灵醒过来，竟又空前一致地喊：不同意！

他们说：这不行吧，要是有人赌博赌输了，把地卖了呢？

他们说：要是有人吸毒吸上了瘾，把地卖了呢？

他们说：就算不赌博不吸毒，碰上那号不过日子的二流子，早早就把土地卖掉呢！

我问他们：会有人把地卖掉吗？

回答又是空前一致：当然会！

羊山村农民的回答，让我想起了经常给中央领导献计献策的甄教授，在他眼里，土地是农民的命根子，是农民生活的寄托，他们怎么会因为喝酒而去卖地呢？

不能仅从书本和理论上去破解"三农"

2011年到2012年，我先后去了神木4次。除过有一次是马维骥和榆林市委政研室办公室主任李能飞陪同去的以外，其余3次都是单独去的。我去了煤矿，也去了农村，尽管了解得远远谈不上深入，但多少有些感触。

在神木，煤矿和当地农民的关系总的来说都处得不错，能处到这样一种状态，是相当不容易的。

但细细地品嚼，我还是发现，煤矿企业和农民的关系始终都处在一种明里暗里的博弈中。

博弈的核心是利益。

熟悉神木的人都知道，神木分为南北两个大的地块。北边的几个乡镇比较富裕，南边的相形之下，就穷得多——其实这也是整个榆林的地域特点。北边的所有县、乡镇、村庄和农民，都比较富裕。而南边的却普遍比较穷。原因在于，北边地下有煤，南边却没有。

《中华人民共和国矿产资源法》第三条规定：矿产资源属于国家所有，由国务院行使国家对矿产资源的所有权。地表或者地下的矿产资源的国家所有权，不因其所依附的土地所有权或者使用权的不同而改变。

显然，结论是清清楚楚的，煤炭属于国家，不属于农民个人。

但事实上，你只要在农民的土地上（其实绝大多数是在农民的土地下）开采煤炭，都不可能不照顾到农民的利益。这利益不仅仅是补偿，而且是在所有的方面都必须满足或者基本满足农民们的要求后才能够开采。我在神木和府谷的几家煤矿采访时，都碰见这样的问题。韩家湾煤矿不说了，在矿区跟前住着的几位农民都不是什么百万元户，而是千万元户。就这仍然不停地向企业索要补偿。补偿分为两类：一种是正当的，一种是不那么正当的。正当的补偿永远需要肯定并予以支持，但现实是，有一些明明不那么正当，甚至远远超出了正当的补偿要求，只要农民坚持着大闹，一般都会以农民获胜而告终。

2012年5月我到神木的张家峁煤矿去了大半天。煤矿副书记高向阳接待了我们。高向阳是陕北本地人，之所以调他到这里担任副书记，一个非常重要的考虑就是协调和地方农民的关系。

那天，高向阳刚为我们泡上茶，办公桌上的电话就响了。原来是当地一个村的农民闹事了，有关方面要求他尽快去协调解决。

我问高向阳，到底是什么事？

他说：是农民水地的补偿问题。

难度大吗？

他感慨地摇摇头：太大了！

为什么难度这样大？

因为农民要求太高了！

这些年，媒体上普遍报道的是农民是弱势群体，是受欺侮的对象，也是需要照顾和关怀的群体。这是事实,也确实值得高度关注。但是另一方面,我在走村串户的过程中,也确实听到了许多农民为实现自己不那么正当的利益而拦车毁路、群访群闹的事件。

我问高向阳农民要求是怎么个高法?

原来,煤矿在采挖中无疑会影响甚至破坏原有的地下水资源。这一次是影响到一片农民的水地。陕北的土地大多是在沟峁上,能够浇得上水的地不多。因此这些水地也就格外金贵。按照神木的地质和气候条件,每亩水地大约产粮在 1000 斤。换算成钱,也就是 1000 块钱。神木县政府为了照顾农民的利益,经与煤炭企业协调,按每亩水地 2000 元的标准补助;而且不是补一年,是年年都补。

这意味着同样的一片田地,农民们不用劳动,就可以得到比下苦劳动要多出一倍的钱。

但是农民们不愿意,提出每年每亩地必须按 1 万元的标准进行补偿。

企业不答应。是不能答应,也不敢答应。

结果农民们就毁路拦车,让你无法生产。他们心里清楚,他们是为自己的土地闹事,说得再严重一点儿,是为自己未来的生存闹事,一般而言,这种闹事天然就有了一种神圣的、可获得同情的支点;并且现在的政府讲究和谐,不敢把他们怎么样。所以最终他们的要求会得到兑现。

当我了解到上述情况,并且了解到这种情况绝不只是偶然事件时,我对只有土地私有化才能保证农民利益的观点产生了怀疑。我发现现实生活中的情况远比理论上的论述要复杂得多。

我清楚地知道,在全世界范围内,绝大多数国家都实行的是土地私有制,他们并没有因为实行了这种制度而出现我们想象中的那么多问题。也正因此,现在在学术界搞土地私有化甚至成为一片压倒性的呼声。这让我格外担忧。因为旁人做起来很好的事情,放在自己身上未必就好。从长远来看极好的事情,放在眼前未必就好。甄教授曾经很不屑地说,公有制有什么不可触动的呢?它在中国"不就是 55 年吗"?——放在历史的长河中,55 年确实不算长,但是放在一个具体体制的建设中,55 年又确实不算短。即使把公有制视作不正常的躯体,这个躯体也是在长时间的框缚下形成的,并且一旦形成,原有与之依附的条件和环境也就随之发生了极大的改变。老话说,病来如山倒，病去如抽丝。恢复从前的状态完全可以，但必须有一个过程，绝不可不顾病体的实际，而只是闭着眼睛强下猛药。否则不仅欲速则不达，并且会使事情呈现出不应有的糟糕和混乱。

我绝对相信，集体所有的土地承包制在今天有它的弊端，我也绝对相信利用手中的权力来开发并侵犯农民权益的事情现实地存在着，这是当前腐败突出的问题之一，也是党和政府应当采取坚决措施予以打击和铲灭的现象之一。但是另一方面，大多数农民通过开发而获得利益同样也是事实。这并没有因为土地集体所有还是私有而改变。至少在现阶段，实行长期不变的土地承包制不仅在调动农民生产积极性上起到了极大的作用，并且在维护农民权益的公平上同样起到了巨大作用。而这种巨大作用暂时还不可能被其他政策所代替。也因此，我们不能不顾眼下中国的实际，认为只要土地一私有化，就万事大吉了——有些坚决提倡土地私有化的人甚至认为土地私有化的优点之一是可以帮助中国实现计划生育，而事实证明，计划生育这道空前的大难题的解决恰恰是在土地现有制度下解决的。

实践反复证明，没有任何一项政策会是十全十美的。如果把土地私有化的利弊拿出来权衡和分析，进而得出比较公允的结论，这是科学态度。如果一提土地私有化就连声叫好，催促快干，这就值得警惕了。中国的农民很淳朴。但农民同样是人不是神，他们在值得我们尊敬和同情的同时，也同样存在着许多非常明显和突出的缺点。在追逐利益最大化这个问题上，他们甚至丝毫不比官僚腐败阶层更节制和更收敛。面对着如此复杂的人群和局面，我们只能面向实际，而绝不能只盯着外国现成的经验去论说土地制度的好坏。

在神木中鸡镇，我去没有开发的托拉湾村采访，接触了几位上了年纪的农民。采访中我问了很多问题，其中一个问题是：当下你们最大的希望是什么？

回答：最大的希望是希望政府尽快来征迁！

他们非常坦率地告诉我：神木这个地方，凡是开发的地方，农民就富起来了。不开发的地方就不行。所以他们急切地盼望着开发。

这和我平素印象中农民是强烈反对征迁的有着多么巨大的差别！

生活是多么复杂，又是多么曲折。

纯粹的理论我没有研究。我只是从与农民的接触和从农村一系列事情的发生发展中感觉到,恐怕农民的土地私有化问题、农民如何变成城市居民的问题、农民如何获得和保障自己权利的问题,农民的发展和进步的问题,是一门太了不得的大学问和大课题!仅仅从书本上、理论上,甚至外国现成取得的经验和成就上去研究这门大学问,破解这道大课题,是万万不能也绝对不行的!

事情真的这样简单吗?

前文说过,在我走过的几乎所有的村庄,无论陕北还是陕南,也无论是平原村庄还是山区村庄,青壮年几乎全部都打工出走了。

许多人的担心恰恰就在这里。如果说农业是我们国家的基础,那么这个基础正在被强有力地消解。

该怎么保护农村、稳定农民?

一些人甚至提出了极端的主张:解决这个问题其实很简单!一个户口制度再加上一个粮食关系制度,就把你限得死死的,你休想走出农村一步,你不想种地也得种,你不想当农民也得当!

这事实上是退回到从前"极左"时代的老路上去了。

而另一些人则认为,必须坚决提高农产品价格。其中一些人甚至尖锐地提出:如果国家真的关心农民,那其他空话都可以不说,一步到位地把农产品价格提上去,许多问题就会迎刃而解。

事情真的这样简单吗?

比如,农产品提高到什么价格为好?

如果要和城市人的平均收入保持着差不多的水准,起码得将现有的粮食价格提高5倍。

我们就姑且按照提高5倍的价格来计算。

我曾去西安临潼区纸李村南堡子组农民师凤芹家做调查。她家共有8亩地,年成好的时候小麦亩产能到700多斤,年成不好就只能打500多斤。玉米产量比小麦要高一些。2011年玉米平均亩产800斤。

将这8亩地全部种上粮食,以每亩地夏、秋两季共收获1400斤计算,2011年全年共收入11200元。刨除成本,净收入约为1万元。再提高5倍,全年收入为5万元。

应当说不错。

尽管全年收入5万元与城市人相比,还只能算中等收入。但考虑到农民在农村的各种支出很少,尤其是他们许多生活必需品根本就不需要花钱。因此5万元的收入不说抵得上城市人10万元的收入,起码抵得上七八万元的收入。

但是旬阳羊山村和宝鸡十二盘村可就大不相同了。

这两个村都地处高寒,所以粮食只能种植一季,并且产量不高。以十二盘为例,由于地力瘠薄,2011年十二盘刘文忠家13亩地全部种植粮食的收入只有1400元,粮食价格提高5倍,全家收入不过7000元。即使提高10倍,全年依靠粮食收入也只能达到14000元。

人均收入不足2000元。

可见,由于地区的差别,环境的差别,土地拥有量的差别,即使粮价大幅度地提高了,农民也并不能走出一条共同富裕的道路。相反,还会富的富起来了,穷得却变得更穷。

不仅如此,如果我们强行把粮食价格提高5倍,那么农民种植粮食的积极性肯定大增。但与此相匹配的是,原本种蔬菜的农民肯定就不再种植蔬菜了。种苹果、猕猴桃的农民肯定就不种苹果和猕猴桃了——除非将蔬菜、苹果、猕猴桃以及其他相关的种植品也统统提价。

而这样提价的最终结果会是什么呢?

问题还可以再继续向前推进一步。

粮价不高,影响到农民种植粮食的积极性,这个现象被大家普遍地注意到了,引起了大家的警觉。但是反过来想,如果农民种植粮食的积极性空前高涨,就一切都好吗?

当年在农业税费沉重的时候,原湖北监利县棋盘乡党委书记李昌平曾经大胆地给朱镕基总理写信,直言不讳地反映农村面临着的严峻形势和农民的不堪重负。他的"农民真苦,农村真穷,农业真危险"从此成为90年代反映"三农问题"的名言,并由此引发了中国农业政策上的一次反思和调整。

我们不能不认为,李昌平是一位对农民怀着深厚感情的、敢于仗义执言的人。

我曾经看到一篇李昌平写的文章,这篇文章也写到了有关粮食价格的问题。这篇文章的标题是《"三农"问题再进言》。从内容上看,显然写在2004年全国普遍取消农业税之前。

文章说:

今年以来,全国有8个省、市、自治区基本取消了农业税,全国大多数省农业税率一般都减到5%以下了,农民种地的负担相对2000年减少了70%;而另一方面,粮食等农产品又大幅涨价。以稻谷为例,每公斤由1元涨到了1.7元,涨幅70%。而农业生产资料的涨价幅度只有20%~30%。这样一来,种1亩地的收入相对2000年增加了500元以上。由此诱发了一系列潜在的矛盾:

一是大量的农民工返乡种地,一时间广东、福建出现了招工难。这既不利于城市经济发展,也不利于农村经济发展。

二是过去的抛荒地,由村委会转包给其他农户承包,现在外出打工的人回来要自己土地,而占用地的人以合同没有到期为由不同意给地。

接下来还有许多内容,但那些内容大多是讨论免除农业税的利弊,我们不再引用和赘述。

从李昌平所写的内容来看,他并不赞同单纯的提高粮食价格。

为什么?

请注意李昌平文章中的一句话——种1亩地的收入相对2000年增加了500元以上,由此诱发了一系列潜在的矛盾。

由于李昌平这篇文章比较长,且专业性质的内容太多,我们不逐一细述内容,我们只说大致,只说宏观——中国的粮食问题是一个非常现实的问题,也是一个非常复杂和非常敏感的问题。如果粮食生产不足,那就要饿死人。但是如果粮食生产太多,粮食掉价的趋势就无法逆转。也因此,国家一方面应当全力保护农民种植粮食的积极性。另一方面又不能一味地鼓励农民去种植粮食。可以设想，当农民其他什么全都不顾，只是一股脑儿地埋头种植粮食时，恐怕收获的将不会是希望，而恰恰是失望。

在整个采访过程中，我发现需要涨价的绝不仅仅是粮食。

2012年4月，我在杨凌生猪标准化养殖实训基地采访时，年轻的厂长张强接待了我。张强原籍甘肃天水。他从甘肃农业大学毕业后，应聘到陕西杨凌本香农业产业集团公司工作，并很快在这家养猪实训基地担任了厂长。

张强所在的生猪标准化养殖实训基地，是一个现代化的生猪养殖基地。按照规划，生猪的年出栏量应为18万头。由于各种配套措施还没有上齐，2012年预计生猪出栏量为两万头。我去采访时，他们新近才出栏了4500头生猪。

我问张强：现在肉价是多少？

回答：毛猪价格7块2。

这个价格你们有什么收益？

没有收益。是亏损的。

我有些吃惊，问他怎么办？

张强回答，没有办法，只能等待肉价上涨。

会上涨吗？

张强回答不出。

那天，陕西省畜牧局畜牧处处长刘收选陪同着我。我问刘收选，猪肉价格一般会以什么样的规律波动？

刘收选告诉我，总的来说，是根据市场的供求关系在波动。一般来说，春节之后到五一节期间，猪肉价格是淡季，以后会逐月上升。尤其是进入十月份以后，价格基本上呈逐月攀升的态势。越往年跟前走，价格会越高。

大概他看出了我的担忧，笑着说了一句：猪肉涨价不得了，猪肉降价了不得。

我不理解这句话的含义，请他解释。

刘收选告诉我：截至目前，中国人日常的肉类消费中，猪肉仍然是占第一位的。猪肉一旦涨价，顿时将引发方方面面的连锁涨价。就这个意义而言，不少人认为猪肉价格的上涨是社会整体价格上涨的推手,甚至有人认为中国的 CPI,在很大意义上就是猪肉的 CPI。

2011 年猪肉价格曾经猛烈上涨,结果民怨沸腾,连我这个从来不买菜做饭的人都听到了强烈的抱怨声。而随着猪肉价格上涨的是,许多其他产品也都紧跟着上涨。一时间,地球将毁灭的感觉笼罩在居民头顶。到处是不满的牢骚,到处是对物价上涨的担忧,到处是对政策尖锐的批评。

细细回想,改革开放初期,人们对改革开放倾注了极大的热情,也寄予了极高的期望。那时候,全国人民不分阶层,不分老少,几乎众望所归地盼望改革和参与改革。但是后来,当改革一步步走向深入后,人们却渐渐地有了牢骚,有了不满。而在诸多的牢骚和不满中,官场腐败和物价上涨是最重要的两个。

就这一点而言,肉价的上涨确实不得了!

但是另一方面,猪肉降价又将导致什么结果呢?

果农种植苹果,固然果价走低会使他伤心,但他不至于把果树砍掉。除非连续几年的价格走低,使得果农们彻底失望。但养猪就不同了。今年价格不好,明年农民就会不养。而明年不养的结果是市场上猪肉稀缺,而这就孕育着猪肉更猛烈的上涨势头。

如果真的这样轮番波动,它造成的结果是:农民在养不养猪的问题上会更加犹豫难决,居民在忽高忽低的价格中会更加牢骚满腹,政府在百姓的抱怨和批评中会更加忧心忡忡。

曾经有经济学家提出,鉴于中国多少年来实行的低物价低消费政策,也鉴于中国各类产品价格的不合理现象,恐怕在相当一段时间内,应当主动采取一些涨价政策,让整个社会在合理的涨价中实现进步和发展。

作为经济学观点的一种,这个观点是否可取和可行,我没有资格评说。但是至少从社会和政治层面看,这种由涨价来促使经济发展的设计实在是担着巨大的风险!

只要我们稍稍对改革开放三十多年的历程做个回顾,就一定会发现,在所有引发社会牢骚以及社会风波的各种因素中,物价上涨是最重要的因素之一。

为什么?

当然有财富缩水的原因,当然有不堪承受的缘故,但是我个人认为更重要的还不是这些。

中国人长期养成的一个传统是勤俭持家。这种观念不仅成为一种美德,并且事实上也是普通公民能够对生活抱有巨大信心的原始动力。穷人可以钱赚得比富人少,但是有一条却绝对不能缺少,这就是对生活的希望。尤其对处在弱势状态中的人来说,是否能够让他们看到生活的希望实在是太重要了!必须让他们感觉到,生活是有前途的,是充满光明的,是可以通过自己的努力实现梦想的——今天买不起房子这没有关系。我可以通过省吃俭用,用10年甚至20年的积攒来买起房子。学费太贵,供不起孩子上大学没关系,我可以早早就开始积攒,通过积少成多,积弱而强的方式来供养我的孩子上大学!

但是没有想到物价却一个劲儿飞涨。

物价飞涨对那些富裕人士当然也意味着财富的剥夺和减少。但富裕人家之所以富裕,就在于他们找到了一条能够使财富迅速增值的道路,就在于他们已经搭建起能够迅速积累财富的平台,但是对贫穷百姓则完全不同了,物价飞涨意味着他们不仅赚不到那么多钱,而且连省吃俭用积攒钱的希望都破灭了。这就使他们陷入一种毫无希望的绝境中。

人们常说幸福和不幸福,其实幸福和不幸福最本质的区别就在于你的生活是否充满希望!

何况,不仅仅是弱势公民,就是所谓强势的国家公务员,在这样一种物价不稳的情况下,又会是怎样一种心态?一位官员告诉我,他至今家里没有第二套房子,至今没有购买小汽车等任何奢侈品,他一生勤勤恳恳,节俭储蓄,唯一的希望是能够在退休以后,用积攒下来的钱安安逸逸也舒舒服服地安度晚年。

但是面对着不断上涨的物价,他已经彻底失望了。

他说:政府到底是怎么回事?难道真的是想用涨价这种手段来把老百姓的利益彻底剥夺光吗?

而据我所知,一些官员变得很贪,变得无贿不受,原因固然很多,但是其中也有一个原因就是他们不知道前面的情况会是什么样的。他们未来生活中的不确定因素实在太多,这就使得他们怀有一种普遍的担心,他们不指望大富大贵，但是却担心变得很穷。

这种担心同样普遍地存在于普通公民的心理中。

于是整个社会中，多多地赚钱就成了一种潮流。这种潮流的出现，本身已经有强烈的动因在推促，再加上道德风尚的堕落，加上社会保险和救助体制的缺失，加上人们对更富足生活的向往，各种各样的因素汇聚在一起，最终形成了钱的世界！钱就是生活的主宰，钱成为人生的一切！

于是在整个社会中，怎么样来保证自己手里的钱不贬值不消失就成了一个人人关心的大问题。起码在我身边，有不少人手里一有了钱，就立即买房。因为实践告诉他们，所有的东西都在不停地涨价。对他们来说，绝大多数东西无法保存，因此只能去购买能够长期保存的房屋（如果土地允许买卖，他们也一定会挖空心思地去买土地）。他们买房根本不是需要去住。而只是为了使自己手中的钱不再贬值。结果现在走到任何一座城市去，你都会发现新房子盖了一幢又一幢，但是晚上却没有几间房子亮着灯。这些房子全空着。因为空着也会增值，至少不会让手中的钱贬值。在这样一种畸形的经济状态下，一方面，多少需要房屋住的人压根儿买不起房；另一方面，多少完全不需要房的人手里握有大量的空房！

即使这样，即使大家通过一切办法来使手里的钱保值增值，即使国家通过加薪来缓解老百姓面对物价上涨形成的压力，仍然不能化解一个普遍的焦虑：未来到底是什么样的？媒体在告诉人民，若干年后收入会翻一番甚至会翻两番三番，但是若干年后物价会翻几番呢？人们心里普遍没有底！而对绝大多数人来说，他们并不期望未来收入能够增到什么程度，而首先希望自己手里现实拿到的钱是扎扎实实和物有所值的。未来的烧饼再好，它充不了饥。而现实情况则是，已经到手的烧饼正一个劲儿缩水！

还有许多许多……

如果我们客观地做些分析，就一定会得出结论，从本质上说，物价不断上涨带给人民群众的绝不仅仅是一时的牢骚，而是生活的绝望。一旦对生活绝望，民众的情绪将是怎样的，整个政府将处于何种状态中，这似乎用不着再做任何分析——事实上，改革开放这么多年来，谁能闭着眼睛说改革开放成绩不大？谁能昧着良心说改革开放不好？成绩之大，五千年未有。于国于民之好，同样是五千年未有。但为什么？却还有着那么多的不满？

我没有去过北欧那些幸福指数比较高的国家,但是我了解到,这些国家的富裕程度却并非都是最高的,他们人民享受的物质也未必就是最好最多的,但他们的物价却是最稳定的。对处于改革开放状态中的中国来说,稳定物价绝不是简单的稳定经济,它更是在稳定政治,稳定社会,稳定人心,稳定整个改革开放的大局!应当看到,物价飞涨给人们带来的阴影实在太巨大了,物价飞涨所造成的社会恶果实在是太可怕了!如果不站在这个基点上去统筹中国政治经济社会全面发展的大局,而听任一些经济学家一厢情愿的理论设计,那将是非常危险的!

第八章 田野依然充满希望

靖边的《七笔勾》
黄家峁为什么获得成功
摆脱贫穷的根本出路
池河畔的明星村
全新的养猪水平和养猪理念
许多事情仅靠农民自身是难以实现的
科学技术是第一生产力
田野依然充满希望

田野依然充满希望
Tianyeyiranchongmanxiwang

靖边的《七笔勾》

毋庸讳言,当农村改革发展到今天,农业和农民面临着尴尬的两难。

一方面,农民务农需要看到合理的收入,否则稳定农民就是空谈;另一方面,粮价又不能大幅度地提高,农民通过种庄稼根本不可能获得满意的收入。

在这样一种尴尬的境状中,究竟应当怎么办?

一些人针对农民种植粮食的困境,纷纷提出了各自的想法。归纳起来,有以下几条:

第一,在城市的超市里,一斤面粉动辄3元钱。这个价格是小麦收购价的3倍。为什么加工和流通这些中间环节竟然把粮食生产利润的大头拿走了?能不能采取措施,尽可能压缩中间环节的利润,尽可能多地把利润留给农民?

第二,不提高粮食价格不等于让农民低收入甚至亏着本干。我们现在讲工业反哺农业,随着国家经济实力的不断增加,能否考虑对种植粮食的补贴继续加大力度?

第三,尽管提高粮价会带来不少负面效应,但是假设党和政府权衡了各方面的利弊,认为真正应该提高粮价时,仍然要坚定不移地下决心提高。农民曾经付出了巨大的牺牲支持城市建设,也支持了城市居民的生活,只要宣传教育工作到位,城市居民是完全能够心情愉快地接受涨价之苦的。在这个问题上,唯一需要注意的是:必须坚决杜绝其他各种物资搭车涨价。如果其他物资也随着粮食的涨价而涨价,那不仅前功尽弃,而且不如不涨!

第四,不提高粮食价格不等于不提高农民的收入。各级政府可以在提高农民的收入上多动心思,多下功夫。

当我问到应该怎么样来提高农民的收入,又通过什么途径、什么营生来提高农民的收入时,大伙儿各执一说,回答得五花八门。

也许,这样一种五花八门的回答,恰恰是今天农村面貌的真实写照:提高农民收入的道路绝不是单一的,它客观上呈现着一种丰富和多元。

我第一次去靖边县，就听说靖边县东坑镇黄家峁村出现了一个新现象：从前出外打工的农民现在纷纷回到了村里。

这令我非常惊讶。

记得当时我曾问黄家峁村党支部书记闫志奇：为什么会出现这样一种情况？

闫志奇回答：关键是村里人均收入上了两万，他出外打工还有啥意思？

那一回由于时间关系，也由于调研是采用召开座谈会的方式进行的，所以对黄家峁的了解始终不够深入，也使得我心里始终不落实，始终不踏实。

半年以后，我再一次去了靖边，这一回是专程去黄家峁。

那天我是搭一位朋友的顺车去的。朋友要去榆林，路过靖边，我让他在靖边把我甩下来，之后用手机和靖边县文联的霍竹山联系，请他帮助我去黄家峁村。

没过几分钟，霍竹山开着车赶到了。

见到我，他第一句话先问：要不要见见县上的领导？

我说不需要。就直接去黄家峁。

霍竹山很痛快，手一挥：那就走！

小车迅速开出城区，又迅速驶入高速。

年初来靖边时，由于行程安排得紧，我甚至没有顾得上看一下周边的环境。这会儿坐在副驾驶的位置上，视野比较开阔，时间又比较悠闲，我就顺便打量了一下周边。5年前我曾来过靖边，和5年前相比，靖边又有了很大的发展。道路变得开阔了，环境变得整洁了，高楼比前几年增多了，一句话，给我的感觉是越来越现代了。

不到20分钟，小车下了高速，驶入普通公路，也迅速融入了乡村田园。我看见路两旁的玉米快熟了。每棵玉米秆上都结着两穗硕大的玉米棒。田地里偶尔种着些其他作物，也都茂盛而蓬勃。抬眼看远处，是一座影影绰绰的山脉。大片平展的土地就沿着这山脉铺展过来。时间接近黄昏，太阳有了角度，灿烂的光辉斜斜地沐浴着大地山川。细细品辨，大地绚丽辽阔，气氛静谧温馨。此情此景，对于久居城市的我竟有一种莫名的亲切，也平添了一股难耐的激动。

田野依然充满希望

细想想，激动些什么呢？

是绿色！

抬眼四望，眼前到处是葱茏的绿色——绿色的庄稼，绿色的树木，绿色的草丛。不见寂寥光秃，没有荒凉凋敝。这使我由不得想起了历史上那位写"种树俚语"的知县丁锡奎。或许，这份难得的绿色也有他的一份功劳！

再想想，不是或许，而是肯定。肯定有他的功劳。

历史上，靖边是个蛮荒之地。

从前，许多人都知道"三边"，知道它的穷，知道它的落后。这"三边"指的就是靖边、定边和安边。我看过不少描述"三边"的文章，概括起来，这些文章对"三边"的描述不外四条：刮大风，地瘠薄，人丑陋，家贫穷。

但是真正最让"三边"人不堪的，还数清朝光绪年间巡抚王斋堂来三边巡视后写下的《七笔勾》：

> 万里遨游，
> 百日山河无尽头。
> 山秃穷而陡，
> 水恶虎狼吼；
> 四月柳絮抽，
> 山川无锦绣。
> 狂风阵起哪辨昏与昼，
> 因此上把万紫千红一笔勾。

这是开头第一段，写的是风光。

接下来写的是住宿环境——

> 窑洞茅屋，
> 省去砖木全用土。
> 烈日晒难透，
> 阴雨更肯漏；

砂土砌墙头,
灯油壁上流。
掩藏臭气马粪与牛溲,
因此上把雕梁画栋一笔勾。

再下来是衣饰穿着——

没面皮裘,
四季常穿不肯丢。
纱葛不需求,
褐衫耐久留;
裤腿宽而厚,
破烂亦将就。
毡片遮体被褥全没有,
因此上把绫罗绸缎一笔勾。

再下来是饮食——

客到久留,
奶子熬茶敬一瓯,
面饼葱汤醋,
锅盔蒜盐韭;
牛蹄与羊首,
连毛吞入口。
风卷残云吃尽方撒手,
因此上把山珍海味一笔勾。

再下来是文化、女性和习俗——

堪叹儒流,

一领蓝衫便罢休。
才入了黉门,
文章便丢手;
匾额挂门楼,
不向长安走。
嫖风浪荡荣华坐享够,
因此上把金榜题名一笔勾。

可笑女流,
鬓发蓬松灰满头。
腥膻狰狞口,
面皮赛铁锈;
黑漆钢叉手,
衣裤不遮羞。
云雨巫山哪辨秋波流,
因此上把粉黛佳人一笔勾。

塞外荒丘,
土鞑回蕃族类稠。
形貌如猪狗,
心性似马牛。
语出不离毬,
礼义何谈周。
圣人传道此处偏遗漏,
因此上把礼义廉耻一笔勾。

  我不知道这位巡抚之所以写下《七笔勾》是不是有什么特殊的缘由,是不是内心里对这里怀有一种隐秘的私仇,起码他笔下的字句中透露出一种对"三边"地区肆意的不屑。
  尽管如此,有一点却可以肯定,生活是创作的源泉,哪怕是恶意侮辱,他能够写下这样一首具体而生动的词,不说亲眼所见,至少也是建立在一种耳闻的生活基础上的。

而如今,走在靖边的土地上,大地染翠,高速游龙,蓝天如洗,柳绿花红,哪有丝毫山秃路陡和马屎牛溲的痕迹?

时代确实进步了!

赶到黄家峁村,已经是下午5点多钟。

闫志奇在村委会里忙碌着。看见我,似乎不认得,又似乎还有些印象。我只好自我介绍了一番,他恍然大悟,说:是的是的,年初咱们见过。

又问:这回来做甚?

我告诉他,我想知道黄家峁村是怎么发展起来的?他说的黄家峁村人均收入两万元到底靠得住靠不住?如果靠得住,这两万元的人均收入又是依靠着什么实现的?是靠种植还是靠其他副业?

他毫不犹豫地回答:当然靠种植。种植收入占到了百分之七八十!

都种了些什么?

蔬菜和粮食。

种蔬菜和粮食收入能有这么多?

他看看我,笑起来:看样子你不信。

闫志奇告诉我,他是2002年开始当村主任的。当时村上欠账52万多元。那时候不管村上办什么事,全都伸手向国家要贷款。尽管也想了许多办法,做了许多探索,但直到2005年,全村的人均收入也不过三四千元。

让黄家峁发生转变的是2006年。

2006年,县镇领导带领全县的村干部到全国各地去考察。先后去了山西、山东、北京和陕西的杨凌农科城。

这一考察,眼界就开了。

对处于封闭状态中的陕北人来说,有的是胆量,缺的是眼界。眼界一开,陕北人天性中的大胆和泼肆就再也拢不住。回到村子,他们很快理清了发展思路,很快调整了产业结构,毫不犹豫地拿出100多亩好地来种红萝卜。

这一种了不得,当年红萝卜亩产近万斤,而且非常好卖。粗粗一算账,种一亩红萝卜的收入等于种了三亩玉米。

田野依然充满希望

需要说明的是,当我在靖边采访时,有一个情况是我绝对没有想到的——黄家峁村种植的玉米亩产在2000斤以上。尤其是2007年,他们连片种植了100多亩玉米,平均亩产2468斤。

此前,我去了陕南,走了关中。在最富庶的关中平原地带,玉米产量至多不过1200斤。而在环境闭塞的塞上高原,玉米的亩产竟达到了2468斤。这比关中最好的土地上的产量还高出一倍!

凭着采访积累下来的经验,也凭着对陕北和关中地理气候的了解,我无法相信。

我反反复复地向闫志奇提问:究竟是偶然一亩地达到了这个产量,还是100多亩地都达到了这个产量?究竟是偶尔一年达到了这个产量,还是年年都能够攀登到这个产量?

回答:

第一,这是100多亩地的平均产量。当时产量是按公斤测算的,平均亩产1234公斤,折算成市斤,平均亩产2468斤。没有一点儿水分!

第二,这个产量不是由黄家峁的农民自己测算的,而是由外地和北京来的专家们测算的。那一年黄家峁村的玉米种植情况,中央电视台都有专门报道。

第三,在靖边县,不是所有耕田都能够达到亩产两千斤以上。以黄家峁村为例,村里的田地分为两种,一种是水地,一种是旱地。水地的产量高。旱地不行,只能产到一千多斤。不过在整个靖边,只要是水地,就都能够达到两千斤的产量。

闫志奇讲着,我听着,心里始终半信半疑。

我问闫志奇:为什么你们会选择种植红萝卜?

回答:种红萝卜投入少,一亩地投入60元的种子,120元的肥料,再放几次水,总计下来,成本不超过二百五六十元。

闫志奇说,2007年种红萝卜见到效益,不仅鼓励了大伙儿,也使他的胆子更大了。第二年他便组织村民搞起了720亩大棚菜,算是迈出了设施农业的第一步。他心里清楚,在靖边无论种植大田菜还是培育大棚菜,质量都绝对一流。原因在于这里无霜期短,植物生长期长,加上早晚温差大,通风好。

因此他信心十足。

但是没有想到头一仗就打败了。

之所以打败,不是蔬菜产量低,更不是质量差。而在于时机不对。

黄家峁村的辣椒和红萝卜都是为南方市场提供的。按照计划,辣椒从元月15日开始育苗,3月17日至4月10日之间进棚,6月20日至7月15日之间销售——让他们没有想到的是,2008年初一场冰雪灾害,把南方的许多蔬菜大棚压倒了,使得南方大棚蔬菜整体推迟了上市日期。当靖边县的蔬菜按时限要求运到南方时,恰好和南方刚上市的蔬菜碰在一起。由于长途运输等各方面的限制,靖边生产的蔬菜价格根本无法与当地的蔬菜比拼。结果在市场供大于求的情况下,本来可以卖到5角一斤的辣椒,最多只卖到了2角。

这一来,黄家峁的村民们窝火透顶,埋怨不绝。

更严重的后果是,当2009年闫志奇要继续搞设施农业时,没有人再相信他。

闫志奇给村民们做工作:虽然今年咱收入不多,但仔细算账,还是划算的。今年你投入了3000元,好好歹歹也收回来了3000元。表面上好像啥都没赚,但是你的铁架子、地膜——这些材料明年不是还能用吗?这不就算是赚了吗?

但是根本没人听。

左动员右动员,就是没人跟他干。闫志奇急了,他干脆通过土地流转,从附近的农场承包过来240亩地,自己单独干。

由于有了2008年的教训,闫志奇把每一步骤都考虑得很仔细,安排得很周详。从选种育苗,到进棚采摘,直至运输上市——

结果一帆风顺!

当年平均下来,每亩红萝卜收入1万元!

这一来,没有任何人动员,村民便自动聚集在村干部周围,并按照他们的要求进行种植。是按"三三制"种植:三分之一种大田蔬菜,三分之一种设施蔬菜,三分之一种玉米。

短短一年时间,黄家峁村人均收入便由8000元猛增到17000元。

完全像是战场上的进攻一样,尽管你手里掌握着一支很有战斗力的队伍,但如果失去进攻的明确方向,这支队伍就必将成为没头苍蝇,东一榔头西一棒槌地乱打，最终以惨败告终。反之，一旦目标明确，又找到了恰当的突破口，局势就会神速发展。

第二年黄家峁村集中劳力，全面种植红萝卜、辣椒、玉米这三大主力。当年人均收入又迅速突破了20000元。

至此，从前一个劲儿朝外走的人，现在纷纷掉头朝回流。

黄家峁为什么获得成功

我向闫志奇提了一连串的问题。

问：2008年失败了，2009年又接着干，你为啥有那么大的胆子？

答：要是咱种的菜产量不行质量不行，那给我多大的胆子我也不敢弄。问题不是这样嘛！咱一有产量二有质量，还怕个甚？

问：蔬菜的质量好坏能看出来吗？

答：当然能。

问：怎么看？

答：拿辣椒来说，咱的辣椒成色就像打了蜡一样，油光光亮铮铮的，在武汉市场上一亮相，谁看了都喜欢。

问：你说黄家峁的蔬菜必须在6月20日至7月10日上市，蔬菜上市的时间有这么严格吗？

答：当然严格。咱们的红萝卜如果种在3月份就不值钱，肯定亏本。

问：为什么？

答：因为厦门的萝卜是2月到4月上市。6月和7月是山东的萝卜上市。7月中旬到8月初市场上基本没萝卜，我们就抓的这个空当。这个时间只有山西应县的萝卜上市。但是应县萝卜的产量不大。真要是等到9月中下旬到10月份，内蒙古乌什图的萝卜又大量上市了。所以咱的萝卜必须抢在乌什图的萝卜上市之前，要是这之前卖不完，那就受损失。

问：你们的萝卜都卖到什么地方？

答：长沙、武汉、广州、成都——早几年已经卖到了越南，现在正在办出国手续,向韩国出口。

问:你们红萝卜种植达到了什么样的规模?

答:现在不光是我们村种,而且全镇都种。全镇今年共种了5万亩。明年估计要上10万亩。

问:种这么多,不怕有闪失吗?

答:要说不怕是假的。市场这个东西太无情了,不过它再无情,也还是有个规律,也还讲个质量。现在我们每年都把红萝卜、辣椒、玉米拿到杨凌去检测。就是为了保证质量,绝对不能污染。要说怕,这也算是怕的一种。

问:除了这三大主力,你们不种其他作物吗?

答:也种。咱们大田蔬菜还有洋葱、莲花白、西芹、小番茄。设施蔬菜其实也是这几样,不过是和大田蔬菜倒着茬儿的。这样就不朝一堆儿挤了。

问:刚才你说种一亩蔬菜顶得上种三亩玉米,既然如此,为什么还要种玉米呢?

答:种玉米的效益不如种蔬菜。不过这个事还要倒回来看。我们村现在猪存栏7000头,羊存栏6000头。平均下来每人养了10头。如果不种玉米,饲料就成问题。这是第一个原因。第二个原因是我们要保证蔬菜没有污染,就必须有足够的农家肥。发展猪羊养殖其实是在支持蔬菜种植,也算是种植和养殖的一种循环。

问:下一步你们还有些什么打算?

答:我们还想种水果,计划发展200多亩葡萄园。

问:种蔬菜不是很好吗?为什么又要种水果?

答:主要是想把劳力搭配开。现在农民不像从前,现在农民闲时间太多。如果不是种蔬菜,这几天就都闲着了。真正把水果种起来,劳力的搭配变得合理。就没有闲汉了。

问:你们种植的蔬菜有卖不出去的时候吗?

答:除了2008年南方闹冰灾时候,再就没有。这以后的两年时间,我们通过合作组织把菜送到南方。开始他们很慎重,亲自跑来,又看又验。这两年不来看不来验了,需要菜的时候,直接就打过款来购买。可以说路子已经铺顺了。

田野依然充满希望

那天我和闫志奇没有吃饭,没有喝水,就这样你问我答,一直聊到天黑。

一方面闫志奇确实很忙,另一方面种种细节都可以让他发现我这趟来,是没有任何官方背景的。或许正因为这些综合的原因,使得尽管吃饭时间早就过了,他却没有留我的意思——偏偏那天我非常想让他留我吃饭。因为我和去榆林的朋友说好了,明天一早要赶到榆林去和他会合。我想尽可能多地利用今天晚上的时间和闫志奇交谈,很想把事情了解得透彻些,再透彻些。

但他真吝啬,就是不开这个口。

我突然觉得奇怪,天下姓闫的似乎脾性都一样。在闫家坪村,村支书闫明录根本不把我当回事,而到了黄家峁村,闫志奇同样如此。

细想想,这既正常,又不正常。

说正常,是因为我和他是工作关系,工作关系就应当单纯些。说穿了,中国人之所以各种事情都腐败丛生,其中一个非常重要的原因就在于人和人之间的关系太不单纯。闫志奇这样一种公事公办的态度,无疑是对的。

说不正常,是当前整个社会的大气候大氛围已经形成,闫志奇很难独善其身。他之所以淡淡地对我,很可能原因和闫家坪村的闫明录一样。

但是我顾不得这一切,他不留我吃饭,那他就也不要想吃饭——我不怕饿,也不在乎饿,我只是一个劲儿地向他提问,并且问题一个接着一个,目的是不让他利用喘息的空当,借口要办什么事情而抽身逃跑!

离开黄家峁村,天已经漆黑一团。

感谢霍竹山他一直饿着肚子在屋外等我。开车回返时,我们甚至等不及到达县城,半路上碰到一个类似于过往司机吃饭的客栈,就急不可耐地先进去吃饭。进去之后才发现,这家饭馆的饭菜质量真不错!

吃饱了饭,霍竹山又很热心地送我到宾馆,问我还需要不需要出去走走,看看靖边夜景。

我婉拒了。

进到宾馆,我没有打开电视和电脑,甚至没有烧一壶开水,趁着记忆深刻,在第一时间理出自己的思路。

我已经知道了,在陕西人传统的印象中,农业从来都是关中的强项,农业的成就和辉煌从来都属于关中。但是现在,这种认识已经发生了悄然不觉的变化。现在有不少人嘴里流行着的一句话是：陕西农业看榆林，榆林农业看靖边。

而东坑镇黄家峁村又是靖边农业发展的代表。

黄家峁为什么能够异军突起，大获成功？

首先，黄家峁人观念先进，视野开阔。

按照传统思维，靖边县距离武汉、成都、长沙、广州是多么遥远。如果放在从前，让黄家峁的农民去为那些遥不可及的地方种蔬菜，这事别说实践，连想都不敢想。可如今，这件事竟成为触手可摸的现实。不仅如此，随着市场的不断开拓，他们的菜已经开始往韩国卖了！

有句话说：心有多大，事业就有多大。胸襟的大小与事业的大小确实是成正比的。就这个意义而言，黄家峁人应当庆幸。2006年，是县上和镇上组织他们出去改变了观念，开阔了眼界，而紧随着这个改变和开阔的，是他们又出了个敢作敢为的支书。这就从宏观到微观都扬帆舞旗，一路顺风了！

其次，他们不拘一格，善于开拓。

当我听说黄家峁种植的玉米亩产能够达到两千多斤时，惊奇之余，我产生的第一个念头就是：既然玉米产量这样高，为什么不全力以赴地种植玉米呢？但是当我了解到他们稳步发展的全过程，我才恍然大悟，尽管玉米产量很高，但是仅仅种玉米，他们还是无法成功。也正因此，他们态度坚决地抛弃了单一的玉米种植，而是在开拓大田蔬菜种植的同时，又继续开拓和发展设施农业。这一开拓一发展，黄家峁的棋局就活了，他们前行的道路就变得开阔了。

再者，他们紧跟市场，适应时代。

想想看，今天蔬菜种植的竞争已经激烈到什么程度了！仅辣椒和红萝卜，一年四季就源源不绝地供应着市场。你要挤进市场，你就必须了解和适应市场。闫志奇说得很明确：他们的红萝卜再好，但是如果种在3月份，就不值钱。放在从前，谁能想象市场对蔬菜的上市时间要求得如此苛刻？但是在信息和种植技术高度发达的今天，你错过了时间，就一败涂地。你捕捉住时间，就金钱满钵。

事实证明，农业发展到今天，已经远不是从前那种手里有菜就能卖出的

田野依然充满希望

时代了。每一个村庄，尽管条件不同，环境不同，但是如果想得到大的发展，都必须与过去那种封建闭塞和自给自足式的农业方式告别。没有任何一个时代，能够像今天这样极其方便也极为全面地为你提供着各种资讯。同样没有任何一个时代，能够像今天这样对农民参与农业生产提出了如此苛刻的要求。还以黄家峁为例，他们购买菜种，要从网上获取信息。了解南方蔬菜市场供求情况，仍然要从网上获取信息。而每年蔬菜的质量检测，则统统依靠着杨凌农科城——可以说，尽管他们是地处陕北一隅的农民，但是他们必须运用当代科技为他们提供的一切资源和手段，进而保证他们在众多的村庄中脱颖而出。

我很快离开了靖边，去往榆林。

去榆林那天，同行的还有刚分配到省社科院工作的女博士齐安瑾。她的家就在靖边。

小车一路往榆林疾驶，我一路观察：沿途还是葱茏的树木，还是浓郁的绿色。

小齐问我：这次到靖边有收获吗？

我告诉她：当然有。现在靖边农民的变化是我从前想都想不到的。

小齐说：本来我想着你需要的话，也帮你提供一些线索。我二大现在就还在农村种地。

我有些惊奇：是吗？

是的。他在龙洲乡。家里4口人。听说一年有十几万的收入！

他们都种些什么？

听我爸说，主要是玉米。

我心里一动。

昨天采访时，我对黄家峁村亩产玉米两千斤始终觉得怀疑。如果要核实真假，眼下不是最现成的吗？

几乎是一霎间，我就决定了，请小齐帮助我了解情况。

我请小齐帮助我询问两个问题：一是玉米亩产能够达到多少？二是她二大所在村庄的基本情况。其他问题由她随便问。只要是有关农村和农民的问题，她能够想到什么就问什么。

小齐很痛快，当时就掏出手机拨了号码。

小齐的二大叫齐宗德。家住靖边县龙洲乡尹家沟村。全村原有300多人，土地1000多亩，人均分配土地三亩多。

询问结果：

一、现在全村总共只剩下30人，百分之九十的人都出外了。出外的人散布在西安、包头以及靖边县城周围。

二、出外的人大体上分为两类。一类是揽工（打工）；一类是陪着孩子去县城或者其他条件好的地方读书。当然，一边陪读，一边仍然在揽工。

三、由于农民对种植兴趣不大，尹家沟近几年耕地面积减少了约三分之一，目前有耕地700多亩。

具体到齐宗德。他家原本6口人。除过老两口，还有三儿一女。女儿已经出嫁。大儿子和大儿媳在靖边县城里搞水泥运输。眼下他们有两辆水泥运输车，每辆车价值都在十几万。仅凭运输水泥的收入，他们在县城里生活便没有任何问题。二儿子和二儿媳是在县城里做皮具生意。将来很可能要返回村里。原因是在县城做皮具生意的收入没有回农村种地高，所以生活压力比较大。目前他们不能回村，原因是儿子正在上幼儿园。

真正留在村子里种地的是老两口和三儿子两口子，四个人共种了110多亩地。

其中：

旱地玉米30亩。

水地玉米40亩。

马铃薯10亩。

向日葵10亩。

豆子10亩。

谷子10亩。

再就是还种了六七亩荞麦。

小齐专门问：玉米产量是什么情况？旱地玉米亩产多少？水地亩产是多少？

回答：旱地亩产1000斤，水地有两千斤。

田野依然充满希望

显然,闫志奇的讲述是实在的。

粗粗一算,30亩旱地玉米的产量在3万斤。40亩水地玉米的产量在8万斤。按每斤收购价1元计算。仅玉米一项,齐宗德家的年收入就在10万元以上了!

那天,齐安瑾询问的结果让我心里踏实。

那天,正是个雨后初晴的好天气,公路如练,蓝天似洗,原野茵绿,白云飘絮。以至于我由不得感慨,今日的"三边"竟然如此美丽!

眼前的一切,使我不由得又想起一百年前王斋堂写下的那首《七笔勾》。

在我有限的了解中,许多陕北人对这首《七笔勾》都十分不满,但是在一个相当长的历史阶段内,却从来没有谁站出来对王斋堂的《七笔勾》进行理直气壮的批评和反驳,更没有谁写出过新的《七笔勾》——只有到了改革开放后的今天,人们才终于写出了《新七笔勾》,并且不是由政府组织人去写,而是自发地去写;并且一写就是好几篇。仅我在网上看到的就有三篇——这些《新七笔勾》的作者是谁?他们为什么会下那么大的功夫斟词酌句地去写《新七笔勾》,我没有去了解,也用不着去了解。生活是创作的源泉。他们愿意动手写《新七笔勾》,就一定有他们要写的道理,就一定有他们创作的生活基础。

篇幅所限,我只把其中的一首照录于此:

> 三边再游,
> 秀美山川无尽头,
> 经济数百亿,
> 西部争上游,
> 纵横通高速,
> 阡陌小车稠,
> 塞上明珠处处显风流,
> 因此上把穷乡僻壤一笔勾。
>
> 新房洋楼,

红桃绿柳绕宅走,
明窗纳青山,
高门联对偶,
电信通天下,
琴棋书画周,
宽网彩电老少天天瞅,
因此上把烂窑茅屋一笔勾。

俊男靓女,
T型台上猫步走,
西装配革履,
二毛压箱久,
金钻镶饰首,
争做时装秀,
巴黎上海流行处处有,
因此上把破衣烂衫一笔勾。

客到必留,
清茶香果敬到手,
山珍配海鲜,
荞面炖羊肉,
热炕拉家常,
宾主筛满酒,
民歌小调曲曲暖心头,
因此上把吞糠咽菜一笔勾。

文成武就,
科教文卫置前头,
挥毫作诗赋,
体坛夺金瓯,

田野依然充满希望
Tianyeyiranchongmanxiwang

北大清华走,
外语讲一流,
剪纸柳编家家有巧手,
因此上把腐生酸儒一笔勾。

时髦女流,
貌比貂蝉皆美妞,
眼似夜明珠,
桃面眉如柳,
才女四方走,
英雄治沙丘,
笑傲天下事事争彩头,
因此上把可笑女流一笔勾。

塞上名洲,
汉满蒙回是亲友,
礼尚来往勤,
物产任其流,
花儿到陕北,
道情走西口,
南腔北调人人都能吼,
因此上把闭塞愚昧一笔勾。

非常巧的是,坐在我身旁的靖边姑娘齐安瑾就是清华大学刚刚毕业的博士生。她年纪不到30岁,乌发披肩,大方自若,仿佛是为《新七笔勾》做出最生动也最有力的诠注。

摆脱贫穷的根本出路

2012年初,当我来到榆林市米脂县的孟家坪村时,发现这个昔日曾经闪烁出辉煌,并因此引起党和国家最高领导人重视的村子,如今却很平静。

这丝毫不奇怪,生活像流水,会把所有的辉煌,所有的成绩,所有的哀愁与欢喜,都统统恢复成常态。

但是我仍然觉得遗憾。

毕竟,在上世纪70年代末开始的那场农村大变革中,它站在了前列,是挺立潮头的,这使它具有了一个天然的优势。这优势是什么时候消失掉的?又是因为什么消失掉的呢?

其实再想想,不要说孟家坪,即使安徽小岗村这样名扬天下的典型,如今是不是就一定继续辉煌,一定能够继续引领潮头呢?当千百万个村落都异军突起,开始了迅猛的进步时,那种万马奔腾的局面,注定会使一些村落改变原有的格局。我们不能指望小岗村先进了就永远先进,不能指望孟家坪开风气之先便一劳永逸,在新一轮竞赛开始后,他们注定和所有的参与者都要重新站在同一起跑线。

走进孟家坪的农民家,房子很宽敞,陈设很齐全,电视机电冰箱以及做饭用的电器都有——我留心观察着农民屋里的一切,最终被墙上悬挂着的相片镜框所吸引。那里面有一张年轻人的结婚照,新郎西装革履,新娘婚纱长裙。

在偏远的陕北农村出现这样一种婚纱照,本身就说明了孟家坪村的进步。

但同时,这种进步并非孟家坪村所独有。就在我走进孟家坪村的当天下午,我就知道了,距离孟家坪村7公里的地方,有一个叫孟岔的村子。村里的人也大都姓孟,地形地貌与孟家坪基本一样,只是在其后的变革中,或许出自偶然或许内含必然,村里产生出几位能人,他们抓准了发展时机,迅速地使这个村庄发展起来。

截至2011年,孟岔村人均收入为2万元。而孟家坪村则只有5800元。

田野依然充满希望

同在米脂县,差距是怎样形成的?

孟岔村隶属米脂县银州镇,它位于米脂县城北的无定河西岸,全村182户,824人。

熟悉情况的人告诉我,孟岔村后来之所以成为远近闻名的明星村,是由于村里出了一位叫孟浩海的能人。

事情还得追溯到1998年,当时孟浩海在咸阳市旬邑县承包一个小工程。完全出自偶然,他得知当地一户农民承包了7亩果园,一年收入达到了15万元。

1998年的15万元意味着什么?

意味着能够在省城西安买一套不错的商品房。

面对着这7亩普普通通的果园,孟浩海心里很不平静。他发现,对农民来说,摆脱贫穷走向富裕实在是太困难了。但是对有些农民来说,这一切却又显得那么简单和容易!就像眼前这户果农,他们并不比陕北人多条胳膊多条腿,他们之所以大获成功,固然可以归功于他们的勤劳,可以归功于他们的聪明和努力,但是最根本的原因却在于他们找到了一条适合自身发展的好路子!

孟浩海一直觉得,终年东游西荡地在外面揽工不是个事儿,也总想着能够依托着家乡的大片土地,找到一条好的发展路子。如今这位果农活生生的事例摆在眼前,给了他很大的启示——米脂的光照、温度、土质和旬邑基本相同,甚至某些方面的条件要更好些。既然如此,能不能回到家乡也发展种植呢?

不久,孟浩海就辞工回到孟岔村。

孟岔村共有耕地2786亩。其中2200亩是山地,真正的水浇地只有554亩,再就剩下32亩坝地。554亩水浇地分布在河滩两岸,不仅平坦,易于耕作,而且高产。山地就不同了。在山地上耕种,不光出力大流汗多,而且收获少。在这种情况下,农民本能地重视和喜欢水浇地,对那些山地就无所谓。

正是这种对山地的无所谓,给了孟浩海一个机会。

彼时国家大规模的退耕还林还没有开始,孟浩海回到家乡,首先联合了8户人家,他们通过承包村集体山地、转包农户的承包坡地,或者干脆用自己的水浇地兑换山地等方式，先后收揽了412亩山地，进而马不停蹄地开始了集中连片的种植。

种植的是枣树。

时间一天一天过去，几乎是悄然不觉间，400多亩荒芜的山坡就一点儿一点儿披上了绿装，又结出了硕果。到2003年，孟岔村红枣产量达到了50万斤，年产值则达到了60万元。

小小红枣，一鸣惊人！

如果说，孟岔村的农民当初对孟浩海种植枣树多少有几分怀疑的话，那么在活生生的现实面前，他们普遍伸出了大拇指。而更重要的是，孟浩海这样一种规模化、产业化的枣树种植方式，引起了时任孟岔村党支部书记孟增利的注意。

那时，江泽民和朱镕基已经先后来到陕北，党中央已经态度鲜明地号召黄土高原大规模地退耕还林。应当说，由于中央的政策好，农民退耕还林的积极性非常高。每年春上，漫山遍野都是植树造林的农民。但是一个潜在的问题是，对大多数农民来说，植树造林只是为了领取国家的补贴。至于栽什么树，这些树是不是适合这里的土壤和气候，则缺乏相应的技术手段和思想准备。结果虽然满坡种上了树，成活率却极低。据有心人统计，成活率甚至不到5％！

相形之下，孟浩海种植枣树的成活率至少在80％以上。

无论从退耕还林的实际效果，还是从帮助农民走向富裕的途径选择，都促使孟增利和他那一班人思考。那一段时间，孟增利反复与班子里的成员们商量：是否可以借鉴孟浩海规模化种植枣树的思路，并进一步推动它深化和扩展，使之成为今后孟岔村经济发展的现实追求和长远战略。

2003年秋，在孟增利的带动和呼吁下，孟岔村两委会对孟浩海种植枣树发展经济的思路达成共识，他们出台了一个大胆的措施，这就是动员"散户整体退耕，个户集中承包"。具体的做法是：鼓励农民通过土地流转，把山地向少数农户手里集中，进行规模化的连片开发。不仅如此，为了使土地流转具有长期性和稳定性，他们还采取正式与农户签订合同的办法，一转20年。

从某种意义上来说，这是在原有土地承包基础上的又一次土地承包。

田野依然充满希望
Tianyeyiranchongmanxiwang

二次承包的实现并不那么容易。

但是好在，无论村两委会还是孟浩海个人，都不是为了领取那每亩200斤的退耕还林补贴才种树。他们的眼光要远得多，心胸要大得多。他们很清楚，村民们之所以对土地流转抱有怀疑，核心问题是担心自己的利益受损。

他们把村民请来，详细地向他们说明：孟岔村必须搞规模化的植树造林，否则就不可能富裕。请他们务必理解和支持。

他们向村民保证：国家对退耕还林的土地给予8年的补贴，这些补贴二次承包人绝不沾手，统统由山地的原主人继续认领。不仅如此，如果8年到期后国家不补贴了，二次承包人还必须对村民继续实行每亩地25元的补贴。为了推动和保证集体的公益事业发展，在枣树进入盛果期后，二次承包人还必须向集体交纳每棵树每年0.5元的管理费。

可以说，互惠交易，公平合理。于公于私，都是双赢。

有了这么明白的道理和这么优惠的条件，农民们没有理由不答应。

结果非常顺利，孟岔村两千多亩山地全部栽上了枣树。

我是2012年2月去的孟岔村。那一回，我重点关注了孟岔村土地流转的成因和方式，却没有详细地了解所取得的成果。我只知道2011年孟岔村人均收入达到了16000多元。

应当感谢西安晚报的记者许森栭和李长江。当年9月他们去往孟岔村，并专门撰写了一篇文章，题目是《探寻米脂孟岔模式》。

文章盛赞了孟岔村在农村经济发展中的大胆探索，盛赞"孟岔模式"在蓄水固土和富裕农民上的双赢。

文章说：

从2003年孟岔村开始土地合理流转改革至今已有9个年头。记者跟随现任孟岔村村长孟树生来到村里，新建和在建的二层小洋楼随处可见，很多村民家中都停着小汽车，有的家里甚至有两辆、三辆，院里放不下就停靠在村里新修的大路边。村长告诉记者："去年，为了丰富村民的精神文化生活，村上还投资30万元新修了戏楼，现在，村里正给大家修活动广场呢。"

记者随后来到孟浩海家中看到，现代化的家用电器应有尽有，生活水平

541

丝毫不逊色于城里的大户人家。

孟岔村异军突起，大获成功。

后来有人总结他们成功的经验。认为首先在于他们观念先进，视野开阔。同样搞植树造林，他们就是比村里其他人站得高一些，看得远一些。

这和黄家峁的经验如出一辙。

孟浩海和现任党支部书记孟士平对孟岔村栽植枣树也进行了总结。总结得很朴素也很具体。他们认为之所以能够成功，是因为占住了两点：

第一，选项正确。

第二，搞了规模化经营。

所谓选项正确，是指在众多的树种中，他们选择了枣树。在陕北高原上，种植枣树具有天然的优势。枣树不仅易于成活易于管理，而且种植的技术含量低，它生长的寿命期却又远比其他树种长——除此而外，陕北的红枣早已打开了局面，市场上供不应求，凡此种种，都保证了资金投入的有效性。

所谓规模化经营，是指他们一上手就连片开发。并且不断创造条件，让村民的坡地陆续向种植大户手里靠拢和集中。前后算下来，他们共种植了2142亩枣树，这首先就从数量上为大枣整体推向市场奠定了基础。为了更好地适应市场，他们又建设起9个保鲜库，使大枣收获后能够保鲜50天左右。紧跟着他们又办起了一个枣醋加工厂，这个加工厂采取全村每户都入股的方式来组建——后来许多人评价，这确实是一步妙棋。仅此一厂，就把全村人对于枣树的爱护与个人的切身利益挂起钩来了。

细想想，孟岔村之所以获得成功，和黄家峁村尽管有细节上的不同，有方式方法上的不同，甚至有种植方向和销售途径上的不同，但他们的共同之处却在于：都是不拘一格，善于开拓；都是紧跟市场，适应时代。一句话，都在于他们态度坚决地与封建闭塞和自给自足的传统农业方式告别！

还是我走村串户的最初阶段，就发现一个现象已经悄然不觉地在农村中发生着，这就是土地已经开始通过各种方式和渠道进行一种重新的分解和集中。

比如，闫家坪村闫明录的兄弟原来是在本县化肥厂当副厂长的，退休后他受聘去山西当了化肥厂厂长,家中没有劳力耕作农田,于是很自然地把土地转让给闫明录,由闫明录种,也由闫明录收,还由闫明录得。

比如,石泉县那位司机陈代斌,他父母在农村共有三亩水田。这三亩水田每亩产量都在千斤以上。但是由于小陈的父亲在县城里打工,母亲在家里养蚕,无力种植这三亩水田,于是自家只种植一亩,其余两亩全让给别人去种。

也包括孟岔村适应产业化规模化的要求种植枣树。从根子上说,它首先是由于政策的开明和解放,政策在保证农民基本利益的前提下,允许土地向"能人"手里集中。

随着中国农业在21世纪全方位的发展,也随着农民迁徙越来越自由,这样的事情几乎每个村落都发生着,并且经过专家和学者的总结,它具有了一个相当学术化的名称——土地流转。

其实,实现这样的土地流转不是靠哪个天才的头脑想出来的。而是人们在生活和生产实践中的一种自然发展。随着岁月的流逝,农村中的一些家庭发生了变化,有的家庭人口增加了,有的家庭人口减少了,有的人出外打工当老板无暇回来了,有的人则在上大学以后,在城市里谋求到更好的职业了——种种缘由使得他们不再有兴趣和精力来耕作土地,于是非常自然地,这些土地就向一些愿意种地的人手里集中。

这种土地流转的结果,至少使农业生产达到了一种暂时的平衡。即:尽管不想种地的人可以不种。但是想种地的人却可以多种。进而从总体上保证了粮食种植的面积和产量。

有人根据农村中出现的这些新现象提出:解决中国粮食种植和农民富裕的根本出路恰恰就在这里,只有走产业化、集约化、现代化的道路,才是中国农业和中国农民的根本出路!

不能不认为,这是一种非常简单的思路,也是一种值得认真对待的思路。

一个农民耕种4亩地可能得不着什么收益,但是耕种40亩地,收入就会比耕种4亩地增长10倍。如果耕种400亩地,则能够使收入增长100倍!

而最重要的是,现实已经提供了耕种400亩甚至4000亩地的可能。如今的农民,无论犁地还是播种,也无论除草还是收割,都已经实现了相当程度的机械化，甚至相当程度的自动化。在这样一种情况下，如果还是沿用从前那种一亩三分地的自种自收方式，不仅与整个社会的大潮流和大气氛不吻合，而且是把电脑当做算盘用，是开着高档轿车去种土豆——这绝非笑话，起码在陕西神木，这是许多人的耳闻目睹。

前面说过，2011年6月，我曾随国家广电总局电影剧本规划中心组织的采风活动去东北黑河。在黑河接触农民时，我曾向多位农民提出问题，年收入能达到多少？

有回答10万的，有回答20万的，也有回答在30万元以上的。

我请他们更具体地告诉我，是怎么赚到这些钱的？

一位农民告诉我，他家连租来的地加上自己原本拥有的地，一共是17垧（15亩为1垧）。每垧地投入成本为4000元，收获玉米17000斤到20000斤，平均每垧地赚到14000多元，17垧地共赚到20多万元。

不仅如此，他家还有一台耕种机。每年农忙时帮人去耕种，又能够赚到10多万元。

而一位村支书家有5垧地，其中一垧种了西瓜，一年赚到1万多元。其他4垧地种大豆和玉米，再加上其他一些零星收入，全年总共收入9万多元。

我问他9万多元几个人花？

回答就他自己。

看我不明白，他解释说，他妻子患肺癌，在哈尔滨治疗一段时间没治好，已经去世。现在他除了儿子，还有老母亲，老母亲的地由他代种，种地得到的钱他一分不少地都交给母亲，所以不计算在内。另外儿子已经娶了媳妇，两口子在单独种地过日子。

由于我们那次在黑河待的时间不长，并且我对村里每个人的情况并不了解，因此这些回答可靠的程度怎么样，我不能确定。

但是一个非常明显的事实是，如果他们真的能够每家耕作10垧地，那就不得了。按陕西正常耕地的水平，他们仅凭种粮食，每年的收入就能够在10万元到15万元之间！

同样，齐安瑾的二大如果不是由于土地流转耕种了100多亩土地，如果还是种植人均四亩以下的土地，他们在农村还能不能待得住？

写到这里，我不由得感慨万千。

生活的变化何等惊人，社会的进步多么迅猛！

30年前，土地原本是连在一起的，但是那时候如果不打破这种联结在一起的大锅饭形式，不仅农民无法富裕，而且农业无法前进。于是一个简明扼要的包产到户，使中国农业立即恢复了活力也获得了生机。

30年后，当中国农业进步和发展到一定程度后，尽管粮食仍然富足，但是单干的方式还是显出了效率和效益上的极大欠缺，于是集中土地实行产业化和规模化的耕作，又成为新的历史条件下农民和农业的一种必然选择。

当初分田单干的时候，有人说，"辛辛苦苦几十年，一夜回到解放前"。

如今开始集中土地时，有人说，"辛辛苦苦三十年，重新回到改革前"。

其实，无论是一夜回到解放前的比喻，还是重新回到改革前的比喻，都只是看见了现象而忽略了本质。以今天的土地流转为例，这种将土地集中起来，进而实现产业化和规模化的选择，和从前那种走人民公社集体化道路有着本质上的区别。今天的土地集中，是一种责任明晰，权益清楚，利益分明的集中，是生产力水平发展到相应程度后的一种适时的对应。需要牢记的是，历史曾经以极其惨痛的方式给予我们的深刻教训是，不论技术层面上今天和从前有着多么巨大的不同，也不论今天的机械化现代化较之从前有了多么巨大的进步，都再不能像30年前那样一大二公地吃大锅饭，否则，无论今天比昨天在技术层面上的优势有多大，也无论电子时代在劳动生产率上能够将手工时代落下多远，都仍然会劳而无功，劳而不获。都仍然会倒退！

我还想说，尽管农业上已经出现了这种集约化和规模化的苗头，但无论靖边县的黄崖村，还是米脂县的孟岔村，都毕竟只是优中选优的典型，也具有某种意义上的偶然——如果黄家崖村没有出现闫志奇，如果孟岔村没有出现孟浩海和孟增利，这两个村庄会是什么样子的呢？

进一步思索，如果这两个村庄开拓出来的道路多少有几分偶然，那他们又具有多少值得推广和效仿的普遍性呢？换句话说，能不能设想所有的村庄都能够像他们那样？

如果不能，我们该怎么办？

当我在黄家崖村和孟岔村采访时，我觉得它们最值得称道的是：它们的规模化生产都是在一种非常自然和合理的状态下实现的。这种自然和合理，是当下中国农业发展中最值得总结并珍视的内涵。规模化需要不需要？当然需要！但规模化的实现必须根据现实的可能和需要来推进，否则很可能会画虎类犬，甚至拔苗助长。一个最简单的问题是：如果中国所有的村庄都迅速实现了规模化，剩下那么多的劳动力又该怎么办？中国是人口的"超级大国"，中国面临的问题比世界上任何一个国家都更多更复杂。规模化的经营固然可以使一些农民安心农村，但是对那些不再种地的农民来说，他们的脚步又该迈向哪里？

我想，经历了那么多的风风雨雨，至少有两点是我们应当保持清醒的：

第一，农业生产发展到现阶段，必须实现相应的规模（关于这一点，我在后面养猪的部分还会写到）。没有相应的规模，无论种植还是养殖都很难赚到钱。而赚不到钱的事情就注定无法朝下做。

第二，中国的农业生产规模究竟搞多大，这并不是个简单事情。试想如果一个家庭能够种100亩地，而这100亩地又恰好能够比较理想地保证他们的家庭收入，那就非常圆满。但是如果一个家庭能够种植一万亩甚至一百万亩地，结果会是什么？

是绝大多数农民将无事可干！

规模化是好事，现代化更是好事，但是不管多好的事情，我们都必须结合实际来做，都要在大力推进的同时保持着必要的谨慎。没有人能够预言，假设我们实现了像美国那样一种超大规模的农业生产方式，是不是我们的农民就真的能够收获幸福？

池河畔的明星村

在去陕西省安康市石泉县池河镇明星村采访之前，我本能地以为这是由于该村养猪做出了成绩，因此被誉为明星村。临到出发去之前才搞清，这个村庄并非成为"明星"以后才叫响的，它原本就叫明星村。

我去明星村是6月中旬，当小车沿着秦岭南麓蜿蜒的山路逶迤向前时，眼前绿水青山，云飘雾岚，完全是一片美丽而自然的山乡景致。以致我不由得惶惑,这哪里像是养猪的地方!

随着道路的逐渐变窄,前方突然横亘了一个凹进去的浅水池。大约看出了我的惊奇,同行的人告诉我,这是消毒池。前方就要入村了。

小车驶过消毒池后,村庄就越来越近了。这里的村庄和关中平原、陕北高原的村庄完全不同,住户全是依循着山势分布的。我注意到,虽然山大沟深,农民仍然普遍地盖起了两层楼,这些楼房零星散落在山洼坡角,点缀于绿树红花之中,既精致醒目,又韵味十足。

继续往前走,又看见或左或右的坡头或者坡脚下,不时出现着一排排整齐的房舍。这些房舍都不高,既整齐又规律。从形状上看,应当是猪舍了。

一问同行者,都点头,说是的是的,这就是猪舍。

应当说,来到明星村纯属偶然。

在参加石泉县的文化活动时,我偶然想起在陕西省农业厅采访时,陕西省畜牧局党组书记、局长杨黎旭曾提到石泉县有一个由于养猪而出名的村庄,叫明星村。于是我问石泉县有关人员有没有这样一个村庄。

回答说有。

我问,这个村是从什么时候开始养猪的?

回答早就开始了。明星村历史上就和猪沾着气儿,就是由于猪而出名的。

我问是不是这里的村民特别会养猪?

回答说那倒不是的。那时候家家户户都养猪,村村寨寨都养猪。明星村在养猪技术和手段上倒也并不特别突出。

那它突出的是什么?

突出的是这个村的人不光养猪,而且贩猪、屠宰,可以说围绕着"猪"形成了一条无形的产业链。

后来我了解到,明星村之所以后来在养猪事业上群体雄峙,最重要的就是缘于这种基础。尽管那时候他们围绕着猪形成的产业链并不完整,更缺乏规模,不过由于有这条产业链,他们在猪的生意上做得就比其他村红火,在养猪贩猪的投资上也就比其他村大胆。一个最能说明问题的现象是,当时村里百分之六七十的青壮劳力都从事着有关猪的工作。其中有专门养猪的,有专门贩猪的,还有配套屠宰猪的。当市场猪肉紧俏或者村里无猪可宰时,他们甚至从四面八方去卖猪和买猪。

但是那时候,他们的眼光还远没有后来那么开阔。他们只是零星和分散地从事着养猪、贩猪和宰猪,并且星星点点地从中赚钱。在整个社会还处于小农经济的状态下,他们只能被动地适应。

和黄家垇村一样,使明星村养猪事业跨上全新台阶的也是2006年。

2006年,陕西省农业厅提出了全省畜牧养殖的战略构想,按照陕西三大地域板块的特点,分别突出重点。关中重点发展养牛,陕北重点发展养羊,陕南重点发展养猪。

安康市对省上有关畜牧发展的战略构想贯彻得很坚决,当年就将养猪列入全市农业的主导产业。也还是当年,石泉县将生猪养殖和蚕桑养殖列为全县的主导产业。县农业局并为生猪养殖提出了具体的目标。目标很上口,叫个"百千万工程"。

但是尽管很上口,意思却不明确,以至于我听了半天,始终不明白工程怎么会有这样一种纯粹数字的叫法。

县畜牧局的工作人员向我解释:所谓百千万,是指在2010年底前,全县养百头以上生猪的农户要达到2000户,养千头以上生猪的农户猪场要达到200个,养万头以上生猪的农户猪场要达到20个。

那天我去明星村,是选择了村里一家最具代表性的猪场去的。猪场的主人叫刘家满。由于事先打过电话,刘家满和池河镇畜牧站站长廖元江正在办公室等待,到了那里我才知道,刘家满同时还担任着村支书职务。

话题就是从"百千万工程"开始的,刘家满和廖元江告诉我,也就是在这个规划的指导下,明星村的养猪事业开始在一个崭新的基础上起步了。

他们说,抛开产业化规模化这些必备的条件,明星村的养猪事业之所以能够形成今天这样的局面,得益于两点:

第一,原先有基础。

第二,政府有引导。

后来我才知道了,刘家满养猪经历了一番曲折。

早在1985年,刘家满就跟着他的大哥学习宰猪技术。宰下的猪肉给食品站送。以后他又独自在市场上经营卖肉。

让刘家满难忘的是1997年,在镇安县修建西康铁路的工程人员到石泉来买猪。刘家满负责给他们供猪。结果有一次他们竟买走了整整一车猪,让刘家满一把就赚到了两三千元钱。当时两三千元不是个小数目。刘家满拿着满把的现钞,胸腔里跳得扑腾扑腾的。

也就是这一回的赚钱,让刘家满萌发出自己养猪的念头。不久,他拿出自己做生意赚到的钱,又在镇上的信用社贷了5万元,盖起了猪舍。

那时候刘家满目标不大,也不敢大。他从汉中一次买回来20头母猪,想通过母猪下崽赚钱。

从此,母亲和妻子就跟着他,没黑没明地围绕着这20头母猪操劳。

但是遗憾,由于不懂引种、防疫等一系列养猪技术,这批母猪每窝只下了三五只猪仔。挨到年底,不仅没有赚到一分钱,反而亏损了5万多!

猪场办不下去,刘家满只好出外打工还账。

这是他人生中的一次重大挫折。

作为一个农民,这种事业和经济上的双重打击是难以承受的。

但是好在今天是一个允许农民探索,鼓励农民试验,支持农民创业的时代。

经过3年的苦熬苦干,刘家满还清了债。

2006年,石泉县开始实施"百千万工程",机遇又一次来到刘家满身边。

一位叫刘巍的作者写到了刘家满重新起步的情况:

2006年,市农经站李支荣和李忠两位站长上门找到刘家满,建议他把原来养殖的两幢猪圈拆了,改造成新圈,给2000元启动资金。正是一朝被蛇咬,十年怕井绳。因为以前亏得太多,家满不敢搞。但却很感激市农经站的领导对自己的关注和提携。特别是到了2006年的下半年,猪价突然回升,在经济杠杆的调节下,刘家满又与猪场续上了情缘,再去池河镇信用社,叶平田又给他贷了两万元,每斤两元收了320头猪,喂了一个月,市场价格猛涨,飙升到每斤8.8元,出手后,一下子就赚了几万元。

应当说，赚到几万元是政府鼓励和支持的结果，但也多少存在着某种偶然。那时候养猪的农民仿佛挑着一副担子，一头挑着成就，一头挑着风险。

但是随着时间朝前走动，刘家满成功的概率越来越大，承担的风险越来越小。

之所以能够如此，根本原因在于科技的引领。

从前，尽管刘家满有养猪的积极性，也尽管政府给予了积极支持，但那些支持除了资金信贷，再就是道义上的。而在养猪的管理方法和技术指导上，却没有跟上。也正是这个原因，他从汉中引回来的母猪下的猪崽很少，这就让他一下子塌了天。

如今不同了，就在刘家满赚到几万元钱的同时，石泉县农业局将刘家满的养猪场列入全市万头瘦肉型商品猪基地的建设，将养殖300多头猪的规模一下子扩展到养殖上千头以上。更重要的是，政府鼓励和支持他引进良种母猪。并且每引进一头，补贴他500元。无论县上的畜牧局还是镇上的畜牧站，都从技术上对他全方位地予以关注和指导。

科技的作用这时候特别突出地显示出来。由于引进的是良种母猪，加之后续措施跟进得力，刘家满养殖的母猪不仅产崽多，而且成活率高。这使他的经济收入开始明显好转。

成功极大地鼓舞着刘家满。

没过两年，在养猪事业上积累了经验也积累起信心的刘家满便开始了他事业上的三级跳，他再次筹办了一个新猪场。

新猪场有两个突出的特点。

一是现代化程度高。

这一年筹建的猪场，不仅具有电子监控系统，而且装备了自动上料系统和空气净化系统。方方面面都得到了配套。至此，刘家满终于开始了向现代化养殖的进军。也还是这一年，他正式注册了"康旺牧业科技有限公司"，自己担任了总经理。

二是规模大。

在2006年以前，刘家满本事再大，养猪也超不过百头，而2007年，当他的眼界开阔以后，胸怀和志向便同步地得到了扩展，他养猪的头数在迅速达到千头的基础上，紧接着又突破了万头。

田野依然充满希望
Tianyeyiranchongmanxiwang

全新的养猪水平和养猪理念

在刘家满办公室旁边的一间屋子里,我看见墙壁上有两张图示,一张是销售数量图,另一张是销售区域图。

销售区域图是一张类似于军事作战的地图,上面用箭头标示出销售的方向,我看了一下,箭头所指,有重庆、武汉以及甘肃天水、河南南阳等外省城市。本省则囊括了西安、宝鸡、商洛、延安、榆林等所有地市。

而在销售数量图上,标写着2012年1至5月份的实际销售情况。

销售数量图显示,刘家满的猪场1至5月份已经销售各类猪28230头。其中仅直接供应市场的肥猪就达到了11530头。

我了解到,猪场的肥猪出栏标准体重在220斤到230斤之间。换句话说,刘家满在5个月的时间内,至少向社会提供了2536600斤猪肉。

相对于从前农户依靠着传统方法养猪,这无疑是一个天文数字!

我向刘家满和廖元江提出了一些问题。这些问题有些是刘家满回答的,有些是廖元江回答的。有些是两人相互补充着回答的。

问:2006年以前,明星村最大的养猪户能养多少头猪?

答:100头。

问:一户农户能养100头猪,已经忙不过来,很了不起了,为什么你能养上万头呢?

答:我不是一个人。我雇的有工人。

问:雇了几个?

答:9个。

问:是本村人还是外地人?

答:本村人。

问:为什么他们不自己养猪,而要来你这里打工?

答：村里整体情况是这样，凡是能力强，有劳力，而且具备一定条件的，我们都鼓励他们自己办猪场。但是有一些人家，由于种种因素，不可能自己办猪场，于是办起养猪场的就把他们雇来。不光是我雇，村里其他养猪场也都雇了。

问：你刚才说"种种因素"，能不能具体说说都是哪些因素？

答：比如有些人智力差一些，家中根本没有主事的人；再比如家中儿女全出外了，留下的老人连字都不识。如果让他们按现代化的标准办猪场搞饲养，是不现实的。

问：你雇的工人，工资是多少？

答：每月一千五。

我与石泉县委的司机小陈聊天时，曾问过他父亲在县城里搞建筑打工，每月收入是多少。回答每天85元。他告诉我，如果刨去在城市里租住的房子，再刨去吃喝消费，每月大致能剩下一千元。

刘家满给工人的工资是合理的。

问：除了工人，还雇了其他人吗？

答：雇了一个技术人员。由他来担任技术场长，主管生产。

问：是本村人吗？

答：不是。从湖北请来的。

问：他的工资是多少？

答：年薪5万。

问：养那么多猪，饲料怎么解决？

答：所谓现代化的养猪，其中一个很重要的方面就是饲料的标准化。和从前传统喂猪抓到什么喂什么不同，现在的饲养都是按标准配方的。而且全是工厂化生产的，你掏钱去买就是了。

问：从前猪饲料主要是什么？

答：玉米、黄豆、红薯。

问：如果继续用那些饲料来养，怎么样？

答：那就亏死了。

问：为什么？

答：从前那些饲料虽然都是好东西，但是不科学。猪吃得多，还不长肉。

问：算过账没有，那时候养一头猪，饲料大概花去多少钱？

答：没有细算。不过比猪能够卖到的钱多。根本不可能赚到钱。

问：现在一头猪从入栏到出栏，大概要吃掉多少饲料？换算成钱应当是多少？

答：大概在500斤饲料。换算成钱，大概是600元到700元吧。

问：一头猪能卖到多少钱？

答：猪出栏是220斤到230斤。2011年价格最好的时候，毛猪卖到了每斤10元零5角。按这个价格计算，一头猪能卖到2300元到2400元。

问：扣除各种成本，在这个价位能赚到多少利润？

答：八九百元吧。

问：猪价最低的时候呢？

答：现在就是最低的时候，每斤6元8。这个价格赚不到钱。不亏本就是好的。

我突然想起不久前在杨凌生猪标准化养殖实训基地采访时，年轻的厂长张强告诉我，现在猪价是最低的，7元2角。

看来，一个月过去了，行情还是没有上去。

刘家满和廖元江告诉我，明星村的猪肉卖的价钱还是高的。其他地方产的肉现在一般只能卖到6元5角，之所以明星村每斤肉要比他们多3角，是因为明星村全是瘦肉型猪。在市场上很受欢迎。

问：听说你们组建了专业的生猪生产合作社？

答：是。我们把本村和附近5个村的养猪户联合起来组建的。

问：为什么要组建？

答：我们2008年建起第一座万头养猪场，当年还建起了3座千头养猪场。到2009年，养猪大户已经明显增多，生猪存栏量和出栏量也明显加大，在这种情况下，各自分散地去搞销售和其他，不仅烦琐，浪费人力，效果还不好。

问：合作社的主要功能是什么？

答：三个方面：购买饲料、技术服务、销售服务。

问：能不能说具体点儿？

答：比如购买饲料。我们是直接团购，这就减少了个人去购买所多余产生的费用和环节，不仅保证了饲料质量，而且每养一头猪，饲料就可以节省140元左右。再比如销售，合作社从村里选拔人，专门组建起一支近30人的销售队伍，把销售的网络健全起来，全面铺开。技术服务更不用说了。如果不是强有力的技术支撑，不论哪个人都不敢这样大规模地养猪。一场猪瘟下来，天就全塌了。现在合作社有专门的人负责对大家养的猪定期检疫，进行各种疾病的防控。

问：再问一个问题，这个问题很重要——你们觉得，一个村庄完全依靠农民自发地成长为养猪专业户，这种可能性大不大？

答：基本没有可能。

问：为什么？

答：因为你要搞的不是从前那种小打小闹的传统养猪，而是现代化的养猪。现代化的养猪需要许多条件。比如要保证用水，要保证用电，还要保证公路畅通，多了。这些绝对不是个人的力量能够实现的。所以我们的说法是，政府导向，农业部门包装，整合各种资源，选择重点培养示范，然后向更大范围铺开。

问：成绩说了不少，现在说说你们的困难，或者说还有哪些缺点？

答：要说困难和缺点，主要是两条：一是抵抗市场风险的能力还不行。当肉价跌到低谷时，一般的小户还是承受不起。如果肉价保持在每斤7元，一头猪就能赚到100元。每斤在7元5角和7元8角之间，每头猪就能赚到200元。但是前提是必须是自繁自育的猪种。如果花钱到外面去买猪仔，还是个亏。第二就是猪场排污有困难。粪便积得多了，环保就成问题。这个问题政府也正在想办法帮助我们解决。

明星村不愧叫明星村！

明星村共有8个村民小组，293户人家，1035人。截至我采访的2012年，全村有万头以上的生猪饲养场4个，千头以上的14个，50头至100头的小型

田野依然充满希望

生猪饲养场103个！

他们获得了许多锦旗和头衔。这些光荣的头衔可以列出一整串。但对于我来说，这些锦旗和头衔并不重要，我需要知道的是这些锦旗和头衔后面的内容。

我了解到，明星村的生猪饲养不仅设施实现了现代化，更重要的是在发展理念和整体规划上实现了现代化。如今的明星村，单纯从饲养生猪的头数来看，已经超过了6万头。这已经很了不起了。但是仅有这些成绩是不够的。今年可以养6万头，明年呢？后年呢？不说其他，光优良品种的小猪仔就得购买进来多少？又怎样保证能够及时购买到？

正是在这些细节上，明星村做到了先进。为了保证养猪品种的优化和持续，明星村在专业技术人员的指导下，为村里不同规模的猪场制订了不同的饲养范围和方向，将村里的养猪户分成了三个梯次，进而实现了从猪仔到猪种，再到优质商品猪的完整养殖链条。

我了解到，2011年明星村人均纯收入为12215元。

从明星村回来的当晚，我抓紧联系并采访了石泉县农业局副局长费建鹏。

之所以如此紧迫地采访，是想把白天采访中获得的信息以及尚未得到解释的问题，通过继续采访来进行消化和理解。

我首先向费建鹏提问：2011年石泉县饲养了多少头猪？

回答：出栏30多万头。

30多万头对石泉县是个什么概念？

石泉县一共18万人口，也就是说平均下来，1人出栏了一头半到两头。

如果与从前比较呢？

2006年石泉县生猪出栏17万头。2011年与2006年相比，5年翻了一倍。用行话说，在"十一五"期间，石泉县养猪事业得到了很大的发展，具体地说，是平均每年以15%到20%的速度在递增。

费建鹏又专门补充了一句，这30多万头生猪出栏量，是在石泉养猪的户数减少了三分之二的情况下取得的。

想了想，我又问他：在安康市，像石泉这样的养猪大县有几个？

多了。费建鹏回答，安康的旬阳县、汉滨区，都是养猪大县。尤其是镇平县，是全省唯一的一县一业县。

所谓的一县一业,是从一村一品这个概念繁衍来的。为了推动农村经济朝着自己的优势方向发展,陕西省农业厅根据农业部的部署曾提出一村一品的发展思路。有的村以种植核桃为主业,有的村以培植药材为主业,有的村甚至以描龙绣凤为主业。

而镇平县是举全县之力主抓养猪。这也意味着,政府推进养猪规模化和产业化的力度将比石泉县更大。

我问镇平县养猪事业目前是一个什么情形?

费建鹏说,他们全县总人口只有4万,但是猪已经养到了20万头!

老、弱、病、残幼全算上,平均每人养了5头!

我继续问费建鹏,石泉县养猪目前存在着哪些问题?

费建鹏说:"要是按照从前的说法,现在石泉县养猪形势大好。但是我们现在对农户养猪的态度事实上已经有了个微妙的转变。我们现在不是一味地鼓励和支持农民养猪。我们要先问他的规模,如果他全年养猪的规模上不了100头,我们就会建议他不要养。"

"原因是什么?"

"没有规模化就赚不到钱!我们算过账,规模上不了100头,农户全年养下来就赚不到两万元。如果再把家庭其他成员为之付出的劳动都算上,效益就更低。那就不如去打工。"

费建鹏说,"从县农业局来说,目前主要的工作是引导全县的养猪户逐步朝规模化、标准化、组织化和生态化的方向发展。我们已经越来越认识到,只有这样的发展,才是健康、全面、和谐的发展。"

我告诉他,对规模化、标准化、组织化我都有所了解和理解,但生态化该怎么理解?它都包含些什么具体的内容呢?

费建鹏说:"包括明星村的养猪,现在都面临着一个共同的问题,就是如何排污,如何保护环境。所谓生态化,就是要把这个工作做好。"

"应该怎么做,有思路吗?"

"我们现在正在实践一种'猪沼园'模式。就是除了养猪,还要围绕着养猪继续做文章。比如猪场周围可以建设茶园、果园、药园、菜园。我们正在想办法,把养猪的沼渣和沼气用于它们。这样使得原本会污染环境的猪粪变成高档的有机肥——如果这种模式实践成功,不光是经济可以得到更大发展,环境也能够得到有效保护。那才真正是一种循环经济，也才真正能够双赢。"

我不再提问。

仅从他讲述的内容上，我已经充分感受到如今他们的养猪水平和养猪理念！

许多事情仅靠农民自身是难以实现的

石泉是座美丽的县城。

前面说过，到达石泉县的当晚，我就被它旖旎的风光所吸引，而在众多吸引人的风光中，最吸引我的是那条穿城而过的汉江。

一泓碧水，源自幽深；两岸桑田，始于远古。石泉风光之美，是难以用语言来形容的。以至于我当时就想，等空闲下来，一定要到石泉的汉江边走走。不坐车，不陪人，是独自去走，悠悠地走，恰似眼前悠悠流淌的水流，安详而自在。

但是直到离开石泉，我却始终没有实现这个心愿。

之所以如此，是我的心被"猪"占满了。我想尽快地赶回去，利用我脑子里还记忆真切的印象，把有关石泉、有关明星村的一切都记录下来。

为什么要如此急迫地去记录它？

因为它对于人们认识今天的农村形势和农村问题有很现实的意义。

以养猪为例，此前无论我走到哪里，听到的都是农民们不愿意养猪。并且有越来越多的农民都不养猪了的负面议论——事实也确实是这样的。如果说从前农民家家户户都养猪，那么现在刚好相反，是家家户户都不养猪。

但是一个同样的事实，却可以得出两种完全不同的结论。让我没有想到的是，越来越多的农民不养猪了，并不是养猪事业的倒退和衰败，恰恰相反，它是养猪事业的进步和发展！

我们可以看一组有关石泉县养猪的数字：

年 份	生猪存栏量	生猪出栏量	饲养量
1978年	63700头	41800头	105500头
1998年	63100头	55900头	119000头
2006年	145500头	136100头	281600头
2011年	184200头	307800头	492000头

显然，2011年，在养猪农民大幅度地减少的情况下，养猪的数量却在大幅度地增加。如果与改革开放之初的1978年相比，增加了近5倍。

应当说，在这些数字中，对猪肉的商品供应最具实际意义的是生猪的出栏量，如果对比生猪的出栏量，那么2011年是1978年的7倍多。

当这个数字出现在眼前时，相信会引起人们的深思。

回过头来看，农民们不愿意养猪了并非全是坏事。或者更彻底一些说，大多数农民不愿意养猪了不仅不是坏事，而且是件好事。就像城市人谁都不愿意养猪一样。他们对生活有了一种新的理解和新的期盼，也有了一种新的追求和新的活法。问题只在于，农民们不想养猪了，谁来养猪？这才是问题的核心和关键！

而现在，这个问题得到了解答。解答得不仅令人信服，而且相当圆满。

当我在石泉采访时，我脑子里始终在想，任何事物的发生和发展都有一个过程。石泉县养猪事业的发展，注定也有这样一个过程。

问题是在这个过程中，我们看见了些什么呢？

首先，政府的宏观决策和正确引导至关重要。

如果说渴望着致富的农民天然具有干事业的积极性，那么他们所处的环境和位置适合干什么、应当怎么干，却往往是他们自身所难以认识的。在这个问题上，政府的引导和支持非常重要。应当说，无论是安康市还是石泉县，在这个问题上都认识到位，扶持得力，进而才形成了养猪事业迅速发展的大好局面。

其次，帮助农民不能停留在规划和口号上，一定要帮在实处，落在实处。

无论发展种植还是发展养殖，都是农民急切地盼望的。问题只在于，有积极性不等于就有成功。具体到养猪，这是一门科学。尤其是时代发展到今天，那种一家养一头两头式的养殖不仅无法适应时代，甚至根本不能生存。农业的巨大进步，使得无论种植还是养殖都必须形成规模。但是形成规模必须具备各种各样的条件。而在所有的条件中，让农民学习到科技和掌握住科技是至关重要的。养什么品种的猪？应当怎样防治疫病？怎样使猪长得又快又好？所有这一切，都是保证规模化养猪的前提和基础。

而这个基础，仅仅靠农民自身同样是难以实现的。

实践证明，中国的事情能不能办好，关键在党，在政府！党和政府的正确决策，党和政府的正确引领，党和政府的有力支撑，这是中国农业发展的关键，也是中国农村进步的关键，还是中国农民富裕的关键！

科学技术是第一生产力

为了详细了解农业的现状和未来，我曾专门到陕西省农业厅去采访。

改革开放前，农民无论养猪养牛，还是养鸡养鸭，从来都是生存的需要，没有谁会想到这是人们营养的需要。和今天截然不同的是，那时候人们买肉争抢着买肥的。

有一段顺口溜极为精确地概括了那时候人们饲养家畜的目的：

养猪为过年。
养鸡为换盐。
养牛为耕田。

直到20世纪90年代中期，肉禽蛋的供应已经大大地好转了，有一回我的一位同学与妻子发生口角，他的妻子很委屈地让我评是非。两口子生气的起因是为一句话。妻子说了一句：我想每天早上吃一个鸡蛋。

我的同学讽刺她说："你也不看看自己是啥人！还想每天吃一个鸡蛋！"

就为这句话，妻子气得几乎要哭，她说："我是啥人？我是病人！我那几天有病，医生让我补充营养。他就那么挖苦我！"

如果放在今天,这可以当做一个笑话,但这却是当初生活的真实。这种真实如果放在今天,没准儿会令年轻人大感诧异,她怎么会提出这么低廉的要求?难道鸡蛋是什么好吃的东西吗?难道鸡蛋她还没有吃腻吃够吗?

回顾改革开放的历史,陕西畜牧业的发展大体经历了这样几个阶段:

1978年到1984年,是中国农业改革开放的破冰期,也是陕西畜牧业的开拓期。这一时期,一些解放了思想、不满足于小打小闹的养殖户们,打破了从前畜牧养殖业零散和从属的性质,开始了集中财力物力和人力的专门饲养。那正是肉禽蛋奶全面紧缺的时期,只要生产出来,绝对不愁销路。这就极大地激发了养殖户们的积极性。

此后相当一段时期,整个陕西——包括整个中国的畜牧业都处于一种高速发展的状态。直到历史的脚步迈入21世纪,直到肉禽蛋奶的短缺状态被彻底改变,农民们养殖的热情才缓解下来。

2001年到2007年,陕西畜牧业进入了结构优化期。之所以要进入这样一个时期,是由于在市场供应基本得到满足的情况下,整个畜牧业的发展必须登上新台阶。这个新台阶的具体内容是:将过去以数量增长为主,逐步向提高质量、优化结构和增加效益为主。对陕西的畜牧业而言,这既是一个夯实发展基础的必要举措,又是一个孕育着畜牧业全面进步的新的开端。

到了2008年,由于基础扎实,陕西的畜牧业又进入一个快速转型期。这个转型期最突出的特点有两个:一是表现在生产方式上,从前以家庭为主的养殖逐步改变为产业化和规模化的养殖;二是畜牧业的生产目标也发生了相应的变化,不仅注重解决量的问题,而且更突出地着手解决质的问题。

至此,陕西的畜牧业又开始了一场历史性的攻坚,也发生了一次历史性的变化。

历史性的变化体现在哪里?

如果用四句话来做具体的概括,那就是:品种优良化,生产规模化,管理标准化,环保生态化。

什么叫品种优良化?

以黄牛为例。中国的黄牛大约有25种。其中有五大优良品种,分别是秦川牛、南阳牛、晋南牛、鲁西牛、延边牛。

在这5大优良品种中，秦川牛位居榜首。

作为耕作劳役的牛，秦川牛是优秀品类；但是作为食用牛，秦川牛就明显地存在缺点。与国际上最受欢迎的澳大利亚和新西兰的肉牛相比，秦川牛的肉量不足，肉质也稍欠。于是陕西就从澳大利亚和新西兰引进优质良种，与秦川牛杂交，从而形成新的、具有更大优势的肉牛。

什么叫环保生态化？

采访中我发现，陕西省畜牧局局长杨黎旭所指的环保生态化，与石泉县畜牧局副局长费建鹏所讲的生态化，有相同之处，也有不同之处。

相同之处在于，在大量发展养殖的同时，要采取各种措施来保护环境。据杨黎旭介绍，在中国的东部地区，已经首先开始了限养区。不管你品种多优良，也不管你规划多科学，但是在规定的区域范围内不许养殖。

人们需要一片蓝天，需要一片净土！

不同之处在于，环保不仅指养殖畜牧区的环保，而且指畜牧主体的环保。比如你饲养和加工出来的是不是放心肉，是不是放心奶？如果说从前中国人只要能吃到就算是满意，那么现在不光要吃到，而且要吃好的。不光吃好的，还要各种营养成分和环保指标达标！

杨黎旭说："目前陕西畜牧业的状态是，散户分养已经越来越少，所占比例也越来越小。小规模饲养正占据着主流，所占比例为目前最高。大规模饲养正逐渐增多，所占比例在稳步提高。"

杨黎旭告诉我，比如渭北的澄城、洛川、旬邑，通过规模化发展，都已经成为百万头生猪大县。目前在全省养猪出栏数中，出栏50头以上的养猪场户已经达到了7万多户，他们的生猪出栏数已经占到了全省生猪出栏总数的60%以上。从养牛来看，目前存栏10头以上的奶牛养殖场户已经达到了4000多户，存栏奶牛占到了全省奶牛存栏总量的43%。而千头以上的奶牛场正在迅速发展，眼下已经星罗棋布地在全省建设起40多个。

他说了很多，期间夹杂着许多纯粹的行话，这些行话对他来说轻车熟路又浅显易懂，对我却深奥难解，如坠梦中。于是我提出，要亲自到现场去看。

我很快就去了现场。

仍然是陕西省畜牧局畜牧处刘收选处长陪我去的。

逐一细说去这些地方的过程过于琐细。我只需要说，我分别去了杨凌、眉县和泾阳，先后实地参观了四家规模化的养殖场：

杨凌本香生猪标准化养殖实训基地

秦宝牧业股份有限公司

中国现代牧业集团眉县奶牛养殖场

陕西省泾阳奶牛中心

这四家中，杨凌本香生猪标准化养殖实训基地前面已有介绍。顾名思义，是养殖生猪的。秦宝牧业股份有限公司是养殖肉牛的，他们的肉牛年出栏量在10000头以上。而眉县和泾阳的两个养殖场，都是养殖奶牛的。

看过这几家畜牧养殖场后，我有几点感想：

第一，这几个场的生产能力都大得惊人。

以杨凌本香生猪标准化养殖实训基地为例，这个基地满负荷运转，生猪出栏量将达到每年18万头。

18万头的生猪出栏量意味着什么？

意味着如果每户农民养一头猪的话，需要18万户人家来养。

事实上，即使在养猪积极性最高的年代里，农民也不可能做到每户养一头猪。而现在，一个现代化的养猪场，就解决了十几万户甚至几十万户农家的养猪。

同样，中国现代牧业集团下设的眉县奶牛养殖场，目前每天生产的牛奶达到了120吨。如果全负荷生产，可以达到每天出场400吨牛奶。

这样巨大的生产能力，且不要说在从前是完全不可想象的，即使放在今天，如果不是亲自前来了解，同样会不可思议！

第二，畜牧业生产方式高度现代化。

无论在眉县的奶牛养殖场，还是在泾阳永乐店的陕西奶牛中心，我看到他们的规划布局、生产设施，乃至许多生产中的琐碎细节，都体现出当今世界的一流水平。在这里，奶牛的粪便被24小时自动清理：粪便顺序进入沼池，成为发电的动力，粪便的废渣又成为液化的沼液，成为农家的有机肥。可以说，一道纯粹饲养奶牛的工作，被分解成无数个流程。高科技的运用，使得这整个流程不仅高效，而且节能，而且循环，而且为人类造福。

优势还不仅于此。当我目睹着奶牛的生活情景时，让我大为吃惊的是，在这些充满了现代化气息的奶牛场里，有充满阳光的奶牛休闲场所，有定时为奶牛播放的轻音乐，还有奶牛可以随时去接受的按摩服务，而自动挤奶转盘上，一次可以自动为80头奶牛挤奶。

第三，规模化和产业化的养殖促进了畜牧业的高效和优质。

高效前面已经说到，优质指什么？

无论眉县的两万头奶牛养殖场，还是泾阳的5千头奶牛养殖场，他们养殖的奶牛都是当今世界一流的品种，是直接从澳大利亚、新西兰和法国引进的。并且与之配套的饲养设施和饲养方式——无论饲料的配方还是牛奶的生产、加工、保存，使用的全是当今世界上最先进的技术。不能说最先进的技术就一定能够保证最高的质量，但至少它为实现质量上的最高标准提供了坚强的硬件支持。

早在改革开放之初，邓小平就指出，科学技术是生产力，而且是第一生产力。

实践有力地证明了这个论断。

随着农业形势的发展，人们越来越深切地认识到：中国农业继续向前发展，必须具备两条：一是要有好政策；二是要依靠科学技术。

是政策，把农民劳动生产的积极性最大限度地调动起来了。

但是如果不依靠科学技术的支撑和引领，即使农民劳动生产的积极性再高，它所能够产生的效果也仍然是有限的。劳动积极性能够使一亩地的粮食产量翻两倍，却不能使它翻8倍；劳动积极性能够使农户养3头猪2头牛发展到20头猪10头牛，却不能使农户养千头猪百头牛。

也正因为如此，2012年，当中国的"三农"又进入一个全新的发展阶段时，中央在新年伊始的第一时间，再次出台了"一号文件"。文件的标题为《中共中央国务院关于加快推进农业科技创新持续增强农产品供给保障能力的若干意见》。

仅从题目上，就可以明确地看到中央对农业科技地位的重视，对农业科技创新的重视。

许多农业方面的内行说：中央把问题看清了，把问题抓准了！

田野依然充满希望

资料显示：2010年，陕西全省已经达到了年人均占有肉类27公斤，蛋类13公斤，奶类47公斤——如果再转换成具体的事实，那就是说，陕西人平均每人每月能够吃到两公斤肉，1公斤蛋，将近4公斤奶。

陕西如此，全国是一种什么状况呢？

我手头没有全国各省畜牧业生产情况的详细统计，只有一份陕西畜牧业生产在全国各省份中位次排列的统计。统计的年份是2009年。

2009年陕西省——

  生猪存栏占全国总量的2%，列全国20位。

  牛存栏占全国总量1.6%，列全国20位。

  奶牛存栏占全国总量的3.3%，列全国第7位。

  羊存栏占全国总量的2.4%，列全国14位。

  家禽存栏占全国总量的1%，列全国21位。

  ……

透过这份统计，我们能够看见些什么呢？

尽管陕西畜牧业发展速度惊人，但是与全国其他许多省份比较起来，陕西还并未进入上游行列。

换句话说，形势大好不独陕西。

继续探究。

按照陕西省农业厅制订的规划，到2015年，陕西全省的畜牧业将再上一个新台阶。

其中——

  生猪存栏将达到1400万头，比2010年增长58%。

  生猪出栏将达到2000万头，比2010年增长80%。

  奶牛存栏将达到70万头，比2010年增长63%。

田野依然充满希望

肉类产量将达到180万吨，比2010年产量增长70%。

蛋类产量将达到70万吨，比2010年产量增长50%。

奶类产量达到300万吨，比2010年产量增长69%。

请注意，增长的幅度不是百分之五或者百分之六，而是百分之五十、六十，甚至七八十！

这是惊人的速度，这是真正的大幅度！

我还了解到：随着科技的引领，全省畜牧业优势主导产业生产的能力将明显增强；畜禽良种的供应能力将明显增强；重大动物疫病防控的能力将明显增强；畜牧业标准化生产水平将显著提高。

这些增强和提高意味着什么呢？

第一，意味着我们食用的畜产品的质量和安全水平将得到大幅度的提高。

第二，意味着我们可以品尝到世界范围内最优良的鲜肉，人们对肉类食品的选择余地远比今天大得多。

仅仅放在几年前，有谁敢想象，我们在农业和畜牧业的生产上已经不仅仅立足于国内，而开始瞄准着国际了！又有谁敢想象，中国人选择食品竟然开始向国际范围瞄准，对食品安全的要求已经开始和发达国家所制定的标准接轨！

如果把这一切转换成生活语言，它们蕴涵着的都是些什么具体内容呢？

世界上哪里的牛肉最好？是澳大利亚吗？

那就请放心，澳大利亚的肉牛和奶牛已经落户陕西，并且每年将以巨大的产量投放市场，供应居民。

世界上哪里的猪肉最好？是美国和法国吗？

那同样请放心，美国和法国的纯种猪已经非常舒适也非常悠闲地躺在陕西为它们建造的猪圈里，在那里生长和繁衍着。

……

当我在陕北，在陕南，在关中一望无际的八百里秦川——当我怀着巨大的兴趣参观那些现代化的养牛养猪场时，我简直不能相信，从前传说中的一切竟如此之快地成为了现实。

从前科学家告诉我们，未来生产的猪、羊、牛都是工厂式的生产。

如今，工厂式的生产就明明白白地摆在我们眼前。它们的生产能力堪称巨大。而更令人惊喜的是，这些奶牛和猪在形成了一条完整的产业链的同时，也形成了一条完整的生态链。

如果不是详细了解，如果不是亲眼所见，这一切对我都是天方夜谭。

认真想想，只要政策对头，中国人民能够焕发出来的劳动生产积极性是多么巨大！以苹果发展为例，当初李新安把苹果引进洛川后，洛川苹果得到了极大的发展。但是尽管如此，品种无非是黄元帅、红五星、大小国光和秦冠。但是后来，政策支持，国门大开，果农们知道了日本的红富士不仅口感好、果型好，而且耐储存。于是竟坐着飞机去日本学习参观。

结果怎么样？

不过短短几年，红富士苹果红遍中国！

苹果能够这样，猪呢？牛呢？羊呢？

我们常常说成果，常常说发展，这些年仅水果出现了多少种成果，又取得了多大的发展！一年四季，从西瓜、桃子、苹果、葡萄、猕猴桃——甚至从前很少见到的樱桃，可以说只要人们有需求，统统都出现了成果，统统都得到了发展。这些成果是果农虚心学习的成果，是果农引进和运用科技的成果，还是果农辛勤劳动的成果。但是归根结底，它是政策引领的成果，是改革开放的成果！

写到这里，我突然想起两件事。

第一件是，在本书的前两章里，我给自己写下的标题是：村庄会消失吗？

其实结论已经出来了，村庄不会消失。

只是此前我对村庄的设想仍然很肤浅。我想到了随着村庄的人口越来越少，中国的村庄很可能会像美国一样，有大片大片的土地，但是没有多少人也没有多少房舍，一切都呈现出一种浩渺和辽阔。也想到了其他自然生发出来的各种村庄形式，想到了村庄无法预测的丰富和多元。

但是当我去陕北的黄家峁村和陕南的明星村采访以后，我突然发现它们的村庄形式已经超出了我有关村庄的所有想象。

以明星村为例。

明星村地处大山深处，它和十二盘完全相同的是，都依傍着秦岭深山。如果要说不同，那么十二盘在秦岭北麓，而明星村则在秦岭南麓。就条件而论，明星村远远赶不上十二盘。十二盘毕竟是大山深处的一片小平川，一条

田野依然充满希望

清澈的河流就顺着这片平川朝前涌流,河床蜿蜒,水流潺湲,两岸风光如画。有一种田园的诗意,也是一个充满了诗意的田园。而明星村尽管绿水青山,但除了山还是山,基本上没有什么平坦之处。如果按照生活方便和居住适宜的条件来考量,相信人们一定会选择十二盘。

但是明星村却不仅没有消失,反而蓬蓬勃勃地发展起来了。

当我乘坐汽车在明星村的山道上行驶时,满眼漂亮的小楼房,满眼整齐的猪舍,这一切都彰显着人气,展示出活力。事实上,如果仅仅就房屋建筑的众多而言,如今的明星村抵得上从前的3个明星村。

我想,就宏观而言,未来的村庄不会消失,这是肯定的。而未来的村庄不会是单一的方式和色彩,这同样是肯定的。这不仅是现在,并且包括从前。从前村庄就是不一样的,江南水乡,人多地少,楼宇集中,这是一种村庄的景象;内蒙古草原,地广人稀,汽车行驶老远才能偶尔看见几座毡包,这又是一种村庄的景象。也许,恰恰是这种差异,这种不同,才真正构成了生活中的五彩斑斓!

但是明星村这样一种村庄的形式仍然大出我的意料:围绕着村庄的,是一座座的养猪场。这些养猪场绝非从前意义上的农户养殖,而是一座座真正的小型工厂。它们不仅形成规模,而且需要存贷款;不仅需要有现代化的设施,而且需要雇用工人。

该给这样的村庄一种什么样的定义呢?

养猪村——太俗!

小型企业聚集村——太冗!

现代养殖村——太空!

我们只能说,它是村庄!而且——非常巧合,它叫"明星村"!

第二件事是,我想起了邓小平的几段讲话。

早在改革开放初期,邓小平针对农业问题就说过几段话。这些话我已经引用过一遍,但是当我在农村中走来走去之后,我突然有一种强烈的愿望,想继续引用一遍:

中国社会主义农业的改革与发展,从长远的观点看,要有两个飞跃。第一个飞跃,是废除人民公社,实行家庭联产承包为主的责任制。这是一个很大的前进,要长期坚持不变。第二个飞跃,是适应科学种田和生产社会化的需要,发展适度规模经营,发展集体经济。这是又一个很大的前进,当然这是很长的过程。

要提高机械化程度,利用科学技术发展成果,一家一户是做不到的。特别是高科技成果的应用,有的要超过村的界线,甚至超过区的界线。仅靠双手劳动,仅是一家一户的耕作,不向集体化集约化经济发展,农业现代化的实现是不可能的。就是再过一百年二百年,最终还是要走这条路。

可以说,字字有力,句句深刻。

不会没有困难,甚至不会没有曲折。但是前进的总体方向是谁也无法逆转的。30多年改革开放的实践告诉我们,只要改革开放的思路不被干扰,只要改革开放的步伐不被打断,生活就总是在向前,并且是大踏步地向前!如果说20世纪80年代的"一号文件"给我们一片贫瘠的田野上洒满了明媚的阳光,也带来了灿烂的希望,那么21世纪中央颁发的一系列新的"一号文件",将使农业改革在逐步深化的同时,使这片田野上的阳光更加明媚,希望更加灿烂!

> 我们的未来,
> 在希望的田野上
> 人们在明媚的阳光下生活,
> 生活在人们的劳动中变样!
> ……

还是熟悉的歌词,还是熟悉的旋律——当我在农村中走了一圈又一圈之后,我的心情变得越来越坦然,越来越振奋,甚至越来越豪迈。我可以预言,这首曾经让我热泪盈眶的动人歌曲,不会随着时间的消逝而消逝。它优美的旋律必将伴随着中国农业改革的脚步,以它独有的轻捷和欢快,继续飘荡在美丽的原野,继续回响在祖国的蓝天。

第九章 寻找我们的精神家园

从神木人的暴富说起
韩老四一家人
这日子，好到天堂了
富裕起来的背后
幸福在哪里
经济发展必须有道德支撑
两手都要抓两手都要硬
政策不能只有享用和鼓励
从吃饭说起
政府该不该管
为什么就不能慢一些
想想生活的本质
难道中华文化肩负的任务就是这些
恰恰是被自己的"聪明"所害
刻不容缓地建设我们的精神家园

寻找我们的精神家园
Xunzhaowomendejingshenjiayuan

从神木人的暴富说起

神木县地处晋、陕、蒙三省（区）的接壤地带，面积7635平方公里，是陕西省面积最大的县。历史上，神木县域面积大却财政收入小，是有名的穷县。

谁也没有想到的是，改革开放以后，神木经济以超乎想象的速度直线飞升。2005年，全县国内生产总值达到了80亿元，财政收入达到19.8亿元，已经跻身于西部百强县的行列。2011年，神木县更是实现地区生产总值771亿元，财政总收入181亿元，成为陕西省第一个综合竞争力进入全国百强的县。

财政总收入181亿元意味着什么呢？

宝鸡市是陕西的工业重镇，也是陕西第二大城市，还是整个陕西经济发展最好的地市之一。2011年，宝鸡市财政收入为137亿元。

不抵一个神木县。

至于安康市和商洛市，就更无法与神木相比。2011年安康市财政总收入43亿元，而商洛市则只有26亿元。两市全年财政加到一起，还不到神木的一半！

也许正由于底气十足，神木县推出了一系列卓有成效的有利于民生的措施。

老百姓不是对教育收费高不满意吗？

神木县率先实行教育优先工程。从2008年起，神木县全面实行城乡12年免费教育，3年之后，又全面实行15年免费教育，彻底实现教育"零收费"——换句话说，只要你是神木的学生，那么从幼儿园到高中，你的学费、杂费、课本费、住宿费全免，不仅如此，在校学生每人每天还补助3.5元的午餐费。对那些家庭贫困的大学生，县慈善协会给予每人最高每学期5000元的资助。

老百姓不是嫌看病贵吗？

神木县庄严宣布：在全国率先推行"全民免费医疗"，让城乡居民彻底摆脱"看病难、看病贵"的困扰。无论党、政、军、民、学，无论工人还是农民，只要你是神木县户口，看病全部实行医疗免费。

不仅如此，纵观神木县，无论城乡居民养老保险，还是城乡一体化低保制度，都走在了陕西省各地的前列。就很大意义上说，经济确实是基础。经济强，神木给老百姓办的实事和好事就多！用神木县县委书记雷正西的话说，现在神木县正在向"学有优教、病有良医、劳有丰酬、住有宜居、老有颐养"的高层次生活状态迈进！

神木的底气十足，来自于它的资源。

神木的储煤面积达到4500平方公里，目前已探明储量500多亿吨。这里的煤炭是世界上少有的优质动力环保煤和气化用煤，在国际能源市场上具有很强的竞争力。富煤区每平方公里的地下储煤量高达1000多万吨。不仅如此，神木煤田勘探范围内可采和局部可采煤层共达到8层，其中单层的最大厚度达到了12.02米。还不仅如此，神木的煤层近似水平，断层稀少，顶底板稳定，瓦斯含量极小，埋藏浅，不少地区的覆盖仅4米或5米，部分地区的煤炭甚至大面积地裸露在地面，这给开采提供了极大的便利。

如果进一步延伸，那么可以说神木、府谷、内蒙古东胜这一大片地区，已经探明了有煤炭储量2300亿吨。这相当于70个大同矿区、160个抚顺矿区。

毫不夸张地说，神府东胜煤田是世界上最大的煤田之一。

2011年，当我第一次来到神木县的时候，我有很多感慨和惊奇。

我发现，神木县虽然是个县，但它县城的规模和样式，那种骨子里透出的模样和气韵，已经完全不是传统概念中的县城，而是一座不输于地级市的城市。

与此同时我也发现，神木县的房价高得简直离了谱。北京的房价普遍上万，西安的房价时有上万，而神木的房价也上了万！不仅房价高，神木的好车也特别多。在神木，路虎满地跑，宝马随处见，而那些昂贵的宾利、劳斯莱斯，则都是在省城西安也很少见到的。

寻找我们的精神家园
Xunzhaowomendejingshenjiayuan

韩老四一家人

在神木,凡地下有煤炭的村庄,都由于资源的带动而富裕起来了。

至今,许多没有到过神木的人都非常好奇,神木的农民究竟有多富?

在神木,一些依靠煤炭生产富裕起来的农民,已经动辄家产上亿,甚至几十亿。这些农民富裕的程度事实上已经超过了企业家。他们被称作煤老板。

2011年秋天我第一次去神木,没有去寻找那些最富有的农民采访。而是在作家亚东的陪同下,悄悄地去了神木县大柳塔镇的韩家湾。

之所以去那里,是因为亚东在那里工作过。他熟悉当地的农民。

韩家湾地处神木县最北端。从韩家湾村继续向北,不过三四公里,就到达了与内蒙古自治区分界的乌兰木伦河。越过这条河,就是内蒙古的鄂尔多斯市。那同样是一个由于煤炭生产而富裕得让人不可思议的城市。

韩家湾村共有20多户,80多人。这里的农民们居住得很分散。神木地广人稀,紧挨内蒙古,在居住方式上已经具有游牧民族的特点。

到达韩家湾煤矿已经是傍晚。吃过晚饭,天下起小雨,我没有耽误,冒雨走向韩老四家。一路上,我发现由于地处偏僻,人口稀少,所以这里的夜晚四野寂然,一片黝黑。

韩老四官名叫韩顺虎。他上面有3个哥哥,依次排下来被称作韩老大、韩老二、韩老三。

采访韩老四基于两点:

第一,他从前是地道的农民。如今虽然不再种庄稼了,但仍然居住在从前的老地方。与原有的生活形态保持着千丝万缕的联系,骨子里仍然是农民。

第二,他是靠着煤炭富起来的。这在神木很有代表性。

赶到韩老四家,他已经睡下了。看看时间,还不到晚上8点。后来我才知道,韩老四的习惯是太阳一落就吃饭睡觉。这个习惯是从前种庄稼时候养成的,至今未变。

韩老四的老伴儿李候秀未睡，正在与几位司机结账。她对我们这几位不速之客显然感到惊异，用浓重的陕北话问我们来做甚。

亚东告诉她，想请她谈谈自己的生活，自己的经历。

李候秀更加惊异：这有甚说的。

亚东告诉她，我们想写电视剧，想了解农民的生活，请她随便说说她的生活。不分内容，不拘形式。可以从眼下说起，也可以从小时候说起。

李候秀说：我能说出个甚呀？

我们一齐劝她：别的讲不出，自己的经历总能讲得出吧？就讲自己的事。实在不想讲自己的事，就讲自己能够记得的人和事。

李候秀这才同意了，说：能行！

无论李候秀还是丈夫韩顺虎，小时候的生活都非常贫困，这在当时的年代是共同的。而另一个共同点是，他们都是包产到户以后才吃饱肚子的。

那天李候秀为我们讲述了改革开放前的苦日子。非常凄惨。但我们不是为听她这些来的。

我们感兴趣的是她改革开放后的生活。

改革开放初期，李候秀的几个儿子合伙买了一辆小四轮车，在大柳塔镇拉砂石跑运输。跑运输能够赚钱，但赚得有限。李候秀至今清楚地记得，那时候孩子们的头发长了，就用镰刀片刮个光头。再不然就用剪子剪，剪得参差不齐，脑袋上一道黑一道白。

儿子年轻，喜欢漂亮，眼看着外面有些人剃的是"洋头"，很羡慕，可是又不敢给父亲开口要钱。父亲脾气暴，一听儿子要钱就炸锅。于是儿子找到母亲，很策略地拐了个弯儿说：妈，你能不能给我一块钱。

李候秀问：弄甚？

儿子说：外面一块钱剃一回头，可好看了。我去剃一回让你开个眼。

那时，拿出一块钱来消费，得掂量好半天。

完全是天时地利的机缘，他们与煤炭结缘了。

那时候整个中国还处于一种相当贫穷的状态，除过个别与煤炭行业有直接工作关系的专家，其他人对煤炭的前途和潜力都完全是糊涂的。李候秀的孩子们就更是这样,他们只知道神木的煤好,平素他们家里缺烧的,就扛着镐头去沟底刨一麻袋煤扛回来。沟底的煤全是露天的,直接用镐头挖就可以——几十年中他们一直是这样做的。

但是现在,有了四轮车,他们突然想到,应当利用煤炭为自己换几个钱。说干就干。

晚上,跑了一天运输的孩子们开着四轮车去沟底挖煤,再拉到大柳塔镇去卖钱。他们惊喜地发现,一车煤卖得好,能卖40元钱!

那时一个普通工人一个月的工资也不过三四十元。也就是说,他们辛苦一晚上,能够挣到普通工人一个月的工资!

那时候流行着一首歌:我们的生活比蜜甜!

他们觉得,这首歌就是为他们写的。

1989年,部队在韩家湾开矿挖煤。当时征地很便宜,一亩地才几百元,征地后,全村农民平均每人分到一两千元钱。大伙儿拿着钱,欢呼雀跃。

部队是21集团军。他们毕竟不是采煤的专业队伍,每天的产煤量很低。往往要等半月20天才能够集中起来一批煤,请村里组织人去拉运。

应当说效率极低,效益也不好。

维持到1996年,这个矿很难继续经营,干脆转给了地方。

其实此前此后,村上也一直在利用自己的资源开矿。从时间上来说,村上开矿比部队上更早。但村民们同样没有见到效益。这种情况一直持续到21世纪。

这日子,好到天堂了

对神木来说,21世纪是个了不得的世纪!

随着神府煤田被国家开发,随着一座又一座现代化的煤矿在这里建造,随着国家政策对农民的宽容、照顾和支持,韩家湾村终于等来了机会。2007年,随着煤炭价格的回暖,村办的煤矿迅速增值。原本估值1000万的矿,陡然升值变成了8000万。而且煤炭从产量到价格一路飙升。当年年底,按人头给村民们分钱。

这一分钱,把大家分傻了。人均分到了22万元!

这是他们做梦也梦不到的数字呀!

一些聪明人就从这22万元中看到了煤炭的价值,看到了事业的希望。他们把手里的钱变成股份入了煤矿的股,用于扩大再生产。第二年,每投资一元钱,分红分到两三角钱,是20%到30%的利润。

不仅如此,陕煤集团的韩家湾煤矿在这里建矿,给世代居住在这里的韩家湾村民以补偿。按他们此前的生活标准计算,这笔补偿足以使他们这辈子的生活都再不用发愁了。

还不仅如此,韩家湾煤矿建成以后,年产量达到400万吨。这400多万吨的煤炭全部要靠汽车拉运出去。李候秀和丈夫看到了这个商机,把家里的钱拿出来购买了重型卡车,雇专业司机来负责运煤。几乎是滚雪球一般,家中的重型卡车很快就发展到十几辆。每年仅此一项,钞票就滚滚地朝他家涌来。

那天晚上,李候秀给我讲了两件有关"车"的事。

头一件是偶然中聊到的,李候秀的侄孙子刚结过婚。全部算下来,婚事大约花掉了500多万元。

李候秀告诉我,她侄女的孩子是在乌兰木伦河对岸的鄂尔多斯市办的婚宴。粗粗算下来,光把面子上的事情办完,就花去了475万元。

我问她面子上都是些什么事情?

她扳着指头为我算起来:一套房,一辆车,还有酒席。光酒席就花了30多万,婚庆公司拿走的是7万——

她告诉我,车是她买了送给侄孙子的。

我问她买了辆什么车?

回答,不是啥好车,一般车。

什么名字?

我记不下。

多少钱买的?

93万。

第二件"车"的事要从她儿子说起。

早些时候李候秀的两个儿子给父亲买了辆捷达车。儿子们自己也买了车。后来儿子们先后换了几回车——觉得不够时髦不够气派就换。几次以后,儿子觉得自己光换车,不给老爹换,怕被人笑话,于是商量着无论如何也得给老爹换一辆车。哪怕买来他不用呢。

不久,他们就给韩顺虎重买了一辆车。

我问李候秀,买的是什么车?

这一回她记得很清楚:霸道。

多少钱?

60多万。

问题在于韩老四毕竟年纪大了,手脚不太灵便,所以开着这辆霸道,只在村子里"霸道"了一回,就再不"霸道"了。他连大柳塔镇都没敢去。大柳塔镇人多车多,万一"霸道"出了事可咋办哩?

李候秀说:"这里是毛乌素沙漠的边缘地区,又荒凉又贫瘠,多少年来都是地多人少,所以分地时候,无论大人娃娃,平均都能分到十几亩地。那时候谁能想到地下有那么多的煤呀!"

她说,"从前为了手里能有两个钱,去沙漠里挖沙柳,再用沙柳编筐去卖。沙漠里没有路,我只好把沙柳背到公路上再朝外挪。说句不好听的话,人受下的苦,连牲口都受不了!"

我问了她一个很重要的问题:"日子是你一家过好了呢?还是村里人都过好了?"

"都过好了。"

"都过好了的根据是什么?"

"起码每家都有小车。好些农民家不止一辆,基本上都是两辆甚或几辆。儿子一辆,儿媳一辆。只要需要,四五辆的都有。"

韩老四家的生活迅速变好了。

其实,何止韩老四。除过韩老大已经去世,无论韩老二、韩老三,还是村上的其他什么人,日子统统好起来了。

采访完李候秀的第二天早上,我再次走进了韩老四家。这是个大晴天,风和日丽，阳光温暖。由于昨晚天黑，我看不清他家的环境，所以今天首先打量了一下四周。

我发现他家整整齐齐地盖着两排平房。外表平实朴素，毫不奢侈。

走进屋子里，仍然不奢侈。只是细细打量，会发现他家里有松下的大背投，有冰箱、电话、手机、汽车——可以说，城市人能够有的奢侈品，他们全有。只是更大更好。

地上铺的是瓷砖。

我注意到，韩老四领着我们走进他的会客厅时，很自觉也很自然地脱了鞋，换上了拖鞋。

我们也都换了鞋。

韩老四看着我们换鞋，没有客气。显然，他已经习惯了这样。

我和韩老四攀谈起来。

韩老四看问题很清醒，也很客观。他说他家之所以能够如此迅速地富裕起来，得益于整个社会的发展。他说从前他们人拉肩扛，出了多大的力呀，可是富裕不起来。为什么现在能富裕？路修通了嘛！路一通，汽车就能跑了。汽车一跑，运煤的效率就成百倍地提高了！

说到今天的好日子，李候秀和韩老四都很感慨。

李候秀说："日子好到这样，不能再好了！甚话也不要再说，甚要求也不要再提，给孙子说，能过上这样的日子已经顶头了！"

韩老四附和说："现在这日子，到天堂了！你就是开动脑筋使劲儿想，也想不出来更好的日子是甚样的！"

韩老四家的生活过好了，一些生活习惯也得到了改变或者正在被改变。

比如讲究卫生；比如进屋子换鞋。

但也有一些习惯无法改变，那是刻在骨髓里的。

2010年底，儿子陪韩老四去了一趟北京，是去玩。北京玩过后又去海南。在海南，孙子要给韩老四买东西，韩老四坚持不要，还叮嘱儿子：要给娃娃说，不要乱花钱。

李候秀说：其实韩老四这几年已经与时俱进，舍得花钱了。要放在前几年，他一分钱都恨不得掰成两半来花。

与韩老四相比,他的哥哥韩老二与时俱进的步伐就慢得多。

从前的贫穷是那样深刻地镌刻在韩老二的心灵里。至今,他把自己的钱袋子捂得死死的。二女儿的儿子已经29岁了,一直没有定上媳妇,前不久好容易定上了,要钱用。但韩老二像挤牙膏般一点儿一点儿朝外挤,给得很不爽快。

而更能说明韩老二观念的,是他至今仍然坚持着种庄稼,谷子糜子全种。尽管村里的年轻人不光不种地,而且压根儿不在村里待,整天开着车朝外面跑,但韩老二固执地坚持种地。每当有人批评他落伍时,他总是理直气壮地反驳:"你说那风凉话顶甚?现在是国家卖给你大米白面!甚时国家不卖了,你吃甚?"

我问韩老四两口子:日子过到现在,最担心的是什么?最不满意的是什么?

回答:甚都不担心,甚都最满意。

我坚持请他们想一想。不光想自己家,而且想村里其他人家。大家普遍担心的是什么?普遍不满意的是什么?

果然也就想出来了,两人异口同声地回答:担心孩子。

李候秀说:"现在有钱了,有些孩子不做正事了,整天大手大脚花钱,要是这样惯孩子,孩子不成材。"

韩老四说:"钱多了,弄得孩子不知道该做甚了,只知道花钱,越花越大。还有些手头钱花完了,就想邪办法,去偷去抢!"

他们共同的观点是:钱多了,弄不好把孩子也毁了!

富裕起来的背后

当我离开韩家湾时,这里运煤的车辆仍然排着长龙般的队伍在等待。

尽管到神木不过短短几天,但我已经适应了这种等待。这是对煤炭热切的期盼,也是对物资的热切等待。说来让人难以相信,这些装上了煤和没有装上煤的重型汽车动辄便排出几十公里！

这说明，煤炭炙手可热！

正是煤炭的炙手可热，使得神木经济以一种梦幻般的速度起飞。

神木变化了，神木发展了，这种变化和发展之大之快，是几千年来从未有过的；这种变化之大之快，让神木人自己都始料不及。

西安电视台编剧陈曦是陕北榆林人，他告诉我，他的不少同学，当初一心要做城市人，千方百计把户口从农村或者从县城迁到榆林市区。谁知现在榆林周边的地下普遍发现了煤，进而大规模地开始了征迁。征迁时一人补偿100万，全家7口人就补偿700万。这些人一听，又千方百计想把户口往回迁，谁知村里人不接收，结果竟然发生了把一个想往回迁的人活活气死的例子。

在神木采访期间，我对许多人提出的共同的问题是：满意什么？不满意什么？

对满意的回答五花八门。孩子考上大学了感到满意；家里收入增长了感到满意；今年风调雨顺感到满意；今年煤价上扬感到满意。

而对不满意的回答则集中得多了。几乎所有人的回答都是：对官场腐败不满意；对社会风气太坏不满意。

这其中，有许多人的担心是富二代问题。

腐败和社会风气其实可以归结为一个问题。并且这是个全国性的问题。这个问题不仅神木有，其他的各个县、各个市、各个省也都有。这个问题的产生和解决是一个需要专门去论述和研究的大问题。

而富二代的问题，则是神木县独有的。

在神木，我看到了三种富人的孩子：一种是虽然很有钱，却仍然在读书和奋斗的孩子。这些富二代，我称之为正常和健康的一代。

第二种则是由于家里什么都有了，什么都不用操心了，因此他的各种能力不仅得不着锤锻，而且迅速退化。我曾经看到一位富二代，身躯奇胖，人也腼腆，感觉得出他心地不坏，但就是整天不知道该做些什么。这种孩子，属于笼子里豢养的小鸟，不会有太大的出息。

但转过来想，一个社会，有能力有出息的毕竟是少数，这样的孩子不给家庭添乱，不在社会上生事，同样应当属于好孩子。

令人担心的是第三种。

这些富裕起来的年轻一代，开着名贵的小车，出入高档消费场所。举手投足都有一种在社会上闯荡的勇气和神气。只是这勇气和神气中少的是谦卑，多的是炫耀，并且他们的炫耀由于有金钱的撑腰而变得肆意和大胆。

曾经有一回，几个富二代开车去西安，相互打赌，谁第一个到就赢10万。于是在高速公路上威风凛凛，狂跑猛追。尽管这样的事情从表面上看，是年轻人争强斗胜，但骨子里透出来的，却是生活富裕起来之后的无所事事和寻求刺激，这样一种生活观念和生活态度，迟早会出大问题！也因此，如何教育好富二代，使之成为一个生理和心理都健康的人，是摆在上一代人面前的非常迫切的问题。

不仅如此，这批富二代令人担心还在于，他们接受的往往是一种负面的熏染。一旦这种负面的心理和观念转化为行动，整个社会或者被他们伤害，或者对他们不容。无论哪种情况，都至少不能说是和谐。

在神木，一些人感慨地说：原来太穷，光盼着日子能好，没想到日子真过好了，问题还是不少！

幸福在哪里

当我在神木这片暴富起来的土地上游走时，我脑子里一个挥之不去的问题是：富裕和幸福的关系。

亚东写的长篇小说《陕北煤老板》我捧读之后，直率地提出了意见，我认为他写得太灰暗，我很难接受。在这本书里，为了金钱，为了利益，从大到小，从官员到平民，都在尔虞我诈，钩心斗角，灵魂肮脏，理念迷失。换句话说，所有的人都不是什么好人，是典型的"洪洞县里无好人"。

亚东很委屈。

他说："我在这里工作20多年了，我接触了形形色色的人，确实就是这样的呀！"

他说:"其实人都是平常的人,有缺点也有优点。缺点和优点都在并存。我觉得訾三(书中的一个人物)也算得上是一个好人呀!"

我默然无语。小说中訾三为了从浙江的承包商陈老板手里夺取煤矿,采取了各种不正当的手段,最终逼走了陈老板。且不说他逼走对方的目的是为了给自己赚钱,即使不是为他自己,是为大家,也同样要看他采用的是什么手段。是正当的还是不正当的,是道德的还是不道德的,如果没有这样一些起码的标准来衡量一个人的所作所为,那么中国人会变成什么样子?我们这个社会又会变成什么样子?

细细往下分析,这牵涉一个很深层面的问题。这个问题绝非一两句话甚至一两篇文章所能讲清。但是最基本的东西却是固定的,我们今天的道德之所以如此糟糕,就在于丧失了应有的原则。改革开放前由于"极左"的统治,中国人始终生活在一种政治的高压和恐惧中,这使得改革开放后,一些精英人物不遗余力地呼吁宽容。但是他们没有想到,如果不是在守住原则这个底线上讲宽容,那就横扫了道德。正像臭名昭著的"范跑跑"对自己的行为不仅不以为耻,反以为荣。不仅不从内心深处感到一种疚惭,反而大言不惭地在网上宣布"假若再来一场'5·12',我还将继续跑"——当"范跑跑"能够如此理直气壮地发出自己下一回将"继续跑"的宣言时,本身就说明我们这个社会对恶劣的行为、不良的观念抵制得太无力了,都说明不管物质多么丰富,我们这个社会都事实上已经处于一种可怕的精神黑暗中。

亚东的父亲是新中国成立后铜川矿务局第一任领导,同时也是一位非常清正的领导。亚东讲起他父亲的往事,说到他父亲当初是怎样拒绝别人的送礼,怎样不允许儿女们享受一丝一毫的特权,怎样不允许儿女们说共产党半个不字,怎样不计个人得失带领工人们埋头苦干——那天晚上,屋子里只有我们俩在天南海北地聊天,聊着聊着,聊到了自己的写作愿望,也聊到了对未来的思考。亚东说了很多,尤其是说到父亲对他那些言传身教的时候,他禁不住流泪了。

其实,有这样一种流泪,本身就说明了他灵魂深处的一种选择!

而几乎是同时,亚东又神速地写出了另一部长篇小说《风起毛乌素》,这部长篇小说明显地有了亮色。不是人为的歌功颂德,更不是有意识地增添光彩,是从生活和矛盾的梳理中一点一滴地自然流露出来的,这部长篇小说为亚东带来了声誉,获得了陕西省第十二届精神文明"五个一"工程奖。

话题扯远了。

在神木,一方面我惊喜地看到了这片土地上神奇的变化,另一方面也不安地听到不少负面的事情。在这片土地上,富裕起来之后的欢乐五花八门,富裕起来之后的悲哀同样形形色色。除过富二代的问题外,概括起来,大抵是这样一些。

一是由于财富的力量陡然显现,社会腐败加剧。

二是由于贫富不均造成的社会环境恶化。比如一个年轻人开着保时捷去银行取钱,被劫匪盯上,小伙子钱被抢走,人被杀死;再比如一位妇女被绑架,劫匪用胶带封住她的嘴,令她窒息而亡。

三是由于富裕起来以后又没有精神寄托所造成的精神迷失。比如几个年轻人到高消费场所去消费,一夜消费十多万元。

四是由于富裕起来以后,用金钱把道德的标尺不停地朝低处推,越推越低。比如西安的几所中学招生卡得非常严,但神木县的孩子入校的不少,都是花钱塞进去的;再比如儿女找工作,有钱人的孩子总能找到好工作。因为他可以用钱堆。

……

但所有这些都是听说,真正与我更近的应当是直接感受。

2012年5月12日,我乘坐火车又一次去往神木,火车到得很早,朋友刘明祥是个厚道人,一大早就到火车站接我,之后为我登记了房间,是住在神木县的天都大酒店。亚东已经与我说好,当天上午他从红柳林煤矿赶来和我会合。

上午11点左右,亚东赶到了。他先给我讲了一件事,刚才他朝天都酒店走来时,路过中阳路口,看见一个年轻人手里掂着刀,闯进一家叫"岐山凉皮"的店里抢钱,抢到钱后跑出来,跨上路边一辆正等候着他的摩托车扬长而去。

女老板追出来,被年轻人挥着刀吓退了。据女老板说,她被抢走了七八千元。

据一些神木人告诉我：神木的富人很多，家有几千万存款的一抓一大把。但人富了，日子却并不见得就好。有些富起来的人包二奶，一包就是几个。结果弄得家庭不和，乒乓厮杀，哭天抹泪。这里犯罪的人多，把人打死打伤的多，吸毒的多，地下钱庄盛行……

年轻的神木朋友王安告诉我，这里的人也在讨论幸福指数，讨论的结果，较多的人认为，没钱肯定不幸福，但钱太多也未必幸福，幸福指数最大的是人有300万元的时候。

我问为什么？

回答说因为这时候生活不成问题了，基本没有后顾之忧了，但是还需要奋斗，前面还有很长的道路，很多的选择，很大的希望和很多的憧憬。

而钱太多的人，生活常常不由自主地开始失衡。这些人中间，有一些人到处找女人，多年轻的也敢找，导致家里经常闹矛盾。老子影响儿子，儿子学着老子，尽管彼此都予以接受和认可，但所有这一切都在潜移默化地形成着一种生活的暗流，都在导致一种生活本质的恶化，进而造成生活本质上的不和谐……

我在神木待的时候很短，也没有沉下心来细细地琢磨有关神木人的生活和境界。起码对我这个外人而言，飞速发展的神木除了轰轰隆隆的汽车，鳞次栉比的高楼，富丽堂皇的场所，再就没有更多的感觉。尤其它没有给我那种安详、安全、友好、温馨、宁静——那种源自内心的幸福感觉。

我想，我这样说神木实在是太不公平，因为它现在不是农村，而是一个工业城市，一个正在起飞的能源基地。对它而言，我只是一个暂时走过的匆匆过客；而对我而言，它还是一个我根本没有看清为何物的城市。我这样下结论实在是一种草率和不负责任。并且从一个更大的区域范围来说，西安又何尝不是如此？北京上海又何尝不是如此？

我只是说出了我对幸福的一种认识，一种理解。

有了钱可以花天酒地，但是如果有了钱就去花天酒地，这样的生活是否就可以叫幸福？

有了钱可以买到好多，别墅，官爵，甚至漂亮女人，但是如果这一切都要靠金钱买到，你就一定会不择手段地赚取金钱，就一定会丧失道德。如果依靠着丢失道德而获得金钱,那么这样一种获得是否能够真正被称作幸福?

应当说,在相当长的一段时间内,中国人都被极度的贫穷笼罩着,以致我们对富裕有一种过于美好的向往。包括我自己在内的许多人都有一种认识:即物质决定精神,精神文明必须在物质充裕的情况下才能实现。

但是实践证明,物质充裕了,精神未必能文明!

经济发展必须有道德支撑

早在临潼县代王镇纸李村采访桃农师凤芹和张炳华夫妇时,我问他们眼下对什么事情最不满意,他们说了5条:

第一,液化气太贵,一罐都涨到93块钱了。就这气还常常灌不满。

第二,经常有那卖假药的。你把假药买下,打到桃树上灭不了虫,一下就让你经济上掉入深渊。

第三,你去卖桃,代王镇是一笼一笼地收税,收得太高太多。

第四,现在农民打麻将厉害得很。都是赌博。

第五,现在年轻人不能把老人和孩子一碗水端平。光疼孩子不孝敬老人。

可以看得出,师凤芹和张炳华全部是就事说事,没有任何总结。

但是如果替他们总结一下,我们会惊讶地发现,他们不满意的内容尽管也有经济,但更多的不满集注于思想!集注于道德和社会风气!

其实,这恰好是我们整个社会之痛、整个社会之忧!

还是从我最熟悉的十二盘说起。

当年我下乡插队的十二盘村,是个民风非常淳朴的村子,如果说夜不闭户,路不拾遗,那么应当说,在我的整个青少年时代,无论是当学生,当城市居民,还是当工人,都从来没有体会到,而在下乡期间,我却真正体会到了。那时候我们常常不关门就出外去参加劳动。但是从来没有丢失过任何一件东西。

但就是这样一个民风淳朴的小山村,在改革开放中,却渐渐衍生出一些不好的风气。至今我记得非常清楚，20世纪80年代到90年代期间，我每次回到十二盘，都有两个突出的感受：一是从经济上农民的日子越过越好了；二是村里打纸牌的风气很盛。

我曾经问过他们，为什么如此热衷于打牌？

回答说，不打牌再干啥呢？

后来我才明白，被我们整天歌颂着的自由竟也是柄双刃剑。农民有了种地的自由，有了劳动和休息的自由，甚至有了相当程度的言论自由，与此同时，也有了打牌的自由！

那时候，我只是顺口问问，并没有深究。毕竟打牌是一种个人行为。而按照时髦的理论，个人的自由是不应该去干涉的。何况我看到的基本上是一些老年人蹲在房头墙脚打，打的是一种长条形状的花牌。我也见到输赢后他们拿出几角钱来互给。由于数目不大，所以并没有引起我的注意。

我根本没有想到，打纸牌只是一种村头房舍的公开现象，真正隐蔽的是那些窝在屋子里的赌博。尽管每次回到村子都有人告诉我，现在十二盘兴起了赌博风。但走遍全国各地，哪里又不在赌博呢？所以我还是没有往心上放。

直到21世纪来临，直到我偶然在网上看到一篇文章。

那篇文章的题目是《瀑布轰鸣十二盘》，是写十二盘再朝深山走的一道瀑布的。农民把这道瀑布叫扬水崖，叫得非常形象。一条瀑布自天而降，水流像是从高高的天下飘扬下来的。我曾经和几位朋友去过那里，站在瀑布下，由于水流形成的空气挤压，让人几乎透不过气儿来。

后来我才知道，这篇文章的作者叫田桥。是一位热心的驴友。他是写扬水崖这道瀑布时，无意中带出了十二盘的其他：

上世纪90年代，有一次我去天王镇看在那里工作的朋友马兄。中午，马兄领我去镇上一家饭馆吃饭。席间，饭馆老板推开包间门进来敬酒，马兄大笑着用略带戏谑的口气称呼他王老板，并且为我们一一做了介绍。王老板是四十多岁的中年人，为人热情、周到、得体，在敬过一圈酒之后适时退了出去。马兄告诉我：这家饭馆的规模在镇上是最大的，与其他饭馆比起来简直是鹤立鸡群，加之王老板会来事，镇政府和其他公家单位的饭全被拉了过来，所以生意好得出奇。不久之后我去天王镇下乡，再次去这家饭馆吃饭，又一次得到了王老板的热情接待,亲眼目睹了他的会来事。又过了几年,有一天晚上我和朋友们在县城相聚,闲聊中不知不觉之间谈到了王老板和他的饭馆。马兄说王老板的生意还是那么好。我猜测他这些年肯定挣了不少钱。马兄说他是赚了不少钱,但现在却是资不抵债,连贷款利息都付不上。我纳闷一个生意如此好的饭馆老板竟然会两手空空。马兄一句话道破了个中玄机:王老板的钱全都输了,去年冬天,他跑到十二盘去赌博,半个多月输了二十多万。接下来话题转到了十二盘,大家你一言我一语纷纷说个不停。这是我第一次听到十二盘这个地名,它给我形成的第一印象是:深山里的一个小村子,一个大赌窝!每逢冬天,板栗、核桃和多余的粮食都变现成了钞票,又没有事干,于是便堂而皇之的赌起钱来。其气候之大,连山外的大赌徒们也会趋之若鹜。

……

读到这里,我简直目瞪口呆。

我根本无法想象,我心目中那些淳朴厚道的乡亲们怎么会做出这样的事情来。

再后来,我更加清楚了,那些年赌博风的泛滥,不仅波及十二盘,而且十二盘附近的几个山区农村全都涉及了。当时虢镇的一些二流子,经常会聚起天王镇的社会闲散人员,专程开着车到十二盘来赌。不仅如此,为了躲避派出所的抓捕,他们还雇用了专门的人放哨,像当年搞地下工作似的经常转移,今天在十二盘赌,明天就转移到关尔下去赌。

赌博给十二盘村民们造成的伤害实在是太大了!

由于赌博,十二盘村民中有为此吵架离婚的,有为此喝农药自杀的。最典型的是腊艳的弟弟碎喜。在我下乡当知青期间,碎喜还是一个天真的小孩子。90年代,当赌博风在十二盘兴起时,他不过30多岁的年纪,却卷入到赌博的旋涡中不可自拔。后来赌输了钱,东躲西藏,竟消失了踪影。

我问过十二盘许多人,碎喜最后究竟去了哪里?结果没有任何一个人知道。一些人说他是为了躲避赌债逃跑了。但绝大多数人都认为他死掉了。理由是,一个人隐蔽得再好,也不可能不出现任何声息。而现实是,这么多年过去，碎喜没有任何一点儿音信。

碎喜由于赌博，把自己的亲生女儿都卖掉了。

卖儿卖女，这是我们从前控诉万恶的旧社会才使用的字眼呀！为什么在改革开放的今天，这样的事情竟然在生活越来越富足的同时又上演了呢？

无论在十二盘还是在关尔下，都出现过农民自杀的现象。

问题在于，他们自杀不是由于没有吃的没有穿的。之所以自杀，不外乎下列三种原因：

一是家庭不和或者家庭暴力，妻子无法忍受，最终喝了农药。

二是丈夫赌博或沾染了其他恶习，导致家庭日子无法过。

三是其他原因。

三种原因中，以前两种原因居多。

我曾经问过许多农民，如今影响他们生活质量的究竟是什么？又究竟是哪些问题使他们生活得不那么满足？

绝大多数农民都回答不出。

后来我才意识到，绝大多数农民回答不出，是因为在他们的意识中，许多问题不是社会问题，而是自己家里的问题。可以不由政府负责。

无论在十二盘还是在关尔下，提起蛮巧姊妹们，大家不说交口称赞，起码都很认同，认为他们出自家教良好的人家，认为他们是过日子的好人。

但就是这样一个人家，也同样饱受社会风气不良之害！

前面讲过，蛮巧丈夫被骗出去传销，不仅搞得家庭经济多少年翻不过身，不仅伤害到他们同许多亲戚邻里的关系，而且这件事对梁录存自己的伤害同样极大。

5个兄妹中，格巧是最早出外打工的——之所以她90年代末就出外打工，其中最重要的原因就是丈夫参与赌博。那一年临近春节，丈夫又去赌博，结果被天王镇派出所的公安人员抓走。一次就抓了20多人。派出所要求交了罚款才能放人。罚款是两千。格巧根本就拿不出这笔钱。后来还是在姊妹们的凑集下，才交钱保出人。丈夫被保回家的第二天，格巧就跟上表妹去北京打工了。用她自己的话说，如果再这样待在家里，简直要被活活气死！

可以说，许多农民之所以生活得不好，甚至导致家庭发生灾难，原因不在天灾，甚至不在自身懒惰和社会不公，而在于被骗入传销，被卷入赌博，被诱入非法集资，被假种子假化肥骗得颗粒无收，等等。

当我沉下心来，把农民发生悲剧的具体因由逐一细列出来时，我被深深地震撼了，也深深地明白了，为什么如今物质生活已经好了许多，比从前好得太多太多了，但不少人却并没有感觉到幸福和满意！

所有悲剧的酿成，都不在于经济，不在于物质，而在于精神道德，在于社会风气，在于我们今天的生活中，一些黑暗和邪恶的东西抬起了头！

我想起在洛川采访时，当年和李新安一道去河南灵宝当兵，却不愿意进果园务果的冯德平。他已经是年近九十的老人。

冯德平对我说：

农村现在的风气太坏。赌博，放高利债，逼着还钱。有些娃就走上绝路，吸毒的，自杀的，去抢劫的，这个问题太严重了。社会恶势力都起来了。农村人现在富了，但富了却没有安全感。娃们不知道会走啥样的路。有些赌博的欠下钱，跑得远远的几年都不敢回来。没跑的被人见了就打。这些人就只好去抢。

城里打麻将也是这样，总之风气太坏。赌博都到旅馆里去，大摇大摆地赌，如果没有公安撑腰，旅馆它敢成赌窝？

而李新安的弟弟李启财说：

现在风气不好，走到哪个村都在赌博，连妇女都一赌一整夜。旧社会男的赌钱，妇女还不赌。我小时看见部队上长官们在村里住，他们赌，带来的家属都不赌。现在是男女都赌。

我想起我在神木县中鸡镇托拉湾村采访时，几位老农民对我说的话。
他们说：现在政策确实好了，生活确实提高了，但是人心散了！
我问他们为什么人心会散了？
回答：太腐败了！
他们为我举了好几个例子，其中一个例子是：有一次来了10位记者，其中还有中央媒体的。招待他们喝酒,喝得太凶,结果喝死了1个,其余9位记者1人给了100万元钱,于是所有人就都封了嘴。

两手都要抓　两手都要硬

回到十二盘。

据我的了解,十二盘的赌博风历久不衰,直到近些年才渐渐平息下来。

我曾经问过不少村里人,为什么当时会兴起赌博风?又为什么后来会平息下来?是不是和政府采取了什么措施有关?

前一个问题比较难回答,大家的回答也比较暧昧,耐人寻味。

为什么会兴起赌博风呢?

因为社会风气不好了。

为什么社会风气不好了呢?

因为人太闲了。

后来我才知道,农村中赌博风的兴起,确实与人太闲了有关。包产到户以后,农民们干活儿很自觉,从前需要三天干完的活儿,如今顶多一天就干完了。结果闲下来后无事可做。尤其是冬天农闲时节,整月整月地闷在家里,于是很自然地就开始了赌博。

一赌就赌上了瘾,赌资也就越来越大。

第二个问题回答得比较一致:政府没有采取什么措施。

当我通过《瀑布轰鸣十二盘》这篇文章,再深入到十二盘去询问赌博的情况时,村民丝毫没有隐瞒我,他们告诉我许多由于赌博而家破人亡的事实。这使我深深地体会到邓小平所提出的在整个改革开放期间,始终都要两手抓,两手始终都要硬的观点是多么正确,又是多么深刻和具有前瞻性。我完全没有想到,当缺乏了有效的道德建设和精神引领时,我这些淳朴而善良的乡亲们在邪路上行走时,能量同样巨大,速度同样惊人!

农民们告诉我,这股赌博风直到进入21世纪,尤其是这些年,才越来越弱了。

寻找我们的精神家园
Xunzhaowomendejingshenjiayuan

问题在于，之所以赌博风弱了，并不是由于我们精神文明工作抓得好，而是由于农民们基本上都出外打工了。这一出外，既没有了那么多的时间，也没有那么好的条件，于是整个村子的赌博风就渐渐地弱了小了。

令人遗憾也令人深思的是：风气的变好不是我们主动弥补和补救的结果，而完全出自偶然。就像山坡上发生了火灾，只是偶尔被一场大雨或者被一条河流所拦截，而不是依靠我们的主观努力。

如果生活中没有出现这种偶然呢？

进一步想，如果城市中不需要这样多的农民工了呢？

无怪乎村支书四全感慨地说："还真不能让农村人闲下！真让他们闲下，打麻将赌博，啥坏事都来了！"

问题还不仅如此。

这些年，一些农村基层干部常常有一种感觉，就是硬的不能做，软的做不成。

什么叫硬的不能做呢？

比如碰上了坏人坏事，你不能超越法律法规的杠杠去惩罚和打击他。如果你越过了这个杠杠，很可能是你没惩罚了他打击了他，你自己反倒会被他打击和惩罚了。

于是采取软办法。

可是软办法根本不顶用。

随着农村中各种不良现象的陆续出现，也为了对80年代生产队解体时的一些财富分配负责，90年代陕西曾集中了一批干部，对农村开展了全国性的"社会主义教育"活动。但是许多参加了这次"社教"的干部反映，效果不大。

为什么效果不大？

很简单，由于这次"社教"坚持"三不主义"，不打棍子，不抓辫子，不扣帽子——本来，实行"三不主义"绝对正确，谁知这一来，谁也不怕。结果一场轰轰烈烈的"社教"运动事实上是虚晃了一枪。无论大事小事，有事没事，都是蜻蜓点水，不痛不痒，最后也只能不了了之。

上世纪60年代那场"社教"整得人人自危，那时候生产队的干部们有事没事,几乎都被绑起来吊在屋梁上鞭打,可以说一场运动自杀的人数,远胜过改革开放以后30多年中农村自杀人数的总和。但就是那场运动,吓得此后许多当干部的人都战战兢兢,如履薄冰。而如今,不搞残酷斗争那一套,也就人人不怕,人人不检查甚至根本不反省自己的行为,最终使一场本应使广大干部和农民受到教育的、非常严肃的活动走了一个声势浩大的过场!

就在我这部书稿即将付梓时,原铜川市委党校副校长杨彦芳看了这部书稿的初稿,专门给我写来了一封信。信中除了对我这部书稿的一些章节所撰写的内容表示出极大的兴趣,除了对我所表述的观点进行了充分说理的讨论,还特别写了一段话:

再想说说,农村财务极其混乱。农村不少干部贪污腐化,侵吞集体财产,农民怨声载道,这些你在采访中也遇到不少反映。相信国家一些部门和领导人也是了解的吧。这个问题再发展下去,是很危险的呀!但中央多个"一号文件"却都不提及这方面的问题,更没有解决问题的强力和得力措施。是不是过去搞"四清运动"那一套极"左"的做法使人望而生畏,害怕又走到老路上去?实际上,重视农村财务问题的整顿,与"以阶级斗争为纲"是两种不同的事情,为何"一朝被蛇咬,十年怕草绳"呢?这个问题,你能否在书稿的适当段落做些反映,这也是搞好"三农"的一个很重要的方面,不可忽视。

贪污腐化,可以说主要是体制造成的,但又绝不单纯是体制的问题。它与思想道德和信仰缺失密切相关。

应当说,改革开放30多年来,党和政府在发展经济上做出了巨大的努力,人民的物质生活日益得到了提高,这值得充分肯定。与此同时,党和政府的工作也出现了很大的失误,这个失误就是思想道德教育的乏力和精神信仰建设的缺失。尽管各级政府都设立了专门的精神文明办公室,尽管现象上各级政府一直都在抓思想道德的建设,但是从来都抓得很抽象,尤其是对许多具体的腐败丑恶的现象和思潮,从来都是抓而不紧,查而不禁,说而不惩。这种似抓非抓的状态,使得全民的道德素质迅速滑坡,进而出现了一段罕见的价值观上的大空白!

寻找我们的精神家园

为什么会出现这样一种情形?

就一般而言,经济发展是顺风船。人人拥护,没有阻力。谁嫌手里的钱拿得多了?谁嫌日子过得更好了?宝马香车,人人喜欢。尽管经济发展同样存在着许许多多的问题和矛盾,但这些矛盾大多是物与物,而不是人与人。就这个意义而言,经济发展是矛盾最少、见效最快、鼓掌最多的一桩好事。从上到下,只要大旗一挥,人们很快就会在这条道路上聚集!

但是政治发展就不同了。

首先,各种观念在碰撞。一件最简单的事情,都有无数种说法。一位政法委书记在公交车上碰上小偷,他带头上前抓住小偷。这本来是天经地义的好事。但是在中国,善于寻找各种漏洞来显示水准的人是那么多。很快有人指出,这位政法委书记是不务正业。他的任务不是抓小偷,而是担负起领导责任,把全市的治安工作推向前进。更有人指出,这位政法委书记显然不适合继续就任这个岗位。他连什么是主什么是次都分不清。人民要你担任政法委书记干什么?就仅仅是让你抓小偷?难道社会上那么多的案件你都没有看见?昨天还有杀人的、放火的、强奸的、持刀抢劫的,为什么那么多的大事重事你不抓,而要在公交车上抓什么小偷?

再下来,对这位政法委书记的批评就更不堪了。他是作秀,他是通过作秀来转移人们对他工作失职的注意,等等。

想想看,政治上任何一点儿进步都是多么艰难!

拿打麻将这个最不起眼的小事来说,这算是个什么事嘛?这明明是个人自由。你凭什么干涉个人自由?干涉个人自由的政府算是什么政府?尊重不尊重人权?符合不符合法治?你的思想文明政治文明又体现在哪里?

于是政府只好小心翼翼地推出政策。这些政策不仅制订得模棱两可,执行得就更含糊暧昧。打麻将是允许的,只是不许赌博。赌博的概念怎么确定?自己家人打麻将输赢钱不算赌博,只有与外人打才算。输赢一角两角钱的不能算赌博,只有下5元10元以上赌注的才算,等等。

可是问题紧接着来了,5元的算赌博,4元9角9分的算不算赌博?如果不算,那它和5元有多大差别?如果这样微小的差别却完全采取着两种截然不同的处理,岂不可笑之极!

但是反过来,如果4元9角9分算赌博,那么4元8角8分算不算?如果

593

算，那4元7角7分算不算？

于是在让人民群众享有充分个人自由的同时，怎样兼顾思想道德文化的建设，确实不是一句空话，也确实不是一件容易事。

改革开放30多年的事实证明，历届党和国家政策如果出现失误，都注定不是出在经济建设和发展上，而是出在思想道德文化建设上——有些精英人物常常站在世界发展潮流的高度，也站在置身事外的角度，言辞激烈地批评某些领导"保守僵化"，夸赞某些领导"解放开明"，但事实证明，无论保守僵化还是解放开明，都绝不是以他们的经验和见识所能够作出准确判定的。所有这一切都最终将接受实践的检验！而实践却屡屡证明，那些怀揣伟大理想走在时代前端的领潮人，往往被严酷的社会现实击打得无力振翅。并且那些激进而前端的思想，也并没有如他们滔滔宣言中所彰示的那样，给中国人民带来想象中的福祉。

这多么值得深思！

中华人民共和国诞生至今的一个特殊情况是，五四运动之后，中华五千年来的文明被批得一塌糊涂，原本成为人们精神支柱的儒家学说被糟蹋得无处藏身，相当一段时间内，填充人们信仰真空的是马列主义和毛泽东思想。但是随着新中国成立以后历次残酷斗争运动的相继发生，尤其是随着"三年困难时期"和"文革"浩劫的发生，马列主义和毛泽东思想的权威性被大打折扣。等到东欧解体，苏联降旗之后，有关这一切的争论就更加激烈。

客观地说，当今对思想的引领要比五六十年代困难得多。原因在于，随着互联网时代的来临，对人民群众进行愚昧的封闭和控制的做法已经统统不灵。在这种情况下，人民群众思想非常容易混乱，对执政者的执政理念和执政水平提出了很高的要求。这些要求绝不是简单的引导和滔滔不绝的学术报告所能够解决的。

令人遗憾的是，在这样一个阶段，思想道德的教育工作始终没有跟上。

于是人们的思想空前混乱。不仅物理形态意义上的美丑分辨不清，而且竟连道德品质上的美丑都不能区分。于是思想上的混乱，又导致整个社会的混乱。这种混乱首先不是现象上的，而是内心里的，这种现象首先不出自农村，却不可避免地波及农村。于是诈骗、贩毒、盗窃、抢劫，假烟假酒假学历假文凭……一场轰轰烈烈的全民道德大倒退由此开始。

和城市完全一样,农村也开始了一场可怕的蜕变。从物质上看,楼房在蠢起,物质在充裕。从精神上看,道德在萎缩,灵魂在空虚。

至今,许多人仍然没有意识到,这是一场真正的危机。是一场正在寻找突破口以作爆发的政治大危机!这种危机,比金融风暴,比经济停滞可怕得多!

政策不能只有享用和鼓励

关于思想道德文化上的建设,在我采访的过程中,许多人对此都有着相当的焦忧。

在靖边县座谈时,红墩界镇党委书记张斌说:

刚才大家都说了,这些年党的农村政策实在好,确实好。没有啥说的。但我还是有担忧。担忧的是对农村的基层管理。这些年我们注重了农民物质上的、经济上的利益,但是文化思想建设,也包括法制建设很弱。思想品德大幅度地滑坡。人与人之间缺乏信任,干什么事情都只讲利益不讲道德。

现在经济发展了,按理说社会管理应当很快赶上去。但是没有赶上去。我觉得必须全民掀起一场大的道德教育和思想教育。一定要好人好事受到表扬,坏人坏事受到批评。从前你帮坏人说话,别人会谴责你。现在你根本不能去谴责坏人,这就太可怕了!

十七届六中全会公报下来时候,我非常振奋。但是现在有些灰心。公报发表快一年了,没有什么改变。

靖边县杨桥畔镇镇长杨耀说:

我同意刚才张书记的意见,农村人的素质已经到了非改造不可的程度。现行的政策只对农民有利,这当然是对的,也是好的,但是政策不能只有享用和鼓励,而没有惩罚和打击。比如我们杨桥畔,公路铁路之类的工程比较多。这些都是大型公益事业。按国家政策，应当在合理的补偿下拿出地来。但是现在漫天要价。达不到目的就想尽一切办法和你斗争。更严重的是，一些村霸得不到应有的惩治，甚至受不到应有的谴责和批评，逐渐形成黑恶势力。所以政策太好，有时候反而容易出问题。必须看到，教育也是政策，打击同样体现着政策。

其实，这样的议论已经太多太多，无论我走到哪里，都听见了强烈的不满声。无论是年近80的老干部杨彦芳，还是年轻的磻溪镇党委书记何文辉，他们都谈到了改革开放的巨大成就，都衷心地拥护党的方针政策，但唯独谈到思想道德问题，立即就转变了态度。并且大家普遍认为，这些年思想道德的滑坡是全面的。在基层，农民不守道德不讲道德。在上层，官员不守道德不讲道德。用杨彦芳的话说：现在中国很大的一个危险是失控。中央对地方失控；党组织对党员失控；道德对人心失控。这样一种全面失控的状态发展下去，太危险了！

包括十二盘的党支部书记四全都不止一次地对我说：现在啥都好，好得没有能挑剔的地方！但就是政策太软，政策成了哄娃娃。哪儿闹事就给哪儿发钱长工资。这不行！这实际是把原则越弄越乱！把事情越搞越瞎！

这些年，我们提倡农业的规模化产业化现代化，提倡工业反哺农业，提倡重视水利，提倡科技兴农——这一切有问题吗？没有！丝毫没有！它们完全正确！但是唯独忘记了，无论工业农业还是什么其他行业，最终的生活质量和幸福指数，却并不完全体现于物质。如今无论城市还是乡村，无论工人还是农民，也无论知识分子还是领导干部，应当说物质生活的水平已经比改革开放前不知强了多少倍！可是在很多地方很多行业和很多人心里，幸福指数却并没有提高。这是为什么呢？

许多人说，现在什么都有了，房子、车子、票子全有了，可就是心里空落落的。

有时候想想，真是感到担心。那么多的"一号文件"，几乎是寸步不离地为农业生产加油使劲儿，也不止一次地提出了加强社会主义新农村的建设。但是一经落实，马上就泾渭分明了：经济指标是硬的，思想文化道德建设指标是软的。这种"软指标"做好了没有多大光彩，做坏了也受不到什么批评，基本上进入不了考核之列！

其实认真想想，有好多关系着人心向背的大问题——比如腐败，之所以泛滥的势头得不到遏制，关键在哪里？有人说，腐败难治。这确实是真的。可是反过来想想，你下决心治了没有？是怎么治的？以国有企业和各级政府为例，如果要腐败，哪里不是一把手最容易腐败呢？哪里不是一把手最需要被监督呢？换句话说，如果一把手不腐败，他手下的人想腐败也难，起码要提心吊胆。可是恰恰纪委也罢，监察局也罢，都是党委领导下的。谁都可以监督，就是不监督一把手。这种监督算是什么监督？又怎么可能有效呢？

问题摆放在这里，是那样的明白，那样的明显，可为什么就是始终得不到解决呢？

遥想当年，治理"非典"容易吗？那些病菌全是看不见摸不着的。你想逮住它，想在空气中阻止它，有什么比这个更难？但是一声令下，全国闻风而动，到处设关立卡。偶尔有几位官僚还想继续官僚，中央坚决出手，把官帽一摘。于是乎，这么难办的事情竟办得如此漂亮出色！

在农村采访的时候，听到乡镇干部们谈起许多考核的硬指标。比如计划生育的一票否决制；比如经济发展农民增收的考核制度，但是政治上的——比如腐败，比如官员的贪污受贿，比如思想道德文化建设，比如对农民的吃、拿、卡、要，从无一票否决。

于是思想品质道德急剧滑坡，滑坡的速度惊人、程度吓人！

看看我们身边的环境，不仅是个人，甚至一些政府部门都已经利令智昏到什么程度。如果说当初西湖边的秦桧跪倒在岳飞面前是一种无言的教育，那么现在同样教育着人们的是，许多政府部门甚至公然在抢注"秦桧故里"、"西门庆故里"！连名牌大学的教授都堂而皇之地教育弟子，如果你到多少岁还赚不到多少钱，就不要来见我——当人们无视道德，已经赤裸裸地以金钱为标准来考量事物；当人们蔑视品格，对美和丑已经丧失了最基本的评判尺度，这个社会能够和谐吗？生活于其中的老百姓又会感到幸福吗？

尤其让我不安的是：当生活已经用难以回避的严峻为我们展示出忽视精神道德建设的极大恶果时，我们从上到下还只是和风细雨地搞引领；还只是温软绵柔地讲倡导；而从来不敢理直气壮地讲打击，从来不敢大张旗鼓地讲惩戒。要知道，打击和惩戒本身就是倡导和引领呀！并且在许多关键的时刻，它的倡导和引领作用要比那些惠而不实的空谈有效也有用得多！

写到这里，我突然想起了美国学者罗斯。

早在1910年，美国社会学家罗斯便来到了中国。在将近半年的行程中，罗斯从华南到华北，之后又到西南转了一大圈，深入地做社会考察。随后以自己独有的深邃和敏感，对中国社会做了一个认真的剖析。

当时不少西方人抱持着一种观点，认为中国人不仅聪明，而且勤劳。有了这两个前提，当中国人把西方的科学技术和文化知识用于本国的经济建设时，中国的迅速发展便绝无问题。那时候，不少外国人对中国人的能力深表敬佩，同时对中国人巨大的创造和建设潜力感到某种担心。

罗斯则从自己的实际考察中得出结论，认为中国的崛起不会那样顺利。

罗斯举出了很多的例子来证明自己的观点，比如对当时高扬爱国主义旗帜的"保路运动"，罗斯就很不以为然。在他看来，当时中国国有的13条铁路都存在着一个共同的特点：即这些铁路都打着"完全由中国人自己建造"的旗帜，但工程的全部耗费却远远超过实际应该花的。这事实上是打着爱国的旗帜在挖空和消耗自己的祖国。而更可悲的现象是，中国的几乎任何一个部门都盛行裙带关系，一些人每天抱着"水烟袋"，却领着数目可观的薪水。收取回扣的陋习则并非官场所独有，而是遍布于社会的每一角落，连毫无社会地位的女佣人都习惯于此。

罗斯承认中国人的聪明和智慧，承认他们惊人的辛勤和努力，但他却坚定地认为：尽管中国时刻都在变化与进步，但他们忽视了一个很重要的因素，那就是科学技术背后必须有道德支撑。尤其是放弃了旧式教育后，中国如果发展出一种自私的物质主义而不再重视社会公共道德，那么即使中国富裕了，也不是真正的富裕而很可能会是灾难。

后来许多人感叹，一百年过去了，中国社会的变化和发展不说完全被罗斯言中，至少在相当程度上被他所预见！

寻找我们的精神家园
Xunzhaowomendejingshenjiayuan

从吃饭说起

当我在农村采访的时候,面对着三十多年来农村改革取得的成就,我的心情是非常复杂的。

从好的方面说,我感到的不仅仅是振奋,甚至是惊讶。毫不夸张地说,中国五千多年的农业史,只有这三十年是变化最大的,进步最快的,农民享受到实惠最多的!这丝毫用不着什么怀疑。

但同时,这绝不等于我们可以闭着眼睛大唱赞歌了。

之所以如此,是因为与成绩巨大并存的,是问题太多!

在所有的问题中,腐败是第一位的!对于腐败的根基、腐败的成因,人们都非常准确地指出,在于体制,在于对官员缺乏有效的监督。

但除此而外,还有哪些因素在有力地促使腐败滋生呢?

一位吴起人告诉我,如今的日子实在是太好了,当年他参加工作到吴起县时,吴起县委、县政府的办公场所是一排十二孔的窑洞。就那,是吴起全县最大的建筑群。现在呢?十几层二十几层的高档楼房比比皆是。其装修之精巧,摆设之豪华,丝毫不亚于大都市中的酒店。还以吴起为例,现在人们吃的不发愁,穿的不发愁,可以说几乎什么都不发愁。如果要说追求,那么人们追求和争取的只是更好。

他说:我对孩子说,和从前相比,现在天天都是过年!孩子不信,说你给谁编故事呀!

显然,当说起如今的成就时,他完全发自内心。

但是当说起如今的问题时,他同样发自内心。

他说,现在社会风气实在太坏了!到处都是打麻将的、赌博的、游手好闲的,甚至吸毒嫖娼卖淫的!国家怎么就不管一管呢?

他说,你去各县看看,不管穷县富县,光政府里各种高档车就有多少呀!不过十多万人口的小县,各类高档车却超过200辆!世界上哪里去找这样奢侈的政府?不仅如此,所有的县召开党代会人代会,吃饭时候上的都是好酒。

1000多元一瓶,一桌上两瓶,总共50多桌。不算烟和其他,不算正规的饭菜,仅喝酒一项,多少万元就出去了!

他说,现在官员的升迁靠什么?不敢说全都靠跑,但起码有相当一个数量的干部都是靠跑靠送靠拉扯。而且随着这种现象的泛滥和蔓延,新的理论也产生了:你不靠拢组织部门,不靠拢顶头上司,人家怎么认识你?怎么了解你?不认识不了解你,人家怎么提拔你?弄得好人好事羞羞答答,藏着掖着;坏人坏事言之凿凿,气壮如牛!这样下去可怎么得了呀!

让我们继续说"吃"。

这些年,只要你有一定的身份和地位,无论走到哪里,接待你的都是宴席。宴席的规格越来越高,浪费也越来越大。无论地市,无论县乡,甚至无论村镇,凡遇接待,统统设宴,这竟然成了中国不成文的规矩。当我与有些人说起这个话题时,竟有人说:这是从香港学来的!香港人都是在饭桌上谈事情!

问题在于,香港究竟是什么人以这样的气魄请人吃饭?是政府吗?是公务人员吗?退一万步讲,就算是,香港有那么多好的东西我们为什么不学?而这些负面的东西我们见学就会,并且青出于蓝而胜于蓝?

我想起本书的责任编辑党晓绒讲到的一件事,她在80年代上学时,同宿舍有位从陕北榆林来的同学,每次在食堂吃完饭,都把本宿舍同学剩下的馒头用一个网兜装起来挂在宿舍床头风干,待放假时用纸箱背回家。她每每感慨地说:我现在真是天天过年呢!这些白面馍馍扔了多可惜!带回去全家可以过个好年了!

那时候日子过得艰难,人们发自内心的珍惜粮食。

如今呢?

当物质待遇被迅速改变时,人们几乎是怀着一种疯狂的、不计任何代价和后果的态度在疯狂地吃喝。人们嘴里说着感恩,可是实际行为却是疯狂地享受和残酷地掠夺。更可怕的是,面对着对如此疯狂如此贪婪如此残酷的对大自然的索取和掠夺,从上到下没有任何人警醒,更谈不上有任何反省!

感恩不是一种灵魂的需要,不是一种精神的追求和信仰的认定!感恩也成了浮夸!

寻找我们的精神家园
Xunzhaowomendejingshenjiayuan

这真是可悲!

我曾经在网上看到一篇文章,题目是《中国人在德国吃饭被训斥》:

德国是个工业化程度很高的国家,说到奔驰、宝马、西门子、博世……没有人不知道,世界上用于核反应堆中最好的核心泵是在德国一个小镇上产生的。在这样一个发达国家,人们的生活一定是纸醉金迷灯红酒绿吧。

在去德国考察前,我们在描绘着、揣摩着这个国度。到达港口城市汉堡之时,我们习惯先去餐馆,公派的驻地同事免不了要为我们接风洗尘。走进餐馆,我们一行穿过桌多人少的中餐馆大厅,心里犯疑惑:这样冷清清的场面,饭店能开下去吗?更可笑的是一对用餐情侣的桌子上,只摆有一个碟子,里面只放着两种菜,两罐啤酒,如此简单,是否影响他们的甜蜜聚会?如果是男士买单,是否太小气,他不怕女友跑掉?

另外一桌是几位白人老太太在悠闲地用餐,每道菜上桌后,服务生很快给她们分掉,然后被她们吃光。

我们不再过多注意她们,而是盼着自己的大餐快点上来。驻地的同事看到大家饥饿的样子,就多点了些菜,大家也不推让,大有"宰"驻地同事的意思。

餐馆客人不多,上菜很快,我们的桌子很快被碟碗堆满,看来,今天我们是这里的大富豪了。

狼吞虎咽之后,想到后面还有活动,就不再恋酒菜,这一餐很快就结束了。结果还有三分之一没有吃掉,剩在桌面上。结完账,个个剔着牙,歪歪扭扭地出了餐馆大门。

出门没走几步,餐馆里有人在叫我们。不知是怎么回事:是否谁的东西落下了?我们都好奇,回头去看看。原来是那几个白人老太太,在和饭店老板叽里呱啦说着什么,好像是针对我们的。

看到我们都围来了,老太太改说英文,我们就都能听懂了,她在说我们剩的菜太多,太浪费了。我们觉得好笑,这老太太多管闲事!"我们花钱吃饭买单,剩多少,关你老太太什么事?"同事阿桂当时站出来,想和老太太练练口语。听到阿桂这样一说,老太太更生气了,为首的老太太立马掏出手机,拨打着什么电话。

一会儿,一个穿制服的人开车来了,称是社会保障机构的工作人员。问完情况后,这位工作人员居然拿出罚单,开出50马克的罚款。这下我们都不吭气了,阿桂的脸不知道扭到哪里去了,也不敢再练口语了。驻地的同事只好拿出50马克,并一再说:"对不起!"

这位工作人员收下马克,郑重地对我们说:"需要吃多少,就点多少!钱是你自己的,但资源是全社会的,世界上有很多人还缺少资源,你们不能够也没有理由浪费!"

我们脸都红了。但我们在心里却都认同这句话。一个富有的国家里,人们还有这种意识。我们得好好反思:我们是个资源不是很丰富的国家,而且人口众多,平时请客吃饭,剩下的总是很多,主人怕客人吃不好丢面子,担心被客人看成小气鬼,就点很多的菜,反正都有剩,你不会怪我不大方吧。

事实上,我们真的需要改变我们的一些习惯了,并且还要树立"大社会"的意识,再也不能"穷大方"了。那天,驻地的同事把罚单复印后,给每人一张做纪念,我们都愿意接受并决心保存着。阿桂说,回去后,他会再复印一些送给别人,自己的一张就贴在家里的墙壁上,以便时常提醒自己。

记得20世纪80年代,作家张承志写过一篇小说,是写一个下过乡的知青回到城里,看到那些领导干部们大吃二喝,糟蹋粮食,怒不可遏。谁知道短短30年过去(其实严格说起来,不过20年,取消粮票和定量供应粮食不过是90年代才实现的),人们就已经忘记了饿死人的惨剧。并且不仅忘记,反而有了一种似乎不立即享受地球就会毁灭的心态和行为。

看看我们今天的现实。许多人的生活用花天酒地和纸醉金迷来形容,绝不过分而只恐未及。并且这种花天酒地和纸醉金迷的程度达到了历史上从来没有过的极致。有一天我与几位朋友讨论起这个问题,这几位朋友都是职务不高的干部,他们讲到,他们每到一地,所受到的接待根本不算是多么好的,即使如此,每顿宴席过去,饭菜都大量地浪费。经常吃的和扔的不是一半对一半,而是最多吃了三分之一,扔掉了至少三分之二。

吃不完扔了,这已经够可怕的了,而更可怕的还在于这种风气根本就扭不过来。扭一次过不来,扭两次过不来,大家就适应了。由适应而习惯,由习惯而理所当然。于是一些人越浪费越多,越铺排越大,而浪费和铺排就渐渐成为一种待人的规格,成为一种是否对你尊重的尺度。风气形成,整个社会的道德观念、美丑标准就被彻底地颠覆了。

想想上世纪60年代,甚至70年代,那时候为了能吃上一口饱饭,曾经多么作难。

如今我们不再作难,却开始作孽!

看看中国的现状吧,仅从吃来说,无论公家掏钱,还是私人付费,无论是大酒店还是小饭馆,哪里不是七碟子八碗,哪里不是一堆一堆地剩下,又一桶一桶地倒掉。无论植物还是动物,在中国人的嘴里,只是蜻蜓点水式地过一下,便消失掉了。为了满足中国人嘴上的奢侈,于是各种动植物的催生速长手段都开始出现了。

还是在那次去东北黑河的采风活动中,黑河的农民告诉我,俄罗斯资源太丰富了。土地一眼就望不到边儿。他们不光土地多,不光河流湖泊多,而且河里湖里的鱼也多。哪像中国,半天都钓不上来一条!他们说,在俄罗斯只要下网,捞上来就满网的鱼。在俄罗斯,动物满地窜,野鸡到处飞,那生态,没说的……

他们讲着,我听着,心里却不由自主就开始沉重。上世纪50年代北大荒刚开垦的时候,有句顺口溜描述的就是这样一种情景,"棒打狍子瓢舀鱼,野鸡飞到饭锅里"——我们这边原本也是这样的呀!为什么现在不这样了呢?

按理说,我们是从可怕的饥饿中走过来的,我们比俄罗斯人更应当珍惜资源、爱惜粮食,更应当对这一切予以小心翼翼的呵护和保护。但是为什么我们刚刚能吃饱肚子,就马上不顾一切地暴殄天物。我们眼看着一桌子又一桌子的山珍海味被糟蹋,被浪费,从不惋惜心疼,甚至那么快就形成了不浪费不糟蹋就不够哥们儿的社会风气!到底是什么信仰、什么道德、什么心理支配着我们?我们的精神和灵魂到底要朝哪里走?

可以想想,哪怕地球明天真的就要毁灭,我们是不是就应当这样做?哪怕地球明天真的要毁灭,那些德国人、英国人、美国人是不是就会这样做?《泰坦尼克号》要沉没了,面临着同样的毁灭,却由于教化的不同,信仰的不同,道德水准的不同,人们表现出两种完全不同的境界。当那些绅士在生与死的选择前,仍然彬彬有礼地把生的希望让给儿童和妇女,当他们面临着立即就将毁灭的厄运,仍然一丝不苟地演奏着动人的音乐,我们不能不说,即使地球可以被毁灭，但人的精神、人的品格、人的信仰是不可毁灭的！

而这些不可毁灭的内容，恰恰是让人类不断坚强和不断进步最重要的基石！

站在人类与自然对视的角度，官员多吃多占、贪污浪费是一种腐败，甚至是一种犯罪。但是如果跳出人类的视野而站在一个更大的视野——站在大自然的角度看人类，那么是不是可以说在全世界各种各样的人口中，中国人是最奢侈、最腐败、最糜烂的一群呢？中国有13亿人口，占到了世界人口的四分之一。在全世界所有国度中，没有任何一个国家和民族比中国和中华民族更需要提倡节俭，更需要反对浪费。而偏偏中国人是最浪费也最奢侈的。如果大自然能够开口，如果大自然能够评判，那么大自然会给中国人一个什么样的评判呢？是那些我们常常自吹自擂的：勇敢的、正直的、朴实的、伟大的吗？

有一次，我与一位朋友谈起了中国人吃饭的奢侈与浪费，他感慨地说了一句：如果真有上帝，我们中国人是一定要受惩罚的。

我说：即使没有上帝，我们也同样要受到惩罚的！

政府该不该管

事情如果仅此而已，这个章节也就不大值得写了。

就在我引用中国人在德国吃饭的文章的同时，山西发生了煤老板花费"7000万元嫁女儿"的事情，社会上对此反应强烈。很快，吕梁市非公有制经济组织工作委员会、吕梁市工商业联合会4月10日联合出台了《关于对全市非公经济企业家的三点要求》，要求企业家树立正确的利益观和财富观。

很快——陕西一家报纸发表了一位作者的文章，文章的题目很醒目：《政府该管煤老板嫁女吗？》。

全文如下：

一个社会正常的政企关系，是政府为企业的发展提供公平的环境，而企业在遵守法制的前提下，进行生产经营。如果企业没有违背国家的法律制度和商业规则，政府就不能干预企业的生产经营，更不能去干预企业家的私人事务。否则，政府就是在越位，或者说得难听点，就是在不干"正"事。

但是，我们的一些政府长期以来习惯于"大包大揽"，什么事都要插上一杠，还美其名曰，为企业的利益着想，或为了全社会的公共利益。例如，前一阶段引起社会关注的山西吕梁煤老板邢利斌"7000万嫁女"事件，就惹得山西有关方面很不高兴。据报道，吕梁市非公有制经济组织工作委员会、吕梁市工商业联合会4月10日联合出台了《关于对全市非公经济企业家的三点要求》，要求企业家树立正确的利益观、财富观，不炫富、不摆阔、不挥霍，把资本积累用于扩大再生产，倾心回报社会、回报人民。

据悉，上述要求虽是由非公组织工作委员会制定，但实际上就是吕梁市委的意思。而政府之所以要制定这么一个要求，是因为嫁女事件给吕梁乃至山西造成了一定的负面影响，从而对山西苦心经营的对外形象，造成了极坏的影响。

客观地说，邢利斌的"7000万嫁女"事件，不管是不是真的用了"7000万"，还是邢自辩的1500万，在目前社会贫富差距拉大及群体分化的背景下，确实会刺痛许多人、尤其是底层百姓的神经，尤其是邢还有着一个"煤老板"的标签，而"煤老板"的形象，这些年在传媒和舆论的显微镜下，几乎直接等同于没有教养、只知显富摆阔的"暴发户"。毫无疑问，山西"煤老板"的形象不佳，给整个山西带来了一定的负面影响。从这个角度看，也可以把山西"煤老板"的一些负面作为看作是影响山西形象和发展的公共事件。既是公共事件，从政府一方看来，就有责任去消除此种不良影响，因此，政府通过非公经济组织之手，规范行业行为，提升企业家素质，似乎也说得过去，并不算越界。

问题在于，如果上述几点要求纯粹是非公组织对行业和企业的要求和规范，可以说非常好，因为这说明非公组织提高了"政治觉悟"，能够超越本行业而从社会的整体利益来看待和要求企业。但如果这几点要求是因政府的指示而制定的，则表明它带有政府的意志在内。换言之，虽然同是针对非公企业和企业家的要求，但前者是行业内的自我规范，虽然它也具有同业的约束力，但并不具备法律意义上的强制性；而后者不同，后者是政府的规定，从而一般都带有法律的强制性,特别在中国这样一个强政府的社会中。强制性就意味着,如果你不按照政府的意见和要求去做,就可能会受到政府的制裁。说得直白点,就是在这个要求发出后,如果吕梁市再出现类似煤老板嫁女张扬的事情,非公组织甚至政府就可能给他点"颜色"瞧瞧。

假如出现这种情况,我的看法是,不是煤老板错了,而是政府错了。固然,嫁女之类事情的不良影响可以视作具有公共性,从而为政府干预提供了理由。但是,政府的干预充其量只能是私下的劝导和说教,不能用"制裁"的大棒让企业或企业家乖乖就范。因为严格说来,如何嫁女,摆阔与否,完全是企业家个人的私事,只要他没违反相关法规,哪怕从社会习俗看来有些不妥,我们也只能从道德的角度谴责一番。如果政府认为这样嫁女影响不好,就要去干预,根据如此逻辑,会出现什么后果?最终,政府将会成为一切事情的裁判者。

如果政府过多地介入私人事务,频繁越界越位,不但会破坏私人的幸福感,也必然影响政府对公共事务的治理。所以,窃认为山西地方政府,不宜去管煤老板嫁女之类事情。

我是当天吃午饭时候拿到的报纸,拿到后一口气读完了这篇文章。

当我读完这篇文章后,我竟条件反射般想到了《中国人在德国吃饭被训斥》这篇文章,并立即涌出来许多可以向德国人提出的类似问题:政府该管人家吃多少剩多少吗?人家自己掏钱买的饭,政府凭什么要罚人家的款?你政府最多只能从道德的角度去私下劝导和说教一番,凭什么就要动用行政和法律的手段呢?这难道不是政府越了位吗?这难道不是政府不干正事吗?这难道不是政府在破坏公民私人的幸福感吗?

当然,可以解释为:这是两件不同的事情,一件是吃饭,一件是嫁女。

但两件事绝对没有联系吗?如果说煤老板嫁女是个人的私事,那么吃饭就不是个人的私事吗?如果说吃饭被罚是因为牵涉资源浪费问题,那么用7000万元钱嫁女就不牵涉资源浪费问题吗?进一步想,如果牵涉到,哪怕是间接的牵涉到,政府就不能够有自己的态度吗?

看看我们的现实生活,道德已经沦丧到什么程度,美丑已经模糊到什么程度,民众已经失望到什么程度,政府对这些问题的麻木和不作为又到了什么程度——社会上出现这样多的问题,究竟是因为政府管得太宽太多,还是政府不担当不作为所致?社会风气奢靡到如此程度,美丑不分堕落到如此地步,人民群众对匡正风气期盼到如此程度,在这种情况下,吕梁市非公有制经济组织工作委员会、吕梁市工商业联合会4月10日联合发出对非公经济企业家的三点要求,对企业家提出不炫富、不摆阔、不挥霍,把资本积累用于扩大再生产,倾心回报社会、回报人民的要求,和德国政府相比,这样做已经太含糊太不旗帜鲜明了,为什么还要遭到"不干正事"和"多管闲事"的指责?

这篇文章说:

据悉,上述要求虽是由非公组织工作委员会制定,但实际上就是吕梁市委的意思。而政府之所以要制定这么一个要求,是因为嫁女事件给吕梁乃至山西造成了一定的负面影响,从而对山西苦心经营的对外形象,造成了极坏的影响。

如果因为这样一件事给吕梁乃至山西造成了一定负面影响,影响到山西苦心经营的对外形象,那么至少说明了一点,用7000万元嫁女这样一种行为,在民众中是得不到认可的,也是不符合民众心目中的道德标准的。如果我们认为政府的作为应当体现大多数民众的意志,应当代表大多数人的心声,那么政府要求改变这样一种行为,又有什么不对呢?为什么这竟成为一种政府"频繁越界越位,不但会破坏私人的幸福感,也必然影响政府对公共事务的治理"的不良行为呢?进一步说,政府这样要求,到底是破坏了谁的幸福感呢?又影响了政府对什么样公共事务的治理呢?

中国政府有好多问题,对中国政府的做法需要评论,可以批评,而且一定要形成能够大胆批评的风气——包括这篇批评吕梁市有关部门的文章,不管它的观点正确还是错误,都应当允许。但是另一方面,批评同样应当承担责任的自律,如果按照这篇文章的观点,奢靡之风政府一是不该管,二是管不着。那么这件事该怎么办呢?显然,没有话语权的老百姓只能在底下悄声议论,而政府则最好是装聋作哑,打死不吭声骂死不表态。

结局只剩下一个:让当事人自己教育自己,让当事人自己看着办吧!

至少在目前的中国，这样一种自己看着办的结果是什么，相信任何人心里都清楚。

这篇文章认为，政府所做的，应当仅限于对社会风尚的提倡，而不应当是一种不合时宜的越位。并且作者之所以不同意政府在煤老板嫁女这件事情上有这样一种态度，是因为政府"有可能"会因为这样的事情给煤老板点儿颜色看看。

如果依照这样的逻辑，那作者就实在应当表扬一下吕梁市委、市政府，因为比较而言，德国政府的"错误"远比他们犯得大得多。他们根本不是"有可能"给食客们颜色看看，而是掏出罚单，实实在在地给了食客们颜色。

为什么就不能慢一些

当我花费了整整两年时间，反复在农村中浸泡，也反复沉浸在对农村和农民问题的思索中时，我常常觉得力不从心。

之所以如此，是因为无论农业、农村，还是个体的农民们，面临的问题实在是太多了！

有时候我甚至觉得奇怪，在我有限的了解中，至少有三点是可以肯定的：一是中华人民共和国自成立以来，农业政策从来没有像今天这样得民意，顺民心，给农民的实惠从来没有今天这样多；二是自中华人民共和国成立以来，中国农民从来没有生活得像今天这样自由，他们发展个人才能的空间和天地从来没有今天这样广阔；三是自中华人民共和国成立以来，党和政府从来没有像改革开放这几十年中给予农民以这样巨大而真诚的关心。

为什么有了这样三个从来没有，却仍然面临着那样多的问题？

或许，这才叫真实的生活和真实的社会。真实的社会生活从来都不会由于变得好了就不再出现问题。如果说人类社会的进步将永不停步，那么同样，进步中的问题也将继续不绝。

静心想想，抛开那些细枝末节的问题不计，今天农村中面临着的问题归根结底是两个：一个是物质生产怎样继续发展；一个是怎样安顿我们的精神家园。

前面说过,当我即将结束这部书稿的采访和写作时,为了再一次梳理思路和澄清事理,我利用国庆长假又一次去了十二盘。

当我从十二盘采访归来,我目睹的情况是什么呢?

是沿着渭河南岸一字排开的6个镇都划归了宝鸡市高新开发区,都在等待征迁开发。

这6个镇都距离宝鸡市区不远,都有着大片平坦的土地,可以称作是整个西府地区最可珍贵的"白菜心"地段。

但是现在,从紧挨着宝鸡市区的八鱼镇开始,直到依次排开着的磻溪镇、天王镇、钓渭镇——可以说沿着渭河南岸几十公里的土地将全部被重新定位——那可是一片浩荡平展、辽阔无垠、一眼望不到边的土地呀!

如今,这片土地的命运是什么呢?

我没有就划归高新区和征用土地的作用和意义去做专门的采访了解,并且我相信也绝不是一个简单的采访和了解就能够解释内中的一切悬疑和问题的。就我个人穷尽努力所能够想到的,之所以用如此之大的魄力来开发和征用土地,无非是这样几个用途:

第一,通过征用土地,进一步加快和实现城镇化发展,让更多的农民变成城市人。

第二,让工业开发区规模更大些,发展更快些,以保证GDP的持续增长。

第三,将宝鸡市迅速扩大为上百万,甚至几百万人口的大城市。

……

问题在于,GDP对于我们就那么重要吗?上百万人口的大城市对于我们就那么重要吗?我们建设上百万上千万人口大城市的目的究竟是为什么呢?难道就是为了去争夺城市规模的世界第一?我们努力实现GDP持续和高速的增长的目的又究竟是为了什么呢?难道就是为了从世界第二大经济体变成世界第一?

三条理由中,加快和实现城镇化是最有说服力的理由。并且这理由毫无疑问地经过了专家学者的论证,但它是否经过了最基层的广大农民的实践呢?即使理论上用减少农民的办法来富裕农民的设计是绝对正确的,即使理论上建设城镇化加快城乡一体化发展是绝对正确的,也同样需要实践,需要在实践中完善和完美。历史上我们犯过多少错误,合作化、大跃进、大炼钢铁、人民公社——它们都给人民带来了巨大的灾难,给国家造成了巨大的损失,如今,我们为什么不在前进的时候保持着一丝应有的谨慎?为什么不可以小心翼翼一些呢?

而这还仅仅是一个宝鸡市!

宝鸡的城市化进程在整个陕西能不能说是最快的,我不知道。我能够知道的只是,在西安,城市扩大的规模不说比宝鸡快得多,但起码大得多!20年前我常常从西安铁路局所在的友谊东路步行到西影厂所在的西影路去,那时沿路所见最多的不是房屋,不是车流和道路,而是庄稼地。曾几何时,这里的土地消失了,不是消失一点儿,而是全部消失。再下来,这些消失的土地竟像是相互传染似的,眼看着大雁塔周边的土地也紧跟着消失了,眼看着整个曲江的土地也全部消失了,再下来,消失土地的趋势竟然把从前概念中相当遥远的长安县也迅速吞噬!

问题在于,土地已经锐减了多少啊!放眼去看,从市到县,从县到镇,从镇到村,到处都在占用耕地,到处都在征用土地。这种占用和征用土地的神速和高速,已经让我这个纯粹的外行都不寒而栗!

我想起在靖边县的座谈会上,靖边县农工部部长许长墙建议说,城乡一体化的步伐是否可以放慢些?许长墙觉得统统把农民转移到县城周围,让他们很快就享受城市人口的同等待遇不那么简单,需要一个循序渐进的过程,他为现在一讲解决"三农"问题就是城乡一体化,就是减少和消灭农民而担心。

毕竟,以我们目前的基础,还没有谁可以来代替农民,也还没有培养出来那么多的农业工人!并且即使培养出来了足够的农业工人,也还要考虑到那些失地和失业的农民命运!

我想起在温州发生铁路动车追尾事故后,《扬子晚报》发表了一篇文章,这篇文章的题目是《谁能给我们的时代一根缰绳》——

这个时代太快了,快得好像没有什么事情是我们不敢做的。

高铁没有经过系统的安全论证就敢上,因为它跑得快,结果脱轨了;大

寻找我们的精神家园
Xunzhaowomendejingshenjiayuan

桥没有经过缜密安全验收就敢通行,因为有了它政绩升得快,结果垮塌了;安置房没有经过严格的质量检查就敢封顶,因为交付了开发商钱能收得快,结果建成豆腐渣了……太多的快,快得我们有点找不着北了。盲目求快背后,是贫富差距的不断加大和浮躁情绪的普遍蔓延。到处都是些聒噪的声音,人们仿佛都丧失了思考的能力。有利益了,大家就一窝蜂地上;出事儿了,就一窝蜂地出来骂;谁谁谁又丢人现眼了,其他人就一窝蜂地起哄围观……太盲目的快,快得我们有点不知道自己是谁了。那么,想要问一问,问一问时代和我们自己,敢不敢,敢不敢——慢一点?

慢一点,等等那些几乎要被时代轧死的弱者;慢一点,等等那些还知道去思考些问题的智者;慢一点,等等那些还想在生命的空隙去享受生活的平凡者。慢一点,那些该拥有的还会拥有,但如果走得太快,那些已经拥有的也会失去。

谁能给时代一根缰绳,缓一缓我们过于匆忙的步伐?

文章不长,但蕴意深刻。

可惜在于,能够静下心来认真品味一下这篇文章深刻蕴意的权力握有者太少了。

不客气地说,我们的许多干部,每天大量的时间和精力全都花在接待和应酬上了,他们就是想思考一些问题,也没有时间,也腾不出精力。

而另一些人则不同,他们也许能够有条件这样去思索问题,只是由于各种各样的利益羁绊,即使这样想了,也不愿意这样去做。以追求 GDP 为例,当我们以此作为干部成绩的考核,以此作为干部晋升的标准,我们大大小小的干部会出现一种什么样的状况呢? 毕竟,人非圣贤,在巨大的利益面前保持应有的操守并不容易! 一个最简单的例子是,如今房价已经高得离了谱,可我就听见一些领导讲话说,我们的房价并不高,是比较合理的! 不仅如此,2011 年全国煤炭产量已经达到了 35 亿吨,这是一个惊人的数字。并且 2012 年 1 至 8 月份,全国煤炭价格一个劲儿下跌。这说明在国家控制物价上涨,紧缩银根的措施下,煤炭的供求关系已经发生了微妙的变化!

任何人都知道,煤炭是不可再生的宝贵资源,并且煤炭开挖出来堆积不用是会自燃的。换句话说,煤炭生产过剩不仅仅是简单的破坏生态和简单的浪费资源，它造成的是不该浪费的被强行浪费，不该污染的被刻意污染，也因此，在煤炭供应量已经满足需求的前提下，继续加大生产绝不是一句简单的愚蠢所能形容的。

但是我听见各个煤矿传达上级要求都是：在去年增产的基础上，继续增产！

为什么？

为GDP！

在这样一种几乎可称狂热的GDP情结下，一切都呈现出某种不可思议的高速！经济发展在快马加鞭，其速度之快，让人几乎找不着北！征迁快，施工快，白加黑，五加二。连写电影、电视剧的剧本都有了捉刀代笔的枪手！快快快！快得人们几乎喘不过气儿！快到最后，各种各样的手段，各种各样的疯狂全都出现了。假冒伪劣且不说，光说大的。这边辛辛苦苦打工赚来的钱还没暖热，那边物价涨得就已经等于手里没有了钱！这边通过劳动刚过上了好日子，那边教育和医疗加大收费力度使农民又马上返贫！在越来越快的状态中，连原本一年才能长大的鱼类都必须三个月就长大！否则哪来那么多的鱼肉供应高速增长着的吃！

中国始终在强调快，也始终以快为自豪。但是有谁去冷静地想一想，一个劲儿地快，会不会孕育出一场巨大的风险呢？

为什么在这么多的快面前，就没有人站出来大喝一声：请慢一些！

各级行政机构成本增加得多快，只要看看公车增添的速度就可以知道！公费吃喝的速度增长得多快，只要看看那么多酒店餐馆座座包满就能够察觉！现在到某地去——无论是参观、学习、访问，还是聚亲、会友、咨询，哪儿不在奢侈和浪费？这些原本完全可以制止的奢侈和浪费，难道就不能用于对农民子女教育和医疗的补贴？这些恶劣的现象发现困难吗？批评困难吗？制止困难吗？几乎征求任何一个人的意见，都说不困难。可是为什么我们那么多主管经济的，主管意识形态的，主管环境保护的，主管纪律监察的，从来就没有一个人站出来喊一声停呢？难道，非要等到问题日积月累，非要等到捅出天大的娄子，才终于能够觉悟和清醒？

我从十二盘回来不到一周——2012年10月12日晚上，我打电话给文忠，想落实一个村庄调查数据。结果在落实了数据的同时，又得知现在宝鸡市高新开发区准备在天王镇盖房子，凡山区农民都可以登记买房，价格每平方米1700元。

这一来把山区农民难住了。

不买吧，那些窝在山里的小伙子就难以找上媳妇。从这个角度出发，几乎所有的人都要买。尽管有不少人完全不想买，也完全没有能力买，但是为着下一代，却必须买。并且即使真的买到了房，未来的媳妇愿意不愿意在镇上待仍然是个问题。但是不管将来问题有多大，至少眼下必须抓住这个机会。因为经验告诉他们，物价是一个劲儿飞涨的。现在不买，将来房价更高。到时候他们想买也买不起了！

但是买吧，钱从哪里来？

即使买一套面积不大的住宅，也需要十多万元呀！

何况，即使在镇上买了房，农民在镇上没有土地又该怎么办？当流民吗？

于是无论十二盘还是关尔下，农民们全都踊跃报名买房。报名的同时，心里禁不住郁闷。这日子到底是怎么回事？说过坏了吧，不是事实，说过好了吧，同样不是事实。大伙儿总觉得脖子上套着一根绳子。只要农民的日子稍微安定一点儿，这根绳子就开始勒紧。他们辛辛苦苦干了几十年，每一回口袋里攒了些钱，觉得心里踏实些了，却立即又被一只只无形的大手掏空。奔到现在，不仅手里没有钱了，还得去借钱去贷款！

想想真令人不解：减少农民增加居民，腾出土地搞规模经营，给农民数不清的照顾和补贴，大力破解城乡二元结构——所有这一切，都应当不应当？正确不正确？

完全应当也完全正确。

问题在于：

第一，农民减少了，但是他们真的变成城镇居民了吗？

第二，土地腾出来了，但是真的实现了农业规模经营了吗？

第三，城乡户籍的比例越来越接近了，但是城乡二元结构真的破解了吗？

而在所有这一切问题中，最重要的问题是：我们为什么要赶得这么紧搞得这么快？难道只因为这些"顶层设计"是正确的，就需要像当初的大跃进一样快马加鞭？为什么我们制定政策时就不能先到最底层的农村中走一走看一看，静下心来听听他们的呼声和意愿呢？

我愿意相信：这些政策和措施的出台不是为了地方政府的财政需要，而是在全心全意地为农民着想。问题是它们对农民究竟起到了一种什么样的作用？又事实上会造成什么样的结果？一方面，党和政府制定各种政策富农稳农，另一方面，各级机构采取的不少措施又在伤农和慌农。无论十二盘还是关尔下，眼下的情况都是急需想办法稳定农民和村庄，在稳定的基础上完善和发展村庄，或者说在稳定的基础上部分地消失村庄。而现在，政府却那么急不可耐地出台措施，让那些已经不安心村庄的农民变得更加不安心，让那些原本想在村庄里踏踏实实地发展的农民开始惶惶不可终日！

我始终不理解：为什么我们就不能让农民手里握着钱过几天消消停停的日子？为什么我们就不能静下心来看看农民面对今天这样一种已经很尴尬的局面，自己能够想出来些什么办法，自己又会采取些什么措施？并且我们能够从他们的选择中获取些什么有益的思路？为什么我们非要把自己的"设计"强加给他们，让他们进退两难呢？

客观地说，有一些农民愿意在山外买房子。因为孩子在山外上学，整天租住着别人的房子实在不方便。但是换个角度，我们能不能不"逼"着他们的孩子到山外来读小学呢？何况原本有许多农民压根儿就不愿意在山外买房子。起码四五十岁以上的农民统统不愿意。他们原本是安心待在山区的。而现在，左邻右舍都要搬走了，留下他们怎么办呢？

历史不止一次地证明：办好事不能凭着政府主观的想象和意愿，如果让农民种田无地，就业无岗，而只是住进了所谓的楼房，这样一种城镇化值得肯定吗？敢加快吗？

让我非常担心的是，当前专家和学者形成了一股思潮，都在不遗余力地呼吁加快城乡一体化的进程，似乎谁不这样高喊就是缺乏人性，缺乏对农民应有的感情；并且大家都认定解决农民的问题就在于减少农民。从宏观角度看，这些呼吁对不对？都对。但无论是"加快"还是"减少"都要看是怎样加快怎样减少？我常常看到媒体上非常自豪地宣称：我们破解城乡二元结构步伐迅速，成就巨大。从统计数字上看，步伐确实迅速，这种迅速全世界都难找。但成就是否巨大？却委实值得商榷。我丝毫不怀疑，我们这样一种做法，会使农民在中国人口中所占比例很快地降下来，我们可以相当骄傲地说我们基本解决了农民的问题，破解了城乡二元结构的问题——但这是一种真正的破解吗？尽管指标上可以宣布接近美国，赶上日本，超过德国。但是我断言，以这样一种思维和方式，我们本质上将永远超不过他们，超过的至多是形式！

记得2006年我参加全国第七次文代会时，在人民大会堂听温家宝总理做当前经济形势的报告。温家宝讲道，为了保证粮食的安全，中国有一道红线不许突破，这就是18亿亩的耕地。从此我就牢牢地记住了18亿亩这个数字。

但是自那以后，占地和圈地的活动却从来没有停止。并且所有城市都以同样的方式在齐步前进。尽管政府一个劲儿地强调18亿亩红线不许突破！也尽管国家有关部门一个劲儿宣称18亿亩这根红线没有被突破！但是我接触到的所有人都不相信这句话是真实的！

我不是经济方面的专家，我不能简单地论说这种良田的迅速消失究竟是有道理还是没道理，但是至少，我为此担忧，甚至感到某种意义上的害怕。我尤其希望的是，如果政府不担忧不害怕，请把不担忧和不害怕的理由告诉我们！

想想生活的本质

话扯远了，还是说精神层面的问题。

2011年，在中国作家协会第八次作家代表大会期间，有一天我去找30多年前的同窗艾克拜尔·米吉提。那天他正在王府井酒店的清真餐厅里吃饭。由于我已经在酒店的中餐厅里吃过了，于是坐在一旁和他聊天。聊天中有宁夏的一位作家和一位编审。

艾克拜尔讲到别人告诉他的一件事。苏丹现在有不少中国人在干工程。苏丹人非常害怕中国人。他们对中国人的三个行为非常不理解。

第一，中国人什么都敢吃。天上飞的，地上爬的，水里游的，全都敢吃。这令他们惊骇。

第二，中国人什么都能干。其他所有国家的人都是工作五天休两天。白天工作了晚上就歇息。只有中国人白天干了晚上接着干。正常上班时间干了休息日继续干。中国人这种没死没活干活儿的劲头令他们惊骇。

第三——这是最重要也最让他们感到害怕的。有了前两个什么都敢什么都能,这第三个就尤其可怕了。他们发现大多数中国人不做礼拜,不进清真寺,什么都不信。

苏丹人疑惑:中国人到底是什么?他们是人还是魔鬼?

我常常想,今天的农民比历史上任何一个时代都好到哪里去了。他们原本可以生活得很宁静,很平和,也很美满,到底是什么原因,让农民们手里握着好生活,却就是在物质舒坦的同时,心灵里总缺少着一块儿呢?为什么方方面面都大幅度地前进,大幅度地变好,却就是生活的幸福指数不能大幅度地提高呢?

没有人不承认,今天中国的发展太惊人了!但是对绝大多数人而言,这种飞速的发展除了轰轰隆隆的汽车,鳞次栉比的高楼,灯红酒绿的场所,剩下还有些什么呢?安详、安全、温暖、温馨——它们难道不比楼房和汽车更重要和更宝贵?

幸福很抽象,幸福又很具体。幸福可以是单项的,却更应该是综合的。幸福可以是临时的,但更应该是长久的。

幸福究竟应当是些什么?

2012年的春节,我远在南方的亲属由于工作忙,想请一位保姆,我便让文忠帮我在村里物色一位,我对文忠说,其他方面都可以将就,有一条尽量帮我把握,这就是对方品格要好,要是个老实人。

文忠很尽心也很负责,很快就为我找到了,是蛮巧最小的妹妹菊梅。

我非常高兴,虽然我离开农村时,菊梅还没有出生,但是在后来的岁月中,我不止一次地见过她,知道她是一个淳朴厚道的人。用文忠的话说:人品没说的!

不久,我将菊梅接到西安我的家中,之后开始登记火车卧铺票,准备尽快送她去南方。

但是菊梅来到西安的头一天,就接到了一个电话,至今我不知道这个电话是她丈夫还是她女儿打来的,总之接到电话以后,她有些心神不定。

我问她,是不是家里有事情?

回答是的,家里明天要来客人。

我问她:你不在家,天平招呼他们行吗?

天平是她的丈夫。

回答可以的。

但是我敏感地发现,她回答得有些勉强。

晚上,我和菊梅聊天。问起她姊妹们的情况,也问到村上的情况,还说到村里几乎所有的人都出外去打工的情况。我问菊梅了一个问过许多人的老问题:现在农村最大的问题是什么?

菊梅一下子说不上来。

我让她不要急,慢慢想,慢慢说。

在我的预料中,菊梅很可能会说孩子上学的负担太重,会说纯粹种粮食不赚钱,或者会说起农村中一些不好的现象,但是等她终于说出来时,我还是吃了一惊。

菊梅说:现在生活节奏快了,让人觉得适应不了。

菊梅说:从前我们小时候,衣服都是家里做的,穿得不好没谁笑话。人人都穿得不好,吃得不好,但是大家都过得平平静静的。现在不同了,大家都忙得团团转,年还没过完,就都跑出去打工干啥的了,整天喊着挣钱,整天为着挣钱,到了也没见挣出个啥来!

说这句话时,她的表情是惆怅的,充满了一种无奈。

当时我就有一种预感,觉得菊梅很可能不会去南方了。

果然,第二天清晨,菊梅告诉我,昨夜她一夜都没睡好,女儿又给她来了电话,不想让她出远门。

我问她怎么想?

菊梅说,她反复想过了,准备返回十二盘。

菊梅非常厚道。她说她已经和二姐通过电话了,二姐正好在南方,还没有找着合适的工作。并且二姐的孩子也正巧在南方打工,她去那里搞家政应当更合适些,起码会待得更安心些。

菊梅说,她知道我远在南方的亲属正缺人手,如果不是她的二姐刚好可以顶上这个岗位,那她无论如何都会去的,不是为赚钱,是不能让那边由于她的改变而闪失。现在二姐能顶替她去,她心里才觉得安心多了。

说这些话时,菊梅脸很红,表情很羞惭。她觉得对不住我。

她确实是个老实人。

我很平静地告诉菊梅,她做出这样一种选择,我能理解。

我没有告诉她的是,何止是理解。她能够这样想这样做,使得我从内心里对她产生出一种尊敬。她只是个普通的山区青年妇女,但是她却能够不受干扰地思索生活的本质,能够一针见血地洞悉人生的意义,这多么可贵又多么难得!

值得一提的是,我写下有关菊梅这段文字没几天,就接到陕西省作协的通知,到安康市汉阴县参加省作协主席团会议,并顺便参加汉阴市2012年油菜花节。

参加会议的当天,我和几位作家朋友聊起农村的近况,作协党组副书记、省文艺评论家协会副主席齐雅丽讲到一件事。她有一位亲戚家在蒲城,孩子在广东佛山打工。或许是长期在外想家,或许是打工不顺心,再或许是不适应广东的气候,总之他回家来了。蒲城县地处有名的渭北高原,这里自古以来就是陕西重要的产粮区。这位亲戚的孩子大约很想在家乡干一番事业,并且家乡如今并不是没有出路,可以种果树,可以搞养殖。总之生存和生活的方式有很多。

但是孩子的父母不同意,坚决要求他出去打工。

为什么?

原因很简单,因为绝大多数农村青年都出外打工了。于是形成了一股潮流。就像城市孩子的父母们一个劲儿地要求自己的子女读大学,并且要求他们读完本科读硕士,读完硕士读博士一样,其实不少孩子自己根本就不愿意再读了,他们渴望过一种正常人的生活,但是父母却强迫半强迫他们读。在很大程度上,读书完全不是孩子的意愿而变成了家长的意愿。孩子成了家长的面子,家长们为了面子而竞争,而要求孩子——这位孩子的父母之所以坚决不同意孩子留在村子里,同样是为了面子!

打工已经不是为经济,而是为面子!

而另一件事情更耐人寻味。

寻找我们的精神家园

2012年8月,我参加一个会议,休息期间与一位叫刘巍的文化公司负责人聊天。刘巍讲到他有一位同学,从农村读书出来后,已经在省城干到了公司副老总的位置,并且在省城买了房有了车。有一次他这位同学和公司老总聊天。他问公司老总最大的愿望是什么?公司老总告诉他:最大的愿望是干到一定程度后,去农村买一块地,再买一套带院子的房子,在那里消消停停地干点儿农活儿,安度自己的人生。

他这位同学当时就很困惑,说:如果为了这些?那我现在已经全都有了呀!我为什么还要辛辛苦苦地读书和奋斗?为什么还要不惜一切地奔到城市里来呢?

其实,认真想想,农村留不住人的原因说简单非常简单,说复杂非常复杂,甚至非常微妙。

以十二盘为例,这些年变化越来越大。村里的小路变成了大路,村里人由目不识丁到人手一部手机,原先住的土坯房都变成了两层的小楼房。但是随着大路的不断延伸和扩展,也随着交通和其他所有方面的日益进步,不仅没有出现预想中的农村稳定,却反而更留不住人了。

吸引人出走的原因是多方面的。有物质的充裕,有自由的气息,也有对人生未来的梦想和对农村现实的悖逆。与此同时,更有新思想新观念在农民心灵中的拓展,以及伴随着这些拓展而造成的传统文明和乡土气息的迷失。而在这种种原因之中,还有一个原因就是"羊群效应"——如今奔向城市形成了一股潮流,也成了一种时髦。有时候,人很难活得坦荡和自然,很难纯粹地活出自己。在潮流的簇推下,打工的队伍风起云涌,络绎不绝。

有人说:仔细观察,你会发现很多农民的穷,其实恰恰是在"追富"中变穷的!

有人说:现在中国人的欲望太多,生活预期太高,追求目标太大,这一多一高一大,就生生把幸福指数压低了!

有人说:不能把理由归结到人们对更好生活的追求上去,假若我们上大学费用不那么高,大学生就业不那么难,人们的收入不那么悬殊,农民还会感到喘不过气儿来吗?

有人说:压力是客观存在,而且任何时候都会有。但是面对压力该怎么去做，这就需要研究思索了。在这个问题上，政府既缺乏对广大公民的思想和风尚引领，又缺乏对广大公民的价值和精神支撑。因此出现混乱是必然的。可以说，尽管改革开放几十年，中国人用自己的汗水建设起来了一个物质丰美的大厦，却同时又在拼搏和奋斗的过程中逐渐失去了一个心灵充裕的精神家园。

有人进一步总结：丢失精神家园可是不得了！它意味着一个人有了血肉却没有了灵魂，意味着一个民族拥有了吃喝却丢失了根本！

难道中华文化肩负的任务就是这些

在延安采访退耕还林的情况时，我见到了延安市电视台记者雷晓燕。作为延安电视台最出色的记者之一，雷晓燕曾两次采访朱镕基，并于2007年中秋节在中南海采访了姜春云。当她谈到她的工作，谈到延安的退耕还林变化时，她是那么激动，那么动情。我明显地感觉到，她不仅思路清晰，而且心地纯净。

但是当说到思想道德文化建设时，雷晓燕的情绪顿时低了下去。

雷晓燕说："十七届六中全会提出发展文化，我们听了都很激动，也非常高兴，觉得多年来应当解决的问题现在终于有了个盼头了。谁知过了一阵儿，发现不是那么回事。各地纷纷成立起文化公司，全都是为赚钱成立的。我咋觉得这不对。文化咋动不动就和钱扯在一起？"

雷晓燕说，"有些文化活动和文化发展不仅不赚钱，而且是需要赔钱的。我们电视台在这方面最突出。讨论拿掉哪个栏目和内容时，衡量的标准经常就变成了哪个栏目收视率高就保留哪个。这一点我就不同意。如果内容不健康，收视率越高对群众的毒害就越大！这一点从前我们看不清楚，难道现在还看不清楚吗？但是为了钱，什么都不顾了！美好和高尚的东西全都可以放弃！"

雷晓燕说，"我们每次看领导讲话，看红头文件，都那么热切地盼望着对文化上能够有一些方向上的指引。不要动不动就是产业和产值，不要动不动就是又增加了多少收入。可是结果回回都失望!现在一说文化体制改革取得的成就,一说文化大繁荣的标志,统统是演了多少场,赚了多少钱,增加了多少产值。"

雷晓燕说,"说句实话,我太困惑了,难道中华文化肩负的任务就是这些?"

我们在场的几个人一声不响,全都默默地听,也全都默然不语。

不是不知道该说什么,也不是不想说什么,而是想说的话已经说了无数次,却没有谁来听。从一把手到二把手三把手,手手都在抓经济,抓产值,抓 GDP!

雷晓燕最后说,"前几天我和女儿还在探讨。如果现在发生了侵略战争,新一代人能不能放下优越的生活条件,勇敢地去捍卫应当捍卫的东西。女儿认真地想了一下,回答不能。说心里话,一句不能,让我心里好震撼!也让我好难过!"

说最后这句话时,雷晓燕眼里含满了泪。

雷晓燕的痛心我完全能够理解,而且完全赞同。

我曾经和我的朋友去电影院看过几场电影,也包括一部获得媒体赞誉的、据说票房极好的、反映劫持与反劫持的电影,事后这位朋友对我说,当电影看到一半时,他总是急切地盼望着快点儿演完,心里在不停地呼喊:赶快结束吧!不要再让人受罪!

这位朋友感慨地说:不知我们的年轻一代究竟是怎么了?不知如今的媒体究竟是怎么了?如果这样的电影就叫作好电影,那中国的电影真是堕落到家了!

相比较而言,我这位朋友看的电影远没有我多。所以我就更有些发言权。如今有没有很好的电影?有。比如冯小刚的《集结号》《唐山大地震》等等。但总体来说,当前整个中国电影院里、也包括各个电视台电影频道中播放的电影,展示正面、光明、美好、内容的实在太少。倒是那些钩心斗角,尔虞我诈,打斗飞车,血腥暴力的多而又多。年纪大些的人不用说了,除了经济上的原因以及不如看电视方便等原因而不去看电影外,很重要的一条就是这些电影实在无聊。电影主要是给年轻人看的。而年轻人又主要是去电影院里消遣娱乐，这都可以理解。但不可理解的是，即使消遣娱乐也都应当是引导人们向往美好和崇高呀，而我们的电影耳濡目染地教给了他们些什么呢？

有一些极端的学者一提起文艺的教育功能就嗤之以鼻，他们忽略了，人是需要教化的。我们给孩子们熏陶些什么，孩子们就会习惯和接受什么。如果你天天在孩子们面前杀人，开始几天他会惊骇害怕，但久而久之，他就不仅不惊骇害怕，反而会觉得一天不杀人会少了些什么。这就是教化的力量。这种教化的力量是客观存在。而我们现在什么都讲，就是不讲教化。一位专门搞电影调查的人告诉我，他认为今天中国的电影毁灭了整整两代甚至三代青年。不仅让他们审美的情趣低下，而且让他们习惯于丑恶和阴谋！

我自己曾经搞过电影，我非常痛苦地发现，假设你真的想去拍摄那些反映高尚和美好心灵的电影，从上到下的人都会对你说不！因为那是没有收视率的，是没有票房的！其实，拍摄美好内容的电影没有票房和收视率，拍摄丑恶刺激的电影有票房有收视率，这本身就是一个多么可怕的现象，本身就是一个多么危险的信号！可惜的是，从上到下的官员们，没有谁认为这是可怕和危险！恰恰相反，在我们代表着主流声音的报纸上电视里，对中国近些年电影的成就是那样的充满信心，中国电影的好消息太多了！中国电影正在做大做强！中国电影不仅在稳步前进，而且成绩越来越大！这成绩越来越大的突出标志就是，票房收入已经超过了100亿！

其实，超过100亿收入并非那么困难。如果现在去放映一部三级片，我可以断言，它的票房价值将远远超过曾荣获奥斯卡大奖的伊朗电影《一次别离》，而恰恰《一次别离》是讲述心灵的追求，讲述诚信的必要，讲述灵魂的安顿。当面对着这样一个小成本电影时，以美国为首的奥斯卡评委会竟摒弃了敌对国的概念，毫无悬念地把奖励给了它！

也许我是在危言耸听，我认为，如果中国电影和中国电影的指导者管理者继续按照目前这样一种思路朝下走，那么等中国电影票房收入超过1000亿时，中国收获的将绝不是成就，而是整个社会价值观、道德体系、甚至审美情趣的崩溃！那是远比经济发展停滞可怕得多的事情！

寻找我们的精神家园
Xunzhaowomendejingshenjiayuan

◈ 恰恰是被自己的"聪明"所害

话题可以扯得更深入些。

改革开放初期,我曾经在开会时遇到过一位女性,她从芬兰、挪威等国家走了一大圈回来。我问她有什么印象,她回答,那些地方的人都特别纯。

我不理解她这个纯指什么,请她解释。

她说:他们都特别相信人,特别愿意帮助人!

我想起了在网上看到的一篇文章,也是写相信人的。

中国人刚来美国时,发现美国人轻信他人。譬如,结了婚的研究生可以享受学校补贴的公寓,我去申请时太太还没到美国,就把结婚公证书带去。老美不看,说你说了就行。真信任人。记得我出国时在北京机场住宿,带着太太、小孩和结婚证书,还被盘问了好久。生怕我出国前犯了作风错误。西方是契约社会,普通人不必在信用卡公司或银行存钱就可以拿卡,个人支票可以用于支付。而这些在港台未必通行。

请注意作者的最后一句:这些在港台就未必行得通。

为什么呢?

有一点可以肯定,美国人之所以如此相信人,与他们整个生存环境,与他们总体的社会诚信是分不开的。我不知道美国是否建立起一套行之有效的、制度健全的诚信体系,从这篇文章来看,似乎还没有。但是毫无疑问,至少在价值观上,在道德层面上,美国必须形成了一个巨大的影响力和遏制力,必须具备了相应的诚信基础。如果有人不诚信,用不着任何组织部门去给他调查和做结论,他就会受到处分,这种处分不一定非要来自法律,而更多地会来自人们在道德层面对他的否定。

事实上,这篇文章也写到了这一点。

文章说:

美国人轻信，但你不能骗。一旦发现，你就玩完，找工，贷款可能没人理睬。你这个污点可以背到终生，没有什么"改正了就是好同志"的宽大。把国内的习惯带到美国来，一些人就"因小失大"。在国内，失足一次不要紧，认个错还可以再骗。

可见，美国是自由的，但这自由不是无限制和无规矩的。许多人都在说美国自由，但是就是没有谁严肃地指出，美国不光是有自由，更有对滥用自由的惩戒。或者换句更准确的话说，没有谁严肃地指出美国的不自由。

而中国与美国恰恰相反，在需要充分自由的领域，自由给得不充分。在不能给自由的领域，自由给得特别充分。

还以诚信为例，这位作者强调了一点，"美国人轻信，但你不能骗。一旦发现，你就玩完"，"这个污点可以背到终生，没有什么'改正了就是好同志'的宽大"。

坦率地说，最初读到这一段时，我认为作者是不是有些夸大其词。毕竟，这篇文章我是在网上看到的，我不知道作者是谁，因而无法判断他本身的诚信程度。何况，人非圣贤，孰能无过？过而能改，善莫大焉！这是自古以来我们便始终遵循的箴言；也是我们认为是善良和厚道的一种表现。

但是我很快发现，这位作者所写的一切绝不是什么夸大其词！

中铁电气化集团公司西安分公司原党委书记刘东有是我结识多年的一位兄长。刘东有的孩子在美国定居，退休后他数次去美国生活。后来他根据自己在美国的生活写了一部书，书名叫《旅美见闻与思考》。其中有一章节的标题是《讲诚信的美国人》，其中写到了美国对孩子们的思想品德教育。

文章说：

早就知道美国人讲诚信，及至到美国生活一段时间，对美国人有一定了解之后，才发现他们的诚信较想象的要更好。一般美国人都把诚信看做一个人安身立命的、成就事业必须具备的品质。

这应该归功于美国社会的教育和熏陶，在美国多年生活经历中，我感受到，美国人较我们中国人更重视道德品质和个人素质的教育。家庭、学校、社会有一个良好的氛围，耳濡目染潜移默化中对一个人道德品质的形成和提高起着无形的作用。父母对孩子都寄予厚望，当然不会懈怠。美国法律禁止惩罚孩子，打骂都是侵犯人权，美国父母对孩子除讲道理外，更重要的是以身作则，发挥榜样的作用，让孩子在长期的熏染中逐渐学会做人。

学校的教育则更加理性，其核心就是培养孩子成为一个身心健康的人。《纽约时报》曾报道这样一件事，美国堪萨斯城郊一所高中，118名二年级学生被要求完成一项生物课作业，其中28名学生从互联网上抄了一些现成材料。此事被任课的女老师发现，判定为剽窃，于是28名学生的生物课得分为零，并存在留级的风险。在一些家长的抱怨和反对下，该校要求女教师提高那些学生得分。这位27岁的女教师无法接受她认为不合理的要求，愤然离职。面对社会舆论压力，学校董事会举行公开会议，听取各方意见，结果绝大多数与会者支援女教师。该校近半数教师表示，如果校方降格满足少数家长修改成绩的要求，他们也将辞职。他们认为，教育学生成为一名诚实的公民远比一门生物课更加重要。社会上一些公司也不断打电话发传真给学校，索要当事学生的名单，以确保公司今后永远不会录用这些不诚实的学生。

请注意，这所学校的教师认为：教育学生成为一名诚实的公民远比获得一门生物课知识更加重要。

让我深感悲哀的是，当我把这篇文章的内容讲给周围的人听，当我讲到社会上一些公司不断打电话发传真给学校，索要这些抄袭答案学生的名单时，我向倾听者提问：美国公司索要这些学生的名单做什么？

一位倾听者几乎本能地就得出了结论：因为这件事有轰动效应，公司把这些学生招去，可以产生广告效应。

一句话让我目瞪口呆，周身寒彻！

当我告诉他，这些公司之所以索要这些学生的名单，是为了确保公司今后永远不录用这些不诚实的学生时，这位倾听者同样惊讶得睁大了眼睛。

他完全没有想到，美国对不诚信和不道德的行为竟然用如此之大的力度进行惩戒！

谁说美国只有自由？美国的自由是建立在一些绝对的不自由上面的。并且只有这样一种自由和不自由的双向建设，才是真正的建设！

我曾经想，如果这样一种情况发生在中国，会是怎么样一种情况呢？

先不说个人,先说整体,说国家,说政府。

我就知道我们的一个地方政府,统计人口时,明明没有那么多的人,却多统计出来了一万。原因很简单,这个地区是贫困地区,多统计出来一些人口,可以多拿到国家一些财政支持。于是为了多得到钱,道德和诚信就放置在一边!

这类事情,可以说举不胜举。明明早已经不是贫困县了,可是还要继续申请贫困县。并且从上到下,从地方的最高长官到最普通的平头百姓,都认可这一点,并且认为这是一种聪明的表现。

刘东有在他的《旅美见闻与思考》中写道:

在美国学校,你学习成绩不好,没有人会瞧不起你,各人的智力和努力都不同,有差别是正常的。但如有论文剽窃、请人代考和替考等弄虚作假行为,是绝对不允许的,一经发现,通常都会除名。因为这是道德品质问题,是不可饶恕的错误,出现这种现象也会让教育人的学校蒙羞。而我们国家学校里以及社会上,论文剽窃、代考等弄虚作假的现象太多了,特别是成人学习考试,以至学历造假屡见不鲜,甘肃武威市凉州区2009年7月在全区公检法系统竞职笔试中,聘请当地18位少先队员来监考,结果抓出25位作弊者。

当我读到这一段时,我确实无言!

也唯有无言!

公检法是干什么的?是维护社会公平正义的!但他们内部的公平和正义却被践踏到如此程度,甚至需要心灵还没有被污染的未成年人来监管。这是一个多么尖刻的反讽!又该引起我们多么深刻的反省?

遗憾在于,即使你想反思,也都不容你反思。即使你想处理,也都不容你处理。我绝对相信,即使当时真的处理了,现在时过境迁,这些当年弄虚作假的公检法人员还是该当官的继续当官,该升官的继续升官!绝对不会像美国那样,终身蒙受羞辱,终身不被重用!

如果我们都这么宽松和宽容,如果我们对丑恶现象的惩戒不过是摸摸头拍拍肩,批评的同时又安慰几句,我们还怎么建立起可贵的社会诚信?

刘东有觉得,美国留给他良好印象的一个小细节是,在美国买东西不用砍价。这和中国形成了极大的反差——非常巧的是,读他这篇文章的前一天,我正好去西安赛格电脑城买一副耳机。耳机标价45元。我看见印得那么周正的标价,正要掏钱,被同行的朋友拦住,认为太贵。店主问我,那你说多少钱?我诚实地告诉他,我不知道多少钱,也不会讨价还价,只希望他给我一个合理的价位就行。他说那就30。我的朋友不答应,拉住我就走,店主就在身后喊20行不行?我的朋友拉着我继续走,身后便又喊:10块钱行不行?

那天我是10元钱买下的这副耳机。

买下耳机的同时,我心里极不舒服。为什么中国人即使在最微小的细节上,都充斥着欺骗,都需要百倍警惕——每一位顾客面对着商家时,首先设定的前提就是对方在欺骗你!为了防止欺骗,于是你也得使出所有的小伎俩来欺骗对方。在几乎所有的问题上,获胜的标准都是谁骗过了谁,而不是道德!

刻不容缓地建设我们的精神家园

我继续引用刘东有的文章。

他在《旅美见闻与思考》第二章节《我们给了孩子什么》中写道:

今天上网又看到萧淑珍《我们究竟要培养什么样的公民》一文,说的是中央电视台经济频道一期《对话》节目,中美两国高中毕业即将进入大学的学生参与录制。美国的12名高中生都是当年美国总统奖学金的获得者,中国的学生也都是被北大、清华、香港大学等著名大学录取的优秀学生。在价值取向的考察中,主持人给出了真理、智慧、权力、金钱和美的选项。美国学生惊人一致的选择真理和智慧,而我们中国的学生也惊人一致的没有选择真理和智慧,普遍选择了财富和权力。

如果权力和金钱是美国孩子的选择,我一点也不会奇怪,因为他们本来就生活在一个资本主义制度的社会里。我们坚持的是社会主义的制度,进行的是社会主义教育,我们学子精英如此选择,给了我们成人当头一棒。在警醒、不安的同时,也有着深深的后怕。我们不能简单地责怪他们,我们的社会文化已在他们的身上打上深深的烙印。孩子是祖国的未来，世界的未来，而未来总是现在的延续，是我们这一代教育、熏陶、浸染、塑造的结果。我们究竟给了孩子什么？这是我们每一个国人不得不深思的。

中国父母重视知识、重视孩子的智力教育，在考试制度的杠杆作用下，这一现象被推到无以复加的程度。只要考试成绩好，其他什么全都不重要。这就导致我们即使培养出来了人材（才），也注定是畸型（形）的。

看看哈佛在中国的一次选才，也许能从中看到美国名校对人才素质的重视。我国西部一位高考落榜生小杨，为了故乡的穷孩子，曾与同伴募集5万本图书、15台电脑，分别送给18所贫困农村小学。他还跑到大学去征召短期支教的老师，到偏远地区的小学去教英语、电脑、音乐等，多的时候，他甚至召集到100多名志愿者。他说："我看不惯一些公益组织腐败的做法，把公益当成生意做，以慈善的名义捞钱，践踏人们的爱心。"他有不满，但不只是发牢骚，而是自己去做，去改变，他亲手创办了一家NGO。在中国注册一家NGO真的不容易，他费了许多周折，在媒体的帮助下，最终挂靠在一个县级单位下边才终于注册成功。小杨高考落榜后，把全部精力投入到改变家乡落后的教学现状上。一年后，他被美国哈佛录取，他是哈佛历史上录取成绩最低的华人。哈佛看重的是他树立的为了社会、为了他人的明确目标与志向以及为了实现目标的坚持与努力。

美国教育孩子的核心是"为了他人"和改变现状，为社会做贡献。也因此，美国有钱人的子女，普遍更有教养，因为他们受到了更好的教育和熏陶。对中国的富家子女，我可不敢这么说。最近，富二代的教育充满报刊和电视网络，富二代培训班也层出不穷，课程从财报分析、国际贸易、上市公司表现到高尔夫球、骑马、茶道、国际社交舞、国学以及形象穿着与品位，还有的直冠其名"少帅班"、"富翁子女班"。但教育的核心是"怎么为了自己"。

刘东有还列举了许多事实，写下了中美两国在孩子教育上的差别，也写下了许多有关孩子教育的思考和观点，这些思考和观点都非常中肯，也非常精彩。使得我一读而放不下。

我们不能认为美国所有的一切都是好的，甚至不能认为美国这样的教育就一定是中国学习的样板，毕竟，这仍然有个大气候大环境大背景的问题。

我们当然需要改变，但是无论你有多大的雄心和多强的能力，这个改变都注定不会一蹴而就，都注定需要一个过程。

问题只在于，当我们经济已经发展到世界第二大经济体时，我们为什么还不能安下心来回顾一下？为什么不能静下心来沉思一番？要知道，生活不仅仅是经济。生活也不仅仅是车子房子和票子。我们明明看见车子房子和票子对人类健康理念的挑战和颠覆，我们为什么还如此麻木？如此无动于衷？为什么还不坚决而勇敢地站出来迎击？

公平地说，和改革开放前相比，中国的农村不知好到哪里去了。尽管农村现在仍然存在着问题。但是这些问题已经是另一个层面上的。这些问题不是种植，不是养殖，不是生产方式，甚至不是劳动生产率。从本质上说，中国农村和中国农民（更准确地说，是整个中华民族）面临着的最大问题是精神层面的问题！农民现在不仅面临着严重的信仰缺失和精神空虚，而且许多由悠久传统而形成的健康和基本的生活理念都已经变得面目全非。我看了许多篇文章，其中不少文章都对中国村庄的逐渐消失深感遗憾。但是当我在农村中走了一圈后，我却并不完全赞同他们的看法。其实，中国的村庄会不会消失，这不是问题的核心。眼下中国农村正在发生变化，如果我们担心它的变化太大，以至于让我们失去了对原有农村的印象和感觉，那么可以换一种思路来反证，如果我们的农村一如既往地丝毫不变，那是不是就是我们所期待和希望的呢？

何况把话朝更透彻处说，如果有一天，工业化的发展真的使村庄全部消灭了，那它只不过是人类进步历史中的一个过程。我们尽管会有一段时间的不适应，却没有必要为这种现象的发生而痛心！

但是无论农村是保持着旧有的风貌，还是日新月异地城镇化了，它变换的只是形式。真正让我感到担心的是农民精神家园的丢失。中国农民是中国人口的绝大多数，中国农民是中华民族的基础和源泉，即使他们转换成工人身份，但是本质和核心却仍然会保留。而这正是我们最需要也最值得重视的。如果真正丢失了精神家园，那我们就丢失了乡村的灵魂，丢失了曾经帮助我们世世代代度过苦难和走向辉煌的繁衍之根！

写到这里，我想起了我看到的另一篇文章。这篇文章的题目是《一个美国人留下的感动和震撼》，作者王佩珍。从名字上判断，她是位女性。我不知道她的年龄，不知道她的职业，但是她写的这篇文章却极大地感动甚至震撼了我。

兹照录全文：

我认识他是在电视上。这个美国人带给了我深深的感动。我受到深深感动的这天是中央电视台《实话实说》节目组请到了丁大卫。我打开电视，就听到丁大卫在与崔永元唠嗑。崔永元老笑，而丁大卫很诚恳的样子。

丁大卫的故事是这样的：5年前，美国青年丁大卫来到中国。他到了中国一所最普通的郊区小学教学。这个美国青年因为做人与教学深得人的喜欢，后来居然当上了校长。大概是1998年底，想到中国西部去看一看的丁大卫到了甘肃兰州。他到西北民族学院应聘当大学教师。丁大卫不是一个能侃的人，机智的崔永元是这样"套"丁大卫的：

"丁大卫，你去大学应聘的时候，是不是这样说的：'我曾是一名小学教师，积累了一些教学经验，所以来你校应聘大学教师？'"

没想到丁大卫这样回答："大概就是这样的。"

大卫的话让现场很多观众都会心地笑了。

更有意思的还在后头。学校给大卫定的工资是每月1200元。大卫去问别人，1200元在兰州是不是很高了？别人说，是算高了。于是，大卫主动找到学校，让人把工资降到900元。学校一再坚持，大卫不让，说：怎么也不能超过1000元。最后，学校给他每月950元。这段经历本来很好笑，但是我注意到现场没一个人笑。

崔永元问："大卫，你每月工资够用吗？"大卫说："够了，我每月的钱除了买些饭票，就用来买些邮票，给家里打打电话，三四百元就够了！"

我听见观众中有不少人"哇"的一声发出惊叹。我知道是有人灵魂受到触动，而这种触动是我们的教科书和父母的教化所达不到的。而真正让我感动的还是以下一幕：

别出心裁的编导在做这一期节目时，让丁大卫带来了他所有的家当。一只还不及我们平常出门旅游背的那么大而"内容"丰富的帆布袋。而让我们怎么也想不到的是，这便是一个美国青年在中国生存5年积累下的我们肉眼看得到的财富。崔永元让丁大卫向大家展示一下他的家当，大卫的脸红了一下，打开了他的帆布袋，里面的东西是这样的：

1. 一个大卫家乡足球队的队帽。他戴着向人展示时，我看见了他眼里的骄傲。

2. 一本相册。里面是他亲人、朋友，还有他教过的学生的照片。

3. 一个用精致相框镶好的一家人温馨亲昵的合影（大卫从包里掏出时，相框面上的玻璃被压碎了，大卫的脸上露出不易察觉的心痛的表情。不一会儿，节目组的人把一个赶着去买来的相框送给了大卫。中央台这一看似平凡的举动令我感动和叹服，它那么及时地体现了善解人意的内涵和我们对外国友人的尊重）。

4. 两套换洗的衣服，其中有一件军装上装。那是大卫爸爸年轻时当兵穿过的，整整40年了。大卫向观众展示时，很有些骄傲地说：因为它漂亮啊！

5. 一双未洗的普通的运动鞋。那甚至不是一双品牌球鞋，大卫将它拿出来的时候，说什么也不让崔永元碰一下，他说："这鞋很臭的！"

6. 几件以饭盆、口杯、牙刷、剃须刀为阵容的生活必需品。

7. 一面随身带着的鲜艳的五星红旗。

当美国青年丁大卫将一面中国国旗打开，向现场的观众展示时，偌大的演播厅里鸦雀无声，现场乐队深情地奏响了《我的祖国》的旋律。崔永元问大卫：你怎么会时时将五星红旗带在身边？丁大卫说：我时时带着它，就是为了提醒自己，我现在是在中国，我要多说美丽的中文，有人到我房间里来，看着墙上挂着的五星红旗，也会缩小我们之间的差距。再说，看到这面国旗，我就会告诫自己：你现在是一位中国教师，你要多为中国教书育人。

丁大卫的普普通通的话，让我从另一个角度认识了我们的国旗，也让我的眼泪不听话地掉下来。当崔永元问丁大卫在中国感觉苦不苦时，丁大卫说，很好的，比如这次你们中央台就让我这样一个平凡的人来做嘉宾，而且还让我坐飞机，吃很好的饭菜。我看见崔永元有些不好意思地脸红了，他幽默地说："我觉得你挺像我们中国的一个人？雷锋！"丁大卫想了想，说："还真有点儿像。"大伙儿"轰"的一声善意地笑开了。

"只是，雷锋挺平常的，他只是一个凭良心做事的人，这样的人不应该只有一个，每个人都应该做得到的！"他认真地补充道。没有人再笑了，就连崔永元的脸上都显出了小学生的表情。节目快结束时，崔永元对丁大卫说："丁大卫，你听到过人家对你的评价吗？"丁大卫笑笑说："没有！"崔永元说："好，现在我们就让你来听听。"我们于是看到了这样一组外采镜头：

许多丁大卫的同事，丁大卫教过的学生，以及学生的家长在镜头前交替着出现，他们一一地说着丁大卫的可敬与可爱之处，有的人情到深处时，甚至泪盈于眶。一个大学女孩对着镜头说："丁老师从来没骂过我，但我真的好怕他啊，因为我怕看他因我而失望的样子！"而最后我们看到的一个镜头是：丁老师教过的那所小学的孩子们，一个个争着抢到镜头前流着泪喊：你回来教我们吧！

我们看见，丁大卫不敢再看大屏幕，他深深地把头埋下。一个美国青年，却在中国得到了人世间最珍贵的东西，爱我们的国家，我的心为之一颤。朴素的平凡的甚至不很英俊的丁大卫，给我们上了最有教益的一课！这样的一课，我们的课本上是没有的！

坦率地说，我没有看过电视上崔永元主持的这档节目，而且我知道崔永元不主持《实话实说》这档节目已经有好长时间了，因此这篇文章所写的事情显然已经是很早以前的事情了。时间可以冲刷一切，时间也会使一切都淡漠和冷凝。但是当我读到这篇文章时，我还是禁不住热泪盈眶。

那是一种内心的感动，是一种灵魂的启迪。

我查了一下资料，那次节目中，丁大卫还说了几句话：

每个人都应该问问自己的内心，这些是不是你真正想要的？你的心踏实吗？满足吗？平静吗？

夜深人静，睡不着的时候，你的灵魂，你的内心，是会和你说话的，会问你，你究竟为什么而活？不要忽视这个，不要随便吃一片安眠药把这些念头压下去。

这些年来，我曾经写下许多文章，为改革开放歌唱，那是我发自内心的一种感佩。但是我同时要说，这些年我们在行走匆匆的赶路中也出现过不少失误，这些失误甚至是巨大的。

寻找我们的精神家园

我想引用一段话——

中国的现代化进程注定要走过一段相当漫长相当艰巨的道路。中国实现现代化要克服的困难,绝不仅仅是 GDP 指数,绝不仅仅只是从形式上解决好法律的完美和完备。邓小平早在十几年前就提出过两手都要抓,两手都要硬,这绝不是对社会局部现象所发表的针对性建议,绝不是转危为安的临时举措,这是一位从 20 世纪初就接触中国社会,对中国国情有着极为深刻的了解的伟大政治家在深思熟虑之后所提出的治国方略,我们必须将之付诸行动,付诸得扎扎实实,并使之贯穿在整个实现现代化的进程中!要清醒地认识到:不如此,中国实现四个现代化的战略就注定不能胜利!即使人人都开上了小汽车,人人都住上了小洋房,但生活却照样会胆战心惊,照样会和幸福二字拉开着巨大距离!

需要说明的是,这不是什么文件上的话。这是我 10 年前写下的一段话。

10 年前,我去河南一座城市采访打黑除恶的斗争,接触到社会生活中的种种,并由此深感中国改革和进步之艰难。那次采访,促使我写下了一部长篇纪实《权力劫》,并由作家出版社于 2003 年正式出版。这段话是我在这部长篇书稿的结尾中写下的。

今天回过头来看,它仍然没有失去警示意义。

但是令人遗憾,作为一名普通的公民,10 年前我就看到和感受到的问题,却直到今天仍然没有得到解决,恰恰相反,这些年从精神层面上看,正面的东西成负增长,而负面的东西反而成正增长,这就尤其令人不安。

我非常不理解,我们有世界上最强大的政府,有世界上最强大的宣传力量,却为什么在道德品格的教化上如此软弱?在思想价值的引领上如此混乱?在腐败恶劣的惩戒上如此无力?我们有世界上人数最多的社科研究机构,他们遍布政府和高校,群策群力地发现着党和国家急需发现的问题,研究着党和国家急需解决的问题,却为什么独独忽略了我们急需建设自己的精神家园?如果要说失误,那么我可以断言,这些隐性的、似乎难以界定的失误,将使我们在前进的道路上付出极其惨重的代价!

我想起一首诗,是阿拉伯诗人纪伯伦写的,我不敢保证我引用他的诗句

是否每一个字都准确,但是这首诗的精髓,这首诗朴素而又深刻的境界,却使我须臾难忘:

> 我们不能因为走得太远,
> 而忘记了为什么出发。
> 我们需要回溯,
> 就像那古老的印第安人,
> 等待着灵魂一起上路……

后　　记

　　匆匆写完《一号文件》书稿，我心里充满的竟然不是轻松，而是遗憾。
　　之所以如此，是因为想说的话太多，想反映的事件和内容太多，而时间和书稿的篇幅则是有限的。尽管整整两年的时间里，我从来没有休息过任何一个假日，但这部长篇报告文学过于浩瀚的采访量，还是让我在时间的安排上捉襟见肘——此前我曾信誓旦旦地向出版社承诺，保证于2012年8月底前交出书稿。事实上当我真正把书稿交给他们时，已经是9月底了！
　　而更重要的一个原因是，这部书稿中反映的问题太重大了。面对这些问题，个人的荣辱和得失早已经不是我所要面对的。我必须小心翼翼，慎而又慎，客观全面地表达和描写事件；必须怀揣公正，多方求证，认真负责地阐述自己的观点。只有这样，这部书才会具有价值。正是出于这个原因，书中写到的一些村落中发生的事件，只要我还没有搞明白想清楚，我就绝不敷衍，一定要再次去采访，直到把事情搞清弄懂。偏偏我所写到的不少村庄都地处偏僻，交通不便，我只能乘坐班车或者借助朋友们的帮助去往这些地方，这种特立独行的采访方式极大地耽误着时间，也使得我无论行走还是写作都太匆忙了！
　　而匆忙，就意味着粗疏，意味着遗漏。
　　这不能不使我从内心深处感到一种遗憾，甚至某种意义上的沉重。
　　其实，早在三十年前，当中国农村开始走向改革并掀起包产到户的热潮时，社会上对此议论纷纷，我就采访并写作了一篇纪实文学，题目叫《在古老的土地上》，对包产到户予以热情的肯定。但那时，思想解放运动还远远没有走到今天这样的程度，我那篇作品在思想上要相对靠前一些，只能束之高阁。

作为作者，我当然感到遗憾。

但是对整个社会而言，这遗憾实在是太小太小了。农村改革的实绩和成败远比一篇作品能否发表重要得多。让我惊讶又惊喜的是，随着农村改革的深入，几乎短短几年间，中国人便不再为吃饭问题发愁——对曾经从困难岁月中走过来的人来说，这个进步是多么巨大，又是多么不可思议！最能说明这一点的是2006年的《金秋》杂志上，一位署名小云的作者写到当年"四人帮"中的一员姚文元在监狱服刑期间，经常看报纸并根据报纸消息不断向监狱方面提出各种有关国家大事的建议：

当他看到报上登的全国人民生活富足了，家家丰衣足食，很多人家过年时都是大米白面猛吃时，就向监狱方面提出，这样可不行啊，这样搞几年就会没有粮食吃了，得有个计划，发个票进行限制。请你们赶快代表我向中央政治局同志们转告一下，提醒他们，我们还是要艰苦奋斗，对粮食要有计划，不能这样敞开肚皮来吃啊！

对没有尝受过饥饿的年轻一代来说，这似乎是笑话。但对从困难岁月中走过来的人来说，这却绝对不是笑话。我们在正常的、每天都接触新事物的状态下生活，都为中国巨大的变化而惊讶。姚文元待在监狱里，他的理解力和联想力必然比我们要逊色许多。他有那样一种担忧，完全是正常而又正常的。

岁月沧桑，往事悠悠，相信无论江青还是张春桥，假设今天还活着并且出来看一看走一走，即使嘴上不承认，心里也一定会惊叹：世事怎么变化得就那么快又那么大呢？

应当说，变化的总体趋势是好的，而且越来越好，但绝不排除其中出现暗流。当改革开放走过了三十多年，农村中究竟发生了哪些变化？这些变化中，哪些值得肯定，哪些需要否定，还有哪些需要我们警惕，又有哪些需要我们去深思和研究，所有这一切，都是置身其中的我们不可回避的。也因此，当本书的责任编辑党晓绒问我有没有兴趣写一部农村题材的报告文学时，我回答有。不久她打电话约我详谈。我才知道她一直在策划一部农村题材的文学图书选题,且选题已被确定为陕西出版集团重点图书出版资助项目。这就是长篇报告文学《一号文件》。她说她和出版社领导综合考虑后,想邀我来写这部书,我答应了。从此全力以赴地投入到书稿的采访和写作中。

这一写就是两年多。

尽管不少人看到我的终日伏案和四处奔波,都说太辛苦。我自己却不觉得。因为从本质上说,我喜欢这份工作!

我要特别说明几点:

第一,农村可涉及和需要探讨的问题实在太多。在很大意义上,中国的农村问题探讨清楚了,解决好了,整个中国现存的问题也就探讨和解决得差不多了。也因此,这部书稿对整个农村——无论是历史的回顾、现状的描述、成就的肯定、弊端的发现,还是问题的探讨与思考,都只是微乎其微和浅而又浅的,只能算作沧海一粟。

第二,农村的生活和生产现象十分丰富,也非常复杂。许多问题我只是根据自己的所见所闻所思来表达,难免谬误。我愿意在今后的社会实践中,继续观察农村现象,继续纠正和补充我的所见所闻所思,这不仅是对自己负责,更是对社会负责。

第三,在本书的采访写作中,我要特别感谢陈冈台、李百灵、刘高明、杨彦芳、刘东有等人,他们无私地为我提供了大量的资料和素材,使那些历史的事件和画面能够清晰地走进我的视野。他们都是无名的业余作家,但他们所撰写的、尚未印刷出版的作品却极具价值。如果没有他们的支持,这本书的完成将拖得很久。我还要感谢榆林市委的马维骥以及我的朋友倪树斌、杨红刚、周慧娟、薛之华等人,在我无法解决交通工具的情况下,是他们满腔热情地帮助我,甚至亲自开着车送我去农村采访。而词作家任志萍创作的歌词《多情的土地》非常恰切地表达出我之所以采写这部书的情感所系,特将部分歌词放置封页,并向他表示深深的谢意。

第四,我个人已经有整整十年不写书了。其中一个原因在于这些年文学作品鱼龙混杂,大兴炒作,商业属性已经远远大于一部作品应有的社会属性,这是我不习惯也不愿看到的。要感谢党晓绒策划了这个好选题,并且帮助我收集、查找、购买、打印相关资料,陪同我去农村采访,满腔热情地支持我，从各个方面为我创造条件，使得我在最短的时间内顺利地完成了采访和写作。她对这部作品真诚的热爱以及所倾注的心血，是我看在眼里并深为感动的。

最后我还要特别声明：本书一些重要篇章中的资料和素材分别来源于新华社记者胡国华、傅上伦、戴国强、冯东书撰写的《1978：告别饥饿》，陕西省文史馆姚生泉撰写的《中国农村变革实录》，吴象的《农村第一步改革的曲折历程》，王伟群的《伟大的第一步——中国农村改革起点实录》，以及其他许多人的著作和作品（包括网上那些不知名甚至不留名的作者），其中不少人——比如王伟群，我至今不知道他是专业作家还是业余作家，但他在一个历史的关键时刻，却选择了纪实文学的方式，为历史留下了极其珍贵的档案。

谨向他们表示由衷的敬意和谢意。

莫伸

2012年10月17日